Theresia Graw

Die Heimkehr der Störche

THERESIA GRAW

Die Heimkehr der Störche

Roman

Ullstein

Besuchen Sie uns im Internet:
www.ullstein.de

Wir verpflichten uns zu Nachhaltigkeit

- Klimaneutrales Produkt
- Papiere aus nachhaltiger Waldwirtschaft und anderen kontrollierten Quellen
- ullstein.de/nachhaltigkeit

MIX
Papier
FSC FSC® C083411

Originalausgabe im Ullstein Paperback
1. Auflage August 2021
2. Auflage 2021

Umschlaggestaltung: bürosüd° GmbH, München
Titelabbildung: © Arcangel/Matilda Delves (Kind); © Arcangel/Ildiko Neer (Frau, Feld); © www.buerosued.de
Gesetzt aus der Quadraat Pro powered by pepyrus.com
Druck und Bindearbeiten: CPI books GmbH, Leck
ISBN 978-3-86493170-3

Teil 1

1.

Anfang Mai 1952

Dora Twardy saß auf dem sorgfältig aufgeschichteten Stapel Holz hinter der Scheune, lehnte den Kopf an die warme Bretterwand in ihrem Rücken und ließ sich die Sonne ins Gesicht scheinen. Neben ihr flatterte weiße Wäsche an einer langen Leine, die quer über die Wiese zwischen den Obstbäumen gespannt war. Ein Windhauch blies ab und zu den zarten Duft der Apfelblüten herüber, vermischt mit dem seifigen Geruch der frisch gewaschenen Bettlaken, Kissenbezüge und Tischdecken. Dora rieb sich die geschundenen Finger. Rot und rissig waren ihre Hände, nachdem sie den ganzen Vormittag am Waschbrett gearbeitet hatte, mit schmerzendem Rücken über die klobige Zinkwanne gebeugt.

Es war ein milder Maitag. Am wolkenlosen Himmel zogen die ersten Schwalben des Jahres pfeifend ihre Kreise. Vor ein paar Wochen war schon das Storchenpaar von seinem Winterquartier in Afrika zurückgekommen und hatte wie in jedem Frühling das große Nest auf dem Scheunendach des Stübeckhofs bezogen. Tagelang hatte ihr Geklapper die Mittagsstille unterbrochen, so laut, als rappelte eine Mühle im Hof. Trotz seiner Eintönigkeit liebte Dora dieses Geräusch, das ihr seit frühester Kindheit vertraut war. Auch damals in Ostpreußen auf dem Gutshof der Twardys hatten Störche gelebt, ihre Ankunft hatte sie jedes Mal herbeigesehnt, bedeutete die Rückkehr der großen, majestätischen Vögel doch, dass der lange, kalte Winter endlich zu Ende war. Hier in der Lüneburger Heide waren die Winter zwar nicht so streng und schneereich wie in ihrer alten Heimat, doch noch immer erschien es Dora, als würde sie selbst erst wieder richtig auftauen, wenn die Störche zurück waren. Ein neuer Sommer, ein neues Glück. War nicht der Storch ein Symbol für den Neuanfang? Eine Aufforderung, das Alte zurückzulassen und weiterzuziehen? In diesem Jahr, dachte Dora, gilt das mehr denn je.

Sie zog einen Brief aus der tiefen Tasche ihres Rockes und strich mit den Fingern darüber, als müsse sie sich davon überzeugen, dass es ihn wirklich gab und sie nicht nur davon geträumt hatte. Nach einer Weile faltete sie das Blatt auseinander und las den Brief noch einmal, wie sie es schon so viele Male getan hatte, seit er vor drei Tagen angekommen war und sie ihn unbemerkt von den anderen aus dem Briefkasten gefischt hatte.

> Sehr geehrtes Fräulein Twardy! Wir freuen uns über Ihr Interesse an einem Studium der Veterinärmedizin an der Humboldt-Universität zu Berlin. Mit Ihrem Kriegsabitur am Gymnasium von Wormditt in Ostpreußen sowie Ihrer jahrelangen Aushilfstätigkeit als Hofarbeiterin in einem landwirtschaftlichen Betrieb in Niedersachsen haben Sie die formale Voraussetzung erfüllt. Über eine endgültige Zulassung zum Studium wird ein Aufnahmegespräch entscheiden, das am Montag, den 26. Mai 1952, um 16 Uhr 30 im großen Hörsaal des Universitäts-Hauptgebäudes, Berlin, Unter den Linden 6, stattfindet. Bitte melden Sie Ihre Teilnahme spätestens eine Woche vorher schriftlich oder fernmündlich der Institutsleitung an ...

Es folgte noch ein Name und eine Telefonnummer.

Dora atmete tief ein. Die erste Hürde war geschafft. Man hatte sie zum Bewerbungsgespräch eingeladen. Warum sollte nun nicht auch der zweite Schritt klappen? Sie hatte zu Hause in Ostpreußen jahrelang den elterlichen Gutshof geleitet, nachdem ihr Vater im Krieg eingezogen worden war. Zumindest mit Nutzvieh kannte sie sich gut aus. Sie wusste, worauf es beim Melken, beim Füttern und bei der Pflege kranker Pferde und Kühe ankam. Wie vielen Fohlen und Kälbern hatte sie geholfen, auf die Welt zu kommen! Und einmal hatte sie sogar eines ihrer liebsten Tiere erschießen müssen, weil es zu schwach gewesen war, um den Weg über das zugefrorene Haff zu überleben. Damals war sie über sich hinausgewachsen. Ja, sie konnte was. Aber sie wollte noch so viel mehr lernen. Sie wollte alles wissen, was man nur wissen konnte, um Tiere gesund zu machen. Nie wieder wollte sie hilflos dabei zusehen, wie ein Pferd oder ein anderes Tier leidet. Sie presste den Brief an ihre Brust und spürte ihr Herz klopfen. Würde sie bald eine Studentin sein? Und in ein paar Jahren Tierärztin? Sollte ihr Traum tatsächlich wahr werden?

Ganz allmählich war dieser Wunsch im Laufe des vergangenen Jahres in ihr herangereift, denn ihr war klar geworden, wie sehr der Umgang mit Tieren sie über das Leid hinwegtröstete, das sie erlebt hatte. Zunächst war es nur eine verrückte Idee gewesen, an deren Umsetzung sie gar nicht wirklich geglaubt hatte, ein Strohhalm, an den sie sich geklammert hatte, um den ungeliebten Stübeckhof endlich verlassen zu können. Eine Perspektive, um ihr Leben wieder in die Hand zu nehmen. Doch der Gedanke an ein Studium hatte Dora nicht mehr losgelassen. Vor zwei Monaten hatte sie endlich den Mut gefunden und verschiedene Universitäten in Deutschland angeschrieben, um sich um einen Studienplatz in Veterinärmedizin zu bewerben. Es war zunächst eine bittere Enttäuschung gewesen: Die meisten Hochschulen hatten ihr postwendend abgesagt. Einer Frau von 28 Jahren schien niemand eine Chance geben zu wollen. Und dann, als sie alle Hoffnung beinahe schon aufgegeben hatte, war dieser Brief von der Humboldt-Universität gekommen, der ein verheißungsvolles Kribbeln in ihr auslöste.

Trotzdem zögerte Dora, ihn zu beantworten.

Sie schlang die Arme um die angewinkelten Beine und stützte das Kinn auf die Knie. Nachdenklich betrachtete sie die Heidschnucken, die hinter dem Staketenzaun auf der struppigen Weide grasten. Siebenundzwanzig schwarzgraue Schafe mit großen gebogenen Hörnern waren es, zwischen ihnen sprangen ein paar schwarze Lämmer umher, die erst im März zur Welt gekommen waren. Wie munter und kräftig die Kleinen in den vergangenen Monaten hier draußen geworden waren. Nun würde es nicht mehr lange dauern, bis der Schäfer kam, um den Sommer über mit der ganzen Herde durch die Heide zu ziehen. Noch trugen die großen Schafe ihr dickes, zotteliges Winterfell, das die Bäuerin in ein paar Wochen, wie immer um diese Zeit, unter großem Geblöke der Tiere scheren würde, bevor sie zu ihrer jährlichen Wanderung aufbrachen. Dora überlegte. Bis zur Schafschur Ende Mai würde sie wissen, ob ihr Leben diese aufregende Wendung nehmen würde oder nicht. Allmählich musste sie sich entscheiden.

Es war nicht besonders bequem auf den rohen Buchenscheiten, Dora hatte sich die alte Flanelljacke untergelegt, die sie bei der Stallarbeit trug. Aber hier hatte sie wenigstens ihre Ruhe. An diesen Platz zog sie sich immer zurück, wenn sie über etwas Wichtiges nachgrübeln musste, weil er von dem großen Bauernhaus aus nicht zu sehen war. Sonst hätte Frau Stübeck Dora vermutlich längst an die Arbeit gerufen. Die schrille Kommandostimme der Bäuerin klang ihr noch in den Ohren:

»Wir haben keine Zeit zum Faulenzen, Dora. Wollten Sie nicht längst die Eier im Hühnerstall aufgesammelt haben? Und die Wäsche liegt auch noch im Zuber, wie ich sehe. Herrje, das ist doch kein Hotel hier. Sie denken wohl mal wieder, Sie sind etwas Besseres, oder? Nur weil Sie früher einmal einen Gutshof hatten, brauchen Sie Ihr hübsches Näschen nicht so hoch zu tragen. Bei mir wird fleißig gearbeitet. Und das gilt auch für Sie. Verhungert wären Sie alle, wenn ich und mein Mann – Gott hab ihn selig! – nicht so gütig und selbstlos gewesen wären, Ihnen ein Obdach zu gewähren, so elend und erbärmlich, wie Sie damals hier ankamen. Da ist es doch wohl nicht zu viel verlangt, dass Sie mir bei der Arbeit ein wenig zur Hand gehen ...«

Der Rest ihrer Rede ging regelmäßig in wütendem Gemurmel über die Undankbarkeit der Vertriebenen unter, die Frau Stübeck grundsätzlich als Fremdlinge bezeichnete, als wären sie von einem fernen Planeten in diesem Dorf gelandet. Dora kannte die Klagen der verhärmten, alten Frau nur zu gut. Seit mehr als sechs Jahren ging das nun schon so. Natürlich war sie damals nach dem Krieg froh gewesen, dass sie mit ihren Eltern, ihrer Schwester Marianne, den beiden halbwüchsigen Zwillingsbrüdern Klaus und Arno und der kleinen Clara wenigstens die bescheidenen Gesindekammern unter dem Dach dieses Bauernhofes zugewiesen bekommen hatten. Es war die zufällige Entscheidung irgendeines Mitarbeiters der Wohnungsbehörde, die dafür gesorgt hatte, dass sie hier in der Lüneburger Heide gelandet waren und nicht auf einem Betrieb in Schleswig-Holstein, in Bayern oder sonst wo. Im Grunde war es ihnen gleichgültig gewesen. Alles erschien ihnen besser als das schäbige Flüchtlingslager, in dem sie nach ihrer Irrfahrt aus Ostpreußen zunächst untergebracht worden waren. Aber zu der Erleichterung, eine Bleibe gefunden zu haben und sich hier einen bescheidenen Lebensunterhalt verdienen zu können, war bald die Erkenntnis gekommen, dass die Twardys bei den Stübecks und den meisten anderen Bewohnern des Dörfchens Wielenstedt nicht sehr willkommen waren.

Schmarotzer und dreckiges Polackenvolk, das waren einige der Bezeichnungen gewesen, die die Leute dieses kleinen Orts in der Nähe von Celle einander zuraunten, wenn sie über die Familie aus Ostpreußen sprachen, die da neuerdings auf dem Stübeckhof wohnte. Dora waren diese hässlichen Worte nicht entgangen, und sie hatten ihr oft genug die Tränen in die Augen getrieben. Anfangs hatte sie noch versucht, den Stübecks und den anderen zu erklären, was geschehen war. Dass die Twardys nach dem verlorenen Krieg aus ihrer Heimat vertrieben worden waren, wo sie früher sorglos und in Wohlstand auf einem großen Gutshof gelebt hatten, dass sie in Haus und Stall etliche Angestellte gehabt hatten, Felder und Wälder, die bis zum Horizont reichten, und eine Trakehnerzucht, die im ganzen Land bekannt gewesen war. Aber für die Wielenstedter blieben die Twardys die mittellosen Flüchtlinge aus dem Osten, unerwünschte Eindringlinge, die ihnen den Wohnraum und die knappen Lebensmittel in den Nachkriegsjahren streitig machten. Inzwischen hatte sich die Versorgungslage in Deutschland zwar erheblich verbessert, nicht zuletzt durch die Einführung der D-Mark mit der Währungsreform von 1948. Sie hatte dafür gesorgt, dass praktisch über Nacht alle erdenklichen Waren in den Läden wieder zu haben waren und man sich nicht mehr auf dubiose Schwarzmarktgeschäfte einlassen musste, um das Nötigste fürs Leben zu bekommen. Doch auch Jahre danach fühlte sich Dora im Dorf noch immer wie ein Mensch zweiter Klasse.

Aber vielleicht, dachte sie jetzt, vielleicht ist das hier ja bald vorbei. Wenn sie die Zulassungsprüfung an der Humboldt-Universität schaffte, würde sie im Herbst nach Berlin ziehen. Dann wäre das ihr letzter Frühling auf dem Stübeckhof. In Gedanken sah sie sich bereits Abschied nehmen von der Heidelandschaft, die sie umgab. Von den krautigen Wiesen, die sich im Hochsommer, wenn die Besenheide blühte, in ein leuchtend lila Farbenmeer verwandelten. Von den Birken, die die sandigen Wege und die schmalen Bäche säumten, den blühenden Obstbäumen, den lichten Eichenwäldern und den dunkelgrünen Wacholderbüschen, die in dem weiten welligen Gelände wie Zypressen in die Höhe ragten. So bilderbuchschön dieser Teil Deutschlands auch war, der Gedanke, vielleicht für immer von hier fortzugehen, tat Dora nicht weh. Denn dieser Ort war ihr nie ein Zuhause geworden.

In diesem Augenblick erschien ihr die Zukunft so verheißungsvoll wie schon seit vielen Jahren nicht mehr. Und doch gab es etwas, das sie bis jetzt daran gehindert hatte, den Brief zu beantworten und der Universität ihr Erscheinen beim Bewerbungsgespräch zu bestätigen: Niemand in ihrer Familie wusste von ihren aufregenden Plänen. Sie brachte es einfach nicht übers Herz, ihren Eltern und Geschwistern zu sagen, dass sie von ihnen weggehen und nach Berlin ziehen wollte. Nach Ostberlin, in die ehemalige sowjetische Zone.

Dora war nie feige gewesen. Bisher hatte sie in ihrem Leben stets mutig für ihre Ideen und Überzeugungen gekämpft, wie aussichtslos das auch gewesen sein mochte. Aber dieses Mal fiel es ihr schwer. Diesmal ging es nicht um sie, sondern um die anderen. Denn die Twardys gehörten zusammen. Das war immer das Credo der Familie gewesen, seitdem der Vater im Sommer 1945 aus der Kriegsgefangenschaft nach Hause gekommen war. Dora erinnerte sich nur zu gut noch an all die Schrecken, die sie seitdem mitgemacht hatten. Völlig unerwartet hatten sie von einem Tag auf den anderen den heimatlichen Gutshof in Ostpreußen verlassen müssen, nachdem ihnen mitgeteilt worden war, dass der alte Familienbesitz, dessen Pracht längst dahin war, nun neuen polnischen Eigentümern gehörte. Zusammen mit all den anderen hungernden und zerlumpten Vertriebenen hatten sie in einem überfüllten Güterwaggon gesessen, der sie nach einer wochenlangen Irrfahrt irgendwann in der Nähe von Berlin vor den Toren eines Flüchtlingslagers ausgespuckt hatte. Sie hatten auch die Zeit in den zugigen Baracken überstanden, waren Monate später in einem klapprigen Bus mit dem wenigen Gepäck, das ihnen geblieben war, hergebracht worden, zu diesem gedrungenen, reetgedeckten Bauernhaus mit seinen verklinkerten Fachwerkwänden, den verzierten Windbrettern am Giebel und den weißen Sprossenfenstern. Sicher war dieser Hof früher einmal ein Schmuckstück gewesen, doch die Besitzer hatten notwendige Reparaturen lange vernachlässigt, sodass er jetzt verwahrlost und baufällig wirkte. Seit damals lebten die Twardys in diesen beiden Kammern unter dem niedrigen Strohdach, wo es im Winter zu kalt und im Sommer zu warm war, und in dem es zu jeder Jahreszeit beständig knackte und raschelte – vom Wind und von den Mäusen, die darin hausten. Aber die Twardys hielten noch immer zusammen. Nur ihr Bruder Erich hatte die Fahrt nicht bis zum Ende mitgemacht. Er war in Berlin geblieben, um sich allein in der Stadt durchzuschlagen. »Kräftige junge Männer wie ich werden überall zum Wiederaufbau gebraucht, hier kann ich mich nützlich machen und liege niemandem sonst auf der Tasche«, hatte er damals gesagt.

Jetzt war er vierundzwanzig, und soweit Dora wusste, ging es ihm gut in der großen Stadt. Auch er hatte früher einmal andere Pläne gehabt, als auf dem Bau Steine zu klopfen, aber der Zusammenbruch nach dem Krieg hatte seiner Schulzeit ein abruptes Ende verpasst und nun war er froh, überhaupt ein Auskommen zu haben. Inzwischen hatte er ein nettes Mädchen kennengelernt und seine Hetti im vorigen Sommer sogar geheiratet. Mitten in der Erntezeit, in der Dora auf dem Hof dringend gebraucht wurde, sodass es für sie unmöglich gewesen war, nach Berlin zu reisen.

So manches Mal, wenn sie sich wieder einmal über Frau Stübeck ärgerte, hatte sich Dora in den vergangenen Jahren gefragt, ob es nicht besser gewesen wäre, wenn sie es ihrem Bruder gleichgetan hätte und mit ihm in Berlin geblieben wäre. Aber damals war es undenkbar gewesen, ihre Eltern, die so viel durchgemacht hatten, mit den jüngeren Geschwistern allein zu lassen. Sie hatte die Verantwortung gespürt, die auf ihren Schultern lag, seit so vielen Jahren schon. Als sie mitten im Krieg die Leitung des Gutshofes übernommen hatte, war sie fast von einem Tag auf den anderen zum Familienoberhaupt gereift. Wenngleich ihr Vater längst wieder bei ihnen war, so ganz hatte sie die Bürde aus jenen Jahren nie mehr abgelegt. Und jetzt sollte sie tatsächlich den großen Schritt wagen und die anderen zurücklassen? War es Zeit, den eigenen Weg einzuschlagen?

Bevor sie einen Entschluss fassen konnte, ließ eine Windbö die Wäsche an der Leine flattern. Eine Klammer löste sich und ein Betttuch fiel ins Gras. Dora rutschte vom Holzstapel hinunter. Sie hob das Laken auf, bevor es auf die Schafwiese geweht wurde, und steckte es wieder fest. Nach einem letzten Blick auf den Brief schob sie ihn zurück in die Rocktasche und machte sich auf den Weg in Richtung Hühnerstall.

...

In dieser Nacht träumte Dora von Ostpreußen. Und von Curt.

Es war Sommer, und sie und Curt ritten zusammen über die Wiesen, die das Gehöft der Twardys umgaben. Wie gut er auf dem großen Pferd aussieht, dachte Dora im Traum, als hätte er sein Leben lang nichts anderes getan, als mit ihr auszureiten. Dabei wusste sie doch, dass Curt normalerweise sein Auto bevorzugte, einen schicken weinroten Opel Olympia, in dem sie oft genug an seiner Seite herumgekurvt war. Auf dem leicht abfallenden Gelände vor ihnen standen in langen Reihen die Heuhocken, wie kopflose Gestalten. Zur Linken erstreckte sich ein schier endloses Roggenfeld, auf dem die kräftigen Ähren im leichten Sommerwind wogten wie Wellen auf dem Meer. Am Waldrand schimmerte ein See im Nachmittagslicht, rund und ruhig, wie ein großes blaues Auge. Der Blick ging weit über die sanfte Hügellandschaft bis zu dem dunkel bewaldeten Horizont, ein Farbrausch in Gelb und Grün mit bunten Tupfern von Mohn- und Kornblumen. Hinter den mächtigen Linden, die die Auffahrt zum Anwesen der Twardys säumten, waren nur die roten Dächer von Gutshaus und Scheune zu erkennen. Der Hof war umgeben von Pferdekoppeln, auf denen sich Dutzende Trakehner tummelten. »Komm, Dora!« Im Traum hörte Dora Curts Stimme. »Beeilen wir uns. Wir wollen doch noch zum Tanzen in den Königsberger *Jazzkeller*. Hörst du? Die Musik spielt schon!«

Plötzlich und so selbstverständlich, wie es nur in Träumen möglich ist, standen sie im *Jazzkeller* von Königsberg. Der niedrige Raum vibrierte förmlich von der lauten Musik, die die siebenköpfige Kapelle zum Besten gab, und vom Gelächter und Geschrei der vielen Leute, die dicht an dicht über die Tanzfläche kreisten. Es war Swingmusik, »Sing, Sing, Sing« von Benny Goodman, Doras Lieblingslied. Sie erkannte es sofort. Trompeten und Posaunen schmetterten, das Schlagzeug hämmerte, die Musiker schienen einander überbieten zu wollen im Wettstreit der Instrumente. Der packende Rhythmus erfasste Dora bis in die Fingerspitzen. Schon wirbelte sie in Curts Armen lachend über die Tanzfläche. Immer schneller ging die Trommel, immer lauter lärmten die Trompeten und Posaunen ...

Dora schlug die Augen auf. Da waren keine Trompeten und Posaunen. Stattdessen schepperte der kleine Wecker auf ihrem Nachttisch erbarmungslos. Matt streckte sie den Arm aus und tastete mit der Hand über das Tischchen, bis sie den Wecker fand und ausschaltete. Stille. Nur ihr Herz pochte laut. Sie blinzelte. Graues Morgenlicht drang durch einen Spalt zwischen den Fenstervorhängen ins Zimmer. Halb sechs, Zeit zum Aufstehen. Erschöpft ließ sie sich zurück ins Kopfkissen sinken, noch ganz verwirrt von den Hirngespinsten der Nacht. Sie hatte also wieder von zu Hause geträumt und von Curt, wie so oft. Und wie jedes Mal, wenn sie davon erwachte, ließ sie dieser Traum in tiefer Melancholie zurück. So klar sah sie jedes Detail vor sich, so deutlich hörte sie Curts Stimme, als wäre er bei ihr. Als hätte es diesen mörderischen Krieg und seine Folgen nie gegeben. Dabei war es nun schon sieben Jahre her, dass Ostpreußen nicht mehr zu Deutschland gehörte, sondern zu Polen und zu Russland. Und der *Jazzkeller* von Königsberg, in dem sie damals so oft mit Curt von Thorau getanzt hatte, lag vermutlich immer noch unter den verkohlten Trümmern begraben, die die Bombennächte des Krieges von der hübschen Provinzhauptstadt übrig gelassen hatten.

Dora fuhr sich mit dem Handrücken über die Lider. Sie spürte ein Brennen in den Augenwinkeln. Der Verlust der Heimat und das bedrückende Leben auf dem Stübeckhof wären leichter zu ertragen, wenn nur Curt an ihrer Seite wäre.

Wie viele tausend Mal hatte sie sich schon gefragt, wo er geblieben sein mochte, dieser Mann, der sich an diesem merkwürdigen Tag im Sommer 1944 im Hof des Gutshauses so hastig von ihr verabschiedet hatte und dessen Spuren sich in den Wirren der folgenden Jahre verloren hatten.

Leise richtete Dora sich auf und schaltete das kleine Messinglämpchen neben ihrem Bett an. Der tütenförmige, stoffbezogene Lampenschirm verbreitete ein schwaches gelbliches Licht. Sie sah hinüber zu dem anderen Bett an der gegenüberliegenden Wand. Trotz des Weckerklingelns schlief Clara noch. Ruhig und regelmäßig hob und senkte sich die Bettdecke. Von dem Mädchen selbst war nur ein Schopf hellbraun geringelter Haare auf dem Kopfkissen zu sehen. Auf dem Bett daneben rollte sich ihre Schwester Marianne auf die andere Seite und zog sich die Decke über die Ohren. »Mach schnell, Dora, und lass mich noch ein bisschen schlafen«, murmelte sie.

Dora wollte aufstehen, doch dann zögerte sie. Behutsam, um kein Geräusch zu machen, zog sie die Schublade ihres Nachttisches auf, nahm einen ausgeschnittenen Zeitungsartikel heraus und faltete ihn auseinander. Das Papier war ganz abgegriffen und auf zwei Seiten eingerissen, weil sie es schon so oft in die Hand genommen hatte. Curts Gesicht war auf dem Foto nur noch zur Hälfte zu sehen. Aber er war es, daran bestand kein Zweifel. Sein letztes Lebenszeichen. »Fotograf der Hoffnung«, stand in der Titelzeile. Den Text darunter kannte Dora beinahe auswendig.

> Jahrelang habe er das Grauen und das Elend des Krieges fotografiert, sagt Curt von Thorau. Jetzt möchte er die Hoffnung und die Zuversicht der Menschen zeigen. Mit seinen Bildern ist er zum Chronisten des Lagerlebens geworden, er hält den Alltag der Vertriebenen und Kriegsheimkehrer fest …

Das Datum am oberen Rand des Artikels war kaum noch zu erkennen, so ausgefranst war das dünne Papier vom vielen Anfassen: 16. Juli 1945. Dieser Artikel war der Beweis, dass Curt den Krieg überlebt hatte. Wie glücklich war sie gewesen, als sie diesen

Bericht ein paar Monate später an der Informationswand der Flüchtlingsbaracke entdeckt hatte, im folgenden Herbst, als sie zusammen mit dem Rest ihrer Familie gerade in einem der Vertriebenentransporte von Ostpreußen in den Westen gekommen war. »Der Fotograf hat versprochen, spätestens im nächsten Monat zurückzukommen«, hatte ihr die Betreuerin des Lagers damals versichert.

Die Worte der Frau hatten Dora mit so viel Zuversicht erfüllt. Die Gewissheit, dass sie und Curt einander wiederfinden würden, nachdem sie durch den Krieg und die Naziherrschaft auseinandergerissen worden waren, ließ sie damals allen Kummer, den sie erlitten hatte, und alles Elend, das sie umgab, vergessen. Aber sie hatte vergeblich auf ihn gewartet. Woche um Woche verging, und Curt war nie mehr aufgetaucht. Ein paar Monate danach hatte Dora mit ihrer Familie das Lager verlassen müssen und war nach Westdeutschland gebracht worden, hierher zum Stübeckhof, während Curt wie vom Erdboden verschluckt blieb. Was mochte passiert sein? Warum hatte er sich nie wieder bei ihr gemeldet? Er liebte sie doch. Und er wusste, dass sie ihn, trotz allem, was gewesen war, auch noch immer liebte. Und dass Dora seine Tochter, die seine sterbende Frau ihr in die Arme gedrückt hatte, aufzog, als wäre sie ihr eigenes Kind. Er musste doch auch Clara endlich wiedersehen wollen. Warum hatte sie nie etwas von Curt gehört? Lebte er überhaupt noch? Es gab so viele Fragen, die sie seit Jahren quälten und auf die sie keine Antwort wusste.

Dora hörte Stimmen unten im Haus, das Geräusch von Schritten und Türen, die geöffnet und geschlossen wurden. Ein neuer Arbeitstag auf dem Stübeckhof begann. Die alte Bäuerin erwartete sie sicher schon im Kuhstall zum Melken. Wenn sie sich nicht beeilte, blieb ihr keine Zeit, um vorher wenigstens noch schnell in der Küche eine Tasse Kaffee zu trinken. Rasch legte Dora den abgegriffenen Fetzen Papier zurück in die Nachttischschublade und stand auf.

Flüchtig wusch sie ihr Gesicht über der mit Wasser gefüllten Blechschüssel, die sie sich am Abend zuvor auf dem Tisch am Fenster bereitgestellt hatte, und trocknete sich ab. Sie nahm ihr graues Arbeitskleid von der Stuhllehne und zog es an. Während sie sich die dunklen Locken zu einem praktischen Zopf zusammenband, betrachtete sie ihre eigene magere Gestalt in dem schmalen, fleckigen Spiegel an der Zimmertür. Selbst im Halbdunkel des Raumes sah sie, wie schäbig das Kleid war. Es hing wie ein Sack an ihrem Körper. Sie hatte es sich vor einigen Jahren mehr schlecht als recht aus einer alten Wehrmachtsuniform geschneidert, im ersten Jahr nach dem Krieg, weil andere Stoffe einfach nicht zu bekommen gewesen waren. Auch ein alter Vorhang und ein zerrissener Bettbezug waren damals noch gut genug gewesen, um mit der Hilfe ihrer Mutter eine Bluse für sich und einen Rock für Clärchen daraus zu nähen. In jener schweren Zeit war sie froh um jedes Kleidungsstück gewesen und hatte sich nicht darum gekümmert, ob sie darin hübsch aussah oder nicht. Allein sauber und ordentlich gebügelt mussten die Sachen sein. Wir mögen unsere Heimat verloren haben, sagte sie, wenn Clara kopfschüttelnd beobachtete, wie sie das heiße Plätteisen über eine gestopfte Stelle im Stoff strich, aber niemand soll behaupten, dass wir nicht ordentlich gekleidet sind. Inzwischen war die schlimmste Zeit des Neubeginns in der Fremde zum Glück vorbei und Dora besaß ein paar bessere Kleider, aber die galt es zu schonen. Für die schmutzige Stallarbeit war der graue Lumpen gut genug.

Was wäre ich heute, wenn der Krieg nicht gewesen wäre, ging es Dora durch den Kopf. Eine Gutsherrin mit einer eigenen Familie vielleicht, wohlhabend und sorglos, so wie ihre Mutter damals, der eine ganze Riege von Hausangestellten zu Diensten war und die ihre Tage damit verbrachte, Damasttischdecken oder feine Taschentücher zu besticken? Oder hätte sie Curt geheiratet und ihn auf seinen Fotoreportagen begleitet, wäre sie an seiner Seite zu den aufregendsten Orten der Welt gereist? Vielleicht hätte sie auch, wie es ihr Kindheitstraum gewesen war, ihr Leben den Pferden gewidmet und wäre eine erfolgreiche Springreiterin geworden. So viele Möglichkeiten hatte sie gehabt und so viele Träume. Keiner davon war Wirklichkeit geworden. Dora legte die Haarbürste weg, nahm die verwaschene Schürze vom Haken und band sie sich mit einer energischen Bewegung um. Sie durfte den alten Zeiten nicht länger nachtrauern. Sie hatte doch ein neues Ziel. Warum wagte sie es nicht, endlich die Chance zu einem Neuanfang zu ergreifen?

2.

»Na, sieh mal einer an, und ich dachte schon, das feine Fräulein steht heute gar nicht mehr auf.«

Frau Stübeck stand mit einem Reisigbesen in der Hand im Stallgang, als Dora hereinkam. Wie jeden Tag trug die Bäuerin eine grobe Strickjacke über ihrem schlichten Kittelkleid und ein geblümtes, unter dem Kinn zusammengebundenes Kopftuch. Sie warf Dora einen missmutigen Blick zu. »Höchste Zeit, dass Sie endlich mit dem Melken anfangen. Die Kühe warten schon lange.«

Dora ließ sich von dem mürrischen Tonfall der alten Frau nicht beirren. »Ich bin pünktlich auf die Minute. Hören Sie doch!« Von der Dorfkirche her klang gerade das Sechs-Uhr-Läuten herüber.

Frau Stübeck stieß ein unverständliches Grummeln aus und begann, mit raschen, kräftigen Zügen den Boden zu fegen.

Die ersten Strahlen der Sonne fielen durch die geöffneten Oberlichter in den Stall und ließen die Staubflocken in der Luft silbrig aufleuchten. Unter der hohen Decke schossen pfeifend ein paar Schwalben umher, auf der Suche nach Fliegen oder um ihre Nester unter den Dachbalken für die Brut vorzubereiten. Das Zwitschern der Vögel vermischte sich mit den anderen Geräuschen des Stalls, dem metallischen Klirren der Ketten, mit denen die zehn schwarz-weiß gefleckten Kühe an ihrem Futterstand festgemacht waren, dem Grunzen der Schweine, die an der gegenüberliegenden Wand in ihrem Koben scharrten, und dem gelegentlichen Schnauben aus dem Holzverschlag im Raum nebenan, wo die Kaltblutstute stand, die Frau Stübeck im Sommer vor den Erntewagen und im Herbst vor den Pflug spannte. Vom Hof her drang das Gackern der Hühner, das Gurren der Tauben und das Krakeelen der Spatzen herein.

Als Dora diese Geräusche hörte und den warmen, vertrauten Geruch des Stalles einatmete, fühlte sie sich – wie jeden Morgen, wenn sie hereinkam – für einen Moment in ihr früheres Leben auf dem elterlichen Gutshof zurückversetzt. Doch der harsche Ton der Bäuerin rief sie augenblicklich wieder in die Realität.

»Jetzt aber los«, knurrte sie. »Der Milchwagen wartet nicht. Der fährt vorbei, wenn die Kannen nicht draußen stehen.«

»Bis jetzt bin ich noch immer rechtzeitig fertig geworden«, entgegnete Dora leichthin und strich einer Kuh im Vorbeigehen über den weißen Fellwirbel an der Stirn. Dann griff sie nach dem Melkschemel.

»Sie werden die Kannen eigenhändig zur Molkerei tragen, mein Fräulein, wenn Sie den Milchwagen verpassen!«

Dora nickte nur. Schweigend schob sie sich den Schemel zurecht und stellte den Melkeimer auf, um mit der Arbeit zu beginnen.

»Im Übrigen«, fügte Frau Stübeck hinzu und hielt für einen Moment mit dem Fegen inne. »Ich darf Sie daran erinnern, Fräulein Twardy, dass Ihnen die Benutzung meines Badezimmers laut Wohnraumvereinbarung nur bis 22 Uhr zusteht. Gestern Abend habe ich genau gehört, dass um Viertel nach zehn noch Wasser gelaufen ist.«

»Ich habe nur kurz die Schüssel für die Morgenwäsche aufgefüllt. Das hat keine zwei Minuten gedauert. Und ich hatte die Tür auch gar nicht abgeschlossen. Sie hätten jederzeit hereinkommen können.«

»Was Sie im Badezimmer getan haben, interessiert mich nicht. Ich bestehe darauf, dass Sie die Nutzungsregeln einhalten. Es gilt: Um 22 Uhr ist das Bad frei. Punktum. Ansonsten werde ich das bei der Behörde melden.«

Dora spürte, wie ihr eine heiße Zornesröte in die Wangen schoss, und konnte nicht länger an sich halten.

»Dann melde ich, dass Sie vorigen Mittwoch mit Ihren Kaffeeklatsch-Damen stundenlang die Küche blockiert haben, obwohl Ihnen die Benutzung laut Vereinbarung nur von halb zwölf bis dreizehn Uhr zusteht«, gab sie zurück. »Wir konnten uns überhaupt kein Mittagessen kochen, obwohl die Kinder so hungrig waren, als sie aus der Schule kamen. Und am Sonntag davor haben Sie uns den Herd auch erst mit einer Stunde Verspätung überlassen. Wie kann das sein? Die Wohnraumvereinbarung gilt schließlich auch für Sie!«

»Das ist doch wohl die Höhe! Muss ich mir solche Frechheiten in meinem eigenen Haus und Hof gefallen lassen? Undankbares Pack!«

Frau Stübeck erwartete keine Antwort. Zornig knallte sie den Besenstiel an die Wand und stapfte aus dem Stall.

Dora atmete tief durch. Es verging kaum ein Tag, an dem sie nicht mit der Bäuerin aneinandergeriet. Sosehr sie sich auch bemühte, geduldig zu bleiben, die alte Frau schaffte es immer, dass sie aus der Haut fuhr.

Das Quietschen der Stalltür ließ sie seufzend aufblicken, in der Erwartung, dass die Bäuerin zurückkam, um ihr noch ein paar harsche Anweisungen für den Tag zu geben.

Doch es war ihr Vater, der den Stall betrat.

»Guten Morgen, Dora! Was ist denn los? Frau Stübeck macht ja ein Gesicht wie saure Krautbrühe. Habt ihr euch wieder gestritten?«

Dora zuckte mit den Schultern. »Ich lasse mir ihre Gemeinheiten nicht gefallen. Sie muss sich genauso an die Regeln halten wie wir.« Seufzend fügte sie hinzu: »Ach Papa, ich kann mich nicht daran erinnern, dass du oder Mama jemals mit den Leuten auf unserem Hof so ungerecht umgegangen seid.«

»Das waren andere Zeiten, Dora. Damals waren die Aufgaben klar verteilt. Es gab Herren und es gab Knechte. Nach dem Krieg wurde alles durcheinandergewürfelt. Frau Stübeck ist es nicht gewohnt, Anweisungen zu erteilen, und du bist es nicht gewohnt, Anweisungen zu erhalten. Das ist das Problem.«

»Nein, das ist es nicht, Papa. Es macht mir nichts aus, Anweisungen zu erhalten. Aber diese Frau hasst mich. Sie hat ständig etwas zu nörgeln, ganz gleich, wie gut ich meine Arbeit mache.«

»Ach Dora! Du weißt doch, dass sie es auch nicht leicht gehabt hat in ihrem Leben. Ich glaube, sie ist nie darüber hinweggekommen, dass ihre beiden Töchter so kurz nacheinander an der Spanischen Grippe gestorben sind. Dann hat sie im vorigen Krieg auch noch ihre beiden Söhne verloren und vor ein paar Jahren ihren Mann. Kein Wunder, dass sie verbittert ist.«

»Alle Familien haben Tote zu beklagen, aber sie hat wenigstens in ihrer Heimat bleiben können, als der Krieg zu Ende war«, rief Dora heftig. »Niemand hat ihr Haus und Hof genommen. Niemand hat sie in die Fremde vertrieben. Warum kann sie nicht begreifen, dass alle Deutschen den Krieg verloren haben? Nicht nur die Ausgebombten und die Heimatlosen. Ich habe es so satt, mich wie eine unwillig geduldete Magd behandeln zu lassen. Das ist nicht das Leben, das ich leben möchte!«

Es lag ihr auf der Zunge, ihrem Vater endlich von ihren Studienplänen zu berichten. Doch wie so oft brachte sie es auch diesmal nicht heraus. Etwas im Blick ihres Vaters hatte sich verändert.

»Nun, Dora, ich denke, wir müssen die Menschen und die Dinge so akzeptieren, wie sie sind. Glaub mir, mein Mädchen, ich würde alles dafür tun, wenn ich die vergangenen Jahre ungeschehen machen könnte.«

Er wandte sich ab. Dora schwieg und schämte sich ein wenig, dass sie so gereizt auf die Worte der Bäuerin reagiert hatte. Wie viel mehr hatte ihr Vater durch den Krieg verloren, seinen ältesten Sohn, seine Gesundheit, seine ganze wirtschaftliche Existenz, und doch beklagte er sich nie.

Sie beobachtete, wie Josef Twardy durch den Stall schritt. Er bemühte sich aufrecht zu gehen, doch er hinkte schwer, und Dora wusste, wie sehr ihn jeder Schritt schmerzte. Wie immer, wenn sie ihren Vater sah, war sie stolz und gerührt über seine Selbstbeherrschung und doch auch so erschüttert zu sehen, was aus dem stattlichen und wohlhabenden Gutsherrn von einst geworden war. Seine Schuhe waren ausgetreten und löchrig, der abgetragene und an etlichen Stellen geflickte Arbeitsanzug schlotterte um seinen ausgemergelten Körper. Graue Bartstoppeln bedeckten sein Kinn, weil er keine scharfe Rasierklinge mehr besaß, und sein Hals ragte dünn und faltig wie der einer Schildkröte aus dem zerschlissenen Hemdkragen. Sein einst so volles dunkles Haar war schütter und schlohweiß geworden. Doch trotz seines Alters und seiner Hüftverletzung, die er sich im Krieg beim Russlandfeldzug zugezogen hatte, ließ er es sich nicht nehmen, jeden Morgen im Stall mitzuarbeiten.

»Es ist gut, wenn der Mensch eine Aufgabe hat«, pflegte er zu sagen. »Sonst bekommt er nur schlechte Laune.«

Kein Wort davon, dass er früher einmal Herr über etliche Knechte und Mägde gewesen war und die Stallungen meist nur betreten hatte, um den Leuten seine Anweisungen zu erteilen oder zu kontrollieren, ob sie ihre Arbeit ordentlich machten und es den Tieren gut ging. Heute griff Josef Twardy ohne mit der Wimper zu zucken nach dem Eimer mit den Küchenabfällen, der neben dem Schweinekoben bereitstand, und schüttete den Inhalt in den Futtertrog, worauf sich die drei Sauen geräuschvoll darüber hermachten. Dann nahm er die Mistforke von der Wand.

Dieser Anblick war Dora auf einmal unerträglich.

»Ach Papa, hattest du dir das nicht auch alles anders vorgestellt?«, rief sie von einer plötzlichen Verbitterung erfasst. »Hattest du nicht gehofft, irgendwann einmal wieder einen eigenen Hof zu haben und Pferde, wie früher?«

»Wie soll das gehen, Dora? Meine magere Kriegsversehrtenrente reicht nicht, um hier im Westen Grund und Boden zu kaufen. Solange nicht geklärt ist, ob wir eine Entschädigung bekommen, bleibt mir nichts anderes übrig, als auf diesem Hof auszuhelfen. Und irgendwo anders als mit Tieren in der Landwirtschaft zu arbeiten, kann ich mir beim besten Willen nicht vorstellen.«

»Ich weiß, Papa. Ich auch nicht. Aber du solltest eigentlich gar nicht mehr arbeiten mit deinem kranken Bein.«

Statt einer Antwort zuckte ihr Vater nur mit den Schultern. Wortlos schaufelte er den Mist auf den Schubkarren und schob ihn dann humpelnd den Stallgang entlang. An der Tür blieb er stehen und sah sich noch einmal um.

»Sag, Dora, bereust du es, dass wir nach dem Krieg nicht nach Argentinien ausgewandert sind? So wie es deine Freunde Elli und Wilhelm gemacht haben? Man hätte uns einen günstigen Kredit für den Aufbau einer Pferdezucht geboten. Vielleicht ginge es uns in Südamerika jetzt besser als hier. Ich denke manchmal darüber nach. War es ein Fehler, in Deutschland zu bleiben?«

»Nein, Papa! Das war kein Fehler. Nicht um alles in der Welt wollte ich nach Amerika. Ich will nicht in einem fremden Land am Ende der Welt leben, ich will hierbleiben.«

Ihr Vater nickte erleichtert. »Ja, so ähnlich sieht es deine Mutter auch.«

Dora sah ihm zu, wie er die Stalltür öffnete und die Mistkarre nach draußen schob.

Nein, sie wollte nicht nach Argentinien, so verlockend es auch klingen mochte, wieder einen großen Gutshof zu haben mit Pferdekoppeln und Rinderweiden bis zum Horizont. Im fernen Argentinien würde Curt sie niemals finden.

Als Dora mit dem Melken fertig war, hob sie den Eimer hoch, goss die Milch durch ein sauberes Tuch in die letzte der großen Blechkannen und setzte den Deckel darauf. Den Milchschaum, der im Tuch hängen geblieben war, kippte sie in eine flache Schüssel, damit die Stallkatzen etwas zum Naschen hatten, die auch gleich herangelaufen kamen und ungeduldig um ihre Beine strichen. Dann schleppte sie die Kannen hinaus, immer zwei auf einmal, und stellte sie neben dem offenen Hoftor in den mit frischem Wasser gefüllten Brunnentrog, damit die Milch abkühlte. Als sie alle Kannen herausgebracht hatte, tauchte sie auch ihre Hände in das kalte Wasser und rieb sich noch ein wenig die Finger, die von der schweren Last, die sie an den dünnen Henkeln trugen, ganz weiß und taub geworden waren. Das Klingeln einer Fahrradschelle ließ sie aufsehen.

Es war der Briefträger, der wie jeden Morgen die staubige Dorfstraße entlangradelte, die Schöße seiner offenen Postuniformjacke flatterten im Fahrtwind. Dora winkte ihm zu. Er war einer der wenigen Menschen in der Umgebung, der den Twardys stets freundlich begegnete.

Vor dem Hoftor bremste er ab. »Guten Morgen, Fräulein Twardy!«

»Guten Morgen, Herr Schulte. Haben Sie Post für uns?«

»Jawohl. Das meiste ist zwar wie immer für die Bäuerin, aber diesmal ist auch was für Sie dabei. Ein dicker Brief aus Argentinien, wenn mich der Poststempel nicht täuscht. Bitte sehr.« Er reichte ihr den Stapel Post.

»Ach, wie schön. Gerade habe ich mit meinem Vater noch über meine Freundin Elli gesprochen. Soll ich Ihnen die hübschen Briefmarken wieder herausschneiden? Die bekommen Sie morgen.«

»Oh, gerne. Damit machen Sie einen Sammler sehr glücklich.«

Herr Schulte tippte sich zum Gruß mit zwei Fingern gegen den Schirm seiner blauen Kappe und fuhr weiter dem Dorf zu.

Dora schob die Briefe ungesehen in ihre Schürzentasche und machte, dass sie ins Haus kam. Es war höchste Zeit, nach den Kindern zu sehen, damit sie pünktlich zur Schule kamen. Doras Zwillingsbrüder saßen neben Clara an dem langen, blank gescheuerten Eichentisch in der großen Bauernküche, als sie hereinkam. Sie hielten ein angebissenes Marmeladenbrot in der einen, ein Kakaoglas in der anderen Hand. Fast wie Geschwister sahen die drei aus und so waren sie auch aufgewachsen. Verstohlen betrachtete Dora sie, während sie sich im Spülstein die Hände wusch. Klaus und Arno, die sich wie ein Ei dem anderen glichen, waren schlaksige junge Burschen von fast siebzehn Jahren, die Dora bereits um einen halben Kopf überragten. Doch ihre strubbeligen blonden Haare, ihre Stupsnasen und die vielen Sommersprossen verliehen ihnen noch immer das Aussehen von frechen kleinen Jungen. Und zum Bedauern ihrer Eltern verhielten sie sich auch meist so. Claras Wangen waren ebenfalls von leichten Sommersprossen betupft, hellbraune Locken kringelten sich um ihr zartes Gesicht mit den großen dunklen Augen. So viel Schlimmes hatte sie mit ihren acht Jahren schon erlebt, und doch war sie immer ein freundliches Kind mit einem sonnigen Gemüt geblieben. Dora bewunderte sie sehr dafür. Manchmal, wenn sie Clara ansah, so wie jetzt, dann dachte sie daran, wie unglücklich sie damals gewesen war, als sie erfahren hatte, dass Curt und Wilma ein Kind bekamen. Und schämte sich noch heute für die Gedanken, die sie damals gehabt hatte. Wie sehr hatte sich die Welt seither verändert. Und wie sehr hatte sie sich verändert. Mehr als Clara konnte sie auch ein eigenes Kind nicht lieben.

Die gepackten Schultaschen der drei standen neben der Tür. Durchs Fenster sah Dora den gebeugten Rücken ihrer Mutter, die vor dem Haus dabei war, den Streifen Gemüsebeet zu harken, das die Bäuerin ihnen nach anfänglichem Protest zugestanden hatte.

Marianne war schon unterwegs. Doras jüngere Schwester arbeitete nicht auf dem Stübeckhof, sondern fuhr jeden Morgen mit dem Postbus nach Celle. In der nahen Stadt mit den unzähligen hübschen Fachwerkhäusern, die durch den Krieg kaum beschädigt worden war, hatte sie vor Kurzem eine Stelle als Bedienung in einer Bäckerei angetreten. »Da riecht es wenigstens nicht nach Schaf«, hatte sie Dora wissen lassen. »Dafür nehme ich die lange Busfahrt gerne in Kauf.« Mariannes Abneigung gegen die Stallarbeit war Dora nichts Neues. Schon zu Hause in Ostpreußen hatte ihre Schwester, so gut es ging, einen Bogen um die Ställe und Scheunen des Gutshofes gemacht und sich lieber mit einer Handarbeit oder anderen häuslichen Tätigkeiten beschäftigt, während Dora jede freie Minute bei den Pferden verbracht hatte. Und doch war Mariannes Job ein Glücksfall für die Familie. Denn sie durfte abends oft einen Laib Brot oder anderes Gebäck vom Vortag mit nach Hause nehmen, das im Laden nicht mehr verkauft werden konnte.

Dora warf die Briefe auf den Tisch, nahm die große blaue Emaillekanne und goss sich Kaffee in eine Tasse. Dann setzte sie sich und genoss den ersten Schluck nach der Stallarbeit. Der Kaffee war dünn, denn Röstbohnen kosteten noch immer viel Geld und mussten sparsam verwendet werden, aber immerhin war es echter Kaffee. Sie nahm Elsbeths Brief in die Hand, der zuoberst auf dem Stapel lag. Wie immer freute sie sich, wenn sie die mädchenhafte Handschrift ihrer Freundin sah. Sie war einfach eine treue Seele! Auch die Tausende von Kilometern, die zwischen ihnen lagen, konnten ihrer Freundschaft, die seit Kindertagen bestand, keinen Abbruch tun. Elsbeth schrieb fleißig, mindestens einmal im Monat, obwohl sie inzwischen selbst eine Familie und viel zu tun hatte. Dora hatte deswegen ein schlechtes Gewissen. Von jeher war sie keine eifrige Briefschreiberin, und sie schickte nur wenige Male im Jahr Antwortpost nach Argentinien. Umso mehr freute sie sich, wenn sie von Elsbeth hörte, und vertiefte sich nun in ihren ausführlichen Bericht, während sie ab und zu an ihrem Kaffee nippte.

»Da ist noch mehr Post für dich«, stellte Clara fest, die inzwischen die restlichen Briefe durchgesehen hatte. »Ich glaube, da ist jemand gestorben. Da ist nämlich ein Kreuz auf dem Umschlag.«

Dora erschrak.

»Nein«, erklärte Klaus. »Wenn jemand gestorben wäre, dann wäre das Kreuz schwarz und nicht rot.«

»Was sagt ihr? Rot? Post vom Roten Kreuz? Hat der Suchdienst endlich geantwortet?« Dora ließ Elsbeths Schreiben fallen und nahm Clara den Brief ab. Sie unterdrückte einen Freudenschrei. Tatsächlich. Da war er endlich! Der Brief, auf den sie schon so lange wartete. Fast zwei Jahre war es her, seit sie dem Suchdienst des Roten Kreuzes geschrieben hatte, um sich nach dem Verbleib von Curt zu erkundigen. Sie wusste, dass Millionen Deutsche über diese Organisation nach vermissten Verwandten und Freunden forschten. Viele Tausend Menschen waren ausgebombt, verschleppt oder vertrieben worden. Es dauerte natürlich seine Zeit, sich um all diese Anfragen zu kümmern. Aber so lange? Zuletzt hatte sie gedacht, sie würde nie mehr eine Antwort bekommen. Und nun doch!

Sie unterdrückte den Impuls, den Umschlag sofort aufzureißen. Was, wenn darin eine schlechte Nachricht stand? Nein, es war besser, den Brief zu lesen, wenn sie allein war. Sie musste warten, bis die Kinder zur Schule aufbrachen. Denn immerhin ging es um das Schicksal von Claras Vater. Etwas so Bewegendes konnte man nicht einfach mal eben zwischen Frühstücksbrot und Schulweg besprechen.

Als sich die drei Kinder wenig später auf den Weg ins Dorf gemacht hatten, räumte Dora so schnell es ging die Küche auf. Dann rannte sie, mit den Briefen in der Hand, hinauf in ihre Kammer und warf sich aufs Bett.

Hastig riss sie den Umschlag mit dem roten Kreuz auf und faltete den Briefbogen auseinander. Sie überflog den kurzen Text, bis sie an die Stelle kam, die ihr Herz flattern ließ:

»Folgende Angaben über den Verbleib des Vermissten liegen uns vor: Der von Ihnen gesuchte Herr Curt von Thorau, geboren am 5. November 1911 in Königsberg, war zuletzt im Juli 1945 unter folgender Adresse gemeldet: Laurinstraße 93, Berlin-Ost. Ob diese Anschrift noch zutrifft, können wir nicht beurteilen.«

Dora hielt den Atem an. Endlich. Sie hatte ein Lebenszeichen von Curt. Nach all der Zeit. Und zwar aus Berlin. Schon wieder Berlin.

Wieder und wieder ließ sie ihren Blick über die Zeile wandern, in der Curts Berliner Adresse stand. Nun wusste sie, wo sie ihn suchen würde. Nach so vielen Jahren des Zweifelns und Haderns würde sie endlich erfahren, was geschehen war. Dora lächelte. Auf einmal war sie ganz ruhig. Laurinstraße 93, Berlin-Ost. Ja, damit war es entschieden. Sie würde den großen Schritt wagen. Sie würde die Aufnahmeprüfung an der Humboldt-Uni machen. Sie würde bestehen. Sie würde studieren und eine gute Tierärztin werden. Sie würde Curt finden. Sie würden glücklich werden miteinander. Das war ihr Plan. Es war Zeit, ihren Eltern davon zu erzählen.

3.

»Und dann auch noch ausgerechnet nach Ostberlin! In die sowjetische Zone!« Vera Twardy sah von der Strickarbeit in ihren Händen auf und betrachtete ihre älteste Tochter mit versteinerter Miene. »Du willst allen Ernstes zu den Russen gehen? Nach allem, was sie uns damals angetan haben?«

»Ich gehe doch nicht nach Russland, Mama. Es ist Deutschland. Ostdeutschland, ja. Aber da treiben sich längst keine zwielichtigen russischen Soldaten mehr herum wie nach dem Krieg.«

Es war früher Abend. Dora hatte den Eltern und Marianne gerade von ihren Studienplänen erzählt. Durch das offene Fenster der Dachstube drang von draußen Claras fröhliches Juchzen herein. Die Zwillinge hatten tags zuvor an dem Kastanienbaum im Hof eine Schaukel aus zwei langen Stricken und einem Holzbrett angebracht und nun machten sich die Jungen einen Spaß daraus, das Mädchen hin und her schwingen zu lassen.

»Höher! Noch höher!«, schrie Clara übermütig. Ihre vergnügte Kinderstimme und das Lachen der Zwillinge passten so gar nicht zu dem bestürzten Schweigen, das für einen Moment oben in der stickigen Kammer herrschte.

»Ich begreife dich nicht, Dora.« Vera Twardy stieß einen tiefen Seufzer aus und versank noch tiefer in den verschlissenen grünen Polstern des Sessels. Es tat Dora in der Seele weh, ihre Mutter so zu sehen. Nichts erinnerte mehr an die schöne, kultivierte und selbstbewusste Gutsherrin, die Vera Twardy einst gewesen war. Die Nöte und Entbehrungen in Kriegszeiten und die Strapazen der vergangenen Jahre hatten tiefe Linien in ihr Gesicht gegraben. Mit ihrem schlichten Kittelkleid und den dünnen grauen Haaren, die sie wie eh und je zu einem Knoten im Nacken zusammengeschlungen trug, sah sie beinahe aus wie eine Greisin, obwohl sie erst Ende fünfzig war. Während sich ihr Vater nüchtern und – zumindest nach außen hin – klaglos den neuen Lebensumständen im Westen angepasst hatte, hatte sich ihre Mutter von dem Verlust der ostpreußischen Heimat nie wieder richtig erholt. Sie konnte stundenlang schweigend in ihrem Sessel sitzen und reglos vor sich hin starren. Dann wusste Dora, dass Vera Twardy vor ihren Augen eine Welt sah, die längst untergegangen war, verschwunden hinter einem undurchdringlichen Eisernen Vorhang. Nur in Veras Fantasie, der sie sich immer häufiger hingab, existierte der Gutshof der Twardys noch in all seiner Pracht.

Einen Augenblick lang ließ Dora ihre Blicke durch die schäbige Kammer wandern, in der sie seit sechs Jahren wohnten. An der einen Seite stand das große Bett, in dem ihre Eltern schliefen und dem ein Bein fehlte. Stattdessen steckte ein Stapel Ziegelsteine darunter. Daneben war ein Schrank ohne Türen, der den Blick auf die gesamte Habe der Familie freigab: Kleider, Schuhe, Wäsche, ein paar Bücher. Mitten im Raum befand sich ein Holztisch, auf dem eine Kanne und eine Blechschüssel standen. Am Tisch saß Marianne, die gerade damit beschäftigt war, ein Loch in einem Strumpf zu stopfen. An der Wand stand der grüne Sessel ihrer Mutter. Das war alles. Durch die geöffnete Tür konnte Dora in das Zimmer blicken, das sie sich mit Clara und Marianne teilte und das auch nur mit dem Nötigsten möbliert war. Zum Schlafraum der Zwillinge führte von dort eine Leiter in den kaum schulterhohen Spitzboden unter dem Dach.

Dora kam es auf einmal so vor, als sähe sie das alles zum ersten Mal. Als sie damals hierhergebracht worden waren, hatte man der Familie gesagt, es wäre nur vorübergehend. Das war im Herbst 1945 gewesen. Aber das Einzige, das vorübergegangen ist, war mein Leben, dachte Dora jetzt von einer jähen Bitterkeit erfasst. Jahr für Jahr hatte sie gehofft, dass sich etwas verbessern würde. Dass sie eine bessere Unterkunft erhalten würden, eine bessere Arbeitsstelle. Aber alles Hoffen und Bemühen war vergeblich gewesen. Zu viele Menschen brauchten Wohnraum und Anstellung, all die Tausenden Ausgebombten, Vertriebenen und Kriegsheimkehrer. Es gab einfach nicht genügend Arbeitsplätze und Wohnungen für alle. Aber irgendwann musste dieses Provisorium doch vorbei sein. Irgendwann musste es doch wieder bergauf gehen in ihrem Leben! Das Studium in Ostberlin gab ihr die Chance dazu. Sie würde sie nicht verstreichen lassen.

»Bitte mach dir keine Sorgen, Mama.« Dora stand auf und ließ sich auf der Armlehne des Sessels nieder. Liebevoll strich sie über die altersfleckigen Hände ihrer Mutter, die reglos das Strickzeug hielten. »Der Krieg ist lange vorbei. In Berlin kann man sich frei bewegen. Es ist immer noch *eine* Stadt, trotz der verschiedenen Besatzungszonen. Das weiß ich von Erich. Die Bahnen sausen kreuz und quer herum, sagt er, egal ob oberirdisch oder unterirdisch, da merkt man kaum, in welchem Sektor man sich befindet. Bitte versteht mich doch! Ich möchte nicht nur von einer schönen Zukunft träumen, ich möchte sie in die Hand nehmen. Ich möchte doch den Rest meines Lebens nicht als Hilfsarbeiterin auf diesem Hof verbringen und mich den ganzen Tag von der alten Bäuerin anmeckern lassen. Ich möchte etwas schaffen, etwas leisten. Ein paar Jahre lang werde ich hart arbeiten müssen, wenn ich den Studienplatz bekomme. Aber dann – dann werde ich hoffentlich bald Tierärztin sein, und dann geht es uns allen besser.«

Josef Twardy, der gerade noch am Fenster gestanden und hinausgesehen hatte, begann, in der kleinen Stube auf und ab zu gehen, sodass die Holzdielen unter seinen Schuhen knarzten. Er konnte sich jeweils nur wenige Meter bewegen, um nicht mit dem Kopf gegen die Dachschräge zu stoßen.

»Ich begreife ja, dass du studieren möchtest, liebe Dora. Und ich bin überzeugt, dass du eine gute Tierärztin werden wirst, aber weshalb gehst du nicht nach Hannover oder wenigstens an diese neue Freie Universität in Westberlin?«

»Ich hatte mich auch dort beworben, aber von beiden Unis habe ich eine Absage bekommen, Papa. Die Unis in Westdeutschland nehmen kaum Frauen auf, zumal, wenn sie in meinem Alter sind und ein Kind haben, so wie ich. Für unsereins scheint in diesen Zeiten eher der Platz an der Seite eines Mannes vorgesehen zu sein. Aber ich möchte doch so viel mehr. Bitte versteht mich. Eine solche Chance bekomme ich nie wieder. Die Humboldt-Uni in Ostberlin, die fördert gerade die Bildung von Frauen, und sie ist schon immer eine der renommiertesten Universitäten Deutschlands gewesen, die besten Wissenschaftler haben dort gelehrt und geforscht, da möchte ich etwas lernen.«

Ihr Vater fiel ihr ungehalten ins Wort: »Etwas lernen ... Wie naiv du bist! Den Kommunismus werden sie dir da beibringen!«

»Ach was, Papa. Kranke Tiere heilt man überall gleich, egal, an welches gesellschaftliche System man glaubt. So ein Studium der Veterinärmedizin hat nun wirklich nichts mit Kommunismus zu tun.«

»Wenn du dich da mal nicht täuschst«, murmelte er, aber Dora ließ sich nicht unterbrechen: »Und außerdem: In der Ostzone kann man studieren, unabhängig vom Einkommen der Eltern.

Da erhalten alle Studenten ein Stipendium, das hat man mir versichert. Sodass ich nebenbei gar nicht zu arbeiten brauche und mich ganz auf das Lernen konzentrieren kann. Und Clara könnte einen Platz in einem Kinderhort bekommen, während ich in den Vorlesungen sitze. Was die Möglichkeiten für Frauen angeht, sind sie sehr fortschrittlich dort.«

»Du willst Clärchen mit nach Berlin nehmen?« Die Stimme ihrer Mutter klang plötzlich heiser, so als wäre sie schwer erkältet.

Dora nickte. »Ja, Mama. Natürlich. Was denn sonst! Du weißt, dass ich sie wie meine eigene Tochter liebe, wir gehören zusammen. Man wird dort bestimmt gut für sie sorgen. Und außerdem ...« Dora räusperte sich. Eine leichte Röte breitete sich auf ihren Wangen aus. »Es gibt noch einen Grund, weshalb ich nach Berlin gehen möchte, und weshalb Clara unbedingt mitkommen muss: Curt wohnt in Berlin. Jedenfalls ist das die letzte Adresse, die es von ihm gibt. Ich habe endlich Antwort vom Roten Kreuz bekommen. Ich will ihn finden.«

»Curt von Thorau?« Vera Twardy sprach jede Silbe einzeln aus. Sie schüttelte konsterniert den Kopf. »Ich wusste gar nicht, dass Clärchens Vater überhaupt noch lebt, nach all den Jahren, in denen er nichts mehr hat von sich hören lassen.«

»Ich wusste es auch nicht, aber jetzt habe ich einen Anhaltspunkt, wo ich ihn suchen kann.« Dora zog den Brief des Roten Kreuzes aus ihrer Rocktasche und las ihren Eltern den Text vor. »Bestimmt wird bald alles gut, Mama«, schloss sie, während sie das Blatt wieder zusammenfaltete.

»Ich weiß nicht, was daran gut sein soll, dass du mit dem Kind in die fremde große Stadt ziehst.« Vera Twardy sah ihre Tochter nicht an, während sie sprach. Argwöhnisch krauste sie die Stirn. Dann nahm sie ihre Strickarbeit wieder auf und ließ die Nadeln schneller klappern als vorher. »Clärchen ist auf dem Land aufgewachsen, erst auf unserem Hof in Ostpreußen und jetzt hier. Hör doch nur, wie viel Spaß sie da draußen an der frischen Luft hat. Was soll sie in Berlin? Die vielen Menschen, der Lärm, der Dreck und der Trubel der Großstadt würden sie krank machen. Zumal du den ganzen Tag an der Uni sein wirst.«

»Darüber habe ich auch schon nachgedacht, Mama. Aber sie wird sich daran gewöhnen. Es ist nicht alles schlecht in der Stadt. Sie wird schnell neue Freundinnen finden, da bin ich mir sicher. Sie ist ein aufgewecktes Mädchen. Es gibt Parks und Spielplätze in Berlin. Und Kinos und Theater und einen Zoo. Und Erich ist schließlich auch da. Aber das Wichtigste ist, dass Clara endlich ihren Vater wiedersehen wird. Sie kennt ihn ja eigentlich gar nicht. Denkt doch mal, sie war noch ein Baby, als er sie zum letzten Mal im Arm gehalten hat. Ich muss ihn finden. Wie sehr wird sich Curt darüber freuen, Clara endlich wiederzuhaben.«

»Meine liebe Dora.« Josef Twardy hatte seine Wanderung durch das Zimmer beendet und blieb nachdenklich vor ihr stehen. »Wo ist Herr von Thorau denn die ganze Zeit gewesen? Der Krieg ist seit sieben Jahren vorbei. Warum hat er nie nach seiner Tochter gefragt? Er kann ja nicht mehr in Kriegsgefangenschaft gewesen sein, wenn er seit Sommer 1945 in Berlin registriert ist.«

Dora nickte langsam. »Du hast recht, Papa. Ich weiß es nicht. Das frage ich mich doch selbst. Nicht einmal bei seiner Cousine Christel hat er sich gemeldet in den vergangenen Jahren, und dabei sind die beiden doch beste Freunde.«

»Ich nehme an, er ist auch tot.« Marianne, die dem Gespräch bis jetzt wortlos gefolgt war, zuckte mit den Schultern. Sie sah nicht von ihrer Handarbeit auf, während sie sprach. »Das ist die einzig schlüssige Erklärung für sein jahrelanges Schweigen.«

»Nein!«, rief Dora schnell und sprang auf. Ihr wurde gleichzeitig heiß und kalt ums Herz. »Das kann nicht sein. Das Rote Kreuz würde doch wissen, wenn er gestorben wäre. Er lebt! Ich bin mir ganz sicher, dass er lebt.«

»Womöglich hat dieser Curt inzwischen eine andere Frau geheiratet«, bemerkte Vera Twardy kühl. »Man könnte es ihm nicht verdenken, in all dem Durcheinander der Nachkriegsjahre. Vielleicht hat er gedacht, wir wären auf der Flucht umgekommen oder für immer in Ostpreußen geblieben und er würde dich und Clärchen nie wiedersehen.«

Dora schüttelte den Kopf. »Das kann ich mir nicht vorstellen. Nein, nein, Mama. Er liebt uns. Clara und mich, das weiß ich. Es muss irgendetwas passiert sein. Sonst hätte er uns gefunden. Ich will es wissen. Ich will, dass er mir ins Gesicht sagt, was geschehen ist.«

Dora presste die Lippen aufeinander, damit die anderen nicht hörten, wie ihre Stimme zitterte. Denn sie musste sich eingestehen, dass ihre Mutter mit ihren Überlegungen nicht ganz unrecht hatte. War es möglich, dass Curt längst eine andere liebte? Schon einmal hatte er Doras Herz gebrochen, aber damals war sie selbst schuld daran gewesen, weil sie seinen übermütigen Heiratsantrag zurückgewiesen hatte. Wie sehr hatte sie das bereut, als er ihr später Arm in Arm mit seiner Frau Wilma entgegentrat. Noch heute spürte sie den Stich in ihrem Herzen, den ihr der Anblick dieser hübschen Frau an seiner Seite damals versetzt hatte. Wie sie Wilma am Anfang gehasst hatte, und doch war sie ihr, kurz vor ihrem Tod, eine Freundin geworden. Dora schluckte. Das alles war so lange her. Nun waren sie beide frei füreinander, sie und Curt. Sie mussten sich nur finden.

»Ich gehe nach Berlin«, sagte sie und begann nun ihrerseits, durch den Raum zu marschieren. »Ihr könnt mich nicht aufhalten. Ich werde alles tun, um die Aufnahmeprüfung an der Uni zu schaffen.«

• • •

Josef Twardy akzeptierte es notgedrungen, dass seine älteste Tochter ihren eigenen Weg einschlagen und den Stübeckhof verlassen wollte. Er kannte Dora gut genug, um zu wissen, dass sie ihren Kopf durchsetzen würde. Schon als sie noch ein kleines Mädchen gewesen war, hatte er sich jedes Mal geschlagen gegeben, wenn sie ihn nur mit ihrem treuherzigen Augenaufschlag ansah.

»Zumindest deinem Sturkopf hat der Krieg nichts anhaben können«, hatte er schließlich geseufzt. Aber Dora wusste: In einem kleinen Winkel seines Herzens war er, wie damals, stolz auf ihren Mut und ihren Tatendrang.

Wenn sie nun morgens zusammen im Stall arbeiteten, stellte er ihr Fragen zu Viehhaltung und Tierzucht und wenn sie die Antwort nicht wusste, half er ihr weiter, damit Dora zumindest in diesem Bereich so gut es ging auf das Gespräch mit den Professoren vorbereitet war.

Eines Abends traf sie ihren Vater an, wie er in der Stube am Tisch saß, seinen alten kratzigen Füllfederhalter in der Hand. Er schrieb in seiner besten Schrift auf einen Bogen Papier.

»Was tust du da?«, fragte Dora.

Josef Twardy sah auf. »Ich schreibe dir eine Bestätigung, die du den Professoren vorlegen kannst. Damit die Herren wissen, was du damals auf unserem Hof geleistet hast. Du bist gut in dem, was du tust. Wenn es dir ernst ist mit dem Studium, will ich nur das Beste für dich.«

»Oh, Papa! Das ist so lieb von dir. Danke!«

Dora traten Tränen der Rührung in die Augen. Sie wusste ja, wie schwer ihrem Vater der Abschied fiel. Und doch war er ihr zuliebe bereit, über seinen Schatten zu springen.

Vera Twardy indes blieb schmallippig und sprach das Thema nicht mehr an.

Am schwierigsten war es für Dora, mit der kleinen Clara über ihre Pläne zu reden. Noch stand ja nicht fest, ob sie tatsächlich einen Studienplatz erhalten und nach Berlin gehen würde. Und ungewiss war auch, wie die Sache mit Curt ausgehen würde. Aber andererseits wollte sie das Mädchen nicht vor vollendete Tatsachen stellen, wenn sie die Aufnahmeprüfung geschafft hatte.

Es war Samstagnachmittag. Dora fand Clara am Zaun der Schafsweide, wo sie im Gras kniete und versuchte, ein paar neugierige Lämmer mit Löwenzahnblättern zu füttern. Dora setzte sich zu ihr und lehnte ihren Rücken an die Holzlatten.

»Hör zu, Schatz, ich muss nächste Woche für ein paar Tage verreisen«, sagte sie, nachdem sie Clara eine Weile beobachtet hatte. »Ich fahre übermorgen nach Berlin und bewerbe mich an der Uni für einen Studienplatz. Wenn ich ihn bekomme und ein paar Jahre fleißig lerne, werde ich Tierärztin sein.«

Clara lächelte. »Kannst du dann alle kranken Tiere gesund machen?«

Dora strich ihr zärtlich über die weichen Haare. Es waren Wilmas hellbraune Locken, die sich um Claras Kopf kringelten, doch aus ihren dunklen Augen blickte Curt sie an.

»Ja«, sagte Dora. »Das hoffe ich. Aber das heißt, dass wir weggehen müssen von hier. Wir werden im Herbst nach Berlin ziehen, wenn alles klappt, weit weg in die große Stadt.«

»In die Stadt?« Claras Augen weiteten sich. »Wir gehen weg vom Stübeckhof? Und von den anderen?«

Dora nickte. »Es geht nicht anders. Wenn ich Tierärztin werden will, kann ich das nur in Berlin. Aber wir kommen zu Besuch zurück, so oft es geht.«

Clara schwieg. Sie rollte ein letztes Löwenzahnblatt zwischen den Fingern. Es war ihr anzusehen, wie diese Nachricht in ihr arbeitete, und Dora nahm ihre Hand. »Wir sind da nicht allein. Erich ist doch auch da und seine Frau ebenfalls. Du wirst in der neuen Schule neue Freundinnen finden. Und außerdem ...« Sie räusperte sich. »Außerdem habe ich kürzlich erfahren, dass dein Vater in Berlin lebt.«

»Mein – Vater?« Clara sprach das Wort aus wie eine fremde Vokabel. Sie hatte keine Erinnerung an diesen Mann. Die Bezeichnung Vater bedeutete ihr nicht mehr als eine beliebige Reihe von Buchstaben. »Aber der ist doch verloren gegangen im Krieg. Das hast du gesagt. In dem ganzen Durcheinander wusste keiner, wo der andere war. Und dann war mein Vater irgendwann weg.«

»Ja, Clara, genau so war das. Aber jetzt habe ich einen Hinweis bekommen.« Sie erklärte dem Mädchen kurz, was geschehen war und was es mit dem Suchdienst des Roten Kreuzes auf sich hatte. »Was meinst du, wir zwei gehen nach Berlin und gucken, ob wir deinen Vater finden. Wir beide, du und ich, wir sind mutig, nicht wahr? Wir fangen ein aufregendes neues Leben in der großen Stadt an. Was sagst du dazu?«

Clara nickte zögernd. Sicherlich vermochte sie sich nicht vorzustellen, was Doras Pläne für ihr Leben bedeuteten. »Ja, ich will meinen Papa kennenlernen. Aber in den Ferien muss ich wieder herkommen, damit ich sehen kann, wie es den Lämmchen geht.«

»Ja, mein kleiner Liebling.«

Dora drückte das Mädchen an sich. »Wir kommen zurück, so oft es geht. Aber zuerst muss ich die Aufnahmeprüfung bestehen!«

Dora selbst fühlte sich plötzlich wie elektrisiert bei dem Gedanken, dem ungeliebten Stübeckhof womöglich bald den Rücken zu kehren. Endlich nahm sie ihr Leben selbst in die Hand, endlich hatte sie eine Zukunft vor sich, auf die sie sich freute! Was immer die Prüfung bringen würde, mit der Entscheidung anzutreten war sie aus ihrer Lethargie erwacht. Von einem Tag auf den anderen berührten sie die harschen Worte der Bäuerin nicht mehr. Die Arbeit im Stall ging ihr leicht und vergnüglich von der Hand, gelegentlich ertappte sie sich selbst dabei, wie sie leise ein Lied summte. Abends im Bett malte sie sich ihr neues Leben in der Großstadt aus und konnte vor Aufregung lange nicht einschlafen.

Erich freute sich, als sie ihm berichtete, dass sie Ende des Monats für ein paar Tage nach Berlin kommen würde, um die Aufnahmeprüfung an der Humboldt-Universität zu machen. Übernachten könne sie selbstverständlich bei ihm und seiner Frau im Haus der Schwiegereltern, schrieb er zurück.

»Nimm dir genug Zeit mit für deinen Ausflug«, schloss Erich seinen Brief. »Vor allem im Westteil der Stadt gibt es schon wieder viel zu sehen. Im vorigen Jahr hat sogar das altehrwürdige Café Kranzler am Kurfürstendamm wieder aufgemacht. So einen feudalen Schuppen kann sich ein einfacher Ostarbeiter wie ich zwar nicht leisten, aber so wie ich dich kenne, wirst du es dir nicht nehmen lassen, da zumindest einen Malzkaffee zu genießen. Viel Glück für deine Bewerbung. Wir sehen uns am 26. Mai!«

Der Name des berühmten Kaffeehauses klang wie Magie in Doras Ohren. *Café Kranzler* – das klang nach der großen weiten Welt. Nach köstlichen Kuchen und Torten, nach silbernen Kaffeekännchen und prickelnder süßer Limonade, nach gut gekleideten Menschen, die nichts weiter zu tun hatten, als den ganzen Tag lang an kleinen, hübsch gedeckten Tischchen zu sitzen, an ihrer Tasse Kaffee zu nippen und plaudernd eine Zigarette zu rauchen. Wenngleich Dora wusste, dass ein solches Leben für sie in weiter Ferne lag, war allein der Gedanke, auch nur für eine halbe Stunde dazuzugehören, wie berauschend!

4.

Am frühen Morgen des 26. Mai war es so weit, und Dora brach auf zu ihrer Reise nach Berlin. Es war ein kühler, wolkiger Montag. Die Wiesen troffen vor Nässe, weil es in der Nacht geregnet hatte. Ein klappriger Postbus brachte Dora kurz nach Sonnenaufgang vom Wielenstedter Marktplatz zum Hauptbahnhof von Hannover, wo der Interzonenzug nach Berlin startete. Für die wenigen Tage in der Stadt trug sie nur eine kleine, abgewetzte Reisetasche mit etwas Kleidung zum Wechseln bei sich. Außerdem hatte sie noch ein paar Geschenke eingepackt, für Erich ein Pfund frisch geröstete Kaffeebohnen, weil sie von ihrem Bruder wusste, wie schwierig es war, im Osten guten Röstkaffee zu bekommen. Für seine Frau Hetti hatte sie am Bahnhofskiosk die aktuelle Ausgabe der Modezeitschrift *Constanze* gekauft, von deren Titelbild eine brünette Schönheit mit dunklem Kostüm, hellem Hütchen und weißen langen Handschuhen aus dem Korbstuhl eines Pariser Straßencafés lächelte. Und Hettis Eltern würden eine Packung Lux-Zigaretten und eine Schachtel Sarotti-Schokoladenpralinen bekommen. Diese Mitbringsel hatten Dora ein kleines Vermögen gekostet, was sie sich selbst nie geleistet hätte. Aber bei ihrem ersten Besuch wollte Dora bei Erich und seiner neuen Verwandtschaft einen besonders guten Eindruck machen.

Der Zug war gut besetzt. Sie fand einen freien Fensterplatz

im Abteil der zweiten Klasse, wo bereits ein älteres Ehepaar auf der gegenüberliegenden Seite saß und sich mit leichtem Berliner Zungenschlag über einen Verwandtschaftsbesuch in Dortmund unterhielt. Der Herr erhob sich, als Dora hereinkam, und half ihr, die Tasche ins Gepäcknetz zu heben. Kurz vor der Abfahrt kam noch ein junger Mann hereingehetzt, der sich nach einem kurzen Gruß gleich neben der Tür auf das harte rote Polster fallen ließ. Mit seinen blauen Augen und der wuscheligen blonden Haartolle über der Stirn erinnerte er Dora an den Schauspieler Hardy Krüger, der in den Kinos gerade große Erfolge feierte. Er sah sympathisch aus, und sie hätte sich gern ein wenig mit ihm unterhalten. Doch er grinste sie nur kurz an und versenkte seine Nase dann umgehend hinter einer Zeitschrift.

Der Zug ruckte an.

Neugierig sah Dora aus dem Fenster, wo erst Häuser, Straßen und Fabrikgebäude, dann Stadtrandsiedlungen, und schließlich Felder und Dörfer in wachsender Geschwindigkeit an ihr vorbeizogen. Sie erinnerte sich daran, wie sie im Sommer 1940 als Sechzehnjährige zum ersten Mal die vertraute Umgebung ihres Heimatdorfes in Ostpreußen verlassen hatte, um für eine Weile in die Provinzhauptstadt Königsberg zu ziehen. Nun war sie ähnlich aufgeregt. Ob dies heute wieder der Aufbruch in ein neues Leben war? In Gedanken ging sie noch einmal alles durch, was sie sich für das Aufnahmegespräch in der Uni zurechtgelegt hatte. Es musste einfach klappen! Es hing so viel davon ab!

Dora schreckte auf, als die Waggontür aufgeschoben wurde. Ein Grenzpolizist steckte seinen Kopf herein. An dem Emblem an seiner Schirmmütze erkannte Dora, dass es sich um einen Beamten der Bundesrepublik handelte.

»Guten Morgen, die Herrschaften, wir erreichen in Kürze

Helmstedt, den letzten Westbahnhof vor der Zonengrenze. Ihre Pässe bitte!«

Dora hatte gar nicht bemerkt, wie schnell die Zeit vergangen war. Die vier Reisenden reichten dem Beamten ihre Ausweise, die er flüchtig zur Kenntnis nahm und wieder zurückgab. Er wollte gerade wieder weitergehen, als sein Blick auf die Zeitschrift fiel, die der junge Mann neben sich aufs Polster gelegt hatte.

»Den *Spiegel* lesen Sie?« Der Grenzer runzelte die Stirn. »Das Heft sollten Sie unbedingt in den Mülleimer werfen, bevor wir die Zone erreichen.«

»Ich weiß, ich weiß«, erwiderte der Mann gelassen. »Aber mir bleiben noch fünf Minuten bis zur DDR-Grenze. So lange genieße ich noch jedes freie Wort.«

Dora staunte und schwieg verblüfft.

Kurz darauf kam der Zug im Bahnhof Helmstedt zum Stehen, am letzten Bahnhof in der Bundesrepublik. Am Bahnsteig patrouillierten zwei Posten mit Wachhunden. Obwohl kaum jemand ausstieg, stand der Zug lange auf dem Gleis. Dora wollte gerade das Fenster öffnen, um nachzusehen, was die Weiterfahrt verzögerte, als der Zug einen heftigen Rumms machte.

»Sie tauschen hier immer die Lokomotive aus«, erklärte der alte Herr, als ihm Doras erschrockener Blick begegnete.

Tatsächlich ruckelte die Bahn bald wieder los. Im Zug wurde es merkwürdig still, je näher sie der Grenze kamen. Das Berliner Ehepaar war verstummt, und auch aus den anderen Abteilen, von wo vorhin noch lebhaftes Geplauder durch die dünnen Wände zu hören gewesen war, drang kein Laut mehr. Es war, als herrschte angespannte Stille in der ganzen Bahn. Der junge Mann stand auf und verließ das Abteil, um seine Zeitschrift draußen im Gang in einen der Mülleimer zu werfen.

Kurz darauf kreischten die Bremsen schon wieder, und der Zug hielt erneut. Neugierig blickte Dora nach draußen.

»Marienborn. Bahnhof Marienborn«, plärrte es aus kleinen Lautsprechern entlang des Bahnsteiges, wo bereits Dutzende DDR-Grenzbeamte in graugrünen Uniformen auf ihren Einsatz warteten, hier und da mit Schäferhunden an der straffen Leine. Auch ein paar weibliche Uniformierte waren dabei. Dora verspürte eine merkwürdige Unruhe, als sie kurz darauf beobachtete, wie zwei Grenzbeamte einen Mann abführten, den sie offenbar aus einem der Waggons geholt hatten. Was mochte er verbrochen haben?

Der Zug stand schon mehr als zehn Minuten, als die Abteiltür von außen aufgezogen wurde.

»Guudn Daach. Grenzkontrolle der Deutschen Demokratischen Republik. Ihre Ausweise und Reisedokumente, bitte.«

Die Stimme des Beamten klang streng, er sprach so breites Sächsisch, dass Dora ihn kaum verstand. Ein zweiter Polizist an seiner Seite machte eine ungeduldige auffordernde Handbewegung, als sie nicht gleich reagierte. »Das gilt auch für Sie, junges Fräulein!«

Mit vor Nervosität zitternden Händen holte Dora ihren Pass und ihre Fahrkarte aus der Handtasche und reichte beides dem Grenzer. Er sah sich erst die Fahrkarte an, die Dora bis zum Ostberliner Bahnhof Friedrichstraße gelöst hatte. Dann studierte er eingehend den Ausweis, blätterte vor und zurück, und als er die Papiere mit einem knappen Nicken endlich an Dora zurückreichte, lächelte sie erleichtert. Doch auch nachdem die Polizisten die Dokumente aller Mitreisenden kontrolliert hatten, machten sie keine Anstalten, das Abteil zu verlassen.

»Wer von Ihnen hat die Zeitschrift draußen im Mülleimer entsorgt?«, erkundigte sich der Sachse barsch. Niemand antwortete.

Mit einem Seitenblick nahm Dora wahr, wie der junge Mann neben ihr unbekümmert lächelte.

»Wie kommen Sie darauf, dass einer von uns den *Spiegel* gelesen hat?«, murmelte die alte Dame. »Es sind doch so viele Leute im Zug ...« Sie unterbrach sich erschrocken, als ihr aufging, was sie da gerade Unkluges gesagt hatte.

»Nun, dann müssen wir Ihr Gepäck kontrollieren«, entschied der andere Grenzbeamte und ließ seine Blicke durch das Abteil wandern. »Wem gehört die Tasche da oben?«

»Mir«, wisperte Dora.

»Holen Sie die herunter!«

Dora gehorchte. Diesmal half ihr der alte Herr nicht. Vermutlich waren die anderen Fahrgäste froh, dass sie ohne Gepäck verreisten und diese Prozedur nicht über sich ergehen lassen mussten.

Wenige Augenblicke später herrschte im Abteil ein heilloses Durcheinander. Während der eine Grenzer die Schiebetür blockierte, hatte der andere die Tasche geöffnet und wühlte ungeniert darin herum. Er riss Doras frisch gebügelte Blusen und ihre ordentlich zusammengelegte Unterwäsche heraus und verteilte die Kleidung wahllos auf den freien Sitzen.

»Einen hübschen Büstenhalter haben Sie da«, kommentierte der junge Mann die Aktion augenzwinkernd. »Der steht Ihnen bestimmt ausgezeichnet.«

Dora ärgerte sich, dass sie nach dieser flegelhaften Bemerkung rot wurde.

Mit grimmigem Blick nahm der Grenzer die Kaffeepackung und die Pralinenschachtel in die Hände.

»Soso. Feine Westware. Etwa für unsere Mitbürger? Als gäbe es dergleichen bei uns nicht zu kaufen ...«

»Es ist doch wohl nicht verboten, Geschenke mitzubringen!«, rief Dora.

Der Grenzer grunzte etwas, das sie nicht verstand, doch er legte die Sachen zurück in die Tasche. Da entdeckte er die *Constanze* und zog die Zeitschrift genüsslich hervor.

»Ja, aber was haben wir denn da! Verbotene West-Propaganda. Das wird konfisziert, junges Fräulein.«

»Aber wieso denn? Das ist doch nur eine Modezeitung! Da steht nichts von Politik drin.«

Der Grenzbeamte zuckte mit den Schultern. »Westpublikationen jeglicher Art sind in der Deutschen Demokratischen Republik unerwünscht.«

Der andere kramte noch ein wenig in Doras Tasche herum, fand aber nichts mehr zu beanstanden.

»Guudn Daach noch«, sagte er schließlich, und die beiden Beamten verließen das Abteil.

Mit hochrotem Kopf räumte Dora Kleider und Wäsche zurück in die Tasche. Der junge Mann stand auf und hob sie wieder in das Gepäcknetz.

Die alte Dame holte ein belegtes Brot aus ihrem Reisebeutel. Das Pergamentpapier raschelte, als sie ihren Proviant auswickelte, und augenblicklich verbreitete sich der Geruch von Leberwurst im Abteil. Während die Frau herzhaft in ihr Brot biss, zog Dora das Fenster auf, um frische Luft hereinzulassen. Es war nicht nur der strenge Wurstgeruch, der ihr den Atem nahm. Wie konnte so etwas Harmloses wie eine Modezeitschrift in der DDR verboten sein? Jetzt würde sie ihrer Schwägerin ohne ein Gastgeschenk gegenübertreten. Am unangenehmsten an der ganzen Sache war ihr aber, dass der freche junge Mann so genüsslich ihre Unterwäsche betrachtet hatte.

Auf dem Bahnhof war zu hören, wie die Waggontüren zugeschlagen wurden, und dann vernahm Dora das dröhnende Motorengeräusch der Diesellok. Sie schob das Fenster zu und setzte sich wieder. Es war fast eine Stunde vergangen seit ihrer Ankunft in Marienborn, als sich der Zug endlich wieder in Bewegung setzte und langsam aus dem Bahnhof rollte.

»Und schon geht's weider, in atemberoobender Geschwindischkeit dem Zentrum des deudschen Sozialismus zu, herzlisch willgommen in der Deutschen Demogratischen Rebbublig, auf diesem herrlischn Fleggschn Erde«, spottete der Hardy-Krüger-Doppelgänger und imitierte dabei gekonnt den sächsischen Tonfall des Grenzers. Dora musste trotz ihres Ärgers über seine Respektlosigkeit lachen. Eigentlich konnte sie dem frechen Kerl nicht böse sein.

Der Zug fuhr an Wiesen, Dörfern und Schrebergärten vorbei. Dora konnte sich in Ruhe alles ansehen, denn es ging erheblich langsamer voran als auf der anderen Seite der Grenze. Immer wieder blieb die Bahn stehen, um einen entgegenkommenden Zug vorbeifahren zu lassen.

»Tja, es würde schneller gehen, wenn die Russen nicht so viele Schienen abgebaut hätten«, erklärte der junge Mann, nachdem Dora einen ungeduldigen Seufzer nicht hatte unterdrücken können. »Als Entschädigung für den Krieg. Ganze Industrieanlagen haben sie damals zu Väterchen Stalin in die Sowjetunion transportiert. Kein Wunder, dass unsere Wirtschaft nicht in Schwung kommt. Da lobe ich mir doch die Amis.« Er grinste wieder. »Die waren viel großzügiger. Die haben den Leuten im Westen Kaugummis, Schokolade und Zigaretten gebracht. Und nicht zu vergessen: tolle Musikschallplatten.«

»Oh ja«, rief Dora. Mit dem letzten Satz war ihr der hübsche, freche Kerl endgültig sympathisch geworden. »Sie haben absolut recht. Die Amerikaner machen großartige Musik. Ich liebe Jazz und Swing. Man kann so fantastisch dazu tanzen. Und endlich kann uns niemand mehr verbieten, diese Platten zu hören.«

Der junge Mann begann augenblicklich, rhythmisch mit den Fingern zu schnippen, dazu sang er so etwas wie »Bee-Bob-a-doodoo« und Dora lachte.

»Darf ich Ihnen einen Rat geben, mein Fräulein?« Der Zug hielt schon wieder, und die ältere Dame nutzte die Gelegenheit, um sich Tee aus einer Thermoskanne in einen Blechbecher zu gießen. »Sie sollten sich besser kein Beispiel an diesem schnodderigen jungen Herrn nehmen. Behalten Sie Ihre Begeisterung für den Klassenfeind hier in der Zone besser für sich! Sonst bekommen Sie am Ende mehr Ärger, als Ihnen lieb ist.«

• • •

Wenige Stunden später stieg Dora am Bahnhof Zoologischer Garten aus dem Zug. Trotz der Bummelei durch die Zone war die Bahn so pünktlich angekommen, wie es im Fahrplan stand. Sie hatte extra den ersten Zug des Tages genommen, um für alle Eventualitäten gerüstet zu sein und auf keinen Fall zu spät zu ihrem Vorstellungsgespräch an der Uni zu kommen. Jetzt blieben ihr noch über zwei Stunden bis dahin, und sie hatte beschlossen, im Westteil der Stadt einen kleinen Zwischenstopp einzulegen, um ein wenig durch die Straßen zu spazieren, wie es Erich empfohlen hatte.

Dora schloss ihre Tasche in einem Schließfach ein. Ein wenig bedauerte sie, dass der nette junge Mann nicht ebenfalls ausgestiegen war. Es wäre sicher lustig gewesen, mit ihm noch irgendwo einen Kaffee oder eine Limonade zu trinken. Aber er hatte ihr nur ein freundliches »Auf Wiedersehen!« zugerufen und war im Abteil sitzen geblieben, um weiter bis zum Endbahnhof zu fahren.

Hier, am Bahnhof Zoo, befand sich Dora im britischen Sektor der Stadt. Das war unschwer zu erkennen, als ihr vor dem Bahnhofsgebäude eine Gruppe Soldaten begegnete, an deren Uniformärmeln sie die Nationalflagge des Vereinigten Königreiches erkannte. Die Männer grinsten sie an, und Dora lächelte zurück.

Was war Berlin doch für eine aufregende Stadt! Dora wurde es beinahe schwindlig, als sie kurz darauf über den Kurfürstendamm flanierte. Hier pulsierte das Leben. Nach den Jahren, die sie in der Abgeschiedenheit des Stübeckhofes und in dem verschlafenen Örtchen Wielenstedt verbracht hatte, erschien ihr das hektische Treiben der Großstadt, das Menschengewimmel und der Lärm der Autos, Straßenbahnen und der doppelstöckigen Linienbusse atemberaubend. Auf der prächtigen Einkaufsstraße war fast nicht mehr zu erkennen, dass diese Stadt vor ein paar Jahren in Schutt und Asche gelegen hatte. Zwar gab es hier und da noch Baulücken oder hohe Gerüste an den Fassaden. Aber längst waren die großen Geschäftshäuser am Ku'damm wiederaufgebaut. Sie wirkten wie steinerne Sinnbilder des Wirtschaftsaufschwungs. Als Dora allerdings in eine der kleineren Seitenstraßen abbog, ragten hier und da ausgebrannte Ruinen in den Himmel. Der Anblick der verrußten Wände und notdürftig mit Holzbrettern vernagelten Fenster löste ein mulmiges Gefühl in ihr aus. Genau so hatte sie Berlin erlebt, damals, als sie auf ihrer langen Zugfahrt von Ostpreußen nach Westdeutschland auch ein Stück durch die ausgebombte Hauptstadt gefahren war. Dora schüttelte sich innerlich bei dem Gedanken an die Schuttberge auf den Straßen und die leeren schwarzen Fensterhöhlen der zerstörten Häuser, die damals das Stadtbild prägten. Nein, daran wollte sie nicht mehr denken, sie wollte lieber nach vorn blicken und das neue, schöne Berlin kennenlernen. Rasch kehrte sie zurück auf den belebten Ku'damm mit seinen großen, hellen Schaufenstern und den voll besetzten Straßencafés, wo die Leute dicht an dicht unter den bunten Markisen und Sonnenschirmen saßen und sich unter vergnügtem Geplauder ihr Eis oder ihren Milchkaffee schmecken ließen.

Neugierig betrachtete Dora ihre Umgebung. Auf überdimensionalen Plakatwänden an den Häuserfronten und sich drehenden Litfaßsäulen wurden die neuesten Kinofilme und Theaterproduktionen angepriesen, edle Parfums, Zigaretten, Autos, aber auch Werbung für Coca-Cola-Limonade entdeckte Dora, und sie nahm sich vor, so bald wie möglich wieder ins Kino zu gehen und vor allem endlich einmal ein Glas dieser merkwürdigen braunen Brause aus Amerika zu probieren. Das Leben in der Großstadt schien ihr überaus verlockend. Sie wollte die paar Tage, die sie nun in Berlin verbringen würde, in jeder Hinsicht genießen. Genüsslich schlenderte sie an den Schaufenstern der Modeboutiquen, Schuhgeschäfte und Schmuckläden vorbei. In den Auslagen, vor allem im KaDeWe an der Tauentzienstraße, dem berühmten Kaufhaus des Westens, wurden die herrlichsten Dinge angeboten, kaum etwas, das es nicht zu kaufen gab: elegante Kostüme, verspielte Kleider, schicke Pumps, kostbare Perlenketten und jede Menge Strümpfe, hauchdünne hautfarbene Seidenstrümpfe, ein ganzes Schaufenster voll. Auf dem Stübeckhof hatte sie wenig Gelegenheit, dieses feine, empfindliche Gewebe zu tragen, aber in Berlin würde sie sich endlich wieder richtig gut anziehen können. Verstohlen blickte sie sich zu den anderen Frauen um, die neben ihr über den Gehweg eilten. Wie elegant die Berlinerinnen gekleidet waren! Wie sicher und selbstbewusst sie sich bewegten! Dora kam sich in ihrem verwaschenen grünen Hemdblusenkleid geradezu schäbig vor. Wie eine Landpomeranze, dachte sie. Und dabei war es ihr doch früher immer so wichtig gewesen, gut auszusehen und schicke Kleider zu tragen. Doch sie hütete sich davor, einen dieser feinen Modeläden zu betreten. Die Versuchung war zu groß, dass sie am Ende tatsächlich etwas kaufen würde, und wenn es nur dieses entzückende grün-blau getupfte Chiffontuch wäre, das man einer der Schaufensterpuppen um den Hals drapiert hatte. Nein, sie musste ihr Geld zusammenhalten. Sie würde jeden Pfennig brauchen, wenn sie erst zum Studieren nach Berlin zog. Nur an einem Zeitungskiosk machte sie kurz halt und kaufte eine hübsche Ansichtspostkarte, auf der ein paar Segelboote und ein Ausflugsdampfer auf dem sommerlichen Wannsee zu sehen waren, dazu war in einer Ecke das Wappentier der Hauptstadt, der Berliner Bär, abgebildet. Noch an Ort und Stelle schrieb sie einen kurzen Gruß an Clara darauf, klebte eine Briefmarke auf und schickte die Karte auch sofort ab, so wie sie es dem Mädchen zu Hause versprochen hatte – zum Trost, weil Clara zur Schule gehen musste und Dora nicht auf ihrer Reise begleiten konnte.

Nachdem sie auf dem Kurfürstendamm ein wenig auf und ab gegangen war, kam sie am *Café Kranzler* vorbei. Obwohl sich heute auch in Berlin die Sonne rarmachte, war die Straßenterrasse zu dieser Mittagsstunde gut besucht. Dora hatte Glück, sie entdeckte noch einen freien Sitzplatz unter der rot-weiß gestreiften Markise und ließ sich erleichtert nieder. Ein wenig taten ihr die Füße weh von dem langen Spaziergang auf dem harten Pflaster, und es blieb ihr noch immer genügend Zeit, um sich vor ihrem Bewerbungsgespräch an der Uni etwas auszuruhen. Während sie die Beine von sich streckte, fiel ihr Blick auf die schwarze Ruine einer vom Krieg zerstörten Kirche, die wie vergessen inmitten des pulsierenden Lebens stand, umgeben von hohen Häusern mit den modernen Reklameschriften darauf und hupenden Autos.

»Dit is, wat uns die Engländer von unserer schönen Kaiser-Wilhelm-Kirche übrig jelassen haben, junges Frollein«, erklärte die Kellnerin, die ihr die Speisekarte brachte, in breitem Berlinerisch. Sie hatte Doras fragenden Blick gleich richtig gedeutet. »Die wird nie wieder uffjebaut. Aber abjerissen wird se ooch nich. Jedenfalls nich janz. Den kaputten Turm wollen se stehen lassen. Dit bleibt der hohle Zahn von Berlin, wissen Se. Der soll die janze Welt daran erinnern, wie schlimm der Krieg war und dit so wat bloß nich wieder passieren darf.«

Dora nickte beklommen. »Da haben Sie recht. Nie wieder! Aber es tut gut zu sehen, dass so viele zerstörte Häuser in Berlin schon wieder aufgebaut sind.«

»Ja, hier im Westen haben wir uns mächtig ins Zeug jelegt ...« Sie zog einen Stift und einen kleinen Schreibblock aus der Schürzentasche. »Wat kann ick Ihnen denn Jutes tun?«

Dora warf einen raschen Blick auf die Speisekarte. Auf vier Pappseiten war in hübschen Druckbuchstaben aufgelistet, welche Köstlichkeiten man hier genießen konnte: Suppen und kleine warme Gerichte, kalte Speisen und Schnittchen, warme Getränke, kalte Getränke, alkoholische Getränke, Kuchen und Torten, Eisbecher-Spezialitäten, Sahne-Spezialitäten ... Das reichliche Angebot des kleinen Büchleins verwirrte sie. Verglichen mit dem, was in dem kleinen Café in Wielenstedt zu bekommen war, klang es geradezu paradiesisch. Allerdings waren die Preise hier schwindelerregend hoch. Offenbar bezahlte man im *Café Kranzler* gleich auch ein paar Pfennige für die berühmte Berliner Luft mit. Dora beschloss, nur etwas zu trinken, um nicht gleich am ersten Tag so viel Geld auszugeben. Ein Kännchen Kaffee mit Sahne und Zucker für eine Mark zwanzig, das war teuer genug. Außerdem war sie aufgeregt vor der Prüfung und wusste, dass sie im Moment keinen Bissen genießen würde, so verlockend ›Rühreier mit Bratkartoffeln und Salat‹ oder ›Buttercremetorte‹ auch klangen.

»Einen Kaffee, bitte«, sagte sie, doch dann überlegte sie es sich anders und noch bevor die Kellnerin die Bestellung notiert hatte, rief sie: »Ach nein, Fräulein, bitte lieber ein Glas von dieser Coca-Cola-Brause.«

Die kostete nämlich nur 50 Pfennige und Dora hatte dieses Getränk doch sowieso längst probieren wollen.

Zufrieden lächelnd lehnte sie sich zurück und sah der Kellnerin nach, die sich mit raschen Schritten den Weg zurück ins Café bahnte. Sie bemerkte, wie zwei junge Männer am Nebentisch zu ihr herüberblickten und einander etwas zuraunten. Ganz sicher redeten sie gerade über sie und überlegten vielleicht, ob sie womöglich auf eine Herrenbekanntschaft wartete. Dora lächelte keck zurück. Mochten die beiden doch von ihr denken, was sie wollten. Heute wollte sie nur eine glückliche junge Frau sein, die in einem Berliner Straßencafé die Beine übereinanderschlug und es genoss, von hübschen jungen Männern wahrgenommen zu werden.

Wenig später hielt sie ein bauchiges Glas mit dem gewünschten Getränk in der Hand. Ein paar Eiswürfel klirrten in der dunklen, sprudelnden Flüssigkeit, die aussah wie kalter Kaffee mit reichlich Sodawasser. Neugierig rührte Dora mit dem Strohhalm darin herum und betrachtete die kleinen Luftbläschen, die sofort aufstiegen.

Ganz langsam nahm sie einen ersten Schluck und ließ das Aroma der unbekannten Limonade einen Augenblick lang auf der Zunge wirken. Sie schmeckte anders als alles, was sie bisher getrunken hatte, sehr süß, nach viel Zucker, aber auch ein wenig nach Kaffee, Karamell, Zitrone und nach etwas Unbekanntem, das sie nicht benennen konnte. Doch die Coca-Cola gefiel ihr. So wie ihr das ganze *Café Kranzler*, ja, die ganze Stadt gefiel. Ihr war es, als hätte sie die vergangenen Jahre in einem Dornröschenschlaf verbracht, als würde mit dem ersten Schluck Cola ein neues Leben beginnen.

Sie faltete das Blatt auseinander, das Erich ihr vor ein paar Tagen geschickt hatte. Darauf waren die beiden Pläne der Berliner Schnellbahnnetze abgebildet, einer für die U-Bahnen und einer für die S-Bahnen, ein Gewirr aus sich kreuzenden Linien, mit Punkten, Kreisen, Ziffern und einer verwirrenden Menge von Haltestellen. Die Bahnhöfe ›Zoologischer Garten‹, ›Friedrichstraße‹ und ›Unter den Linden‹ hatte Erich rot markiert, damit sie wusste, wo sie einsteigen, umsteigen und aussteigen musste. Es sah trotzdem kompliziert aus, und Dora beschloss, gestärkt durch ein Glas Coca-Cola, bald aufzubrechen, damit sie genug Zeit hatte, sich im Labyrinth der Bahnen zurechtzufinden.

5.

Eine halbe Stunde später stand Dora vor der altehrwürdigen Humboldt-Universität. Das Gebäude hatte den Krieg überstanden, wenngleich die immensen Schäden noch immer zu sehen waren. Die hohen Fensterhöhlen zwischen den Säulen der Vorderfront waren nur notdürftig verglast. Die ganz rechte Säule war komplett zusammengebrochen. Auf dem bröckelnden Dachgesims stand vereinsamt ganz links außen eine letzte, nicht abgestürzte Statue. Den Resten nach zu urteilen, mussten da oben früher einmal sechs dieser griechischen Götterfiguren gestanden haben, bevor die Bombennächte des Krieges eine halbe Ruine aus dem Gebäude machten. Die marmornen Brüder Wilhelm und Alexander von Humboldt, deren Name die Universität trug, standen noch immer auf ihren steinernen Podesten vor dem Zaun des Vorhofs, allerdings hier und da von Querschüssen oder Granatsplittern beschädigt.

Mit festem Schritt ging Dora durch das Tor. Eine Gruppe Studenten kam aus dem Gebäude, lachend und schwatzend, und Dora wünschte sich sehr, dass sie bald auch dazu gehörte.

Sie schob die schwere Eingangstür auf. Aus dem Innern des Gebäudes schlug ihr der muffige Geruch von feuchtem Mauerwerk entgegen. Eine große Leere erwartete sie hier. Es war nicht zu übersehen, dass das Foyer im Krieg schwerste Schäden erlitten hatte, nur notdürftig waren manche Wände wieder hergerichtet. Und doch war die Universität voller Leben, Studierende und Professoren durchschritten die Gänge. Ihre Schritte und Stimmen hallten von den hohen kahlen Wänden. Wie selbstbewusst sie sich bewegten. Für diese Leute war heute ein ganz normaler Tag im laufenden Semester. Dora beobachtete sie mit einem Anflug von Ehrfurcht. Ob die anderen ihr ansahen, dass sie vom Land kam und heute zum ersten Mal eine Universität betrat?

Dora entdeckte eine Beschilderung, die ihr die Richtung zu dem Hörsaal zeigte, in dem das Aufnahmegespräch für Veterinärmedizin stattfand. Mit klopfendem Herzen machte sie sich auf den Weg in den Westflügel und stieg die breite Marmortreppe zum ersten Stock hinauf.

Wenig später wartete sie auf dem langen Gang vor der geschlossenen, hohen Doppeltür und lauschte dem unverständlichen Gemurmel, das aus dem Hörsaal zu ihr herausdrang. Dora hätte so gerne mitbekommen, welche Prüfungsfragen die Professoren dem anderen Kandidaten stellten, der sich da drinnen gerade um einen Studienplatz bewarb. Schon mehr als zwanzig Minuten waren vergangen, seit man den jungen Mann hereingelassen hatte. Was gab es denn da so viel zu besprechen? Ihr Herz klopfte so laut, dass es beinahe die Wortfetzen übertönte. Wohl zum zwanzigsten Mal, seit sie hier saß, blickte sie auf ihre Armbanduhr. 16 Uhr 25. Noch fünf Minuten, dann war sie an der Reihe. Dora schloss die Arme fester um ihre Handtasche, als könnte sie damit ihren aufgeregten Pulsschlag beruhigen.

Sie war nicht allein. Neben Dora saßen ein junger Mann und eine junge Frau auf den schlichten Holzstühlen, die man wie im Wartezimmer eines Arztes an der Wand aufgereiht hatte. Von der Decke baumelten Kugellampen aus Milchglas und verbreiteten ein gelbliches Licht in dem Flur mit dem zerkratzten Linoleumboden und den weiß getünchten Wänden, die mit gerahmten Fotografien von Politikern geschmückt waren. Auf einem Bild erkannte Dora den sowjetischen Staatschef Stalin mit seinem großen Schnurrbart, auf einem anderen den DDR-Staatspräsidenten Pieck, von dem auch in westdeutschen Zeitungen gelegentlich zu lesen war. Auf beiden Seiten des Flurs gingen Türen zu den verschiedenen Hörsälen ab. An der Tür, vor der sie warteten, hing ein Zettel, mit Reißzwecken ans Holz geheftet: »Eignungsprüfung Veterinärmedizin, bitte erst nach Aufforderung eintreten!«

Verstohlen betrachtete Dora ihre Mitbewerber. Die beiden waren deutlich jünger als sie. Deren schulische Laufbahn war offenbar nicht vom Krieg durcheinandergewirbelt worden. Die Frau, eine kleine Person in einem geblümten Kleid und mit einem langen, hoch gebundenen Pferdeschwanz, lächelte die ganze Zeit und fuhr sich dabei immer wieder nervös mit der Zunge über die Oberlippe. Sie wirkte sehr jung, kaum zwanzig Jahre alt. Wahrscheinlich hatte sie gerade erst ihr Abitur gemacht. Der junge Mann neben ihr war nicht viel älter, ein blasser, schlaksiger Typ mit streng gescheitelten, dunklen Haaren und einer Hornbrille. Er trug einen Anzug mit weißem Hemd und Krawatte und starrte ernst vor sich hin. Doch seine Nervosität war nicht zu übersehen, denn beständig knetete er den Griff seiner Aktentasche in den Händen.

»Himmel, wie lange lassen sie uns denn hier noch schmoren!«, entfuhr es der jungen Frau mit dem Blümchenkleid und sie fügte kichernd hinzu: »Wenn ich nicht bald drankomme, mache ich mir vor Aufregung in die Hose!«

Dora lächelte, als sie zu ihr hinüberblickte. Die andere hatte ihr aus dem Herzen gesprochen, wenngleich sie selbst das niemals so freimütig zugegeben hätte.

»Ein paar Minuten wird es wohl noch dauern«, antwortete sie. »Wann haben Sie denn Ihren Termin?«

»Erst um fünf. Ich bin extra früh gekommen, damit ich ihn bloß nicht verpasse.«

»Oh, dann bin ich vor Ihnen dran. Halten Sie es noch so lange aus?«

»Das muss ich wohl.« Die junge Frau lachte jetzt, sodass ihr Pferdeschwanz wippte. »Sind Sie auch so aufgeregt? Immerhin hängt unsere Zukunft von diesem Gespräch ab. Wenn ich bloß wüsste, was uns darin erwartet.«

Dora nickte, froh über die Plauderei und die Erkenntnis, dass die andere genauso nervös war wie sie. »Ja, die Ungewissheit ist das Schlimmste. Ich werde auch heilfroh sein, wenn ich die Prüfung hinter mir habe. Und wenn ich es hoffentlich geschafft habe.«

Die junge Frau neben ihr nickte. »Wird schon gut gehen. Ich bin übrigens Anneliese Schäfer. Vielleicht sehen wir uns ja demnächst öfter. Und wer sind Sie?«

Dora stellte sich ebenfalls vor und schloss: »Ich bin heute früh erst aus der Lüneburger Heide angereist.«

»Von so weit her?«, staunte Anneliese.

»Die Humboldt-Universität war die einzige, die mich zu einem Vorstellungsgespräch eingeladen hat. Für Frauen ist es im Westen nicht einfach, einen Studienplatz zu bekommen, zumal es schon eine Weile her ist, dass ich mein Abitur gemacht habe. Aber hier will ich es unbedingt schaffen. Es ist mein größter Wunsch, Tierärztin zu werden.«

»Und was ist mit Ihnen?«, erkundigte sich Anneliese bei dem jungen Mann, der dem Gespräch der beiden Frauen bis jetzt schweigend gefolgt war.

»Oh, pardon. Mein Name ist Günther, Günther Birkenbauer

aus Erfurt. Ich soll bald die Tierarztpraxis meines Vaters übernehmen. Wenn ich den Studienplatz nicht bekomme, brauche ich mich zu Hause nicht mehr sehen zu lassen.« Er grinste schief.

»Bei mir ist es genau andersherum«, entgegnete Anneliese unbekümmert. »Meine Mutter hat die Hände über dem Kopf zusammengeschlagen, als ich ihr sagte, dass ich Tiermedizin studieren möchte. Schuster, bleib bei deinen Leisten, sagt sie immer. Niemand aus meiner Familie hat je auch nur daran gedacht zu studieren. Aber unser Arbeiter- und Bauernstaat gibt Menschen wie mir eine Chance. Gerade weil mein Vater überzeugter Kommunist war und von den Nazis verfolgt wurde, habe ich eine Einladung zum Vorstellungsgespräch bekommen. Ist das nicht doll? Mal sehen, wie es klappt. Am liebsten möchte ich im Zoo arbeiten, mit Affen und Elefanten, exotische Tiere finde ich aufregend. Aber wenn es darin gleich nicht gut ausgeht ...« Sie wies auf die Tür zum Prüfungssaal. »Nun, dann werde ich eben Schneiderin wie alle anderen Frauen in meiner Familie. Es gibt Schlimmeres.« Sie zuckte mit den Schultern.

»Ich drücke Ihnen die Daumen«, sagte Dora.

»Danke. Haben Sie sich gut vorbereitet auf das Gespräch?«

»Ein bisschen. Ich bin auf einem Gutshof in Ostpreußen aufgewachsen und hatte immer schon viel mit Tieren zu tun. Ein paar Jahre lang, als mein Vater an der Front war, habe ich unser Gestüt sogar selbst geleitet. Ich hoffe, dass mir diese Erfahrung beim Studium hilft. Und beim Bewerbungsgespräch. Mein Vater hat mir eine Bestätigung geschrieben.« Dora klopfte leicht auf ihre Handtasche. »Ich habe seinen Brief dabei, um ihn den Professoren vorzulegen, falls sie nach meiner Eignung für die Veterinärmedizin fragen. Ich setze einfach darauf, dass sich die Herren Professoren davon überzeugen lassen.«

»Du liebe Zeit. Ein Gestüt in Ostpreußen. Das klingt ja mal

feudal. Waren Sie damals so richtige reiche Großgrundbesitzer mit riesigen Ländereien und jeder Menge Angestellten?« Annelieses Stimme klang halb ehrfürchtig, halb erschrocken.

»Aber nein«, wehrte Dora rasch ab, weil sie auf keinen Fall eingebildet klingen wollte. Sie war so froh, dass sie die junge Frau kennengelernt hatte, und wollte es sich mit ihr nicht verscherzen. »Unser Gutshof war einer von vielen in Ostpreußen. Er war eigentlich nichts Besonderes. Damals war es ganz normal, Leute zu haben, die auf dem Hof mitarbeiteten. Ohne Personal hätten die Anwesen mit den vielen Pferden und den großen Getreidefeldern gar nicht bewirtschaftet werden können. Immerhin galt die Gegend damals als Kornkammer Deutschlands.«

»Und das steht alles in dem Brief, den Ihr Vater Ihnen mitgegeben hat?«, erkundigte sich Günther.

Dora nickte. »Ja, weshalb fragen Sie?«

»Diesen Brief dürfen Sie den Professoren auf keinen Fall zeigen«, flüsterte er. »Erwähnen Sie bloß nicht, dass Sie von einem Gutshof in Ostpreußen abstammen, wenn Sie in der DDR studieren wollen.«

»Aber wieso nicht?«, fragte Dora erschrocken.

»Nun.« Verlegen rückte Günther seine Brille zurecht. »Es ist nun mal so: Als Tochter eines reichen Gutshofbesitzers gelten Sie in der DDR als unerwünschtes Überbleibsel eines absterbenden Systems. Ich befürchte, damit werden Sie hier niemals einen Studienplatz bekommen.«

Dora wurde blass. »Aber wieso? Das ist doch ...«

Sie kam nicht weiter, denn in diesem Augenblick wurde die Tür des Hörsaals geöffnet und ein junger Mann trat heraus. Grußlos und mit gesenktem Kopf ging er über den Flur davon.

»Der hat es wohl nicht geschafft«, murmelte Anneliese. Dora

verspürte plötzlich einen Druck im Hals, als steckte dort ein Klumpen fest.

»Nur Mut, behaupten Sie einfach, Sie gehören einer armen unterdrückten Proletarierfamilie an«, flüsterte Anneliese ihr zu. »Vielleicht klappt es dann.«

Dora blieb keine Zeit, über diese Worte nachzudenken, denn im nächsten Moment wurde ihr Name gerufen.

»Fräulein Dora Twardy?« In der offenen Tür zum Hörsaal, die Klinke in der Hand, stand eine ältliche Dame in einem schlichten braunen Kostüm, die ergrauenden Haare in akkurate Wasserwellen gelegt. Sie war offenbar die Assistentin des Instituts und forderte Dora mit einer Handbewegung auf einzutreten. »Bitte, die Herren Professoren erwarten Sie zum Gespräch.«

Dora stand von ihrem Sitz auf. Sie warf Anneliese und Günther einen letzten Blick zu und betrat den Hörsaal. Mit leisem Schnappen fiel die Tür hinter ihr zu. Dora sah sich um. Ihr Herz klopfte. Der Raum war größer, als sie erwartet hatte. Sie kam sich vor wie eine kleine Schauspielerin auf der Bühne eines riesigen Theatersaals. Die Assistentin führte sie zu einem Pult, das inmitten des Saales vor einer großen grünen Tafel stand. Die Bankreihen waren steil ansteigend und mit Klappsitzen versehen. Sie waren leer bis auf zwei Herren in grauen Anzügen, die in der dritten Reihe saßen. Den einen schätzte Dora auf nur wenige Jahre älter als sich selbst, wenngleich sein blonder Kurzhaarschnitt bereits deutliche Geheimratsecken zeigte. Er war leicht untersetzt, und während er Dora betrachtete, umspielte ein Lächeln seine fülligen Lippen. Der andere Mann war sicher schon über sechzig, hatte ein kantiges, von tiefen Linien durchfurchtes Gesicht, dichte eisgraue Haare und buschige Brauen. Er blickte ernst auf sie herab.

»Herr Professor Kuhn und Herr Professor Paulitzer, Studienanwärterin Dora Twardy«, erklärte die Assistentin noch, dann ließ sie sich auf einem seitlich angebrachten Klappstuhl in der untersten Reihe nieder, nahm Stift und Notizblock zur Hand und schlug erwartungsvoll die Beine übereinander.

Beim Anblick des großen Hörsaals überlief Dora ein ehrfürchtiger Schauer. Sie stellte sich vor, wie es wäre, inmitten vieler anderer Studenten auf einer dieser Bänke zu sitzen, gebannt der Vorlesung eines Professors zu lauschen, der irgendetwas über die Anatomie von Pferden oder über Staupe-Schutzimpfungen für Hunde erzählen würde. Oh, es wäre so wunderbar, all diese Dinge von Grund auf zu lernen. Dieser Traum durfte nicht platzen, ganz gleich, was die beiden da draußen erzählt hatten. Dora biss die Zähne zusammen. Ich kann schließlich nichts dafür, dass ich als Tochter eines Gutshofbesitzers aufgewachsen bin, dachte sie. Ich muss diesen beiden Professoren dort oben nur ein wenig nach dem Mund reden. Das kann doch nicht so schwer sein.

Dora wartete noch einen Augenblick, ob einer von ihnen das Wort ergreifen würde, und als niemand redete, begann sie selbst.

»Guten Tag!« Ihre Stimme hallte merkwürdig in dem großen Saal. »Ich freue mich, dass Sie mich zum Bewerbungsgespräch eingeladen haben.«

Die beiden Professoren nickten.

»Fräulein Twardy.« Der ältere begann schließlich zu sprechen. »Weshalb möchten Sie Veterinärmedizin studieren?«

Dora verbarg ein Lächeln. Mit dieser Frage hatte sie gerechnet. Sie antwortete, ohne zu zögern. »Ich bin in der Landwirtschaft aufgewachsen, Professor Paulitzer. Tiere, vor allem Pferde, waren schon immer meine Leidenschaft. Einen Beruf, in dem es nicht darum geht, Tiere zu pflegen oder Tiere zu retten, kann ich mir nicht vorstellen.«

»Haben Sie sich das auch gut überlegt?« Professor Kuhn räusperte sich bei diesen Worten. Dora meinte ein spöttisches Glitzern in seinen Augen zu erkennen. »Der Beruf des Veterinärarztes kann sehr anstrengend sein, auch körperlich. Und es gibt doch so viele andere schöne Berufe für junge Frauen, Sekretärin zum Beispiel.« Sein Blick wanderte zu der Assistentin hinunter, die den Kopf über ihren Notizblock gesenkt hatte und offenbar jedes Wort mitschrieb. »Verkäuferin oder vielleicht Krankenschwester.«

Dora schüttelte den Kopf. »Nein. Mein Traum ist es, Tierärztin zu werden, und genau das möchte ich hier lernen. Ich habe mich an der Humboldt-Universität beworben, weil sie einen so guten Ruf in der Wissenschaft hat. Und mir gefällt, dass in der DDR so viel für die berufliche Bildung der Frauen getan wird.«

»Das ist schön. Aber Sie müssen wissen, dass der Beruf des Veterinärmediziners einiges an Robustheit von Ihnen abverlangen wird. Man kann nicht alle Tiere retten. Wenn man zum Beispiel ein krankes Tier einschläfern muss, kann das vor allem für die Seele einer Frau sehr belastend sein.«

»Damit kann ich umgehen, Herr Professor Paulitzer. Ich habe schon kranke Tiere versorgt und bei etlichen Geburten im Stall assistiert und ich weiß, wie es sich anfühlt, wenn ein geliebtes Tier stirbt.« Sie wich dem Blick der beiden Männer nicht aus. Die Professoren sollten nicht glauben, dass sie zu weichherzig für diesen Beruf war. »Ich bin es gewohnt, Verantwortung zu übernehmen. Damals im Krieg, nachdem mein Vater eingezogen worden war, da musste ich mich auf einmal ganz allein um den Betrieb kümmern.«

»Können Sie uns Dokumente zeigen, die diese praktischen Erfahrungen in der Landwirtschaft belegen?«, fragte Professor Paulitzer.

Doras Hand fuhr an die Schnalle ihrer Handtasche, um das Schreiben ihres Vaters herauszuholen. Doch sie zuckte zurück.

Vielleicht hatten Anneliese und Günther recht und es wäre besser, für sich zu behalten, dass sie auf einem großen Gutshof mit weiten Ländereien und etlichen Angestellten aufgewachsen war. Womöglich galt sie damit tatsächlich als Klassenfeind und das Studium wurde ihr verwehrt? Dora hob den Kopf.

»Ich hoffe, ich kann Sie auch ohne Zeugnisse davon überzeugen, beste Voraussetzungen für das Studium der Tiermedizin mitzubringen. Sie werden von mir nicht enttäuscht werden, das verspreche ich ihnen.«

Professor Kuhn betrachtete sie mit einem Blick, den Dora nicht deuten konnte. »Sie stammen aus Ostpreußen, wie ich Ihrem Bewerbungsschreiben entnommen habe?«, fragte er.

Dora nickte.

»Dann wollen wir doch mal Ihre gesellschaftliche Grundhaltung überprüfen, junges Fräulein. Wie stehen Sie zur Bodenreform, die nach dem Krieg in der sowjetischen Besatzungszone durchgeführt wurde?«

Dora schluckte. Die Frage traf sie unerwartet. Jetzt nur nichts Falsches sagen … Ihr war es, als hörte sie noch einmal die Stimme ihres Vaters, wie er über die Enteignungen wetterte. »Sie nehmen den eigenen Leuten nicht nur ihr Land weg«, hatte er geschimpft, »sondern ihren ganzen Besitz und vertreiben sie aus ihren Häusern, ohne einen Pfennig Entschädigung. Auf dreißig Kilometer dürfen sie sich ihrer Heimat nicht mehr nähern, stellt euch das vor! Nicht einmal die Gräber ihrer Verwandten dürfen sie dort mehr besuchen.«

Dora konnte den Zorn ihres Vaters nachvollziehen. Aber sie war sich jetzt sicher, wenn sie hier Kritik am politischen System der DDR laut aussprach, war es vorbei mit dem Traum vom Studium an der Humboldt-Universität. Sie senkte den Blick. »Ich muss zugeben, dass ich mich mit der Politik in der DDR noch nicht intensiv befasst habe…«, antwortete sie ausweichend. »Aber soweit ich weiß, haben viele Flüchtlinge, Vertriebene und Umsiedler aus den ehemaligen deutschen Ostgebieten von der Bodenreform profitiert. Mit den Feldern und Äckern, die sie dabei erhalten haben, konnten sie sich wieder eine Existenz aufbauen. Das war sicher eine gute Sache.«

Sie hatte sich daran erinnert, dass Erich einmal etwas in dieser Art geschrieben hatte, und hoffte, den Professoren damit eine Antwort gegeben zu haben, mit der sie zufrieden waren.

»So ist es, Fräulein Twardy.« Professor Paulitzer sah sie wohlwollend an. »Das war einer der Gedanken dabei.«

»Es ging darum, diese kapitalistischen Großgrundbesitzer in die Schranken zu weisen«, rief Professor Kuhn und erhob einen Finger. »Mit der Enteignung haben wir einen Strich unter die deutsche Vergangenheit gezogen. Falls Sie zum Studium an dieser Universität zugelassen werden, Fräulein Twardy – und ich betone: falls! –, dann also werden Sie noch reichlich Gelegenheit erhalten, Ihre politische Bildung zu vertiefen.«

Dora nickte stumm. Diese Klippe schien geschafft, und doch blieb ein mulmiges Gefühl von Feigheit zurück.

Die schneidenden Worte von Professor Kuhn rissen Dora aus ihren Gedanken. »Wir dürfen Sie übrigens schon jetzt darauf hinweisen, verehrtes Fräulein, dass ein gesellschaftswissenschaftliches Basisstudium verpflichtend ist für Studenten aller Fachrichtungen. Der Unterrichtserfolg in Grundlagen des Marxismus-Leninismus, politischer Ökonomie und anderen Fächern wird in regelmäßigen Prüfungen kontrolliert.«

»Aber ich will doch keine Politikerin, sondern Tierärztin werden«, entfuhr es ihr.

»Widmen wir uns zunächst noch einmal den fachlichen Qualitäten der Bewerberin. Fräulein Twardy, wie lange ist die Tragzeit bei Pferden?« Der alte Professor Paulitzer sprach ruhig und freundlich und war Dora erheblich sympathischer als der jüngere.

»Etwa 335 Tage«, erwiderte Dora wie aus der Pistole geschossen. Der Professor stellte ihr noch einige andere Fragen aus dem Bereich der Nutztierhaltung, die Dora ohne Probleme beantworten konnte, und das Bewerbungsgespräch begann, ihr Spaß zu machen. Gleich habe ich es geschafft, jauchzte sie innerlich.

»Ich würde gerne noch einmal auf Ihre Herkunft zurückkommen, Fräulein von Twardy«, schaltete sich Professor Kuhn nach einer Weile wieder ein. »Bitte erzählen Sie uns noch mehr aus dem gesellschaftlichen Umfeld, in dem Sie aufgewachsen sind, damit wir sicher sein können, dass Sie zu uns passen.«

»Twardy«, verbesserte Dora. »Ich heiße Dora Twardy, ohne von. Wir sind nicht adelig.«

»Wie auch immer.« Professor Kuhn hatte sich von seinem Sitz erhoben und kam langsam die Stufen hinunter. Vor dem Pult blieb er stehen und sah Dora an. »Sie erwähnten eingangs den Betrieb, den Sie damals im Krieg geführt haben. Das müssen Sie uns genauer erklären. Was hatte es damit auf sich?«

»Es war ein Familienbetrieb, Herr Professor, Pferdezucht, hauptsächlich Trakehner. Mein Vater war sehr erfolgreich darin, er hat ...« Sie verstummte erschrocken. So viel hatte sie doch gar nicht erzählen wollen.

Professor Kuhn hob eine Augenbraue: »Das klingt, als stammten Sie aus recht begüterten Verhältnissen. Und wie Sie wissen, haben wir in der Deutschen Demokratischen Republik wenig übrig für Schlossherren und Großgrundbesitzer, all diese rücksichtslosen Ausbeuter, die ...«

»Mein Vater war doch kein Ausbeuter!«, fiel Dora dem Professor ins Wort. »Nur weil mein Vater einen Gutshof besaß, war er doch kein schlechter Mensch!«

Mit einer Handbewegung brachte Professor Kuhn Dora zum Schweigen.

»Aha. Wir haben es hier also mit der Tochter eines ostpreußischen Großgrundbesitzers zu tun. Dachte ich es mir doch. Eine Kapitalistin, die ihrem bequemen Luxusleben auf dem Familienschloss nachtrauert. Ist es nicht so?«

Seine Stimme klang beißend.

Dora presste die Lippen aufeinander.

Der Professor begann, vor Doras Pult auf und ab zu gehen. Mit einem Ruck drehte er sich zu ihr um:

»Was wollen Sie hier eigentlich, junges Fräulein? Glauben Sie allen Ernstes, Leute wie Sie bekommen bei uns einen Studienplatz, hier im Arbeiter- und Bauernstaat der Deutschen Demokratischen Republik?«

Er betrachtete sie lauernd und mit zusammengekniffenen Augen. Sie hielt seinem Blick stand. Dieser Mann war ihr zutiefst unsympathisch. Wieso behandelte er sie wie eine Kriminelle? Jahrelang war sie von Frau Stübeck und den anderen Menschen in Wielenstedt als armes Flüchtlingspack gedemütigt worden, jetzt blickte dieser Professor auf sie herab, weil sie früher einmal ein gut situiertes Leben geführt hatte. Dabei konnte sie weder für das eine noch für das andere etwas. Dora spürte, wie eine heiße Wut in ihr hochkochte. Nein, sie würde sich die verächtlichen Worte des Professors nicht gefallen lassen. Sie hatte keinen Grund, sich ihrer Vergangenheit zu schämen. Sie hatte immer Verantwortung übernommen. Bis zuletzt hatte sie darum gekämpft, den elterlichen Gutshof zu erhalten und die Leute, die dort lebten und arbeiteten, vor der herannahenden russischen Front zu beschützen. Sie hatte niemanden geknechtet, ganz im Gegenteil. Warum sollte sie vor diesen beiden Männern hier zu Kreuze kriechen? Dora hob den Kopf.

»Ja, ich komme von einem großen Gutshof, und wir hatten tatsächlich Personal in Haus und Hof. Aber die Twardys waren keine schlechten Menschen. Sie waren immer gerecht zu ihren Leuten gewesen und haben niemanden ausgebeutet. Unsere Arbeiter besaßen ein kleines Haus, ein eigenes Stück Land und etwas Vieh. Sie lebten einfach, aber nicht schlecht und sicher besser und glücklicher als viele Industriearbeiter in den Städten. Denn sie bekamen auch im Winter, wenn es auf dem Gutshof nicht viel zu tun gab, ihren Lohn und brauchten keine Entlassung und keine Arbeitslosigkeit zu fürchten wie die Männer, die in den Fabriken schufteten. Unsere Leute hatten Sicherheit und ein gutes Auskommen. Seit Generationen fühlten sich diese Familien uns zugehörig, als Teil eines großen Gutsbetriebes. Wir waren füreinander da, ja, wie eine große Familie – selbst in den schlimmen Tagen der Flucht.« Dora stockte. Bilder von Krieg, Zerstörung und namenloser Angst tauchten vor ihrem inneren Auge auf, erneut meinte sie das Dröhnen der russischen Tiefflieger und das Poltern von schweren Soldatenstiefeln zu hören, wie sie es so oft in ihren Träumen vernahm. Doch sie schüttelte die Erinnerung ab. Als sie weitersprach, war sie ganz ruhig.

»Meine Herren, ich wollte an Ihrer Universität studieren, weil ich dachte, dass die Menschen hier in der DDR gleich und gerecht behandelt werden. Dass alle, auch Arbeiter, Bauernkinder und Frauen, eine Chance zum Studium bekommen. Das gefiel mir. Ich hatte mir vorgestellt, dass es gut wäre, ein Teil dieser neuen Gesellschaft zu sein und mit meinem Wissen und meiner Arbeitskraft mitzuhelfen, ein besseres Deutschland aufzubauen. Aber deshalb werde ich meine Vergangenheit nicht leugnen. Wenn Sie mir einen Studienplatz verweigern, nur weil meine Vorfahren hart gearbeitet und vielen anderen Menschen Lohn, Brot und ein Dach über dem Kopf gegeben haben, dann weine ich der Humboldt-

Universität keine Träne nach. Es tut mir leid, dass ich Ihre Zeit verschwendet habe. Auf Wiedersehen.«

Dora griff nach ihrer Handtasche und wandte sich ab. Hoch erhobenen Kopfes ging sie zur Tür. Im Vorbeigehen sah sie, wie die Assistentin ihren Füllfederhalter fallen ließ und sie mit offenem Mund anstarrte. Rasch wandte sie den Blick ab, damit die Frau nicht sah, dass es in ihren Augen trotz ihrer stolzen Worte verdächtig glitzerte.

Dora konnte selbst kaum fassen, was gerade passiert war. Hatte sie den Professoren wirklich ihren sehnsüchtig erhofften Studienplatz vor die Füße geworfen? Aus lauter Stolz? Hätte sie nicht wenigstens noch einen Versuch unternehmen sollen, die Männer umzustimmen? Vielleicht wäre es doch besser gewesen, den beiden nach dem Mund zu reden und Abbitte zu leisten ...

Noch bevor sie die Türklinke ergriffen hatte, tönte Professor Paulitzers Stimme durch den Hörsaal. »Bitte bleiben Sie stehen, Fräulein Twardy. Wir haben Sie noch nicht entlassen.«

Mit hochrotem Kopf drehte Dora sich um. Tapfer schluckte sie die Tränen hinunter. »Ja, bitte?«

Der alte Professor musterte sie einen Augenblick lang schweigend, dann sagte er ruhig:

»Gehen Sie zurück ans Pult.«

Dora folgte seiner Aufforderung mit bebenden Knien. Was kam denn noch? Konnten die Männer sie nicht einfach gehen lassen?

Professor Paulitzer räusperte sich, bevor er weitersprach.

»Ich danke Ihnen für Ihre ehrlichen Worte, Fräulein Twardy. Und Sie haben natürlich recht. Wir streben eine gerechte und freie Gesellschaft an, in der jeder Mensch seine Fähigkeiten voll entfalten kann. Leistung und Disziplin sind Grundpfeiler unseres

Arbeiterstaates. Wir brauchen starke Frauen in unserem Land und an unserer Hochschule.«

Er machte eine kurze Pause und warf seinem Kollegen, der stirnrunzelnd neben Dora am Pult lehnte, einen raschen Blick zu, bevor er weitersprach: »Fräulein Twardy, ich darf Ihnen mitteilen, dass Sie im kommenden Semester Ihr Studium der Veterinärmedizin an der Humboldt-Universität zu Berlin beginnen dürfen. Ihre unerschrockene Ansprache und Ihr Bekenntnis zu den Prinzipien der Deutschen Demokratischen Republik haben mich sehr beeindruckt. Ich nehme an, Kollege Kuhn geht es ähnlich. Herzlichen Glückwunsch! Die Formalitäten wird unsere Assistentin, Fräulein Bernisch, mit Ihnen klären. Auf Wiedersehen im Oktober!«

Dora starrte ihn ungläubig an. Ihr Blut rauschte wie ein Wasserfall in den Ohren. Hatte sie richtig gehört? Sie war tatsächlich angenommen? Trotz ihrer wütenden Rede? Er lobte sie sogar deswegen? Professor Paulitzer nickte ihr freundlich zu, während der andere jetzt mit zusammengekniffenen Lippen am Fensterbrett lehnte. Es war nicht zu übersehen, dass er sich überrumpelt fühlte und ganz und gar nicht der Meinung des Älteren war. Wenn es nach ihm gegangen wäre, hätte Dora den Studienplatz nicht bekommen, davon war sie überzeugt. Doch das war ihr im Moment egal. Nur eines zählte: Sie hatte es tatsächlich geschafft! Sie durfte studieren!

»Ich danke Ihnen, Herr Professor Paulitzer.« Dora strahlte den alten Herrn an. »Ich verspreche Ihnen, Sie werden es nicht bereuen, mich ausgewählt zu haben. Ich werde die strebsamste Studentin sein, die Sie je unterrichtet haben.«

Am liebsten hätte Dora einen Luftsprung gemacht vor Freude. Ohne sich die Dokumente näher anzusehen, unterschrieb sie alle

Blätter, die die Assistentin ihr auf dem Klemmbrett reichte. Als sie den Hörsaal verließ, ging sie wie auf Wolken.

»Und?«, erkundigte sich Anneliese draußen. »Ach, ich brauche gar nicht zu fragen. Sie strahlen ja über beide Ohren. Sie haben es geschafft, nicht wahr?«

Dora nickte glücklich. »Und Sie müssen es auch schaffen. Ich drücke Ihnen beiden auch ganz fest die Daumen. Wir sehen uns hoffentlich alle drei im Oktober wieder. Und jetzt rein mit Ihnen. Es geht los. Viel Glück!«

6.

Später als geplant kam Dora an diesem Abend bei den Hagemanns an. Nach der bestandenen Aufnahmeprüfung hatte sie einen Umweg über den Bahnhof Zoo nehmen müssen, um ihre Tasche aus dem Schließfach zu holen. Danach war sie, in Gedanken noch immer bei den Ereignissen im Hörsaal, in die falsche S-Bahn eingestiegen und erst einmal in die verkehrte Richtung gefahren. Zwar hatte sie ihren Irrtum bald bemerkt, aber durch das Umsteigen war viel Zeit verloren gegangen. Jetzt freute sie sich darauf, nach diesem langen und aufregenden Tag endlich ein wenig ausruhen zu können.

Die Hagemanns bewohnten eine schicke alte Villa in dem bürgerlichen Wohnviertel Niederschönhausen. In diesem Stadtteil Ostberlins schien während des Krieges keine einzige Bombe niedergegangen zu sein. Nicht ein Dachziegel fehlte auf den schmucken Häusern in den abendstillen Gärten, hinter denen sich bereits die Sonne senkte. Kaum ein Geräusch war auf der Straße zu hören, nur eine Amsel flötete.

Erich öffnete die Tür, nachdem Dora die Klingel betätigt hatte.

»Da bist du ja endlich, Schwesterchen, herzlich willkommen!«

Dora ließ die Reisetasche los und fiel ihrem Bruder erleichtert um den Hals. »Ach Erich, endlich haben wir uns wieder! Es tut so gut, bei dir zu sein.«

Etliche Jahre hatten sich die Geschwister nicht gesehen, und Dora war erstaunt, was in dieser Zeit aus ihrem jüngeren Bruder geworden war. Nichts war geblieben von dem blassen, mageren und ausgehungerten Burschen, von dem sie sich damals im Herbst 1945 verabschiedet hatte. Erich war ein hochgewachsener, kräftiger junger Mann geworden. Die jahrelange Arbeit auf der Baustelle, draußen an Licht und Luft hatte ihm ein wettergegerbtes Gesicht gegeben. Seine Brust und seine Schultern waren so breit geworden, dass Dora für einen Moment fürchtete, er würde sie erdrücken, als er sie in seine muskulösen Arme nahm.

»Hilfe«, sagte sie lachend. »Du schnürst mir die Luft ab!«

Er ließ sie los und betrachtete sie einen Moment lang.

»Gut siehst du aus, Dora. Wenngleich du immer noch ziemlich dünn bist. Vielleicht können wir dich hier ein wenig aufpäppeln. Wie sieht es aus? Hast du die Aufnahmeprüfung geschafft?«

»Ja, Erich, ich kann es selbst noch nicht richtig glauben. Ich hatte schreckliches Glück. Ich wette, der eine Professor hätte mich am liebsten sofort wieder nach Hause geschickt, weil er befürchtete, dass ich nicht die richtige Gesinnung habe für ein Studium in der DDR. Aber der andere, ein netter älterer Herr, der hat sich für mich eingesetzt. Und damit ist es entschieden: Ich komme im Herbst nach Berlin!« Jauchzend ballte sie die Fäuste. Es tat so gut, ihre Freude endlich mit jemandem zu teilen. Auf der Fahrt in der S-Bahn hatte sie das Gefühl gehabt, bersten zu müssen, weil niemand da gewesen war, dem sie von ihrem Erfolg hatte erzählen können.

»Herzlichen Glückwunsch! Das sind ja wunderbare Nachrichten.« Während Dora eintrat, trug Erich ihre Tasche ins Haus. Er schloss die Tür hinter ihr. »Und wie geht es euch auf dem Stübeckhof?«

»Alle sind gesund und lassen dich ganz lieb grüßen. Mama fragt, wann du die Eltern denn endlich mal besuchen kommst.«

»Hetti und ich, wir haben es uns schon so oft vorgenommen. Aber das ist nicht ganz einfach, weißt du.« Er senkte die Stimme. »Mein Schwiegervater hat es nicht so gern, wenn wir in den Westen reisen.«

Er unterbrach sich, weil in diesem Moment eine junge Frau aus der Wohnung in den Flur trat. Erich legte seinen Arm um ihre Schultern.

»Dora, darf ich dir meine Gattin vorstellen? Das ist meine allerliebste Hetti.«

Dora nickte und reichte der Frau lächelnd die Hand. »Ich bin froh, dass wir uns endlich kennenlernen.«

»Da hast du recht. Herzlich willkommen, liebe Schwägerin! Und jetzt kommt doch endlich rein, oder wollt ihr den ganzen Abend im Flur verbringen?«

Hetti war eine bemerkenswerte junge Frau. Sie war schlank und hochgewachsen, kaum kleiner als Erich. Ihre kräftigen blonden Haare trug sie vom Nacken an in einem dicken Zopf geflochten, der ihr fast bis zur Taille reichte. Auf ihrer Nase saß eine runde Nickelbrille, durch deren Gläser ein paar wache wasserblaue Augen blitzten. Was Dora aber am meisten beeindruckte, war, dass Hetti eine Hose trug, eine dunkelblaue Hose aus robustem Stoff, die nach unten schmal zulief und am Knöchel einen kleinen Schlitz hatte, dazu eine rot karierte Bluse mit hochgekrempelten Ärmeln. Schuhe hatte sie nicht an. Mit bloßen Füßen stand Hetti im Flur. Dora war verblüfft. Noch nie war ihr eine Frau begegnet, die so burschikos und doch so apart gekleidet war. Sie verstand gut, weshalb sich ihr Bruder in Hetti verliebt hatte. Beruflich stand sie auf eigenen Beinen. Soweit Dora wusste, arbeitete Hetti im Büro der VEB Berliner Glühlampenwerk, einem sogenannten volkseigenen Betrieb. Wie die meisten Firmen in der DDR war auch diese nach dem Krieg verstaatlicht worden.

Dora folgte den beiden ins Wohnzimmer, wo Hettis Eltern sie bereits erwarteten. Rasch wurden sie miteinander bekannt gemacht, und Dora erzählte nun noch einmal ganz genau, wie ihr Bewerbungsgespräch verlaufen war.

»Herzlichen Glückwunsch, liebe Dora! Ich darf doch Dora zu Ihnen sagen, nicht wahr? Sie sind die Schwester unseres Schwiegersohns, da gehören Sie ja so gut wie zur Familie.«

Herr Hagemann lachte jovial. Hettis Vater war eine imposante Erscheinung, ein großer, kräftiger Mann um die fünfzig mit dunklen, zurückgekämmten Haaren und einem gut sitzenden Anzug. Am linken Revers steckte eine kleine ovale Plakette, auf der Dora bei näherem Hinsehen zwei ineinandergreifende Hände erkannte, das Parteiabzeichen der Sozialistischen Einheitspartei der DDR. Herr Hagemann öffnete die verspiegelte Klappe der Hausbar im Wohnzimmerschrank und holte fünf hohe, langstielige Gläser heraus, die er auf dem geschwungenen Tischchen vor der Couch abstellte. Währenddessen rief er seiner Frau zu, die gerade mit einer Platte voller Käsespieße ins Zimmer kam: »Agnes, meine Liebe, sei so gut und hol noch den Sekt aus dem Kühlschrank. Doras Erfolg an der Uni muss gebührend gefeiert werden!«

Mit ihrem blassen Gesicht, den aschblonden Wasserwellen und ihrer langen, hageren Gestalt in dem schlichten Hauskleid wirkte Frau Hagemann beinahe unscheinbar an der Seite ihres Ehemannes. Mit schmalem Lächeln stellte sie den Teller ab und verschwand wieder in der Küche.

Nach diesem anstrengenden Tag tat es Dora gut, im Hause

Hagemann so herzlich empfangen zu werden. Sie saß in einem bequemen Sessel, streckte die müden Beine von sich und ließ ihre Blicke durch den Raum schweifen. Das Wohnzimmer der Hagemanns war gediegen möbliert mit Polstersesseln nebst passendem Empiresofa, über dem in einem dicken braunen Holzrahmen das Ölbild einer Flusslandschaft hing. In dem offenen Regalfach des Schrankes stand eine Reihe dicker, in Leder gebundener Bücher, ein kleiner hölzerner Globus diente als Stütze. Das Parkett unter den dicken Teppichen glänzte frisch gebohnert und die schweren Vorhänge an dem fast raumbreiten Fenster gaben dem Zimmer eine behagliche Note. Auf der Blumenbank vor sechs quadratischen, bleiverglasten Scheiben rankten sich allerlei Pflanzen. Durch das Fenster fiel der Blick auf den Garten mit gepflegten Blumenrabatten und frühlingsgrünen Bäumen. Dora musste sich eingestehen, dass sie zum letzten Mal vor vielen Jahren im elterlichen Gutshaus in einem so vornehmen Raum gesessen hatte.

Das großzügige Ambiente bei den Hagemanns beeindruckte Dora angesichts der Wohnungsmisere, die andernorts in Deutschland herrschte. Überall mussten die Leute in beengten Wohnungen zusammenrücken. Ihr selbst und ihrer Familie ging es auf dem Stübeckhof ja nicht anders. Wie armselig war doch die Dachkammer der Twardys, verglichen mit der Villa der Hagemanns.

Insgeheim fragte sich Dora, wie sich die Hagemanns dieses schmucke Haus leisten konnten, denn sie wusste von Erich, dass die Familie erst vor wenigen Jahren hier eingezogen war, nachdem sie bis dahin auch in eher bescheidenen Verhältnissen gelebt hatte.

»Herr Hagemann ist ein hohes Tier in der Partei«, murmelte ihr Bruder, als sie ihn leise danach fragte, während Frau Hagemann mit einem Tuch noch schnell die Gläser auswischte und sich Hetti und ihr Vater mit dem klemmenden Sektkorken abmühten, bis er endlich mit einem Plopp gegen die Decke flog. »Du hast doch sicher das Bonbon an seinem Revers gesehen.«

»Bonbon?«

»Na, das Parteiabzeichen. Ohne das machst du hier keine Karriere. Mein Schwiegervater ist SED-Kreisleiter des Bezirks Pankow. Und er hat gute Kontakte zum Ministerium für Staatssicherheit. Da steht es ihm wohl zu, in so einer schicken Funktionärsvilla zu wohnen.«

Beschämt dachte Dora an die Gastgeschenke, die sie mitgebracht hatte und die noch immer in ihrer Reisetasche steckten. Kaffee, Schokolade, Zigaretten – wie eine reiche Tante war sie sich vorgekommen, als sie diese Kostbarkeiten eingepackt hatte. Und jetzt musste sie feststellen, dass es im Hause Hagemann an nichts zu fehlen schien. Warum hatte Erich ihr das nicht schon früher erzählt?

Dora nahm Herrn Hagemann das gefüllte Sektglas ab, das er ihr nun reichte, und stieß glücklich mit den anderen an. Herr Hagemann sprach einen Toast aus:

»Auf ein erfolgreiches Studium, liebe Dora! Auf Ihr neues Leben in der großen Stadt! Auf Ihre Zukunft in der Deutschen Demokratischen Republik!«

Die Gläser klingelten leise, als sie einander zuprosteten. Dora lächelte nervös mit einer Mischung aus Vorfreude und Ungewissheit über das, was sie in den nächsten Jahren erwartete.

Herr Hagemann, der sich nun mit seiner Frau auf dem Sofa niedergelassen hatte, öffnete den Zigarrenkasten, der zusammen mit einem Aschenbecher auf einem kleinen Tischchen neben der Lehne stand, nahm sich eine Zigarre heraus und entzündete sie umständlich. Dann lehnte er sich zurück.

»Erzählen Sie uns ein bisschen von sich«, forderte er Dora auf, nachdem er behaglich an der Zigarre gezogen hatte. »Sie beginnen nun also ein Studium der Tiermedizin. Was wäre Ihnen danach am liebsten? Möchten Sie in die Forschung gehen? Bei uns in der DDR gibt es da vorzügliche Möglichkeiten für kluge Frauen.«

Dora schüttelte den Kopf. »Nein, ich möchte später eine eigene Praxis haben.«

»Eine Privatpraxis?« Herr Hagemann wiegte skeptisch den Kopf. »Ich nehme an, Sie wissen, dass in der DDR der Einsatz von Studienabsolventen staatlicherseits gelenkt wird? Es ist nicht sehr hilfreich für die große Sache, wenn jeder sein eigenes Süppchen kocht. Und es hat ja durchaus seine Vorteile, wenn man sein Gehalt vom Staat bekommt. Ich denke, dass man Sie heute in der Uni darauf hingewiesen hat?«

Dora erinnerte sich an die vielen Blätter, die sie nach ihrem Bewerbungsgespräch auf dem Klemmbrett der Assistentin unterschrieben hatte, und wünschte sich jetzt, sie hätte sich die Dokumente näher angesehen.

»Nun, bis ins letzte Detail habe ich meine Zukunft als Tierärztin noch nicht geplant«, sagte sie schnell. »Ob staatlich oder privat, Hauptsache, ich kann mit Tieren arbeiten. Das wollte ich schon als kleines Mädchen.«

»Ich kann mir vorstellen, dass das ein sehr erfüllender Beruf ist«, stimmte Frau Hagemann ihr zu. »Allerdings bin ich mir nicht ganz sicher, wie er später mit der Familie zu vereinbaren sein wird. Es könnte ein Problem sein, wenn man Kinder hat und dann wird man nachts aus dem Bett geklingelt, weil irgendwo eine Kuh kalbt oder sonst ein Vieh Probleme macht. Aber so weit ist es ja noch nicht. Erst einmal werden Sie sicherlich das Studium absolvieren, bevor Sie heiraten und Kinder bekommen.«

»Oh, ich … Ich habe schon ein Kind«, erklärte Dora und fügte hinzu, als sie den überraschten Blick der beiden Hagemanns auffing: »Also, es ist nicht mein eigenes. Ich habe es im Krieg angenommen, nachdem seine Mutter gestorben ist.«

In wenigen Sätzen erklärte Dora der Familie, wie Clara zu ihr gekommen war. »Jetzt ist sie acht Jahre alt und ich liebe sie wie meine eigene Tochter.«

Bei diesen Worten veränderte sich etwas in Frau Hagemanns Gesicht. Da lag plötzlich ein verbitterter Zug um ihren Mund, der Dora vorher nicht aufgefallen war.

»Und diese kleine Clara«, erkundigte sich Hetti. »Wird sie mit dir in Berlin leben? Habt ihr denn schon eine Wohnung in Aussicht?«

»Nein, darum muss ich mich noch kümmern. Ich hoffe, es wird nicht zu schwierig, ein bezahlbares Zimmer für uns beide zu finden ...«

»Aber das kommt gar nicht infrage«, fiel ihr Herr Hagemann ins Wort. »Sie können selbstverständlich in unserem Haus wohnen, Sie und Ihr kleines Mädchen. Wir lieben es, wenn Leben um uns ist, nicht wahr, Agnes?«

Seine Frau nickte, wenngleich der bittere Ausdruck noch nicht aus ihrem Gesicht gewichen war. »Aber selbstverständlich, Dora. Sie beide sind bei uns herzlich willkommen.«

Dora war überwältigt von dieser Großzügigkeit. Verblüfft sah sie von einem zum anderen. »Oh, das ... das ist überaus freundlich von Ihnen. Tatsächlich hatte ich mich schon gefragt, wie kompliziert es wohl werden würde, in der Stadt eine Unterkunft für Clara und mich zu finden. Darf ich das wirklich annehmen? Aber wirklich nur für die erste Zeit, bis ich etwas Eigenes für uns gefunden habe. Und selbstverständlich werde ich Ihnen eine angemessene Miete zahlen.«

»Das mit der Miete vergessen Sie bitte ganz schnell. So geht das in der DDR nicht. Sie gehören doch zur Familie.«

»Oh, ich danke Ihnen von Herzen.«

»Dora und Clara könnten in Huberts Zimmer schlafen«, schlug Hetti vor. »Das steht nun wirklich lange genug unbenutzt herum.«

Dora registrierte, wie die Hagemanns zusammenzuckten, als dieser Name fiel. Doch da hatte sie ihre Frage schon ausgesprochen: »Wer ist denn Hubert?«

Niemand antwortete. Für einen Augenblick herrschte betretenes Schweigen im Wohnzimmer. Dora sah ihren Bruder an, der fast unmerklich mit den Schultern zuckte. Hetti blickte zerknirscht zu Boden, nachdem sie gemerkt hatte, wie die Stimmung im Wohnzimmer durch ihren Vorschlag gekippt war. Frau Hagemann saß starr und mit zusammengekniffenen Lippen da, nur Herr Hagemann paffte ungerührt weiter. Dora hatte das Gefühl, als hätte sie an einer verbotenen Tür gerüttelt.

»Entschuldigung«, murmelte sie. »Das geht mich ja eigentlich nichts an.«

»Hubert ist mein Bruder«, erklärte Hetti schließlich.

»Nun ...« Dora rang nach Worten, weil sie sich das Verhalten der anderen nicht erklären konnte. »Ich möchte wirklich keine Umstände machen und Hubert den Platz im Haus der Familie nicht wegnehmen.«

»Keine Sorge, Hubert benötigt das Zimmer nicht mehr.«

Herr Hagemann zog an der Zigarre und ließ den Rauch durch den Mund ausströmen. »Es ist nicht damit zu rechnen, dass er dieses Haus je wieder betreten wird.« Als Dora ihn fragend ansah, fügte er hinzu: »Unser Sohn ist im vorigen Sommer in den Westen abgehauen. Er hat Republikflucht begangen. Deshalb habe ich auch kein großes Interesse daran, ihn je wieder unter meinem Dach willkommen zu heißen.«

»Aber …«

»Sie müssen das verstehen, Dora. Ich gehöre zu den führenden Persönlichkeiten, die hier einen neuen, besseren Staat aufbauen, und muss miterleben, dass mein eigener Sohn ebendiesem Staat den Rücken kehrt und sich für ein Leben im Westen entscheidet. Das ist an Peinlichkeit nicht zu überbieten. Das ist eine Katastrophe. Sie ahnen nicht, welche Scherereien uns das eingebracht hat.«

Dora schluckte. »Ah …«, machte sie nur. Dabei fing sie Erichs Blick auf, der irgendetwas Alarmierendes an sich hatte, und wagte nichts mehr zu erwidern. Frau Hagemann indes schien förmlich zusammengesunken zu sein, seit das Gesprächsthema auf Hubert gekommen war. Schweigend nahm sie sich eine Zigarette aus dem silbernen Etui, das vor ihr auf dem Wohnzimmertisch lag. Dora sah, dass ihre Hände zitterten, als ihr Mann ihr Feuer gab. Sie rauchte ein paar Züge, schnell und scheinbar ohne Genuss.

»Voriges Jahr in den Sommerferien hat er mit zwei Kumpels eine Radtour durch den Thüringer Wald gemacht«, erklärte Hetti und drehte das Sektglas in ihren Händen. »Jedenfalls hat er uns das so erzählt. Es war kurz nach seinem Abitur, und ich habe noch gelacht, als ich sah, dass er auch seine warme Jacke einpackte. ›Willst du denn bis zum Winter wegbleiben?‹, habe ich gefragt, und er hat gegrinst und gesagt ›Wer weiß‹. Ich habe das für einen Witz gehalten. Zwei Wochen später kam seine Postkarte aus Gießen an. Wir fielen aus allen Wolken. Er schrieb uns, dass sich die drei über die grüne Grenze in den Westen abgesetzt haben. Er werde nie mehr zurückkommen und seine beiden Freunde auch nicht.«

»Das tut mir sehr leid«, sagte Dora ehrlich. »Dass er sich nicht einmal von Ihnen verabschiedet hat. Ich kann nachfühlen, wie traurig diese Nachricht für Ihre Familie gewesen sein muss.«

»Traurig?«, stieß Herr Hagemann hervor. »Es war einfach nur dumm und ärgerlich. Schon am nächsten Morgen standen drei Kollegen von der Staatssicherheit bei uns vor der Tür und haben uns befragt: ›Ihr Sohn ist in den Westen gegangen. Wussten Sie davon?‹ Glücklicherweise konnte ich das ehrlich verneinen. Ich hatte ja wirklich keine Ahnung von seinen Plänen gehabt. Wer weiß, welche Folgen das sonst noch für uns gehabt hätte …«

Er nahm sein Sektglas und trank es in einem Zug leer, als könne er damit seinen ganzen Ärger hinunterspülen.

»Wieder drei junge, gut ausgebildete Menschen mit besten Zukunftsaussichten, die der DDR verloren gehen.« Frau Hagemann schüttelte seufzend den Kopf. »Hoffentlich werden sie dort im Westen nicht schrecklich enttäuscht.«

»Naiv und verblendet sind diese jungen Leute. Als wäre da drüben das Schlaraffenland.« Herr Hagemann rollte die Asche seiner Zigarre am Rand des Aschenbechers ab. »Man müsste die Grenzen viel stärker überwachen. Am besten wäre es, sie ganz zu schließen. Es darf doch nicht sein, dass unser Staat ausblutet.«

Der plötzlich so kühle Ton seiner Stimme bereitete Dora Unbehagen.

»Aber nun haben wir genug über Politik geredet«, schloss Herr Hagemann abrupt. Er wischte mit beiden Händen durch die Luft, als könne er dadurch das Gesprächsthema zur Seite schieben und vergessen machen. Er nahm die Sektflasche, goss sein Glas noch einmal voll und erhob es, um den anderen erneut zuzuprosten. »Jetzt freuen wir uns erst einmal darauf, dass Dora und ihre Tochter künftig zu unserer Familie und zu unserer Deutschen Demokratischen Republik gehören werden.«

Später, als Dora auf dem schmalen Bett in Huberts altem Zimmer lag, konnte sie lange nicht einschlafen. Durch einen Spalt zwischen den Fenstervorhängen fiel von der Straßenlaterne vor dem Haus ein Streifen Licht herein. Der Raum schien nicht angerührt worden zu sein, seit Hettis Bruder fortgegangen war. Im Regal stand eine Reihe von Jules-Verne-Romanen, an der Wand hing ein Kinoplakat, das mit Vivian Leigh und Marlon Brando für den Film *Endstation Sehnsucht* warb, wie ein Sinnbild für Huberts Flucht. Was mochte ihn angetrieben haben, seinem Elternhaus für immer den Rücken zu kehren? Doch nicht nur der Gedanke daran hielt Dora munter, obwohl sie am Abend noch so müde gewesen war. Die vielen verwirrenden Eindrücke in der großen Stadt, das aufregende Bewerbungsgespräch in der Uni und die politische Diskussion mit Herrn Hagemann ließen ihre Nerven flattern.

Und da war noch etwas, an das sie an diesem langen und aufregenden Tag fast gar nicht mehr gedacht hatte: Morgen würde sie sich endlich auf Curts Spuren begeben.

7.

Wie privilegiert die Hagemanns wohnten, wurde Dora erst richtig bewusst, als sie am nächsten Vormittag mit einem Stadtplan von Erich in der Hand auf der Suche nach der Laurinstraße durch Ostberlins Mitte lief. Was für ein Kontrast war das hier zu dem schicken Niederschönhausen, das im Krieg kaum eine Bombe abbekommen hatte. Vor allem aber verglichen mit dem lebendigen Geschäftszentrum am Ku'damm im Westteil der Stadt. Während dort die Schaufensterscheiben blitzten und die Reklametafeln leuchteten, war hier im Viertel zwischen dem Rosenthaler Platz und dem halb verfallenen Nordbahnhof alles grau und trist. Noch immer waren die meisten der zerbombten Häuser nicht wiederaufgebaut. Kriegsruinen und Häuserlücken säumten die Straßenränder wie faulige Zähne ein schadhaftes Gebiss. Der Wind wirbelte Kohlenstaub von den Trümmergrundstücken, von denen manche notdürftig mit Bretterzäunen versperrt waren. Vergilbtes Zeitungspapier, das hinter der Schaufensterscheibe eines geschlossenen Schuhgeschäftes klebte, ließ keinen Zweifel daran, dass es in diesem Laden schon lange nichts mehr zu kaufen gab. Umso größer war der Andrang in einem Lebensmittelgeschäft am Ende der Straße. »Konsum« stand auf einem Schild über der Ladentür, vor der sich eine Menschenschlange gebildet hatte. Neugierig ging Dora näher. Was mochte es dort Besonderes geben, dass so ein Andrang herrschte? Im Schaufenster konnte sie nichts Spezielles entdecken. Nur ein paar Dosen mit eingemachten Erbsen stapelten sich in der Auslage. An der Scheibe hing ein handgeschriebenes Plakat: »Heute frischer Bohnenkaffee eingetroffen!« Standen all die Leute etwa deshalb an? Gerade als Dora vorbeiging, kam eine Frau heraus und begann zu schimpfen:

»Der Kaffee ist schon wieder ausverkauft! Und dafür habe ich jetzt eine Stunde gewartet.«

Ein verärgertes Gemurmel entstand unter den Leuten und allmählich löste sich die Menschenschlange auf. »Das kann ja wohl nicht wahr sein.« – »Ich frage mich, weshalb er überhaupt ein Schild rausgehängt hat.« – »Na ja, vielleicht gibt es nächste Woche wieder Kaffee ...«

Die Frau, die aus dem Laden gekommen war, hielt ein kleines rosarotes Pappkärtchen in der Hand, das sie zwischen den Fingern knüllte. Dora war erstaunt. Das war ja eine Lebensmittelkarte! Bezahlte man in der DDR tatsächlich noch immer mit Marken? Die hatte es im Westen auch gegeben, im Krieg und in der ersten Zeit danach, als die Versorgungslage noch so schwierig gewesen war. Aber das war längst vorbei. In der Bundesrepublik waren die Lebensmittelmarken vor zwei Jahren abgeschafft worden. Inzwischen waren fast alle Waren einigermaßen gut zu bekommen. Sogar Bohnenkaffee.

Erleichtert stellte Dora wenig später fest, dass es die Laurinstraße im Krieg nicht ganz so schlimm getroffen hatte wie den Rest des Viertels. Zwar waren auch hier an vielen Fassaden noch Einschusslöcher zu sehen und einige der oberen Fenster waren mit Brettern oder Pappen vernagelt, aber immerhin standen alle Häuser noch.

Die Nummer 93 war ein fünfstöckiges Gebäude mit grauer

Fassade, von der der Putz großflächig abbröckelte, sodass teilweise die rohen Ziegelwände zu sehen waren. Auf einem der baufällig wirkenden Balkone standen ein paar bunt bepflanzte Blumentöpfe auf der Brüstung, der einzige Farbtupfer der tristen Häuserzeile.

Dora schob das schmiedeeiserne Tor auf, das nur noch an einer Angel hing, und durchquerte ein unansehnliches Karree aus grauen Betonplatten, in dem ein paar Mülltonnen standen. Auf dem Klingelschild an der Haustür standen zweimal fünf Namen neben den Knöpfen. Mit pochendem Herzen ließ sie ihre Blicke darüber wandern, und dann noch ein zweites Mal, etwas langsamer diesmal, für den Fall, dass sie etwas übersehen hatte. Aber der Name von Thorau stand nicht auf dem Klingelschild. Nun gut, dachte Dora und schluckte ihre Enttäuschung hinunter, vermutlich wohnt er zur Untermiete wie so viele Menschen in dieser Zeit und sein Name ist nicht eigens aufgeführt. Sie wollte gerade auf den erstbesten Klingelknopf drücken, um sich durchzufragen, als sie eine Frauenstimme hörte.

»Kann ich Ihnen helfen, junges Frollein?«

Dora sah auf. Im ersten Stock beugte eine Frau ihren Kopf über die mit Blumen geschmückte Balkonbrüstung. Es war eine rundliche Dame in den Sechzigern, sie hatte ein gelbes Tuch wie ein Haarband um ihre grauen Locken geschlungen und auf dem Kopf zu einer Schleife gebunden. In der Hand hielt sie eine Gartenschere, mit der sie gerade ein paar verwelkte Blüten von den Pflanzen schnitt. »Wenn Sie allerdings ein Zimmer suchen, sind Sie hier verkehrt. Ich hab kein einziges Mauseloch mehr frei.«

»Sind Sie hier die Vermieterin?«

»Die bin ich, so wie ich hier stehe. Aber wie gesagt ...«

»Nein, nein, ich bin nicht auf der Suche nach einem Zimmer. Ich suche jemanden, der in diesem Haus wohnt. Da ich ihn nicht auf dem Klingelschild finde, nehme ich an, dass er bei jemandem zur Untermiete lebt.« Ihr Herz klopfte. »Er heißt Curt von Thorau. Kennen Sie ihn? Er ist Fotograf. Können Sie mir vielleicht sagen, in welcher Wohnung er sein Zimmer hat?«

»Was sagen Sie da? Curt von Thorau?« Die Miene der Frau verfinsterte sich augenblicklich. »Der Kerl wohnt hier schon lange nicht mehr.«

»Aber ...« Dora schluckte. Mit so einer Reaktion hatte sie nicht gerechnet. »Ich habe erst kürzlich einen Bescheid vom Suchdienst des Roten Kreuzes bekommen. Demnach ist das hier die letzte Adresse, bei der er gemeldet ist. Sind Sie sich sicher?«

»Na, und wie, junges Frollein. Er ist ein paar Wochen nach Kriegsende zur Untermiete bei mir eingezogen. Erst dachte ich noch, was für ein anständiger Kerl. Wenn er nicht gerade mit seiner Kamera geknipst hat, dann hat er selbst den Karren geschoben, um die Trümmer von der Straße zu schaffen. Immer fleißig, immer freundlich, der Herr von Thorau. Und gut sah er auch noch aus, was man von den meisten anderen Männern nach dem Krieg nun wirklich nicht behaupten konnte. Aber dann, nach ein paar Monaten, Ende Oktober, glaube ich, es war einer der letzten schönen Herbsttage, ich erinnere mich noch wie heute, da kam in aller Herrgottsfrühe die Volkspolizei reingepoltert und hat ihn abgeführt. Keine Ahnung, was der Mann ausgefressen hat. Muss was Schlimmes gewesen sein. Seitdem habe ich ihn jedenfalls nicht mehr gesehen.«

Dora war blass geworden. »Abgeführt, sagen Sie? Man hat Curt festgenommen? Aber warum denn? Wie kann das sein?«

»Was weiß ich, Frollein, was der angestellt hat. Mir hat ja keiner was gesagt. Glauben Sie mir, zuerst hab ich mich auch gewundert. Er war ja ein ordentlicher Mann, der Herr von Thorau, und hat auch seine Miete immer pünktlich gezahlt. Als die Polente kam, sagte er noch, keine Sorge, Frau Wolters, das muss ein Missverständnis sein, spätestens morgen bin ich zurück.« Die Zimmerwirtin schnaubte verächtlich. »Von wegen … Volle zwei Monate lang hab ich die Bude für ihn freigehalten, aus reiner Freundlichkeit, obwohl mir die Leute vom Amt für Wohnungswesen schon auf den Füßen standen. Aber der Herr ist nicht mehr zurückgekommen. Ich hab nie mehr was von dem gehört. Nicht eine Silbe. Und die Miete für die Zeit ist er mir bis heute schuldig geblieben. Wissen Sie was, Frollein, der Mann hat Dreck am Stecken, das sag ich Ihnen. Und zwar ordentlich. Wenn er nicht im Gefängnis sitzt, dann hat er sich in den Westen abgesetzt, wie die Leute das jetzt so oft machen. Sonst wäre er doch zurückgekommen und hätte mir die ausstehende Miete gezahlt. Oder wenigstens seine Sachen abgeholt. Irgendwann ist die Volkspolizei noch mal gekommen und hat die ganze Bude durchgewühlt. Die haben dann alles mitgenommen, was nicht niet- und nagelfest war. Seine Fotoapparate und alles. Die haben wohl Beweismittel gesucht. Was weiß ich. Scheint mir ein ziemlicher Lump zu sein, dieser Herr von Thorau …«

Dora spürte, wie ihre Knie weich wurden. Haltsuchend stützte sie sich an der Hauswand ab. Einen Augenblick lang verschlug es ihr die Sprache. Dann stammelte sie: »Das kann ich nicht glauben, Frau Wolters. Ich kenne Curt von Thorau schon lange. Er ist ein guter Mensch!«

»Wenn Sie sich da mal nicht täuschen, junges Frollein. Das wär nicht der erste Mann, der die Frauen um den Finger wickelt, und dann …« Die Frau auf dem Balkon machte eine abwertende Handbewegung. »Die Kerle sind doch alle gleich. Erst machen sie einem schöne Augen, und dann sind sie auf und davon. Vergessen Sie diesen Herrn von Thorau lieber ganz schnell.«

Dora presste die Lippen aufeinander. Curt im Gefängnis? Das

war unvorstellbar. Und doch – es wäre eine Erklärung dafür, dass sie so viele Jahre lang nichts von ihm gehört hatte: Er saß, abgeschnitten vom Rest der Welt, irgendwo in einer Gefängniszelle. Aber warum nur? Was konnte er getan haben?

Siedend heiß fiel Dora der Tag ein, an dem sie Curt zum letzten Mal gesehen hatte. Es war der Vorabend des Hitler-Attentats vom 20. Juni 1944 gewesen. Wie nervös er damals gewesen war. Sie war sich sicher, dass er irgendwie daran beteiligt gewesen war. Hatte sein spurloses Verschwinden mit dem Mordkomplott gegen Hitler zu tun? Einem Anschlag, der zwar vergeblich gewesen war, aber für alle, die daran beteiligt gewesen und nicht rechtzeitig untergetaucht waren, grausame Konsequenzen gehabt hatte. Hatte Curt dieses Schicksal schließlich doch noch eingeholt?

Aber das Hitler-Attentat war doch in einer anderen Zeitrechnung gewesen. Seit dem Zusammenbruch des Deutschen Reiches war der Nationalsozialismus Geschichte und wurde allmählich juristisch aufgearbeitet. Gleich nach dem Ende des Krieges waren die wichtigsten Köpfe der Nazis in Nürnberg vor Gericht gestellt und manche von ihnen zum Tode verurteilt worden. Es war doch unmöglich, dass einer der Männer, die im Widerstand gewesen waren und damals versucht hatten, Hitler umzubringen, jetzt noch immer im Gefängnis saß!

Dora blickte noch einmal auf zu dem Balkon im ersten Stock, doch Frau Wolters war nicht mehr da.

Nachdenklich wandte sie sich ab und ging zurück durch den kleinen Vorgarten. Auf einmal schien es ihr, als trüge sie Blei in ihren Schuhen. Wie sehr hatte sie sich darauf gefreut, Curt endlich wiederzusehen! Wie sicher war sie sich gewesen, hier zumindest einen Hinweis zu erhalten, wo sie ihn finden konnte. Nun, dachte sie bitter, eine Spur habe ich jetzt. Aber sie konnte sich beim besten Willen nicht erklären, warum jemand wie Curt im Gefängnis gelandet war. Ob es sich um eine Verwechslung handelte? Oder hatte Curt in den Nachkriegswirren tatsächlich Schuld auf sich geladen?

»Hallo, Frollein!«

Dora fuhr herum, als sie hörte, dass Frau Wolters ihr nachrief. Sie war zurück auf den Balkon gekommen und winkte. »Kommen Sie doch noch mal rauf. Mir ist eingefallen, ich hab hier noch was von Herrn von Thorau. Vielleicht können Sie ja was damit anfangen.«

Doras Herz machte einen aufgeregten Hüpfer. Rasch kehrte sie um. Die Haustür summte und sprang auf, als Dora dagegen drückte. Ein dunkles, muffiges Treppenhaus erwartete sie. Sie stieg die ausgetretenen, knarzenden Holzstufen hoch und sah sich aufmerksam um. Hier war Curt jeden Tag hinaufgegangen, überlegte sie. Diesen Handlauf hatte er berührt. Im Vorbeigehen strich Dora beinahe ehrfürchtig über das abgegriffene Geländer. Auf dem ersten Treppenabsatz stand eine schmale Tür offen, Doras Blick fiel auf ein hölzernes Plumpsklo. Der beißende Geruch von altem Urin drehte ihr beinahe den Magen um. Rasch ging sie weiter. Was für eine armselige Behausung war das hier für einen Mann wie Curt, der damals in Königsberg mit seiner Frau Wilma so eine schicke, vornehm möblierte Wohnung gehabt hatte! Aber vermutlich war er nach dem Krieg froh gewesen, in der zerbombten Stadt überhaupt ein Zimmer bekommen zu haben.

Frau Wolters empfing Dora an der offenen Wohnungstür. Neugierig trat sie ein. Es war eine Altberliner Wohnung aus den Jahren der Gründerzeit. Von einem langen, schmalen und fensterlosen Flur gingen auf beiden Seiten etliche Zimmer ab, die vermutlich einzeln vermietet wurden, wie Dora annahm. Ganz hinten lag die Küche, wohin Frau Wolters Dora nun führte. In dem großen Raum stand ein mächtiger Herd mit Kochplatten und

Messinggriffen, daneben ging eine Tür zur Vorratskammer ab. In der Mitte des Raums befand sich ein riesiger, blank gescheuerter Holztisch. Ein dicker Briefumschlag lag darauf.

»Hier!« Frau Wolters nahm das Kuvert und reichte es Dora. »Das haben die Volkspolizisten bei ihrer Durchsuchung übersehen. Ich hab das kürzlich in seiner Matratze gefunden, als ich einen Riss gestopft hab. Der feine Herr von Thorau hatte es da eingenäht. Muss wohl was Wichtiges drinstecken, wenn er das Ding so gut versteckt. Ich kann damit jedenfalls nichts anfangen.«

Der Umschlag war unverschlossen. Dora schlug die Lasche zurück und schüttete den Inhalt auf den Küchentisch. Es waren Fotos. Mit Herzklopfen nahm sie die Bilder in die Hand und sah sie durch. Einige hatte sie schon einmal gesehen. Es waren Fotos aus Curts Zeit als Kriegsfotograf, als er an der Front gearbeitet hatte. Sie erinnerte sich daran, wie sie zusammengesessen hatten und er ihr diese Bilder in einer Zeitschrift gezeigt hatte.

Plötzlich stieß Dora einen kleinen Schrei aus. Das war ja sie selbst auf einem der Bilder! Es zeigte sie als junges Mädchen in den Dünen der Kurischen Nehrung in Ostpreußen. Curt hatte das Foto bei ihrem ersten Spaziergang an der Ostsee gemacht, kurz nachdem sie einander im Urlaub kennengelernt hatten. Dora lächelte bei der Erinnerung daran und spürte gleichzeitig Tränen der Rührung in den Augen. Curt hatte dieses Bild in all den Jahren aufbewahrt, obwohl er doch später längst mit einer anderen Frau verheiratet gewesen war. Wie hübsch sie damals ausgesehen hatte, so jung und sorglos. Dora meinte für einen Augenblick noch einmal die Salzluft des Meeres zu riechen und das leise Sausen des Windes zu spüren. Ach, wenn sie doch nur all die Jahre, die jenem Sommer gefolgt waren, ungeschehen machen könnte!

Sie blätterte weiter durch die Bilder. Ein Foto von Curts kleiner Familie war auch darunter, es musste wenige Monate nach

Claras Geburt aufgenommen worden sein. Wilma trug das Baby im Arm und lächelte glücklich in die Kamera. Dora schluckte, weil sie daran denken musste, welches traurige Schicksal diese Frau wenig später ereilt hatte. Das Bild war auf dem Gutshof der Twardys aufgenommen worden, wo die beiden so lange gelebt hatten. Dora erkannte im Hintergrund einen Teil der Pferdeställe und die Scheune mit dem Storchennest auf dem Dach. Die verlorene Heimat und Claras verstorbene Mutter so unvermittelt auf dem Foto wiederzusehen, war wie ein Schock für Dora. Und doch mochte sie den Blick gar nicht mehr abwenden.

»Danke, Frau Wolters«, sagte sie mit bewegter Stimme. »Diese Bilder bedeuten mir sehr viel. Ich wusste nicht, dass diese Fotos noch existieren.«

Als sie das letzte Bild in die Hand nahm, setzte ihr Herz für einen Moment aus. Dieses Foto hatte sie noch nie gesehen. Curt blickte sie hier an, so ernst und sorgenvoll, wie sie ihn selten erlebt hatte. Er war umgeben von mehreren Männern in Wehrmachtsuniform, selbst aber in Zivil. Sie kannte die anderen nicht, bis auf einen, der neben Curt im Vordergrund stand. Dieses markante Gesicht kam ihr bekannt vor. Stirnrunzelnd versuchte sie sich zu erinnern, wer dieser Mann sein konnte. Er war groß gewachsen und überaus attraktiv, trug die Haare über dem kantigen Gesicht militärisch streng gescheitelt, Kinn und Mund waren schön geschnitten, kräftige dunkle Brauen verschatteten seine Augen. Doch sie konnte sich beim besten Willen nicht daran erinnern, wann sie diesem Mann begegnet sein sollte. Schulterzuckend steckte Dora die Bilder zurück in den Umschlag. Da entdeckte sie, dass noch etwas darin lag, und zog das Papier heraus. Es war ein ausgeschnittener Zeitungsartikel aus dem *Völkischen Beobachter* vom 21. Juli 1944. »Es lebe der Führer! Feindlicher Mordanschlag auf den Führer missglückt«, las sie in der Schlagzeile.

Und da fiel Dora wieder ein, woher sie das Gesicht des fremden Mannes kannte. Sie nahm das Foto noch einmal in die Hand. Ja, das war Claus Schenk Graf von Stauffenberg, der Kopf des gescheiterten Hitler-Attentats. Sein Bild war in den Jahren danach öfter in der Zeitung aufgetaucht. Dora hielt den Atem an. Mit dem letzten Foto aus Curts kleiner Sammlung hatte sie die Gewissheit, dass auch er etwas mit diesen Umsturzplänen zu tun gehabt hatte. Aber was war danach geschehen?

8.

Aufgewühlt von den Ereignissen des Vormittags kehrte Dora zur Villa der Hagemanns zurück. Auf ihr Klingeln hin tauchte Hetti am Fenster auf, schob die Gardine einen Spalt zur Seite, um hinauszusehen, bevor sie die Haustür öffnete.

»Da bist du ja wieder. Komm schnell rein!«

Von innen drang laute Musik heraus. Jazzmusik. Es klang herrlich. Rasch streifte Dora ihre Schuhe von den Füßen, hängte ihre Jacke an den Garderobenhaken und folgte Hetti ins Wohnzimmer, wo schon Erich auf dem Sofa saß und gebannt auf den Radioapparat blickte, der auf dem Schrank an der Wand stand.

»Setz dich zu uns, das musst du dir anhören«, sagte Erich.

Die Musik wurde leiser und ein Moderator begann zu sprechen.

»Was ist denn passiert?«, flüsterte Dora, als sie bemerkte, dass es den beiden keineswegs um die Musik ging, und ließ sich auf einem Sessel nieder.

»Die DDR hat die Grenze zum Westen abgeriegelt«, erklärte Hetti hastig. »Der RIAS berichtet schon den ganzen Tag darüber.«

»RIAS?«

»Das ist der amerikanische Sender aus Westberlin«, erklärte Hetti. »Eigentlich ist es hier ja nicht erlaubt …«

»Pst!«, machte Erich. »Jetzt berichten sie wieder. Hör zu!«

Stumm lauschten die drei der Rundfunkstimme.

»Der anhaltende Flüchtlingsstrom von Ost nach West hat die politische Führung der DDR zu radikalen Maßnahmen greifen lassen«, erklärte der Reporter gerade. »An der Grenze zur Bundesrepublik Deutschland gilt ab sofort eine fünf Kilometer breite Sperrzone. Dazu wird ein zehn Meter breiter Kontrollstreifen unmittelbar an der Demarkationslinie abgeholzt und umgepflügt, um den Grenzbeamten der DDR eine genaue Sicht zu ermöglichen, außerdem werden Beobachtungsposten eingerichtet. Ein fünfhundert Meter breiter sogenannter Schutzstreifen an der Grenze darf ab sofort nur mit einem besonderen Berechtigungsausweis der Grenzpolizei betreten werden. Was mit den Menschen geschieht, die innerhalb dieser Sperrzone wohnen, lässt sich im Moment noch nicht absehen. Es gibt Gerüchte, dass sie womöglich demnächst umgesiedelt werden. An den Außengrenzen Westberlins, wo keine Kontrollzonen geschaffen werden können, wurden Stacheldrahtbarrieren errichtet. Die direkten Fernsprechverbindungen zwischen dem Ost- und dem Westteil der Stadt wurden bis auf Weiteres gekappt. Die Sektorengrenze innerhalb Berlins bleibt nach unseren Informationen offen, wobei heute vereinzelt von Straßensperrungen berichtet wurde …«

»Es ist so, wie es Hettis Vater gestern angedeutet hat«, sagte Erich, als der Reporter seinen Bericht beendet hatte und wieder amerikanische Jazzmusik aus dem Radiolautsprecher dudelte. »Die DDR macht tatsächlich ernst mit der Abschottung. Die sperren uns ein!«

»Die Grenzen sind zu? Und wie komme ich morgen zurück nach Wielenstedt?«, rief Dora erschrocken.

»Die wichtigsten Zugstrecken bleiben offen«, erklärte Erich. »Aber du wirst vermutlich mit noch strengeren Kontrollen rechnen müssen.«

Dora nickte und fühlte ein beklemmendes Gefühl in ihrer Brust aufsteigen. Sie saßen einen Moment schweigend zusammen, da kam ein Geräusch von der Haustür.

»Achtung, mein Vater!«, zischte Hetti erschrocken. Erich sprang auf. Hastig drehte er am Senderknopf des Radios, worauf die Jazzmusik verstummte und nach kurzem Rauschen die Erkennungsmelodie eines anderen Programms aus dem Lautsprecher klang. »Guten Tag, meine Hörerinnen und Hörer. Hier ist Radio DDR, herzlich willkommen zu unserer beliebten Sendung ›Klingender Nachmittag‹ ...«

Erich hatte sich gerade wieder auf das Sofa fallen lassen, als auch schon die Wohnzimmertür aufging und Herr Hagemann hereintrat. Stirnrunzelnd blickte er auf das Radio, dann in die Gesichter der drei jungen Leute im Raum.

»Kann es sein, dass ich gerade noch Boogie-Woogie gehört habe?«

Dora sah, wie Hetti und Erich das Blut in die Wangen schoss.

Herr Hagemann schüttelte seufzend den Kopf. »Wie oft habe ich euch schon gesagt, dass ihr dieses amerikanische Lügenprogramm nicht einschalten sollt! Das ist alles bloß Propaganda vom politischen Gegner. Ihr verseucht euch die Gehirne damit.«

Hetti hob den Kopf. »Aber es stimmt schon, dass unsere Grenzen ausgebaut werden, oder?«

»Es ist nur zu unserer eigenen Sicherheit«, antwortete ihr Vater. »Wir müssen den Kapitalismus in die Schranken weisen.« Er trat auf den Radioapparat zu und schaltete ihn aus. Dann ließ er sich in einen Sessel nieder und zündete sich eine Zigarre an. Dora beobachtete ihn verstohlen. Erichs Schwiegervater war ein wichtiger Mann in der Partei. Er hatte Kontakte in höchste Stellen des Staates und war immer bestens über alle politischen Entscheidungen informiert. Vielleicht war es ihm möglich herauszufinden, was mit Curt geschehen war?

Die Stimmung im Wohnzimmer blieb angespannt. Erich dachte nicht daran zurückzustecken.

»Auch wenn du die Ansichten der Radioleute vom RIAS nicht teilst, lieber Schwiegervater, wir leben doch in einer freien Welt. Warum sollen sich die Leute nicht verschiedene Programme anhören und ihre eigene Meinung bilden?«

»Ich möchte euch zwei lediglich davor bewahren, den verlogenen Amerikanern auf den Leim zu gehen. Die geben sich als die großen Gönner, dabei wollen sie den Westen bloß ausbeuten. Ich hasse die Amis. Wenn ich diese Jazzmusik schon höre, diese imperialistische Affenkultur ...« Er verdrehte verächtlich die Augen.

Dora schluckte den Protest herunter, der ihr auf der Zunge lag. Sie durfte Herrn Hagemann nicht gegen sich aufbringen, wenn sie ihn später um einen Gefallen bitten wollte. So verkniff sie sich die Bemerkung, dass sie den Begriff »Affenmusik« zuletzt von ein paar pöbelnden Hitlerjungen im Königsberger *Jazzkeller* gehört hatte.

Sie registrierte, dass auch Erich den Mund öffnete, um etwas zu erwidern, doch dann überlegte er es sich anders und schwieg.

Herr Hagemann sah auf und mit einem Blick auf die Wanduhr fügte er hinzu: »Und jetzt entschuldigt mich bitte, ich muss vor dem Essen noch ein paar Telefonate erledigen.«

Er legte die Zigarre auf den Rand des Aschenbechers, um sie ausgehen zu lassen, stand auf und ging aus dem Zimmer. Dora blieb einen Augenblick unschlüssig sitzen. Dann nahm sie allen Mut zusammen, murmelte Erich und Hetti ein »ich komme gleich wieder« zu und eilte Herrn Hagemann nach. Sie fing ihn im Hausflur ab, wo er vor der hüfthohen Kommode stand und den Stapel Briefe durchsah, den seine Frau dort für ihn bereitgelegt hatte.

»Bitte einen Augenblick noch, Herr Hagemann. Haben Sie kurz Zeit für mich? Da gibt es noch etwas, das ich mit Ihnen besprechen muss.«

Er drehte sich zu ihr um.

»Nanu, gibt es ein Problem beim Studium? Natürlich unterstütze ich Sie, wenn Sie Fragen in Sachen Politik haben.«

»Das ist sehr freundlich von Ihnen, Herr Hagemann. Danke. Aber es geht mir um etwas anderes, um etwas sehr Persönliches.«

»Und das wäre?«

Dora trat näher zu ihm und senkte die Stimme, als sie antwortete: »Es gibt da einen Menschen, der mir sehr viel bedeutet. Er lebt hier in Ostberlin, das heißt, jetzt weiß ich nicht genau, wo er lebt. Ich wollte ihn heute besuchen und habe erfahren, dass er vor einigen Jahren festgenommen wurde. Ich kann mir gar keinen Grund vorstellen, warum. Ich befürchte, man hat ihn zu Unrecht ins Gefängnis gesteckt. Ob es wohl möglich wäre, dass Sie herausfinden, was mit ihm geschehen ist?«

Herr Hagemann hob die Augenbrauen. »Ja, wo denken Sie hin, Dora! Wie stellen Sie sich das vor?«

Dora zuckte mit den Schultern. »Sie kennen doch wichtige Leute in der Regierung, vielleicht auch im Justizministerium. Irgendjemand muss doch wissen, wo der Mann geblieben ist. Es muss doch einen Prozess gegeben haben, irgendwo muss es doch eine Akte dazu geben. Es würde mir so viel bedeuten, wenn ich wüsste, was er sich hat zuschulden kommen lassen.«

Herr Hagemann betrachtete die Briefe in seiner Hand. Er schien über etwas nachzudenken. Schließlich fragte er: »Und um wen handelt es sich bei diesem Herrn?«

»Curt von Thorau aus Königsberg. Er ist Claras Vater.«

Herr Hagemann nickte langsam.

»Nun gut, wir haben Sie schon ein bisschen in unserem Familienkreis aufgenommen, liebe Dora. Deshalb will ich sehen, was ich für Sie machen kann.«

»Tatsächlich? Oh, ich danke Ihnen von Herzen, Herr Hagemann. Sie glauben gar nicht, wie froh Sie mich damit machen.«

»Doch, das glaube ich Ihnen. Aber denken Sie daran: Eine Hand wäscht die andere. Sicherlich wird es irgendwann Gelegenheit geben, dass Sie sich für meine Hilfe revanchieren.«

Mit breitem Lächeln sah er sie an, und Dora hatte plötzlich das Gefühl, einem Haifisch in die Augen zu sehen.

• • •

Gleich nach dem Abendessen zog sich Dora in das Gästezimmer zurück, das einmal Huberts Zuhause gewesen war. Sie war hundemüde und wollte nur noch schlafen. Doch dann fiel ihr etwas ein. Dora schlich noch einmal hinaus und klopfte an die Tür des Badezimmers, in dem sie ihren Bruder wusste. Sie hörte, wie er drinnen duschte.

»Erich«, rief Dora. »Kannst du mir einen Wecker ausleihen? Ich muss so früh raus morgen.«

Das Wasserrauschen hörte auf. »Was sagst du?«, kam es von drinnen.

»Ich brauche einen Wecker für morgen früh. Ich muss um sechs aufstehen, damit ich meinen Zug nicht verpasse.«

»Kein Problem. Ich glaube, in unserem Zimmer steht noch einer. Frag Hetti! Sie ist noch wach.«

»Danke!«

Dora pochte an die Tür zu Erichs und Hettis Zimmer und trat ein, nachdem Hetti sie dazu aufgefordert hatte. Ihre Schwägerin lag schon im Bett, doch das Nachtlicht war noch eingeschaltet und sie las ein Buch, einen Krimi, wie Dora mit einem Blick auf den Umschlag erkannte.

»Oh, Entschuldigung«, rief sie erschrocken. »Ich wollte dich nicht stören, Hetti, aber Erich meinte, ihr hättet vielleicht noch einen Wecker für mich?«

»Das macht doch nichts. Da hinten im Regal steht noch einer. Aber ich befürchte, er ist stehen geblieben. Du müsstest ihn aufziehen.«

Mit einem Kopfnicken wies Hetti zu dem Bücherbord, das auf der anderen Seite des Zimmers stand. Im nächsten Augenblick hatte sie sich schon wieder in die Lektüre ihres Krimis vertieft. Dora durchquerte den Raum und nahm den kleinen runden Wecker vom Regal. Im Vorbeigehen fiel ihr Blick auf den Tisch, der vor dem Fenster stand und auf dem ein heilloses Durcheinander herrschte. Er war von teils zusammengefalteten, teils aufgeschlagenen Zeitungen bedeckt, auf der einen Seite stapelten sich ein paar Bücher, auf der anderen stand eine Schreibmaschine. Unter einem bunten Sammelsurium von Stiften, Radiergummis und Büroklammern lag ein zerknickter Stundenzettel, auf dem ihr Bruder seine Arbeitszeit auf der Baustelle dokumentierte. Stalinallee, Block G Süd, stand darauf. Dora seufzte. Es war unmöglich, an diesem Tisch vernünftig zu arbeiten. Typisch! Ihr Bruder war immer schon unordentlich gewesen, was Papierkram anging. Am liebsten hätte sie mit ein paar Handgriffen aufgeräumt, doch sie wollte nicht anmaßend sein. Da sah sie ein Blatt Papier, von dem ein Stück unter der aufgeschlagenen Zeitung herausschaute. Sie konnte nur ein paar Worte lesen, die mit der Schreibmaschine aufgedruckt waren, doch die ließen sie stutzen: »*... hassen wir die Amerikaner?*« Der Rest des Textes war zugedeckt. Dora runzelte die Stirn. Über die Amerikaner hatten sie doch am Nachmittag mit Herrn Hagemann gesprochen. Sie war neugierig geworden. Mit einem Blick zum Bett vergewisserte sie sich, dass Hetti noch immer wie gebannt in ihrem Krimi las. Geräuschlos zog Dora das Blatt ein wenig zur Seite und las, was darauf stand.

Warum sollen wir die Amerikaner hassen? In der Nazi-Zeit ist uns so viel Hass eingeimpft worden, auf die Juden, auf die Bolschewiken, auf die Alliierten ... Ich habe genug davon. Wie kann man jetzt wieder Hass auf andere Menschen einfordern? Haben wir denn nichts gelernt? Mit Hass hat schon einmal ein Krieg begonnen, der Millionen Menschen das Leben gekostet hat. Das darf nie wieder geschehen.

Dora nickte unwillkürlich. Dieser Aussage konnte sie nur zustimmen. Aber weshalb hatte ihr Bruder das aufgeschrieben? Sie erinnerte sich daran, wie Erich beim Gespräch mit seinem Schwiegervater eine Bemerkung heruntergeschluckt hatte. Waren das hier die Sätze, die zu sagen er vorhin nicht gewagt hatte? Dora entdeckte, dass unter dem beschriebenen Papier ein weiteres lag und warf auch darauf einen heimlichen Blick. »Wir fordern Freiheit«, stand da. Was hatte das zu bedeuten?

Sie hörte, wie die Badezimmertür geöffnet wurde, und schob rasch wieder die Zeitung über Erichs Aufzeichnungen.

»Na, Schwesterchen, hast du den Wecker gefunden?«, fragte ihr Bruder, als er ins Zimmer kam. Er sah sie kaum an dabei. Er trug nur eine Schlafanzughose und ein Handtuch über dem Kopf, mit dem er sich beim Gehen die nassen Haare trocken rieb.

»Ja, vielen Dank. Und jetzt lasse ich euch schlafen, es ist spät genug.«

Dabei hätte sie ihn so gern gefragt, was es mit diesen Texten auf sich hatte. Doch sosehr sie auch darauf brannte, eine Antwort auf diese Frage zu bekommen, so wagte sie doch nicht, ihn darauf anzusprechen. Erich hatte seine Notizen mit der Zeitung zugedeckt, also wollte er nicht, dass jemand sie las, und Dora wollte ihrem Bruder gegenüber nicht wie eine Schnüfflerin dastehen. Deshalb rief sie Hetti und Erich nur einen raschen Gutenachtgruß zu und ging grübelnd aus dem Zimmer.

9.

»Du hast es tatsächlich geschafft, jetzt werdet ihr also weggehen vom Stübeckhof.« Vera Twardy seufzte. Es war der Abend, nachdem Dora aus Berlin zurückgekehrt war, und die Familie saß am Küchentisch beim Essen zusammen. Vera bedachte Clärchen mit einem langen Blick. »Ich weiß gar nicht, wie ich mir ein Leben ohne euch vorstellen soll. Immer haben wir zusammengehalten, liebe Dora, auch in den schwierigsten Zeiten ...«

»Bitte sei nicht traurig, Mama. Wir halten doch immer noch zusammen. Wenn ich mein Studium in ein paar Jahren beendet habe, dann werde ich meine eigene Tierarztpraxis haben und für euch sorgen. Dann könnt ihr weg vom Stübeckhof und euch endlich ausruhen von allen Strapazen, die das Leben euch abverlangt hat. Das habt ihr euch so verdient.«

Während sie sprach, strich sie Clara liebevoll übers Haar. Dora war der bekümmerte Gesichtsausdruck nicht entgangen, mit dem das Mädchen dem Gespräch folgte. Vor Aufregung, den Stübeckhof bald zu verlassen, brachte sie kaum einen Bissen hinunter.

»Erich freut sich schon sehr darauf, dich endlich wiederzusehen«, sagte Dora. »Er wird staunen, wie groß und vernünftig du schon geworden bist.«

»Ja, das glaube ich auch.« Clara lächelte zaghaft.

Dora war erleichtert, dass Clara nicht nach ihrem Vater fragte. Was hätte sie auch sagen sollen, jetzt, da sie Curt im Gefängnis wusste? Um niemanden zu beunruhigen, schnitt sie das Thema besser gar nicht an.

»Ich werde euch zwei auch furchtbar vermissen. Aber ehrlich gesagt, bin ich auch sehr stolz auf dich, mein Mädchen.« Josef Twardy nickte Dora anerkennend zu. »Stolz, dass du die Zulassung geschafft hast und dass du so viel Mut hast, noch einmal ganz neu anzufangen. Ich wünsche dir von Herzen, dass du deine Träume erreichst.«

»Ich danke dir, Papa. Und wir haben doch noch den ganzen Sommer zusammen. Das Semester beginnt ja erst im Oktober. Und vielleicht könnt ihr uns einmal besuchen kommen in Berlin?«

»Gott bewahre«, entfuhr es Vera. »Keinen Fuß setze ich freiwillig in diese schreckliche Stadt. Bei dem Getümmel von Autos und Straßenbahnen würde ich ersticken.«

»Oh, ich hätte nichts dagegen, zum Shopping an den Ku'damm zu fahren!«, rief Marianne mit glänzenden Augen. Sie hatte begeistert zugehört, als Dora gerade von den vielen Geschäften, Cafés und Kinos an der Westberliner Einkaufsmeile erzählt hatte. »Allerdings hätte ich dabei lieber einen gut betuchten Mann an meiner Seite als eine schwere Tasche mit Studienbüchern!« Sie lachte.

»Apropos Besuch.« Josef Twardy stellte die Teetasse ab, die er gerade zum Munde führen wollte. »Ich habe eine gute Nachricht für euch. Besonders für dich, Dora. Mein Bruder Herrmann schrieb, dass er und Christel uns am nächsten Wochenende besuchen kommen. Er hat beruflich in Hannover zu tun. Da sind ihm ein paar alte Gemälde für seine Galerie angeboten worden, die er sich unbedingt ansehen will, und die Gelegenheit werden sie nutzen, um endlich einmal wieder bei uns vorbeizukommen.«

»Ach Papa, das sind fantastische Nachrichten. Wir haben uns so lange nicht mehr gesehen.«

Die Tatsache, dass sie bald ihre Lieblingstante Christel wiedersehen würde, machte Dora glücklich. Mit Christel verband sie eine ganz besondere Freundschaft, seit sie einander im Sommer 1940 in Königsberg begegnet waren. Sie war Curts Cousine, und Dora war nicht ganz unschuldig daran, dass Herrmann und Christel einander gefunden hatten. Beide waren verwitwet gewesen und hatten die Hoffnung auf ein neues Glück damals beinahe schon aufgegeben. Umso schöner war es für Dora gewesen, mitzuerleben, wie ihre Freundin und ihr Onkel heirateten. Herrmann Twardy, der in Königsberg ein erfolgreicher Kunsthändler gewesen war, war mit seiner Familie am Ende des Kriegs nach Bayern gezogen und führte inzwischen in München wieder eine Kunstgalerie. Für häufige Besuche war das einfach zu weit weg von Wielenstedt.

»Kommt Inge auch mit?«, fragte Dora ihren Vater. Auch mit ihrer inzwischen dreiundzwanzigjährigen Cousine verband sie seit damals ein inniges Verhältnis.

»Nein, soweit ich weiß, wird Inge zu Hause bleiben, um auf ihre Geschwister aufzupassen. Aber sie lässt ganz besonders herzliche Grüße an dich ausrichten. Ich glaube, wenn es nach ihr ginge, würde sie heimlich zu Herrmann und Christel in den Kofferraum ihres Autos steigen und mitfahren, um dich auch endlich wiederzusehen …«

»Das würde zu ihr passen.« Dora lächelte beim Gedanken an ihre kesse Cousine, die schon als Kind ihren eigenen Kopf gehabt und sich damit so manches Mal Scherereien mit ihrem Vater eingehandelt hatte. Dabei war sie doch im Grunde ihres Herzens so ein lustiges und liebenswürdiges Mädchen.

»Auf jeden Fall ist es wunderbar, dass ich Christel noch sehe, bevor ich nach Berlin ziehe. Ich habe ihr so viel zu erzählen.«

Da es auf dem Stübeckhof nicht genug Platz für Logiergäste gab, nahmen sich Christel und Herrmann am kommenden Wochenende ein Fremdenzimmer im Wielenstedter Dorfkrug. Nachdem Herrmann am Samstagvormittag für seine Geschäfte nach Hannover gefahren war, unternahmen Dora und Christel einen langen Spaziergang durch die Heide. Nach ein paar Regentagen war es wieder sonnig geworden, sie genossen die warme Juniluft auf der Haut und den Geruch der Wacholderbüsche am Wegesrand, während hoch oben am verwaschenen blassblauen Himmel die Feldlerchen sangen. Christel hakte sich freundschaftlich bei Dora unter und sagte: »Eigentlich fühlt es sich so an, als wären wir nie getrennt gewesen, dabei ist es doch fast eine Ewigkeit her.«

»1949«, antwortete Dora. »Ich erinnere mich noch genau, es war im Jahr nach der Währungsreform, und damals kamt ihr ebenfalls, weil Herrmann in der Nähe zu tun hatte.«

»Ich wünschte, ich könnte dich öfter sehen. Zwei Freundinnen sollten nie so lange getrennt sein, aber mit den Kindern habe ich so wenig Gelegenheit, weit zu verreisen. Die großen Jungen sind ja schon aus dem Haus, aber vor allem der kleine Gustav braucht mich noch sehr. Vergiss nicht, dass er dein Patenkind ist! Du solltest wirklich einmal zu uns nach München kommen.«

»Du hast recht. Ich komme, sobald ich es irgendwie einrichten kann. Das verspreche ich dir.«

»Das sagst du nun auch schon seit Jahren …« Christel schüttelte tadelnd den Kopf, doch sie lachte dabei. »Aber ich weiß ja, wie viel du immer zu tun hast.«

Dora drückte ihren Arm. »Jetzt bin ich einfach nur froh, dass du hier bist. Ich muss dringend mit dir über Curt reden.«

»Was ist mit ihm?« Christel blieb stehen. »Hast du endlich etwas über ihn in Erfahrung gebracht?« Sie sah Dora ernst an. »Er wird doch wohl nicht …?«

Dora schüttelte rasch den Kopf.

»Ich bin mir sicher, dass er lebt. Und ich weiß jetzt, weshalb er sich nie gemeldet hat. Aber das ist keine schöne Nachricht. Ich habe seine ehemalige Zimmerwirtin in Berlin aufgesucht. Von ihr habe ich erfahren, dass Curt von der Polizei abgeholt wurde. Ich befürchte, er sitzt in der DDR im Gefängnis, Christel. Seit Oktober 1945. Was auch immer sie ihm vorwerfen. Das konnte mir die Frau leider nicht sagen.«

»Im Gefängnis? Curt? Aber das ist doch unmöglich. Was sollte er denn Schlimmes getan haben?«

»Ich habe keine Erklärung dafür. Ich versuche noch herauszufinden, was geschehen ist. Und ich werde alles Menschenmögliche tun, damit er bald freikommt. Es kann nicht richtig sein, dass man ihn verurteilt hat.«

»Und ohne seine Angehörigen zu informieren. Das ist nicht rechtens, Dora, ganz gewiss nicht. Mein armer Cousin, oh, mein guter Curt.« Christels Stimme bebte.

»Ja, das ist grausam. Und niemand von uns hat ihn je besucht«, sagte Dora traurig und schluckte gegen den Kloß in ihrem Hals an. »Wie furchtbar verlassen er sich fühlen muss, jahrelang allein und eingesperrt, gerade jemand wie Curt.«

»Das möchte ich mir gar nicht vorstellen. Das ist schrecklich.«

Langsam gingen sie weiter. »Es ist gut, dass du bald nach Berlin gehst, meine Liebe«, sagte Christel schließlich. »Ich hoffe so sehr, dass du etwas für Curt ausrichten kannst. Hoffentlich darfst du ihn wenigstens besuchen.«

»Ja, Christel. Ich werde alle Hebel dafür in Bewegung setzen.« Und nachdem sie eine Weile geschwiegen hatte, fügte Dora hinzu: »Ich bin ganz hin- und hergerissen von meinen Gefühlen. Wenn ich daran denke, dass ich Curt vielleicht endlich wiedersehen kann, und wenn es nur für fünf Minuten wäre, dann freue ich mich so sehr. Und gleichzeitig könnte ich heulen, wenn ich daran denke, dass er im Gefängnis sitzt. Mit dem Studium ist es so ähnlich. Ich möchte am liebsten einen Freudensprung machen, weil ich in ein paar Monaten tatsächlich studieren und in einer so aufregenden Stadt leben darf. Ich habe lange nicht gewagt zu hoffen, dass mein Traum in Erfüllung geht. Aber auf der anderen Seite wird mir das Herz schwer, wenn ich daran denke, dass ich meine Eltern, Marianne und die Zwillinge hier zurücklassen muss. Immer haben wir als Familie alles gemeinsam durchgestanden, und jetzt kehre ich ihnen den Rücken.«

»Du brauchst deshalb kein schlechtes Gewissen zu haben, Dora. Du bist erwachsen. Du lebst dein eigenes Leben und du musst an deine Zukunft denken. Es ist nun wirklich nichts Schlechtes daran, wenn man sich weiterentwickeln möchte. Ich stehe da ganz an deiner Seite.«

»Die Eltern legen mir ja auch keine Steine in den Weg, aber ich lese es in ihren Augen, wie sehr es sie schmerzt, dass Clara und ich fortgehen.«

»Ich befürchte, das ist der Lauf der Dinge. Wenn Inge auszieht, werde ich ganz sicher heulen wie ein Schlosshund, obwohl sie noch nicht einmal mein leibliches Kind ist.«

»Mit Clara geht es mir nicht anders.« Dora lächelte. »Ein Leben ohne sie kann ich mir gar nicht mehr vorstellen.«

»Das sollst du auch nicht, nicht so lange sie klein ist. Oh, ich wünsche dir so viel Glück in der Angelegenheit mit Curt. Ihr habt so viele Höhen und Tiefen miteinander erlebt, es wird Zeit, dass ihr endlich für immer zusammenfindet.«

Dora stutzte. Sie wurde rot. »Sag mal, seit wann weißt du eigentlich, dass ich ihn liebe?«, erkundigte sie sich verlegen. »Ich wüsste nicht, dass wir je darüber gesprochen haben.«

»Ach, du Süße! Vom ersten Augenblick an, als ich euch damals im Alhambra-Kinopalast in Königsberg am Tisch sitzen sah.«

Dora stieß einen tiefen Seufzer aus. »Dann wusstest du es früher als ich. Was wäre bloß geschehen, wenn …?«

»Diese Frage ist verboten, Dora. Was immer die Antwort darauf ist, sie ist unerheblich, denn du kannst den Lauf deines Lebens nicht zurückdrehen. Du musst jeden Tag das Beste aus Heute machen. Und ich finde, mit deiner Entscheidung nach Berlin zu gehen hast du genau das Richtige getan.«

»Danke, Christel.«

»Du kannst immer auf mich zählen. Ich bin für dich da, egal, was passiert. Herrmann und ich, wir vergessen nie, was du damals für uns getan hast, dass wir dir unser großes Glück zu verdanken haben. Weißt du, dass ich dich deshalb jeden Abend in mein Gutenachtgebet einschließe?« Christel lachte bei diesen Worten, es war ihr herzliches, zutiefst vertrautes helles Lachen, das sie Dora am ersten Tag ihrer Bekanntschaft schon so sympathisch gemacht hatte. »Also Dora, wir stehen tief in deiner Schuld. Wenn wir dir das irgendwie vergelten können, dann lass es uns wissen. Melde dich, wenn du etwas brauchst.«

»Das mache ich, Christel, wenngleich ich mir im Moment nicht vorstellen kann, was ihr für mich tun könntet.«

Christel schien einen Moment nachzudenken, dann kramte sie in ihrer Handtasche und reichte Dora einen 50-Mark-Schein.

»Wie wäre es damit? Ein Taschengeld für den Start in dein

neues Leben. Denn du sollst ja nicht nur lernen und arbeiten. Ich will, dass du dir auch zwischendurch mal was Schönes leisten kannst, einen Besuch im Kino oder ein Eis für Clara.«

»Aber Christel. So viel Geld ...«

»Pst, keine Widerrede. Das ist das exklusive Tante-Christel-Stipendium für meine Lieblings-Nichten-Freundin Dora. Wenn du es nicht annimmst, schicke ich dir das Doppelte mit der Post.« Sie drohte lachend mit dem Finger.

Dora drückte sie glücklich an sich.

»Ach Christel, du bist und bleibst ein Schatz. Mit und ohne dein liebes Stipendium. Ich bin einfach nur froh, dass ich dich habe. Ganz gleich, wie viele Kilometer zwischen uns sind!«

10.

Der Sommer verging wie im Flug. Ende Juli hatte sich Frau Stübeck einen Traktor angeschafft, ein rostiges Vorkriegsmodell von Deutz, das sie günstig von einem Bauern in der Nähe erworben hatte und mit dem sie nun durch die Gegend knatterte. Seit sie erfahren hatte, dass Dora den Hof verlassen würde, ging sie etwas gnädiger mit ihr um. Auch im Dorf hatte es sich bald herumgesprochen, dass »eine von diesen Ostflüchtlingen« demnächst zum Studieren nach Berlin gehen werde, was für die Leute ähnlich unvorstellbar war wie eine Polarexpedition. Fortan begegnete man Dora im Postamt oder im Lebensmittelladen mit einer Mischung aus Unverständnis und Respekt. Dora berührte das kaum mehr. In ihren Gedanken hatte sie das kleine Wielenstedt längst verlassen. Sie war voller Vorfreude auf das, was nun kommen mochte, dieses unbekannte Leben in der fremden großen Stadt. An der Universität, wo so viele verschiedene Menschen aus allen Teilen Deutschlands zusammenkamen, würde sie niemand mehr wegen ihrer Herkunft schief ansehen.

Am letzten Tag des Septembers 1952 begann für Dora und Clara eine neue Zeitrechnung, sie brachen auf zu ihrem Leben in Berlin. Es war ein kühler Samstagmorgen, die Sonne war gerade erst aufgegangen. Auf den Wiesen dampfte der Nebel. Von fern her klang das Blöken der Heidschnucken herüber. Josef Twardy trug ihnen den schweren Koffer zur Postbushaltestelle am Marktplatz. Auch Vera war mitgekommen, wofür Dora ihrer Mutter sehr dankbar war, denn sie wusste ja, wie schwer ihr der Abschied fiel. Tapfer lächelnd umarmte sie die beiden:

»Aber an Weihnachten kommt ihr wieder zu Besuch, versprochen? Sonst lasse ich euch nicht wegfahren.«

»Auf jeden Fall«, versicherte Clara. »Und ich schreibe euch jede Woche einen Brief!«

Ihr Vater drückte Dora zum Abschied noch ein kleines, in Papier gewickeltes Päckchen in die Hand.

»Was ist das, Papa?«, fragte Dora erstaunt.

»Lass dich überraschen«, sagte er nur.

Noch eine Umarmung, dann hieß es einsteigen, und der Bus rumpelte los. Dora und Clara winkten den beiden durch das Fenster zu. Wenig später glitt draußen die Gegend vorbei, die ihr in den vergangenen Jahren vertraut geworden war: die Fachwerkhäuser am Dorfplatz, das windschiefe Rathaus und der Brunnen mit dem steinernen wasserspeienden Fisch davor, dann die Birken am Rande der Landstraße, die reetgedeckten Bauernkaten hinter den Feldern. Dora ließ das alles ohne Kummer zurück. Wir fahren, dachte sie nur. Wir fahren wirklich nach Berlin in eine neue aufregende Zukunft.

Kaum dass sie Wielenstedt hinter sich gelassen hatten, wickelte Dora das Abschiedsgeschenk ihres Vaters aus dem Papier. Als sie sah, was es war, unterdrückte sie einen Freudenschrei. Es war ein kleines gerahmtes Foto, auf dem sie als junges Mädchen zu sehen war. Es zeigte sie vor dem elterlichen Gutshof in Ostpreußen, bei einem ihrer ersten Ausritte auf ihrer Stute Gilda, einige Jahre vor dem Krieg. Der Vater hatte einen Brief dazugelegt. Hastig faltete Dora das Papier auseinander:

Meine liebe Tochter,
von ganzem Herzen wünsche ich Dir Glück und gutes Gelingen in Berlin. Mögen all Deine Träume Wirklichkeit werden. Erinnerst Du Dich noch, wie wir dieses Foto vor so vielen Jahren gemacht haben? Ich wusste gar nicht, dass davon noch ein Abzug existiert. Herrmann hat mir das Bild neulich geschickt. Er und Christel haben es beim Aufräumen in einem Stoß alter Familienfotos gefunden, die sie damals bei ihrer Abreise aus Königsberg mitgenommen haben. Es soll Dir Freude machen und Trost und Ansporn sein in schweren Stunden, vor denen niemand gefeit ist, wenngleich ich wünsche, dass sie selten sein mögen in Deinem Leben. Ich bin sehr stolz auf Dich, liebe Dora. Ich war es immer, wie Du weißt. Du wirst Deinen Weg gehen, in Gedanken begleite ich Dich. Behalte immer Deine Herkunft und Deine wahre Heimat im Herzen, wo immer die Zukunft Dich auch hinwehen mag.
Dein Dich liebender Vater.

Dora brach in lautes Schluchzen aus. Clara erschrak und wisperte: »Was ist denn los? Ist was Schlimmes passiert?«

»Nein, o nein, mein lieber Schatz.« Dora wischte sich die Tränen aus dem Gesicht und gab Clara einen Kuss. »Ich bin bloß so furchtbar glücklich.«

Sie zeigte dem Mädchen das Foto, auf dem sie selbst nur ein paar Jahre älter war als Clara jetzt, und augenblicklich liefen ihr wieder die Tränen der Rührung aus den Augen.

Clara betrachtete das Bild und tippte mit dem Finger darauf. »Bist du das da auf dem Pferd? Da warst du ja noch ganz klein. Und du lachst so lustig.«

»Ja.« Dora nickte. »Das bin ich mit meiner Fuchsstute Gilda. Sie war erst am Tag zuvor auf unseren Hof gekommen. Oh, ich weiß noch genau, wie stolz ich war, dass ich sie reiten durfte.

Als mein Onkel dieses Foto machte, da dachte ich, dies ist der schönste Tag meines Lebens.«

»Und wo ist diese Gilda jetzt?«

»Ach Clara. Das weiß niemand ...«

Erst als sie sich dem Bahnhof von Hannover näherten, steckte Dora das Foto in ihre Handtasche.

Dora hatte aus den Erfahrungen ihrer vorigen Reise gelernt. Diesmal hatte sie nicht eine einzige Zeitschrift eingepackt oder sonst etwas, das das Missfallen der DDR-Grenzer hätte erregen können. Unbehelligt ließ man sie passieren. Sie erreichten den Berliner Bahnhof Zoo am Nachmittag. Mehr noch als Dora beim letzten Mal war Clara überwältigt von dem brausenden Verkehr in der Stadt, von den Lichtern, die in der beginnenden Dämmerung an den großen Geschäftsgebäuden aufflammten, von allem, was es dort zu sehen gab. Ein wenig eingeschüchtert griff sie nach Doras Hand. Weil Dora dem Mädchen etwas von der Stadt zeigen wollte, leistete sie sich diesmal eine Fahrt mit einem Taxi, die in einer langen Reihe vor dem Bahnhofsgebäude standen. Einer der Chauffeure stieg aus und verstaute ihr Gepäck im Wagen.

»Na, die jungen Frolleins, wohin soll's denn jehn?«

Als Dora die Adresse nannte, runzelte der Mann die Stirn. »Na, dit ist ja im Osten. Bei mir können Se aber nur mit Westjeld bezahlen.«

»Natürlich, das ist kein Problem.« Sicherheitshalber tastete sie noch einmal nach dem Geldbeutel in ihrer Handtasche. Nach dieser Taxifahrt würde ein Teil von Christels Taschengeld zwar schon aufgebraucht sein, aber dieser kleine Luxus war es wert. Sie genoss die Bequemlichkeit, in einem gut gepolsterten warmen Wagen durch das abendliche Berlin kutschiert zu werden.

Clara bestaunte die fremde Umgebung mit großen Augen.

»So viele Häuser und so viele Autos, hoffentlich verlaufe ich mich hier nicht ganz oft.«

»Keine Sorge, mein Schatz. Wir werden ja nicht mitten in der Stadt wohnen. In unserem Viertel wirst du dich leicht zurechtfinden.«

Clara wollte alles über Berlin wissen. Dora erzählte ihr, wie sehr sich die Stadt seit dem Ende des Krieges verändert hatte. Ähnlich wie Dora vor ein paar Monaten war auch das Mädchen beeindruckt von der Ruine der Kaiser-Wilhelm-Gedächtniskirche, die majestätisch mahnend zwischen den Geschäftshäusern aufragte.

Eine gute halbe Stunde später stoppte das Auto vor dem Haus der Hagemanns, und der Taxifahrer pfiff anerkennend durch die Zähne. »Da haben Se sich ja mal 'ne schnieke Jejend ausjesucht. Wenn Se hier mal bloß nich bei den Russen wären. Warum bleiben Se denn nich drüben im Westen? Im amerikanischen Sektor, da unten in Dahlem und Zehlendorf, da ham wa ooch 'n paar janz exklusive Villen, wo die Bomben 'nen Bogen drum jemacht haben.«

Dora musste lachen über die unverblümte Art des Taxifahrers. Inzwischen verstand sie das ungewohnte Berlinerisch schon ganz gut.

»Vielleicht irgendwann mal«, antwortete sie gut gelaunt. »Wenn ich fertig bin mit meinem Studium. Im Moment wäre es mir viel zu weit weg, um von dort jeden Tag zur Humboldt-Universität zu fahren.«

Sie reichte dem Chauffeur das Fahrtgeld und gab ihm ein üppiges Trinkgeld. In diesem Augenblick fühlte sie sich großartig. Sie war angekommen. Alles Suchen, Fragen, Zweifeln und Zaudern hatte ein Ende. Jetzt endlich war sie kein Flüchtling mehr, keine von den Nachbarn verachtete Fremde, jetzt war sie die angehende Tierärztin Dora Twardy aus Berlin.

Die Hagemanns begrüßten Dora so freundlich wie bei ihrer letzten Ankunft, und auch Clara wurde in der Familie herzlich aufgenommen. Das Mädchen kam aus dem Staunen nicht mehr heraus, als sie die große, komfortabel ausgestattete Villa betrat. Solange sie sich erinnern konnte, hatte sie in einfachen und beengten Verhältnissen auf dem Stübeckhof gelebt. Voller Bewunderung betrachtete sie nun im Wohnzimmer die samtenen Fenstervorhänge und die schweren Teppiche auf dem blanken Parkettboden, und ihre Finger glitten beinahe ehrfürchtig über das weiche Polster des Sessels, auf dem sie, eng an Dora geschmiegt, Platz genommen hatte.

»Gefällt es dir hier?«, fragte Dora leise und streichelte Claras Wange.

Sie nickte. »Ja, so ein schönes Haus habe ich noch nie gesehen.«

In dem Zimmer, das Dora und Clara bezogen, erinnerte nichts mehr an Hubert. Die Bücherregale waren leer, das Filmplakat war verschwunden und im Kleiderschrank hingen nur noch ein paar hölzerne Bügel. Zusätzlich zu dem Bett hatte man eine schmale Pritsche hineingestellt, auf der Clara schlafen konnte. Mitten im Raum stand ein Kaufladen mit allem möglichen Zubehör, auf dem Bett lagen ein paar Bücher, fünf Kasperlefiguren und ein Brettspiel, bei dem es darum ging, würfelnd durch einen Wald zu wandern. Hetti war so liebenswürdig gewesen und hatte für das Mädchen etwas Spielzeug besorgt, weil sie ja auf der Zugreise nicht viel hatten mitnehmen können.

Dora war ganz gerührt. »Vielen Dank. Es ist so lieb von dir, dass du dir Gedanken um Clara gemacht hast.«

Das Mädchen machte einen artigen Knicks, und Hetti strich ihm liebevoll über die Wange.

»Ich hab es gern getan. Ich freu mich, wenn Clara Spaß daran hat. Ihr sollt euch doch wohlfühlen in eurem neuen Zuhause.«

»Das werden wir ganz sicher, vielen Dank.«

Hetti war es auch, die Dora erklärte, bei welchen Ämtern sie in den nächsten Tagen vorstellig werden musste, damit sie alle notwendigen Bescheinigungen, Unterschriften und Stempel zusammenbekam, um in Ostberlin leben und studieren zu können und damit Clara die neue Schule besuchen und an den Nachmittagen in den Hort gehen konnte. Als endlich alles geschafft war und Dora sogar die Bestätigung für ihr Stipendium erhalten hatte, nahm sie Clara erleichtert in die Arme und tanzte übermütig durchs Zimmer.

»90 Mark fürs Essen, 10 Mark für Bücher, 15 Mark für Straßen-, S- und U-Bahn, 20 Mark für Wäsche und sonstige Kosten. Jeden Monat bekommen wir 135 Mark von der großzügigen Deutschen Demokratischen Republik. Damit lässt sich leben, Clara!«

Erich lehnte am Türrahmen und beobachtete die beiden. »Dass du mir jetzt nur nicht überschnappst vor lauter Reichtum, liebes Schwesterchen!«, sagte er grinsend.

»Nein, keine Sorge. Ich weiß wohl, dass ich mit dem Geld keine großen Sprünge machen kann. Aber für die nötigsten Ausgaben reicht es.« Kopfschüttelnd hielt Dora inne. »Ich frage mich nur, weshalb mir die Behörde meine Aufenthaltsgenehmigung in der DDR nur auf drei Monate ausgestellt hat. Sieh dir das an!« Sie zeigte ihrem Bruder den Beleg. »Weshalb gilt sie nicht für ein ganzes Jahr oder wenigstens für ein Semester? Jetzt kann ich bald wieder loslaufen mit all den Papieren und den ganzen Tag in der Schlange anstehen, um meine Stempel zu bekommen.«

»Vermutlich denken die Leute im Amt, beim Studieren ist man nicht sehr beschäftigt und hat genug Zeit, um zwischendurch immer wieder mal bei ihnen vorstellig zu werden«, spottete Erich.

Dora zuckte mit den Schultern. »Ach, was soll's! Ich freue mich einfach darauf, dass es endlich losgeht mit meinem neuen Leben als Studentin!«

• • •

Am Donnerstag, den 4. Oktober begannen Doras Vorlesungen an der Humboldt-Universität. Während die Eignungsprüfungen im Mai noch im Hauptgebäude Unter den Linden abgehalten worden waren, fand das eigentliche Studium in der Veterinärmedizinischen Fakultät statt, die sich etwas nördlich des Stadtzentrums auf einem weitläufigen Parkgelände an der Luisenstraße befand. Die herrschaftlichen Gebäude, von denen einige noch aus den Anfangsjahren der Universität Ende des 18. Jahrhunderts stammten, waren im Krieg offenbar nicht sehr schwer beschädigt und in den Jahren danach rasch wiederaufgebaut worden. Auch die Gartenanlage sah wieder einigermaßen einladend aus. Allerdings war auch hier nicht zu übersehen, welches Elend in den ersten Wintern nach dem Krieg in der Stadt geherrscht hatte. Von Erich wusste sie, dass die Berliner in ihrer Not im eiskalten Hungerwinter 1946/47 alles Holz, das sie irgendwo finden konnten, nach Hause gebracht hatten, um ihre Öfen damit zu beheizen, denn Kohle oder Briketts waren nirgendwo zu bekommen gewesen. Um nicht zu erfrieren, hatten die Leute damals große Teile des Grunewalds und des Tiergartens abgeholzt, hatten Türen, Treppenstufen und Fensterrahmen aus den Trümmern gerissen und alles mitgenommen, was sonst noch brannte, ganz eindeutig auch aus der Parkanlage, die die Veterinärmedizinische Fakultät umgab. Dora erkannte etliche übrig gebliebene Baumstümpfe neben den kürzlich erst neu gepflanzten, jungen Ahornbäumen auf der Wiese. Und an den Parkbänken, die einst die Wege gesäumt hatten, fehlten die hölzernen Planken der Sitzfläche und der Lehne, nur die eisernen Seitenteile waren noch da und standen herum wie groteske Mahnmale. Noch im Nachhinein war Dora ihrem Vater dankbar, dass er sich damals um eine Unterkunft auf dem Lande bemüht hatte. Trotz aller Mühsalen auf dem Stübeckhof, sie hatten dort vermutlich weniger gehungert und gefroren als die Menschen in den zerbombten Städten.

Gott sei Dank waren ja für alle wieder bessere Zeiten angebrochen.

Zur Einführungsveranstaltung, der feierlichen Immatrikulation, waren die neuen Studenten in das sogenannte Tieranatomische Theater geladen worden. Es war leicht zu entdecken mit seinem auffallenden Kuppeldach, das an diesem schönen Herbstmorgen in der Sonne leuchtete. Wie das Haus zu seinem Namen kam, erkannte Dora, als sie den kreisrunden Vorlesungssaal betrat, in dem sich auf einem Holzpodest fünf ansteigende Bankreihen um die Raummitte gruppierten wie in einem Amphitheater. Von oben fiel Sonnenlicht durch die glasgedeckte Öffnung der Kuppel hinein. Die Wände zwischen den Fenstern waren geschmückt mit Gemälden, auf denen Tiere und ländliche Szenen dargestellt waren. Dora hätte sich die Abbildungen gern näher angesehen, doch dazu würde sie ein anderes Mal Gelegenheit haben. Jetzt musste sie erst einmal einen Sitzplatz finden, denn viele der Bänke waren schon belegt. Der Saal summte von dem aufgeregten Gemurmel der Erstsemester. Mit Erstaunen stellte sie fest, dass fast genauso viele junge Frauen wie Männer hier saßen. An der Humboldt-Universität nahm man das mit der Gleichberechtigung der Geschlechter tatsächlich ernst. Das gefiel ihr. Sie sah, wie ihr von der obersten Reihe her jemand zuwinkte. Es war Anneliese. Links neben ihr saß Günther, der Platz auf der rechten Seite war noch frei. Dora eilte die Stufen hinauf, glücklich darüber, inmitten der vielen Menschen nicht allein zu sein.

»Es ist schön, euch beide wiederzusehen. Herzlichen Glückwunsch, also haben wir es alle drei geschafft!«

»Sieht so aus.« Anneliese grinste. »Hoffentlich sehen wir uns auch in ein paar Jahren bei der Abschlussfeier wieder.«

»Woran du schon denkst!« Lächelnd ließ sich Dora neben ihr nieder. Vor lauter Freude über die Begegnung war sie in das vertrauliche »Du« gerutscht. Die beiden schien das nicht zu stören.

Günther nahm einen Schreibblock und einen Bleistift aus seiner Mappe und legte ihn in einem akkuraten Winkel vor sich auf die schmale Ablagefläche auf dem Geländer.

»Warum sollten wir nicht dabei sein?«, fragte er. »Wir haben es doch selbst in der Hand. Wenn wir nur immer gut aufpassen und ordentlich arbeiten, kann nichts passieren. Wir sind doch nicht dumm.«

Ein junger Mann, der neben Günther saß, beugte sich vor und meinte augenzwinkernd: »Das ist ja mal wieder typisch, so eifrig und strebsam wie eh und je, der gute Herr Birkenbauer. Möchtest du mich nicht mit der Kommilitonin bekannt machen, Günther?«

Dora stutzte, im selben Augenblick begannen sie beide zu lachen. Es war der Hardy-Krüger-Doppelgänger aus dem Zug!

»Das gibt's doch nicht! Wo kommst du denn auf einmal her?« Und den anderen erklärte sie: »Wir haben zusammen im Abteil gesessen, als ich im Mai zu meinem Vorstellungsgespräch nach Berlin gefahren bin. Was für ein Zufall.«

»Das kann man wohl sagen. Ich erinnere mich nur zu gut an dein bedröppeltes Gesicht, als die Grenzer deinen Koffer durchwühlt haben, um dir dann deine *Constanze*-Zeitschrift abzunehmen. Und vor allem erinnere ich mich natürlich an deinen hübschen Büstenhalter, den sie dabei herausgekramt hatten.«

Er grinste frech. Aber diesmal grinste Dora mit. Sie freute sich von ganzem Herzen, diesen Menschen hier wiederzutreffen.

»Ich war gerade auf dem Rückweg von einem Besuch bei meiner Oma im Rheinland«, erklärte er. »Und stell dir vor, ich hatte an diesem Tag auch meinen Termin im großen Hörsaal. Ich wäre zwar fast zu spät gekommen, meine Zugverbindung war etwas knapp bemessen. Aber wie du siehst, habe ich trotzdem bestanden.«

»Sag bloß, ihr kennt euch schon!« Günther schüttelte den Kopf. »Darf ich euch trotzdem noch miteinander bekannt machen? Liebe Dora, das ist mein alter Schulfreund Frajo Rosenmöller. Ich glaube, kein Mensch auf dieser Welt hat eine größere Klappe als er. Aber auch wenn es auf den ersten Eindruck nicht so scheint, er ist ein ganz verträglicher Geselle. Frajo, das ist Fräulein Dora Twardy, für ein Studium der Tiermedizin hat sie sogar ihr Leben im freien kapitalistischen Westen aufgegeben.«

»Frajo?« Dora wunderte sich. »Diesen Namen habe ich ja noch nie gehört.«

»Eigentlich sind es zwei Namen«, erklärte er. »Meine Eltern haben mich Franz-Josef genannt, nach meinen beiden Großvätern. Aber wer möchte schon Franz-Josef heißen? Ich jedenfalls nicht. Frajo ist viel praktischer.«

»Und lustiger«, fand Anneliese.

»Frajo und ich haben das unverschämte Glück, nicht nur beide einen Studienplatz bekommen zu haben«, fügte Günther hinzu, »wir teilen uns hier in Berlin auch eine Wohnung zur Untermiete.«

»In der wir bei der nächsten Gelegenheit ein Fass aufmachen.«

Frajo grinste. »Student ist man ja nicht nur zum Studieren, sondern auch um das Leben zu feiern, nicht wahr?«

»O ja, da hast du absolut recht!«

Im Kreis der drei anderen fühlte sich Dora, als wäre sie nach einer langen Reise endlich angekommen.

Im nächsten Augenblick wurde es still im Saal. Professor Paulitzer, der freundliche alte Herr, dem Dora ihren Studienplatz zu verdanken hatte, war hereingetreten und hatte die hohe Tür hinter sich geschlossen.

»Es geht los«, flüsterte Anneliese. »Unser erstes Semester fängt an.«

Ohne auch nur ein Wort an die Zuhörer zu richten, betätigte der Professor einen Hebel an der Wand, und wie von Zauberhand öffnete sich vor ihm der Holzboden. Unter verblüfften »Ahs« und »Ohs« der Studenten wurde aus dem Souterrain ein kreisrunder Tisch herauftransportiert, auf dem der Kadaver eines Schweins lag. Ein Raunen ging durch den Raum.

»Guten Morgen, liebe Studentinnen und Studenten! Ich gratuliere Ihnen herzlich zur Aufnahme Ihres Studiums der Veterinärmedizin an der Humboldt-Universität und zur ersten Vorlesung in der Anatomie der Tiere. Doch bevor wir uns diesem interessanten Objekt hier zuwenden und unseren Sezierkursus beginnen, möchte ich Ihnen noch einige organisatorische Dinge erläutern ...«

Der Professor hielt eine Ansprache, in der es um Vertrauen, Verantwortung und staatsbürgerliche Pflichten ging, und nach einer Weile begann Anneliese, herzhaft zu gähnen, während Frajo respektlos murmelte: »Jetzt kann es dann aber auch mal langsam losgehen mit dem interessanten Teil der Veranstaltung.« Dora aber lauschte jedem Wort des Professors wie gebannt. Sie war so stolz, in diesem Hörsaal zu sitzen, in dem seit Jahrhunderten die besten Tierärzte ausgebildet worden waren. Bald würde sie eine von ihnen sein. Vor ein paar Monaten hatte sie noch davon geträumt zu studieren, während sie auf dem Stübeckhof ihr unglückliches Leben beklagt und der Vergangenheit nachgetrauert hatte. Nun war dieser Traum Realität geworden. Sie saß zusammen mit ihren neuen Freunden inmitten vieler Studenten und Studentinnen in diesem wunderschönen Hörsaal und hatte eine aufregende Zukunft vor sich.

• • •

Dora, Anneliese, Günther und Frajo trafen sich täglich an der Uni. Sie besuchten zusammen die Vorlesungen und die praktischen Seminare und gingen mittags gemeinsam zum Essen in die Mensa oder zum Lernen in die Bibliothek. Vor allem Anneliese hatte Dora bald in ihr Herz geschlossen. Mit ihrer herzlichen und unkomplizierten Art musste man sie einfach gernhaben. Dora bewunderte sie, weil sie trotz vieler Schicksalsschläge, die auch sie erlebt hatte, ihren unerschütterlichen Optimismus und ihre gute Laune nicht verloren hatte. Ihr Vater und ihre zwei älteren Brüder waren im Krieg gestorben, und das Haus, in dem sie aufgewachsen war, war im Bombenhagel zerstört worden. Auch ihr war so gut wie nichts geblieben, und sie hatten sich lange Zeit eher schlecht als recht durchgeschlagen. Sie lebte nun mit ihrer Mutter und einer alten Tante in einer nach dem Krieg notdürftig wiederhergerichteten Mietskaserne im Osten der Stadt.

»Mit Plumpsklo auf der halben Treppe«, erklärte sie, als die vier in der zweiten Semesterwoche in der Mensa zusammensaßen. »Für was Besseres reicht das Geld im Moment einfach nicht. Aber Hauptsache, wir haben ein Dach über dem Kopf.«

Noch immer schien es Anneliese unfassbar, dass ein Mensch wie sie die Möglichkeit erhalten hatte zu studieren.

Günthers Familie war von den größten Schrecken des Krieges verschont geblieben. Nach drei älteren Schwestern war er der lang ersehnte Stammhalter, auf dem alle Hoffnungen der Eltern ruhten, wie er freimütig erzählte. So ordentlich, fleißig und ernsthaft er war, schien es Dora ein Wunder, wie er und der verrückte Frajo befreundet sein konnten. Frajo sah nicht nur aus wie aus einem Filmmagazin herausgeschnitten, er war witzig, respektlos und überaus selbstbewusst, obwohl er es in seinem Leben nicht leicht gehabt hatte. Nachdem er seine Eltern als kleines Kind bei einem schlimmen Unfall mit einer Pferdekutsche verloren hatte, war er bei seinen Großeltern auf einem Bauernhof aufgewachsen. »Kurz nachdem ihr Hof verstaatlicht wurde, ist mein Großvater gestorben und meine Großmutter zu einem Onkel nach Westdeutschland gezogen, ich bin tatsächlich ein armes Waisenkind«, sagte er und verdrehte theatralisch die Augen.

Dora nickte nur. Sie sprach nicht aus, was sie dachte: Wie gut es doch war, dass sie bei den Hagemanns ein so komfortables Leben führen konnte.

»Aber jetzt haben wir alle eine glänzende Zukunft vor uns«, fuhr Frajo mit betont gesetzter Stimme fort. »Lasset uns also so würdig und diszipliniert studieren, liebe Genossinnen und Genossen, wie es die Staatsführung der Deutschen Demokratischen Republik von ihren treuen Staatsbürgern erwartet …«

»Was redest du denn da für einen Unsinn?« Dora kicherte. »Man könnte meinen, du sprichst auf einer Parteiversammlung.«

»Na, hör mal«, gab Frajo zurück. »Dir ist doch hoffentlich klar, worauf du dich hier eingelassen hast? Mit deiner Einschreibung an der Uni bist du quasi einen Vertrag mit der DDR eingegangen.

Hast du dir nicht durchgelesen, was du nach dem Bewerbungsgespräch damals unterschrieben hast?«

Dora schüttelte überrascht den Kopf.

»Sieh dir mal die Einladung zur Immatrikulationsfeier genauer an«, empfahl ihr Frajo. »Da hast du es schwarz auf weiß.«

Zu Hause nahm Dora das Papier in die Hand, das sie mit einigen anderen Unterlagen kurz vor Beginn des Semesters von der Universität erhalten hatte. Zum ersten Mal las sie sich durch, was auf der Rückseite aufgedruckt war:

> *Verpflichtung: Mein Studium ist eine Auszeichnung durch unseren Arbeiter-und-Bauernstaat. Dieser Auszeichnung will ich mich würdig zeigen. Ich werde mir im Studium durch disziplinierte und selbständige Arbeit die Kenntnisse aneignen, die ich zur tätigen Teilnahme an der Schaffung und Festigung der geistigen und materiellen Grundlagen unserer Deutschen Demokratischen Republik brauche. Ich verpflichte mich, nach dem Studium unter Einsatz meines ganzen Wissens und Könnens an der Stelle tätig zu sein, wohin mich die Organe unseres Arbeiter-und-Bauernstaates gemäß den Erfordernissen des sozialistischen Aufbaus stellen.*

Tatsächlich, es stand ihre Unterschrift unter diesem Text.

Nun ja, dachte Dora, dieser Staat zahlt mir ein großzügiges Stipendium und sorgt unentgeltlich für Claras Betreuung, da ist es nur recht, wenn ich ihm nach dem Studium etwas zurückgebe.

11.

Ein paar Wochen nach Semesterbeginn schrieb Dora einen langen Brief an ihre Eltern.

> Wir haben uns gut eingelebt. Für Clara war das Leben in Berlin zunächst eine große Umstellung. Anfangs hat sie euch alle sehr vermisst, den Bauernhof und die Tiere, das Herumtollen im Stall und auf den Wiesen. Ihre Schultage sind hier länger als in Wielenstedt, weil sie nach dem Unterricht noch den Hort besucht und dort mit den anderen Kindern ihre Hausaufgaben macht, während ich in der Uni bin. Besonders schwer fiel es ihr in den ersten Tagen, in dem fremden Zimmer einzuschlafen. Ich bin jeden Abend an ihrem Bett sitzen geblieben und hab ihr Geschichten vorgelesen, bis sie müde genug war. Doch inzwischen hat sie sich an die neue Umgebung gewöhnt. Die Hagemanns sind weiterhin sehr nett zu uns, und Clara hat eine lustige junge Lehrerin, die ihr viel besser gefällt als der griesgrämige alte Herr, der sie in Wielenstedt unterrichtet hat. Sie hat inzwischen auch schon ein paar neue Freundinnen gefunden. Neulich habe ich ihr zum ersten Mal erlaubt, mit den anderen Mädchen in eine Kinovorstellung zu gehen. Es wurde ein Märchenfilm gezeigt. Ihr glaubt nicht, wie glücklich sie danach war. Am liebsten würde sie jeden Samstag ins Kino gehen, sagt sie, aber dafür reicht mein Budget leider nicht.

Mein Studium macht mir große Freude, wenngleich es anstrengend ist, abends, nachdem ich Clara zu Bett gebracht habe, noch die Lehrbücher herauszuholen. Manchmal bin ich sehr müde. Aber ich freue mich jeden Tag darauf, in die Vorlesungen zu gehen. Es ist wirklich alles sehr spannend und ich lerne viel. Nur von Curt habe ich noch nichts gehört. Ich hoffe so sehr, dass ich bald weiß, warum man ihn damals in Polizeigewahrsam genommen hat und wo er jetzt ist.

Alles Liebe, Eure Dora.

Obwohl es ein windiger und regnerischer Abend war, verließ Dora noch einmal das Haus, nachdem sie eine Marke auf das Kuvert geklebt hatte, und warf den Brief an der Straßenecke in den Postkasten. Als sie zurückkam, stand Herr Hagemann in der Tür, als hätte er auf sie gewartet.

»Guten Abend«, sagte sie verblüfft. Er nahm ihr den Regenschirm ab.

»Hätten Sie einen Augenblick Zeit für mich, Dora? Ich habe da etwas für Sie, eine Information, um die Sie mich vor längerer Zeit gebeten haben.«

Doras Herz schlug ihr augenblicklich bis zum Hals.

»Geht es um Curt?«

Herr Hagemann nickte. »Am besten besprechen wir das in meinem Büro.«

Dora folgte ihm in sein Arbeitszimmer, einen holzgetäfelten Raum im Erdgeschoss des Hauses, in dem sich ein Schreibtisch mit einem schwarzen Telefon darauf, ein hüfthoher Aktenschrank und zwei tiefe Ledersessel befanden. Hierhin zog sich Herr Hagemann bisweilen an den Abenden zurück, um ungestört wichtige Gespräche zu führen. Die dicke, gepolsterte Tür schloss sich mit einem satten Geräusch hinter ihnen.

»Nehmen Sie Platz, Dora.«

Mit vor Aufregung zitternden Knien ließ sie sich auf einem der Sessel nieder, während sich Herr Hagemann an den Schreibtisch setzte. Er nahm sich ein Feuerzeug und eine Zigarre aus einem kleinen Holzkästchen, das vor ihm stand, und zündete sie an. Schweigend rauchte er ein paar Züge.

»Bitte, sagen Sie doch, haben Sie etwas über ihn herausgefunden?«, fragte Dora ungeduldig. »Wo ist er? Was ist passiert?«

Herr Hagemann nickte langsam, den Blick auf die qualmende Zigarrenspitze gerichtet: »Herr von Thorau wurde am 26. November 1945 wegen Förderung des Nationalsozialismus zu zwölf Jahren Gefängnis verurteilt. Wo er einsitzt, kann ich Ihnen leider nicht sagen.«

Dora schnappte nach Luft.

»Was sagen Sie da? Zwölf Jahre? Wegen Förderung des Nationalsozialismus? Nie und nimmer. Das muss ein Irrtum sein. Curt war im Widerstand. Das weiß ich ganz sicher. Ich habe noch im Ohr, wie schockiert er sich über den Führer geäußert hat, als ihm aufging, was damals tatsächlich in Deutschland vor sich ging, und er war mit den Männern um Graf Stauffenberg bekannt. Curt soll ein Nazi sein? Das kann nicht wahr sein, Herr Hagemann. Nein. Das ist ein Fehler, ein katastrophaler Fehler.« Dora schnappte nach Luft.

Herr Hagemann zog einen Aschenbecher heran und streifte seelenruhig etwas Asche von seiner Zigarre. Dann sah er auf.

»Seit wann kennen Sie Herrn von Thorau?«

»Wir sind uns im Sommer 1940 zum ersten Mal begegnet.«

»In welchem Beruf hat er damals gearbeitet?«

»Als Fotograf. Er hat ...« Dora stockte. Plötzlich sah sie Curts Augen vor sich, sah das Grinsen in seinem Gesicht und meinte seine Stimme zu hören, während er ihr im Café des *Hotels Luise* in

Nidden auf der Kurischen Nehrung gegenübersaß: »*Ich bin Kriegsfotograf. Ich dokumentiere den Einsatz unserer Truppen ... Das ist wichtig. Einer muss den Leuten daheim ja den Alltag unserer Soldaten zeigen ...*«

»Damals hat er für das Propagandaministerium gearbeitet«, sagte Dora nüchtern. »Aber ich weiß, dass er kein überzeugter Nazi war. Das müssen Sie mir glauben, Herr Hagemann. Er war ein gedankenloser Mitläufer, ein Abenteurer. Damals ging es ihm nicht um Politik, er wollte herumkommen und die Welt sehen. ›Der Krieg gibt mir Möglichkeiten, die ich sonst niemals hätte‹, das hat er mir gesagt, als wir uns im Ostseeurlaub kennenlernten. Ich erinnere mich noch genau an seine Worte. Vielleicht war er naiv. Aber er war kein schlechter Mensch, Herr Hagemann, und er hat seine Einstellung bald geändert. Als ich ihn zum letzten Mal sah, vier Jahre später, im Sommer 1944, da war er ein anderer Mann, voller Zorn und Entsetzen, wild entschlossen, etwas gegen Hitler zu unternehmen.«

Ihre Stimme war mit jedem Satz lauter geworden.

Herr Hagemann nickte und rauchte. Er ließ Dora nicht aus den Augen. »Selbst wenn ein Mörder seine Tat irgendwann bereut, so muss er dafür doch zur Verantwortung gezogen werden, finden Sie nicht?«

»Aber Curt ist doch kein Mörder!«

»Nein, vermutlich nicht. Aber er hat Schuld auf sich geladen. Er hat jahrelang mit den Nazis kooperiert, ja, sogar für sie gearbeitet. Aus Gedankenlosigkeit? Aus Ehrgeiz? Warum auch immer. Er wird seine Strafe absitzen müssen. Es tut mir leid für Sie, aber nun haben Sie wenigstens Gewissheit.«

»Zwölf Jahre Haft. So viele Jahre seines Lebens!« Dora traten die Tränen in die Augen. »Das ist nicht gerecht. Das kann kein fairer Prozess gewesen sein! Hätte es keine mildernden Umstände geben können, wo er sich doch zum Schluss gegen Hitler gewandt hat?«

Herr Hagemann zuckte mit den Schultern. »Das weiß ich nicht. Ich habe das Gerichtsverfahren damals nicht verfolgt.«

»Sie müssen etwas tun, Herr Hagemann, bitte!« Dora konnte ihre Tränen nicht länger zurückhalten. »Diese Strafe hat Curt nicht verdient. Bitte tun Sie etwas, damit er aus dem Gefängnis kommt. Sieben Jahre sitzt er schon in Haft. Das ist Strafe genug. Sie sind doch ein wichtiger Mann in der Partei. Können Sie nicht Ihre Beziehungen spielen lassen? Sie kennen doch sicherlich einen guten Anwalt. Oder einen Politiker, der sich für Curt einsetzt. Ich bin bereit, als Zeugin auszusagen. Es gibt ein Foto, mit dem ich belegen kann, dass er damals mit den Widerständlern um Stauffenberg zu tun hatte. Vielleicht kann man eine vorzeitige Haftentlassung wegen guter Führung erwirken?«

»Es tut mir leid, Dora.« Herr Hagemann hob abwehrend die Hände. »Ich sehe da wenig Chancen. So sind nun einmal die Gesetze in der Deutschen Demokratischen Republik. Nazis, auch ehemalige Nazis, können nicht mit Milde rechnen. Bei solchen Leuten kennen wir kein Pardon. Und spätestens in fünf Jahren dürfte Ihr Freund ja wieder freikommen. Sofern er sich in der Haft nicht weitere Vergehen zuschulden kommen lässt.«

»Noch fünf Jahre ...« Traurig sah sie zum Fenster, wo der Herbstregen gegen die Scheiben schlug. Seit sieben Jahren saß Curt irgendwo in einer finsteren Gefängniszelle, allein und verlassen, ohne Kontakt zu allen, die er liebte, und wusste nicht, ob irgendjemand noch an ihn dachte.

Dora drehte sich zu Herrn Hagemann um. »Ich möchte ihn besuchen. Was muss ich tun, um ihn wiederzusehen?«

»Die Haftanstalt ist kein Krankenhaus, verehrte Dora. Da spaziert man nicht einfach hinein und beglückt die Insassen mit einem Strauß Blumen …«

»Das kann ich mir denken. Dann ist es eben kompliziert, aber es ist mir egal. Ich möchte ihn sehen. Und wenn es nur für fünf Minuten ist. Was muss ich dafür tun, Herr Hagemann? Bitte!«

Er antwortete nicht.

»Kann ich ihm wenigstens einen Brief schreiben? Damit er weiß, dass ich an ihn denke. Dass ich ihn liebe und ihm helfen möchte. Dass es seiner Tochter gut geht. Es gibt so vieles, was ich ihm sagen muss.«

Herr Hagemann betrachtete sie nachdenklich und ließ ein paar Rauchkringel zur Decke steigen. »Ich gebe Ihnen einen Rat«, sagte er schließlich. »Warten Sie in Ruhe die fünf Jahre ab und wenn bis dahin alles gut geht, können Sie Ihren Freund wieder in die Arme schließen.«

»Und wenn es nicht gut geht?« Dora sprang auf. »Was bedeutet das?«

Herr Hagemann zuckte mit den Schultern. »Bitte beruhigen Sie sich! Sie hatten mich gebeten herauszufinden, was mit Herrn von Thorau geschehen ist, und das habe ich gemacht. Ich befürchte, mehr kann ich nicht für Sie tun.«

Er stand auf, griff sich in die Tasche seines Sakkos und reichte Dora ein frisch gebügeltes Taschentuch, bevor er sie durch die gepolsterte Tür seines Arbeitszimmers entließ.

12.

Dora stürzte sich auf ihr Studium. Konzentriert verfolgte sie die Vorlesungen und Seminare an der Uni. Zu Hause verschanzte sie sich bis spät am Abend hinter ihren Fachbüchern oder ging die Skripte durch, die sie tagsüber an der Uni angefertigt hatte. Nur nicht nachdenken, beschwor sie sich und arbeitete bis zur Erschöpfung, doch je verzweifelter sie versuchte, jeden Gedanken an Curts Schicksal und ihre Hilflosigkeit zu verdrängen, desto lebhafter tauchte sein Gesicht vor ihrem inneren Auge auf. Selbst in den Nächten fuhr sie manchmal aus tiefem Schlaf auf und meinte seine Stimme zu hören. Sie sah ihn vor sich, wie er einsam und von allen Menschen verlassen in einer kahlen Zelle hockte. Sie wusste, wie sehr er litt. Und sie konnte nichts tun.

»Verzeih, Dora, aber du siehst furchtbar blass aus.«

Anneliese saß ihr kopfschüttelnd am Tisch der Mensa gegenüber und betrachtete Dora mit sorgenvoller Miene, während sie die fade Gulaschsuppe löffelten, die heute in der Kantine der Uni ausgegeben wurde. »Das Semester hat erst vor drei Wochen angefangen und du büffelst jetzt schon pausenlos, als stünden morgen die ersten Prüfungen an. Geh das Ganze doch etwas lockerer an. Sonst klappst du mir noch zusammen, bevor es richtig losgeht.«

»Ich will den Anschluss nicht verlieren«, erklärte Dora ausweichend und schob den halb geleerten Suppenteller zur Seite.

»Die Vorlesungen in Tiermedizin sind kein großes Problem für mich. Aber der Pflichtkurs Politik und Gesellschaftswissenschaft macht mir Kopfzerbrechen. Ich finde es entsetzlich öde, die Geschichte der Arbeiterbewegung und alle Details der Soziallehre von Marx oder der politischen Ökonomie seiner Zeit auswendig zu lernen ...«

»Eben!« Anneliese grinste. »Ich auch. Umso wichtiger ist es, zwischendurch mal eine kleine Pause zu machen und sich was Schönes zu gönnen.« Sie sah zum Fenster hinaus, wo die Reste des goldgelben Laubs einer Birke im milden Licht der späten Oktobersonne leuchteten. »Es ist so ein traumhafter Tag heute. Und morgen soll es genauso toll werden. Kaum zu glauben, dass in ein paar Tagen der November beginnt.« Mit gesenkter Stimme fuhr sie fort. »Wir sollten die letzten schönen Herbsttage ausnutzen und draußen etwas unternehmen, anstatt im finsteren Hörsaal herumzusitzen. Was hältst du davon, wenn wir morgen Nachmittag einen Ausflug an den Müggelsee machen? Wir könnten ein bisschen spazieren gehen und dann auf einer Bank am Ufer ein kleines Picknick machen.«

»Wie stellst du dir das vor? Morgen Nachmittag? Wir würden den Politikkurs verpassen!«

»Das ist ja der Plan.« Anneliese wirkte unbekümmert. »Wir schwänzen diese blöde Marxismusstunde.« Mit einem Seitenblick beobachtete sie, wie sich zwei Studenten am anderen Ende des Tisches zum Essen niederließen. »Wir könnten die beiden da drüben fragen, ob sie mitkommen. Der Typ in der roten Strickweste zieht ziemlich gut aus, findest du nicht? Ich glaube, die sind in unserem Semester. Neulich haben sie im Anatomiekurs in der Reihe vor uns gesessen. Wäre es nicht viel lustiger, mit den zweien da einen Nachmittag am See zu verbringen, als sich das langweilige Gequatsche von Professor Kuhn anzuhören?«

»Pst, Anneliese. Nicht so laut. Sie können dich hören. Sie gucken schon zu uns herüber.«

»Na und?« Anneliese zwinkerte den beiden Studenten ungeniert zu. Dann wandte sie sich lächelnd zurück zu Dora. Leise sprach sie weiter.

»Du hast recht. Es wäre sicher nicht besonders klug, die beiden hübschen Burschen in unsere Pläne einzuweihen. Wir kennen sie ja noch gar nicht. Aber du könntest Clara mitnehmen. Ich wette, die Kleine hätte auch einen Riesenspaß daran, mal wieder aus der Stadt herauszukommen. Wir machen einen richtig schönen Mädelsausflug. Und nachher lassen wir uns von Günther und Frajo erklären, was wir alles verpasst haben.«

»Du bist verrückt«, raunte Dora. »Wenn die Professoren erfahren, dass wir den Kurs schwänzen, bekommen wir den größten Ärger.«

Anneliese zuckte mit den Schultern. »Sei nicht so streng mit dir! Wir sagen einfach, wir hätten uns mit dieser grässlichen Gulaschsuppe hier die Mägen verdorben.« Sie zeigte auf ihren Teller, den sie ebenfalls nur halb geleert zur Seite geschoben hatte. »Das würde niemanden wundern. Ganz im Gegenteil. Es ist ein viel größeres Wunder, dass man diesen Fraß hier essen kann, ohne davon krank zu werden.«

Dora musste gegen ihren Willen lächeln. Gerade wegen ihres Übermutes und ihrer stets guten Laune mochte sie Anneliese so gern. Sehnsüchtig blickte sie hinaus in das flirrende Herbstlaub. »Ein Tag am See wäre traumhaft …«

»Dann ist es abgemacht, Dora. Wunderbar. Wir schleichen uns morgen gleich nach den chemischen Übungen aus der Uni. Dann fährst du rasch nach Hause und holst Clara ab. Wir treffen uns um eins am S-Bahnhof Friedrichstraße. Von da fährt die Bahn direkt Richtung Müggelsee. Ich backe heute Abend noch einen

Kuchen. Vielleicht kannst du eine Thermoskanne mit heißem Tee einpacken? Und eine warme Decke, damit wir uns daraufsetzen können. Oh, ich freu mich schon!«

Schließlich gab sich Dora geschlagen. Ja, warum eigentlich nicht. Warum nicht einfach mal wieder etwas Verrücktes machen? Die ersten Wochen des Semesters waren anstrengend genug gewesen, und die Sorge um Curt ließ sie nicht los. Es war Zeit, wenigstens für ein paar Stunden auf andere Gedanken zu kommen. Und Clara würde es genießen, endlich mal wieder einen Nachmittag mit Dora an der frischen Luft zu verbringen, da hatte Anneliese recht. Den Stoff der Vorlesungen konnten sie in den nächsten Tagen nachlernen.

»Also gut, Anneliese, ich bin dabei.«

• • •

Dora bereute es am folgenden Tag keine Sekunde lang, auf Annelieses Vorschlag eingegangen zu sein. Natürlich war auch Clara überglücklich gewesen, als Dora ihr angekündigt hatte, dass sie an diesem herrlichen Oktobertag nach der Schule nicht mit den anderen Kindern in den Hort zu gehen brauchte, sondern ihre Hausaufgaben draußen am See erledigen würde. Nur Frau Hagemann hatte skeptisch eine Augenbraue hochgezogen, als Dora sie um eine warme Decke für den Ausflug bat, und bemerkte: »Ich halte das für keine gute Idee, Clara der Aufsicht des Hortes zu entziehen. Wie soll die Kleine je zu einem vollwertigen Mitglied unserer sozialistischen Gesellschaft werden, wenn Sie sich eigenmächtig über die Regeln des Kollektivs hinwegsetzen?«

Dora hatte nur mit den Schultern gezuckt. »Es ist doch so ein schöner Tag heute, und sie versäumt ja keinen Schulunterricht ...«

Als sie später am sandigen Ufer des Müggelsees in der Sonne

saßen und die glitzernden Wellen betrachteten, auf denen ein paar Enten quakend umherzogen, da hatte Dora dieses Gespräch längst vergessen. Wie gut es tat, einmal aus der Stadt herauszukommen und für sich zu sein. Zärtlich strich sie Clara über die Locken, während das Mädchen bäuchlings neben ihr auf der Decke lag und Rechenaufgaben löste. Konzentriert fuhr Clara sich dabei mit der Zungenspitze über die Schneidezähne. Dora warf einen Blick auf ihr Hausaufgabenheft. Die Zahlen, die sie heute hineinschrieb, sahen erheblich krakeliger aus als üblicherweise, was wohl an der unbequemen Körperhaltung lag. Im Ergebnis waren aber alle Aufgaben richtig. Sie brauchte sich keine Sorgen um das Mädchen zu machen, was die Leistungen in der Schule anging. Clara war eine gute Schülerin, einmal den Hort zu schwänzen, das war gewiss kein Weltuntergang. Dora ließ ihren Blick über das baumbestandene Ufer auf der anderen Seite des Sees wandern. Sie fröstelte und schloss die Knöpfe ihrer dicken Strickjacke. Hier draußen am Wasser war die Luft kühler als zwischen den Mauern der Stadt. Die Schilfhalme raschelten in der leichten Herbstbrise, es roch nach feuchtem Laub, nach Moos und Pilzen. Dora unterdrückte einen Seufzer. Ihre Gedanken wanderten wieder zu Curt. Wie sehr mochte er sich nach einem Tag wie diesem sehnen! Wann würde er wieder den Duft des Herbstes atmen können?

»Ein Stück Kuchen gefällig, ihr beiden?« Anneliese hielt Dora zwei Teller hin, auf denen jeweils ein Stück Marmorkuchen lag.

»Oh, danke. Das sieht köstlich aus. Du hast ja tatsächlich noch gebacken gestern.«

»Mit allem, was wir noch in der Küche hatten.« Annelieses Grinsen lag schief im Gesicht. Dora stellte den einen Teller neben Carlas Mathebuch auf die Decke. Den anderen platzierte sie auf ihren im Schneidersitz gekreuzten Beinen. Weil es keine Gabeln gab, nahm sie ihr Kuchenstück in die Hand und biss gleich heißhungrig hinein. Doch das Gebäck lag so trocken und geschmacklos wie Sägespäne in ihrem Mund. Mühsam kaute sie und versuchte, sich ihre Enttäuschung nicht anmerken zu lassen. Hatte Anneliese den Zucker vergessen? Wie konnte man nur einen so schlechten Kuchen backen!

Clara war weniger zurückhaltend. Gleich nach dem ersten Bissen ließ sie das Kuchenstück aus der Hand fallen und schob sichtbar angewidert den Teller an den Rand der Picknickdecke. »Dora, der schmeckt mir nicht.«

Dora war verlegen. Es tat ihr leid, dass Anneliese sich solche Mühe mit dem Kuchen gegeben hatte, und doch war das Ergebnis ungenießbar.

»Es gibt verschiedene Rezepte für Marmorkuchen, Clara«, versuchte sich Dora in einer diplomatischen Antwort. »Und dieses hier ...«

»Versuch bitte nicht, meinen Kuchen schönzureden«, erklärte Anneliese, noch während sie kaute. Sie seufzte. »Ich weiß selbst, dass er scheußlich schmeckt. Das tut mir leid. Aber besser habe ich ihn nicht hinbekommen, ich hatte einfach keine vernünftigen Zutaten, weißt du. Ich musste Weizenkleie in den Teig rühren, weil das Mehl nicht reichte, und die gute Butter war ganz aus, vom Zucker ganz zu schweigen. Zum Glück hatten wir noch ein bisschen Honig im Küchenschrank.«

»Aber wieso ...?« Dora begriff nicht. »Hattest du keine Zeit zum Einkaufen? Warum hast du nichts gesagt? Dann hätte ich mich darum gekümmert.«

Anneliese zuckte mit den Schultern. »Ich war sogar in drei Geschäften. Aber überall gab es nur dieselben leeren Regale. Butter und Zucker sind zurzeit nicht einmal mehr auf Marken zu haben. Du warst wohl schon länger nicht mehr einkaufen?«

Dora schüttelte peinlich berührt den Kopf. »Nein, bei uns kümmert sich Hettis Mutter immer um den Haushalt und das Essen.«

»Dann hast du vermutlich noch gar nicht richtig mitbekommen, wie miserabel die Versorgungslage im Moment ist. In den Läden gibt es fast nichts mehr. Und wenn sie was im Angebot haben, dann ist es so teuer, dass es sich der normal sterbliche Mensch kaum leisten kann. Zudem muss man dafür auch noch ewig anstehen. Wenn man Pech hat, sind Milch und frisches Gemüse ausverkauft, bevor man an der Reihe ist.«

Dora erinnerte sich an die Menschenschlange vor dem Konsum, die sie am Tag ihres vergeblichen Besuchs bei Curt gesehen hatte. Sie runzelte die Stirn. »Komisch. Bei den Hagemanns habe ich nicht den Eindruck, dass es an irgendetwas mangelt.«

»Tja, das Leben als Parteifunktionär scheint so seine Vorteile zu haben. Das kannst du mit dem der normalen Bürger gar nicht vergleichen.«

Wortlos sammelte Anneliese die Teller ein, auf denen die Reste der angebissenen Kuchenstücke lagen. »Komm, Clara, wir füttern die Enten damit. Dann freuen die sich wenigstens darüber.«

»Nein, Anneliese«, rief Dora erschrocken. »Das kannst du nicht machen, du hast dir so viel Mühe beim Backen gegeben.«

Aber Anneliese war längst aufgestanden. Sie lachte schon wieder. »Keine Widerrede! Das ist mein Kuchen, und ich mache damit, was ich will.«

Sie kippte die Reste des Gebäcks auf einem Teller zusammen, dann nahm sie Clara, die sich nur allzu bereitwillig bei ihren Hausaufgaben unterbrechen ließ, an der Hand und zog sie mit sich. Dora sah zu, wie die beiden zum Ufer liefen und Kuchenstückchen ins Wasser warfen. Schon bald balgten sich ein lärmender Schwarm Enten, Gänse und Schwäne um die Brocken.

»Na also!«, rief Anneliese fröhlich. »Denen schmeckt es!«

Nachdenklich beobachtete Dora ihre Freundin. Sie bewunderte Anneliese sehr dafür, dass sie trotz der schwierigen Lebensumstände nie ihre gute Laune verlor. Sie kannte es ja nicht anders und hatte sich damit arrangiert. Aber was war das für ein Staat, der nicht dafür sorgte, dass die Leute genug zu essen bekamen?

»Hör mal«, sagte sie zu Anneliese, als sie wenig später fröstelnd die Picknickdecke zusammenfalteten. »Ich verstehe das nicht so recht. Die Grundwerte des Sozialismus sind Gleichheit und Gerechtigkeit, eine klassenlose Gesellschaft, kein ›oben und unten‹. Genau so haben wir es doch am Anfang des Semesters in unserer ersten Vorlesung im Pflichtkurs Politik gelernt, nicht wahr? Wie kann es sein, dass die Wirklichkeit ganz anders aussieht? Wieso gibt es Leute wie die Hagemanns, bei denen alles im Überfluss vorhanden ist, Kaffee, Tabak, sogar Sekt, wenn sie wollen, während andere Leute nicht einmal vernünftiges Mehl zum Kuchenbacken bekommen? Da läuft doch was schief. Es soll doch allen Leuten gleich gut gehen.«

Anneliese zuckte mit den Schultern. »Manche Leute sind eben gleicher als andere.«

»Ich weiß nicht. Meinst du, wir sollten das morgen mal im Politikkurs ansprechen?«

Anneliese starrte sie erschrocken an: »Wo denkst du hin? Willst du von der Uni fliegen?«

• • •

»Fräulein Twardy, Fräulein Schäfer, bitte warten Sie einen Augenblick. Ich muss mit Ihnen reden.«

Dora und Anneliese blieben stehen.

»Ja, bitte. Worum geht es denn, Herr Professor?«

Mit einem mulmigen Gefühl trat Dora an das Pult des Hörsaals, wo Professor Kuhn dabei war, seine Unterlagen in die Aktenmappe zu stecken. Gerade hatte er seine Politikvorlesung beendet, die meisten Studenten waren von ihren Sitzen aufgestanden und strömten nun zur Ausgangstür. Auch Günther und Frajo waren schon hinausgegangen. Anneliese folgte Dora mit einem unerschrockenen Grinsen im Gesicht.

Professor Kuhn musterte die beiden mit kühlem Blick. »Ich habe die Damen gestern in meinem gesellschaftswissenschaftlichen Grundkurs vermisst. Gibt es eine Erklärung für Ihr Fernbleiben?«

Dora presste für einen Augenblick wie ertappt die Lippen aufeinander. Anneliese dagegen lächelte zuckersüß. »Wir waren krank, Herr Professor. Da muss etwas in der Gulaschsuppe gewesen sein, die es am Tag zuvor in der Mensa gegeben hat. Wir haben uns furchtbar den Magen verdorben. Aber jetzt geht es uns zum Glück wieder besser.«

Dora sah den Professor nicht an, während Anneliese sprach, sondern betrachtete die halb verwischten Kreidebuchstaben auf der grünen Wandtafel hinter ihm, als müsste sie sich die Worte »Sozialistisches Kollektiv« und »der neue Mensch«, die dort zu lesen waren, noch einmal besonders gut einprägen. Sie spürte, dass sie bei Annelieses Schwindelei rot geworden war und hatte das Gefühl, er durchschaute sie bis in die letzte Gehirnwindung.

»Soso«, sagte der Professor und ließ die Schnalle seiner Mappe zuschnappen. Mit Schwung nahm er die Tasche auf. Doch er machte keine Anstalten, den Hörsaal zu verlassen.

»Merkwürdigerweise sind Sie beide die Einzigen, denen das Kantinenessen nicht bekommen ist. Ansonsten war mein Kurs gestern vollzählig. Offenbar haben alle anderen Studenten einen robusteren Magen als Sie ...«

»O ja.« Anneliese nickte treuherzig. »Wir sind ganz besonders sensibel.«

»Sie sind nicht sensibel, sondern verlogen!« Die Stimme des Professors war eiskalt. »Denken Sie etwa, ich weiß nicht, dass Sie meine Politikvorlesung geschwänzt haben? Dass Sie sich stattdessen einen lustigen Nachmittag am Müggelsee gemacht haben?«

Dora hielt die Luft an, und auch Annelieses Grinsen erlosch augenblicklich. »Aber, Herr Professor, wieso ...?« Mit einer unwirschen Handbewegung brachte er Anneliese zum Schweigen.

»Ich lasse mich von Ihnen nicht an der Nase herumführen, meine Damen. Wenn Sie meinen, Sie können sich den Pflichten, die ein Studium in der Deutschen Demokratischen Republik mit sich bringt, entziehen, dann sind Sie falsch gewickelt. Mir entgeht nichts, was an dieser Universität vor sich geht. Und Sie werden die Konsequenzen tragen.«

Dora spürte, wie ihr Mund trocken wurde. »Wir werden den Stoff selbstverständlich nachholen. Es tut uns leid. Das kommt nicht wieder vor. Das versprechen wir Ihnen. Bitte, werfen Sie uns nicht von der Uni. Wir werden die Prüfungen schaffen, ganz bestimmt.«

Der Professor betrachtete sie kühl. »Der Bericht über Ihr Fehlverhalten steht bereits in Ihren Akten. Aber, nun gut, ich will gnädig sein. Betrachten Sie das als letzten Warnschuss. Wenn Sie sich auch nur noch die kleinste Pflichtverletzung erlauben, ist Ihr Studium beendet.«

»Danke. Wir werden uns ganz sicher nichts mehr zu Schulden kommen lassen.«

Mit hochroten Köpfen schlichen Dora und Anneliese durch den Hörsaal auf die weit geöffnete Tür zu. Nur ein einziger Student saß noch in den Bankreihen. Es war der junge Mann mit der roten Strickweste, der in der Mensa neulich an ihrem Tisch gesessen hatte, als sie und Anneliese über den Ausflug zum Müggelsee sprachen.

»Ich wette, der hat uns verpetzt«, flüsterte Anneliese wütend. »Er hat alles mitgehört und ist dann postwendend zu Professor Kuhn gelaufen, dieser Schuft. Und ich wollte den hübschen Burschen noch einladen mitzukommen!«

Dora nickte. Ihr Hals war wie zugeschnürt. Sie fand den jungen Mann heute gar nicht mehr attraktiv. Hochmütig sah er von seinem Platz aus auf die beiden Freundinnen herunter, den einen Mundwinkel zu einem hämischen Grinsen verzogen.

Noch spät in der Nacht lag Dora wach und dachte darüber nach, wie knapp sie und Anneliese davorgestanden hatten, von der Uni zu fliegen. Nur wegen so einer Dummheit. Nie wieder würde sie so etwas Unvernünftiges machen und die Vorschriften missachten, wie lästig diese auch sein mochten.

Sie spähte auf die grünlichen Punkte ihres Weckers, die in der Dunkelheit des Zimmers glommen. Fast zwei Uhr schon.

Vielleicht konnte sie einschlafen, wenn sie einen Schluck Wasser getrunken hatte. Leise stand sie auf und schlich aus dem Zimmer. Sie hatte gerade in der Küche ein Glas aus dem Schrank genommen, als sie ein Geräusch an der Haustür hörte. Wer war denn um diese Zeit noch unterwegs, wunderte sie sich. Am Abend waren doch alle ins Bett gegangen. War die Tür womöglich nicht richtig geschlossen worden und der Wind ließ sie klappern? Sie stellte das Glas ab und huschte in den Flur. Dort wäre sie beinahe mit Erich zusammengeprallt, der sich geräuschlos die Schuhe von den Füßen streifte. Er blickte sie erschrocken an.

»Erich«, flüsterte Dora. »Was machst du hier? Wo kommst du her? Es ist mitten in der Nacht!«

»Ja, ich ... ich konnte nicht schlafen und habe mir draußen nur ein wenig die Beine vertreten. Kein Grund zur Beunruhigung.«

»Na, so was. Ich liege auch schon seit Stunden wach. Ist etwa Vollmond?«

Er zuckte mit den Schultern. »Ich habe nicht darauf geachtet. Aber jetzt muss ich ins Bett. Es ist wirklich schon furchtbar spät.«

Dora nickte. Trotz des Dämmerlichtes im Flur erkannte sie, dass er blass und nervös wirkte und ihr aus dem Weg gehen wollte. »Ja, lass uns schlafen gehen. Wir müssen beide früh raus morgen.«

»Gute Nacht, Dora.«

»Gute Nacht, Erich.«

Er ging die Treppe zu den Schlafzimmern hinauf, doch nach zwei Stufen blieb er stehen und wandte sich zu Dora um.

»Noch was«, flüsterte er. »Es wäre besser, du sagst den Hagemanns nicht, dass du mich heute Nacht hier angetroffen hast. Sie ... sie würden sich nur unnötig Sorgen machen, wenn sie erführen, dass ich manchmal schlecht schlafen kann und draußen frische Luft schnappe. Das wäre mir nicht recht.«

»In Ordnung, Erich. Ich behalte es für mich.«

Nachdenklich sah Dora ihrem Bruder nach, wie er die Treppe hinaufschlich. Sie war sich sicher, dass er ihr nicht die Wahrheit gesagt hatte. Warum konnte er mit ihr nicht darüber sprechen, wo er gewesen war? Was verheimlichte er vor ihr und den Hagemanns?

13.

Dora nahm den pfeifenden Kessel vom Herd, zog die Tülle ab und goss das kochende Wasser in den Kaffeefilter. Augenblicklich verbreitete sich der köstliche Duft von frischem, kräftigem Bohnenkaffee in der Küche. Genussvoll atmete sie ein. Im Hause Hagemann gab es zwar fast täglich echten Kaffee zu trinken, aber sie genoss das wunderbare Aroma noch immer jedes Mal. Wie viele Jahre hatte sie mit bitterem Ersatzkaffee vorliebnehmen müssen! Sie hatte nicht vergessen, wie sehr sie sich in diesen mageren Zeiten nach einem solchen Luxus gesehnt hatte.

Hetti kam aus der Speisekammer. Sie hielt Dora eine mit reichlich Sahne und Zuckerguss versehene Marzipantorte entgegen, die sie auf einer wagenradgroßen Glasplatte durch die Küche balancierte.

»Sieh dir diese Herrlichkeit an. Die hat meine Mutter gestern gezaubert. Wenn sie nur halb so gut schmeckt, wie sie aussieht, bin ich zufrieden.«

»Ein Traum!« Dora lief augenblicklich das Wasser im Mund zusammen. »Das ist die schönste Torte, die ich je gesehen habe. Aber woher habt ihr die ganzen Zutaten? Eine Freundin aus der Uni war neulich ganz verzweifelt, weil sie nicht einmal Mehl und Butter für einen einfachen Marmorkuchen bekommen hat.«

Dora sah Hetti an, dass ihr die Antwort nicht leichtfiel. Sie wirkte verlegen. »Na ja, wir sind ja nicht irgendwer. Manchmal ist es doch ganz praktisch, einen Vater zu haben, der Kreisvorsitzender der Partei ist. Er hat da so seine Beziehungen und Möglichkeiten. Es geht ja immerhin um seinen 50. Geburtstag, den muss so ein wichtiger Mann wie er natürlich angemessen feiern …«

Dora begriff. Da waren sie wieder, die zwei Klassen, von denen Anneliese kürzlich gesprochen hatte.

»Er trägt schließlich viel Verantwortung«, fügte Hetti rasch hinzu, als sie Doras skeptischen Blick bemerkte. »Er rackert sich an vorderster Front für den Aufbau des Sozialismus ab, da ist es doch nur recht, dass sich der Staat auch mal großzügig zeigt.«

Dora nickte nur. Sie sah Hetti nach, wie sie die Torte ins Esszimmer trug. Dort hatten Erich und Herr Hagemann bereits am Vormittag drei Tische zusammengeschoben, sodass eine lange Tafel entstanden war. Inzwischen war sie mit frisch gebügelten Tischtüchern und feinstem Porzellan für dreizehn Personen gedeckt. Auf einem Teewagen standen außerdem mehrere Cognacflaschen und ein mit Eisstücken gefüllter Kübel bereit, in dem zwei Sektflaschen steckten, dazu eine Batterie von glänzenden Kristallgläsern. Herr Hagemann stand am Tisch, bedachte alles mit einem prüfenden Blick und rieb sich zufrieden die Hände. Dann wandte er sich um und rief durchs Haus: »Wo bleibst du denn, Agnes? Die Gäste kommen gleich, und du steckst immer noch im Badezimmer.«

Es war Sonntag, der 16. November, und Herr Hagemann feierte an diesem Nachmittag seinen runden Geburtstag im Kreise einiger Freunde. Soweit Dora wusste, hatte er ein paar Parteigenossen mit ihren Ehefrauen eingeladen. Es schien sich um wichtige Leute zu handeln, denn Frau Hagemann hatte drei Tage lang damit verbracht, das Haus zu putzen, die Fenster auf Hochglanz zu bringen und den Parkettboden zu bohnern, damit alles einen guten Eindruck auf die Besucher machte.

Wenig später waren alle um die festliche Kaffeetafel versammelt, die Hagemanns mit Dora und Clara, dazu drei Ostberliner Kreisparteileiter mit ihren Ehefrauen und ein Mann, der allein gekommen war, ein kleiner, dünner Mensch mit schütterem schwarzem Haar und hoher Stirn. Er wurde Dora als Herr Jatzke vom Ministerium für Staatssicherheit vorgestellt und folgte den Gesprächen am Tisch weitgehend schweigsam. Doch Dora hatte das Gefühl, dass er sie genau beobachtete. Jedes Mal, wenn sie aufblickte, waren die tief liegenden dunklen Augen in dem scharf geschnittenen Gesicht auf sie gerichtet.

Besonders munter plauderte die Gattin des Köpenicker Kreisparteileiters, Wally Schiller, eine füllige Endfünfzigerin mit mahagoniroten, sorgfältig ondulierten Haaren. Nach jedem Satz schob sie sich einen weiteren Bissen Torte in den Mund. Sie war erst kürzlich von einer Reise nach Moskau zurückgekehrt und platzte beinahe vor Stolz, dass sie zu der offiziellen Staatsdelegation gehört hatte, die an den prunkvollen Feierlichkeiten des 35. Jahrestages der Großen Oktoberrevolution in der sowjetischen Hauptstadt teilnehmen durfte.

»Was für eine Stadt, dieses Moskau!«, schwärmte sie. »Als wir am Abend vom Flughafen kamen, war es, als ob man in ein Lichtermeer eintauchte. Alle Straßen waren hell erleuchtet, Schnüre aus Tausenden Lampen und Kandelaber wie große Trauben. Es war unglaublich. Und als ich die Metro sah, da dachte ich: Das sind keine Bahnhöfe, das sind Paläste. Aber der Höhepunkt war … – ihr glaubt es nicht, ich bekomme jetzt noch Herzrasen, wenn ich daran denke …« Sie legte die Hand auf ihren gewaltigen Busen und atmete tief ein, bevor sie weitersprach. »Am Vorabend des Jahrestages durften zwei andere Genossen und ich die Festveranstaltung im großen Theater besuchen. Als wir in den Logen Platz genommen hatten, sagte mein Begleiter: ›Sieh doch nur, da drüben sitzt Stalin.‹ Ich konnte es nicht glauben, aber da war er tatsächlich. Er saß natürlich auf der Ehrentribüne und trug doch nur einen einfachen Uniformrock. Aber wie gut er aussah! Seine schönen, herrischen Augen, dieser männliche Schnauzbart! Einmal sah er sogar zu mir herüber, stellt euch das vor. Der große Stalin hat mich angesehen, mich, Wally Schiller aus Berlin-Köpenick!« Noch immer ganz ergriffen von dieser Begegnung hielt sie einen Moment inne. »Das werde ich mein Lebtag nicht mehr vergessen.«

»Das kann ich mir vorstellen, dass das ein sehr bewegender Abend war. Ich wäre wirklich zu gern dabei gewesen.« Frau Hagemann goss ihr Kaffee nach. Ein kleines Lächeln lag in ihrem Gesicht. »Aber wir haben auch etwas sehr Aufregendes zu berichten. Stellen Sie sich vor, wir werden demnächst ein Fernsehgerät bekommen. Mein Mann hat erst gestern die schriftliche Bestätigung erhalten.«

»Nein, das ist ja phänomenal!«, quiekte Wally Schiller und verschluckte sich beinahe an dem Kuchenstück in ihrem Mund. »Ich bin zutiefst beeindruckt. Sie gehören zu den Auserwählten?«

»Jawohl.« Frau Hagemann war sichtlich bemüht, sich die Genugtuung über diese Nachricht nicht anmerken zu lassen. »Wir dürfen an der Versuchsphase teilnehmen. Montag in einer Woche wird das Gerät geliefert und angeschlossen. Glauben Sie mir, ich bin auch ganz bewegt.«

»Was ist denn ein Fernseher?«, erkundigte sich Clara.

Erich erklärte es ihr: »Das ist so etwas Ähnliches wie ein Radio, aber mit einem kleinen Fenster drin, da sieht man die Leute, die gerade sprechen.«

»Wie lustig!«

»Derzeit läuft noch der Testlauf, das eigentliche Fernsehprogramm startet dann mit täglich zwei Stunden Sendung am 21. Dezember«, sagte Herr Hagemann und fügte mit einem zufriedenen Grinsen hinzu: »Ganze vier Tage, bevor die da drüben im Westen ihren Sendebetrieb aufnehmen. Da sieht man doch mal wieder, wer die Nase vorn hat, nicht wahr? Das wird den Adenauer schön ärgern …«

Herr Schiller nickte zustimmend. »Nicht nur was unser Leben in Freiheit und Gleichheit angeht, auch in technischen Belangen werden die Leute in der BRD sehnsüchtig zu uns herüberblicken. Man muss einfach anerkennen, dass wir im fortschrittlicheren Teil Deutschlands leben.«

»Sie sagen es.« Sosehr sich Frau Hagemann auch bemühte, bescheiden zu klingen, der Stolz in ihrer Stimme war nicht zu überhören.

»Du meine Güte, wirklich aufregend«, flötete Wally Schiller. »Ich habe neulich schon so ein Fernsehgerät in einem Laden der staatlichen Handelsorganisation gesehen. Eine wahre Zaubermaschine. Der Apparat war aber unverkäuflich. Man sagte mir, es handele sich um eine Demonstration der Fernsehversuchssendungen im öffentlichen Raum. Ach, liebe Frau Hagemann, dürften wir denn gelegentlich noch einmal bei Ihnen vorbeikommen, um das Fernsehprogramm zu sehen?«

»Selbstverständlich, Sie sind alle herzlich eingeladen zum Fernsehabend«, erklärte Frau Hagemann generös.

»Ist so ein Gerät nicht furchtbar teuer?«, warf die Gattin des Treptower Kreisparteivorsitzenden ein.

»Nun ja.« Herr Hagemann trank genussvoll einen Schluck Kaffee. »3 500 Mark sind nun wahrlich kein Pappenstiel, aber das ist es mir wert, bei dieser historischen Unternehmung dabei zu sein.

Immerhin ist das Modell Leningrad T 2 eine heimische Produktion, hergestellt im Sachsenwerk Radeberg.«

Dora rechnete schnell. So viel wie ein Fernsehgerät kostete, verdienten viele Leute in der DDR gerade mal in einem Jahr. So viel zum Thema Gleichheit, dachte sie und konnte sich die Frage nicht verkneifen:

»Wäre es nicht sinnvoller, erst einmal dafür zu sorgen, dass die vielen kriegsbeschädigten Häuser im Land wiederaufgebaut werden und dass etwas gegen die Wohnungsnot getan wird, bevor der Staat so viel Geld in die Produktion eines Prestigeprojektes investiert?«

»Aber das passiert doch auch, liebe Dora.« Herrn Hagemanns Stimme klang bemüht freundlich, so als versuche er einem kleinen Kind etwas Selbstverständliches zu erklären. Dora hatte das Gefühl, dass ihm ihre Frage vor seinen Besuchern unangenehm war. »Überall in der DDR entstehen jetzt neue Wohnräume, vielstöckige Gebäude in praktischer Schnellbauweise, ja, ganze Städte werden auf diese Weise in kürzester Zeit neu errichtet – und zu einer weitaus günstigeren Miete, als das im Westen der Fall ist. Dieser Staat kümmert sich um seine Bürger. Und denken Sie doch nur an die prachtvolle Stalinallee, wo gerade nach russischem Vorbild die schönsten Wohnungen Deutschlands entstehen! Fragen Sie Ihren Bruder, er gehört zu den Männern, die an diesem historischen Projekt beteiligt sind.«

Frau Hagemann wandte sich mit einer entschuldigenden Geste an ihre Gäste: »Sie müssen verstehen, Fräulein Twardy ist erst kürzlich aus der BRD zu uns übergesiedelt, weil sie festgestellt hat, dass unsere Universitäten hier viel fortschrittlicher sind als im Westen und die staatliche Kinderbetreuung ein Segen für die Frau ist.«

»Das ist ja sehr interessant, Fräulein Twardy.« Zum ersten Mal an diesem Nachmittag ergriff der Mann aus dem Ministerium für Staatssicherheit das Wort. »Sie studieren an einer Uni der Deutschen Demokratischen Republik? Etwa hier in Berlin?« Während er sprach, sah er Dora direkt in die Augen, ohne einen einzigen Lidschlag. Ihr fiel es schwer, diesem Blick standzuhalten. Er hatte etwas Bohrendes an sich, das ihr unangenehm war.

»Ja, Veterinärmedizin an der Humboldt-Universität im ersten Semester.«

Sie betrachtete die vielen kleinen Haarschuppen, die die Schultern seiner dunkelgrauen Anzugjacke sprenkelten.

»Sehr interessant«, wiederholte er. »Und haben Sie sich bereits gut eingelebt? Eine neue Stadt, neue Freunde, neue Aufgaben – das ist ja alles sehr aufregend, nicht wahr?«

»Ja, da haben Sie recht. Aber ich hatte das Glück, schon am Tag meines Bewerbungsgespräches zwei nette Kommilitonen kennengelernt zu haben. Dadurch habe ich mich gleich wohlgefühlt an der Uni.«

Er hob die Augenbrauen. »Ah, wie schön. Das ist gut. Sehr gut. Sie sind eine kontaktfreudige Person, scheint mir?«

Dora zuckte mit den Schultern. »Nun, jedenfalls habe ich einige Freunde und fühle mich nicht einsam.«

»Das glaube ich Ihnen gern. Und das ist wichtig. Gerade, wenn man in einer fremden Umgebung neu anfängt, tut es doch gut, Menschen um sich zu haben, mit denen man vertrauensvoll zusammenarbeiten und sich in aller Freundschaft aussprechen kann. Nicht wahr?«

Dora nickte nur. Sie hatte keine Ahnung, worauf der Mann hinauswollte. Es erschien ihr mehr ein Verhör zu sein als eine leichte Plauderei an einer Geburtstagstafel. Sie war erleichtert, als Hetti begann, die Kuchenteller vom Tisch zu tragen, und erhob sich mit einem entschuldigenden Blick zu Herrn Jatzke, um ihr dabei zu helfen. Während Herr Hagemann seinen Gästen Cognac, Zigarren und Zigaretten reichte, verschwand sie mit Hetti in der Küche. Dort ließ Hetti Wasser in das Becken laufen und gab ein paar Spritzer Spülmittel dazu. Dann krempelte sie die Ärmel ihrer Bluse hoch und tauchte die Teller in den Schaumberg, der unter ihren Händen entstanden war.

»Wer genau ist denn dieser Herr Jatzke?«, erkundigte sich Dora und griff nach einem Geschirrhandtuch.

»Er scheint ein ziemlich mächtiger Mann in der Partei zu sein und ein hohes Tier im Ministerium.« Hetti begann, das Geschirr mit dem Spülschwamm zu bearbeiten. »Sehr viel mehr kann ich dir auch nicht sagen. Mein Vater redet nicht viel über ihn, aber es ist nicht zu übersehen, dass er eine Menge von Herrn Jatzke hält. Du weißt ja, wie wichtig ihm Seilschaften für seine politische Karriere sind. Dieser Herr Jatzke ist einer von den Leuten, die über das Wohl und Wehe unseres Landes entscheiden, wenn mich nicht alles täuscht. Es wäre sicher besser, sich diesen Mann nicht zum Feind zu machen.«

• • •

Als Dora acht Tage später aus der Uni kam, stand ein klobiger hölzerner Kasten mit sechs Drehknöpfen auf der Anrichte im Wohnzimmer. Die rechte Seite der Front war mit Stoff bespannt, auf der linken flimmerte es schwarz und weiß in einem winzigen Glasfenster mit abgerundeten Ecken. Zu sehen waren die zu einem stilisierten Brandenburger Tor zusammengesetzten Worte »Sender Berlin« neben einem Ziffernblatt, das die aktuelle Uhrzeit anzeigte.

Herr Hagemann und seine Frau standen sichtlich stolz vor dem Fernseher, beinahe zärtlich strich sie über die Seite des Geräts. »Ist es nicht wunderschön?«, rief sie, als Dora ins Zimmer kam. »So etwas Modernes haben Sie im Westen noch nie gesehen.«

»Sehr beeindruckend!«, gestand Dora.

»Es funktioniert einwandfrei. Und wenn man nur Radio hören will, dann kann man die Bildröhre mit der Schiebetür abdecken.« Frau Hagemann schob den mit Stoff bespannten Rahmen über den Fernseher, sodass der Bildschirm verdeckt war, und dann wieder zurück.

»Noch ist nur das Testbild zu sehen«, erklärte ihr Mann. »Aber in ein paar Wochen starten die ersten Sendungen. Dann wird es alles geben, was man sich nur wünschen kann: Nachrichten, Vorträge und Dokumentationen, ja ganze Spielfilme sollen in Zukunft ausgestrahlt werden. Eine Meisterleistung der Technik.«

»Den 21. Dezember werde ich mir im Kalender ankreuzen.« Frau Hagemann lächelte selig. »Sie müssen wissen, Dora, an Stalins Geburtstag wird abends um acht Uhr nämlich die erste Sendung der ›Aktuellen Kamera‹ ausgestrahlt. Nachrichten in Wort, Ton und Bild. Und wir werden als einige der ersten Deutschen dabei vor dem Fernseher sitzen. Ich hoffe, Sie sind auch dabei? Ich mache Schnittchen und wir essen ausnahmsweise im Wohnzimmer zu Abend.«

»Ich befürchte, daraus wird nichts, meine liebe Agnes. Am 21. Dezember ist doch die große Festveranstaltung in der Oper zur Einweihung des ersten Bauabschnitts auf der Stalinallee. Ein ganz wichtiger Abend. Dabei sind wir unabkömmlich.«

»Ach herrje, ja, das hatte ich ganz vergessen. Zu schade aber auch, dass beides am selben Termin stattfindet. Alles zu Ehren des großen Genossen ...«

»Es wird sicherlich eine ganz bemerkenswerte Feier«, erklärte Herr Hagemann, als er Doras fragenden Blick bemerkte. »Alles, was in Stadt und Partei Rang und Namen hat, kommt im Opernhaus zusammen.«

Dora hob die Augenbrauen. Ihr kam eine Idee. Wenn an diesem Abend so viele wichtige Menschen versammelt waren, dann würde sie dort sicher auch jemandem begegnen, der ihr und Curt nützlich sein konnte.

»Das klingt nach einem aufregenden Abend«, sagte sie. »Ich würde furchtbar gerne auch mal wieder an einer solchen Feierlichkeit teilnehmen …«

»Eigentlich haben nur geladene Gäste Zutritt«, meinte Herr Hagemann nachdenklich. »Aber ich könnte mich für Sie starkmachen, wenn Sie gerne dabei sein möchten.«

»Oh, das wäre mir eine große Ehre!«, beeilte Dora sich zu sagen.

14.

»Das musst du dir ansehen, Dora. Professor Kuhn bekommt einen Herzinfarkt, wenn er davon erfährt.«

Anneliese hatte Dora am nächsten Morgen am Treppenaufgang der Universität abgepasst und zog sie nun mit sich durch die große Eingangshalle. Schon von Weitem sah Dora die Menschentraube vor dem Schwarzen Brett, der mehrere Meter langen Anschlagtafel, auf der die Universitätsverwaltung offizielle Informationen zu Vorlesungen und Seminaren, Prüfungsterminen und andere wichtige Bescheide veröffentlichte. Studenten und Studentinnen aller Semester standen dort zusammen und diskutierten lebhaft über einen Aushang, der etwas Besonderes zu sein schien.

»Unmöglich!« – »Wer hat denn das hier angebracht?« – »Wenn sie den erwischen, kann er seine Sachen packen.« – »Mehr als das, in den Knast kommt der.«

Endlich hatte sich Dora so weit vorgeschoben, dass sie sehen konnte, was da Ungewöhnliches am Schwarzen Brett stand. Es war ein liniertes Blatt, rasch herausgerissen aus einem Schreibheft und mit Reißzwecken an die Anschlagtafel geheftet. In dicken roten Buchstaben stand darauf: »F wie Freiheit«. Dora entdeckte ein weiteres Blatt am anderen Ende des Brettes. »Schluss mit der Aufrüstung! Fleisch und Zucker müssen bezahlbar bleiben!« Eine kritische Meinungsäußerung, unerlaubt plakatiert. Dora lebte zwar erst ein paar Wochen in Ostdeutschland, aber sie wusste, dass so eine unverhohlene Kritik an der Regierung gewiss verboten war. Kein Wunder, dass diese Zettel so eine Aufregung verursachten.

»Lasst mich durch! Was ist hier los?«

Dora erkannte die Stimme von Konrad Bergmann hinter sich, des Studenten, der sie und Anneliese nach ihrem Ausflug zum Müggelsee verpfiffen hatte. Rücksichtslos drängte er sich durch die Menschenmenge, bis er direkt vor der Anschlagtafel stand. Er schnappte empört nach Atem: »Das ist doch nicht zu glauben, Klassenfeinde an der Uni!«

Wütend riss er die Zettel vom Brett. »Das wird Konsequenzen haben, das sage ich euch. Wie kann man nur solche dämlichen volksverhetzenden Parolen hier anbringen? Den Kerl kriegen wir. Der hat die längste Zeit seines Lebens hier studiert!«

So schnell wie er gekommen war, stürmte Konrad mit den verbotenen Pamphleten in der Hand wieder weg. Dora sah ihm nach, wie er sich in Richtung des Dekanatsbüros entfernte.

»Was für ein dummer Kerl«, murmelte Anneliese, so leise, dass nur Dora ihre Worte hören konnte. »Jeder hier weiß doch, wie miserabel die Versorgungslage bei uns ist. Aber für Gewehre ist immer genug Geld da. Das verstehe, wer will. Und was bitte schön ist verkehrt an der Gleichung F wie Freiheit? Ob Konrad den Zettel hängen gelassen hätte, wenn da ›S wie Freiheit‹ gestanden hätte?«

Sie kicherte los.

»Pst, Anneliese«, rief Dora besorgt. »Du solltest dich nicht darüber lustig machen. Das ist eine ernste Angelegenheit. Ich möchte nicht in der Haut desjenigen stecken, der diese Parolen hier angebracht hat. Wenngleich er verdammt mutig war.«

»Ja, das soll mir mal einer erklären: Wir leben in einer Demokratischen Republik, und Demokratie heißt doch eigentlich, dass wir diskutieren sollen. Dass über verschiedene Meinungen gesprochen wird. Weshalb duldet unsere Partei eigentlich keine Kritik?«

Das war Frajos Stimme. Dora drehte sich um. Unbemerkt waren er und Günther herangekommen und hatten offenbar Doras letzte Worte gehört.

»Weil es die Sozialistische Einheitspartei ist, und die hat immer recht«, beantwortete Günther schulterzuckend die Frage seines Freundes. »Wenn ich euch einen Rat geben darf, ihr drei: Haltet euch am besten aus allen politischen Diskussionen raus und konzentriert euch auf euer Studium.«

Anneliese nickte nachdenklich, während sie sich auf den Weg zum Hörsaal machten. »Also du meinst: Klappe halten, Augen zu und durch?«

Günther nickte. »Das klingt feige, ich weiß. Aber ich halte das für den schlauesten Kurs. Es hilft doch sowieso nichts, wenn man laut gegen die politischen Umstände protestiert. Am Ende wird man bloß von der Uni geworfen oder man landet schlimmstenfalls sogar vor Gericht. Was das zur Folge hat, will ich mir gar nicht vorstellen ... Nein, jede Kritik am System ist sinnlos. Also lieber schweigend mitlaufen, brav sein Studium absolvieren und für den Rest seines Lebens glücklich und zufrieden als Tierarzt arbeiten. Das ist mein Plan. Mehr will ich nicht.«

»Wer kriecht, kann nicht stolpern!«, bemerkte Frajo frech.

Dora schwieg. Bloß nicht aufmucken, war das tatsächlich die richtige Devise? Was es bedeutete, aus der Reihe zu tanzen, hatte sie nach der versäumten Marxismusstunde erlebt, und diese Erfahrung wollte sie nicht wiederholen. Günther hatte recht: Wenn sie ihr Studium an der Humboldt-Universität erfolgreich beenden wollten, blieb ihnen wohl nichts anderes übrig, als jede kritische Frage zu unterdrücken. So ging sie wortlos neben ihren drei Freunden her.

Im Laufe des Tages vergaß Dora die kritischen Parolen, die am Schwarzen Brett für so viel Aufruhr gesorgt hatten. Die Professoren verhielten sich, als hätte es die missliebigen Anschläge gar nicht gegeben, und begannen ohne Umschweife mit ihren Fachvorträgen. Dora konzentrierte sich auf die Vorlesungen. In ein paar Wochen stand die erste Zwischenprüfung an, und zwar im Fach ›Physik für Veterinärmediziner‹, einem Kurs, in dem sich Dora nicht leichttat und von dem sie keinen Augenblick verpassen wollte, nur weil sie über mutige Studenten und kritische Plakate nachdenken musste.

Erst als sie ein paar Tage danach am späten Nachmittag mit Clara an der Hand durch die stillen herbstdunklen Straßen Niederschönhausens zur Villa der Hagemanns ging, wurde sie wieder an den Vorfall erinnert. Dora hatte das Mädchen auf dem Rückweg von der Uni vom Hort abgeholt. Ausgelassen hopste Clärchen neben ihr über den Gehweg, immer bemüht, keine der Fugen zwischen den Pflastersteinen zu betreten. Dabei trällerte sie gedankenverloren ein Lied:

»Fröhlich sein und singen,
stolz das blaue Halstuch tragen,
andern Freude bringen,
ja das lieben wir.
Hallo, hört ihr die Fanfaren?
Hört ihr unsre Lieder?
Das sind wir!
Vorwärts junger Streiter, vorwärts Pionier!«

»Was singst du denn da?«, erkundigte sich Dora, nachdem sie eine Weile zugehört hatte.

»Das haben wir in der Schule gelernt«, erklärte Clara. »Das ist das Lied der Pioniere. Alle in der Schule gehören zu den Pionieren. Ich möchte auch furchtbar gern dabei sein. Dann darf ich nämlich auch so ein blaues Halstuch tragen. Im Dezember kann ich eintreten, hat die Lehrerin gesagt.«

»So? Und was macht man als Pionier?«

»Oh, da spielen und basteln wir alle zusammen. Und manchmal machen wir Wochenendausflüge. Ich darf doch auch Pionier sein, Dora, oder? Bitte, bitte!«

»Ich werde mal mit den Hagemanns darüber reden«, antwortete Dora ausweichend. Bei Claras Worten beschlich sie ein mulmiges Gefühl. Nur zu sehr wurde sie an ihre Treffen beim Bund Deutscher Mädel und an die Hitlerjugend während der Nazizeit erinnert. Auch bei diesen Gruppenstunden war es damals vordergründig um Gesang, Spaß und lustige Freizeitunternehmungen gegangen, und doch hatte hinter allem der Gedanke gestanden, die Kinder von klein auf mit der Weltanschauung des Nationalsozialismus zu schulen. Gab es so etwas Ähnliches etwa auch in der DDR? Sie musste sich eingestehen, dass ihr nicht wohl bei dem Gedanken war, Clara in einer solchen Organisation zu wissen. Andererseits wollte sie nicht, dass sich das Mädchen von ihren Freundinnen ausgeschlossen fühlte. Wieder ein Konflikt! Dora seufzte leise.

Clara verstummte plötzlich mitten im Gesang. »Was ist das?«, fragte sie und blieb stehen. »Da klebt ein Zettel am Baumstamm. Guck mal! Und da hinten ist noch einer, dort drüben an der Laterne. Vielleicht sucht jemand eine Katze, die weggelaufen ist.«

Mit ihrem Blick folgte Dora Claras ausgestrecktem Zeigefinger. Das Plakat am Laternenmast war nicht zu übersehen. Neugierig gingen die beiden darauf zu.

»Was soll das denn?«, fragte Clara stirnrunzelnd. »Das ist ja ein komisches Ratespiel.«

Dora war beim Anblick des Aushangs blass geworden. Eine ähnliche Botschaft hatte sie heute früh am Schwarzen Brett der Uni gelesen: »Wir fordern F wie Freiheit.« Aber hier waren die Buchstaben nicht mit rotem Stift geschrieben, sondern auf einer Schreibmaschine getippt worden. Mit raschem Schritt ging sie weiter zur nächsten Straßenlaterne, an deren Mast ebenfalls ein Zettel hing. »Schluss mit den Normerhöhungen – die Bauarbeiter der Deutschen Demokratischen Republik verlangen mehr Lohn für ihre Arbeit.« Kurz darauf entdeckte Dora eine Botschaft, die ihr Herz für einen Moment aussetzen ließ. Es war ein längerer Text. Dora kannte ihn gut.

> Warum sollen wir die Amerikaner hassen? In der Nazi-Zeit ist uns so viel Hass eingeimpft worden, auf die Juden, auf die Bolschewiken, auf die Alliierten … Wie kann man jetzt wieder Hass auf andere Menschen einfordern? Haben wir denn nichts gelernt? Mit Hass hat schon einmal ein Krieg begonnen, der Millionen Menschen das Leben gekostet hat. Das darf nie wieder geschehen.

Ein Schauer lief ihr über den Rücken. Diesen Text hatte sie doch neulich auf Erichs Schreibtisch gefunden, er hatte ihn aufgeschrieben. Aber wie war er an diesen Laternenmast geraten? Dora schluckte. Dafür gab es nur eine Erklärung: Erich musste dahinterstecken. Das also tat ihr Bruder, wenn er nachts heimlich auf den dunklen Straßen umherstrich: Er verbreitete verbotene Propaganda.

Die widersprüchlichsten Gefühle durchströmten Dora: Natürlich war sie stolz, einen so aufrechten Bruder zu haben, der mutig seine Meinung kundtat. Doch gleichzeitig überkam sie Panik. Sie hatte Konrad Bergmanns wutentbranntes Gesicht vor Augen. Solche Flugblätter auszuhängen war bei Strafe verboten. Womöglich konnte man tatsächlich dafür im Knast landen. Was, wenn jemand Erich dabei erwischte, wie er diese Zettel anbrachte? Wenn Herr Hagemann herausfand, dass Erich verbotene Propaganda aushängte, würde er ihn womöglich achtkantig aus dem Haus werfen – und das wäre sicher noch die geringste Konsequenz … Doras Herz schlug bis zum Hals, während Clara bereits wieder über die Pflastersteine hüpfte und ihr Lied von den Pionieren sang. Im milchigen Licht der Straßenlaterne wanderten ihre Blicke noch einmal über den Text, den sie schon aus Erichs Zimmer kannte. Was, wenn sie nicht die Einzige war, die dieses Blatt auf seinem Schreibtisch entdeckt hatte? Er und Hetti sperrten ihr Zimmer niemals ab. In welche Gefahr brachte ihr Bruder sich mit diesen Flugblättern? Dora sah sich um, ob sie beobachtet wurde, doch im Zwielicht des nebligen Herbstabends war niemand auf der Straße zu sehen. Schnell pflückte sie den Zettel vom Laternenmast und stopfte ihn sich in die Manteltasche. Dann lief sie Clara nach.

Zu Hause hätte sie ihren Bruder gern zur Rede gestellt. Aber Erich war mit Hetti und Frau Hagemann im Esszimmer und deckte gerade den Tisch für das Abendbrot, als Dora und Clara hereinkamen. Das war keine geeignete Situation für eine vertrauliche Unterredung.

»Da seid ihr ja, ihr zwei«, rief Frau Hagemann. »Kommt, setzt euch, das Essen ist schon fertig. Mein Mann müsste auch jeden Augenblick vom Büro zurück sein.«

Als Herr Hagemann wenige Minuten später nach Hause kam, hatte er ungewöhnlich schlechte Laune. Grußlos betrat er das

Esszimmer. Normalerweise strich er Clara freundlich über den Kopf und erkundigte sich, wie ihr Tag an der Schule verlaufen war und was sie Schönes gelernt habe. Doch heute schien er das Mädchen kaum wahrzunehmen.

»Wenn ich den erwische, der in meiner Nachbarschaft diese Sabotage betreibt«, schimpfte er. »Seht euch das an!«

Er öffnete seine Büromappe und zog ein paar zerknüllte Papiere heraus. »Die hat jemand auf unserer Straße an die Laternenmaste geklebt. Antisozialistische Propaganda direkt vor meiner Haustür. Ich kann es nicht fassen.«

Verärgert warf er die Zettel neben seinen Teller auf den Tisch. »Natürlich habe ich die Fetzen alle abgerissen. Eine Unverschämtheit ohnegleichen ist das. Ich werde Anzeige gegen Unbekannt erstatten. Wegen staatsfeindlicher Hetze.«

Dora musterte verstohlen ihren Bruder, doch Erich, der gerade die Teekanne an den Tisch brachte, war nicht die geringste Unruhe anzumerken. Er wirkte gelassen, als interessiere ihn das alles gar nicht.

»In der Uni hingen heute auch solche Flugblätter aus«, erzählte Dora. »Das hat eine ziemliche Unruhe unter den Studenten verursacht.«

»Mit gutem Grund«, knurrte Herr Hagemann. Nachdenklich strich er mit der flachen Hand über die zerknitterten Papiere. »Wir werden Mittel und Wege finden, die Urheber dieser üblen Pamphlete zu ermitteln. Ihr entschuldigt mich, bitte. Ich esse später zu Abend. Ich muss dringend telefonieren.«

Er nahm die Zettel auf, marschierte in sein Arbeitszimmer und schob die Tür hinter sich zu.

Dora hätte gern mit ihrem Bruder über die Flugblattaktion gesprochen, aber Erich verließ gleich nach dem Abendessen das Haus, um mit Hetti ins Kino zu gehen, und als Dora am folgenden

Morgen zum Frühstück kam, war er schon zur Baustelle gefahren, viel eher als normalerweise. Sie hatte den Verdacht, dass Erich ihr und dem Ehepaar Hagemann aus dem Weg gehen wollte.

Als Dora tags darauf auf dem kleinen gepolsterten Hocker im Hausflur saß und ihre Schuhe anzog, um zur Uni zu fahren, trat Herr Hagemann zu ihr.

»Dora, ich muss Sie sprechen.« Er klang förmlich.

»Aber natürlich. Worum geht es denn?«

Er senkte seine Stimme, als er antwortete: »Das besprechen wir am besten woanders. Vielleicht heute Nachmittag, wenn Sie aus der Uni kommen? Sie kennen sicher das *Café Margot* gleich am S-Bahnhof Pankow, ich warte dort ab 17 Uhr auf Sie. Passt Ihnen das?«

Dora nickte verblüfft.

»Sehr gut, dann bis später!« Ohne ein weiteres Wort nahm er seinen Hut vom Garderobenhaken, öffnete die Haustür, trat hinaus und zog sie hinter sich zu. Dora starrte ihm durch die schmale Milchglasscheibe der Tür nach und beobachtete seinen Schatten, der sich rasch entfernte. Was hatte Herr Hagemann so Geheimnisvolles mit ihr zu besprechen, dass er in seinem eigenen Haus nicht mit ihr darüber reden konnte? Ging es etwa um Erich? Voller Unruhe machte sie sich auf den Weg zur Uni. Den ganzen Vormittag über war sie unkonzentriert. Das fiel sogar Anneliese auf.

»Was ist los mit dir, Dora?«, fragte sie, während sie nach dem Kursus der tiermedizinischen Terminologie ihre Notizhefte zuklappten. »Du hast gar nicht richtig mitgeschrieben, sondern nur seltsame Kringel in dein Heft gemalt. Woran denkst du die ganze Zeit?«

Dora erzählte es ihr. »Ich treffe Herrn Hagemann gleich im

Café Margot und habe keine Ahnung, was er Vertrauliches mit mir bereden möchte.«

»Weshalb zerbrichst du dir den Kopf darüber? Das wirst du ja bald erfahren. Am Ende ist es überhaupt nichts Besonderes. Wahrscheinlich macht er sich schon Gedanken über Weihnachten und erhofft sich von dir eine gute Idee für ein ausgefallenes Geschenk für seine Frau.«

Dora lächelte. »Ach Anneliese, du bist immer so herrlich unbeschwert. Wahrscheinlich hast du recht. Ich mache mir immer über alles viel zu viele Sorgen.«

Nach der letzten Vorlesungsstunde warf sich Dora die Büchertasche über die Schulter, spannte den Schirm auf und lief durch den windigen Novemberregen zur S-Bahn-Haltestelle Friedrichstraße. Mittlerweile fand sie sich auf ihren Wegen durch die Stadt problemlos zurecht und verfuhr sich im verzweigten Netz der verschiedenen Bahnen nicht mehr so oft wie noch am Anfang des Semesters. Wenig später stieg sie am Bahnhof Pankow aus der Bahn. Sie kannte das *Café Margot* vom Sehen, war selbst aber noch nie dort eingekehrt. Es war ein schmuckloses Lokal mit grauen quadratischen Resopaltischen und passenden Stühlen. Kühles Neonlicht verbreitete eine wenig einladende Atmosphäre, und doch waren fast alle Plätze besetzt, wie Dora mit einem Blick durch die Fenster feststellte. Eine Klingel über der Eingangstür schepperte, als Dora eintrat. Drinnen schlug ihr ein stickiger Geruch entgegen, eine Mischung aus frisch aufgebrühtem Ersatzkaffee, Zigarettenqualm und nasser Kleidung. Sie sah sich um und entdeckte Herrn Hagemann im hinteren Bereich des Lokals, wo er in die Lektüre einer Zeitung vertieft schien. Sein Tisch war halb verdeckt von einem der großen eckigen Stützpfosten, die in dem hohen Raum standen. Doch während sie zwischen den Tischen auf ihn zuging, nickte er ihr zum Zeichen des Erkennens zu, faltete die Zeitung zusammen und legte sie zur Seite.

»Schön, dass Sie gekommen sind, Dora.« Herr Hagemann erhob sich zur Begrüßung und reichte ihr die Hand. In diesem Moment sah Dora, dass er nicht allein war. Herr Jatzke, sein Bekannter aus dem Ministerium für Staatssicherheit, saß an der gegenüberliegenden Seite des Tisches und betrachtete sie mit kühlem Blick.

»Meinen Begleiter kennen Sie ja schon von meiner kleinen Geburtstagsgesellschaft neulich.«

Dora nickte. »Guten Tag, Herr Jatzke.«

Wie mechanisch nahm sie die Hand, die er ihr zum Gruß entgegenstreckte. Sein Händedruck war unangenehm, sie fühlte sich für einen kurzen Moment wie in die Zange genommen. Was wollten diese beiden Männer von ihr? Eines war sicher: Bei diesem Gespräch ging es ganz gewiss nicht um ein Weihnachtsgeschenk für Frau Hagemann. Dora strich sich nervös eine Locke aus der Stirn.

Herr Hagemann schien ihre Unruhe nicht zu bemerken.

»Möchten Sie ablegen? Und was dürfen wir Ihnen bestellen?«, erkundigte er sich zuvorkommend. »Kaffee? Tee? Oder vielleicht lieber eine Berliner Weiße mit Schuss?«

Dora schüttelte den Kopf, das süße Bier-Mischgetränk kam auf keinen Fall infrage, sie musste bei diesem seltsamen Treffen unbedingt einen klaren Kopf behalten.

»Eine Tasse Pfefferminztee wäre wunderbar«, erklärte sie deshalb, während sie ihren Mantel aufknöpfte und Herrn Hagemann reichte, der ihn hinter sich an einen Wandhaken hängte. »Der wird mich ein wenig aufwärmen, ich bin ganz durchgefroren auf dem kurzen Weg vom Bahnhof.«

»Ja, Sie haben recht, das ist ein fürchterliches Wetter da draußen.«

Nachdem sich Dora gesetzt hatte, winkte Herr Hagemann eine Kellnerin herbei und gab Doras Bestellung auf. Als die Frau wieder zurück zum Tresen gegangen war, nahm er bedächtig einen Schluck aus seiner Kaffeetasse, dann sagte er: »Sie wundern sich gewiss über diese Zusammenkunft, nicht wahr?«

Dora zuckte mit den Schultern, unsicher, wie sie sich verhalten sollte. »Nun ja, ehrlich gesagt, ich habe nicht die geringste Vorstellung, worum es gehen könnte.«

Herr Hagemann stellte seine Tasse ab und legte die Fingerspitzen aneinander. »Wir brauchen Ihre Hilfe, Dora.«

Angespannt ließ sie ihre Blicke zwischen den Gesichtern der beiden Männer hin- und herwandern. »Meine Hilfe? Wie meinen Sie das? Wie könnte ich Ihnen denn helfen?«

»Nun«, begann Herr Hagemann umständlich. »Ich habe nachgedacht. Wir haben nachgedacht«, verbesserte er sich mit einem Seitenblick auf den anderen. »Herr Jatzke und ich, wir haben uns Gedanken über Ihre persönliche Situation gemacht. Und wir sind zu einem Schluss gekommen. Wir denken, es wäre durchaus möglich, für Sie ein Treffen mit Curt von Thorau zu arrangieren, wenn Sie bereit sind, mit uns zu kooperieren.«

»Curt?«, hauchte Dora ungläubig. »Ich kann Curt wiedersehen? Das wäre ... das wäre wundervoll.« Ihr entging nicht, dass der Mann aus dem Ministerium für Staatssicherheit ihre lebhafte Reaktion mit lauernden Augen registrierte. Doch er schwieg, während Herr Hagemann nickte und sagte: »Das haben wir uns gedacht.«

»Wie kann ich ihn wiedersehen? Bitte, sagen Sie mir, was ich dafür tun soll!«

Die Kellnerin kam zurück an den Tisch und stellte ein kleines

Tablett mit einer dampfenden Tasse Pfefferminztee vor Dora ab. Herr Hagemann wartete, bis die Frau wieder verschwunden war, dann antwortete er:

»Im Grunde ist es ganz einfach. Sie brauchen nur Augen und Ohren aufzusperren und uns mit ein paar Informationen auszuhelfen.«

Dora schluckte. Verunsichert rührte sie in ihrem Tee. »Wie meinen Sie das? Welche Informationen?«

Auf diese Frage schien Herr Jatzke gewartet zu haben. Er schob seine geleerte Kaffeetasse zur Seite, beugte sich über den Tisch und sah Dora eindringlich an.

»Sie sind Studentin der Humboldt-Universität, habe ich recht?«

Dora nickte. »Veterinärmedizin im ersten Semester.«

»Dann wissen Sie ja wohl auch von dem Vorfall kürzlich in Ihrer Fakultät? Von den systemfeindlichen Pamphleten, die irgendwelche Idioten an das Schwarze Brett gehängt haben?«

Dora nickte noch einmal. Ihr Mund wurde trocken.

»Nun«, fuhr der Mann fort. »Einen ähnlichen Sachverhalt gab es leider auch an anderen Instituten. Offenbar gibt es Elemente an der Universität, die ihr Studium nicht besonders ernst zu nehmen scheinen und sich stattdessen lieber zusammenrotten, um staatsfeindliche Agitation zu betreiben. Sie treffen sich heimlich und planen Aktionen, die für unsere sozialistische Gesellschaft schädlich sind. Im Übrigen auch außerhalb der Universität, wie Ihnen nicht entgangen sein dürfte. Das können wir so nicht hinnehmen. Wir müssen diese Verräter finden. Und Sie werden sich dabei nützlich machen, Fräulein Twardy. Sie haben doch sicher Freunde an der Uni. Und diese Freunde haben wiederum Freunde. Hören Sie sich um. Machen Sie Ihre Beobachtungen. Wer verhält sich verdächtig? Wer fällt Ihnen durch systemkritische Kommentare auf? Wir brauchen Namen. Wir brauchen Beweise. Und Sie werden uns diese liefern.«

»Aber, Herr Jatzke«, flüsterte Dora erschrocken.

Seine tief liegenden dunklen Augen musterten sie, ohne auch nur einmal zu blinzeln. »Ich bin mir sicher, dass Sie uns helfen werden, Fräulein Twardy. Wir wissen beide, dass Sie als Tochter eines ostpreußischen Gestütsbesitzers an einer Universität der Deutschen Demokratischen Republik eigentlich nicht zum Studium hätten zugelassen werden dürfen. Damals beim Bewerbungsgespräch haben Sie es geschafft, den geschätzten Herrn Professor Paulitzer mit Ihrem Charme um den Finger zu wickeln, wie zu erfahren war, sodass er sich hat unvernünftigerweise zu einer Zusage hinreißen lassen. Nun, sei's drum!« Herr Jatzke schnaubte verächtlich, während sich Dora erschrocken fragte, woher dieser Mensch das alles wusste. »Der Mann wird ohnehin über kurz oder lang in den Ruhestand geschickt. Sie aber, verehrtes Fräulein Twardy, haben jetzt die Chance, sich Ihres Studienplatzes würdig zu erweisen. Indem Sie mit uns zusammenarbeiten. Der Staat muss wissen, wer diese miesen Pamphlete verfasst und Sie können das für uns herausfinden. Sobald Sie etwas Verdächtiges an der Uni beobachten, wenden Sie sich bitte vertrauensvoll an mich oder – wenn es Ihnen lieber ist – an Herrn Hagemann, dem Sie ja familiär verbunden sind. Wir werden Ihre Aussagen diskret behandeln und die notwendigen Schritte einleiten. Sie haben nichts zu befürchten, ganz im Gegenteil. Für Sie hat das Ganze nur Vorteile. Wenn Sie kooperieren, werden wir es einrichten, dass Sie Ihren Verlobten – oder in welchem Verhältnis Sie auch immer zu diesem Herrn von Thorau stehen – im Gefängnis besuchen dürfen.«

Also so war das. Dora schluckte. Sie sollte sich als Denunziantin betätigen und ihre systemkritischen Kommilitonen verraten.

Das war die Bedingung, um Curt wiederzusehen. Ihr Herz raste. Einen Augenblick lang presste sie die Lippen aufeinander. Dann stieß sie hervor:

»Aber wie soll ich das machen, meine Herren? Ich kenne die Leute, die diese Zettel ausgehängt haben, wirklich nicht. Ich habe nicht die geringste Ahnung, wer das sein könnte. Von meinen Freunden ganz sicher niemand! Ich befürchte, dass ich Ihnen nicht helfen kann.«

»Es geht nicht nur um die Aktivitäten an der Universität«, schaltete sich Herr Hagemann wieder in das Gespräch ein. Er war ernst geworden, seine Stimme klang eisern. »Es geht auch um die Flugblätter in unserer Nachbarschaft. Ich kann nicht tolerieren, dass an den Bäumen und Straßenlaternen vor meinem eigenen Haus gegen den Staat gehetzt wird. Ich kann nicht jeden Tag herumlaufen und diese widerwärtigen Parolen herunterreißen. Das muss ein Ende haben.«

Dora spürte, wie ihr der Schweiß ausbrach. Sie wich seinem Blick aus und betrachtete die Spiegelung der Neonlichter in ihrer Teetasse. Was wusste Herr Hagemann? Hatte er Erich etwa schon im Verdacht?

»Es liegt in Ihrer Hand, Dora«, fuhr Herr Hagemann fort, als sie nichts entgegnete. »Sie sind eine kluge junge Frau, es wird Ihnen schon etwas einfallen, wie Sie uns die erforderlichen Informationen zukommen lassen können. Ich befürchte, das ist die einzige Möglichkeit, die wir haben, um Ihnen ein Treffen mit Herrn von Thorau zu ermöglichen.«

Als Dora aufsah, schien sein Blick sie durchbohren zu wollen. Sie zwang sich, den Augenkontakt aufrechtzuhalten, während ihre Finger die warme Teetasse fest umschlangen, damit niemand sah, wie sehr ihre Hände zitterten. Er ahnt es, dachte Dora entsetzt. Er ahnt, dass Erich hinter diesen Flugblättern steht, aber ihm fehlt der letzte Beweis und nun will er, dass ich ihn ans Messer liefere. Ich soll meinen eigenen Bruder verraten, um den Mann, den ich liebe, wiedersehen zu können. Wie kann er so etwas von mir verlangen?

Langsam führte Dora die Tasse zum Mund und trank einen Schluck. Der Tee schmeckte nach nichts.

»Nun?«, erkundigte sich Herr Jatzke. »Wie stehen Sie zu unserem Vorschlag? Werden Sie kooperieren oder möchten Sie die Konsequenzen tragen?«

Mit leisem Klirren stellte Dora die Tasse auf den kleinen Porzellanteller zurück.

»Nun, ich ... ich werde sehen, was ich für Sie tun kann«, sagte sie mit bebender Stimme.

15.

Dora hörte den Lärm der Baustelle schon von Weitem. Kaum war sie vom U-Bahnhof Strausberger Platz hinauf ans Tageslicht gestiegen, lag ein ohrenbetäubendes Scheppern, Dröhnen, Quietschen und Hämmern in der Luft. Einen Augenblick lang blieb sie stehen, überwältigt von dem Anblick, der sich ihr bot. Riesige Kräne drehten sich vor dem grauen Himmel des frühen Novembermorgens. Kolonnen von Lastwagen karrten ohne Unterlass neues Baumaterial auf der Stalinallee heran, auf einer schmalen Schienenbahn rollten zudem kleine Güterloren in langen Reihen hin und her, beladen mit Sand, Ziegelsteinen oder Zementsäcken. Auf den zahllosen Gerüsten vor den Hauswänden wimmelte es von Arbeitern, die einander Befehle zubrüllten, Eimer und andere Gerätschaften wurden an Seilen herauf- und herabgelassen. Bauaufzüge kreischten, Betonmischer ratterten. Es roch nach Staub, Zement und Holz. Schier endlos erstreckten sich teils schon bezugsfertige Gebäude und teils noch eingerüstete Mauern von Rohbauten auf beiden Seiten der schnurgeraden breiten Straße, die einmal der prächtigste Boulevard von Ostberlin, ja, von ganz Deutschland werden sollte. Erst kürzlich hatte Frau Hagemann ihr einen ausführlichen Bericht darüber in der Zeitschrift *Die Frau von heute* gezeigt, die sie sich jede Woche kaufte. Auf einer Länge von fast zweieinhalb Kilometern wurden hier äußerst komfortable, bis zu zehngeschossige Hochhäuser errichtet, in denen vor allem Arbeiter wohnen sollten. Das Baumaterial stammte zum größten Teil aus Kriegstrümmern, in diesem Teil von Berlin hatten die Bomber der Engländer und Amerikaner besonders schlimme Zerstörungen angerichtet. Noch vor zwei Jahren hatten hier die Ruinen der alten Häuser wie faulige Zahnstümpfe herumgestanden, wie sie auf einem der Magazinfotos gesehen hatte. Doch davon war praktisch nichts mehr zu sehen. Dora verstand jetzt, weshalb die Hagemanns so stolz waren auf das Prestigeprojekt »Stalinallee«. Hier war alles gigantisch und modern, die DDR wollte damit beweisen, dass das viel beschworene »Goldene Zeitalter des Sozialismus« tatsächlich angebrochen war, dass die Arbeiter der Deutschen Demokratischen Republik künftig in wahren Palästen leben würden. Wer hier eine Wohnung erhielt, mit Aufzug, Müllschlucker, Doppelfenstern, Balkon, Parkett, Einbauküche, gefliestem Badezimmer und echten Meißner Porzellankacheln an der Außenfassade, der konnte sich glücklich schätzen, zumal bekannt gegeben worden war, dass die Miete nicht besonders hoch sein würde. 90 Pfennig pro Quadratmeter, das konnte man sich wirklich leisten. Der Rest wurde vom Staat bezuschusst.

Dora wusste, dass auch Erich und Hetti darauf spekulierten, bald hier einzuziehen. Wie so viele andere DDR-Bürger zahlten sie auf ein spezielles Sparbuch ein und beteiligten sich damit an der staatlich geförderten Aufbau-Lotterie in der Hoffnung, eine dieser schicken Zwei- oder Dreizimmerwohnungen an der Stalinallee zu ergattern.

Kein Wunder, dass Erich so begeistert war, auf dieser Baustelle zu arbeiten. Möglicherweise errichtete er ja gerade sein eigenes Zuhause. Und auch Hetti beteiligte sich an den Bauarbeiten. Sie kam freiwillig am Wochenende her, wie so viele andere. Unter ihnen auch die obersten Parteigrößen wie Ministerpräsident Grotewohl und der Generalsekretär des Zentralkomitees der Einheitspartei SED, Walter Ulbricht. Publikumswirksam lächelnd und von der Presse begleitet, hatten die Männer hier vor einigen Tagen ein paar Ziegelsteine aufgeschichtet, um zu zeigen, wie solidarisch sie mit den Arbeitern waren. Auch dieses Foto hatte Dora in der Zeitung gesehen. Hetti half oft an den Samstagen mit, Mörtel anzurühren oder Sand zu schippen. Für jeden Einsatz bekam sie Marken, die sie in ein Heftchen des Nationalen Aufbauwerkes einklebte. Je nachdem, wie fleißig man mitgearbeitet hatte, bekam man eine Aufbaunadel verliehen. Bis zur bronzenen hatte Hetti es schon geschafft. Und sie war sich sicher, dass sie auch noch die silberne und die goldene erhalten würde. Dabei ging es ihr nicht nur darum, bei diesem Prestigeprojekt dabei zu sein, sie wollte sich damit beste Chancen auf eine Wohnung erarbeiten.

Dora betrachtete das Gewimmel, das sich ihr bot: Eine Baustelle, so weit das Auge reichte, Tausende Arbeiter im Einsatz – wie sollte sie hier Erich finden!

Es war gerade einmal halb acht. Sie hatte das Haus heute Morgen extra zwei Stunden früher verlassen unter dem Vorwand, sie müsse vor Beginn der Vorlesungen noch etwas mit Anneliese besprechen. Dann aber war sie nicht zur Uni gefahren, sondern hatte sich in die Bahn Richtung Stalinallee gesetzt in der Hoffnung, hier kurz mit Erich reden zu können – ohne dass jemand aus der Familie Hagemann davon etwas mitbekam. Aber das war leichter gesagt als getan. Es war, als wollte sie versuchen, eine Stecknadel im Heuhaufen zu finden.

Dora erinnerte sich daran, dass sie auf dem Stundenzettel auf Erichs Schreibtisch damals Block G-Süd gelesen hatte. Sie sprach einen Bauarbeiter an, der gerade mit einem Schubkarren voller Kies an ihr vorbeiging.

»Block G-Süd?« Der Mann stellte die Karre ab, schob sich die verschwitzte Mütze in den Nacken und deutete mit dem Daumen der anderen Hand hinter sich. »Der ist da hinten. Fängt gleich auf der anderen Seite der Kreuzung an. Fragen Sie da mal nach!«

»Danke!«

Nachdem sie noch drei weitere Arbeiter angesprochen hatte und von einem Rohbau zum anderen geschickt worden war, gelang es Dora eine halbe Stunde später schließlich, ihren Bruder ausfindig zu machen.

»Ja, Schwesterchen, was machst denn du hier?« Erich stand in etwa drei Metern Höhe über ihr auf einem Gerüst und ließ verblüfft die Maurerkelle sinken, die er in der rechten Hand hielt. »Ist was passiert?«

»Jedenfalls muss ich mit dir reden.«

»Was denn? Jetzt? Hier? Das geht nicht, Dora, ich kann es mir nicht leisten, eine Pause zu machen, sonst schafft unsere Brigade die heutige Norm nicht. Die Mauer hier muss heute Vormittag bis auf eine Höhe von mindestens sieben Meter fünfzig fertig werden. Und dazu fehlt noch einiges ...«

»Bitte, es ist wichtig, Erich. Nur einen Augenblick.«

Argwöhnisch sah er sich zu beiden Seiten um, wo Dutzende Arbeiter im Akkordtempo Ziegel auf Ziegel schichteten, dann raunte er: »Aber nur zwei Minuten. Wenn mein Vorarbeiter sieht, dass ich mit dir quatsche, anstatt zu arbeiten, bekomme ich wirklich Ärger.«

»Versprochen.«

Kurz darauf standen sie zwischen einer ratternden Betonmischmaschine und einem mannshohen Stapel Ziegelsteine, wo sie sicher sein konnten, dass niemand ihr Gespräch belauschte. Dora kam ohne Umschweife zur Sache.

»Du musst mit diesen Flugblättern aufhören, Erich.«

Sein Gesicht zuckte erschrocken. »Wie meinst du das?«

»Du brauchst dich vor mir nicht zu verstellen. Ich weiß, dass du Zettel an die Laternenmasten klebst, Erich. Erinnerst du dich an den Abend, als ich dich um einen Wecker bat? Beim Suchen habe ich die Blätter auf deinem Schreibtisch gesehen, die Parole ›Wir fordern Freiheit‹. Ich war so verwirrt damals, ich wusste gar nicht, was ich davon halten sollte. Nun weiß ich es.«

»Dora, ich ...« Sein Blick war flehend.

»Keine Angst, Erich. Ich finde deine Ansichten richtig. Ich bewundere dich für deinen Mut. Aber du bringst dich damit in höchste Gefahr. Uns alle. Herr Hagemann ahnt von deinen Aktivitäten. Genauer gesagt hat er dich im Verdacht und wartet nur noch auf den letzten Beweis. Und den soll ich ihm bringen.«

Erich war blass geworden bei ihren Worten. »Du? Warum du? Was sollst du tun?«

Dora berichtete ihm in wenigen Worten von ihrem Treffen mit Herrn Hagemann und Herrn Jatzke. »Sie drohen, mich von der Uni zu werfen, wenn ich nicht kooperiere. Andererseits versprechen Sie mir, dass ich Curt im Gefängnis besuchen darf, wenn ich ihnen ein paar Namen nenne. Namen von Aufwieglern. Deinen Namen zum Beispiel.«

»Dora, das ...« Erich keuchte. »Das kannst du nicht tun!«

»Natürlich nicht! Wo denkst du hin! Aber sie haben mich in die Zange genommen. Was soll ich machen? Sie erwarten, dass ich jemanden verpetze.«

Erich fuhr sich mit dem Handrücken über die Stirn. Er schwitzte trotz des kühlen Herbstmorgens. »Das darf nicht passieren. Du darfst niemanden verraten. Es wäre eine Katastrophe. Das wäre ...«

Er sprach nicht weiter, Dora sah die Panik in seinen Augen.

»Warum tust du das überhaupt?«, flüsterte sie. »Dir fehlt es doch an nichts bei den Hagemanns.«

»Jemand muss es tun, Dora. Wir dürfen nicht alles hinnehmen, was in diesem Staat passiert. Da läuft gerade einiges schief in der DDR. Die Versorgung der Menschen allein mit Grundnahrungsmitteln ist eine Katastrophe. Und gleichzeitig wird von den Leuten eine geradezu unmögliche Leistung erwartet. Nicht nur von uns Bauarbeitern, auch von den Arbeitern in den Werkstätten und Betrieben. Wie kann es verboten sein, solche Missstände öffentlich anzuprangern? Wir sind doch eine Demokratie! Da muss man doch über den besten Weg streiten dürfen! Wir haben Verantwortung, Dora. Wir dürfen nicht schweigen. Nur wenn wir hartnäckig bleiben, wird sich hier etwas zum Besseren wenden. Wir müssen dafür sorgen, dass dieser Staat lebenswert bleibt. Sonst bleibt nichts mehr übrig vom großen Traum des Sozialismus.«

»Glaubst du immer noch daran?«

»Ja, natürlich. Diese Gesellschaft kann gelingen. Aber dazu muss sich in den Köpfen der Verantwortlichen einiges ändern und dafür werden wir mit unseren Aktionen sorgen.«

»Ihr müsst vorsichtig sein. Ich bin ganz sicher nicht die Einzige aus eurem Umfeld, die unter Druck gesetzt wird, um Leute wie dich zu verpfeifen.«

Erich sah sie an. »Sie haben dir wirklich versprochen, dass du Curt wiedersehen darfst?«

»Ja. Ich möchte nichts lieber als das. Aber wie kann ich es schaffen, ohne jemanden in Schwierigkeiten zu bringen?«

Erich dachte nach. Plötzlich nickte er. »Ich habe eine Idee. Ja, vielleicht wäre das eine Möglichkeit. Wir müssen es versuchen. Hör zu, hast du heute Abend Zeit, wenn du aus der Uni kommst? Können wir uns noch einmal kurz treffen?«

Dora nickte. »Was hast du vor?«

»Das erzähle ich dir heute Abend. Sagen wir um sechs? Ganz hier in der Nähe, an dem kleinen Zeitungskiosk in der Adelheidstraße. Findest du das?«

Noch einmal nickte Dora. »Ich habe einen Stadtplan.«

»Gut. Aber du darfst niemandem auch nur ein Sterbenswörtchen davon erzählen. Auch Clara nicht, es ist besser so.«

»Natürlich nicht, Erich.« Von einer plötzlichen Angst gepackt, griff sie nach seiner Hand, die rau war wie ein Reibeisen und voller Mörtelspritzer. »Erich, ist das gefährlich? Auf was lasse ich mich da ein?«

Erich löste seine Hand von ihrer und wandte sich ab.

»Ich muss jetzt wieder an die Arbeit«, sagte er hastig. »Die anderen gucken dauernd schon her. Heute Abend erfährst du mehr. Mach dir keine Sorgen.«

Er grinste schief und winkte ihr zum Abschied zu. Sie sah ihrem Bruder nach, wie er in seinem staubigen grauen Overall zurück auf das Gerüst kletterte und die Maurerkelle wieder in die Hand nahm. Was hatte er nur vor?

• • •

Es war schon dunkel, als Dora am frühen Abend den Kiosk an der Adelheidstraße fand. Der kleine Verkaufsladen war geschlossen, die Straße lag still im trüben Licht der Laternen. Kaum ein Fenster war beleuchtet. Es war eine jener Straßen Ostberlins, die so aussah, als wäre der Krieg erst gestern zu Ende gegangen. Nur ein paar Häuser standen noch, die Fassaden waren zerschossen, viele Fenster mit Brettern vernagelt. Die meisten Gebäude sahen unbewohnt aus. Der Novemberwind pfiff durch die Ruinen und ließ den Staub von den Schuttbergen auf den Trümmergrundstücken aufwirbeln.

»Da bist du ja!«

Dora fuhr herum. Erich trat aus dem Schatten des Kiosks hervor. »Komm.«

Dora fröstelte. Doch es war weniger die Kälte als die Aufregung, die sie bibbern ließ.

»Adelheidstraße 25 H«, erklärte Erich und ging voran. Das H stand für Hinterhaus, so viel wusste Dora. Sie folgte ihrem Bruder durch den Durchgang des Vorderhauses und den unbeleuchteten Hof. Erich zog eine Kellertür auf. Ein muffiger Geruch schlug ihnen entgegen. Er schaltete das Licht an, und im trüben Licht einer Glühbirne stiegen sie die Treppe hinunter. Dann folgten sie einem langen schmalen Gang mit Holzverschlägen auf beiden Seiten, hier und da mit Vorhängeschlössern gesichert. Erich bog ab, und dann noch einmal und noch einmal. Dora schien es, als befänden sie sich in einem unterirdischen Labyrinth. Irgendwo in den Tiefen des Kellergewölbes raschelte es, und manchmal streiften Spinnengewebe ihren Kopf. Es roch durchdringend nach Moder. Sie waren gerade in den nächsten Gang abgebogen, als mit einem Knacken das Licht ausging. Dora blieb erschrocken stehen.

»Keine Angst, das ist immer so. Da ist bloß die Automatik falsch eingestellt. Wir sind gleich da.« Erich schaltete eine Taschenlampe ein.

Der Lichtkegel beleuchtete die Wand am Ende des Kellers. Im oberen Teil der Mauer war ein großes Loch, davor ein Berg von herausgebrochenen Ziegelsteinen und Betonbrocken. Erich kletterte über den Schutthaufen und zwängte sich durch die Öffnung. Dora folgte ihm mit einem mulmigen Gefühl im Bauch. Sie betraten etwas, das kaum mehr als Raum zu bezeichnen war. Die gegenüberliegende Wand war komplett zusammengebrochen, der Boden bedeckt mit Geröll, aus der Decke ragte das verbogene Stück eines Metallrohrs.

»Das hier ist der Keller unter dem Trümmergrundstück«, erklärte Erich. »Von außen kommt man nicht mehr hinein.«

Dora fuhr zusammen, als sie etwas Kaltes im Gesicht spürte. Von oben tropfte Feuchtigkeit herab. Sie wischte sich mit dem Handrücken über die Wange. »Ich hoffe, der Rest des Hauses bricht nicht zusammen, während wir hier unten sind.«

»Keine Angst, die Kellerdecke steht stabil so seit den letzten Luftangriffen im Frühjahr 1945.«

Über kniehohen Schutt und rostige Eisenteile arbeiteten sie sich zu einer Metalltür vor, die den Bombenangriff überstanden hatte. »Schutzraum, 30 qm, 15 Personen«, konnte Dora auf einem verblichenen Pappschild gerade noch entziffern. Ein Schauer überlief ihren Rücken, augenblicklich fühlte sie sich zurückversetzt in die Bombennächte des Krieges, in denen sie zusammengekauert und weinend um ihr Leben gebangt hatte. Hier war die Zeit tatsächlich stehen geblieben!

Die Tür hing nur noch an einer Angel, aber Erich gelang es, sie aufzustoßen. Mit angehaltenem Atem folgte ihm Dora. Erich hängte die Taschenlampe an einen Haken in der Decke und das schwankende Licht beleuchtete einen spärlich eingerichteten Kellerraum, einen Holztisch, einen Stuhl, dessen Lehne zur Hälfte abgebrochen war, und ein schimmeliges Sofa, daneben lag ein zerbeulter Pappkarton. Auf dem Tisch stand ein merkwürdiges Gerät, das aus zwei Holzwalzen, Zahnrädern und einer Kurbel bestand.

»Was ist das?«, fragte Dora.

»Eine Druckerpresse. Sie hat uns gute Dienste geleistet, aber jetzt ist sie kaputt.« Erich hob einen kleinen Metallstift von der

Tischplatte. »Da ist was abgebrochen und die Walzen funktionieren nicht mehr.«

Dora schluckte. »Hier hast du deine Flugblätter vervielfältigt?«

Er nickte. »Ja, wir waren zu dritt. Einer meiner Kumpels von der Baustelle hat diesen Keller vor ein paar Monaten entdeckt. Die Presse stand praktischerweise schon drin. Keine Ahnung, warum. Vielleicht wurde hier irgendwelche Anti-Nazi-Propaganda am Ende des Krieges gedruckt? Wer weiß. Uns kam das jedenfalls sehr gelegen. Aber jetzt ...« Er seufzte. »Den beiden anderen ist die Sache zu heiß geworden, sie sind weg. Abgehauen.«

»Abgehauen?«

»Die haben sich vorige Woche in den Westen abgesetzt.«

»Und du?«, fragte Dora. »Du bleibst hier? Oder hast du auch schon mal daran gedacht, in den Westen zu gehen?«

Erich zuckte mit den Schultern. »Natürlich stelle ich mir manchmal vor, wie es wäre, woanders zu leben. Vielleicht hat man in der BRD mehr Freiheiten. Aber da ist auch nicht alles Gold, was glänzt. Der Kapitalismus hat auch seine Schattenseiten. Denk doch nur daran, wie viele Leute im Westen arbeitslos sind. Wir hier haben praktisch alle einen Job.«

»Das schon, Erich, aber du wolltest doch eigentlich Ingenieur werden ...«

»Ja. Das werde ich ja vielleicht auch bald. Herr Hagemann hat dafür gesorgt, dass ich im Frühjahr einen vorbereitenden Kurs an der Uni machen kann. Wenn alles gut geht, kann ich im nächsten Herbst vielleicht anfangen zu studieren. Ich hoffe sehr, dass das klappt. Aber bis dahin baue ich erst mal mit an der Stalinallee. Und weißt du was? Ich bin stolz darauf! Was für großartige Häuser wir da hinstellen, Wohnungen mit allem Schnickschnack, den du dir vorstellen kannst. Vor allem aber, Dora, wenn alle weglaufen, die diesem System hier kritisch gegenüberstehen, dann ist dieser Staat völlig verloren. Wir brauchen doch kluge Köpfe! Nur so haben wir eine Zukunft. Deshalb bleibe ich hier und gehe in die Opposition. Nur wenn es genug Leute gibt, die aufbegehren, können wir was ändern.«

»Das klingt einleuchtend. Aber was wirst du tun? Willst du nun allein weitermachen mit deinen Flugblättern?«

»Nein. Ohne die Walze hat das hier keinen Sinn mehr. Ich werde nicht mehr herkommen.«

»Warum zeigst du mir diesen Keller dann?«

»Damit du Herrn Hagemann davon erzählen kannst.«

Erich nahm den Karton und kippte ihn um. Ein paar Flugblätter fielen heraus. Er hob die Zettel auf und legte sie neben die Walze auf den Tisch. »Die hier haben wir nicht mehr verteilt. Da war ein Druckfehler im Text. Aber die Schnüffler von der Staatssicherheit dürfen sie gerne lesen. Damit haben sie den Beweis, dass in diesem Raum tatsächlich konspirative Umtriebe stattgefunden haben. Meinetwegen können sie den Keller überwachen, bis sie schwarz werden. Mich werden sie hier nicht mehr finden und die beiden anderen auch nicht. Verstehst du meinen Plan?«

Dora schüttelte den Kopf.

»Es ist doch ganz einfach: Du gehst zu Herrn Hagemann und berichtest ihm, dass du von konspirativen Umtrieben in einem verschütteten Keller gehört hast. Dann nennst du ihm diese Adresse hier. Namen verrätst du natürlich keine! Aber die Leute von der Stasi werden herkommen und nachsehen. Sie werden die Druckerpresse und die Flugblätter finden und feststellen, dass du die Wahrheit gesagt hast. Erwischen werden die Herren hier allerdings niemanden mehr. Doch bis sie herausgefunden haben, dass die Vögel ausgeflogen sind, wird viel Zeit vergehen. Bis dahin hast du Curt längst im Gefängnis besucht. Denn du hast ja deinen

Teil der Verabredung erfüllt – und zwar ohne dass einer von uns zu Schaden kommt!«

»Erich, das ist grandios!« Dora fiel ihrem Bruder um den Hals. »Ich danke dir. Ich danke dir so sehr. O Gott, obwohl es sich sicher scheußlich anfühlen wird zu petzen. Versprich mir bloß, dass du wirklich nie, nie mehr hierherkommst.«

»Natürlich nicht, ich bin ja nicht lebensmüde.« Erich senkte die Stimme, als gäbe es in diesem muffigen halb eingestürzten Kellerverlies jemanden, der ihn hören könnte. »Außerdem habe ich etwas anderes gefunden. Es gibt da so eine Gruppe um einen Pastor, lauter interessante junge Leute, mit denen treffen wir uns jetzt jede Woche, Hetti und ich. Manchmal singen wir miteinander und jemand spielt auf der Gitarre, manchmal liest einer was vor und dann reden wir darüber. Das Beste ist, die sehen den Zustand unseres Landes genauso kritisch wie ich. Hettis Vater denkt, dass wir dienstags immer mit Freunden zum Kegeln gehen. Dabei sitzen wir bei Pastor Müller im Wohnzimmer und diskutieren über Gott und die Welt, bis die Luft qualmt. Mein Herr Schwiegervater verachtet ja alles, was mit Kirche zu tun hat. Aber die Leute von der Jungen Gemeinde, die sind in Ordnung, man kann mit denen über alles reden, ohne Angst zu haben, dass man eins auf den Deckel bekommt. Solche Gruppen gibt es überall in Berlin, und es werden immer mehr. So vielen Leuten kann die Partei doch auf Dauer nicht den Mund verbieten.«

Dora staunte: »Das habe ich nicht gewusst. Und da macht selbst Hetti mit?«

»Ja, Herr Hagemann sollte allerdings besser nichts davon wissen. Sein Sohn ist schon in den Westen abgehauen, wenn er erfährt, dass auch seine Tochter und sein Schwiegersohn mit Regimekritikern unter einer Decke stecken – dann sieht er rot.«

»Ich bewundere dich wirklich für deinen Mut, Brüderchen. Weißt du was, ich bin richtig stolz auf dich.«

Erich nahm die Taschenlampe vom Haken.

»Danke. Aber jetzt machen wir mal lieber, dass wir rauskommen aus diesem stinkenden Loch!«

• • •

Dora tat alles genau so, wie Erich es vorgeschlagen hatte. Sie ließ ein paar Tage verstreichen, damit ihr Auftritt glaubwürdiger wirkte, dann suchte sie Herrn Hagemann in seinem Arbeitszimmer auf.

»Guten Abend, Dora!« Er blickte von seiner Zeitung auf. »Was gibt es?«

Dora atmete tief ein, bevor sie antwortete.

»Ich bin mir nicht ganz sicher, aber es kann sein, dass ich eine Information für Sie und Herrn Jatzke habe.«

Ihre Stimme bebte ein wenig vor Aufregung. Aber vielleicht klang das nur umso überzeugender, da er ja glauben musste, dass sie jemanden verpetzen wollte.

»Ah.« Herr Hagemann legte die Zeitung zur Seite und betrachtete sie aufmerksam. »Bitte sprechen Sie. Was immer Sie in Erfahrung gebracht haben, Sie können es mir getrost anvertrauen.«

»Gut. Also. Mir ist etwas zu Ohren gekommen. Im Keller eines Hinterhauses in der Adelheidstraße soll eine Druckerpresse stehen, auf der ein paar Leute staatskritische Flugblätter herstellen. Hausnummer 25. Wenn ich es richtig verstanden habe, treffen sie sich da regelmäßig.«

Dora hielt die Luft an.

»Das ist ein interessanter Hinweis.« Herr Hagemann notierte

sich die Adresse auf einem Schreibblock. »Haben Sie vielleicht auch Namen für mich? Von wem kommt diese Information?«

Dora wurde rot und hoffte inständig, dass Herr Hagemann ihr nicht im Gesicht ablas, dass sie log: »Ich ... Es tut mir leid, ich habe keine Namen. Ich habe das in der Uni gehört. Auf der Toilette, wissen Sie. Da – da hat eine Studentin einer anderen erzählt, dass sie mitbekommen hat, wie jemand so was gesagt hat ...« Dora schwitzte. Was redete sie hier eigentlich? Ergab das überhaupt irgendeinen Sinn? »Also, wie gesagt, Herr Hagemann, vielleicht ist das auch nur so ein dummes Gerede ...«

»Nein, nein. In Ordnung. Wir werden das überprüfen, Dora. Großes Lob, dass Sie zu mir gekommen sind. Staatsfeindliche Elemente haben an unseren Universitäten nichts verloren.«

Dora fuhr sich rasch mit der Zunge über die Lippen. »Und jetzt? Wann kann ich Curt sehen?«

Herr Hagemann runzelte die Stirn. »So schnell geht das nicht. Wie gesagt, ich werde veranlassen, dass Ihre Aussage überprüft wird, und dann sehen wir weiter. Ein paar Tage werden Sie sich noch gedulden müssen.«

Mit hängenden Schultern schlich Dora aus dem Zimmer. Was, wenn das Ministerium für Staatssicherheit mit ihren Angaben nicht zufrieden war und mehr von ihr verlangte? Wenn sie ihr den Besuch bei Curt so lange nicht erlaubten, bis sie einen Verdächtigen gefasst hatten? Wieder wälzte sie sich die halbe Nacht lang schlaflos im Bett herum.

Doch als sie zwei Tage später aus der Uni kam, lag ein Brief auf ihrem Kopfkissen. Hastig riss sie den Umschlag auf und zog einen Zettel heraus. Es standen nur ein paar Worte darauf: »Samstag, 22. November, 6 Uhr 30, Greifswalder-, Ecke Hufelandstraße.«

Sie wusste, was das bedeutete, und weinte vor Glück.

16.

Dora sah den Wagen sofort. Es war ein russisches Modell, ein grauer Moskwitsch mit Ostberliner Kennzeichen, der mit laufendem Motor und qualmendem Auspuff neben einer Litfaßsäule am Straßenrand parkte. Zwei Männer saßen darin, am Steuer ein junger blonder Mann, der so groß gewachsen war, dass sein Scheitel beinahe den Himmel des Wagens streifte, auf dem Beifahrersitz ein untersetzter Herr in Herrn Hagemanns Alter, der einen Hut trug, den er sich tief ins Gesicht gezogen hatte. Die hinteren Fenster des Wagens waren verdunkelt. Als Dora zögernd näher kam, kurbelte der Mann mit dem Hut die Scheibe des Seitenfensters herunter.

»Steigen Sie ein«, sagte er ohne jede Begrüßung. Dora nickte stumm. Etwas in seiner Stimme machte es ihr unmöglich, auch nur ein Wort zu sagen. Woher kannte er sie? Weshalb wusste er, dass sie die Person war, auf die sie warteten? Dora war sich sicher, dass sie die beiden Männer noch nie gesehen hatte. Mit zitternden Händen öffnete sie die hintere Tür des Wagens und zwängte sich auf die Rückbank. Im Inneren des Autos war es stickig, es roch nach Schmieröl und kaltem Zigarettenrauch.

»Setzen Sie die auf!« Kaum, dass Dora die Tür hinter sich zugezogen hatte, drehte sich der Mann auf dem Beifahrersitz zu ihr um und reichte ihr eine Art Fliegerbrille, die aus zwei in Leder eingefassten, runden schwarzen Scheiben bestand und mit einem Gummiband, das man sich um den Kopf legte, befestigt wurde. Dora gehorchte. Die Brille umschloss fest ihre Augenpartie und ließ nicht einen Lichtstrahl durch. Vor ihr war finstere Nacht.

»Es hat Sie nicht zu interessieren, wohin wir fahren«, erklärte der Mann, während sich der Wagen in Bewegung setzte. Dora nickte beklommen. Sie war viel zu eingeschüchtert, um etwas zu sagen. Worauf ließ sie sich hier ein?

Niemand sprach, während sie durch die Stadt fuhren. Nur der Motor röhrte und übertönte Doras lautes Herzklopfen. Sie versuchte, die Fahrtroute nachzuvollziehen, aber schon nachdem sie dreimal abgebogen waren, hatte sie die Orientierung verloren. Sie war diesen Männern ausgeliefert. Wie eine Gefangene saß sie mit ihrer blickdichten Brille auf dem Rücksitz und wurde zu einem unbekannten Ziel gebracht.

Dora vermochte nicht zu sagen, wie lange die Autofahrt gedauert hatte, zwanzig Minuten oder eine halbe Stunde vielleicht? Irgendwann bremste der Wagen jedenfalls und Dora vernahm das scheppernde Geräusch eines großen Metalltors, das sich vor dem Wagen öffnete und sich wieder schloss, nachdem das Auto durchgefahren war. Noch ein paar Meter rollte der Wagen, bog erst rechts ab, dann noch einmal links, und dann kam er endgültig zum Stehen. Der Motor erstarb.

»Sie können den Sichtschutz abnehmen«, sagte der Mann auf dem Beifahrersitz. »Wir sind da.«

Dora gab dem Mann die Brille zurück, der sie in das Handschuhfach vor sich legte. »Steigen Sie aus!«

Dora folgte ihm aus dem Wagen und sah sich um. Sie befanden sich in einem kahlen, asphaltierten Innenhof, auf allen Seiten umgeben von einem vierstöckigen Gebäude mit vielen kleinen, teils vergitterten Fenstern. Ein Gefängnis. Dora ließ ihre Blicke über die eintönigen Mauern wandern. Hinter einem dieser Fenster lebte Curt. Vielleicht sah er jeden Tag seit sieben Jahren durch eine dieser Scheiben hinaus und fragte sich, ob er Dora und Clara jemals wiedersehen würde. Ob seine Zelle überhaupt ein Fenster hatte?

Dora spürte plötzlich, dass sie am ganzen Leib bebte vor Verlangen, ihn endlich wiederzusehen, ihn in die Arme zu schließen und ihm zu sagen, wie sehr sie ihn liebte und dass sie alles dafür tun werde, um ihn hier herausholen zu können.

»Zwei Dinge müssen Sie noch wissen.« Der Mann mit dem Hut riss sie aus ihren Gedanken. Er stand neben ihr, während der andere im Auto sitzen geblieben war, das nun wieder abfuhr, eine stinkende schwarze Qualmwolke hinterlassend. »Sie dürfen den Gefangenen nicht berühren, ihm nichts mitbringen, keine schriftlichen Botschaften austauschen und nicht flüstern. Sprechen Sie klar und deutlich. Der wachhabende Offizier ist angehalten, Ihre Unterhaltung mitzuhören und zu protokollieren.«

Dora schluckte enttäuscht. Es würde kein vertrauliches Gespräch geben. Nach all den Jahren des Wartens und Bangens würden sie und Curt einander endlich wiedersehen und durften einander doch nicht umarmen?

»Das ... das ist unmenschlich.«

»Das sind unsere Bedingungen«, entgegnete der Mann schroff. »Es steht Ihnen frei, den vereinbarten Gesprächstermin abzusagen.«

Dora schüttelte den Kopf.

»Falls Sie gegen die genannten Bedingungen verstoßen, wird die Zusammenkunft sofort beendet und Sie werden in Zukunft keine Gelegenheit mehr bekommen, den Gefangenen zu besuchen. Haben Sie das verstanden?«

Dora nickte. Sie verspürte einen dicken, schmerzenden Kloß

im Hals. Andererseits schöpfte sie Hoffnung aus seinen Worten. Im Umkehrschluss hieß das womöglich: Wenn sie kooperierte, durfte sie Curt vielleicht noch öfter besuchen.

»Versprochen«, sagte sie deshalb. »Ich werde mich an die Regeln halten.«

Der Mann nickte. Mit einer Kopfbewegung forderte er sie auf, ihm zu folgen.

Mit schweißnassen Händen saß Dora eine Viertelstunde später im Besuchsraum des Gefängnisses, einem kargen, fensterlosen Zimmer, in dem nur ein Holztisch mit zwei Stühlen auf jeder Seite stand, beleuchtet vom grellen Licht einer Neonröhre. Neben der Tür lehnte schweigend ein uniformierter Aufseher an der weiß getünchten Wand, ein breitschultriger Mann mit einem von roten Brandnarben entstellten Gesicht. Zuvor hatte sie ihre Handtasche und ihren Mantel abgeben müssen, auch die Tafel Schokolade, die Anneliese ihr bei einem Besuch in Westberlin für Curt besorgt hatte. »Die Mitnahme von Gegenständen jeglicher Art sowie Genussmittel im Besuchsraum sind untersagt«, hatte der Mann mit dem Hut noch einmal betont, bevor er Dora einem der Gefängnisaufseher übergeben hatte. »Sie bekommen Ihre persönlichen Gegenstände anschließend zurück. Für Ihr Gespräch mit dem Gefangenen haben Sie dreißig Minuten Zeit. Und halten Sie sich dringend an die Besuchsregeln: Keine Berührungen, kein Flüstern. Falls Sie auch nur ein Mal dagegen verstoßen, wird das Treffen umgehend beendet. Ist das klar?«

»Ja.« Sie fühlte sich schon selbst wie eine Verbrecherin. Ihr war es, als hätte sie keine Spucke mehr im Mund.

Nun also saß sie an diesem kleinen wackeligen Holztisch und wartete. Sie ließ die Tür nicht aus den Augen, durch die man jeden Moment Curt in den Raum bringen würde. Wie würde es sein, ihn nach all den Jahren endlich wiederzusehen? Doch die Minuten verrannen und nichts geschah. Sie blickte auf ihre Armbanduhr. Schon eine Viertelstunde saß sie hier. Hatte man sie vergessen? Wollte Curt sie womöglich gar nicht sehen?

Schüchtern wandte sie sich an den Wachmann, der mit stumpfem Blick an der Zimmerwand lehnte.

»Entschuldigung, können Sie mir sagen, wie lange ich hier noch auf den Gefangenen warten muss?«

Der Mann drehte sein rotes Gesicht zu ihr. »Habe ich nicht zu entscheiden«, sagte er mit unverkennbarem russischem Akzent. »Bin ich nicht hier, um zu reden mit Ihnen.«

Dora wurde es kalt, als sie seine Stimme hörte. Sie hatte nicht damit gerechnet, dass es sowjetische Aufseher in einem deutschen Gefängnis gab. Genauso hatten die russischen Soldaten gesprochen, damals am Ende des Krieges, nachdem die Rote Armee die Front überrollt hatte und die rachedürstenden Männer unter den Deutschen, vor allem unter den Frauen und Mädchen, Angst und Schrecken verbreitet hatten. Seit damals war Dora keinem Russen mehr begegnet, und obwohl sie wusste, dass von diesem Wachmann hier sicher keine Gefahr ausging, musste sie gegen die aufkeimende Panik ankämpfen.

Sie war erleichtert, als sie endlich Schritte im Gang hörte und die Tür aufging. Ein weiterer Uniformierter trat ein, an seiner Seite ein Mann in Handschellen und Häftlingskleidung. An den Außenseiten der Ärmel und Hosenbeine seines formlosen graugrünen Anzugs war ein grasgrüner Stoffstreifen eingenäht. Seine Haare waren millimeterkurz geschoren, an den Seiten schimmerten sie silbern.

»Curt?« Dora stieß einen erstickten Schrei aus, als sie ihn wiedererkannte, und sprang auf. Ihr erster Impuls war es, zu ihm zu laufen und ihre Arme um ihn zu schlingen. Doch mit bebenden

Knien ließ sie sich auf den Stuhl zurückfallen. Nein, jetzt keinen Fehler machen, sonst brachten sie Curt wieder aus dem Zimmer, noch bevor sie ein Wort miteinander gesprochen hatten.

»Curt«, flüsterte sie noch einmal. Ihr stiegen Tränen auf und alles verschwamm vor ihren Augen.

»Dora. Bist du das wirklich, Dora?« Seine Stimme war rauer als früher, so als habe er lange nicht mehr gesprochen. Ungläubig staunend klang er, zutiefst erschöpft, und doch hörte sie aus seinen Worten ein wenig von der vertrauten Wärme und Zärtlichkeit heraus.

Sie sahen einander an, erschüttert schweigend. Seine Augen glänzten, doch es lagen tiefe Schatten darunter, die nicht verschwanden, als er versuchte zu lächeln.

Der Wachmann, der ihn hereingebracht hatte, schob ihn zum Tisch, wo sich Curt ihr gegenüber auf den zweiten Stuhl setzte, ohne den Blick von Dora abzuwenden. Er legte die Hände mit den Handschellen auf die Tischplatte. Dora nahm kaum wahr, wie der zweite Aufseher wieder den Raum verließ. Sie sah nur noch Curt. Rasch wischte sie sich die Tränen aus den Augenwinkeln, um ihn zu betrachten. Wie entsetzlich mager er geworden war! Geradezu elend sah er aus. Und so müde. Sein bleiches, eingefallenes Gesicht und die grauen Schläfen ließen ihn älter wirken, als er war. Einundvierzig, überlegte Dora, so darf man doch nicht mit einundvierzig aussehen! Was haben sie mit ihm gemacht?

Es dauerte einen Augenblick, bis Dora ihre Stimme wiedergefunden hatte.

»Ach Curt. Ich bin so glücklich, dass ich dich endlich gefunden habe«, stammelte sie. Wie gerne hätte sie wenigstens seine Hände berührt. Nur für einen Augenblick. Es tat richtig weh, ihn so nah vor sich zu haben und doch Abstand halten zu müssen. »Ich … ich wusste nicht, wo du all die Jahre geblieben warst.«

»Lauter sprechen«, herrschte sie der uniformierte Russe an der Wand an. »Hier nicht flüstern oder Gefangener geht zurück in Zelle.«

Curt räusperte sich.

»Es ist ein Wunder, dich wiederzusehen, Dora. Ich habe zuletzt kaum mehr daran geglaubt. Wie viele Jahre sitze ich schon hier drin? Sieben? Ohne jemals Besuch bekommen zu haben. Als man mir vorhin sagte, dass eine Besucherin auf mich wartet, dachte ich erst, das sei eine von ihren Schikanen. Die Aufseher treiben manchmal ihre Spielchen mit uns, weißt du. Sie lassen uns auf etwas Schönes hoffen, um uns dann umso bitterer zu enttäuschen. Ach Dora. Es ist unglaublich. Ich hatte keine Ahnung, dass du es bist. Mein Gott, es ist wunderbar, dich zu sehen. Du bist so schön wie immer. Geht es dir gut? Und Clärchen? Ist Clara bei dir? Was macht mein Mädchen? Und wie hast du mich überhaupt gefunden?«

Dora strich sich nervös eine Haarsträhne hinter das Ohr.

»Clärchen und ich, uns geht es gut. Wir leben seit ein paar Monaten in Berlin. Wir sind jetzt ganz in deiner Nähe. Ich studiere Tiermedizin an der Humboldt-Universität. Ich habe über das Rote Kreuz nach deiner letzten Wohnung geforscht, und dann habe ich von deiner Zimmerwirtin erfahren, dass man dich ins Gefängnis gebracht hat. Ich hatte großes Glück. Wir wohnen hier mit meinem Bruder bei einer Familie, die gute Kontakte zur Partei und zum Ministerium hat. Herr Hagemann hat herausgefunden, wo du bist und dafür gesorgt, dass ich dich hier treffen kann.«

»Das muss ein sehr wichtiger Mann sein. Ich weiß sehr wohl, dass das den Häftlingen hier normalerweise nicht zugestanden wird. Jahrelang habe ich außer meinen Aufsehern und ein paar Mitgefangenen keine Menschenseele gesehen.«

»Ja, ich habe schon gemerkt, dass das nicht selbstverständlich ist.« Sie verschwieg ihm, dass sie unter Druck gesetzt worden war und Informationen hatte liefern müssen. Sie wollte nicht, dass er sich noch mehr Sorgen machte. »Und du?« Sie wagte diese Frage kaum zu stellen: »Wie geht es dir hier?«

Curt zuckte mit den Schultern. »Wie du siehst, lebe ich noch.« Sein Gesicht blieb unbewegt bei diesen Worten. Vergeblich suchte Dora nach Spuren von Spott oder Ironie darin.

Einen Augenblick lang schwiegen sie. Dora spürte das Schlagen ihres Herzens. Was sollte sie sagen? Einerseits war ihr sein Anblick so vertraut, andererseits wirkte er nach den langen Jahren der Trennung wie ein Fremder auf sie.

»Du musst mir erzählen, was damals passiert ist, nachdem wir uns das letzte Mal gesehen haben, Curt. Ich war so verzweifelt, dass du nie mehr aufgetaucht bist. Du hattest dich den Aufständischen um Stauffenberg angeschlossen, nicht wahr?«

»Ja, es war eine Katastrophe, dass unser Plan schiefging. Wir hatten die Sache nicht zu Ende bedacht.« Einen Moment lang verharrte er stumm, wie im Gedenken an die toten Putschisten. Dann fuhr er fort: »Ich hatte mehr Glück als Verstand, dass ich mich in Sicherheit bringen konnte. Ich musste untertauchen, Dora. Sonst hätten sie mich hingerichtet. Und wenn ich mich bei euch gemeldet hätte, dann hätte ich euch alle in Lebensgefahr gebracht.«

»Ich habe mir so etwas schon gedacht. Wo bist du gewesen?«

»Ich habe die letzten Monate des Krieges auf dem Heuboden eines kleinen abgelegenen Bauernhofs in Schleswig-Holstein verbracht. Diese Leute gehörten zu den Guten. Sie haben mich versteckt, bis der ganze grausame Spuk vorüber war. Kurz nach der Kapitulation bin ich zurück nach Berlin gegangen. Ich habe wieder fotografiert. In den ersten Wochen lebte ich in einem Hotel, von dem zumindest die meisten Wände noch standen. Einer der Kollegen bei der Zeitung, für die ich arbeitete, hatte gute Kontakte zum Roten Kreuz. Durch ihn habe ich es geschafft, Christels Telefonnummer in Bayern herauszufinden. Ich konnte sie anrufen.« Ein Schatten fiel über seine Augen. »Und dann erst habe ich erfahren, was damals in Königsberg geschehen ist. Dass Wilma nicht mehr lebt und dass du unser Mädchen angenommen hast …«

»Es tut mir so leid, Curt, dass ich Wilma nicht retten konnte. Ich habe es versucht, aber ich konnte nichts tun. Es war eine so grauenhafte Nacht. Die Bomben, das Feuer …« Dora schluckte bei der Erinnerung an die furchtbaren Erlebnisse im letzten Kriegssommer. »Es ist ein Wunder, dass Clara und ich den Luftangriff überlebt haben. Ich habe sie gern an mich genommen, Curt. Sie ist mein Sonnenschein.«

»Danke. Danke, Dora, für alles. Ich weiß, dass ich dir nicht vergelten kann, was du getan hast.«

»Es gibt nichts zu vergelten, Curt. Sie ist mir eine Tochter geworden. Ich hoffe, dass du sie bald wiedersehen kannst.«

»Ja, das will ich. Das will ich unbedingt. Hast du ein Foto von ihr? Ich kann mir gar nicht vorstellen, wie mein kleines Mädchen jetzt aussieht.«

»Sie ist sehr hübsch, ein kluges, freundliches Persönchen. Sie sieht Wilma sehr ähnlich. Ich habe ein Bild von ihr in meiner Handtasche, aber ich durfte keine persönlichen Gegenstände mit hereinbringen. Es tut mir leid.«

Er nickte enttäuscht. »So etwas habe ich schon befürchtet.«

»Hattest du damals auch erfahren, dass wir Ostpreußen verlassen haben?«, nahm Dora das vorige Gesprächsthema wieder auf.

»Ja, es war ein paar Wochen, nachdem ich das Zimmer in der

Laurinstraße bezogen hatte. Christel kannte meine neue Adresse noch nicht. Zufälligerweise musste ich eines Tages noch mal zum Hotel zurück, um dort ein paar Hemden aus der Wäscherei abzuholen, was für ein Glück. Denn dort an der Rezeption lag ein Brief für mich. Er war von Christel. Sie hatte mir die Nachricht weitergeschickt, die du aus dem Flüchtlingslager geschrieben hattest. Du glaubst nicht, wie froh ich war, zu erfahren, dass du den Krieg überlebt hattest. Und dass du in den Westen gekommen warst. Ich war so glücklich. Ich wollte gleich am nächsten Tag zu dir in dieses schreckliche Lager fahren und dich zu mir holen, dich und Clärchen.«

»Das wolltest du tun?« Dora hatte plötzlich wieder Tränen in den Augen. In all den Jahren, in denen er verheiratet gewesen war, hatten sie nie darüber gesprochen, was sie einander bedeuteten. Jeder Gedanke daran war verboten gewesen. Aber bei jedem Blick in seine Augen hatte sie gesehen, dass seine Liebe zu ihr nie erloschen war, sosehr er sich auch bemüht hatte, es ihr nicht zu zeigen. Jetzt hörte sie aus seinen Worten, dass sie recht gehabt hatte.

»Was passierte dann, Curt? Ich weiß, dass du wegen Zusammenarbeit mit dem Nazi-Regime verurteilt wurdest. Du musst mir alles erzählen.«

»Da gibt es nicht viel zu erzählen. Es ging alles so schnell. Ich hatte ein paar Bilder für eine große Fotoreportage in einer Berliner Zeitung beigesteuert. Darin ging es um eine Dokumentation des Krieges. Du weißt ja, dass ich früher viel an der Front fotografiert habe. Im Nachhinein weiß ich, dass es ein großer Fehler von mir war, diese Bilder noch einmal zu veröffentlichen, denn damit war klar, dass ich damals für die Falschen gearbeitet habe. Ich habe mich der DDR-Justiz praktisch selbst ans Messer geliefert. Sie haben auch nicht lang gefackelt. Nur ein paar Stunden später, die Zeitungen waren gerade ausgeliefert, da stand die Polizei bei mir vor der Tür und hat mich mitgenommen. Es ging alles so schnell. Mir blieb keine Zeit, dir oder Christel einen Brief zu schreiben.« Er zuckte mit den Schultern. »Ich konnte nichts tun: Festnahme, Untersuchungshaft, kurzer Prozess, Urteil ... Es war mir nicht einmal erlaubt, einen Anwalt zu nehmen. Ich wurde weggesperrt aus dieser Welt. Weil ich irgendwann in meinem Leben so dumm gewesen bin, Fotos für Hitlers Propagandablätter zu machen. Auch wenn ich inzwischen nichts mehr bereue als das. Da spielt es keine Rolle, dass ich später im Widerstand aktiv war und mit von Stauffenberg und den anderen versucht habe, den Führer aus dem Weg zu räumen und einen Umsturz herbeizuführen. Nun ja. Vergeblich, wie wir wissen.«

Seine Stimme klang zutiefst verbittert.

»Aber du lebst noch«, wandte Dora ein. »Das ist das Wichtigste. Und irgendwann kommst du hier wieder raus. Die meisten anderen von damals ...«

Er nickte, bevor sie weitersprechen konnte. »Ich weiß. Die meisten anderen, die dabei waren, sind tot. Aber das hier ...« Er sah sich in dem kahlen Besucherraum um und machte eine Geste, die das ganze Gefängnisgebäude zu umfassen schien. »Was für ein Leben ist das hier?«

»Es wird ein Ende haben, Curt.«

Curt senkte die Stimme, als er weitersprach. Der Wachmann beachtete das Gespräch der beiden kaum. Er lehnte an der gegenüberliegenden Wand und spielte mit dem Schlüsselbund am Gürtel, während seine Gedanken ganz woanders zu sein schienen.

»Ich habe noch fünf Jahre, Dora. Noch fünf elendig lange Jahre, die ich in diesem Bunker hier absitzen muss. Weißt du, was es bedeutet, jahrelang in einem winzigen, fensterlosen Raum eingesperrt zu sein? Es ist, als säßest du im tiefsten Meeresgrund allein in einem U-Boot. Und die Aufseher tun alles, um dir das Leben noch grässlicher zu machen, als es sowieso schon ist. Manchmal lassen sie die ganze Nacht über ein grelles Licht an oder verbreiten einen infernalischen Lärm. Oder sie schalten im Winter wochenlang die Heizung aus. Es ist die Hölle. In den allerschlimmsten Stunden habe ich mich manchmal gefragt, ob die anderen nicht das gnädigere Schicksal hatten …«

»Das darfst du nicht sagen, Curt! Es gibt doch mich. Und Clara. Ich glaube dir ja, dass es furchtbar ist. Aber ich versuche, alle Hebel in Bewegung zu setzen, um dich hier rauszuholen. Das verspreche ich dir.«

Er schüttelte den Kopf. »Ich befürchte, das wird dir nicht gelingen.«

»Oh, du weißt nicht, wozu ich in der Lage bin, wenn ich etwas wirklich will.«

Als sie das sagte, glitt endlich der Anflug eines Lächelns über sein Gesicht, matt und ungläubig, und doch sah Dora darin etwas von dem aufblitzen, was Curt einmal gewesen war.

»Doch. Ich kenne deinen Dickschädel nur zu gut. Ich glaube, niemand weiß so gut wie ich, welche Hürden du überwinden kannst, wenn du dir nur etwas in den Kopf gesetzt hast. Deinen Mut und deine Bereitschaft, für deine Ziele jedes Risiko auf dich zu nehmen, habe ich immer bewundert.«

Dora warf den Kopf in den Nacken. »Na also. Und daran hat sich nichts geändert.«

Das müde Lächeln in seinem Gesicht erlosch. »Ach Dora, es hat sich alles geändert.«

Er klang plötzlich so kalt und mutlos, wie Dora ihn noch nie erlebt hatte. Selbst als ihm mitten im Krieg aufgegangen war, welchem bestialischen System die Menschen in Deutschland unter Hitler ausgeliefert waren, hatte in seinem Widerstandswillen ein Funken Hoffnung geglommen. Heute war nichts mehr davon zu spüren. Bei seinen Worten war es, als griffe jemand mit einer Eisenzange nach ihrem Herzen.

»Wie meinst du das? Was hat sich geändert? Du liebst mich doch, oder? Mich und Clärchen. Du willst doch deine Tochter endlich wiedersehen, nicht wahr?«

Seine Hand zuckte, um Dora zu berühren, doch er zog sie rechtzeitig zurück. Sein eindringlicher Blick nahm ihr beinahe den Atem.

»Natürlich will ich das. Ich liebe dich, Dora, immer schon. Meinst du, ich hätte diese grauenhaften sieben Jahre hier drin überlebt, wenn ich nicht dich vor Augen gehabt hätte? Wenn ich nicht jeden Tag darauf gehofft hätte, dich endlich wiederzusehen? Aber mein Leben in diesem Bunker ist noch nicht zu Ende. Es sind noch fünf Jahre. Niemand kann von dir verlangen, dass du noch fünf Jahre auf mich wartest. Und wer weiß, was dieser Justiz hier noch einfällt? Was ist, wenn sie mich überhaupt nicht mehr freilassen?«

»Das kann nicht sein, Curt. Bitte gib nicht auf. Natürlich werde ich auf dich warten. Ich warte so lange schon, ich halte das aus. Bitte halt du es auch aus! Ich sorge dafür, dass du hier rauskommst. Bald kannst du dein Mädchen endlich in die Arme schließen und ihr werdet alles nachholen, was ihr in den vergangenen Jahren verpasst habt. Das verspreche ich dir, Curt. Ich werde alles dafür tun. Ich …«

Der verzweifelte Blick in seinen Augen, seine bleierne Schwermut ließen Dora alles um sie herum vergessen, den trostlosen Raum, das grelle Neonlicht, den mürrischen Wachmann, vor allem aber das Verbot, Curt zu berühren. Sie wollte, dass dieser Mann, der ihr da gegenübersaß, wieder lächelte, dass er die Hoffnung nicht aufgab. Dass er an die Zukunft glaubte. Die Zukunft mit ihr.

Dora beugte sich vor und legte ihre Hand an seine Wange. Zärtlich strich sie über die kratzige, schlecht rasierte Haut, verfolgte die Linie seines Kinns mit den Fingerkuppen und berührte dann sein kurz geschorenes Haar. Ja, da war er leibhaftig, der Blick in seine warmen braunen Augen war ihr so vertraut. Gleichermaßen verblüfft, besorgt und ergriffen sah er sie an. Sie flüsterte seinen Namen. Als er die Hände vom Tisch hob, um ihren Arm zu berühren, klirrten seine Handschellen. »Ach Dora, Liebes«, murmelte er.

Noch bevor seine Worte ihr Bewusstsein erreicht hatten, dröhnte die Stimme des Aufsehers durch den Raum: »Auseinander! Nicht anfassen! Lassen sofort Gefangenen los!«, brüllte er halb auf Deutsch, halb auf Russisch.

Im selben Augenblick flog scheppernd die Tür auf, und der andere Wachmann stürmte herein. Zu zweit stürzten sie heran. Während der eine Aufseher Curt hart an den Schultern fasste, packte der andere Doras Arme und riss sie so brutal zurück, dass sie meinte, ihre Schultergelenke würden ausgerenkt. Sie schrie auf vor Schmerz.

»Schluss mit der Vorstellung«, erklärte der Aufseher, der von draußen hereingekommen war. »Der Gefangene geht zurück in die Zelle. Sie haben es sich selbst zuzuschreiben, junge Frau, wenn Sie sich nicht an die Auflagen halten.«

Wie benommen sah Dora zu, wie die Wachleute Curt von seinem Stuhl schoben und abführten. An der Tür warf er ihr einen letzten, bedauernden Blick zu, den sie nur durch einen Schleier von Tränen registrierte. Gelähmt von Entsetzen beobachtete sie, wie die Tür hinter den drei Männern ins Schloss fiel. Was hatte sie nur getan! Wieso war sie so unbeherrscht gewesen? Dora schluchzte. Würde es je wieder eine Chance für sie geben, Curt zu besuchen?

17.

Es wurde Dezember und ein eisiger Wind blies in heftigen Böen durch die Straßenschluchten von Berlin. Bleigrau hingen die schweren Wolken am Himmel über der Stadt. Das Wetter spiegelte Doras trübe Stimmung wider, in die sie der Besuch im Gefängnis versetzt hatte. Immerhin hatte der Regen der vergangenen Tage nachgelassen, doch auf den schadhaften Gehwegen stand das Wasser noch immer in großen Pfützen und Dora musste aufpassen, unterwegs keine nassen Schuhe zu bekommen. Eine klamme Kälte kroch durch ihren Mantel und ließ sie auf dem Weg vom Haus bis zur S-Bahn-Station Pankow bis aufs Mark frösteln. Bibbernd stand sie am Bahnhof und wartete wieder einmal zusammen mit all den anderen graugesichtigen Menschen auf den verspäteten Zug Richtung Innenstadt. In diesem Moment sehnte sich Dora nach der Helligkeit und der Stille des ostpreußischen Winters, nach meterhohem Schnee, der alles Schmutzige, Trübe und Graue mit einem silbrigen Glitzern zudeckte, alle Geräusche dämpfte und eine geheimnisvolle Ruhe über die Welt legte. Die Stadt erschien ihr auf einmal unendlich fremd und abweisend.

Dora hatte es sich lange nicht mehr erlaubt, an ihr früheres Leben zu denken. Ihre Tage in Berlin waren von frühmorgens bis spätabends angefüllt mit Arbeit und der Organisation des Alltags.

Doch die Begegnung mit Curt hatte sie aufgewühlt und alte Erinnerungen wiederaufleben lassen. Die Erinnerung an eine Zeit, in der ihr Leben so heiter und unbeschwert gewesen war und ihre Zukunft ein verheißungsvolles Versprechen. Und jetzt? Hatten sie und Curt überhaupt eine Chance? Und wenn er in einigen Jahren wieder frei war, würde er jemals wieder dieser wunderbare, mitreißende, lebensbejahende Mann sein, in den sie sich damals verliebt hatte? Dora musste sich eingestehen, dass sie der Besuch im Gefängnis weit mehr erschütterte, als sie erwartet hatte.

»Ich danke dir, dass du für ihn da bist«, schrieb Christel, nachdem Dora ihr in einem langen Brief von Curt berichtet hatte. »Und ich bin mir sicher, dass ihr es schaffen werdet. Solange er weiß, dass du ihn liebst, wird er auch die letzten Jahre im Gefängnis überstehen. Bitte hör nie auf, an euch zu glauben.«

Weihnachten rückte näher. Die Tage wurden kürzer und Doras Herz wurde schwerer. Es war das erste Mal, dass sie dieses Fest nicht zusammen mit ihrer Familie feiern würde. Dabei hatte sie es Clara und ihren Eltern doch versprochen. Und auch Marianne drängte sie, endlich wieder für ein paar Tage zum Stübeckhof zu kommen. »Ich habe dir so viel zu erzählen«, schrieb sie in einem langen Brief an Dora. »Ich habe mich nämlich verliebt! Jetzt weiß ich, wie es sich anfühlt, wie auf Wolken zu gehen. Der Mann meines Herzens heißt Herbert und ich kann an nichts anderes mehr denken, seit ich ihn kennengelernt habe ...«

Nur zu gern wollte Dora Genaueres über die Herrenbekanntschaft ihrer Schwester hören. So offen und fröhlich hatte Marianne noch nie über ihre Herzensangelegenheiten geschrieben. Es schien ihr wirklich ernst zu sein mit diesem Mann. Aber sooft Dora die Münzen und Scheine in ihrem Geldbeutel auch durchzählte, es war zu wenig, um sich zwei Zugfahrkarten nach Wielenstedt und zurück leisten zu können. Ihre Ausgaben waren zuletzt einfach zu hoch gewesen. Clara war geradezu in die Höhe geschossen in den vergangenen Wochen. Sie hatte dringend einen neuen warmen Pullover gebraucht, neue Strümpfe und ein paar feste Schuhe für den Winter, denn aus den alten Sachen war sie allmählich herausgewachsen. Dora musste feststellen, dass nicht nur Lebensmittel knapp waren, auch die Auswahl an Kleidung war in den Geschäften der DDR erschreckend mager. Selbst eines der größten Textilgeschäfte Ostberlins, der staatlich organisierte HO-Laden am Rosenthaler Platz, zu dem Dora und Clara an einem Samstagnachmittag fuhren, bot ein mehr als trauriges Bild: Nicht warme Winterstiefel, sondern jede Menge Sandalen standen in den Regalen und statt langer warmer Wollstrümpfe gab es vor allem dünne Söckchen für den Sommer zu kaufen. Auch Gummibadekappen waren in allen Formen und Größen zu haben.

»Vielleicht sollten wir uns schon mal für die nächste Freibadsaison eindecken«, schlug Clara spöttisch vor. »Wahrscheinlich bekommen wir spätestens ab Mai nur noch Pudelmützen und Handschuhe …«

Dora stöhnte leise, während sie die Stellagen und Kleiderstangen nach etwas Brauchbarem absuchte, und doch musste sie insgeheim lächeln über Claras Unverdrossenheit. Sie erkannte etwas von Curts früherer Spottlust in ihr wieder, und das machte sie trotz aller Sorgen beinahe glücklich.

»Es ist eine Katastrophe«, murmelte eine junge Frau, die neben den beiden einen Kinderwagen durch den Laden schob, und Doras Seufzer gehört hatte. »Seit Wochen versuche ich, neue Windeln für meinen Kleinen zu bekommen. Aber es sind einfach keine Windeln da. Nicht eine einzige. Allerdings Gardinen gibt es reichlich.« Sie deutete auf ein deckenhohes Regal, in dem sich zusammengefaltete Fenstervorhänge stapelten. »Wer um alles in der Welt braucht so viele Gardinen?«

Dora zuckte ratlos mit den Schultern.

»Ich habe den Leiter dieses Geschäfts gefragt, weshalb keine Windeln mehr zu haben sind«, fuhr die Frau fort. »Und wissen Sie, was er sagte? Die Baumwolle für die Produktion von Windeln reiche nicht aus, weil man ja auch Gardinen benötige. Ja, ist das denn zu fassen? Denken diese Herren, wir können unsere Säuglinge in Gardinen einwickeln? Wie kann man denn die Produktion von Windeln vergessen?«

»Ich weiß es nicht«, antwortete Dora bestürzt. Enttäuscht und ohne etwas Passendes für Clara gefunden zu haben, verließen sie das Geschäft.

»Das sind alles nur vorübergehende Engpässe«, erklärte Herr Hagemann, als Dora ihn später darauf ansprach. »Keine Sorge, das wird sich bald einspielen und dann gibt es alles in Hülle und Fülle!«

Aber auch zwei Tage später, als Dora den HO-Laden noch einmal aufsuchte, fand sie keine warme Winterkleidung für Clara. Allerdings waren jetzt auch die Sommersöckchen ausverkauft und die Stapel mit den Gardinen waren geschrumpft.

Auch an der Uni waren die katastrophalen Mängel bei der Versorgung der DDR-Bürger im Winter 1952 nicht zu übersehen. In den großen Vorlesungssälen war es eiskalt, weil nur in der Früh für wenige Stunden geheizt wurde. Die meiste Zeit saßen die Studierenden in Mänteln, Mützen und Handschuhen auf ihren Bänken und froren trotzdem. Selbst Herr Paulitzer erschien zu seinem Anatomiekurs mit Hut und Wollschal. Eines Tages hingen am Morgen wieder zwei mysteriöse Flugblätter am Schwarzen Brett im Foyer. »M wie Margarine« stand da jetzt und »Wir brauchen keine Volksarmee, wir brauchen Butter, Kartoffeln, Wintermäntel und Heizkohle«.

Doch auch diese Zettel waren wieder verschwunden, als Dora und die drei anderen nach der letzten Vorlesungsstunde auf dem Weg nach draußen erneut an der Aushangtafel vorbeigingen.

»Das ist doch lächerlich«, stellte Frajo fest. »Wie können sie im Politikkurs jede Woche von Wohlstand und Fortschritt predigen, in dem wir hier angeblich leben, und von der großen Not der Leute im Westen. Dabei weiß doch jeder, dass es genau andersherum ist. Sonst würden nicht Tag für Tag Tausende Leute aus der DDR nach drüben flüchten.«

Draußen vor der Eingangstreppe blieb er stehen, um sich eine Zigarette anzuzünden.

»Weißt du was?« Günther klopfte seinem Freund aufmunternd auf die Schulter. »Wir sollten mal auf andere Gedanken kommen. Lasst uns diesen ganzen politischen Kram für eine Weile vergessen. Was haltet ihr davon, wenn wir alle zusammen Silvester feiern?«

Frajo war sofort einverstanden: »Gute Idee, Kumpel! Wir könnten in unserer Bude ein paar Leute zusammentrommeln. Platz genug haben wir. Und ihr zwei Mädels seid unsere Ehrengäste.«

»Au ja!« Anneliese strahlte. »Mit größtem Vergnügen. Ich hoffe, es wird auch getanzt?«

»Na und wie!«, rief Frajo. »Das wird der Hauptspaß der Veranstaltung. Wir haben einen einwandfreien Plattenspieler und jede Menge Scheiben.« Er sah Dora erwartungsvoll an: »Du bist doch auch dabei, oder?«

Sie zögerte einen Augenblick. »Ach Frajo, ich bin so lange nicht mehr auf einer Feier gewesen. Ich kann mich gar nicht mehr daran erinnern, wann ich das letzte Mal getanzt habe …«

»Dann wird es aber höchste Zeit, dass du es mal wieder probierst«, entschied Anneliese. »Nach der ganzen Schufterei der vergangenen Monate haben wir uns den Spaß mehr als verdient.«

Vielleicht hatte Anneliese recht, überlegte Dora. Nach Wielenstedt konnte sie ja sowieso nicht fahren, und es wäre sicher lustiger, mit ihren drei Freunden den Silvesterabend zu verbringen als zu Hause mit den Hagemanns. Die vier hätten gewiss nichts dagegen, so lange auf Clara aufzupassen. Wie gut würde es tun, tatsächlich einen Abend lang nicht mehr an all das zu denken, was sie gerade bedrückte. Ein paar Stunden lang mit den anderen zu feiern, dass sie dieses aufregende Jahr hinter sich gebracht hatten. Am Tag danach konnte sie sich wieder Gedanken darüber machen, was sie für Curt tun könnte.

»Also gut. Ich komme auch und freue mich. Vielen Dank, ihr zwei!«

»Prima, dann ist es abgemacht«, rief Günther. »Frajo und ich, wir kümmern uns um alles. Ihr braucht nur gute Laune mitzubringen. Das wird die tollste Silvesterparty von ganz Berlin!«

Als Dora am späten Nachmittag von der S-Bahn-Haltestelle Pankow nach Hause ging, stellte sie fest, dass etliche Straßenzüge im Dunkeln lagen. Obwohl die Sonne an diesem Wintertag längst untergegangen war, leuchtete keine einzige Straßenlaterne, auch in den Häusern brannte kein elektrisches Licht. Hier und da erkannte Dora durch die Fensterscheiben den Schein einer Kerze im Zimmer. Nur die Scheinwerfer der Autos, die langsam durch die Straßen rollten, sorgten im Vorbeifahren einen Moment lang für etwas Helligkeit.

Auch das Haus der Hagemanns lag im Finsteren. Dora fand Erich im Wohnzimmer. Er war allein. Vor ihm auf dem niedrigen Tisch brannten Wachslichter in einem fünfarmigen Kerzenhalter aus Messing und verbreiteten ein gemütliches, flackerndes Licht im Raum.

»Erich!« Noch im Mantel setzte sich Dora zu ihm. »Was ist hier los?«

»Bloß ein kleiner Stromausfall, Schwesterchen. Das kommt hier im Winter gelegentlich vor. Keine Sorge, ich schätze, das Licht geht bald wieder an.«

Er klang keineswegs beunruhigt. Ganz im Gegenteil, Erich schien bester Laune. Zufrieden grinsend tippte er auf die aktuelle Ausgabe der Zeitschrift *Die Frau von heute*, die neben dem Kerzenständer vor ihm auf dem Tisch lag.

»Guck mal, es tut sich was im Land«, sagte er. »Selbst in Schwiegermutters Lieblingsmagazin schreiben sie darüber, wie miserabel die Versorgung der Bevölkerung gerade läuft. Da müssen bei der Parteiführung doch alle Alarmglocken schrillen. Man sieht doch, dass das mit der Planwirtschaft nicht funktioniert. Ich zähle die Tage, bis in der Deutschen Demokratischen Republik ein neues Zeitalter anbricht.«

»Ach Erich. Ich wünsche mir so sehr, dass du recht hast.«

Tatsächlich ging das Licht im Haus eine halbe Stunde später wieder an. Doch Erichs Optimismus versiegte bald, denn seine Hoffnungen auf einen radikalen politischen Wandel in der DDR erfüllten sich nicht. Stattdessen berichtete der Rundfunk wenige Tage später, dass der zuständige Handelsminister verhaftet worden war. Ein Verbrecher sei er, der die planmäßige Versorgung der Bevölkerung bewusst sabotiert habe, gesteuert von westlichen Imperialisten, um Unzufriedenheit in die Bevölkerung zu tragen und damit den Aufbau einer neuen Gesellschaftsordnung zu erschweren. In Kürze werde ihm der Prozess gemacht.

»Na also«, kommentierte Herr Hagemann die Angelegenheit. »Ich habe es ja gleich gesagt. Der Fehler lag nicht im System, sondern am kriminellen Charakter des Ministers. Wir halten Kurs. Die DDR ist und bleibt auf dem richtigen Weg.«

Wer auch immer für die Waren in den Geschäften zuständig war, die Verkaufsregale blieben so mager bestückt wie zuvor, sooft Dora auch nachsah.

• • •

»Warum versuchst du es nicht in der Badstraße?«, schlug Anneliese vor, als Dora ihr seufzend erzählte, wie schwierig es war, vernünftige Winterkleidung für Clara zu bekommen.

»Was hat es denn mit der Badstraße auf sich?«

»Die kennst du nicht? Da musst du hin! Das ist ein Straßenmarkt in Westberlin, in der Nähe vom S-Bahnhof Gesundbrunnen, der liegt gleich hinter der Sektorengrenze. Da kaufen alle Leute aus dem Osten ein. Man kann da mit Ostmark bezahlen. Der Wechselkurs ist zwar schlecht, für eine Westmark muss man fünf Ostmark bezahlen, aber immerhin kommt man dort problemlos an Westware. Es ist das reinste Einkaufsparadies. Ein Schlaraffenland. Man muss bei der Rückfahrt nur bei den Kontrollen an der Grenze aufpassen. Es ist nämlich eigentlich Schmuggel, die Sachen von drüben mitzunehmen, und wenn du Pech hast, nehmen dir die Grenzer die neuen Klamotten weg, bevor du sie getragen hast. Aber uns fällt schon was ein. Denn weißt du was? Ich komme mit. Ich könnte auch ein paar neue Klamotten gebrauchen. Fahren wir am Samstag rüber?«

»Nichts lieber als das!«

Dora war erleichtert, dass Anneliese sie zu dieser Einkaufstour begleiten wollte. Die Worte Grenzkontrolle und Schmuggel klangen ungemütlich in ihren Ohren. Sie wollte lieber nichts riskieren und war froh, eine erfahrene Begleiterin zu haben.

Clara freute sich über den unerwarteten Ausflug.

»Vielleicht kann ich da ein paar neue Glanzbilder kaufen? Da finde ich bestimmt welche, die die Mädchen in meiner Klasse noch nicht haben.«

Neuerdings gab Clara die paar Pfennige, die Dora ihr als Taschengeld gab, am liebsten für kleine bunte Sammelbildchen aus, die sie in einer alten flachen Zigarrenschachtel aufbewahrte und mit ihren neuen Freundinnen in der Schule tauschte. Dora war einverstanden, aber beschwor sie, auf keinen Fall Spielzeug aus dem Westen in der Schule herumzuzeigen.

In der Badstraße ging es am Samstagnachmittag zu wie auf einem Jahrmarkt. Auf beiden Seiten der Fahrbahn reihte sich eine Holzbude an die andere. Dicht gedrängt standen die Leute an. Was konnte man hier nicht alles kaufen – und das nur wenige Meter hinter der Sektorengrenze! Dora gingen die Augen über. Alle erdenklichen Lebensmittel türmten sich in den Holzkisten, sogar tropische Früchte, die im Osten der Stadt weit und breit nicht zu finden waren: Orangen, Zitronen und Bananen, Clara entdeckte sogar eine Ananas. Auch Gewürze, Zucker, Süßigkeiten, Kakao, die beliebte Sanella-Margarine und echten Röstkaffee gab es. Vor den Lebensmittelbuden duftete es wie auf einem orientalischen Basar. Weil die Kaffeebohnen so teuer waren, nahm Anneliese nur ein winziges Tütchen für eine einzige Tasse mit.

Ein paar Schritte weiter gab es einen Stand mit parfümierten Seifen, Shampoos und duftenden Cremes, wo Dora kleine Weihnachtsgeschenke für Hetti und Frau Hagemann kaufte. Besonders lang war die Schlange bei den Kurzwarenhändlern und den Buden, an denen man Seidenstrümpfe bekommen konnte. Da Anneliese sich keine neuen leisten konnte, ließ sie sich die Laufmaschen in ihren Strümpfen aufnehmen. Drei Pfennig kostete die Reparatur einer Masche. »Wie neu!«, kommentierte sie grinsend und steckte die geflickten Strümpfe zurück in ihre Handtasche. Dann erreichten sie endlich die Stände mit Textilien und Schuhen. Anneliese hatte nicht übertrieben. Auch hier fanden sie alles, was ihr Herz begehrte: Röcke, Kleider, Pullover, Jacken, Mäntel, warme Stiefel und Schuhe – und alles auch in kleinen Größen für Kinder. Dora entdeckte viele Sachen, die sie selbst gern einmal anprobiert hätte, aber jetzt war es erst einmal wichtig, dass Clara vernünftige Schuhe für den Winter bekam. Sie fanden ein Paar warm gefütterte Schnürstiefel, einen dicken Wollpullover und zwei Paar gestrickte Strümpfe, und weil er mit dem kleinen Pelzkragen so hübsch aussah, kaufte Dora auch noch einen Mantel aus dickem rotem Walkstoff für Clara. Er war etwas günstiger zu haben, weil zwei Knöpfe fehlten. »Das macht überhaupt nichts«, erklärte Anneliese. »Meine Mutter hat doch eine Schneiderei, da finde ich ganz sicher zwei ähnliche Knöpfe, die ich dir an den Mantel nähen kann.«

»Für mich ist heute schon Weihnachten!« Clara strahlte über das ganze Gesicht. Dora gab ihr erleichtert einen Kuss auf die Wange. Das Mädchen war glücklich, was machte es da schon, dass nicht mehr viel Geld in ihrer Börse übrig geblieben war!

Reich bepackt standen sie wenig später vor der S-Bahn-Haltestelle. Anneliese wiegte nachdenklich den Kopf, während sie die Papiertüten in Doras Händen betrachtete.

»Das werden sie euch abnehmen, wenn eine Kontrolle kommt. Am besten ziehst du die Sachen gleich an, Clara. Die Grenzer können ja nicht wissen, dass ihr das Zeug gerade erst gekauft habt.«

Dora nickte. »Das klingt vernünftig. Komm, Clara, gib die alten Schuhe her, die werfe ich gleich da drüben in den Mülleimer. Die sind dir doch sowieso viel zu klein und schon ganz abgelaufen. Die Strümpfe und den Pullover ziehst du einfach über die alten Sachen … So. Jetzt noch den Mantel drüber und fertig.«

Clara ächzte. »Ich fühle mich wie ein Teddybär, so dick eingemummelt, wie ich bin. Aber frieren werde ich ganz sicher nicht.« Sie grinste zufrieden. »So schicke und warme Stiefel hatte ich noch nie!«

»Schnell!«, rief Anneliese. »Da hinten kommt schon die S-Bahn.« Dora hastete von den Mülleimern zurück und ließ sich kurz darauf im Waggon erleichtert neben Clara und Anneliese auf das Polster der Sitzbank fallen.

Die Kontrolleure stiegen gleich am ersten Halt im Ostsektor ein, am Bahnhof Schönhauser Allee.

»Schönen guten Tag, die Herrschaften, dürften wir bitte Ihre Ausweise sehen?«

Neugierig sah sich Dora um. Zwei Volkspolizisten gingen im Wagen von Platz zu Platz und ließen sich von den Leuten die Papiere zeigen. Doch es war nicht zu übersehen, dass es den Grenzern weniger um die Ausweise ging, sondern vor allem um das Gepäck der Fahrgäste. »Machen Sie doch mal Ihre Handtasche auf!«, sagten sie gelegentlich oder: »Zeigen Sie mir doch mal, was Sie da in Ihrem Aktenkoffer mit sich führen.«

Und dann knurrte der eine: »Was haben Sie denn da für eine hübsche Tüte vom KaDeWe? Wohl ein bisschen im Westen eingekauft? Die geben Sie mal ganz schnell her. Schmuggelware haben wir hier gar nicht gern.«

Der Protest der jungen Frau nützte nichts, sie war ihre frisch gekaufte Bluse gleich wieder los.

»Gott sei Dank«, flüsterte Dora, als die Grenzer näher kamen, »dass Clärchen ihre Sachen gleich angezogen hat.«

»Guten Tag, die Damen.« Nachdem er einen raschen Blick

auf die Ausweise der drei geworfen hatte, betrachtete der Volkspolizist misstrauisch Claras Mantel. »Ist der neu?«, fragte er unwirsch.

»Aber wie kommen Sie denn darauf?«, entgegnete Dora kühl. »Sie sehen doch, dass schon zwei Knöpfe fehlen!«

»Hm. Und die Stiefelchen? Da ist ja noch kein Stäubchen dran. Ich wette, die hast du gerade erst angezogen, Mädchen. Ihr wart auf dem Badstraßenmarkt ein bisschen bummeln, stimmt's?«

Clara erbleichte. Sie presste die Lippen fest aufeinander und schüttelte trotzig den Kopf.

Der Grenzer ging in die Knie. »Na, und warum klebt da noch das Preisschild dran? Sieben Mark!« Er stieß einen Pfiff aus. »Da hat sich die Mama ja nicht lumpen lassen. Dann zieh die mal flott aus, junge Dame.«

»Nein, das sind meine Stiefel!«, schrie Clara und drückte sich ängstlich an Dora.

»Sie wollen ihr doch nicht ernsthaft die Stiefel wegnehmen«, empörte sich Dora. »Ja, soll sie denn auf Strümpfen nach Hause laufen? Es ist Winter.«

»Das hätten Sie sich früher überlegen müssen, junge Frau. Wer unerlaubt Westware einführt, muss mit den Konsequenzen leben. Schmuggel ist Schmuggel und Gesetz ist Gesetz.«

Wie sehr Clara auch schrie und weinte, die Volkspolizisten zogen ihr die Stiefel aus, nahmen sie mit und gingen weiter.

Wie vom Donner gerührt blieb Dora sitzen und starrte auf Claras Socken. Nun traten ihr selbst die Tränen in die Augen.

»Das ... das ist doch nicht möglich. Wie können die Männer so hartherzig sein!«

»Komm«, sagte Anneliese leise und nahm Claras Hand. »Wir steigen an der nächsten Haltestelle aus und fahren zurück. Sie hatten noch ein zweites Paar Stiefel in deiner Größe, das habe ich gesehen.«

»Nein«, murmelte Dora. »Das geht nicht, ich hab nicht mehr genug Geld für neue Stiefel.«

»Ich leg ein paar Mark dazu.« Anneliese lächelte schief. »Es war meine Idee, im Westen einzukaufen, also helfe ich euch.«

»Aber nein. Du musst doch selbst dein Geld zusammenhalten.«

»Das macht nichts. Es ist mein Weihnachtsgeschenk für Clara. Ich helfe meiner Mutter ein bisschen beim Schneidern in den nächsten Tagen, dann verdiene ich wieder ein paar Mark dazu. Los, kommt. Die Bahn hält.«

»Ich will aber nicht, dass mir die Grenzer dann wieder die Stiefel wegnehmen«, heulte Clara.

»Keine Sorge, meine Kleine. Diesmal sind wir schlauer.« Anneliese zwinkerte ihr zu.

Dora ließ sich schließlich überzeugen, und sie fuhren zurück. Clara zog sich die neuen Strümpfe aus, damit sie nicht gleich schmutzig wurden, und lief auf ihren alten Socken über die Straße, während ihr noch immer die Tränen übers Gesicht liefen. Wenigstens regnete es nicht.

Am Schuhstand in der Badstraße fanden sie tatsächlich noch ein passendes Stiefelpaar. Der Verkäufer hatte Mitleid mit Clara, als er hörte, was passiert war, und gewährte ihnen einen kleinen Rabatt, sodass das Geld, das Dora und Anneliese zusammenlegten, ausreichte. Dieses Mal achteten sie darauf, das Preisschild abzumachen. Seufzend sah Clara zu, wie Anneliese die blanken neuen Stiefel mit Matsch vom Straßenrand einrieb.

»Jetzt kommt kein Mensch der Welt auf die Idee, dass du sie gerade erst gekauft hast.«

»Wir putzen sie zu Hause gleich wieder blank!«, tröstete Dora.

Diesmal gelangten sie ohne Probleme nach Hause. Es gab nicht einmal eine Kontrolle in der S-Bahn. Aber Dora wusste jetzt, dass sie beim Einkaufen im Westen vorsichtig sein musste.

Wie versprochen nahm Anneliese Claras neuen Mantel über das Wochenende mit nach Hause und nähte zwei neue Knöpfe an.

»Du bist ja eine echte Modedesignerin!« Staunend nahm ihn Dora am Montag vor der ersten Vorlesung in Empfang und betrachtete das Kleidungsstück mit ausgestreckten Armen. Anneliese hatte sämtliche Knöpfe mit einem passenden rot karierten Stoff bezogen, sodass nun gar nicht mehr auffiel, dass zwei davon eigentlich gar nicht dazugehörten. »Wie toll! Der Mantel ist viel origineller als vorher. Clara wird sich freuen. Vielen lieben Dank!«

Auch wenn der Ausflug zum Badstraßenmarkt schließlich noch ein gutes Ende genommen hatte, mit dem doppelten Stiefelkauf war Doras finanzielles Budget für Weihnachten endgültig aufgebraucht.

Clara war enttäuscht, als sie erfuhr, dass die lang ersehnte Heimfahrt auf den Stübeckhof ausfallen würde, weil nicht genug Geld für die Fahrkarten da war. »Der doofe Kontrolleur ist schuld«, schimpfte sie. Dora versprach ihr, dass es auch hier bei den Hagemanns sicher ein schönes Fest geben werde. Dabei war sie selbst traurig, sie hatte sich so darauf gefreut, endlich ihre Eltern, Marianne und die Zwillinge wiederzusehen. Aber es war nicht nur das. So gut sie bei den Hagemanns auch lebte, sicherlich komfortabler als in den Gesindekammern auf dem Stübeckhof, und so viel Spaß ihr vor allem die Vorlesungen bei Professor Paulitzer auch machten: Von Tag zu Tag hatte sie mehr das Gefühl, dass ein dichter grauer Schleier sie umhüllte und ihr manchmal beinahe die Luft zum Atmen nahm. Diese gähnend leeren Geschäfte überall, an denen die Leute trotzdem stundenlang anstanden. Diese kaputten Straßen, diese Häuserruinen, überall dieser schwarze Kohlenstaub in der Luft, der einen husten ließ. Erichs einsamer, verzweifelter Kampf gegen das ungerechte politische System, und nicht zuletzt die Hoffnungslosigkeit, was Curts Inhaftierung anbetraf, all das war eine unselige Mischung aus Verdruss und Kummer, die Dora in den Tagen vor Weihnachten mehr bedrückte, als sie sich eingestehen wollte. Könnte sie doch nur ein wenig durchschnaufen, die Eltern in die Arme nehmen, einen Spaziergang machen durch die winterkahlen Felder am Stübeckhof, im Stall nach den Tieren sehen, dieses vertraute Schnauben und Schnaufen der Kühe und Schafe und das Klirren der Ketten hören, den Geruch von Heu und Stroh einatmen ... Nie hätte Dora es für möglich gehalten, wie sehr sie das Landleben, dem sie doch gerade erst entflohen war, einmal vermissen würde. Hatte sie mit ihrem Umzug nach Ostberlin die richtige Entscheidung getroffen?

Ja, natürlich! Dora rief sich zur Vernunft. Sie durfte sich keinen falschen Sentimentalitäten hingeben. Es war keine Option, hier alles aufzugeben und reumütig nach Wielenstedt zurückzukehren, wenn sie ihren Traum erreichen und Tierärztin werden wollte. Sie musste weiter die Zähne zusammenbeißen und alle Widrigkeiten, die ihr hier in den Weg gelegt wurden, hinnehmen. Nur so konnte sie ihr Studium beenden. Und nur so hatte sie vielleicht noch eine Chance, Curt wiederzusehen.

18.

Der 21. Dezember war ein ungemütlicher, nasskalter Sonntag, immer wieder fegten Schneeregenschauer durch die Stadt. Doch im Festsaal der nach dem Krieg provisorisch wiederhergestellten Staatsoper Unter den Linden herrschte eine wohlige Atmosphäre. Bis auf den letzten Platz waren die Besucherränge an diesem Abend gefüllt mit geladenen Gästen. Offensichtlich hatten sich auch ein paar Neugierige hereingeschmuggelt, denn der Andrang war so groß, dass ein paar Leute, die zu spät gekommen waren, stehen mussten. Es schien, als wollten alle Ostberliner an diesem denkwürdigen Tag dabei sein.

Herrn Hagemann war es tatsächlich gelungen, auch für Dora eine Einladung zur feierlichen Einweihung der ersten Wohnungen an der Stalinallee zu ergattern. Sie hatte am Nachmittag lange vor dem Spiegel gestanden, um ihr Haar zu frisieren, hatte es hochgesteckt, dann wieder gelöst und sich dann doch entschlossen, die langen Locken mit einer Schildpattklammer im Nacken zusammenzustecken. Zur Feier des Tages hatte sie ihre beste Garderobe angezogen – ein dunkelblaues durchgeknöpftes Kleid mit schwingendem Rock – und sogar ein wenig Lippenstift aufgetragen. Nun saß sie neben Erich und den Hagemanns in Reihe drei, den Blick auf die Bühne gerichtet, wo ein üppig mit roten Nelken geschmücktes Rednerpult bereitstand. Dahinter waren in einer langen Reihe abwechselnd Fahnen der DDR und der Sowjetunion aufgestellt. An der Wand hing ein Plakat, von dem das überdimensionale Konterfei des sowjetischen Machthabers Stalin auf die Festgemeinschaft herablächelte. Es war eingerahmt von Spruchbändern: »Gruß und Dank allen Werktätigen der DDR! Eure großen Leistungen prägen das hohe Ansehen unserer Republik in der ganzen Welt!«, las Dora. Und daneben: »Unverbrüchliche Freundschaft mit den Völkern der Sowjetunion, den Pionieren im Kampf um Frieden und Sozialismus.« Am größten aber war die Aufschrift auf einem Banner, das die ganze Kopfseite des Festsaals einnahm: »Es lebe J.W. Stalin, der beste Freund des deutschen Volkes, der Bannerträger des Friedens und des Fortschritts in der ganzen Welt.«

Dora war es unbehaglich, zu sehen, wie kultisch, ja, beinahe gottgleich Stalin hier verehrt wurde. Wie war das möglich? Sie war doch nicht die Einzige, die sich nur zu gut daran erinnerte, wie die Deutschen vor einigen Jahren noch Adolf Hitler gehuldigt hatten. Und dabei hatten beide Männer so viel Elend über die Welt gebracht. Noch einmal sah Dora zu dem grinsenden, schnauzbärtigen Stalin auf. Dieser Mann hatte doch gewusst von all den Untaten der Rotarmisten bei ihrem Vormarsch gen Westen, von den unzähligen Vergewaltigungen, Plünderungen und Massakern an Kriegsgefangenen. Wieso wurde in der DDR nicht ein Wort der Kritik an ihm laut?

Von Doras skeptischen Gedanken war bei den anderen Menschen im Saal nichts zu spüren. Die Stimmung war prächtig. Es war der 73. Geburtstag des sowjetischen Staatschefs und der sollte an diesem Abend mit einem ganz besonderen Festakt gewürdigt werden: Der erste große Bauabschnitt der Stalinallee war fertig und heute würden die ersten 1148 Wohnungen an die neuen Mieter übergeben.

Der Opernsaal war erfüllt vom Geplauder und Gemurmel der vielen Zuschauer. Dora sah die vielen erwartungsfrohen Gesichter derjenigen, die in Kürze den Schlüssel zu ihrem neuen Zuhause in den Händen halten würden. Erich allerdings starrte mit missmutigem Blick vor sich hin.

»Und wir gehen leer aus«, knurrte er. »Dabei war ich mir so sicher, dass wir gleich in der ersten Runde eine Wohnung abbekommen. Ich habe wirklich was geleistet auf der Baustelle. Ich war so oft in unserer Brigade Tagessieger. Würde mich nicht wundern, wenn ich demnächst als Held der Arbeit ausgezeichnet werde. Für was? Für nix.«

Hetti, die neben ihm saß, strich ihm tröstend über den Arm. »Ich weiß, wie viel du geschafft hast«, flüsterte sie. »Du wirst sehen, beim nächsten Mal klappt es bestimmt. Wir müssen geduldig sein. Man hat sich nun mal auf diesen Verteilungsschlüssel festgelegt, und das ist doch auch ganz vernünftig. Es dürfen ja nicht alle Wohnungen nur an die Arbeiter gehen, ein paar hundert werden eben auch an Angestellte und an Angehörige der Intelligenz vergeben ...«

»Angehörige der Intelligenz«, stieß Erich aus. »Wenn ich das schon höre. Als wäre ich nicht intelligent!«

Hetti gab ihm einen Kuss auf die Wange. »Ach komm. Jetzt sei wieder lieb! Bitte verdirb den aufregenden Abend nicht! Was haltet ihr davon, wenn wir morgen alle miteinander zur Stalinallee fahren, uns die ganze Herrlichkeit ansehen und ein paar Weihnachtseinkäufe machen?«

»Das wäre fantastisch«, rief Dora.

»Pscht!«, zischte eine Frau in der Reihe hinter ihnen. »Ruhe bitte! Es geht los!«

Eine Blaskapelle betrat die Bühne und schmetterte die Melodie der Nationalhymne. Vorn im Publikum sangen ein paar Leute mit: »Auferstanden aus Ruinen und der Zukunft zugewandt …«

Dora reckte den Kopf, um einen Blick auf die illustren Gäste in der ersten Reihe zu erhaschen. Frau Hagemann hatte ihr die Namen vorhin genannt. Sie wusste, dass dort Oberbürgermeister Friedrich Ebert saß, der Sohn des ehemaligen Reichspräsidenten, an seiner Seite die Architekten des monumentalen Bauvorhabens sowie andere führende Männer der Partei. Den Kopf des Ministerpräsidenten Grotewohl konnte Dora allerdings nicht erkennen.

Die Musikeinlage war zu Ende und der Applaus ebbte ab, als der Bürgermeister an das Rednerpult trat.

»Meine Damen und Herren, welch gewaltige Kraft von der Baukunst ausgehen kann, das erleben wir gerade jetzt am Beispiel der Stalinallee in unserer Stadt. Getragen vom Willen der Werktätigen der Deutschen Demokratischen Republik wächst die Straße, die kürzlich noch in Ruinen lag, in kürzester Zeit zu einem prächtigen Boulevard, der sich mit seinen sowjetischen Vorbildern in Moskau, Leningrad und Nowosibirsk messen kann und um den uns die westliche Welt beneidet. Sie ist das steingewordene Zeichen unseres nationalen Selbstbehauptungswillens und des sozialistischen Aufbaus unserer Zeit …«

Dora hätte sich am liebsten die Ohren zugehalten. Wie falsch und hohl diese markigen Worte klangen. Wie konnte man von Erfolg und Fortschritt sprechen, wenn in den Geschäften die Regale leer und die Schaufenster öde waren. Darum beneidete die westliche Welt die DDR ganz sicher nicht.

Nachdem noch einige andere wichtige Männer ihre Vorträge gehalten hatten, trat eine Gruppe junger Pioniere auf, gekleidet in blaue Röcke oder Hosen, mit weißen Blusen und dem typischen blauen Halstuch. Ganz vorne stand Clara, mit einem breiten Grinsen im Gesicht, unübersehbar stolz, dass auch sie an diesem denkwürdigen Abend ihren Beitrag leisten durfte. Gemeinsam mit den anderen Kindern sang sie das Lied, das sie seit ihrer offiziellen Aufnahme bei den Jungpionieren vor einer Woche jeden Tag trällerte, wenn sie aus der Schule kam:

»Es wächst in Berlin, in Berlin an der Spree
ein Riese aus Stein in der Stalinallee.
Es ist ja kein Luftschloss, das kann es nicht sein
Und wächst doch bis hoch in den Himmel hinein.
Die Spatzen vom Alex, die pfeifen es laut,
hier wird unser neues Berlin aufgebaut …«

Mit gemischten Gefühlen betrachtete Dora ihre Ziehtochter, die da lächelnd inmitten all der anderen uniformierten Kinder stand und nach den Gesangseinlagen der Pioniere verlegen an ihrem blauen Halstuch zupfte. Clara sah glücklich aus. Sie war in eine Gemeinschaft aufgenommen worden, sie hatte in der fremden Stadt Freunde gefunden und war nicht mehr allein. Das war das Wichtigste und ließ Doras Unbehagen über den beinahe militärisch organisierten Auftritt der Kleinen in den Hintergrund treten.

Nach dem offiziellen Teil der Veranstaltung traf man sich im Foyer. Dort waren weiß eingedeckte Stehtische aufgebaut worden, Kellnerinnen in schwarzen Kleidern und gestärkten weißen Häubchen verteilten Getränke. Herr Hagemann sorgte dafür, dass es Sekt für alle gab und Zitronenlimonade für Clara.

»Zum Wohl, meine liebe Familie, auf einen bemerkenswerten Abend.«

Während sie an ihrem Glas nippte, ließ Dora ihre Blicke durch die Halle wandern, in der die Besucher dicht an dicht in Grüppchen zusammenstanden und plauderten. Sie entdeckte Herrn Jatzke neben dem Treppenaufgang, dessen dunkle Augen aufmerksam auf sie gerichtet waren. Sie fühlte sich wie mit einer Kamera beobachtet und sah schnell wieder weg.

Von der anderen Seite näherte sich Wally Schiller mit einem gut gefüllten Sektglas in der Hand, die mahagoniroten Löckchen frisch onduliert und wie immer in bester Laune plappernd. Zielgerichtet stürzte sie auf Frau Hagemann zu.

»Ach, meine Liebe, war das nicht ein bewegender Festakt? Bei jeder einzelnen Ansprache sind mir die Tränen der Rührung gekommen. So groß, so wunderbar! Man hätte den Geburtstag des großen Genossen Stalin nicht besser feiern können, nicht wahr? Und wie goldig unsere kleinen Pioniere gesungen haben!«

Sie drehte sich so schwungvoll zu Clara um, dass ihr Arm gegen den Tisch stieß und etwas Sekt aus ihrem Glas schwappte. Erschrocken sah sie, dass Doras Ärmel ein paar Tropfen abbekamen.

»Ach du liebe Zeit! Wie ungeschickt von mir. Ich bin untröstlich.«

»Nicht so schlimm«, sagte Dora, der bereits der Kopf schwirrte von dem Geschwätz der Frau. »Ich lass mir im Waschraum schnell etwas Wasser darüber laufen.«

Sie stellte ihr Glas ab und ging, erleichtert darüber, Wally Schiller und ihrem überspannten Gerede für einen Moment entkommen zu können. Deshalb ließ sie sich Zeit im Waschraum und zog sich auch noch kurz die Lippen nach. Als sie zurück ins Foyer kehrte, stand Herr Jatzke plötzlich neben ihr.

»Guten Abend, Fräulein Twardy. Wie schön, Sie zu sehen.«

Sie murmelte ebenfalls einen Gruß.

»Es wäre mir eine Freude, wenn Sie mir einen Augenblick Gesellschaft leisteten«, sagte er. »Darf ich Sie zu einem Glas Sekt einladen?«

Sein Blick war so durchdringend wie ein Nagel. Er ließ ihr keine andere Wahl.

»Aber natürlich«, sagte sie höflich und begleitete ihn zu dem nächsten freien Stehtisch. Herr Jatzke schnippte mit den Fingern, worauf eine der Kellnerinnen kam und zwei Sektgläser vor ihnen abstellte. Eines davon reichte er Dora.

»Zum Wohl!«

Sie nickte nur und trank einen winzigen Schluck, der kaum ihre Lippen benetzte.

»Hören Sie, Fräulein Twardy. Haben Sie sich schon Gedanken über eine weitere Zusammenarbeit mit unserem Ministerium gemacht? Wenn ich es richtig verstanden habe, besteht Ihrerseits ein großes Interesse daran, den Strafgefangenen Nummer 179 baldmöglichst wiederzusehen ...«

»Dieser Mann hat einen Namen«, sagte Dora, erschreckt über die Kaltherzigkeit, die aus seinen Worten klang. »Er heißt Curt von Thorau.«

Herrn Jatzkes Mundwinkel zuckten verächtlich. »Meinetwegen. Nennen Sie den Mann, wie Sie wollen. Aber das ist nicht das, worüber ich mit Ihnen reden wollte. Machen wir es kurz. Ich erwarte Informationen von Ihnen. Da ist schon lange nichts mehr gekommen, und die Spur in dem alten Keller hat sich bedauerlicherweise als kalt erwiesen. Also, wie sieht es aus? Ich nehme doch mal an, dass Sie Ihr Studium fortsetzen wollen?«

Dora wurde es unangenehm heiß bei seinen Worten.

»Ich ... ich habe in letzter Zeit nichts Verdächtiges beobachtet. Tut mir leid. Es ist ja nicht so, dass die Leute den ganzen Tag mit ihren regierungskritischen Plakaten herumwedeln.«

Herr Jatzke lachte auf, ein kurzes, bellendes Geräusch, das

für einen Augenblick eine Reihe gelblicher Zähne aufblitzen ließ. »Nein, natürlich nicht. Sehr witzig. Wenn es so einfach wäre, bräuchten wir keine Mitarbeiter wie Sie.«

»Mitarbeiter?«

»Inoffizielle Mitarbeiter, versteht sich. Sie müssen sich schon etwas einfallen lassen, wie Sie das Vertrauen dieser staatsfeindlichen Subjekte erhalten. Gerade bei Männern sollte das für Sie doch kein Problem sein. Sie sind eine Frau. Eine ausgesprochen attraktive Frau übrigens ...«

Dora ignorierte das Kompliment. Es kam ihr wie vergiftet vor. Seine Worte, seine Blicke, der ganze Mann gefiel ihr nicht. Sie bedauerte es jetzt, allein mit ihm zusammenzustehen, und sah sich nach Erich und Hetti um in der Hoffnung, die beiden auf ihre unangenehme Situation aufmerksam machen zu können. Doch die beiden waren in ein Gespräch mit anderen Gästen vertieft und beachteten Dora nicht.

Plötzlich lag Herrn Jatzkes rechte Hand auf ihrer, kühl und besitzergreifend. Sie zuckte zusammen. Er neigte sich ihr näher zu und senkte die Stimme, als er weitersprach. Sein Atem roch bitter nach dem Rauch vieler Zigaretten.

»Ich stelle fest, dass Sie beunruhigt sind, Fräulein Twardy. Aber dazu besteht kein Anlass. Ich bin Ihnen wohlgesinnt. Sie brauchen keine Angst vor mir zu haben.«

»Warum sollte ich?«

Dora zog ihre Hand weg und umschloss den Stiel des Sektglases mit beiden Händen.

Herr Jatzke holte eine Zigarettenschachtel aus der Tasche seines Sakkos und bot ihr eine an. Als sie ablehnte, nahm er eine heraus, zündete sie an und begann zu rauchen. Dann steckte er Zigaretten und Streichhölzer wieder weg.

»Ich mag Sie, Fräulein Twardy.« Er legte den Kopf in den Nacken, um den Zigarettenrauch langsam zur Decke aufsteigen zu lassen. »Vielleicht mag ich Sie gerade wegen Ihrer temperamentvollen, widerspenstigen Art. Mit langweiligen Frauen kann ich nichts anfangen. Und damit Sie sehen, dass ich es gut mit Ihnen meine, werde ich in Vorleistung gehen. Betrachten Sie es als mein persönliches Weihnachtsgeschenk.«

»Ein Geschenk? Von Ihnen?« Dora war verblüfft. Sie trank einen Schluck Sekt, nicht aus Genuss, sondern weil sie ihre Nervosität überspielen wollte. »Was für ein Geschenk?«

Er nahm einen tiefen Zug an seiner Zigarette, bevor er antwortete.

»Ich werde veranlassen, dass Sie in Kürze wieder ein Wagen abholt und zur Haftanstalt fährt. Die Details wird man Ihnen noch mitteilen. Vielleicht klappt es ja schon mit einem Besuch beim Strafgefangenen 179 am Weihnachtstag, ein Wiedersehen am Fest der Liebe ... Wie gefällt Ihnen das?«

Dora schluckte ungläubig. Großes Unbehagen über den Mann, der ihr gegenüberstand, und aufgeregte Vorfreude auf das in Aussicht gestellte Treffen mit Curt rangen in ihr. »Und was muss ich dafür tun?«, stieß sie statt einer Antwort hervor.

»Vorerst nichts, verehrtes Fräulein.«

»Nichts? Gar nichts? Wie darf ich das verstehen?«

»So wie ich es sage. Die einzige Bedingung ist, dass Sie dieses Gespräch hier vertraulich behandeln. Und dass Sie an der Uni künftig ein bisschen besser die Ohren aufsperren. Jetzt, da ich mich so entgegenkommend gezeigt habe, könnten Sie sich ruhig etwas mehr für unsere Sache engagieren. Ich zähle auf Sie.«

• • •

Trotz ihres Unbehagens über Herrn Jatzke war die Hoffnung, Curt bald wieder besuchen zu können, für Dora das schönste Weihnachtsgeschenk. Natürlich freute sie sich auch über das Paket, das ihr die Eltern aus Wielenstedt geschickt hatten und das bis obenhin mit Leckereien gefüllt war: Pfundweise Weihnachtsplätzchen lagen darin, nach alten ostpreußischen Rezepten selbst gebacken, eine Tafel Schokolade, Marzipankartoffeln und sogar drei Orangen. Ihre Mutter hatte einen Brief dazugesteckt.

Liebe Dora, liebe Clara,
wie schade, dass wir Weihnachten in diesem Jahr nicht miteinander feiern können. Wir hatten uns so sehr darauf gefreut. Es ist so still im ganzen Haus ohne unsere kleine Clara, aber wir sind glücklich zu hören, dass es Euch allen gut geht im fernen Berlin. Die Zwillinge bereiten sich fleißig auf ihre Abschlussprüfungen in der Schule vor, sogar unser Herumtreiber Arno steckt seinen Kopf immer öfter hinter die Bücher. Manchmal habe ich den Verdacht, ihm ist es ein wenig langweilig ohne Clärchen, von der er sich immer so gern hat vom Lernen ablenken lassen. Marianne ist viel unterwegs. Sie hat versprochen, dass sie uns den Mann ihres Herzens nach den Feiertagen vorstellen wird. Vater und ich sind sehr gespannt, wie ihr euch denken könnt. Nun aber wünschen wir euch von Herzen ein schönes Weihnachtsfest und für das neue Jahr 1953 alles Glück der Welt.

Die ganze Familie hatte Vera Twardys Brief unterschrieben, und jeder hatte noch einen kleinen persönlichen Gruß mitgeschickt. Dora blinzelte gerührt, als sie die lieben Botschaften ihrer Eltern und Geschwister las. Wie gerne wäre sie jetzt mit ihnen zusammen und würde die karge Kammer unter dem Dach des Stübeckhofes mit Strohsternen und Tannenzweigen weihnachtlich dekorieren wie in den vergangenen Jahren. Im nächsten Jahr, machte sich Dora Mut, im nächsten Jahr werden wir wieder alle zusammen feiern.

Der große Weihnachtsbaum, den Erich und Herr Hagemann im Wohnzimmer aufstellten und aufs Prächtigste schmückten, tröstete Dora ein wenig über die verpasste Reise hinweg.

»Wir tun das für Sie und vor allem für die kleine Clara«, erklärte Herr Hagemann, nachdem er auch die letzte gläserne Kugel in die Tannenzweige gehängt hatte. »Wir leben hier im realen Sozialismus, da haben wir für diesen Quatsch mit Christkind, Engelchen und Weihnachtsmann ja eigentlich nicht viel übrig. Aber Ihre Kleine soll bei uns ihren Spaß haben ...«

Dafür war Dora ihm sehr dankbar.

Auch der Duft aus der Küche erfüllte sie mit Vorfreude. Dort brutzelte die Festtagsgans, die Herr Hagemann über irgendwelche vertraulichen Kontakte herangeschafft hatte, im Ofen vor sich hin. Clara war seit Tagen damit beschäftigt, kleine Geschenke für alle zu basteln und dabei gedankenverloren »Ihr Kinderlein kommet« und »O Tannenbaum« vor sich hin zu summen. Sowenig die Hagemanns damit auch anfangen konnten: Es lag eine stille Weihnachtsfreude über der Villa in Niederschönhausen.

Von Elsbeth war ein dicker Brief aus Argentinien gekommen, den ihr die Eltern aus Wielenstedt nachgeschickt hatten, weil Dora es bis jetzt versäumt hatte, der Freundin ihre neue Adresse in Berlin mitzuteilen. Wie jedes Mal, wenn sie ihre Zeilen las, bedauerte Dora, dass sie ihr so selten schrieb, und vermisste ihre Freundin aus Kindertagen sehr. Was Letzteres betraf, schien es Elsbeth genauso zu gehen.

»So gut wir es hier auch haben«, schrieb sie. »Gerade in der Weihnachtszeit fehlt mir unser Leben in Deutschland sehr, der Schnee, der Gänsebraten, die alten Freunde. Ich sehne mich so sehr danach, dich endlich wiederzusehen, liebe Dora. Aber die weite Reise über den Atlantik ist für uns im Moment einfach unbezahlbar. Immerhin legen wir jeden Monat ein paar Pesos dafür zur Seite. Spätestens wenn ihr heiratet, du und Curt, dann kommen wir auf jeden Fall zurück nach Deutschland ...«

Mit einem tiefen Seufzer faltete Dora Elsbeths Brief zusammen. Sie war froh, dass auch sie ihrer Freundin – trotz des Trubels der Vorweihnachtszeit – endlich wieder einmal einen ausführlichen Bericht geschickt hatte. Es gab ja so vieles zu erzählen! Aber offenbar hatte sich die Post unterwegs überschnitten. Als Elsbeth ihren Brief schrieb, wusste sie weder, dass Dora tatsächlich nach Berlin gezogen war, noch, dass Curt im Gefängnis saß.

Am frühen Morgen des 24. Dezembers klingelte ein Bote und brachte einen Eilbrief für Dora. Sie ahnte, welche Information der Umschlag enthielt und riss ihn noch im Nachthemd auf. Sie wurde nicht enttäuscht:

»29. Dezember 1952, 14 Uhr, vor der Deutschen Sporthalle an der Stalinallee.«

Bis zuletzt war sie sich nicht sicher gewesen, ob Herr Jatzke sein Wort halten würde. Endlich hatte sie Gewissheit. Sie spürte ihren Pulsschlag. Schon bald würde sie Curt wiedersehen.

19.

Dora genoss die freien Tage über Weihnachten. Es tat ihr gut, für eine Weile die Skripte und Fachbücher im Regal zu lassen und viel Zeit für Clara zu haben. Gemeinsam spielten sie mit den Kasperlepuppen, die Hetti ihr geschenkt hatte, und machten Brettspiele mit den anderen, während der Duft von Apfelpunsch durchs Haus zog, den Frau Hagemann in der Küche anrührte. Nach den Feiertagen erfüllte Dora dem Mädchen einen lang gehegten Wunsch und sie gingen ins Kino. In den Berolina-Lichtspielen an der Prenzlauer Allee sahen sie sich den Märchenfilm *Das kalte Herz* an. Der Film beeindruckte die beiden mit seiner Tricktechnik und tollen Masken und Kostümen, doch er war erheblich düsterer und schauriger, als Dora es erwartet hatte. Clara ließ ihre Hand während der ganzen Vorführung nicht los und an den spannendsten Stellen verbarg sie das Gesicht an Doras Schulter. An diesem Abend kroch Clara zu ihr ins Bett, was sie schon seit Jahren nicht mehr getan hatte.

So ausgefüllt ihre Tage auch waren, zu keinem Moment vergaß Dora den anstehenden Besuch bei Curt im Gefängnis und sie zählte die Stunden bis dahin. Es fiel ihr schwer, Clara nichts davon zu sagen. Aber Herr Jatzke hatte ihr zu verstehen gegeben, dass diese Fahrten geheim bleiben mussten, und sie durfte nicht riskieren, dass Clara in der Schule oder im Hort versehentlich etwas davon ausplauderte. Das Mädchen wusste mittlerweile, dass Curt inhaftiert worden war. Damit sich Clara keine Sorgen machte, hatte Dora von einem Missverständnis gesprochen und sich zuversichtlich gegeben, dass ihr Vater gewiss bald wieder in Freiheit sein werde. Clara hatte verwundert genickt.

»Und wann werde ich ihn endlich kennenlernen?«

»Ich weiß es nicht, Clara. Aber du kannst sicher sein, dass er sich schon sehr darauf freut.«

Mehr konnte sie ihr im Moment nicht versprechen.

Mit der Notlüge, dass sie mit Freunden zu einem Kaffeekränzchen verabredet sei, brach Dora am Montag nach Weihnachten gleich nach dem Mittagessen auf.

Sie hatte sich ihre Route auf dem Stadtplan zuvor genau angesehen und fand sich im Netz der Schnellbahnen rasch zurecht, obwohl sie auf dem Weg zur Deutschen Sporthalle ein paarmal umsteigen musste. Als sie am Strausberger Platz vom U-Bahnhof heraufkam, stand der graue Moskwitsch mit laufendem Motor direkt vor dem Treppenaufgang des monumentalen Gebäudes mit dem turmhohen Säuleneingang, das erst vor knapp eineinhalb Jahren als erstes großes Bauwerk an der Prachtmeile errichtet worden war. Am Steuer saß derselbe Fahrer, auch den Mann mit dem Hut auf dem Beifahrersitz erkannte Dora sofort wieder. Wortlos ließ er sie einsteigen, und augenblicklich rollte das Auto los. Ohne mit der Wimper zu zucken, zog Dora die blickdichte Pilotenbrille auf und ließ sich blind durch die Stadt chauffieren. Derselbe Gefängnishof, derselbe Schalter, an dem sie ihre Handtasche und ihren Mantel abgeben musste, dieselben langen kahlen Gänge im Inneren des Gebäudes, derselbe russische Aufseher mit der roten Brandnarbe im Gesicht. Doch der Besuchsraum, in den man sie diesmal gebracht hatte, war ein anderer als das fensterlose Kellerverlies ihres vorigen Treffens. Zwar war auch er kahl bis auf einen Holztisch mit zwei Stühlen auf jeder Seite, aber er hatte einen kleinen Fensterschlitz hoch oben unter der Decke, durch den ein wenig trübes Dezemberlicht in den Raum sickerte. Es erschien Dora wie ein Hoffnungsschimmer.

Sie saß am Tisch und wartete, während der russische Wachmann mit unbewegter Miene an der Wand lehnte, und wieder erschien es ihr wie eine halbe Ewigkeit, bis endlich die Tür aufging und zwei Männer Curt an den Tisch führten, wo sie diesmal seine Fußfesseln an einem Stuhlbein fixierten. So elend er auch aussah, bei seinem Anblick flatterte Doras Herz vor Freude.

Über Curts Gesicht glitt ein schwaches Lächeln. »Frohe Weihnachten, Liebste. Obwohl die Feiertage schon vorbei sind, oder?«

Er räusperte sich. Seine Stimme klang so belegt, als hätte er seit Wochen nicht mehr gesprochen.

»Vor fünf Tagen war Heiligabend, ja.«

Mehr noch als bei ihrer letzten Begegnung sorgte sie sich um ihn. War er nicht noch blasser und magerer als damals? Es drängte sie, über seine eingefallenen Wangen zu streicheln, doch sie wollte auf keinen Fall denselben Fehler machen wie bei ihrem vorigen Besuch. Sie schob sich die Hände unter die Oberschenkel und presste ihre Beine darauf, um ihn nicht wieder aus Versehen zu berühren.

»Es ist schwer, hier drin die Tage zu zählen. Die Zeit vergeht anders als draußen, irgendwie zähflüssiger. Man verliert schnell das Gefühl für Tage und Wochen. Aber jetzt bin ich glücklich, dich zu sehen.«

»Und ich erst, Curt. Für mich ist jetzt erst wirklich Weihnachten. Aber ich durfte dir leider kein Geschenk mitbringen.«

»Das macht doch nichts. Dich zu sehen ist mir Geschenk genug. Wie geht es euch?«

Dora erzählte von sich und von Clara, von ihrem Studium, von den Schwierigkeiten, die sie hatte, vernünftige Kleider für das Mädchen zu kaufen, von dem Fernsehgerät, das die Hagemanns neuerdings besaßen, doch alles, was sie sagte, kam ihr so belanglos vor. Für Curt musste es erscheinen, als berichtete ein Außerirdischer von seinem Leben auf einem fernen Planeten. Für ihn hatte das alles keine Bedeutung.

»Und du?«, fragte sie schließlich. »Wie geht es dir?«

»Keine besonderen Vorkommnisse. Es passiert nicht viel in meinem Leben, wie du dir denken kannst. Ich habe mir in den vergangenen Monaten Schachfiguren aus kleinen Seifestücken geknetet, in der vorigen Woche habe ich es endlich geschafft, die letzte Figur zu basteln, die mir noch fehlte. Die weiße Dame. Und jetzt kann ich gegen mich selbst spielen. Es ist nicht besonders vergnüglich, aber es hat den Vorteil, dass man immer gewinnt.« Er grinste sarkastisch. »Und besser, als den ganzen Tag auf die Wände zu starren, ist es allemal.«

Dora stiegen die Tränen in die Augen. »Was kann ich nur tun, Curt?«

»Ich freue mich, dass du hier bist, Dora. Bitte wein doch nicht. Es ist mir unerträglich, dich weinen zu sehen und dich nicht in den Arm nehmen zu dürfen.«

Sie zog ein Tuch aus der Rocktasche und putzte sich die Nase.

»Wir sollten hier nicht sitzen, Curt. Wir sollten draußen irgendwo spazieren gehen, uns in den Armen halten und Zukunftspläne schmieden. Für dich und mich und Clara. Wir sollten glücklich sein. Wir sollten lachen und tanzen. Ach, ich ertrage es keinen Tag länger, dich hier so zu sehen.«

Statt zu antworten, wurde Curt von einem Hustenanfall geschüttelt.

»Was ist los? Bist du krank?« Reflexartig schnellte ihre rechte

Hand vor und griff nach seiner, ließ sie aber sofort wieder los, bevor der Aufseher die Berührung bemerkt hatte. »Curt, das klingt nicht gut. Hat ein Arzt dich untersucht?«

»Nur eine Erkältung, Dora. Die Heizung in den Zellen ist aus und meine Bettdecke nicht besonders dick. Mach dir keine Sorgen, diesen Husten hatte ich hier drin bislang in jedem Winter und wie du siehst, habe ich ihn bis jetzt immer gut überstanden.« Er versuchte zu lächeln. Noch einmal hustete er, heftiger als zuvor. Schweißperlen liefen über seine Stirn.

»Du hast ja Fieber! Curt, du brauchst Hilfe. Bekommst du Medikamente?«

»Ach Dora«, murmelte er nur.

Wie gern hätte sie ihm den Puls gefühlt, ihm den Schweiß von der Stirn gewischt, ihre Arme um ihn geschlungen und ihn an sich gedrückt, um ihm zu zeigen, dass sie zu ihm hielt, und um ihm etwas von ihrer Kraft und ihrer Gesundheit abzugeben. Wenn sie doch nur etwas tun könnte, um ihm ein wenig Hoffnung, eine kleine Freude zu machen! Nur eine einzige Berührung. Wie konnte es so unmenschliche Vorschriften geben, die jeden Körperkontakt mit dem Gefangenen untersagten?

Ein Gedanke durchfuhr Dora. Sie sah zu dem russischen Wachmann hinüber, der sich jetzt damit beschäftigte, mit einem Finger den Dreck unter seinem Daumennagel herauszukratzen. Seine Haare waren strähnig, seine Schuhe ausgetreten. Überhaupt machte er nicht den Eindruck, als lebte er in Wohlstand und Überfluss. Sie überlegte. Es war einen Versuch wert. Schlimmstenfalls würde er sie umgehend vor die Tür setzen. Aber sie musste es probieren. Es war die einzige Chance. Dora stand auf und begleitet von Curts fragenden Blicken trat sie auf den Aufseher zu. Er hob den Kopf. Misstrauisch sah er sie an. »Was wollen?«

Dora schob einen Ärmel hoch und löste die Armbanduhr von ihrem Handgelenk.

»Was hast du vor?«, fragte Curt leise.

Dora legte sich die Uhr auf die flache Hand und hielt sie dem Aufseher hin. Sie straffte ihre Finger, damit sie nicht zitterten. Die Armbanduhr war kein besonders kostbares Stück, sie blieb manchmal stehen, egal, ob man sie regelmäßig aufzog oder nicht. Aber sie war hübsch, ein silbriges Gehäuse mit weißem Zifferblatt an einem schwarzen Lederarmband, die Spitzen der Zeiger leuchteten grünlich, wenn es dunkel war. Christel hatte ihr die Uhr vor ein paar Jahren zum Geburtstag geschenkt.

»Was wollen?«, wiederholte der russische Aufseher knurrig, während er auf die Uhr starrte. Diesen Blick kannte Dora. Er erinnerte sie an ihre erste Begegnung mit einem russischen Soldaten Anfang 1945. Noch heute hörte sie manchmal in ihren Träumen die rauen Stimmen der Männer, mit denen sie damals die vor Angst schlotternden Flüchtlinge aufgefordert hatten, ihnen ihren Schmuck auszuhändigen: »Urri! Urri!« Die Uhren hatten die russischen Soldaten am liebsten genommen, und sie trugen häufig mehrere an ihren Handgelenken. Für eine Uhr, so hoffte Dora, würde dieser Mann ihr diesen einen großen Gefallen tun.

Sie antwortete ihm leise, damit ihre Stimme nicht durch die geschlossene Tür nach draußen klang.

»Diese Uhr gehört Ihnen, wenn Sie möchten. Ich schenke Sie Ihnen. Unter der Bedingung, dass Sie mir erlauben, den Gefangenen zu umarmen.«

»Ist verboten!«, beschied ihr der Aufseher kurz angebunden.

»Das weiß ich. Aber dieser Mann da ist krank. Vor Kälte und vor Einsamkeit. Ich weiß nicht, wann ich ihn wiedersehen darf. Ich möchte nur, dass wir einander in die Arme nehmen dürfen. Es ist mein einziger Wunsch. Bitte sehen Sie weg. Sie bekommen meine Uhr, wenn Sie für ein paar Minuten die Vorschriften vergessen.«

Sie hörte, wie Curt ein leises banges Stöhnen von sich gab. »Dora …«, flüsterte er mahnend, während der Wachmann auf die Uhr glotzte, die noch immer in ihrer Hand lag.

»Bitte schön. Für Ihre Frau. Für Ihre Freundin. Ein Weihnachtsgeschenk. In Russland ist doch erst am 6. Januar Weihnachten.«

Noch einen Augenblick zögerte der Mann. Dann endlich griff er nach der Uhr, hielt sie sich an das Ohr, um zu hören, ob sie auch tickte, und ließ sie schließlich in seiner Hosentasche verschwinden. Er stieß ein russisches Wort aus, das Dora nicht verstand, und wies mit einem Kopfnicken auf Curt. »Gehen!«

»Danke.«

Im nächsten Augenblick lagen Dora und Curt einander in den Armen.

»Du bist verrückt, Dora«, flüsterte er ihr ins Ohr. »Du bist der verrückteste Mensch, den ich kenne! Was hast du getan? Oh, ich liebe dich. Genau deshalb liebe ich dich. Ich zähle jeden einzelnen Tag, bis …«

Ein weiterer Hustenanfall schüttelte ihn.

Erschrocken löste sich Dora aus der Umarmung und nahm Curts Hand, um seinen Pulsschlag zu prüfen. Er ging rasch und unregelmäßig. Seine Hände waren so schweißnass wie seine Stirn. Er schlotterte am ganzen Körper.

»Du hast Schüttelfrost. Das ist keine leichte Erkältung, Curt. Ich mache mir wirklich Sorgen. Was ist, wenn du eine Lungenentzündung bekommst? Es muss ein Arzt nach dir sehen. Du musst in die Krankenstation.«

»Hier gibt es keine Krankenstation. Niemanden hier interessiert der Gesundheitszustand der Gefangenen, glaub mir.«

»Aber – das darf nicht sein. Ich werde mich darum kümmern, Curt. Du musst gesund werden. So hohes Fieber, das ist lebensgefährlich. Du darfst nicht …« Sie sprach das schreckliche Wort nicht aus. »Clara braucht dich«, sagte sie stattdessen.

»Ich weiß, Dora.« Er strich ihr traurig über die Wangen. »Immerhin darf ich dich jetzt im Arm halten, du wunderbare Frau. Das ist besser als jede Medizin.«

Sie saß auf seinem Schoß und schmiegte sich eng an ihn, obwohl Curts Körper vom Fieber glühte. Die Berührung war so kostbar, Dora erschien sie wie eine Verheißung all dessen, was sie erwartete, wenn Curt seine Freiheit zurückerlangt hatte. Sie spürte, wie es bei jedem Atemzug in seinem Brustkorb rasselte, und strich ihm sorgenvoll über den Rücken.

»Du musst hier raus, Curt. Gibt es denn wirklich gar keine Möglichkeit?« Sie biss die Zähne zusammen, um nicht zu weinen.

Behutsam nahm er ihren Kopf in beide Hände und sah sie an. Es lag ein Ausdruck tiefster Niedergeschlagenheit in seinen Augen, der ihr für einen Moment den Atem raubte. Lag es am Fieber? Oder an der Verzweiflung über seine hoffnungslose Lage? Sein Blick war so bitter, dass sie kein tröstendes Wort über die Lippen brachte.

»Was hast du getan, damit sie dich zu mir lassen?«, fragte er schließlich mit rauer Stimme.

Dora schluckte. Es fiel ihr schwer zu antworten. »Sie wollen, dass ich die Leute verpfeife, die in der Uni und sonst wo regierungskritische Flugblätter aushängen.«

Curt nickte. »Ach Dora. So etwas Ähnliches habe ich mir schon gedacht. Wie können Sie dir so etwas antun? Und? Wen hast du an sie ausgeliefert?«

»Niemanden! Nichts, was der Stasi von Nutzen sein kann.« Dora schlang ihre Arme fester um ihn und legte ihren Mund direkt an Curts Ohr, damit der Wachmann auch wirklich nichts hören konnte. Dann erzählte sie ihm von Erichs Flugblattaktionen und wie sie das Ministerium für Staatssicherheit mit dem Hinweis auf den verlassenen Keller zunächst hatte überzeugen können. Sie berichtete auch von Herrn Jatzke und seinem merkwürdigen Weihnachtsangebot, das ihr diesen Besuch möglich gemacht hatte.

Curt runzelte die Stirn. »Das hört sich nicht gut an«, murmelte er.

»Ja. Ich weiß. Manchmal macht mir das Leben hier richtig Angst. Aber ich will die Hoffnung nicht verlieren. Erich jedenfalls lässt sich nicht unterkriegen. Er ist mutig, und ich bewundere ihn dafür. Ganz sicher würde sich etwas zum Besseren ändern in diesem Staat, wenn es mehr Leute gäbe wie Erich. Und die gibt es. Stell dir vor, mein Bruder trifft ...«

»Pst! Bitte sprich nicht weiter.« Curt legte für einen Moment sanft einen Finger über ihre Lippen. »Ich will das gar nicht wissen.«

»Was ist los? Warum bist du plötzlich so beunruhigt?«

»Glaub mir, ist besser, wenn du mir nicht zu viel erzählst von dem, was ihr hinter dem Rücken der Staatssicherheit tut.«

Dora richtete sich auf und sah ihn fragend an. »Aber ich weiß doch, dass ich dir vertrauen kann.«

»Du verstehst es nicht. Die Stasi macht keine Weihnachtsgeschenke. Jedenfalls keines ohne Hintergedanken.«

»Wie meinst du das?«

Sein Blick wurde hart. »Denkst du wirklich, dieser Mann vom Ministerium hat dich aus reiner Freundlichkeit zu mir gelassen?« Er stieß ein bitteres Lachen aus. »Nein, Dora, damit versuchen sie nur, dich hinters Licht zu führen. Sie setzen natürlich darauf, dass du mit mir redest. Dass du mir die Wahrheit erzählst über alles, was du über Erichs Aktionen oder die Pläne von sonstigen Regimekritikern weißt. Gerade, weil sie wissen, dass du Vertrauen zu mir hast.«

»Aber wir würden doch vor dem Wachmann nicht so leise reden, wenn ich ihn nicht mit meiner Uhr bestochen hätte. Es ist doch eigentlich verboten zu flüstern, und der Wachmann soll eigentlich unser Gespräch protokollieren. Wie kann die Stasi da erwarten, dass ich dir geheime Informationen anvertraue?«

»Durch versteckte Formulierungen, die nur wir zwei verstehen? Durch Gesten? Was weiß ich. Aber glaub mir, Dora, diese Leute werden versuchen, alles aus mir herauszupressen, was ich von dir erfahren habe. Je weniger du mir also erzählst, desto besser. Denn was ich nicht weiß, das können sie aus mir auch nicht herausbekommen, ganz gleich, was sie sich dafür einfallen lassen ...«

Er sprach nicht weiter. Der Blick, mit dem er sie ansah, ließ Dora frösteln.

»Curt!«, rief sie leise. »Was machen die hier mit dir?«

Seine Antwort war kaum zu verstehen: »Schon gut, Dora, vergiss, was ich gesagt habe.«

Weiter sprach er nicht, weil er wieder von einem heftigen Hustenanfall geschüttelt wurde, der gar nicht mehr aufhören wollte. Dora strich ihm über den Rücken, aber er hustete weiter. Tränen der Verzweiflung liefen über ihre Wangen.

Aus den Augenwinkeln nahm sie wahr, wie der Aufseher sich bewegte. Mit wenigen Schritten kam er auf sie zu. Dora sah sich um und schlang ihre Arme enger um Curt. »Nein, noch nicht! Die Besuchszeit ist noch nicht um. Bringen Sie ihn noch nicht in die Zelle zurück. Sie haben doch meine Uhr. Bitte lassen Sie uns noch ein paar Minuten!« Sie krallte ihre Hände in die kratzigen Ärmel von Curts Gefangenenkleidung, doch der Russe schob sie wortlos zur Seite. Aus der Tasche seiner Uniformjacke zog er eine kleine flache Flasche, die etwa noch zur Hälfte mit einer klaren Flüssigkeit gefüllt war.

»Ist Wodka«, sagte er zu Curt. »Ist russische Medizin für alles. Aber lassen nicht erwischen!«

Mit diesen Worten ließ er die Flasche in Curts Hosentasche verschwinden.

Curts schlechter Gesundheitszustand ließ Dora keine Ruhe. Gleich nachdem sie heimgekommen war, ging sie zu Herrn Hagemann ins Arbeitszimmer und bat ihn darum, sein Telefon benutzen zu dürfen.

»Aber selbstverständlich«, antwortete er. »Wollen Sie mit Ihrer Familie in Wielenstedt sprechen? Ich hoffe, es ist nichts Schlimmes passiert?«

»Nein, meinen Eltern und meinen Geschwistern geht es gut. Aber ich ... ich muss dringend Herrn Jatzke sprechen. Bitte. Sie haben doch ganz sicher eine Telefonnummer von ihm.«

Herr Hagemann musterte sie stirnrunzelnd, ohne etwas zu sagen.

»Bitte«, wiederholte Dora. »Es ist dringend. Nur ganz kurz.«

»Nun gut.« Er nickte verwundert. »Wenn es Ihnen so wichtig ist, dann werde ich Ihnen den Kontakt mit Herrn Jatzke ermöglichen.«

Er blätterte in einem in schwarzes Leder gebundenen Telefonregister, das neben dem Apparat auf dem Tisch lag. Dann wählte er eine Nummer.

»Verzeihen Sie die Störung, Genosse Jatzke, das Fräulein Twardy steht ganz aufgelöst bei mir. Sie möchte Sie unbedingt sprechen ... Ja, selbstverständlich ist mir bewusst, dass es im Ministerium keine telefonische Beratungsstelle gibt ... Jawohl. Aber vielleicht können Sie in diesem Fall ... Ja, ich weiß, aber vielleicht können Sie eine Ausnahme machen und sich kurz anhören, worum es geht? ... Ja, selbstverständlich. Danke, Genosse Jatzke.«

Er reichte Dora den Hörer.

»Wäre es möglich, dass Sie mich einen Moment allein lassen?«, flüsterte Dora Herrn Hagemann zu, die Hand über die Telefonmuschel gelegt. »Es ist vertraulich.«

Er zögerte kurz, verblüfft wanderte sein Blick zwischen Dora und dem Telefonhörer in ihrer Hand hin und her, dann stand er auf und verließ kopfschüttelnd sein Arbeitszimmer.

»Gute Tag, Herr Jatzke«, sagte Dora, nachdem die Tür hinter Herrn Hagemann ins Schloss gefallen war.

»Nun, was gibt es so Wichtiges?« Herr Jatzke sprach sie ohne Gruß an. »Zwei Minuten. Ich habe gleich eine Besprechung.«

»Ich war gestern bei Herrn von Thorau, und es geht ihm schlecht.« Dora unterdrückte ein Schluchzen. »Ich habe den Eindruck, die Aufseher wissen nicht, wie krank der Gefangene ist. Er hat hohes Fieber. Er braucht einen Arzt. Sie müssen dafür sorgen, dass ein Arzt zu ihm kommt. Schnell!«

»Hören Sie, ich habe jetzt keine Zeit, mich um den Gefangenen zu kümmern. Wir reden im neuen Jahr darüber.«

»Im neuen Jahr? Herr Jatzke, bis dahin sind es noch drei lange Tage.«

»Eher geht es nicht.« Dora hörte durch den Telefonhörer das Rascheln von Papier. Offenbar blätterte er in seinem Terminkalender. »Kommen Sie noch einmal ins *Café Margot*. Am Freitag, den zweiten Januar, um 17 Uhr 30.«

»Ja.« Es schien ihr zwar noch eine Ewigkeit bis dahin, aber es hörte sich nicht so an, als hätte sie eine Wahlmöglichkeit. »Ich werde da sein.«

»Also dann.« Es klickte in der Leitung.

20.

Bei aller Enttäuschung darüber, vorerst nichts für Curt tun zu können, freute sich Dora doch auf das anstehende Silvesterfest bei Günther und Frajo. Es würde sie für ein paar Stunden von ihren Sorgen ablenken. Erich, Hetti und deren Eltern wollten den Abend zusammen mit Clara zu Hause verbringen. Sie hatten dem Mädchen versprochen, dass sie beim Bleigießen mitmachen dürfe, um ihre Zukunft im neuen Jahr vorherzusehen. Clara kannte diesen Brauch noch nicht und war schon seit Tagen gespannt darauf.

»Wirfst du auch ein Lot für mich ins Wasser?«, fragte Dora, als sie sich am Abend mit einem Küsschen von ihr verabschiedete.

»Aber natürlich, hoffentlich fische ich eine gute Figur heraus.«

»Du zeigst mir gleich morgen früh, wie das Bleigießen ausgegangen ist, damit wir wissen, was uns im neuen Jahr erwartet.«

Natürlich glaubte Dora nicht an dieses Spektakel, aber sie war erleichtert, dass Clara dem ersten Silvesterabend, den sie ohne Dora verbrachte, vergnügt entgegenblickte.

Günther und Frajo teilten sich eine Wohnung im vierten Stock eines Wohn- und Geschäftsgebäudes in der Westberliner Uhlandstraße. Soweit Dora wusste, gehörte das Haus einem Verwandten von Günther, der die beiden dort zu einem bescheidenen Mietpreis wohnen ließ, doch sie selbst war noch nie dort gewesen. Nun war sie neugierig zu sehen, wie die beiden mit ihrer Männerwirtschaft zurechtkamen.

Es war ein frostiger Abend, schon den ganzen Tag lang hatte es immer wieder geschneit, und Dora glitt mit ihren dünnen Schuhen bei jedem Schritt auf dem festgetretenen Schnee aus, der die Gehwege bedeckte. Sie hatte beim Umsteigen an einem Kiosk am Bahnhof Zoologischer Garten noch einen Blumenstrauß für Günther und Frajo besorgt, ein Bund knallrote Tulpen, den ihr die Verkäuferin gegen die Kälte in reichlich Zeitungspapier eigewickelt hatte. Nun war sie spät dran und froh, als sie endlich die gesuchte Hausnummer erreichte.

Als Dora die Haustür öffnete, schallte bereits muntere Partymusik durch das flaschengrün gekachelte Treppenhaus. Irgendwo in einer der oberen Wohnungen lief ein Schallplattenspieler in voller Lautstärke. Dora erkannte diesen bekannten Schlager von Gerhard Wendland, in dem die Beine einer schönen Spanierin besungen wurden. Doch die wohlklingende Tenorstimme des Sängers wurde beinahe übertönt vom Geschrei und Gejohle vieler Partygäste, die den Refrain des Liedes ausgelassen mitgrölten: »Was erfüllt sie so mit Leidenschaft, ja, wer hat die geheime Zauberkraft, was zieht die Männer so mächtig an wie ein Magnet? Das machen nur die Beine von Dolores …«

Dora nahm zwei Stufen auf einmal, um schneller hinaufzukommen. Die Stimmung auf der Silvesterfeier schien bereits bestens zu sein. Durch die angelehnte Wohnungstür trat sie ein, Zigarettenqualm und Alkoholdunst schlugen ihr entgegen. Schon im Eingangsbereich standen die Gäste eng gedrängt und wippten im Takt der Musik, während in den Gläsern, die sie in den Händen hielten, die Getränke schwappten. Der Lärm in der Wohnung war ohrenbetäubend.

Dora warf ihren Mantel zu den vielen anderen über eine Stuhllehne und drückte den Blumenstrauß, den sie für Günther und Frajo gekauft hatte, vorsichtig an sich, damit er nicht zu Schaden kam, während sie sich an den Leuten vorbeischlängelte. Sie fand Günther in der Küche, wo er – umringt von lachenden, feiernden jungen Leuten – dabei war, eine Sektflasche zu öffnen. Mit lautem Knall schoss der Korken gegen die Zimmerdecke und der Sekt floss sprudelnd in eine große Glasschale, in der klein geschnittene Früchte in einer orangefarbenen Flüssigkeit schwammen.

»Dora! Herzlich willkommen, schön, dass du da bist. Komm her. Du musst unsere Pfirsichbowle probieren, beste Dosenfrüchte, frisch aufgegossen. Ich sage dir, du hast nie etwas Besseres getrunken. Oh – und vielen Dank für die Blumen.«

Einer der umstehenden Gäste nahm Dora den Strauß ab, füllte einen leeren Bierkrug mit Leitungswasser, steckte die Blumen hinein und stellte ihn auf die Fensterbank. Mit großen Augen betrachtete Dora die Köstlichkeiten des kalten Buffets, das auf Platten und Tellern auf der Anrichte bereitstand. Käsewürfel und Weintrauben waren mit bunten Spießchen dicht an dicht in einen halbierten Kohlkopf gesteckt worden, sodass die Figur wie ein Igel aussah. Hartgekochte Eier und mit Mayonnaise betupfte Tomatenhälften waren zu lustigen Fliegenpilzen zusammengesetzt worden. Dazu gab es köstlich aussehende Röllchen aus Schinken und Braten, mit verschiedenen Pasten gefüllte Eier und einige Salate. Dora bekam sofort Appetit.

»Prosit, Dora!« Günther reichte ihr ein bauchiges Glas und goss mit einer Schöpfkelle Bowle hinein. Dabei ging er so schwungvoll zu Werke, dass etwas von dem süßen Getränk danebenging und auf dem Linoleumboden landete.

»Das macht nichts«, kommentierte er lachend. »Morgen müssen wir die Wohnung so oder so putzen …« Seine Stimme klang ein wenig beschwipst, er hatte dem alkoholischen Getränk wohl selbst schon reichlich zugesprochen. Mit beiden Händen umfasste er die aufgefüllte Bowleschüssel, hob sie vom Tisch und trug sie auf dem Weg ins Wohnzimmer wie eine Trophäe vor sich her. Die anderen Gäste folgten ihm johlend und mit hoch erhobenen Gläsern wie bei einer Polonaise. Dora schloss sich ihnen an.

Im Wohnzimmer, einem großen, quadratischen Raum mit Stuckornamenten an der hohen Decke, hatte man den Teppich aufgerollt und Tisch und Sessel an die Wände geschoben, sodass in der Mitte eine kleine Tanzfläche entstanden war. Aber der Platz reichte kaum aus für all die Menschen, die sich da paarweise im Takt der Musik drehten oder einfach nur herumhopsten und einander beim Mitsingen der Schlagertexte zu übertönen versuchten. Papiergirlanden und bunte Luftballons hingen bereits in Fetzen von der fünfarmigen Deckenlampe, und auf jeder erdenklichen Abstellfläche standen halb geleerte Gläser, Sekt-, Wein- und Cognacflaschen, benutzte Teller und überquellende Aschenbecher. Frajo winkte ihr von der anderen Seite des Raumes zu, und Dora winkte ihm zurück. Noch bevor sie auch nur einen Schluck Bowle getrunken hatte, war sie wie berauscht. Was für ein verrücktes Fest! Jetzt war sie froh, dass sie ihre Bedenken überwunden hatte und hergekommen war. Sie konnte sich kaum mehr daran erinnern, wann sie zum letzten Mal eine so quietschvergnügte Gesellschaft erlebt hatte. Einige der Leute kannte sie aus der Uni, andere schienen Frajos und Günthers Freunde aus alten Schulzeiten zu sein.

Dora nippte an ihrer Bowle. Sie schmeckte süß und doch auch reichlich nach etwas Hochprozentigem, Wodka vielleicht. Nach dem zweiten Schluck spürte sie, wie der Alkohol sie ein wenig benebelte.

Sie war am Türrahmen stehen geblieben und betrachtete

kopfschüttelnd die feiernden Partygäste, von denen die meisten deutlich jünger waren als sie selbst. Sie fühlte sich sehr erwachsen. Beim Anblick der übermütig herumgrölenden Leute wurde ihr deutlich, wie sehr ihr Leben in den vergangenen Jahren von Sorgen und Verantwortung bestimmt gewesen war. Gleich nach Kriegsende war es nur darum gegangen, ein Dach über dem Kopf zu haben, etwas zum Essen zu bekommen und ein bisschen Holz oder ein paar Briketts zum Heizen zu ergattern. Und in den Jahren danach hatte sie von morgens bis abends auf dem Stübeckhof gearbeitet, selten, dass die Bäuerin Dora einmal einen freien Sonntag gewährte. Und immer war da auch Clara gewesen, für deren Erziehung und Wohlergehen Dora verantwortlich war. So gern sie sich um das Mädchen gekümmert hatte, Gelegenheit für eine lustige Party hatte es nie gegeben. Und sie hatte das auch nicht vermisst. Dora musste sich eingestehen, dass sie in den vergangenen Jahren nicht einmal ans Tanzen gedacht hatte. Für sie und für Millionen anderer Menschen hatte es Wichtigeres gegeben. Man musste den Neuanfang nach dem Krieg organisieren. Und dann war die Sorge um Curt dazugekommen.

Aber nun das hier! Dora staunte. Das hier war so ausgelassen und so mitreißend, als hätte jemand nach einer langen Zeit der Erstarrung und des Stillstands den Stöpsel aus dem Ventil eines Druckkessels gezogen und jetzt war das Ganze explodiert.

Jemand trat von hinten an Dora heran und legte einen Arm um ihre Schultern. Es war Anneliese.

»Hättest du gedacht, dass die beiden so einen Zinnober veranstalten? Das ist ganz sicher die lustigste Silvesterfeier von Berlin.« Sie kicherte. Der Geruch von Wodka und Pfirsichbowle umwehte sie.

»Ja. Ich erkenne Günther kaum wieder.«

»Komm, lass uns auch tanzen!« Anneliese zog Dora mit auf

die Tanzfläche. Die ersten Schritte waren ungewohnt für Dora, so viele Jahre hatte sie sich nicht mehr zur Musik bewegt. Aber es dauerte nicht lange, bis sie sich wohlfühlte dabei. Und bald tobte sie genauso übermütig durchs Zimmer wie die anderen, die Hand mit dem Bowleglas hoch in die Luft gereckt. Der Fußboden war schon ganz klebrig von all den verschütteten Getränken. Aber wen kümmerte das! Dora lachte. Ehe sie sich versah, schrie auch sie aus vollem Halse den Text des nächsten Liedes mit, das gerade aus den Lautsprechern des Plattenspielers schallte: »Rote Rosen, rote Lippen, roter Wein ...«

Wann hatte sie zuletzt solchen unsinnigen Spaß gehabt? Es fühlte sich wunderbar an, als würde ihr mit jedem Schritt ein unsichtbares Gewicht von den Schultern genommen. An diesem Abend wollte Dora nicht vernünftig sein. Sie wollte nicht an die Uni denken, nicht an Curt, nicht an Clara, nicht an Herrn Jatzke. Sie wollte einfach nur tanzen und lachen, jung sein und sich amüsieren. Heute wollte sie das Leben feiern und all das, was sie in den vergangenen Wochen und Monaten beunruhigt hatte, für ein paar Stunden hinter sich lassen, bevor sie der Alltag mit all seinen Sorgen wieder einholte. »Rote Rosen, rote Lippen, roter Wein, laden uns cin, laden uns ein ...«

Plötzlich waren inmitten des Partylärms von irgendwoher Klopfgeräusche zu hören. Einige der Tänzer blieben irritiert stehen.

»Ach, lasst euch nicht stören«, rief Frajo, ohne das Herumhüpfen zu unterbrechen. »Das ist nur die Nachbarin von unten, die alte Böckelmann stößt immer mit dem Besenstiel gegen die Zimmerdecke, wenn ihr bei uns was nicht passt. Aber heute ist Silvester. Da feiern wir und machen Krach, da kann sie klopfen, so viel sie will!«

Jemand drehte den Plattenspieler noch lauter, bis die Musik

das Pochen übertönte. Dora tanzte weiter, immer wieder goss jemand Bowle in ihr leer getrunkenes Glas nach, und sie fand den Abend von Stunde zu Stunde lustiger. Um kurz vor Mitternacht drehte Frajo den Radioapparat an und eine Männerstimme zählte die Sekunden herunter, bis das neue Jahr anfing. Alle Partygäste schrien mit:

»Fünf – vier – drei – zwei – eins – prosit Neujahr!«

Der Jubel im Wohnzimmer war unbeschreiblich. Alle stießen miteinander an und überboten einander mit den besten Wünschen.

»Bei so vielen Glückwünschen kann dieses Jahr einfach nur fantastisch werden!«, rief Anneliese, während sie Dora fest umarmte.

»O ja! Ich hoffe es so sehr.«

Vor dem Haus flogen Böller und Silvesterraketen mit ohrenbetäubendem Krachen durch die Luft. Günther riss das Fenster auf, draußen knallte, zischte und pfiff es von allen Seiten. Sämtliche Gäste der Party drängten sich zusammen, um das farbenfrohe Spektakel zu bestaunen, das sich ihnen am nächtlichen Himmel über Berlin bot. Weiß, rot, grün und golden glühte der Sternenregen in der Dunkelheit.

»Auf ein glückliches 1953«, dachte Dora, während sie das Feuerwerk betrachtete. Sie musste plötzlich an das letzte große Silvesterfest denken, das sie gefeiert hatte, zusammen mit Marianne und ihrer Freundin Elsbeth, damals in Ostpreußen. Es war die Neujahrsnacht von 1945 gewesen. Wie bang und sorgenvoll sie damals in die Zukunft geblickt hatte, nicht ahnend, dass jenem Silvesterfest das schwerste Jahr ihres Lebens folgen würde. Dieses Mal brauchte sie sich nicht zu fürchten. Es gab keinen Krieg mehr und keine russischen Soldaten, vor denen sie Angst haben musste. Dora trank noch einen Schluck Bowle. Sicher würde ihr bald etwas einfallen, wie sie Curt aus der Haft holen konnte. Dieses Jahr würde wunderbar werden.

»Hey, ihr seid doch keine Ölgötzen«, schrie Frajo, als die letzten Raketen am Himmel zerbarsten. »Ihr seid zum Tanzen hier!«

Er stellte den Plattenspieler wieder an, und im selben Augenblick hatte Dora ihre Gedanken vergessen.

Es war mitten in der Nacht, kurz nach zwei, als die Türglocke schrillte, gleich drei Mal hintereinander. Das war nicht zu überhören. Viele Gäste hatten die Feier bereits verlassen, die Wohnung sah aus wie ein Schlachtfeld: die Platten und Teller des Buffets waren bis auf den letzten Krümel geplündert, auf Tischen und Schränken türmten sich leere Flaschen neben ausgedrückten Zigaretten und auf dem Fußboden knirschte es hier und da, weil Splitter von zerbrochenen Gläsern herumlagen.

Noch einmal klingelte es. Frajo machte die Musik ein paar Phon leiser.

»Aufmachen!«, donnerte eine Männerstimme von außen durch die Wohnungstür. »Hier ist die Polizei.«

Mit schwankenden Schritten schlich Günther durch den Flur und öffnete. »Prosit Neujahr, meine verehrten Herren Wachmänner. Bitte schön, treten Sie näher! Was kann ich für Sie tun?« Er machte eine einladende Handbewegung. »Darf ich Sie zu einem Gläschen Bowle einladen? Wobei ... hoppala, ich befürchte, es ist gar nichts mehr übrig. Aber ein wenig Cognac kann ich noch anbieten.«

Er war inzwischen so betrunken, dass Dora befürchtete, er könne mit seinem Auftritt alles nur noch schlimmer machen. Obwohl auch sie schon einen leichten Schwips verspürte, schob sie Günther sanft zur Seite und trat den beiden Polizisten entgegen, die vor der Wohnungstür standen und nicht so aussahen, als fänden sie Günthers Auftritt besonders lustig.

»Man hat uns wegen nächtlicher Ruhestörung alarmiert«, erklärte der eine. »Schalten Sie augenblicklich die Musik aus! Wissen Sie nicht, wie spät es ist?«

»Aber es ist doch Neujahr ...«, versuchte Dora, die Männer zu beschwichtigen.

»Das hier ist ein Wohnhaus und kein Amüsierlokal. Mitternacht ist längst vorbei. Die Nachbarn im Haus können ja kein Auge zutun. Wenn nicht umgehend Ruhe ist, müssen wir Sie zur Wache bringen. Das ist eine ernste Verwarnung.«

»Ja, natürlich«, murmelte Dora. »Wir haben vor lauter Silvesterfeiern gar nicht an die Nachbarn gedacht. Verzeihung, die Herren, wir sind jetzt leise.«

Günther drehte sich um und rief mit schwerer Zunge in Richtung Wohnzimmer: »Sperrstunde! Kann mal einer bitte den Plattenspieler ausmachen? Oder möchte jemand den Rest der Nacht im Knast verbringen?«

Augenblicklich stoppte die Musik.

Der Polizist nickte. »In Ordnung und halten Sie sich in Zukunft gefälligst an die gesetzlichen Ruhezeiten!«

Mit diesen Worten drehten die beiden Männer ab, und Dora schloss die Tür. Sie folgte Günther zurück zu den anderen.

»Keine Musik? Keiner tanzt? Und das an Silvester? Ja, was ist denn das auf einmal für eine traurige Fete!« Frajo war auf den Wohnzimmertisch gestiegen und deklamierte nun wie ein politischer Redner auf einem Podium. »Ihr wollt doch wohl noch nicht ins Bett gehen, oder? Wie sieht's aus? Wer geht mit zum *Chez Gigi*? Da gibt's Musik und Schnaps, bis die Sonne aufgeht, und keine meckernden Polizisten. Los! Kommt mit! Die Nacht ist noch nicht vorbei!«

»Jawohl!«, jauchzte Anneliese. »Die Nacht fängt gerade erst

an.« Und noch jemand rief: »Da gibt es wenigstens richtige Musik. Und nicht diesen lahmen Schlagerquatsch wie hier!«

»*Chez Gigi*?«, fragte Dora, während die anderen in die Diele strömten und aus dem Haufen der abgelegten Garderobe ihre Jacken und Mäntel heraussuchten. »Wer oder was ist das denn?«

»Du kennst Giselas Tanzbar nicht?«, entgegnete Frajo, während er sich seine Mütze über den Kopf zog. »Man merkt, dass du noch nicht lange in Berlin lebst. Das Lokal ist eine Institution, hier gleich um die Ecke. Ihr müsst unbedingt mitkommen, ihr zwei. Das wird ein Heidenspaß. Lasst euch überraschen!«

Anneliese war sofort Feuer und Flamme, wogegen Dora noch einen Augenblick zögerte. »Ich weiß nicht. Es ist doch schon so spät. Morgen – vielmehr nachher, wenn ich aufwache, werde ich es bereuen, nicht früher nach Hause gefahren zu sein.«

»Na und?« Anneliese lachte. »Was ist schon ein bisschen Kopfweh? Dagegen gibt es doch Acesal-Tabletten! Komm, Dora! Wir sind nur einmal jung. Schlafen kannst du, wenn du alt und faltig bist.«

Dora musste lachen. Annelieses überschäumender Lebenslust hatte sie auch diesmal nichts entgegenzusetzen. Sie nahm ihren Mantel, es war der letzte, der noch auf dem Stuhl in der Diele lag, und folgte den anderen, die so ungestüm das Treppenhaus hinunterliefen, dass ihr Geschrei und Gepolter von den gekachelten Wänden widerhallte.

Das *Chez Gigi* als Bar zu bezeichnen, war schamlos untertrieben. Es handelte sich um einen riesigen Ballsaal, der im Erdgeschoss eines Hinterhauses unweit der Uhlandstraße lag, eine hell ausgeleuchtete Tanzhalle mit vielflammigen Kristalllüstern, die von der hohen Decke baumelten. Das Auffallendste war der Springbrunnen in der Mitte des Raumes, in dem bunt beleuchtete Wasserfontänen nach einem unerklärlichen Rhythmus auf und ab schossen und um den herum die Paare gerade zu Tangomusik tanzten, als Günther, Frajo, Dora, Anneliese und die anderen verbliebenen Partygäste das *Chez Gigi* betraten. Gleich neben dem Eingang stand eine große verspiegelte Bar, ihr gegenüber befand sich auf der anderen Seite des Saales ein Podest für eine Musikkapelle, auf der aber nur ein verwaistes Schlagzeug und eine an einen Stuhl gelehnte Posaune standen.

»Schade«, sagte Günther. »Nur Musik vom Plattenspieler, das hatten wir zu Hause auch. Hoffentlich machen die Musiker nur eine Pause und sind nicht schon fertig für heute.«

»Macht doch nichts«, wandte Frajo ein und sah sich um. »Dann setzen wir uns an einen Tisch und rufen ein paar Mädels an. Die beiden Blondinen da hinten von Numero 17 zum Beispiel. Seht nur, wie die uns angrinsen. Die haben nur auf uns gewartet. Denen steht der Sinn nach einem Flirt, das erkenne ich sofort. Los, kommt. Die 23 ist noch frei!«

Jetzt erst bemerkte Dora die vielen Tischchen, die um das große Rund der Tanzfläche etwas zurückgesetzt an der Wand standen, jeweils ein wenig verdeckt von griechisch anmutenden Säulen, sodass jeder Platz wie ein Separee wirkte und doch gut einzusehen war. Die kleinen Abteile waren mit Leuchtziffern von eins bis 50 durchnummeriert und auf den Tischen stand ein Telefon. An einigen wurde gerade gesprochen. Frajo und zwei seiner Freunde marschierten auf den Tisch Nummer 23 zu und griffen zum Telefonhörer, kaum, dass sie sich niedergesetzt hatten. Kurz darauf blinkte bei den beiden blonden Frauen von Tisch 17 ein kleines rotes Lämpchen am Telefon auf. Offenbar gab es hier keine akustischen, sondern optische Klingelzeichen, stellte Dora fest. Eine der jungen Frauen nahm das Telefongespräch sogleich an und schon im nächsten Augenblick schien sie in eine vergnügliche Unterhaltung mit Frajo vertieft zu sein.

»Das ist mit Abstand das verrückteste Etablissement, in dem ich je gewesen bin«, stellte Dora kopfschüttelnd fest. Günther grinste. »Dit is Berlin, wa!«, versuchte er sich in tiefstem Berlinerisch. »Jetzt seid ihr richtig angekommen.«

»Ich finde es großartig hier!« Anneliese rieb sich unternehmungslustig die Hände. »Was meint ihr: Sollen wir uns auch ein Tischchen suchen und uns im Telefonflirt ausprobieren, oder wollt ihr lieber tanzen?«

Bevor sie eine Antwort erhielt, endete die Tangomusik mit einem letzten Akkord. Die Männer von der Tanzkapelle kamen zurück auf das Podest und nahmen ihre Instrumente auf.

»Oh, toll«, rief Günther. »Sie spielen tatsächlich weiter!«

Dora sah ihnen zu, und im nächsten Augenblick stockte ihr der Atem. Der Schlagzeugspieler begann mit einem Trommelsolo, das sie unter Tausenden wiedererkannt hätte. Dora hörte nur die ersten Takte, und die Welt schien mit einem Ruck stehen zu bleiben. Noch bevor die Posaunen mit Verve einsetzten, wusste sie, welches Lied die Combo da spielte: Es war Swingmusik, und zwar »Sing, Sing, Sing« von Benny Goodman, jenes Lied, zu dem sie damals mit Curt im Königsberger *Jazzkeller* so viele Male getanzt hatte. Die vertraute Melodie traf sie mitten ins Herz. Plötzlich und unerwartet war die Erinnerung wieder da. Die Erinnerung an eine wunderbare Zeit, an die zu denken sie sich so lange verwehrt hatte und die nicht mehr zurückkehren würde, ganz gleich, wie verrückt sie mit den anderen umherhopste. An ein Leben, in dem sie jung und sorglos gewesen war, voller Vorfreude auf die Zukunft. An Curt, den charmanten, witzigen Mann von damals, in dessen Gegenwart jeder Augenblick zu einem Fest geworden war. Wo war das alles hin, diese Leichtigkeit des Daseins?

Dieses herrlich verheißungsvolle Leben mit seinen unendlich vielen wunderbaren Möglichkeiten, in dem es keiner Pfirsichbowle bedurft hatte, um glücklich und vergnügt zu sein?

Tränen schossen Dora in die Augen. Und jetzt? Was tat sie hier eigentlich? Der Rausch, die Lebensfreude, die sie in den vergangenen Stunden beim Tanzen und Herumalbern mit den anderen empfunden hatte, war von einem Moment auf den anderen ausgelöscht. Übrig blieben ein jäher, unerklärlicher Kummer, eine tiefe Sehnsucht nach einer Zeit, die unwiederbringlich verloren war, und das unstillbare Verlangen, sich sofort in Curts Arme zu werfen und ihn nie mehr loszulassen.

Wie angewurzelt stand sie neben der Tanzfläche und nahm kaum wahr, wie nun eine Riege langbeiniger, frivol kostümierter Mädchen auftrat. Die zwölf trugen schwarze Tanzschuhe mit hohen Absätzen, waren aber ansonsten mit nicht viel mehr als ein paar wippenden weißen Federbüscheln an ihren silbrig glitzernden Höschen und Büstenhaltern bekleidet. Auch ihre Haare waren mit einem Kranz aus Federn geschmückt. Lachend traten die Leute zur Seite, um Platz zu machen für die freche Darbietung der hübschen Tänzerinnen, die augenblicklich mit rotierenden Hüften und schwingenden Beinen zur Swingmusik über das Parkett steppten. Die Menschen im Ballsaal jubelten und klatschten. Auch Anneliese und Günther verfolgten die Schau begeistert und wippten im Takt der Musik mit den Füßen. Frajo ließ gar den Telefonhörer fallen, nahm zwei Finger in den Mund und stieß einen langen, anfeuernden Pfiff aus. Der Saal hatte sich in einen Hexenkessel verwandelt.

Dora beobachtete das alles wie durch eine Glasscheibe. Diese Musik, die sie doch früher sofort in allerbeste Laune versetzt hatte, stimmte sie heute tieftraurig. Sie vermisste Curt so sehr, dass es wehtat. Auf einmal ertrug sie das fröhliche Umhertollen und die Ausgelassenheit all der vielen Menschen nicht mehr. Sie musste fort von hier. Und zwar sofort. Sie wollte nach Hause. Ach, was hieß schon ›nach Hause‹? Jedenfalls wollte sie in ihr Zimmer, in dem Clara längst schlief, in ihr Bett, um sich ganz tief in ihr Kopfkissen zu vergraben und an nichts und niemanden mehr zu denken.

Unbemerkt von den anderen wandte sie sich ab und trat an die Bar.

»Prosit Neujahr, schönes Fräulein, was kann ich für Sie tun?« Die Frau hinter der Theke warf das Küchentuch zur Seite, mit dem sie gerade ein paar Gläser poliert hatte und stellte sie in ein Regal. Dann wandte sie sich Dora zu. Sie hatte die dreißig längst überschritten und trug ein unverschämt eng geschnittenes rotes Kleid, in dem sich jede einzelne Kurve ihrer üppigen Figur abzeichnete. Über ihrem tiefen Dekolleté wölbte sich der Busen so freizügig, dass Dora peinlich berührt war und gar nicht wusste, wohin sie schauen sollte. Sie hatte feuerrote lockige Haare und trug dazu farblich passenden Lippenstift und knallroten Lack auf ihren ungehörig langen Fingernägeln. Als Dora, die einer so verführerisch aufgemachten Frau noch nie begegnet war, nicht sofort antwortete, schob die Barfrau ihr eine Pappkarte über den Tresen zu.

»Vielleicht fällt Ihnen was ein, wenn Sie einen Blick auf mein Getränkeangebot werfen. Bloß der Champagner ist aus.«

»Oh, nein danke, Verzeihung, ich möchte gar nichts trinken. Ich … ich wollte Sie bitten, ob Sie mir ein Taxi bestellen können.«

»Wie, was, junge Frau, Sie wollen mein Etablissement schon verlassen? Jetzt, wo es richtig losgeht mit dem Programm? Sie sind doch gerade erst reingekommen, Sie und diese lustige Truppe. Das habe ich genau gesehen. Hören Sie, das nehme ich persönlich, dass Sie gleich wieder wegwollen. Gefallen Ihnen meine Mädchen nicht? Oder ist Ihnen etwa die Swingmusik zuwider?«

»Nein, nein, es ist alles wunderbar. Ganz im Gegenteil. Ihre Mädchen tanzen toll und ich liebe Swingmusik. Sehr sogar. Die Kapelle spielt ganz hinreißend, das ist es ja. Deshalb …«

Dora wusste nicht weiter. Sie spürte, dass ihr die Tränen aus den Augen rollten und sie schämte sich, vor der resoluten Barfrau so einen jämmerlichen Eindruck zu machen. Wie ein Häufchen Elend ließ sie sich auf einen der gepolsterten Barhocker fallen und schluchzte, während hinter ihr die Posaunen und Trompeten munter durch den Saal schmetterten.

»Oje, was ist denn da los? Das Fräulein weint. Herrje, das sieht mir schwer nach Liebeskummer aus.«

»Ach nein, es ist …« Dora kramte in ihrem Mantel nach einem Taschentuch und schnäuzte sich. Sie wusste ja selbst nicht, was es war. Sie wusste nur, dass sie hier rauswollte. Keine Sekunde länger konnte sie dieser herrlichen Musik zuhören, gerade weil sie sie so sehr liebte. Diese Melodie war mit allem verbunden, was sie verloren hatte. In den vergangenen Jahren und vor allem in den vergangenen Monaten hatte sie geglaubt, darüber hinweggekommen zu sein. Der Umzug nach Berlin, das Studium, die Sorge um Curt hatten sie ganz und gar in Beschlag genommen, sodass keine Zeit für schwermütige Gedanken gewesen war. Doch nun war die Erinnerung an all das Schöne aus ihrer Vergangenheit plötzlich und mit Macht wieder aufgetaucht. Beim Hören der ersten Trommelschläge von Benny Goodmans »Sing, Sing, Sing« hatte sie die Melancholie überrollt wie eine gewaltige Welle im Ozean.

»Hören Sie, Fräulein. Es gibt drei Dinge, die gegen die akuten Symptome von Liebeskummer helfen.« Die Stimme der Barfrau klang jetzt nicht mehr ruppig, sondern sanft und einfühlsam.

»Cognac, Champagner oder Martini. Champagner gibt es leider erst nächstes Wochenende wieder. So lange können wir nicht warten. Also, was darf es sein? Das Getränk geht auf meine Rechnung. Ich kann nicht mit ansehen, dass so eine hübsche junge Frau an so einem herrlichen Abend hier an meiner Spiegelbar sitzt und heult. Cognac oder Martini?«

Dora schüttelte den Kopf. »Danke, nein, besser keinen Alkohol mehr. Ich habe heute sowieso schon den ganzen Abend Pfirsichbowle getrunken. Viel zu viel. Mir ist ein bisschen schwindelig.«

»Hm, ja. Verstehe. Zu viel Alkohol macht bisweilen sentimental. Das kenne ich. Also bekommen Sie einen Kaffee. Besser einen Espresso. Kennen Sie Espresso?«

Dora schüttelte den Kopf.

»Kommt aus Italien. Klein, schwarz und bitter, aber das Zeug weckt die Lebensgeister. Ein Freund bringt es mir immer aus Neapel mit.«

Sie hantierte mit einer winzigen silbernen Kaffeekanne herum und zerlegte sie in verschiedene Teile. Sie füllte einen Teelöffel schwarzes Pulver in einen Behälter und Wasser in einen anderen, schraubte alle Teile wieder zusammen und stellte die Kanne auf eine Kochplatte. Wenig später begann es darin zu brodeln. Sie goss eine tiefschwarze, dampfende Flüssigkeit, die streng nach Kaffee duftete, in eine winzige weiße, dickwandige Tasse und stellte sie auf einem kleinen Unterteller vor Dora auf den Tresen.

»Das sieht ja aus wie Puppengeschirr«, murmelte Dora.

»Ist aber nichts für Kinder«, erklärte die Barfrau grinsend. »Zucker dazu?«

Dora nickte. Die andere gab einen Teelöffel Zucker in den Espresso und rührte um. Dora schnupperte, dann trank sie. Der

Kaffee schmeckte entsetzlich bitter, aber schon nach dem ersten kleinen Schluck hatte sie das Gefühl, dass ein erster kleiner Lebensgeist zurückkehrte.

»Danke schön«, murmelte sie verlegen.

»So«, sagte die Barfrau, stützte sich vor Dora mit den Unterarmen auf den Tresen und beugte sich so weit vor, dass Dora Sorge hatte, ihr Busen könne nun komplett aus dem Kleid rutschen. »Und jetzt erklären Sie mir das mal bitte, verehrte Dame: Sie lieben Swingmusik, aber trotzdem wollen Sie nach Hause, kaum, dass die Combo losgelegt hat. Wie soll ich das verstehen?«

Dora zuckte mit den Schultern. Trotz ihres skandalösen Kleides war ihr die Barfrau sympathisch. Mit ihrer forschen, direkten Art wirkte sie vertrauenerweckend. Und weil sie gerade ein bisschen betrunken war und sonst niemanden zum Reden hatte, begann Dora zu erzählen:

»Das Lied erinnert mich an früher, an Ostpreußen, wissen Sie. Da komme ich her. Zu Swingmusik habe ich in den ersten Kriegsjahren so oft getanzt, damals nach der Schulzeit, als ich eine Weile in Königsberg gelebt habe und alles noch so hoffnungsvoll aussah. Und ich war ein bisschen verliebt. Ein bisschen sehr. Damals war ich dort oft im *Jazzkeller*. Im Nachhinein denke ich, das war die schönste Zeit meines Lebens, der Sommer 1940 …« Sie schniefte.

Die Barfrau fuhr hoch. »Im *Jazzkeller* in Königsberg, sagen Sie?«

Dora nickte, verwundert über ihre Reaktion. Die andere schüttelte grinsend den Kopf: »Doch nicht etwa der *Jazzkeller* in der Nähe vom Steindamm? Man musste auf der Seite erst eine steile Treppe hinuntersteigen -«

»Und dann durch diese unscheinbare graue Tür eintreten!«, vollendete Dora verblüfft den Satz.

»Genau so war es. Gleich links am Eingang war die Bar, und rechts die Tanzfläche.«

»Sagen Sie bloß, Sie kennen den *Jazzkeller* von Königsberg.« Sie lächelte durch einen Schleier von Tränen.

»Na, und wie ich den kenne.« Der Tonfall in ihrer Stimme hatte sich verändert. »Ich bin schließlich eine Original-Königsbergerin. Geboren und aufgewachsen, hab da geliebt und gelebt bis zum Herbst 44. Nach den Bombenangriffen der Engländer bin ich rausgekommen. Zum Glück war ich weg, bevor die Russen dann im Winter die Stadt belagert haben. Und den *Jazzkeller* kenne ich wie meine Westentasche, ach, wie viele Samstagnächte habe ich darin getanzt, bis es draußen hell wurde. Wie oft ich deshalb zu Hause Ärger bekommen habe! Aber die Combos, die da auftraten, waren einfach zu fantastisch. Es war eine großartige Zeit.«

»O ja, das war es. So ging es mir auch. Vielleicht sind wir uns damals ab und zu begegnet.«

»Gut möglich.« Die Rothaarige grinste. »Aber es ist alles schon so lange her. Und die Leute, die den Krieg überlebt haben, sind in alle Welt verstreut. Ich kann mich nicht mehr an jedes Gesicht erinnern.«

»Wie auch, wir haben uns ja alle verändert seitdem. Ich war siebzehn damals …«

»Und ich auch noch ziemlich jung. Ist wohl schon ein Weilchen her. Und wie sind Sie in Berlin gelandet?«

»Ach.« Dora seufzte. »Das ist eine sehr lange Geschichte.«

Die Barfrau richtete sich unvermittelt auf. Ein paar Männer waren an die Theke gekommen, um etwas zu bestellen, und sie nahm ihre Getränkewünsche entgegen. Offenbar waren es amerikanische Besatzungssoldaten, sie trugen die Uniform der GIs und die Frau an der Bar sprach Englisch mit ihnen.

»Ich muss weiterarbeiten, tut mir leid«, rief sie Dora zu, während sie eine Martiniflasche und ein paar Gläser aus dem Regal nahm. »Aber ich lasse Ihnen ein Taxi rufen, wenn Sie partout nach Hause wollen.«

Dora lächelte scheu. »Ja, bitte. Das wäre sehr freundlich.«

»In Ordnung. Aber nur unter einer Bedingung.«

Dora stutzte. »Und die wäre?«

»Dass Sie mein Lokal bald wieder besuchen kommen. Ich will Ihre Geschichte hören. Die ganze Geschichte. Ich bin Gisela, und ich habe das Gefühl, wir haben uns beide noch eine Menge zu erzählen.«

21.

Den Sonntag verbrachte Dora mit einem Eisbeutel auf der Stirn im Bett und schwor sich, nie wieder auch nur einen Schluck Pfirsichbowle zu trinken. Nur der Gedanke an ihre Bekanntschaft mit der resoluten Barfrau aus Königsberg heiterte sie ein wenig auf.

Clara saß neben ihr und sah ganz besorgt aus.

»Bist du krank?«, fragte sie und streichelte Doras Hände. »Soll ich Frau Hagemann sagen, dass sie einen Doktor rufen soll?«

»Nein, nein, Clara. Das ist lieb von dir. Aber da kann der Doktor auch nicht helfen. Bitte, mach dir keine Sorgen, morgen wird es mir wieder gut gehen. Ich bin selbst schuld. Ich habe einfach zu viel gefeiert.« Sie schloss die Augen und kämpfte gegen die aufkommende Übelkeit an. »Aber du kannst Erich bitten, mir ein Glas mit Aspirin zu bringen.«

Während Clara rasch aus dem Zimmer lief, richtete Dora sich ächzend auf und rieb sich die pochenden Schläfen. Hoffentlich ging es ihr morgen besser, damit sie einen klaren Kopf hatte für ihr Gespräch mit Herrn Jatzke.

Kurz darauf kam Clara zurück und reichte ihr ein Wasserglas, in dem sich sprudelnd eine weiße Tablette auflöste.

»Willst du denn gar nicht wissen, was ich gestern Abend beim Bleigießen für dich aus dem Wasser gefischt habe?«, fragte sie.

»Oh, doch, ja, natürlich.«

Dora trank einen kleinen Schluck Aspirinwasser und verzog für einen Augenblick das Gesicht, als sie das bittere Getränk auf der Zunge spürte.

»Hier!« Clara öffnete ihre kleine verschwitzte Faust. Ein stacheliges Klümpchen Blei lag darin.

Dora nahm es ihr ab und betrachtete es von allen Seiten. »Und was ist das?«, erkundigte sie sich. »Ein Igel? Oder eine Kastanie vielleicht?«

»Nein!« Auf Claras Gesicht lag ein freudiges Strahlen. »Das ist ganz eindeutig eine Sonne. Guck, da sind überall Sonnenstrahlen dran. Frau Hagemann hat gesagt, das bedeutet, dass du im neuen Jahr ganz viel Glück haben wirst. Ist das nicht doll?«

Trotz ihres dröhnenden Kopfes musste Dora lächeln. Sie stellte das Wasserglas auf ihr Nachtschränkchen und strich Clara über die Wange.

»Ja, das ist wunderbar. Vielen Dank, dass du so etwas Feines für mich gezogen hast. Und was hast du für dich selbst aus dem Wasser geholt?«

Clara ging zu ihrem Bett, nahm etwas unter ihrem Kopfkissen hervor und reichte es Dora.

»Das ist ein Engel«, erklärte sie. Dora betrachtete den grauen Klumpen mit den beiden länglichen, gekrümmten Fortsätzen, in denen man mit viel Fantasie zwei Flügel erkennen konnte. »Ja, ganz klar. Und was bedeutet das?«

Claras Blick wurde verträumt. »Ein Engel heißt, dass im neuen Jahr etwas Gutes auf mich zukommen wird, sagt Frau Hagemann. Sie kennt sich mit Bleigießen aus. Sie hat eine ganz lange Liste, da stehen alle möglichen Figuren drauf, die man aus dem Wasser fischen kann. Ein Engel ist ein sehr gutes Zeichen. Was genau passieren wird, weiß sie natürlich nicht, aber sie sagt, ich kann mich freuen. Was kann das nur sein?«

Dora drückte Clara an sich und gab ihr einen Kuss. »Du hast ganz wunderbare Sachen für uns beim Silvesterorakel herausgefunden, mein Schatz. Das kann ja nur ein fantastisches Jahr werden!«

• • •

Herr Jatzke war noch nicht da, als Dora am nächsten Nachmittag das *Café Margot* betrat. Ihre Kopfschmerzen waren verflogen, aber sie spürte eine nervöse Anspannung im ganzen Körper, während sie sich umsah. Diesmal waren nur wenige Gäste im Lokal. Ein leises Gemurmel von Gesprächen lag im Raum, am Fenster lachte eine Frau kurz auf. Der etwas geschützte Tisch an der Säule war wieder frei und sie setzte sich, bestellte wie beim vorigen Mal einen Pfefferminztee und wartete. Nach ein paar Minuten kam Herr Jatzke herein, ließ sich mit einem knappen Gruß ihr gegenüber nieder, ohne den Mantel auszuziehen. Er zog eine Zigarettenschachtel und Streichhölzer aus einer flachen Ledermappe, die er vor sich auf den Tisch gelegt hatte, und begann zu rauchen.

»Also, Fräulein Twardy, worum geht es?«, fragte er ohne Umschweife.

»Herr von Thorau ist krank, wie ich Ihnen schon am Telefon sagte, er braucht dringend ärztliche Behandlung.«

»So? Was hat er denn Schlimmes? Die Cholera?«

»Nein. Er hustet und hat Fieber.«

»Husten und Fieber. Soso. Das habe ich auch manchmal. Und deshalb machen Sie so einen Aufstand?«

»Ich mache mir Sorgen um ihn. Es kann doch auch nicht in Ihrem Interesse sein, dass der Mann im Gefängnis womöglich eine Lungenentzündung bekommt oder Schlimmeres.«

Die Kellnerin kam und brachte Dora den Tee. Dann fragte sie

Herrn Jatzke nach seinen Wünschen, doch er schickte die Frau unwirsch fort, ohne etwas zu bestellen. Er wandte sich wieder an Dora.

»Das wird schon nicht passieren, Fräulein Twardy. Im Übrigen vergessen Sie eines.« Er beugte sich so weit vor, dass Dora seinen Zigarettenatem riechen konnte. Mit gedämpfter Stimme sprach er weiter: »Dieser Mann sitzt nicht in Haft, weil es uns Spaß macht, sondern weil er mit den Nazis kooperiert hat. Er büßt gerade für ein Verbrechen. Das ist kein Luxusurlaub im Grandhotel. Merken Sie sich das!«

Vorsichtig trank Dora einen kleinen Schluck des heißen Tees.

»Bitte«, sagte sie. »Wann kann ich ihn wiedersehen? Ich könnte ihm Medikamente bringen.«

Herr Jatzke betrachtete sie lauernd und mit zu Schlitzen verengten Augen. »Das liegt ganz bei Ihnen. Einen Besuch in der Haftanstalt kann ich erst dann wieder arrangieren, wenn wir etwas Konkretes in der Hand haben. Sie sind an der Reihe. Sie müssen liefern. Und zwar ein paar wirklich hilfreiche Informationen über Staatsfeinde, und nicht wieder solche zweitrangigen Beobachtungen wie ein verlassener Keller mit einer kaputten Druckmaschine.«

»Woher sollte ich wissen, dass diese Leute ihren geheimen Treffpunkt aufgegeben hatten«, murmelte Dora.

»Ich helfe Ihnen ein bisschen auf die Sprünge. Sie wissen ja, wie sehr ich Sie schätze.«

Er grinste gönnerhaft. Dora war auf der Hut. Schweigend wartete sie darauf, was er ihr anbot.

Herr Jatzke ließ sich Zeit. Langsam drückte er seine Zigarette im Aschenbecher aus. Dann sah er auf.

»Ich habe für Sie etwas vorbereitet.«

Er öffnete seine Mappe, zog ein Blatt und einen Kugelschreiber heraus und legte beides vor ihr auf den Tisch.

»Unterschreiben Sie das!«, kommandierte er knapp.

Dora sah ihn fragend an. Dann las sie den kurzen, mit Schreibmaschine getippten Text.

Erklärung: Ich, Dora Twardy, geboren am 25. Juli 1923, erkläre mich hiermit freiwillig bereit, das Ministerium für Staatssicherheit in der Bekämpfung der Feinde der Deutschen Demokratischen Republik zu unterstützen. Ich verpflichte mich, jede Person zu melden, die versucht, die politische Stabilität und den sozialistischen Aufbau in der DDR zu stören oder zu sabotieren. Über sämtliche mir in dieser Zusammenarbeit bekannt werdenden Fakten werde ich strengstes Stillschweigen gegenüber allen Personen, auch meinen nächsten Angehörigen, wahren.

Dora sah erschrocken auf. »Das – das kann ich nicht unterschreiben.«

»Was spricht dagegen? Sie wollen doch Ihr Studium fortsetzen, oder nicht?«

Dora nickte.

»Sie möchten Herrn von Thorau wiedersehen?«

Wieder nickte Dora.

»Dann sollten Sie nicht länger zögern, diese Erklärung zu unterschreiben. Es ist zu Ihrem eigenen Besten.«

Dora bewegte sich nicht. Der Kugelschreiber lag in ihrer Hand wie Blei. Eine Stimme in ihrem Inneren sagte: Nein! Es ist nichts Gutes an dieser Erklärung. Das kann ich nicht unterzeichnen. Aber was würde geschehen, wenn sie sich weigerte? Dora begann zu schwitzen, obwohl ihre Hände eiskalt waren.

»Worauf warten Sie, Fräulein Twardy? Mit Ihrer Unterschrift

beweisen Sie uns, dass Sie bereit sind, am Aufbau einer neuen sozialistischen Gesellschaft in diesem Staat mitzuarbeiten. Das wollen Sie doch, nicht wahr? Schließlich profitieren Sie selbst davon. Sie nutzen das Bildungsangebot unserer ehrwürdigen Humboldt-Universität, den öffentlichen Nahverkehr zu günstigen Konditionen und die gute Kinderbetreuung durch Hort und Schule für Ihr kleines Mädchen.«

»Aber ...« Dora schluckte. »Aber ich bin doch keine Denunziantin.«

»Natürlich nicht«, blaffte er. »Sie helfen lediglich mit, terroristische Elemente in der DDR zu eliminieren.«

Dora sah Erichs grinsendes Gesicht vor sich. Eine plötzliche Übelkeit wallte in ihr auf. Ihr Bruder war ganz sicher kein Terrorist. Er träumte von einem Leben in einem funktionierenden, gerechten Sozialismus, auch wenn ein solcher Staat etwas anders aussah, als sich das Leute wie Herr Jatzke und Herr Hagemann vorstellten. Gestern hatte sie beim Heimweg vom S-Bahnhof wieder ein paar seiner Flugblätter an den Straßenlaternen gesehen. Jedenfalls war sie sich sicher, dass er sie dort aufgehängt hatte, weil sie in der Nacht zuvor gehört hatte, wie er heimlich das Haus verließ. Erich gab nicht auf mit seinen kleinen Protestaktionen gegen diesen Staat. Und nein, nie im Leben würde sie den Stasimännern auch nur ein Sterbenswort über die Aktivitäten ihres Bruders preisgeben. Aber was war dann mit Curt? Sie durfte doch Curt nicht im Stich lassen. Und sie durfte nicht länger zulassen, dass diese Leute versuchten, irgendwelche Informationen aus ihm herauszuprügeln, oder was immer sie mit ihm in der Gefängniszelle anstellten. Würde es Curts Leben erleichtern, wenn sie mit der Stasi kooperierte? Wenn sie wenigstens vorgab, es zu tun?

Noch einmal ließ sie ihre Blicke über die Schreibmaschinenbuchstaben wandern. Ich unterschreibe einfach, damit Herr

Jatzke Ruhe gibt, und dann liefere ich ihnen wieder irgendetwas Belangloses, wie beim letzten Mal. Erich wird sicher wieder etwas einfallen. Ganz bestimmt werde ich niemanden verraten.

»Also, Fräulein Twardy.« Herr Jatzke sprach weiterhin mit gedämpfter Stimme, sodass er am Nebentisch nicht zu verstehen war, aber seine Ungeduld war deutlich herauszuhören. »Entweder Sie unterschreiben jetzt, oder Ihnen flattert morgen die Exmatrikulation von der Uni ins Haus. Und ob Sie jemals Ihren Herrn von Thorau wiedersehen, das können Sie sich im Falle Ihrer Weigerung selbst ausrechnen ...«

Noch einmal sah Dora Curts fiebrige Augen vor sich, meinte noch immer das Zittern seines von Furcht und Schüttelfrost gepeinigten Körpers zu spüren, seine mageren Arme, die sich um sie schlangen. Ich tu es für ihn, dachte Dora. Aus Liebe. Mit zusammengepressten Zähnen setzte sie ihre Unterschrift unter die Erklärung.

»Braves Mädchen.« Herr Jaschke nahm Blatt und Kugelschreiber an sich, warf einen kurzen Blick auf ihre Signatur und steckte beides mit einem Nicken zurück in seine Mappe. »Wenn man mit der Staatssicherheit kooperiert, steht sogar einer ehemaligen Gutsherrin aus Ostpreußen ein Studienplatz in der DDR zu. Nun haben wir das endlich in Ordnung gebracht. Sie dürfen sich freuen.«

Sein süffisantes Grinsen verursachte Dora Magenschmerzen.

»Und jetzt?«, fragte sie beklommen.

»Jetzt werden Sie aktiv, Fräulein Twardy. Und zwar richtig aktiv. Strengen Sie sich diesmal etwas mehr an. Sperren Sie an der Uni die Ohren auf! Stellen Sie Fragen! Verwickeln Sie Ihre Mitstudenten in eine Diskussion! Wer sympathisiert mit diesen unschönen Pamphleten? Wer amüsiert sich über die Sprüche? Sobald Sie eine verdächtige Bemerkung aufschnappen, geben Sie diese Information umgehend an uns weiter. Vielleicht gelingt es Ihnen ja sogar, den Urheber der staatsfeindlichen Schmierereien auf frischer Tat zu ertappen? Suchen Sie sich einen unauffälligen Beobachtungsposten! Es gibt so viele Möglichkeiten. Sie sind doch eine kluge Frau. Denken Sie sich was aus!«

Dora nickte stumm. Gott sei Dank. Es ging nicht um Erich. Sie sollte wenigstens nicht ihren Bruder verraten.

Herr Jatzke ließ den Verschluss seiner Mappe zuschnappen.

»Vielleicht motiviert es Sie ein wenig, wenn ich Ihnen sage, dass ich gestern ein Gespräch mit dem Minister für Staatssicherheit hatte.«

Dora hielt den Atem an.

»Er hat durchblicken lassen, dass unter Umständen eine Amnestie für den Strafgefangenen Nummer 179 möglich ist. Sein Engagement im Widerstand gegen den Faschismus könnte ihm auf die verbliebenen Haftjahre angerechnet werden – sofern Sie Ihren Teil dazu beitragen, Fräulein Twardy.«

Ein Moment des Schwindels erfasste Dora.

»Sie meinen ... Sie meinen, Curt kommt frei, wenn ich Ihnen die Namen der Leute liefere, die für die systemkritischen Flugblätter verantwortlich sind?«

»Genauso ist es. Und wenn es sich um den Drahtzieher der Bande handelt, reicht sogar vielleicht schon ein einziger Name. Ich freue mich, dass ich Sie davon überzeugen konnte, mit dem Ministerium zu kooperieren. Wir treffen uns in zwei Wochen zur selben Uhrzeit wieder hier. Und dann erwarte ich von Ihnen konkrete Informationen.«

Dora sah ihm zu, wie er aufstand, seine Mappe nahm und so grußlos wie er gekommen war das *Café Margot* verließ. Das Glöckchen an der Tür schepperte, als sie hinter ihm zufiel. Dora atmete tief ein. Worauf hatte sie sich da eingelassen?

22.

Als Dora am Abend nach Hause kam, lag ein Brief für sie auf der Kommode im Flur. Er war von Marianne. Dora stutzte. Sie hatte erst kurz vor Weihnachten Post von ihrer Schwester bekommen, und Marianne war normalerweise auch keine besonders fleißige Briefschreiberin. Hoffentlich war nichts Schlimmes mit den Eltern passiert! Beunruhigt riss Dora den Umschlag auf, noch während sie sich die Schuhe von den Füßen streifte. Doch schon beim ersten Satz lächelte sie erleichtert.

Liebe Dora,
stell Dir vor, Herbert hat um meine Hand angehalten! Seit Silvester sind wir verlobt, und ich trage den hübschesten Ring der Welt am Finger. Ich könnte platzen vor Freude. Er hat mich eingeladen, ihn auf einer seiner Geschäftsreisen zu begleiten. Ist das nicht aufregend? Und zwar schon bald. Am 9. Januar fahren wir nach Berlin und bleiben übers Wochenende. Wir werden im schicken *Hotel Am Zoo* wohnen, direkt am Ku'damm. Ich hoffe, dieser Brief kommt rechtzeitig bei Dir an. Denn Du musst unbedingt vorbeikommen, damit ich dir den Ring zeigen kann. Vielleicht am Sonntagnachmittag? Dann hat Herbert keine Termine und wir können uns alle drei treffen. Ich hoffe, das klappt bei Dir. Sagen wir um vier Uhr? Wir werden auf Dich im Hotelfoyer warten. Geht es Dir und

Clara auch gut? Vielleicht hat die kleine Maus ja Lust mitzukommen? Ich freu mich auf Dich. Ach, das Leben ist so unglaublich aufregend.

Alles Liebe,

Deine Marianne.

Dora freute sich, dass ihre Schwester glücklich verliebt war, und musste sich eingestehen, dass sie neugierig darauf war, den Mann ihres Herzens endlich kennenzulernen. Und doch wurde ihr durch Mariannes Brief umso deutlicher ihre eigene Situation bewusst. Warum konnte es mit ihr und Curt nicht auch so einfach sein?

Ein paar Tage später, an einem kalten grauen Januarnachmittag fuhr Dora in den Westsektor der Stadt. Sie war allein unterwegs, weil Clara an diesem Tag bei einer Klassenkameradin zum Kindergeburtstag eingeladen war. Kaum war sie aus dem stickigen U-Bahnhof Kurfürstendamm ans Tageslicht hinaufgestiegen und ein paar Meter gegangen, fror sie bis ins Mark. Ihr kleiner Schirm schützte sie kaum vor dem Regen, den ein böiger Wind quer durch die Straßen fegte, und ihre Fingerspitzen in den gestrickten Wollfäustlingen waren bald eiskalt. Und doch war Dora guter Dinge. Sie war froh über die Gelegenheit, mal wieder aus Ostberlin herüberzukommen. Es gab ein Leben jenseits von Uni, *Café Margot* und dem Haus der Hagemanns!

Seit ihrem ersten Berlinbesuch im Mai war sie nicht mehr über den Kurfürstendamm spaziert. Wie damals war sie auch jetzt wieder erstaunt über den Luxus, der sie hier erwartete. Nur ein paar U-Bahn-Stationen war sie von Ostberlin aus gefahren und doch erschien es ihr hier, als befände sie sich in einer anderen Welt. Dora nahm die mannigfaltigen Eindrücke mit allen Sinnen auf.

Die feinen Geschäfte an der Einkaufsmeile waren hell erleuchtet und schienen tatsächlich alles zu bieten, was es für Geld zu kaufen gab. Während mancherorts noch die Weihnachtsdekoration glitzerte, lagen in einigen Modeläden bereits die Frühjahrskollektionen der kommenden Saison aus: weit geschnittene Glockenröcke, freche, rot gestreifte Blusen und luftige Matrosenkleider, die Dora augenblicklich den nasskalten Januartag vergessen ließen. Was für ein Unterschied war das hier doch zu den wenigen langweiligen Modellen, die man in den Bekleidungsgeschäften Ostberlins angeboten bekam – wenn überhaupt! – und wo jede Verzierung, jede bunte Naht, ja, jeder zusätzliche Knopf bereits als überflüssiger und unbezahlbarer Luxus galt. An hochwertige Stoffe war in der DDR nicht zu denken und den aktuellen Trends, sogar den der Jahreszeit angemessenen Produkten hinkten die Hersteller weit hinterher, wie Dora beim Kauf von Claras Winterkleidung ja kürzlich erst leidvoll hatte feststellen müssen.

Dora ließ sich Zeit mit ihrem Schaufensterbummel, und obwohl das Wetter so ungemütlich war, flanierte sie ein wenig den Ku'damm auf und ab. Nur zu gern hätte sie einmal diesen entzückenden gelben Glockenrock anprobiert, der im Schaufenster des KaDeWe zusammen mit einer kurzärmeligen weißen Bluse ausgestellt wurde und eine fantastische Taille machte. Oder dieses schicke asymmetrisch geschnittene dunkelblaue Kleid mit den markanten Knöpfen ... Doch für ein solches Vergnügen blieb keine Zeit, wenn sie Marianne und ihren Verlobten nicht noch länger warten lassen wollte. Außerdem reichte das Westgeld, das ihr Christel zu Weihnachten geschickt hatte, sowieso nicht aus, um solchen Luxus zu bezahlen. Ihr Blick blieb an einem hübschen blaugeblümten Seidentuch hängen, das einer der Schaufensterpuppen um den Hals geschlungen war. Die Farbe des Stoffes sah hinreißend aus zu dem gelben Rock, vor allem aber würde er perfekt zu Mariannes wasserblauen Augen passen. Es wäre ein wunderschönes Geschenk zu ihrer Verlobung. Dora seufzte, als sie das Preisschild entdeckte. Es war schrecklich teuer. Aber Marianne würde sich über das Tuch riesig freuen, das wusste sie. In der Bäckerei in Celle verdiente sie bei Weitem nicht genug Geld, um sich so einen kleinen Luxus leisten zu können. Ach, was soll's, dachte Dora und betrat das KaDeWe. Sie gönnte sich einen kleinen Streifzug durch die Damenmodeabteilung, ließ ihre Hände sehnsüchtig über zarte Seidenstoffe und Samtbordüren streichen, nahm hier und da ein Paar hübsche Pumps aus dem Regal und liebäugelte mit einem luftigen Strohhut mit rosa Ripsband, den eine Schaufensterpuppe auf dem Kopf trug und der augenblicklich Lust auf den Frühling machte. Was für ein Luxus umgab sie hier! Doch sie hielt sich zurück und kaufte nur das Geschenk für Marianne.

Mit dem in hübsches Seidenpapier eingeschlagenen Tuch in der Hand und einem zufriedenen Lächeln im Gesicht verließ Dora wenig später den Laden und machte, dass sie zum *Hotel Am Zoo* kam. Im Dunkel des späten Winternachmittags flimmerten die grellen Neonreklamen an den umliegenden Gebäuden. Das Hotel hatte die Bombennächte des Kriegs offenbar weitgehend unbeschadet überstanden, quer über die Fassade mit ihren Schmuckgiebeln, Erkern und Balustraden prangte der Name des Hotels in großen weißen Leuchtbuchstaben. Menschen drängten sich auf dem Gehweg vor dem Gebäude, am Straßenrand parkten Autos dicht an dicht. Die Lichter der Stadt spiegelten sich im glänzenden Lack und den regenglänzenden Chromleisten der Fahrzeuge.

Nachdem ihr ein livrierter Hoteldiener die Schwingtür geöffnet und ihr den Schirm abgenommen hatte, trat Dora ein, erleichtert, endlich im Warmen zu sein. Marianne und ihr Verlobter erwarteten sie bereits in der Lobby. Sie saßen in einer der Sesselgruppen neben dem Treppenaufgang, vor ihnen auf dem Glastisch standen zwei Tassen Kaffee und zwei halb geleerte Gläser Cognac.

»Dora, da bist du ja endlich!« Mariannes fröhliche Stimme schallte durch die Hotelhalle, während sie aufsprang, um ihrer großen Schwester entgegenzulaufen. Dora fiel beinahe das Päckchen aus der Hand, als sie sah, was Marianne anhatte. Sie trug genau den gleichen gelben Glockenrock, den sie gerade noch im Schaufenster des KaDeWe bewundert hatte, dazu die passende weiße Bluse, und ihre Haare waren kürzer und blonder als sonst und nach der neuesten Mode in schicke Wasserwellen gelegt.

»Marianne«, entfuhr es Dora. »Du siehst wunderschön aus. Ich glaube, die Verlobung tut dir gut!«

Marianne drehte sich lachend um ihre eigene Achse, bevor sie Dora um den Hals fiel. Dabei verbreitete sie eine Wolke von teurem Parfum, einen blumig-pudrigen Duft, den Dora an ihr nicht kannte.

»O ja, ganz sicher. Wir haben gestern schon einen kleinen Stadtbummel gemacht und im Schaufenster vom KaDeWe hatten sie so himmlische Kleider. Herbert ist so unglaublich großzügig. Stell dir vor, er hat gesagt, probiere an, worauf du Lust hast, und dann hat er diesen schicken Rock für mich gekauft. Ist er nicht reizend? Dabei hatte ich gerade erst ein paar neue Schuhe von ihm bekommen … Und sieh dir bloß diesen Ring an!« Marianne streckte ihrer Schwester die linke Hand mit ihrem goldenen Verlobungsring am Finger entgegen, an dem ein kleiner Brillant blitzte. »Hast du jemals so einen entzückenden Ring gesehen?«

»Oh!« Dora war überwältigt von Mariannes Redeschwall und vor allem von ihrer ungewohnten luxuriösen Erscheinung. »Lass sehen, ja, der ist wirklich sehr hübsch.«

»Das will ich meinen! Komm, Dora, setz dich zu uns! Darf ich dir den Mann meines Herzens vorstellen? Herbert Morbach. Schatz, das ist meine große Schwester Dora.«

Mariannes Verlobter erhob sich aus seinem Sessel, um Dora zu begrüßen. »Wie schön, dass ich Sie endlich kennenlernen kann, verehrtes Fräulein Twardy. Ihre Schwester hat mir schon viel von Ihnen erzählt.«

Herbert war älter, als Dora es erwartet hatte. Er mochte auf die fünfzig zugehen. Über der Stirn lichteten sich seine blonden Haare bereits. Doch in seinem gut sitzenden dunkelblauen Anzug mit bordeauxroter Krawatte und passendem Einstecktuch machte er eine stattliche Figur.

Sie reichten einander die Hand.

»Nun seid doch nicht so förmlich!« Marianne hatte sich wieder hingesetzt und klatschte vergnügt in die Hände. »Ihr könnt ruhig Du zueinander sagen, ihr zwei, wir sind doch bald alle eine Familie.«

»Da hast du natürlich recht, Püppilein.« Herbert ließ sich neben Marianne zurück in den Sessel fallen. Er nahm ihre Hand, führte sie an den Mund und küsste sie. »Und dann gründen wir unsere eigene kleine Familie. Das Nest steht schon bereit.«

Ein seliges Lächeln verklärte Mariannes Gesichtszüge, während sie sich an ihn schmiegte. »Wir werden nämlich in der Nähe von Frankfurt wohnen«, erklärte sie Dora. »Herbert hat dort schon ein Haus für uns gebaut. Ich kann die Hochzeit kaum mehr abwarten.«

Die offenkundige Verliebtheit der beiden löste in Dora ein vages Unbehagen aus. Als wäre sie in eine Privatsphäre eingedrungen, die ihr nicht zustand. Schnell wechselte sie das Thema.

»Ich habe dir etwas mitgebracht.« Sie reichte ihrer Schwester das Päckchen. »Und ich glaube, es wird dir gefallen. Meine herzlichsten Glückwünsche zur Verlobung!«

Marianne stieß einen kleinen Freudenschrei aus, als sie das Tuch aus dem Seidenpapier wickelte. »Wie entzückend! Danke, liebe Dora, das ist so lieb von dir! Weißt du, dass ich im Laden tatsächlich mit diesem Tuch geliebäugelt habe? Aber ich wollte es Herbert nicht zumuten, mir auch noch das zu kaufen.« Ihre Augen glänzten. »Er gibt ohnehin schon so viel Geld für mich aus in diesen paar Tagen in Berlin. Allein was unsere beiden Hotelzimmer hier kosten. Uns ein Zimmer zu teilen, wäre natürlich etwas günstiger gewesen, aber das geht ja leider erst nach der Hochzeit ...« Sie kicherte anzüglich.

»Und vergiss nicht die drei Packungen Perlonstrümpfe, die ich dir besorgt habe«, ergänzte Herbert. Er grinste selbstzufrieden. »Du wirst mich noch in den Ruin treiben, Püppilein, so anspruchsvoll, wie du bist! Was für ein Glück, dass meine Geschäfte im Moment so gut laufen ...«

Marianne warf ihm lachend eine Kusshand zu.

»Du musst wissen, Herbert besitzt eine Möbelfabrik«, erklärte sie, während sie sich das Seidentuch um den Hals legte, das Dora ihr hier und da noch ein wenig zurechtzupfte. »Und wenn ich es richtig sehe, verdient er ziemlich gut. Das tust du doch, nicht wahr, Liebling?«

»Nun ja, ich kann zufrieden sein.« Auch wenn er versuchte, bescheiden zu klingen, so hörte Dora doch den Stolz in Herberts Stimme. »Nach dem Krieg habe ich sofort in Holz investiert«, erklärte er ihr. »Denn man weiß ja: Beim Wiederaufbau braucht man Holz, viel Holz. Allein in meiner Heimatstadt Frankfurt am Main waren zwei Drittel der Häuser zerstört, mitsamt dem Mobiliar. Was also brauchen die Leute? Ein Dach über dem Kopf und Möbel. Viele Möbel. Schöne Möbel. Praktische Möbel. Tische, Stühle, Schränke. Und die liefert Möbel Morbach so verlässlich wie eh und je. Wir kommen mit der Produktion kaum hinterher, seit die Wirtschaft in der Bundesrepublik wieder brummt. Vor allem unsere Schrankwand Adelheid ist ein Schlager, sie ist in Eichenoptik oder Birkenfurnier zu haben und lässt sich durch verschiedene Türgrößen und Schubladensysteme beliebig erweitern. Eine wirklich tolle Qualität … Falls du, liebe Dora, also einmal ein hübsches neues Sesselchen brauchst oder vielleicht demnächst sogar eine schicke Einbauküche – als meine Schwägerin bekommst du bei uns selbstverständlich einen Rabatt. Aber nun erzähl doch ein wenig von dir. Marianne sagte, dass du nach Ostberlin gezogen bist und ein Studium aufgenommen hast?«

»Ja, das stimmt.« Dora war erleichtert, dass Herbert sie nicht länger mit den Details seiner Möbelproduktion langweilte. »Ich studiere im ersten Semester Tiermedizin an der Humboldt-Universität.«

»Marianne erzählte mir davon. Aber warum tust du das? Wenn es wenigstens Hauswirtschaft wäre oder Kinderpflege, dann könnte ich so ein Studium ja noch verstehen. Am Ende wirst du ja sowieso heiraten und dich um deinen Mann, den Haushalt und die Kinder kümmern.«

»Aber nein, Herbert. Mir ist es sehr ernst damit. Ich will etwas lernen, und das macht mir Freude. Ich bin es gewohnt, hart zu arbeiten, und ich bin mir sicher, dass ich eine gute Tierärztin sein werde.«

»Soso.« Herbert betrachtete sie skeptisch. »Marianne hat mir schon erzählt, wie tapfer du dich in den Kriegsjahren um euren Gutshof in Ostpreußen gekümmert hast. O ja, ich weiß, unzähligen Frauen ist das damals so ergangen, weil die Männer fehlten. Überall mussten sie einspringen und mit anpacken, die zarten Damen, in der Familie, in den Betrieben, am Arbeitsplatz.

Schlimm, schlimm, schlimm. Eine verheerende soziale Umschichtung war das, die der Krieg da zur Folge hatte. Ganz gegen ihre natürliche Veranlagung waren Millionen Frauen gezwungen, ihre Sorge um das Familienleben zurückzustellen zugunsten eines aufreibenden Broterwerbs. Ja, ich weiß es wohl, sie alle haben ihren Mann gestanden und aufopfernd dazu beigetragen, dass Deutschland wiederaufgebaut wurde. Meine Hochachtung vor dieser Leistung! Aber Dora, diese Zeiten sind Gott sei Dank vorbei. Nun kann jede Frau wieder in der für sie bestimmten Rolle glücklich werden und sich um ihre Familie kümmern!«

Dora hatte Mariannes Verlobtem mit wachsendem Unbehagen zugehört.

»Nun«, antwortete sie langsam, »die Zeiten sind im Wandel. Ich denke, dass eine Frau auch in einem Beruf sehr glücklich werden kann.«

Herbert schnappte hörbar nach Luft.

»Aber Dora, entschuldige bitte, du klingst ja beinahe so wie diese schrecklichen Mannweiber, die sich die Gleichberechtigung der Geschlechter auf die Fahnen geschrieben haben. Unvorstellbar, dass sich unsere Politiker darauf eingelassen haben, so etwas in unserem Grundgesetz festzuschreiben. Es gibt nun einmal naturgegebene Unterschiede, die kann keine Verfassung der Welt aufheben.«

Ehe Dora etwas entgegnen konnte, trat einer der livrierten Rezeptionisten an ihren Tisch und reichte Herbert einen Zettel.

»Verzeihen Sie die Störung, Herr Morbach. Gerade kam ein dringender Anruf für Sie. Der Herr bittet um Rückruf unter dieser Telefonnummer.«

Herbert warf einen flüchtigen Blick auf das Papier und erhob sich.

»Wenn mich die Damen bitte für einen Augenblick entschuldigen mögen? Ich muss dringend noch ein paar Details für meinen Geschäftstermin morgen absprechen. Ich bin gleich wieder da. Bestellt euch doch bitte noch etwas zu trinken. Einen Cognac? Oder einen Sekt vielleicht, Dora? Selbstverständlich auf meine Rechnung. Wir haben ja mit dir noch gar nicht auf unsere Verlobung angestoßen. Es wird Zeit, dass wir uns bei unserer Unterhaltung wieder etwas angenehmeren Themen widmen ...«

Dora sah ihm nach, wie er mit raschen Schritten und seltsam rudernden Armen die Hotelhalle durchquerte und auf der anderen Seite in einer der holzverkleideten Telefonkabinen neben der Rezeption verschwand. Sie ärgerte sich ein wenig, dass sie nicht dazu gekommen war, Herbert ihre Meinung zu sagen.

»Du kannst ihn nicht besonders gut leiden, oder?«

Dora fuhr herum, als Marianne das so unvermittelt sagte.

»Aber – wie kommst du denn darauf?«

Marianne zuckte mit den Schultern. Sie hatte ihre Handtasche geöffnet, nahm einen Lippenstift und einen kleinen Handspiegel heraus und zog sich die Lippen mit einem kräftigen Rot nach. Unbekümmert presste sie die Lippen aufeinander, um die Farbe zu verteilen, bevor sie antwortete, den Blick unverwandt auf ihr Spiegelbild gerichtet:

»Ich sehe es dir an, wenn du dich ärgerst. Du hast dann immer diese kleine Falte auf der Stirn.«

»Tatsächlich? Na ja, Herberts Meinung über die Rolle von Männern und Frauen teile ich nicht, wie du dir denken kannst.«

Marianne steckte Lippenstift und Spiegel zurück in die Handtasche und ließ den Verschluss zuschnappen. Dann blickte sie auf und sprach energisch weiter:

»Mag sein, Dora, dass er hier und da etwas altmodische Ansichten hat. Aber weißt du was, ich habe keine Lust, mit ihm darüber zu streiten. Und mit dir übrigens auch nicht. Es ist mir egal.

Er liebt mich, er trägt mich auf Händen, und das ist alles, was ich will. Ich habe es so satt, in dieser bedrückenden Enge auf dem Stübeckhof zu wohnen und jeden Pfennig dreimal umzudrehen, bevor ich mir etwas kaufe. Wenn Herbert und ich verheiratet sind, dann brauche ich mir um nichts mehr Sorgen zu machen. Ich werde in einem wunderschönen großen Haus wohnen mit einem wunderschönen Garten in einem wunderschönen Städtchen, und meine einzige Sorge wird es sein, seine Wäsche sauber zu halten und ihm was Gutes auf den Tisch zu zaubern. Stell dir vor, ich werde sogar einen richtigen Kühlschrank haben und einen elektrischen Herd. Und jeden Donnerstag kommt eine Zugehfrau und kümmert sich um den Hausputz. Ich werde mir jeden Monat ein neues Kleid kaufen können, wenn mir danach ist. Und im Sommer werden wir Urlaub machen, an der Mosel oder im Schwarzwald, vielleicht sogar in Italien, das hat Herbert mir versprochen. Es wird himmlisch, Dora. Was will ich mehr? Mit diesem Mann habe ich das ganz große Los gezogen. Denn sag doch mal ehrlich: Was hat man denn von dieser Gleichberechtigung – außer Plattfüßen und abgebrochenen Fingernägeln? Ich will es schön haben in meinem Leben, so schön und bequem wie früher, wie vor dem Krieg, als wir noch zu Hause lebten. Ich will, dass wieder alles gut ist, dass ich mir keine Sorgen machen muss und keine Angst mehr vor der Zukunft habe …«

Bei diesen Worten traten Tränen in Mariannes Augen. Sie stockte und senkte den Blick. Dora nahm die Hand ihrer Schwester und streichelte sie. Nachdenklich fuhr sie mit dem Finger über den Verlobungsring.

»Du hast ja recht, Marianne. Ich verstehe, was du meinst. Wir haben Furchtbares durchgemacht im Krieg und danach und sehnen uns alle nach Sicherheit und Nestwärme, nach unserem schönen sorglosen Leben damals in Ostpreußen. Aber so wie früher wird es nie wieder werden. Kein Mann dieser Welt kann die Vergangenheit wieder auferstehen lassen.«

»Das weiß ich doch. Warum sagst du das?«

»Damit du nichts überstürzt. Hast du dir das mit der Hochzeit auch gut überlegt?« Sie hielt einen Moment inne und sah ihre Schwester an. »Liebst du ihn oder nur das Leben, das er dir verspricht?«

Mit einem Ruck zog Marianne ihre Hand zurück. »Das ist doch dasselbe! Keine Sorge, ich weiß genau, was ich tue. Ich nehme meine Zukunft in die Hand, so wie du es ja auch tust. Aber meine Pläne sehen eben anders aus. Ich habe keine Lust mehr zu kämpfen und mich abzurackern. In Herberts Villa im Taunus werde ich glücklich sein, sorglos, geliebt und geborgen. Das ist mein größter Traum, und mit unserer Hochzeit im Frühjahr wird er in Erfüllung gehen.«

Dora unterdrückte einen Seufzer. »Ich wünsche es dir von Herzen«, lenkte sie ein. »Und Herbert scheint dich ja wirklich zu lieben. Wenn ihr euch in diesen Dingen einig seid, wirst du es bestimmt gut bei ihm haben.«

»Ja, das denke ich auch. Vielleicht liebe ich ihn nicht ganz so sehr, wie du deinen Curt liebst, aber Herbert ist wenigstens bei mir.« Marianne wischte sich die Tränen aus den Augenwinkeln. Dora reichte ihr ein Taschentuch.

»Und du?«, fragte Marianne, nachdem sie sich die Nase geputzt hatte. »Bist du glücklich? Sehnst du dich denn gar nicht nach ein bisschen Luxus? Nach einem Mann, der dich jeden Tag verwöhnt?«

Dora zögerte mit der Antwort. »Mir ist im Moment etwas anderes wichtiger. Ich will Tierärztin werden und bin auf einem guten Weg dorthin. Und außerdem, Marianne …« Sie beugte sich vor und sprach mit gedämpfter Stimme weiter. »Ich habe endlich wieder Kontakt zu Curt. Stell dir das vor! Ich hatte euch doch geschrieben, dass er im Gefängnis sitzt, weil er ein paar Jahre lang für Hitlers Propagandaministerium Fotos gemacht hat.«

Marianne nickte. »Ja. Ich weiß. Es tut mir schrecklich leid für euch beide. Was für eine schlimme Geschichte!«

»Ich konnte ihn bereits zwei Mal im Gefängnis besuchen. Es ist wunderbar, ihn zu sehen, aber ich mache mir furchtbare Sorgen um ihn. Es muss schrecklich sein da drin. Ich versuche alles, damit sie ihn früher herauslassen. Ich glaube, es gibt da eine Möglichkeit. Und dann haben wir eine Zukunft, Curt, Clara und ich.«

»Ach Dora. Wie soll das denn funktionieren? Willst du das Gerichtsurteil anfechten? Und was ist, wenn es nicht klappt? Bist du dir wirklich sicher, dass du auf ihn warten solltest? Noch fünf entsetzlich lange Jahre!« Marianne schüttelte sich. »Das würde ich im Leben nicht tun. Was meinst du, wie er sich verändert haben wird nach der langen Zeit im Gefängnis. Der ist doch ein ganz anderer Mann als früher! Ich glaube, du jagst da einer Illusion nach, Dora. Du solltest Curt besser vergessen. Es gibt doch noch so viele andere Männer auf der Welt.«

»Aber wenn ich ihn doch liebe, Marianne ...«

»Pah, Liebe! Wie sagt man: Der Appetit kommt mit dem Essen. Sei nicht so hart zu dir, Dora! Du würdest bestimmt auch mit einem anderen Mann glücklich werden. Denk doch, bald bist du dreißig. Am Ende kriegst du gar keinen mehr ab.«

»Das, liebe Marianne, lass mal meine Sorge sein.«

23.

»Hetti, kannst du morgen bitte so lieb sein und Clara in die Schule bringen, bevor du ins Büro gehst?« Kurz vor dem Abendessen steckte Dora ihren Kopf in das Zimmer ihrer Schwägerin. »Ich muss so früh wie möglich an der Uni sein, um mich für das Pflichtpraktikum in den Semesterferien anzumelden. Ich möchte unbedingt einen Platz in der Tierklinik ergattern, und ich weiß, dass die Praktikumsstellen da sehr begehrt sind. Deshalb will ich möglichst als Erste beim Büro der Vergabestelle sein, und das schaffe ich nicht, wenn ich Clara um acht zur Schule bringe.«

Hetti, die wie jeden Abend einen ihrer Krimis las, sah von ihrem Buch auf und nickte Dora zu.

»Natürlich, das mache ich gerne. Es ist ja kein Umweg. Ich drücke dir die Daumen, dass du dein Praktikum bekommst.«

»Vielen Dank. Je eher ich da bin, desto bessere Chancen habe ich.«

Es war kurz nach sieben, als Dora am nächsten Morgen die alte Tierarzneischule, das Haupthaus der Veterinärmedizinischen Fakultät, erreichte. Niemand war zu sehen. Das trutzige, hufeisenförmige Gebäude an der Luisenstraße lag noch dunkel und verlassen da, kein Lichtschimmer erhellte die hohen, halbrunden Fenster. Es war recht unbeschadet durch den Krieg gekommen. Ganz links außen im ersten Stock waren noch zwei Scheiben notdürftig mit Holzbrettern vernagelt. Dora ging die Stufen zum Eingangsportal hoch und drückte die Klinke, doch die Tür war noch verschlossen. Ein wenig ärgerte sie sich über ihren Eifer, aber es war besser zu früh als zu spät zu kommen, wenn sie den ersehnten Praktikumsplatz haben wollte. Fröstelnd trat sie von einem Fuß auf den anderen, dann beschloss sie, eine kleine Runde durch die Gartenanlage zu spazieren. Es war still, bis auf das Brummen der Automotoren auf der Straße hinter den Unigebäuden. Ihre Schritte knirschten laut auf dem Kiesweg. Raureif hatte Gras und Bäume wie mit einem leichten Zuckerguss überzogen. Die Luft roch nach verbrannter Kohle, die aus allen Schornsteinen der Stadt quoll. Dora sah auf. Es wurde allmählich hell. Neben der Kuppel des Tieranatomischen Theaters färbte sich der Himmel rosa. Die aufgehende Sonne strahlte die fast geschlossene Wolkendecke von unten an und sorgte für ein beeindruckendes Farbspiel am Morgenhimmel. Richtung Osten leuchteten die Wolken in Violett-, Rosa- und Orangetönen, zusehends vermischt mit Blau und Grau. Trotz der Kälte blieb Dora staunend stehen und betrachtete das Wunder des Tagesanbruchs. Der prachtvolle Sonnenaufgang entschädigte sie ein wenig für das frühe Aufstehen. Sie sah darin ein gutes Vorzeichen für diesen Tag, gewiss würde es mit ihrem Praktikum klappen.

Als sie eine Viertelstunde später zum Hauptgebäude zurückkam, war Licht in den Fenstern der Eingangshalle und die Tür ließ sich öffnen. Dora trat ein. Drinnen war niemand zu sehen. Still und verwaist lag das Foyer. Mit raschen Schritten ging sie durch den Korridor, doch die Tür zum Büro der Assistentin Frau Bernisch war noch verschlossen. Weil sie vom Herumlaufen in der Kälte ein wenig fror, suchte sie den Waschraum der Damentoilette auf, um sich heißes Wasser über die Hände und Handgelenke laufen zu lassen. Doch so lange sie es auch laufen ließ, es kam kein warmes Wasser aus dem Hahn.

Sie hatte sich gerade die Finger abgetrocknet, als sie draußen auf dem Gang das leise Geräusch von Schritten hörte. In der Hoffnung, die Assistentin abzufangen, öffnete Dora die Tür. Doch von Frau Bernisch war weit und breit nichts zu sehen. Stattdessen entdeckte Dora, dass weiter unten im Flur jemand vor dem Schwarzen Brett stand. Wer es war, konnte sie nicht erkennen, denn die Person hatte ihr den Rücken zugewandt, auf dem ein abgewetzter Rucksack hing, wie bei vielen Studenten. Der Unbekannte war groß, trug einen weiten schwarzen Mantel und eine dunkelblaue Wollmütze, die tief ins Gesicht gezogen war. Dora war sich sicher, dass sie noch nie mit jemanden in dieser Montur an der Uni zu tun gehabt hatte. Aufgrund der Körpergröße nahm sie an, dass es ein Mann war. Zunächst wirkte es so, als studierte er die Aushänge. Dann griff er sich in die Manteltasche. Aus der einen zog er ein zusammengefaltetes, plakatgroßes Blatt heraus, das er ausbreitete, aus der anderen offenbar ein paar Stecknadeln oder Reißzwecken. Noch bevor er das Papier mit dem letzten Pin ganz oben am Brett angeheftet hatte, konnte Dora lesen, was in großen roten aufgepinselten Buchstaben darauf stand: »Wir fordern Freiheit!«

Dora unterdrückte einen Aufschrei. Sie schob die Tür ein Stück zu, sodass nur noch ein Spalt blieb, um hinauszublicken. Sie wollte auf keinen Fall entdeckt werden. Ihr Puls raste. Das also war der Mensch, der die verbotenen Flugblätter anbrachte. Er war es, den die Staatssicherheit so lange schon suchte, und sie hatte ihn auf frischer Tat ertappt. Mit klopfendem Herzen beobachtete sie, wie der Fremde noch ein zweites Blatt anbrachte, aber der Text war länger und zu klein geschrieben, als dass sie ihn hätte von ihrem Posten aus lesen können. Doch sie war sich sicher, dass auf dem anderen Papier ebenfalls eine Botschaft stand, die die Staatsführung der DDR nicht gutheißen würde.

Nach einem letzten Blick auf das Schwarze Brett drehte sich der Mann weg und ging, ohne dass Dora sein Gesicht hätte sehen können. Einen Augenblick lang blieb sie wie angewurzelt stehen. Und jetzt? Was sollte sie tun? Herrn Jatzke davon berichten? Damit würde sie die Vereinbarung erfüllen, auf die sie sich in der Not eingelassen hatte. Es war ihre Chance, Curt endlich aus dem Gefängnis zu bekommen. Aber was konnte sie der Stasi schon erzählen? Am Montag, den 12. Januar 1953 gegen 7 Uhr 30 hat ein Mann in schwarzem Mantel und dunkelblauer Pudelmütze zwei regimekritische Flugblätter an das Schwarze Brett der Veterinärmedizinischen Fakultät geheftet. Gewiss reichten diese Informationen nicht aus, um eine Amnestie für Curt zu erwirken.

Kurz entschlossen verließ Dora den Waschraum. Im Vorbeigehen überflog sie, was auf dem zweiten Blatt stand: »Fast acht Jahre nach Kriegsende haben wir immer noch Lebensmittelkarten – obwohl uns die Parteifunktionäre so lange schon versprechen, sie abzuschaffen. Und wo können wir unseren Hunger nach Recht und Freiheit stillen? Dafür gibt es keine Karten!«

Das war eindeutig. Dora beschleunigte ihre Schritte.

Die Gestalt mit der Mütze näherte sich dem Eingangsportal. Sie durfte ihn nicht entwischen lassen. Vielleicht gelang es ihr, den Fremden in ein unverfängliches Gespräch zu verwickeln und mehr über ihn herauszubekommen. Ob er sich darauf einlassen würde?

Lautlos huschte sie ihm nach. In dem Moment, in dem er seine Hand an den Türknauf legte, hatte sie ihn eingeholt. Als er bemerkte, dass er nicht allein war, fuhr er herum. Sie hielt den Atem an. Der zutiefst erschrockene Ausdruck in seinem Gesicht wich im nächsten Moment einem erleichterten Grinsen.

»Guten Morgen, Dora. Was machst denn du schon so früh an der Uni? Konntest du auch nicht mehr schlafen?«

Es war Frajo.

Dora begann augenblicklich am ganzen Leib zu zittern.

»Mensch, du ... Ich ... ich wollte mich fürs Praktikum anmelden, aber das Büro ist noch nicht auf. Ich hab dich gar nicht erkannt. Seit wann trägst du so eine Pudelmütze?« Bloß nicht die Flugblätter erwähnen und die verbotenen Parolen. Am besten nicht einmal daran denken!

Frajo grinste verlegen. »An manchen Tagen ist es mir eben kälter als an anderen.« Er zuckte mit den Schultern. »Ich will auch zu Frau Bernisch, aber ihre Sprechstunde beginnt erst um acht. Kommst du mit vor die Tür eine rauchen? Nachher sitzen wir wieder den ganzen Tag zwischen diesen Mauern.«

Dora nickte, obwohl sie noch nie geraucht hatte. Aber in diesem Moment war sie so durcheinander, dass sie gar nicht darüber nachdachte. Vielleicht würde sie die Zigarette ein wenig beruhigen.

Sie gingen nach draußen und lehnten sich gegen den Sockel des übermannsgroßen Denkmals, das im Ehrenhof vor der Tierärztlichen Hochschule stand. Es stellte einen der frühesten Wissenschaftler der Berliner Veterinärmedizinischen Fakultät dar, wie Dora in einer der ersten Vorlesungsstunden erfahren hatte, Andreas Christian Gerlach, der im 19. Jahrhundert unter anderem bahnbrechende Studien zur Rinderpest geführt hatte. Ernst blickte die Figur mit dem welligen Haar und dem langen Schnauzbart zu den beiden hinunter, in der einen Hand ein Buch, die andere wie mahnend erhoben. Dora hatte das Gefühl, der bronzene Professor blicke direkt in ihre Seele.

Frajo nahm den Rucksack ab und stellte ihn auf den Boden. Dann riss er sich die Mütze vom Kopf, zog den schwarzen Mantel aus und stopfte beides in seinen Rucksack. Jetzt begriff Dora, weshalb sie diese Klamotten noch nie an ihm gesehen hatte. Sie dienten ihm lediglich zur Tarnung, wenn er in aller Frühe seine Flugblätter aushängte. Frajo nahm ein Päckchen Zigaretten aus der Tasche seiner Jacke, die er unter dem weiten Mantel getragen hatte, und reichte Dora eine davon. Dora nahm sie mit zitternden Händen und er gab ihr Feuer mit einem Streichholz. Fahrig zog sie an der glimmenden Zigarette. Der ungewohnte Rauch brannte in ihrer Lunge und sie musste sofort husten.

Frajo lachte leise. »Eigentlich rauchst du doch gar nicht, oder?«

»Nein, eigentlich nicht. Aber heute ist mir danach.«

Seine Augen funkelten. »Weil du gesehen hast, dass ich die Flugblätter ausgehängt habe?«

Dora nickte stumm. Sie war erstaunt, dass er kein Geheimnis daraus machte.

»Mannomann, behalt das bloß für dich«, sagte er. »Du glaubst nicht, wie erschrocken ich war, als ich an der Tür merkte, dass da jemand hinter mir ist. Wo hast du denn gesteckt, als ich vor dem Schwarzen Brett stand? Ich habe weit und breit keine Menschenseele gesehen.«

»Ich kam gerade aus der Toilette.«

»Glück gehabt. Puh. Ich dachte, jetzt ist es aus. Noch nie ist mir jemand in der Uni begegnet, wenn ich um diese Uhrzeit komme. Himmel, war ich froh, als ich sah, dass du es warst. Ich will mir gar nicht vorstellen, was los wäre, wenn Konrad Bergmann mich beobachtet hätte.«

Dora rauchte hastig und unterdrückte einen weiteren Hustenreiz. Frajo schien ihre Unruhe nicht zu bemerken.

»Warum bist du denn schon so früh zur Uni gekommen? Wolltest du unbedingt die Allererste sein, die sich fürs Praktikum anmeldet? Oder spionierst du mir nach? Vielleicht arbeitest du neuerdings für die Stasi?« Er hielt das für einen guten Witz, denn er lachte respektlos und drohte ihr spaßeshalber mit dem Finger.

In diesem Augenblick hätte sich Dora am liebsten übergeben. Als sie ihre Stimme wieder unter Kontrolle hatte, sagte sie: »Quatsch, wie kommst du denn darauf?«

Sie schluckte.

»Du bist komisch heute. Schockiert es dich zu erfahren, dass ich es bin, der diese bösen, bösen Pamphlete aushängt?« Er sah sie schief an. Doch er schien nicht die geringsten Bedenken zu haben, sich Dora gegenüber zu öffnen. Er hatte Vertrauen zu ihr. Sie waren Freunde. Was konnte ihm schon passieren?

Dora antwortete nicht.

»Es tut mir leid, wenn ich dich enttäusche«, fuhr Frajo fort und blies Rauch aus dem Mundwinkel. »Aber im Gegensatz zu unserem lieben Günther bin ich der Meinung, dass man sich gegen dieses Regime wehren muss. Wenn alle immer die Klappe halten, dann wird sich niemals etwas ändern. Das haben wir doch bei den Nazis schon mal erlebt. Als der Krieg zu Ende war und mir aufging, wie gnadenlos uns Hitler und seine Leute in all den Jahren verarscht haben, da habe ich mir geschworen, dass ich so etwas nie wieder hinnehmen werde. Also gebe ich meine Kommentare zur politischen Lage zum Besten. Im Geheimen, versteht sich. Denn ich befürchte, man wird mich einsperren, wenn ich meine Klappe zu weit aufreiße, und dann ist nichts gewonnen.«

Dora nickte. Er sprach wie Erich. Er hatte recht. Er war der Mann, den die Stasi suchte. Seine Freiheit für Curts Freiheit. Sie mochte Frajo gern, aber sie liebte Curt. War das nicht wichtiger? Sie zog an ihrer Zigarette, als könne sie mit dem Nikotin die Antwort auf diese Frage aufnehmen.

Sie sprachen noch über Belangloseres, über die anstehenden

Prüfungen, über ihre Erwartungen an das kommende Semester. Dora nahm kaum wahr, was sie sagte, denn vor ihren Augen stand immer noch der Text des anklagenden Flugblattes, den sie vorhin gelesen hatte.

Nach und nach strömten immer mehr Studenten auf das Eingangsportal zu. Bald waren auch Anneliese und Günther da und begrüßten die beiden mit nichts ahnender Heiterkeit.

»Was steht ihr denn hier draußen herum wie die Ölgötzen?«, fragte Günther. »Los, wir müssen zur Bernisch, sonst bekommen wir nur noch die ödesten Praktikumsstellen. Ich wette, am Büro stehen schon hundert Leute an.«

Sie gingen zurück ins Unigebäude. Dora erhielt tatsächlich noch einen der letzten heiß begehrten Plätze in der Tierklinik. Doch das nahm sie nur wie in Trance wahr. Das Gefühl von akuter Übelkeit wollte den ganzen Tag lang nicht weichen.

In dieser Nacht wälzte sie sich schlaflos in ihren Kissen. Eine Frage drehte sich in ihrem Kopf herum wie ein tonnenschwerer Mühlstein: Was war falsch und was war richtig? Sie konnte doch Frajo nicht an die Stasi verraten. Er hatte nichts Falsches getan mit seinen Flugblättern. Ganz im Gegenteil, er war mutig in der Hoffnung, dass sich in diesem Land bald etwas zum Besseren wenden werde. Im Grunde sah sie alles so wie er. Frajo durfte für seine Tapferkeit nicht bestraft werden.

Aber andererseits musste sie doch handeln! Es ging um Curt! Mit einem Bericht an das Ministerium für Staatssicherheit hatte sie die Möglichkeit, ihn aus dem Gefängnis zu holen. Wenn sie schwieg, würde er sicher nicht freikommen. Ihr geliebter Curt, der seit Jahren in seiner kalten Zelle lebte, der krank war und sich jeden Tag quälte. Womöglich schwebte er in Lebensgefahr. Nein.

Er durfte nicht länger leiden. Es gab nichts, wonach sie sich mehr sehnte, als Curt endlich in Freiheit und Sicherheit zu wissen.

Dora sah nach dem Wecker. Die grünlich schimmernden Zeiger standen auf halb drei. Wollte diese Nacht denn nie zu Ende gehen? Aus Claras Bett kam ein leiser, wohliger Seufzer. Sie schien gerade einen schönen Traum zu haben. Dora drehte sich zu ihr um. Ihre geliebte kleine Clara, die schon so viel mitgemacht hatte in ihrem Leben. Hatte sie es nicht verdient, endlich eine richtige Familie zu bekommen? War es nicht Doras Pflicht, dafür zu sorgen, dass Clara glücklich war? Das Mädchen brauchte doch seinen Vater. Sie würden endlich für immer zusammen sein, sie, Curt und Clara.

Dora stand auf und ging zum Fenster. Leise schob sie die Vorhänge zur Seite und öffnete einen Flügel. Sogleich strömte eiskalte Januarluft ins Zimmer.

Ratlos blickte sie in die Nacht hinaus. Es war still, nur aus der Ferne war hin und wieder das Geräusch von Automotoren zu hören. Tiefschwarz wölbte sich der Himmel über der Stadt, kein einziger Stern drang durch die Wolkenschicht. Selbst die Straßenlaterne vor dem Haus verbreitete nur einen fahlen Schein auf dem holprigen Kopfsteinpflaster, auf dem noch Reste von schmutzigem Schnee lagen. Die Windschutzscheibe des Autos, das vor dem gegenüberliegenden Haus parkte, war mit einer Eisschicht bedeckt. Obwohl Dora in ihrem dünnen Nachthemd fror und ihr die Frostluft in die Lunge biss, blieb sie am offenen Fenster stehen. Sie atmete tief ein, als stünde sie kurz vor dem Ersticken. Was sollte sie nur tun?

Frajos hübsches Gesicht mit der blonden Haartolle über der Stirn tauchte vor Doras Augen auf, sein freches Hardy-Krüger-Grinsen, sie meinte seine Stimme zu hören, seine respektlosen Witze. Nein, es war undenkbar, dass ein so wunderbarer Mensch wie Frajo womöglich für Jahre in den Knast gesteckt wurde, nur weil er mutig genug war, die Wahrheit zu sagen. Sie durfte nicht gegen ihr Gewissen handeln. Wie sollte sie ihr Leben mit Curt genießen im Wissen, dass sie es sich mit einem Verrat erkauft hatte? Dora stöhnte leise. Doch wie sollte sie je froh werden im Bewusstsein, dass sie den Schlüssel zu Curts Freilassung und zu ihrem gemeinsamen Glück in den Händen gehalten hatte, diese Chance aber ungenutzt hatte verstreichen lassen?

24.

Herr Jatzke erwartete Dora bereits vor dem *Café Margot*, als sie wenige Tage später am vereinbarten Treffpunkt erschien.

»Da drinnen ist kein Tisch mehr frei, an dem man in Ruhe miteinander reden kann«, erklärte er. »Gehen wir ein bisschen spazieren. Kennen Sie den Bürgerpark hier in Pankow?«

Dora nickte. An den letzten schönen Sonntagen im Herbst war sie manchmal mit Clara dort gewesen und an dem kleinen Flüsschen Panke entlanggeschlendert, der durch die Anlage führte und dem der Berliner Stadtteil Pankow seinen Namen zu verdanken hatte. Mittlerweile war kaum mehr zu erkennen, wie hübsch dieser Park bis zu den Luftangriffen des Krieges gewesen sein musste. Von dem Tiergehege, den Wasserspielen, dem Gartenrestaurant und dem Musikpavillon, die einst auf dem Gelände gestanden hatten, war praktisch kein Stein mehr übrig geblieben. Nur das reich verzierte dreiteilige Eingangstor ließ etwas von der ehemaligen Pracht des Gartens erahnen. An diesem kalten und trüben Nachmittag im Januar bot der Park aber ohnehin ein tristes Bild. Nackt und schwarz standen die Bäume an der von Maulwurfshügeln buckligen Wiese, auf der ein paar Krähen herumpickten. Es war windig. Dora schlang sich den Schal enger um den Hals. In den vergangenen Tagen hatte es Tauwetter gegeben. Jetzt setzte wieder ein leichtes Schneetreiben ein und bedeckte die kahlen Äste, die Wege und Rasenflächen ganz allmählich mit einem weißen Hauch. Nur wenige Spaziergänger verirrten sich bei diesem ungemütlichen Wetter in den Park.

»Gut«, sagte Herr Jatzke. »Hier sind wir ungestört und können uns ausführlich unterhalten. Wie weit sind Sie mit Ihren Beobachtungen gekommen? Was können Sie berichten?«

Dora schluckte.

»Es gibt da einen Kommilitonen in meinem Semester. Ich habe beobachtet, wie er neulich in aller Frühe staatsfeindliche Flugblätter ans Schwarze Brett gepinnt hat, unter anderem die Parole ›Wir fordern Freiheit!‹. Sein Name ist Frajo, Franz-Josef Rosenmöller, geboren in Erfurt. Sein Geburtsdatum könnte ich sicher noch herausfinden. Er wohnt zur Untermiete in Westberlin, von dort kommt er jeden Tag mit der Bahn zu den Vorlesungen in der Veterinärmedizinischen Fakultät an der Luisenstraße. Wir sind befreundet. Er ahnt nicht, dass ich mit dem Ministerium für Staatssicherheit zusammenarbeite. Wenn Sie möchten, horche ich ihn noch ein bisschen mehr aus. Vielleicht erfahre ich von ihm noch die Namen möglicher Mitstreiter. Vielleicht kann Ihr Ministerium mit diesen Informationen eine ganze Gruppe von Oppositionellen ausheben. So, Herr Jatzke, damit habe ich geliefert. Und jetzt sagen Sie mir, wann und wo ich Curt von Thorau von der Haftanstalt abholen kann.«

Das zu sagen, lag Dora auf der Zunge. Sie hatte es lange genug in Gedanken einstudiert. Es war nur vernünftig. Ihr ganzes Leben würde eine 180-Grad-Wendung nehmen, wenn sie es übers Herz brachte, ihre Gedanken jetzt auch laut auszusprechen und dem Stasimann Frajos geheime Aktivitäten zu verraten. Ihr größter Wunsch würde endlich in Erfüllung gehen. Nur ein paar Sätze und sie und Curt würden zusammen sein können. Gewiss ließe es sich einrichten, dass Frajo niemals erfuhr, wer ihn an die Stasi verraten hatte. Es würde alles nur zu ihrem Besten sein. Doch Dora schwieg. Da war dieser dicke Kloß im Hals, der es ihr unmöglich machte, auch nur ein Wort herauszubringen.

»Was ist los mit Ihnen, Fräulein Twardy? Sie sind doch sonst nicht auf den Mund gefallen. Ich warte auf Ihren Bericht.«

Dora betrachtete, wie die dicken nassen Schneeflocken vor ihr auf den Boden sanken und den grauen, grobsandigen Weg mehr und mehr bedeckten.

»Ich ... ich habe bislang leider nichts Verdächtiges an der Uni beobachten können«, stieß sie schließlich hervor. Das Blut rauschte so laut in ihren Ohren, dass sie ihre eigenen Worte kaum vernahm. Warum sagst du es nicht, schrie eine Stimme in ihr. Aber es ging nicht. Sie konnte Frajo nicht verraten.

»Nichts Verdächtiges? Wie kann das sein? Nach meinen Informationen hat ein unbekanntes Subjekt erst vor zwei Tagen wieder Schmähschriften an die Wandtafel der Veterinärmedizinischen Fakultät geheftet. Die sind doch nicht von Geisterhand da hingekommen.«

»Ja, das stimmt. Aber ich konnte nicht erkennen, wer es war.«

»Was heißt das? Sie haben jemanden gesehen, konnten ihn aber nicht identifizieren? Wie sah er denn aus? Größe? Haarfarbe? Statur? Da lässt sich was draus machen.«

»Nein, Herr Jatzke. Das heißt, ich ... ich habe überhaupt niemanden gesehen. Als ich zur Uni kam, hingen die Flugblätter schon am Schwarzen Brett.«

»Soso. Das ist überaus enttäuschend. Ich hatte mehr Engagement von Ihnen erwartet. Verdammt noch mal! Dieser Mensch muss doch irgendwann das Unigebäude betreten haben. Warum waren Sie nicht auf dem Posten? Da muss man sich eben den Wecker etwas früher stellen. Da muss man doch etwas beobachten können! Kann es sein, dass Sie die Kooperation mit dem Ministerium für Staatssicherheit nicht ganz ernst nehmen?« Seine Stimme war mit jedem Satz lauter geworden. Jetzt machte er eine Pause, weil sich eine alte Dame mit einem Dackel an der Leine näherte. Dora warf Herrn Jatzke einen Blick von der Seite zu und sah, wie er mahlend seine Kiefer aufeinanderpresste. Als die Frau mit dem Hund vorbeigegangen und außer Hörweite war, sprach er mit gedämpfter Stimme weiter. »Bedauerlicherweise muss ich Ihnen sagen, dass Sie Ihren verehrten Herrn von Thorau vorerst nicht wiedersehen werden.«

Dora spürte, wie ihre Knie weich wurden. Mit Mühe gelang es ihr, weiterhin einen Schritt vor den anderen zu setzen.

»Aber, Herr Jaschke!«, stieß sie hervor.

»Es gibt kein Aber. Sie hatten die Chance, sich kooperativ zu zeigen, Sie haben versagt, und nun müssen Sie mit den Konsequenzen leben.«

Später konnte sich Dora nicht mehr daran erinnern, wie sie vom Bürgerpark Pankow zurück zur Villa der Hagemanns gekommen war. Auch der Rest ihres Gespräches mit Herrn Jatzke verschwamm in nebelhafter Erinnerung. Das Einzige, was ihr kristallklar im Gedächtnis blieb, war die Tatsache, dass sie nicht wusste, wie sie Curt jemals aus dem Gefängnis bekommen konnte.

• • •

Dora hielt es wie immer, wenn sie nicht mehr ein und aus wusste: Sie arbeitete. Die ersten Zwischenprüfungen an der Uni standen an, und sie verschanzte sich in jeder freien Minute hinter ihren Büchern und Mitschriften. Wie die meisten Studierenden quälte sie sich vor allem mit dem Lernstoff für Marxismus-Leninismus. Aber sie hatte keine Wahl, sie musste diese Prüfung bestehen, wenn sie ins nächste Semester kommen wollte. Bis spätabends saß sie mit Günther, Frajo und Anneliese in der Bibliothek der Veterinärmedizinischen Fakultät und büffelte. Es tat ihr gut, sich auf den Stoff zu konzentrieren und sich nicht ständig Gedanken über Curt zu machen, die sich ohnehin immer nur im Kreis drehten. Manchmal aber schweifte sie doch ab vom Stoff ihrer Lehrbücher und betrachtete Frajo verstohlen von der Seite. War es ein Fehler gewesen, ihn zu schützen? Was wäre, wenn sie es sich anders überlegte und der Stasi nun doch noch von seinen heimlichen Aktivitäten berichtete? Würde man ihr dann erlauben, Curt wiederzusehen? Doch jedes Mal, wenn ihr Frajos Grinsen begegnete, senkte sie verlegen den Kopf und wusste, dass sie es nicht übers Herz bringen würde, ihn zu verraten. Sie würde niemanden an die Stasi ausliefern. Sie musste einen anderen Weg finden, wieder Kontakt zu Curt zu erhalten, auch wenn sie nicht die geringste Vorstellung hatte, wie sie das bewerkstelligen sollte.

Erneut vertiefte sie sich in den Lernstoff, bis Anneliese auf einmal entschlossen ihr Buch zuklappte.

»Schluss, aus. Ich kann nicht mehr. Es hat einfach keinen Sinn.«

Dora sah auf: »Was ist los? Soll ich dir helfen?«

Anneliese schüttelte den Kopf. Sie war ungewohnt ernst. »Das ist einfach nichts für mich. Vielleicht war dieses ganze Studium eine Schnapsidee. Manchmal frage ich mich, weshalb ich nicht eine Schneiderlehre mache wie meine Mutter. Sie hat damals gleich gesagt, Schuster bleib bei deinen Leisten, als ich ihr erzählte, dass ich Tierärztin werden will. Vermutlich hat sie recht gehabt.«

»Unsinn.« Dora stand auf und lehnte sich an Annelieses Schreibpult. Leise, um die anderen Studenten im Saal nicht zu stören, sprach sie weiter: »Du hast doch die Aufnahmeprüfung bestanden. Damit hast du doch gezeigt, dass du das Zeug zum Studieren hast.«

»Ach Dora, ich bekomme diesen öden Kram einfach nicht in meinen Kopf hinein.«

»Du brauchst sicher nur eine kleine Pause zwischendurch. Und dann helfe ich dir. Wo hapert es denn am meisten?«

Anneliese verdrehte die Augen. »Mit Zoologie oder Anatomie habe ich keine großen Probleme. Aber eines begreife ich einfach nicht: Was bitte schön hat ein krankes Pferd davon, dass ich die Geschichte der deutschen Arbeiterbewegung in all ihren Details auswendig kenne?«

Dora musste lächeln. »Keine Ahnung. Das frage ich mich auch manchmal. Aber es hilft ja nichts. Wir müssen das können. Denk nicht darüber nach! Beiß einfach die Zähne zusammen und pauke das Zeug, damit du nächste Woche diese verdammte Prüfung schaffst und ins nächste Semester kommst.«

Anneliese schüttelte den Kopf, nahm Buch, Stift und Notizblock vom Tisch und steckte die Sachen in ihre Tasche.

»Tut mir leid. Mit qualmt der Kopf. Ich bin fertig für heute. Wir sehen uns morgen.«

Entschlossen stapfte sie aus der Bibliothek.

In den nächsten Tagen schien Anneliese ihre Sorgen vergessen zu haben. Sie hatte so gute Laune wie immer. Doch sie kam nicht mehr mit, wenn sich Dora und die beiden anderen in der Bibliothek verabredeten. »Ich arbeite lieber zu Hause«, erklärte sie leichthin.

Am Tag der Abschlussprüfung im Grundkurs Marxismus-Leninismus erschien sie in einem neuen Kleid an der Uni. Es war ein auffallendes Modell aus himmelblauem Stoff mit einem weit schwingenden Rock und einem passenden Bolerojäckchen dazu.

Dora staunte: »Du siehst hinreißend aus. Hast du dir das extra für die Prüfung gekauft?«

Anneliese grinste, stemmte die Hände in die Seiten und wippte mit den Hüften. »Das habe ich nicht gekauft. Das habe ich selbst genäht. Aus einem alten Vorhangstoff. Ich habe in den letzten Tagen jeden Abend an der Maschine gesessen. Es ist mein Meisterstück, das finde ich auch.«

»Selbst genäht? Oh, Anneliese. Das Kleid ist fantastisch, aber du hattest doch jetzt keine Zeit zum Nähen! Hast du denn gar nichts für die Uni gelernt? Wie willst du denn die Prüfungen schaffen?«

Anneliese zuckte nur mit den Schultern.

An einem Morgen Mitte Februar herrschte bereits ein dichtes Gedränge vor den Anschlagtafeln im Eingangsbereich, als Dora das Hauptgebäude des Veterinärmedizinischen Instituts betrat. Diesmal sorgten keine regimekritischen Parolen für Aufsehen, sondern die Prüfungsergebnisse, die dort ausgehängt waren. Alle Studierenden wollten gleichzeitig wissen, wie die Zwischenprüfungen gelaufen waren. Dora ließ ihre Blicke über die Namenslisten wandern und stieß einen erleichterten Seufzer aus, als sie ihre Noten entdeckte. Sie hatte in sämtlichen tiermedizinischen Fächern mit »gut« oder »sehr gut« abgeschnitten und auch die Prüfung im Pflichtkurs Gesellschaftswissenschaften bestanden, wenngleich nur knapp mit »ausreichend«.

»›Ausreichend‹ heißt, es reicht!«, kommentierte Frajo, der mit Günther neben ihr stand, und klopfte Dora anerkennend auf die Schulter. »Das zweite Semester kann kommen! Ich habe es auch geschafft und daran, dass Günther weiterkommt, gab es ja eigentlich von Anfang an keine Zweifel.«

»Unglaublich«, rief Dora Günther zu, nachdem sie seine Noten gesehen hatte. »Du hast ja sogar eine Zwei in Marxismus-Leninismus.«

»Alter Streber!«, meinte Frajo grinsend.

Günther hob wie entschuldigend die Schultern und errötete. »Ich hab einfach gepaukt …«

»Herzlichen Glückwunsch!« Anneliese hatte sich von hinten zwischen die drei geschoben und legte je einen Arm um Frajo und Günther. »Ihr seid einfach die Besten!«

Noch während Anneliese sprach, hatte Dora den Namen ihrer Freundin auf der Liste gefunden. Auch sie war in allen Prüfungen der Tiermedizin durchgekommen. Nur in der Rubrik »Grundkurs Gesellschaftswissenschaft« stand in dicken roten Buchstaben ein Ungenügend.

»O nein«, stieß sie erschrocken hervor. »Anneliese, das tut mir so leid!«

»Tja, so sieht es aus. Durchgefallen in Marxismus-Leninismus. Meine politische Bildung reicht einfach nicht aus, um mein Studium an der ehrwürdigen Humboldt-Universität fortzusetzen. Und das, obwohl mein Vater ein so überzeugter Kommunist war. Das nennt man wohl Ironie des Schicksals. Was soll ich machen …?«

»Nicht bestanden? Wirklich nicht? So ein Mist!« Günther sah ehrlich bestürzt aus. Selbst Frajo war das Dauergrinsen vergangen.

»Vielleicht kannst du noch eine Nachprüfung machen«, überlegte er laut. »Wir könnten im Sekretariat nachfragen.«

Anneliese schüttelte den Kopf. Sie sah kein bisschen verbittert aus.

»Nein, ihr Lieben. Es gibt keine Nachprüfungen, das haben die Professoren von Anfang an gesagt. Ich bin raus. Das war's mit meinem Studium. Und wisst ihr was? Es geht mir gut. Ich fühle mich so frei und leicht wie schon lange nicht mehr. Ihr wisst doch, wie schwer ich mich mit dem ewigen Pauken getan habe. Es hat halt einfach nicht sollen sein. Ich habe ein Semester lang Uniluft geschnuppert und ich habe euch drei kennengelernt, das ist doch wunderbar.«

»Aber was wirst du nun tun?«, fragte Dora.

»Keine Sorge! Ich hab schon längst was getan. Es war ja seit ein paar Wochen abzusehen, dass ich die Prüfung nicht schaffe. Und ehrlich gesagt: Ich hab die Nase voll von diesem langweiligen politischen Kram! Das Studium hatte ich mir wesentlich spannender vorgestellt. Ich will nicht mehr. Ich will was tun, das mir Spaß macht. Also habe ich mich um eine Alternative gekümmert. Und es hat geklappt. Stellt euch vor, gestern habe ich die Zusage für eine Schneiderlehre bekommen – und zwar im exquisiten Modehaus Horn am Kurfürstendamm, ist das nicht großartig? Ich kann gleich am nächsten Montag anfangen. Ich freue mich wie verrückt darauf, mit schönen Stoffen schöne Kleider zu nähen. Versprichst du mir, dass du dann mal in den Laden kommst und eine von meinen Kreationen anprobierst, Dora?«

»Ach Anneliese!« Dora drückte sie an sich. »Mit Vergnügen werde ich das tun. Ich mag dich furchtbar gern, dich und deinen Optimismus. Deshalb hast du also dieses wunderhübsche blaue Kleid geschneidert? Ich gratuliere dir ganz herzlich zu deiner Lehrstelle. Und wenn ich es mir leisten kann, kaufe ich mir sofort ein Kleid von dir. Ich hoffe, dass wir Freundinnen bleiben, auch wenn wir uns nicht mehr jeden Tag an der Uni sehen.«

»Na, davon kannst du ausgehen!«, antwortete Anneliese. »So schnell wirst du mich nicht los.«

25.

Dora beschloss, Anneliese nach ihrer ersten Lehrwoche in der Schneiderei mit einem kleinen Blumenstrauß zu überraschen. Christel hatte ihr zur bestandenen Zwischenprüfung etwas Geld geschickt, sodass sie es sich leisten konnte, ein paar Röschen für ihre Freundin zu kaufen. Wenngleich sich Anneliese bei ihrem Abschied von der Uni fidel wie immer gegeben hatte, so wusste Dora doch, dass sie sich nicht nur mit einem lachenden, sondern auch mit einem weinenden Auge von ihrem großen Traum, Tierärztin für exotische Zootiere zu werden, verabschiedet hatte. Am Freitagnachmittag nach der letzten Vorlesung fuhr sie zum Kurfürstendamm, um beim Modehaus Horn vorbeizuschauen und mit Anneliese anschließend noch etwas trinken zu gehen. Das passte gut, denn freitags kam auch Clara erst später nach Hause, weil sie an diesen Nachmittagen immer zu ihrer wöchentlichen Gruppenstunde bei den Pionieren ging.

Die Dämmerung war nicht mehr weit, als Dora die Ausgangstreppe am U-Bahnhof Uhlandstraße hinaufging. Der Winter hatte die Stadt wieder fest im Griff, schmutziger, festgefrorener Schnee türmte sich an den Straßenrändern. Die Autos und Busse schlichen über die glatte Fahrbahn. Und doch kam es Dora auch diesmal so vor, als wäre das Licht in Westberlin heller und der bleiche Winterhimmel hier einen Hauch blauer als im Osten. Wie grell am Ku'damm die Leuchtreklamen an den Fassaden der Geschäfte schimmerten! Wie prächtig die Schaufenster ausgestattet waren! Wie konnte dieselbe Stadt zwei so unterschiedliche Gesichter haben?

Dora fand das Eckhaus mit dem auffälligen Vordach und dem geschwungenen Schriftzug über der Eingangstür sofort. Nur kurz ließ sie ihre Blicke über die feinen Spitzenbüstenhalter, die eleganten Blusen und die schicken Röcke wandern, die auf den mit dunklem Samt ausgeschlagenen Ablagen der Schaufenster präsentiert wurden. Irgendwann, nahm sie sich vor, würde sie tatsächlich einmal herkommen, um sich im Modekaufhaus Horn etwas Hübsches zu kaufen. Am liebsten ein Kleid, das Anneliese geschneidert hatte.

Als eine Verkäuferin Dora nach ihren Wünschen fragte, erkundigte sie sich nach Anneliese.

»Oh, das tut mir leid. Die Damen aus der Schneiderei sind nicht mehr im Haus. Freitags dürfen sie immer eine Stunde früher Feierabend machen.«

Enttäuscht drehte Dora den in Seidenpapier eingewickelten Blumenstrauß in ihren Händen. »Wie schade. Ich wollte meiner Freundin zur erfolgreich bestandenen ersten Woche im neuen Job gratulieren.«

»Hm. Wie wäre es, wenn Sie den Strauß hierlassen? Ich hole eine Vase und stelle ihn gleich an Fräulein Schäfers Arbeitsplatz, dann freut sie sich, wenn sie morgen früh zur Arbeit kommt.«

Dora überlegte kurz, dann nickte sie.

»Ja, das ist eine gute Idee. Vielen Dank.«

»Vielleicht möchten Sie einen kleinen Gruß an das Fräulein Schäfer ausrichten?« Die Verkäuferin reichte Dora einen Bleistift und riss das oberste Blatt eines Kassenblocks ab, auf das Dora rasch ein paar liebe Wünsche an Anneliese schrieb, und wie schade es sei, dass sie einander heute verpasst hatten.

Weil sie nicht allein ausgehen wollte und auch keine Lust hatte, schon zurück zu den Hagemanns zu fahren, schlenderte Dora noch ein wenig ziellos durch die Straßen, bis sie nach einer Weile feststellte, dass sie sich ganz in der Nähe des *Chez Gigi* befand. Sie erkannte den Durchgang wieder, der zu dem Hinterhaus führte, in dem sich die Tanzbar befand. Neugierig ging Dora näher. Hatte die nette Barfrau nicht gesagt, sie solle bald wieder vorbeikommen? Sechs Wochen waren vergangen seit der Neujahrsnacht. Ob sich die Frau überhaupt noch an sie erinnerte? Sicher war das Nachtlokal um diese Zeit noch nicht für Gäste geöffnet, aber vielleicht war Gisela ja doch schon da.

Tatsächlich ging die Eingangstür des Lokals auf, als Dora es probierte. Scheu trat sie ein. Der Tanzsaal lag im fahlen Licht der Notbeleuchtung an den Wänden. Es roch nach kaltem Zigarrenrauch. Der Springbrunnen war aus. Wie verloren stand auf der anderen Seite des Saals das Schlagzeug auf dem Podest. In den Separees waren alle Stühle auf die Tische gehoben worden, die Tanzfläche schimmerte feucht. Ein Mann mit Schiebermütze und blauem Arbeitsoverall war gerade dabei, mit einem Putzstock über das Parkett zu schrubben. Von der rothaarigen Frau war nichts zu sehen.

»Entschuldigung«, rief Dora dem Putzmann zu. »Ich suche Gisela. Ist sie heute hier?«

Der Mann sah auf. »Die Chefin ist im Büro. Gleich links hinter der Bühne.« Er wies mit einem Kopfnicken in die Richtung.

Vorsichtig, um auf der nassen Fläche nicht auszurutschen, durchquerte Dora den leeren Tanzsaal. Die Tür zum Büro stand offen.

»Guten Tag«, sagte Dora. »Erinnern Sie sich noch an mich? Ich hoffe, ich komme nicht ungelegen.«

Die Barfrau war kaum wiederzuerkennen. Statt ihres frivolen Kleides trug sie heute einen wadenlangen Tweedrock, feste Schuhe und einen Strickpullover. Ihre roten Locken hatte sie mit einem breiten Stoffband gebändigt. Sie saß am Schreibtisch, eine Brille auf der Nase und sortierte Stapel von Rechnungen, Briefen und anderen Papieren, die sich vor ihr türmten. Nichts erinnerte mehr an die verführerische Sirene, die sie hinter der Bar des *Chez Gigi* kennengelernt hatte.

Der kleine Büroraum war spärlich möbliert. Ein Tisch mit zwei Stühlen und ein hüfthohes Regal voller Aktenordner standen darin. Das Auffallendste waren die vielen kleinen Fotografien, die über dem Aktenschrank mit Reißzwecken an der Wand befestigt waren. Sie zeigten alte Ansichten von Königsberg, wie Dora unschwer erkannte: das Schloss und den Teich mit seinen Ruderbooten, den Kaiser-Wilhelm-Platz mit dem Denkmal, den prächtigen Steindamm, auf dem gerade eine Straßenbahn entlangfuhr, und viele andere Gebäude und Plätze, die es seit den britischen Bombenangriffen im Sommer 1944 nicht mehr gab.

»Na, so was.« Gisela sah auf und lächelte, als sie Dora erkannte. »Das traurige Fräulein aus Ostpreußen.«

Dora wurde verlegen. »Sie hatten gesagt, ich solle mal wieder vorbeikommen, und weil ich gerade in der Nähe war … Aber falls ich Sie bei der Arbeit störe, komme ich ein anderes Mal.«

»Aber nein. Ich wollte sowieso gerade Pause machen.« Sie nahm die Brille ab und legte sie vor sich auf den Tisch. »Wie schön, dass du kommen konntest. Ich war mir nicht sicher, ob du meine Einladung ernst nehmen würdest. Ist es dir recht, wenn wir Du zueinander sagen? Wo wir doch beide eine ähnliche Vergangenheit haben!« Sie wies mit einem Kopfnicken auf die Fotos an der Wand. »Komm, setz dich zu mir!«

Es klang so freundlich, dass der Moment des Zögerns und die Unsicherheit, die Dora beim Betreten des Büros gerade noch gespürt hatte, augenblicklich verflogen waren. Während sie sich auf dem freien Stuhl auf der anderen Seite des Tisches niederließ, nahm Gisela zwei Gläser und eine Flasche Selterswasser aus einem Fach ihres Schreibtisches. Sie füllte die Gläser und schob eines Dora zu. Das andere leerte sie in wenigen Zügen.

»Ich kann eine kleine Ablenkung gut gebrauchen.« Gisela stieß einen Seufzer aus. »Buchhaltung ist etwas Schreckliches. Lieber habe ich drei Schlägereien am Abend, als dass ich mich auch nur eine Stunde um diesen fürchterlichen Kram hier kümmere. Aber es hilft ja nichts, das Finanzamt will nun mal alles ganz genau wissen.«

»Das kenne ich gut. Im Krieg habe ich ein paar Jahre lang die Verwaltung unseres Gutshofs übernommen. Und da habe ich anfangs auch mit der Buchhaltung gehadert. Aber man lernt es mit der Zeit.«

Gisela zog eine Augenbraue hoch.

»Tatsächlich? Das ist mir unbegreiflich. Wie kam es dazu? Und dann wolltest du mir doch noch beichten, wieso du ausgerechnet bei etwas so Herrlichem wie Swingmusik weinen musstest.«

Dora errötete beim Gedanken an die Silvesterfeier und schämte sich jetzt, dass sie in jener Nacht so kindisch in Tränen ausgebrochen war. »Heute ist es mir auch unbegreiflich, das muss ich gestehen. Vermutlich ist mir der viele Alkohol nicht bekommen. Aber manchmal klingt Musik so wunderschön, dass es nicht zum Aushalten ist. Zumal sie mich an jemanden erinnert hat, den ich manchmal so sehr vermisse, dass es richtig wehtut.«

Gisela nickte. »Ich verstehe, was du meinst. Manchmal liegen

Glück und Tränen direkt nebeneinander. Vielleicht hilft es, wenn du dir die ganze Sache mal so richtig vom Herzen redest? Ich bin ein furchtbar neugieriger Mensch, und ich habe Zeit. Das Finanzamt kann warten.«

Dora hatte keine Erklärung dafür, aber es schien ihr in diesem Moment, als würde sie die andere Frau schon seit Ewigkeiten kennen. War es der vertraute ostpreußische Klang ihrer Stimme? Waren es die Bilder mit den altbekannten Stadtansichten an den Wänden? Jedenfalls begann Dora zu erzählen, und es fiel ihr ganz leicht; von ihrem unbeschwerten Leben auf dem elterlichen Gestüt in Ostpreußen, vom Krieg, vom Aufbruch in den Westen, wie sie schließlich in Berlin gelandet war und von Curt. Es tat so gut, ihre Erinnerungen mit einer Frau zu teilen, die vieles von dem, was sie erlebt hatte, am eigenen Leib erfahren hatte. Und Gisela war eine ausgezeichnete Zuhörerin. Manchmal hakte sie nach, manchmal gab sie einen Kommentar ab und manchmal lachten sie miteinander. Sie merkten kaum, wie die Zeit verging und draußen vor dem Fenster die Laternen angingen. Gemeinsam betrachteten sie die alten Fotos an der Wand, schwärmten miteinander, wie schön Königsberg einmal gewesen war, und schließlich erfuhr Dora auch Giselas Geschichte. Nachdem sie ihre Heimatstadt verlassen hatte, war sie im letzten Kriegswinter bei einem entfernten Verwandten in Berlin untergekommen, der ihr eine Anstellung als Kellnerin in diesem Tanzlokal verschafft hatte. »Damals hieß es natürlich noch anders«, erklärte Gisela. »Aber es war immer schon ein beliebtes Etablissement gewesen, daran konnten auch die schweren Bombenschäden nichts ändern. Der alte Besitzer hat nach dem Krieg alles so gut es eben ging wiederaufbauen lassen. Vor zwei Jahren ist er gestorben, und du kannst dir vorstellen, dass ich aus allen Wolken fiel, als ich erfuhr, dass er mich als Alleinerbin eingesetzt hat. Aber ich hab den Schuppen natürlich gern übernommen. Ich kann mir nichts Schöneres vorstellen, als jeden Tag mit toller Musik, wunderschönen Tänzerinnen und fröhlichen Gästen zu verbringen.« Sie unterbrach sich seufzend. »Wenn nur diese verfluchte Bürokratie nicht wäre ...«

»Wenn du möchtest, helfe ich dir«, schlug Dora vor. »Ich würde das wirklich gern tun.«

»Tatsächlich? Na, so was. Da sage ich nicht Nein. Dich schickt der Himmel!« Gisela klatschte in die Hände. »Das wäre wunderbar. Natürlich werde ich dich entlohnen. In Westmark, versteht sich. Reich wirst du bei mir vermutlich nicht werden. Aber den Espresso gibt's gratis dazu. Wann kannst du anfangen?«

Dora lachte über ihre Impulsivität. »Ich muss doch studieren. Aber ich könnte an den Freitagnachmittagen kommen, wenn mein Mädchen bei den Pionieren ist.«

»Gut. Dann ist es abgemacht.« Gisela strahlte, und die beiden reichten einander die Hand. In diesem Augenblick waren Männerstimmen im Tanzsaal zu hören, Stühle wurden gerückt, das Schlagzeug rasselte und dann ertönte wie eine Fanfare das Röhren eines Saxofons.

»Du liebe Zeit«, rief Gisela. »Sind die Jungs etwa schon zum Einspielen da? Wo ist denn der Tag geblieben?«

»So spät ist es schon?«, entfuhr es Dora. »Ich muss dringend nach Hause. Clara wartet bestimmt schon auf mich.«

»Ich fahre dich mit dem Auto«, entschied Gisela. »Die Band muss sich heute mal ohne mich einspielen. Und zum Umziehen habe ich nachher noch Zeit genug. Es ist viel zu kalt draußen, du solltest bei diesen sibirischen Temperaturen nicht an zugigen Bahnhöfen herumstehen.«

»Aber nein ...«, wehrte Dora das Angebot halbherzig ab.

»Keine Widerrede!« Gisela nahm grinsend einen Autoschlüssel aus der Schreibtischschublade. »Es ist in meinem eigenen Interesse. Sonst erkältest du dich noch und wirst krank und musst das Bett hüten – und dann sitze ich wieder ganz allein mit meinem blöden Schreibkram hier.«

Dora genoss es, wenig später in dem knatternden VW-Käfer durch das abendliche Berlin kutschiert zu werden. Es hatte wieder zu schneien begonnen, und Gisela steuerte den Wagen vorsichtig durch den dichten Feierabendverkehr. Ohne Probleme ließ man sie an der Sektorengrenze passieren. Auf dem holprigen Ostberliner Asphalt verlangsamte Gisela das Tempo, und trotzdem wurden die beiden immer wieder durchgerüttelt, wenn das Auto über eines der vielen Schlaglöcher rumpelte, die unter den schneebedeckten Straßen kaum zu erkennen waren.

»Eine Fahrbahn wie ein Schweizer Käse«, murmelte Gisela, das Lenkrad fest im Griff. »Man könnte meinen, die letzte Bombe wäre hier erst gestern runtergekommen. Himmel, der Krieg ist seit bald acht Jahren vorbei. Wieso repariert denn niemand die Fahrbahn? Und wieso gibt es bei euch im Osten eigentlich keine vernünftige Straßenbeleuchtung?«

Sie schien keine Antwort zu erwarten, und Dora sagte nichts dazu. Still vor sich hin lächelnd, betrachtete sie das Schneegestöber im Scheinwerferlicht. Es war ihr gleichgültig, wie gut oder schlecht die Straßen im West- oder Ostteil der Stadt beschaffen waren. Heute war sie glücklich. Sie hatte eine hinreißende neue Freundin gefunden und einen kleinen Nebenjob dazu. Sie würde regelmäßig in den Westen fahren und genug Geld haben, um sich oder Clara ab und zu etwas Besonderes zu leisten oder für eine Zugfahrt zu den Eltern in die Lüneburger Heide sparen. Dieser Tag meinte es wirklich gut mit ihr.

• • •

Dora erwähnte es Herrn Hagemann gegenüber nicht, dass sie neuerdings einen kleinen Nebenverdienst in Westberlin hatte. Sie wusste, wie wenig er es schätzte, wenn sie den anderen Teil der Stadt besuchte, die »Kapitalisten«, wie er es nannte. Schon ihren Ausflug zum Badstraßenmarkt hatte er mit vernehmlichem Missfallen quittiert. »Bei uns im Osten gibt es alles, was wir brauchen. Wir sollten unser Geld nicht dem Klassenfeind in den Rachen werfen.«

Das war seine Devise. Wie viel ärgerlicher würde er werden, wenn er erfuhr, dass sie jetzt sogar beim Klassenfeind arbeitete und dabei die kostbare und von ihm doch so verhasste Westmark verdiente.

Dora hatte Freude an ihrer Arbeit im *Chez Gigi*. Der Freitag wurde bald zu ihrem Lieblingstag der Woche. Jedes Mal war es, als würde sie für zwei Stunden in eine andere Welt abtauchen, sobald sie die schwere Eingangstür zu Giselas Lokal öffnete. Gisela war eine herzensgute Person, die über viele Schwierigkeiten im Leben mit einem Lachen hinwegging. Ihr Optimismus und ihre Gelassenheit wirkten ansteckend auf Dora. Und die heitere Atmosphäre des Lokals tat ihr Übriges. Selbst etwas so Stupides wie das Sortieren von Finanzamtsbelegen erschien Dora eine vergnügliche Angelegenheit, wenn dazu im Hintergrund die Kapelle probte und die lauten Jazzrhythmen den wackeligen Schreibtisch im Büro hinter der Bühne vibrieren ließ. Inzwischen konnte sie die Musik wieder hören, ohne gleich in ein tiefes Tal der Melancholie zu stürzen. Was war an jenem Abend nur los gewesen mit ihr? Allein der Gedanke an ihren kleinen sentimentalen Zusammenbruch ließ sie den Kopf schütteln. Es musste an der hochprozentigen Pfirsichbowle gelegen haben …

Manchmal, wenn es im Büro nicht so viel zu tun gab und Dora mit der Arbeit schneller fertig war als sonst, half sie Gisela noch im Lokal aus. Dann sorgte sie dafür, dass die Gläser gespült und alle Tischchen blank geputzt waren. Eines Nachmittags durfte sie zusehen, wie Giselas Girls einen neuen Tanz einstudierten. Zum Üben trugen sie nicht ihre kessen Federkostüme, sondern gewöhnliche schwarze Turnhosen und bequeme Sweater. Und doch konnte sich Dora nicht sattsehen am Gleichklang ihrer grazilen und dabei auch so athletischen Bewegungen.

»Warum bleibst du heute nicht einfach mal länger hier, Dora, und siehst dir nachher ihre Aufführung an?« Unbemerkt war Gisela hinter sie getreten, ein Tablett mit frischen Gläsern in den Händen. »Die neue Show wird richtig gut. Ist es nicht traurig, dass du jedes Mal, bevor es hier richtig losgeht, nach Hause musst?«

»Ja, das ist wirklich schade. Ich würde die Mädchen gern mal wieder tanzen sehen. Aber das geht nicht, Gisela. Ich habe nur zwei Stunden Zeit. Spätestens um sieben muss ich wieder zurück sein. An allen anderen Tagen muss ich für die Uni arbeiten, und das Wochenende gehört Clara.«

»Das verstehe ich. Aber dann bring die Kleine doch einfach mal mit!«

»Bist du verrückt? In eine Tanzbar?«

Gisela zuckte mit den Schultern. »Man kann nicht früh genug mit dem Tanzen anfangen …«

26.

Wie gern hätte Dora Curt von all den aufregenden Dingen erzählt, die in ihrem Leben gerade passierten. Und noch mehr drängte es sie zu wissen, wie es um seine Gesundheit bestellt war. Hoffentlich ging es ihm besser, so wie er sich ja bislang noch nach jedem Winter von seinem schlimmen Husten erholt hatte. Vielleicht hatte das russische Wundermittel Wodka tatsächlich geholfen. Doch es bewahrheitete sich, was Herr Jatzke bei ihrem Spaziergang damals angekündigt hatte: Dora bekam keine Gelegenheit mehr, Curt zu besuchen. Sie beschloss, ihm wenigstens einen ausführlichen Brief zu schicken. Zwar kannte sie die Anschrift des Gefängnisses nicht – und sie bezweifelte, dass irgendjemand außerhalb des Ministeriums für Staatssicherheit wissen durfte, wo es sich befand, sonst hätte sie sich auf der Fahrt nicht jedes Mal die Augen mit der schwarzen Brille verdecken müssen. Aber sie wollte nichts unversucht lassen, um mit Curt in Kontakt zu treten. Während am Samstagnachmittag die kalte Februarsonne ins Zimmer schien, setzte sie sich auf ihr Bett, den Rücken an das Kopfteil gelehnt, Stift und Schreibblock auf dem Schoß, und schrieb ihm auf drei Seiten, was sich seit ihrer letzten Begegnung zugetragen hatte und wie sehr sie ihn vermisste. Allerdings wagte sie nicht, Curt von ihrer gescheiterten Kooperation mit Herrn Jatzke zu berichten. »Es ist kompliziert, aber im Moment habe ich keine

Möglichkeit, Dich im Gefängnis besuchen zu kommen, so furchtbar leid es mir auch tut«, erklärte sie vage.

»Schreibst du einen Brief nach Hause zum Stübeckhof?«, erkundigte sich Clara, die neben ihr auf dem Boden saß und von dem Buch aufsah, in dem sie gerade geblättert hatte. Dora beschloss, ihr die Wahrheit zu sagen.

»Ich schreibe einen Brief an deinen Vater, weil wir ihn nicht besuchen dürfen.«

»Darf ich ihm ein Bild mitschicken? Ich könnte mich selbst malen, er weiß ja gar nicht mehr, wie ich aussehe.«

»Aber natürlich, mein Schatz. Das ist eine wunderbare Idee.«

Die Hagemanns hatten Clara zu ihrem Geburtstag am Anfang des Monats einen Malkasten geschenkt und sie brannte darauf, die vielen Buntstifte endlich nutzen zu können. Mit Eifer machte sie sich daran, ein Bild von sich zu zeichnen: Ein Mädchen mit hellen Zöpfen, das auf einer grünen Wiese saß und ein Schaf streichelte, während darüber am sehr blauen Himmel eine große strahlenumkränzte Sonne lachte. »Er soll auch wissen, wie es auf dem Stübeckhof aussieht, wo wir sonst immer gewohnt haben«, erklärte sie und versuchte noch, das Bauernhaus nebst Strohdach und Storchennest auf dem Gemälde unterzubringen. Als sie mit dem Ergebnis ihrer künstlerischen Bemühungen zufrieden war, reichte sie Dora das Blatt.

Gerührt strich sie dem Mädchen über den Kopf. »Das ist wunderschön geworden. Und ein Storch ist auch dabei, wie in Ostpreußen. Darüber wird sich dein Vater bestimmt sehr freuen.«

Sie faltete das Bild vorsichtig zusammen und steckte es mit ihren Briefbögen in den Umschlag. Auf der Suche nach der richtigen Adresse bat sie Herrn Hagemann um Hilfe.

»Das Ministerium für Staatssicherheit ist kein Postamt für die

Korrespondenz der Strafgefangenen«, bemerkte er knurrig, aber die gesuchte Anschrift rang sie ihm dann doch ab.

An Curt von Thorau, Gefangener Nummer 179 beim Ministerium für Staatssicherheit, Normannenstraße 22, Berlin-Ost, schrieb Dora auf den Umschlag und brachte ihn noch am Abend zum Briefkasten.

Wenige Tage später kam der Brief zurück. Er trug einen dicken Stempel: »Adressat unbekannt – zurück an Absender«. Enttäuscht drehte Dora das Kuvert in den Händen. Sie stutzte und als sie genauer hinsah, erkannte sie, dass der Brief geöffnet worden war. Der Umschlag war zwar nicht eingerissen, aber die Lasche klebte nicht mehr gut und wies an einer Stelle eine kleine Falte auf, als habe jemand den Brief mit Wasserdampf befeuchtet, um die Gummierung zu lösen, und anschließend mit einem heißen Bügeleisen wieder verschlossen. Was hatte das zu bedeuten? Sie erschauerte bei dem Gedanken, dass ein Fremder im Ministerium für Staatssicherheit ihre zärtlichen Liebesschwüre an Curt gelesen und Claras hübsches Gemälde betrachtet hatte. Noch trauriger aber machte sie die Gewissheit, dass Curt auch weiterhin vergeblich auf ein Lebenszeichen von ihr und Clara wartete.

• • •

Am letzten Freitag im Februar ergab sich für Dora eine unerwartete Gelegenheit, Giselas Vorschlag anzunehmen und wieder einmal einen Abend im *Chez Gigi* zu verbringen. Im Laufschritt betrat sie am Nachmittag das Lokal.

»Heute kann ich länger bleiben«, rief sie Gisela zu, die gerade mit einem Lieferanten an der Bar stand und Getränkekisten in Empfang nahm. »Clara ist nicht zu Hause. Sie ist mit den Pionieren auf einer Wochenendfahrt und kommt erst übermorgen zurück.«

»Oh, das trifft sich gut. Gerade heute kann ich deine Hilfe im Lokal dringend gebrauchen. Einer meiner besten Kellner hat sich im Schneematsch den Knöchel verstaucht und fällt für ein paar Tage aus. Du kannst Rolf und Egon nachher beim Servieren helfen. Zu zweit schaffen die beiden das nicht.«

»Ich habe noch nie als Kellnerin gearbeitet. Aber wenn du meinst, dass ich ihn ersetzen kann, mache ich das gern. Ich werde mein Bestes tun.«

Zügig arbeitete Dora die Unterlagen ab, die sich in der vergangenen Woche im Büro angesammelt hatten. Sie hatte gerade die letzte Eintragung ins Kassenbuch gemacht, als Gisela hereinkam und vor Dora ein schwarzes Kleid auf den Schreibtisch legte.

»Hier, sei so gut und zieh das an. Du kannst ja schlecht in deinem Straßenkleid die Getränke verteilen. Es müsste dir passen, ich habe es vor ein paar Jahren selbst getragen. Bevor ich etwas aus dem Leim gegangen bin. Inzwischen ist es mir zu eng. Aber beeil dich, die ersten Leute sind schon da ...«

Das Kleid hatte einen ziemlich tiefen Ausschnitt, wie Dora beim Hineinschlüpfen feststellte, aber es sah hinreißend aus. Der edle Seidenstoff des weit schwingenden Rockteils schimmerte und raschelte bei jeder Bewegung. Es gab in Giselas kargem Büroraum keinen Spiegel, in dem sie sich hätte betrachten können, aber Dora wusste, dass sie seit den ersten Kriegsjahren nicht mehr etwas so Zauberhaftes getragen hatte. Man fühlt sich gleich wie ein anderer Mensch, dachte sie und ging mit übermütig wippenden Schritten zurück in den Saal.

Tatsächlich waren die ersten Tische schon besetzt und die Band spielte, doch noch hatte sich niemand auf die Tanzfläche gewagt. Auch an der Bar standen bereits Leute, unter ihnen erkannte Dora ein paar amerikanische Soldaten.

»*Hello*«, rief einer von ihnen Dora zu und hob sein Glas. »*I am Mike. Are you new here?*«

Er war auffallend glatt rasiert und trug seine blonden Haare zu dem typischen Bürstenschnitt des amerikanischen Militärs geschoren. Als er grinste, blitzte zwischen seinen oberen Schneidezähnen eine kleine Zahnlücke auf, die so gar nichts Soldatisches an sich hatte.

»*Yes. Good evening, Sir.* Guten Abend.«

Dora sprach nicht viel Englisch, aber für diese knappe Konversation reichten ihre Kenntnisse aus. Es machte ihr Spaß, mit einem kleinen silbernen Tablett in den Händen umherzulaufen und den Gästen ihre Getränke zu bringen, während der Saal erfüllt war von herrlicher Musik und dem fröhlichen Geplauder und Gelächter der Menschen.

Das *Chez Gigi* füllte sich rasch. Bald war kaum mehr ein Tisch in den Separees frei, überall blinkten die roten Lämpchen an den Telefonen, und auf der Tanzfläche drehten sich die Paare um den sprudelnden Springbrunnen. Schwaden von Zigarettenrauch umwaberten die Kristalllüster an der Decke. Der blonde US-Soldat am Tresen bat Dora um einen Tanz, aber so gern sie seiner Einladung gefolgt wäre, sie winkte nur lachend ab. »*Sorry*«, rief sie. »Dafür habe ich leider keine Zeit! Ich bin zum Arbeiten hier. *It's my job.*«

Je später es wurde, desto ausgelassener wurde die Stimmung im Lokal. Bald war es so voll, dass Dora kaum noch hinterherkam, die Wünsche der Gäste zu befriedigen. Ständig hieß es von irgendwoher: Hallo, Fräulein! An diesem Abend schienen die Besucher im *Chez Gigi* halb verdurstet zu sein. Dora taten bald die Füße weh vom vielen Herumlaufen. Doch sie achtete nicht darauf. Die

Bestellungen der Leute nicht durcheinanderzubringen, war das eine, die Tabletts mit den Getränken heil an der herumhopsenden Menge auf der Tanzfläche vorbei zu balancieren, war das andere. Ab und zu versuchte ein Gast, mit ihr zu flirten, was Dora jedes Mal mit einem charmanten Lächeln zurückwies. Wie beim letzten Mal tobte der Saal bei der Showeinlage der leicht bekleideten Tänzerinnen. Besonders laut war das Johlen und Pfeifen an einem der Tische gleich neben der Eingangstür, an dem Egon bediente.

»Diese verrückten Ostler«, kommentierte er, als sie sich an der Theke trafen und ihre Tabletts mit den Getränkebestellungen entgegennahmen. »Die Kerle saufen, als gäbe es drüben nichts zu trinken. Ich frage mich, wie die es heute noch nach Hause schaffen wollen …«

»Woher weißt du, dass die Leute aus dem Ostteil der Stadt kommen?«

»Das merkt man mit der Zeit«, behauptete Egon. »Aber eigentlich ist es mir egal, ob sie aus dem Osten, aus dem Westen oder vom Mond kommen. Hauptsache, sie zahlen nachher ein ordentliches Trinkgeld. Kannst du mir kurz helfen, die Getränke zum Tisch Nummer fünf zu bringen?«

»Na klar!«

Dora nahm ihm eines der Tabletts ab, das vollgestellt war mit Sekt-, Bier- und Schnapsgläsern, und folgte Egon durch den Saal, vorsichtig, damit nichts überschwappte. An dem Tisch, den er ansteuerte, herrschte großer Trubel. Da saßen drei Herren mit drei von Giselas Tänzerinnen zusammen, die Sakkos abgelegt, die Krawatten gelockert, und schienen sich aufs Beste zu amüsieren. Offensichtlich hatten sie dem Alkohol schon reichlich zugesprochen. Der Mann in der Mitte hatte eines der Girls rittlings auf dem Schoß und tätschelte ungeniert ihre bestrumpften Oberschenkel, dann machte er sich einen Spaß daraus, ihr die schwarze Federboa abzunehmen und sich selbst um den Hals zu wickeln. Dabei feixte er: »Ob mich die Damen beim nächsten Mal wohl mittanzen lassen?«

Die Runde am Tisch brüllte vor Lachen. Dora stutzte. Sie kannte diesen Mann mit der Federboa. Das war doch – Herr Schiller, der Kreisparteileiter von Köpenick, den sie im Herbst auf Herrn Hagemanns Geburtstagsfeier kennengelernt hatte! Was machte denn der hier? Verlegen über das unerwartete Treffen senkte sie den Blick. Aber der Mann war offensichtlich viel zu betrunken, um sie wiederzuerkennen, sonst wäre ihm diese Begegnung sicher entsetzlich peinlich. Denn Wally Schiller wusste vermutlich nicht, dass ihr Gatte gerade in einem frivolen Lokal des Klassenfeindes mit einer leicht bekleideten Dame herumschäkerte. Zu seiner Rechten saß, ebenfalls glucksend vor Lachen, einer der anderen Parteifunktionäre, der am Geburtstag auch mit dabei gewesen war.

Dora wollte gerade das Tablett mit den Getränken abstellen, als ihr Blick auf den dritten Mann am Tisch fiel. Sein Gesicht war unter der üppigen Federkrone, die ihm das Revuegirl auf seinem Schoß gerade kichernd aufgesetzt hatte, kaum zu erkennen gewesen. Doch jetzt nahm er sich den bizarren Kopfschmuck ab, drohte seiner Begleiterin spielerisch mit dem Finger und sagte mit alkoholschwerer Zunge: »Du bist mir ja ein ganz freches Mädchen …«

Dora fiel vor Schreck das Tablett aus der Hand und die Gläser zerschellten mit ohrenbetäubendem Scheppern auf dem Boden.

Vor ihr saß Herr Hagemann.

Ein paar Sekunden lang starrten sie einander an, unfähig, auch nur zu blinzeln, geschweige denn ein Wort zu sagen. Herr Hagemann sah aus, als traute er seinen Sinnen nicht. Ganz langsam schob er das leicht bekleidete Mädchen von seinem Schoß und drückte ihr die Federkrone in die Hand.

»Hey, Genosse Hagemann«, rief Herr Schiller und lachte grölend. »Nun mach doch die hübsche Kellnerin nicht so nervös ...«

Er antwortete nicht.

»Verzeihung«, murmelte Dora, als hätte sie die zertrümmerten Gläser und die große Pfütze aus Sekt, Bier und Schnaps, in der sie stand, erst jetzt bemerkt. »Ich kümmere mich darum. Und dann besorge ich Ihnen neue Getränke.«

Sie drehte sich um und lief so schnell sie konnte zurück zur Theke. Was für ein Drama! Wie sollte sie Herrn Hagemann je wieder in die Augen sehen? Was würde die Parteiführung dazu sagen, dass sich drei gestandene Genossen bei den verhassten Kapitalisten einen lustigen Abend machten? Und was Frau Hagemann, wenn sie erfuhr, dass ihr Mann hier sturzbetrunken mit einer kaum bekleideten Tänzerin flirtete? Nun, dachte Dora grimmig, immerhin konnte sie sich nun sicher sein, dass er ihr wegen ihres Nebenverdienstes beim Klassenfeind keine Vorhaltungen machen würde.

Egon trat zu ihr, er brachte das Tablett mit, auf dem er die größten Stücke der zerbrochenen Gläser zusammengeworfen hatte.

»Sag mal, was war das denn gerade? Du hast ausgesehen, als würde der Beelzebub persönlich vor dir sitzen. Was hat es denn mit dem Kerl da drüben auf sich?«

Auch Gisela betrachtete Dora mit einem besorgten Seitenblick. Sie stellte die Flasche ab, mit der sie gerade einen Drink mixen wollte, und fragte: »Was ist los? Gab es Ärger?«

»Ach nichts«, wehrte Dora ab. »Bloß jemand, den ich kenne, und ich hatte nicht damit gerechnet, ihn hier anzutreffen.« Es war nicht der richtige Zeitpunkt, um über all das zu reden, was ihr gerade durch den Kopf wirbelte. »Wenn ihr es gestattet, gehe ich schnell zur Toilette und wasche mir die klebrigen Getränkespritzer von den Beinen und den Schuhen. Wahrscheinlich rieche ich ganz fürchterlich nach Schnaps. Und dann hole ich einen Besen und kehre die Bescherung weg.«

»Lass nur, das mache ich«, bot sich Egon an. »Du gehst besser nicht mehr zu dem Tisch, sonst fällst du uns noch in Ohnmacht.«

Giselas Blick blieb skeptisch. »Muss ich mir Sorgen machen, Dora?«

Sie schüttelte schnell den Kopf und ging so schnell sie konnte zum Waschraum.

Dort ließ sie sich kaltes Wasser über das Gesicht laufen, als könnte das helfen, wieder einen klaren Gedanken zu fassen. Noch immer schwirrten hundert Fragen gleichzeitig durch ihren Kopf. Wie würde Herr Hagemann reagieren, wenn sie morgen wieder zusammen am Frühstückstisch saßen? Und wie sollte sie Hetti und seiner Frau gegenübertreten? Dora konnte sich nicht vorstellen, dass irgendjemand in seiner Familie von Herrn Hagemanns Ausflug wusste. Wie sehr hatte er doch immer gegen die Kapitalisten gewettert und gegen jeden kleinen Einkauf im Westen protestiert. Nun saß er selbst hier und verprasste sein Geld mit einem flotten Mädchen auf dem Schoß. War das wirklich derselbe Mensch, der sich so sehr über die Flucht seines Sohnes in den Westen beklagt hatte?

Sie hielt ein Taschentuch unter den Wasserhahn und wischte sich so gut es ging die klebrigen Getränkespritzer von Beinen und Schuhen. Dann machte sie sich auf den Rückweg zum Tanzsaal.

Im Halbdunkel des Ganges vor den Waschräumen wäre sie beinahe mit Herrn Hagemann zusammengeprallt. Erschrocken blieb sie stehen. Er trug jetzt wieder sein Sakko und einen halbwegs ordentlichen Krawattenknoten. Seine Augen waren noch etwas glasig, doch seine Stimme klang einigermaßen klar. »Dora. Ich muss Sie einen Augenblick sprechen.« Der Schock über die Begegnung schien ihn wieder nüchtern gemacht zu haben. »Ich hatte ja keine Ahnung, dass Sie in diesem Etablissement arbeiten …«

»Es ist heute das erste Mal, dass ich hier bediene. Ich helfe eigentlich nur ab und zu im Büro aus.«

»Wie auch immer, Dora. Sie können sich vorstellen …« Er räusperte sich verlegen. »Sie können sich vorstellen, wie unendlich peinlich mir diese Begegnung ist. Es war nicht so geplant. Ich hatte mich mit den beiden Genossen zu einer Besprechung im Parteibüro getroffen, wir haben etwas getrunken, der eine ist kürzlich Vater geworden, es gab etwas zu feiern, verstehen Sie? Es war seine Idee, es heute mal so richtig krachen zu lassen. Ich verkehre für gewöhnlich nicht in derlei Etablissements, schon gar nicht im Westen, das müssen Sie mir glauben. Das hier ist ein kleiner, einmaliger Ausrutscher. Hören Sie, Dora …« Seine Stimme wurde flehend. »Sie dürfen niemandem etwas davon erzählen, dass Sie mich hier angetroffen haben. Ich bitte Sie! Nicht meiner Frau, nicht meiner Tochter, nicht Ihrem Bruder. Und auch sonst niemandem. Wenn die Parteiführung davon Wind bekommt …« Schweißtropfen liefen jetzt über seine Stirn. »Dann … dann wäre das höchst unangenehm für mich. Daran kann niemand ein Interesse haben. Auch Sie nicht. Sie wollen doch sicher auch weiterhin mit Ihrem Töchterchen in meinem schönen Haus wohnen. Und Ihr Bruder auch, mein lieber Schwiegersohn. Wir alle, wir wollen doch keinen Ärger miteinander haben, nicht wahr?«

»Natürlich nicht, Herr Hagemann. Glauben Sie mir, mir wäre es auch lieber, ich wäre nicht an Ihren Tisch gekommen. Aber nun ist es so. Wie soll ich je wieder …?«

Er ließ sie nicht ausreden, griff nach ihren Handgelenken und umfasste sie wie ein Schraubstock. Er kam ihr so nah, dass Dora seinen Bieratem riechen und im Licht der Wandlampe die kleinen geplatzten roten Äderchen im Weiß seiner Augen sehen konnte. »Dieser Abend hat nie stattgefunden, verstehen Sie das, Dora? Sie haben mich hier nie gesehen! Und die anderen beiden Genossen auch nicht. Haben wir uns verstanden?«

Dora nickte stumm. Endlich ließ er ihre Handgelenke los. Grußlos wandte er sich ab. Wie benommen blieb Dora noch einen Augenblick stehen, lehnte sich an die Wand und atmete mit geschlossenen Augen ein paar Mal tief durch. Als sie zurück in den Saal kam, war der Tisch Nummer 5 leer.

Am nächsten Morgen kam Herr Hagemann zum Frühstück, als wäre nichts geschehen. Er hatte zwar dunkle Schatten unter den Augen und war wortkarg, aber das war öfter der Fall, wenn er bis tief in die Nacht gearbeitet hatte. Frau Hagemann goss ihm nachsichtig lächelnd eine Tasse Kaffee ein.

»Heute wirkst du aber sehr erschöpft, mein Lieber. Habt ihr wieder kein Ende gefunden bei eurer Parteiversammlung? Am Wochenende solltest dich aber mal ein bisschen schonen. Sonst klappst du mir noch irgendwann zusammen bei der vielen Arbeit ...«

»Ich pass schon auf mich auf, liebe Agnes«, murmelte er, ohne sie anzusehen.

Dora biss sich auf die Lippen, damit niemand sehen konnte, wie wütend sie war. Dieser Heuchler! Zu Hause gab er den braven Ehemann und fleißigen Parteigenossen und im *Chez Gigi* ließ er am Abend die Puppen tanzen, scherte sich einen Teufel um die Prinzipien des Sozialismus ...

Als Dora nach dem Frühstück in ihr Zimmer gehen wollte, um

die Vorlesungsnotizen dieser Woche noch einmal durchzuarbeiten, hielt Herr Hagemann sie zurück.

»Bitte. Nur ein kurzes Gespräch in meinem Büro.«

Sie folgte ihm zögernd. Herr Hagemann ließ sich auf dem Sessel hinter seinem Schreibtisch nieder und öffnete die Klappe seiner Zigarrenschachtel, schloss sie aber wieder, ohne etwas herauszunehmen.

»Da habe ich Sie ja schön in die Bredouille gebracht«, sagte er und betrachtete Dora einen Moment mit zusammengelegten Fingerspitzen. »Das ist wirklich eine unschöne Angelegenheit. Sie sollen wissen, dass mir Ihre Loyalität sehr viel bedeutet.«

Herr Hagemann zog die Schublade auf und legte einen 100-Mark-Schein vor Dora auf den Tisch. Es war Westgeld.

»Bitte schön. Kaufen Sie sich etwas Hübsches davon. Im KaDeWe oder wo es Ihnen sonst Spaß macht.«

»Sie geben mir ... Schweigegeld?«, stieß Dora empört hervor. Für diese Summe mussten andere Leute wochenlang hart arbeiten.

Sein Gesicht blieb ungerührt.

»Es ist mir egal, wie Sie das nennen. Hauptsache, Sie behalten unser kleines Geheimnis für sich. Sie wissen ja, dass es für uns beide besser ist. Und ich habe das Bedürfnis, mich Ihnen gegenüber dankbar zu erweisen. Ich möchte Ihnen eine Freude machen. Nehmen Sie das Geld – und dann vergessen wir die ganze Angelegenheit.«

Nun lächelte er wieder dieses joviale Lächeln, das ihn ihr anfangs so sympathisch gemacht hatte und hinter dem sie jetzt mehr denn je das Grinsen eines Haifisches erkannte.

»Nein, danke, Herr Hagemann. Sie können das Geld behalten.«

»Aber, Dora, bitte, machen Sie keinen Fehler. Sie werden doch wohl unsere kleine Vereinbarung nicht platzen lassen?«

Dora schwieg.

»Hören Sie, Dora.« Er sog die Luft scharf zwischen den Zähnen ein. »Ich empfehle Ihnen dringend zu kooperieren. Es könnte sonst äußerst unangenehm für Sie werden. Sie kennen meine Verbindungen in höchste Staatsorgane ...«

Seine Drohung machte ihr keine Angst. Ganz im Gegenteil. Ihr war eine Idee gekommen. Sie wusste, dass sie am längeren Hebel saß. Ruhig, aber mit fester Stimme fiel sie ihm ins Wort: »Mir sind Ihre guten Verbindungen bekannt, Herr Hagemann. Genau deshalb befürchten Sie zu Recht, dass Sie Ärger bekommen, wenn Ihr kleiner Ausflug ins Westberliner Nachtleben an die große Glocke gehängt wird. Aber keine Sorge, ich werde Sie nicht verpfeifen. Ich werde nicht einmal Ihrer Frau etwas davon erzählen, obwohl sie mir sehr leidtut.«

»Herrje, liebe Dora.« Er schien erleichtert über dieses Versprechen. »Es ist ja nun nicht so, als hätten Sie mich in flagranti in einem Bordell erwischt. Es war ein Tanzlokal!«

»Ich bin noch nicht fertig, Herr Hagemann. Ich will Ihr Geld nicht, aber ich stelle eine andere Bedingung für mein Schweigen: Sie müssen dafür sorgen, dass Curt von Thorau aus dem Gefängnis entlassen wird.«

Es dauerte ein paar Sekunden, bis Herr Hagemann antwortete. »Pardon, aber Sie sind verrückt, Fräulein Twardy. Sie verlangen Dinge von mir, die nicht in meiner Hand liegen. Ich bin nicht der Justizminister.«

»Ich weiß. Aber Sie haben gute Verbindungen, wie Sie gerade noch betonten. Und wie sagten Sie es vor einiger Zeit so schön: Eine Hand wäscht die andere. Völlig richtig. Ich bewahre Stillschweigen über Ihren Fauxpas und den Ihrer beiden Freunde.

Und Sie setzen dafür im Staatsapparat ein paar Hebel in Bewegung, um Herrn von Thoraus Freilassung zu erwirken. So funktioniert das doch in diesem Land, nicht wahr?«

»Ich kann mich nur wiederholen. Sie sind komplett verrückt. So geht das nicht. Vielleicht kann ich den ein oder anderen Besuchstermin bei Herrn von Thorau für Sie arrangieren. Ja, ich bin bereit, das für Sie zu versuchen. Aber eine Entlassung? Die Aufhebung eines richterlichen Urteils? Unmöglich. Wie soll das funktionieren?«

»Warten Sie einen Moment, ich bin gleich wieder zurück.«

Dora lief hinauf in ihr Zimmer und nahm den Umschlag mit den Fotos, die Frau Wolters ihr damals mitgegeben hatte, aus ihrem Wäscheschrank. Dann ging sie zurück zu Herrn Hagemann und legte das Bild, das Curt an der Seite von Graf Schenk zu Stauffenberg zeigte, vor ihn auf den Schreibtisch.

»Vielleicht ist dieses Foto hier hilfreich. Wie Sie unschwer erkennen können, zeigt es Herrn von Thorau im Kreis der Männer, die im Juli 1944 versucht haben, Hitler aus dem Weg zu räumen, bedauerlicherweise vergeblich, wie wir wissen. Aber diese Aufnahme lässt den Schluss zu, dass sich der Gefangene damals dem Widerstand angeschlossen hatte. Dass er längst nicht mehr für das Propagandaministerium gearbeitet und die Seiten gewechselt hat. Legen Sie das den zuständigen Leuten im Justizministerium vor oder der Staatssicherheit oder wer auch immer in diesem Fall zuständig ist. Ich bin mir sicher, mit diesem Foto haben Sie gute Argumente, um Curt von Thorau aus der Haft zu bekommen. Mir ist klar, dass so etwas nicht von heute auf morgen geht. Aber wenn Sie Ihre politische Karriere in diesem Land nicht gefährden wollen, dann sollten Sie etwas dergleichen tun. Ansonsten sehe ich mich dazu verpflichtet, Herrn Jatzke vom Ministerium für

Staatssicherheit von Ihrem kleinen Ausflug in die dekadente Welt des imperialistischen Westens zu berichten.«

Sie sprach jede Silbe mit Genuss aus. Sie wusste, dass er schlechte Karten hatte.

Herr Hagemann griff nach dem Geldschein und zerknüllte ihn in seinen Händen.

»Sie sind unverschämt, Dora. Ich nähre eine Natter an meinem Busen.«

»Es tut mir ehrlich leid, dass ich Sie enttäusche. Aber ich sehe keinen anderen Weg. Und ich befürchte, es würde Ihnen nichts nützen, wenn Sie Clara und mich aus dem Haus werfen. Das würde an meinen Plänen nichts ändern.«

Sie maßen sich ein paar Sekunden lang mit funkelnden Blicken. Wie weit ist es mit mir gekommen, dachte Dora plötzlich verbittert. Jetzt bin ich selbst wie eine von denen geworden. Der Triumph, den sie vor ein paar Sekunden noch verspürt hatte, war verpufft. Aber sie durfte nicht einknicken. Herrn Hagemann unter Druck zu setzen, war die einzige Möglichkeit, die ihr blieb, um Curt aus dem Gefängnis zu bekommen.

Schließlich nickte Herr Hagemann langsam.

27.

Als Dora am späten Nachmittag des 6. März von der Uni heimkam, fand sie das Haus der Hagemanns merkwürdig still vor. Üblicherweise standen Hetti und Frau Hagemann um diese Uhrzeit schon in der Küche, um das Abendessen vorzubereiten, und schwatzten dabei so laut, dass ihre Unterhaltung bis in den Hausflur zu hören war. Meistens dudelte dabei auch das Radio. Heute nicht.

Clara, die Dora auf dem Rückweg von der S-Bahn vom Hort abgeholt hatte, schien ebenfalls etwas zu bemerken und fragte, während sie sich auf den kleinen Hocker neben dem Schuhschrank setzte und ihre Schnürsenkel öffnete: »Ist denn heute keiner da?«

In diesem Augenblick zerriss ein lautes Wehklagen die Stille.

»Mein Gott, Clara, da ist was passiert. Komm, schnell!«

Sie fanden die anderen im Wohnzimmer. Frau Hagemann saß aufrecht auf dem Sofa, an ihrer Seite lehnte zusammengesunken und tränenüberströmt Frau Schiller und knetete ein Taschentuch in ihren Händen. Sie schluchzte so sehr, dass ihr ganzer gewaltiger Leib bebte. Erich und Hetti saßen ihnen gegenüber auf einem Sessel zusammen und betrachteten die weinende Frau mit versteinerten Gesichtern. Herr Hagemann war nicht da.

»Was ist los?«, rief Dora erschrocken.

Frau Hagemann sah sie an. »Ja, haben Sie das noch nicht gehört?«

»Nein, was denn?«

Jetzt hob Frau Schiller den Kopf. »Es ist unfassbar, Fräulein Twardy.« Sie putzte sich geräuschvoll die Nase. »Aus und vorbei, ich kann es einfach nicht glauben.«

Fragend sah Dora zu Erich, doch er hatte jetzt den Blick gesenkt und schien das Muster im Teppich zu studieren.

»Es kam so plötzlich«, fuhr Frau Schiller fort. Ihre Stimme war nur noch ein Flüstern. »Und jetzt ist er nicht mehr unter uns. Dieser wunderbare Mann. Ich kann es einfach nicht begreifen, dass er wirklich tot sein soll.«

»Tot?«, rief Dora erschrocken. »Wer ist tot? Mein Gott ... Doch nicht etwa Ihr Mann, Frau Schiller? War er denn krank? Das ... das tut mir so unendlich leid ...«

Das Bild des Kreisparteivorsitzenden mit einem von Giselas Tänzerinnen auf dem Schoß und der schwarzen Federboa um den Hals tauchte vor Doras Augen auf. Hatte dieser Abend tödliche Konsequenzen für ihn gehabt? Ein Herzinfarkt vielleicht?

»Nein, nein.« Frau Schiller schüttelte den Kopf, sodass die Perlengehänge an ihren dicken Ohrläppchen zappelten. »Nicht mein Mann. Stalin ist gestorben. Der große Josef Stalin ist von uns gegangen. Für immer.« Erneut brach sie in ein lautes Geheul aus und schnaubte geräuschvoll in ihr Taschentuch. Schluchzend stieß sie hervor: »Vor ein paar Monaten habe ich ihm im Moskauer Theater noch gegenübergesessen und jetzt ist er tot. Ach, was wird nun werden ohne den großen Genossen Stalin, unseren Schutzpatron? Wie soll es denn jetzt weitergehen mit dem sozialistischen Umbau, mit uns, mit allem?«

Fassungslos betrachtete Dora die Frau. In dem knappen halben Jahr, in dem sie jetzt schon in Ostberlin lebte, war es ihr natürlich nicht entgangen, wie groß die Stalin-Begeisterung in der DDR war. Allein die prächtige neue Allee, die in der Hauptstadt seinen Namen trug, zeugte davon. Auch erinnerte sich Dora noch gut daran, wie begeistert Wally Schiller an Herrn Hagemanns Geburtstagstafel von ihrem Besuch in Moskau erzählt hatte. Doch wie weit die Verehrung des russischen Staatschefs tatsächlich ging und dass der heutige Tag für viele Menschen eine tiefe Zäsur im Leben war, das begriff sie erst in diesem Moment, als sie die in Tränen aufgelöste Wally Schiller vor sich sah. Die Reaktion der Frau war ihr unbegreiflich. Wie konnte man schon wieder einen Mann geradezu vergöttern, nur ein paar Jahre nachdem man am eigenen Leib hatte erfahren müssen, wohin das damals mit Hitler geführt hatte!

Dora fing Erichs Blick auf. Ihr Bruder schüttelte fast unmerklich den Kopf. Da wusste sie, dass er das Gleiche dachte.

»Bis zum Ende der Woche gilt eine Staatstrauer«, erklärte Hettis Mutter. »Das hat mir mein Mann erzählt. Die Partei hat für heute kurzfristig eine Sondersitzung einberufen, um die anstehenden Gedenkfeiern zu organisieren. Man war ja nicht vorbereitet auf diesen Fall.«

»Vielleicht wissen sie im Rundfunk inzwischen mehr«, überlegte Hetti laut. »Gleich gibt's wieder Nachrichten.«

Sie stand auf, schob den Stoffrahmen über den Bildschirm des Fernsehgerätes und schaltete den Radioapparat ein. Es dauerte ein paar Sekunden, bis die Röhren des Empfängers warm gelaufen waren und das Programm klarer wurde. Die letzten Takte von Mozarts Requiem verklangen gerade, dann sprach ein Moderator mit brüchiger Stimme:

»Verehrte Hörerinnen und Hörer, viele von Ihnen werden es bereits erfahren haben: Väterchen Stalin ist tot. Das Herz des großen Josef Wissarionowitsch Stalin, des Befreiers Deutschlands vom Faschismus, des Führers der ruhmreichen Sowjetunion, des Garanten für die Zukunft der Errungenschaften der revolutionären Arbeiterbewegung hat gestern Abend, am 5. März um 21 Uhr 50 in seiner Datscha bei Moskau aufgehört zu schlagen. Das Unfassbare ist geschehen. Die Welt hält den Atem an. Der größte Mensch unserer Epoche ist verstorben, dessen Werk noch in Jahrhunderten wegweisend sein wird …«

Wally Schiller brach erneut in Tränen aus.

Erich stand auf. Sein Unbehagen über das Gejammer der Frau war ihm deutlich im Gesicht abzulesen. »Ich glaube, ich gehe besser mal in die Küche und bereite das Abendessen vor. Kommt eine von euch mit?«

Hetti, Dora und Clara folgten ihm.

»Wie kann man so erschüttert sein über Stalins Tod?«, fragte Dora seufzend, als sie außer Hörweite waren. »Dann wird demnächst eben jemand anders im Kreml sitzen und die Regierungsgeschäfte führen. Was geht uns das an?«

»Oh, Dora, eine ganze Menge. Du weißt doch, dass Moskau mächtigen Einfluss hat auf alles, was in der DDR passiert. – Hier!« Erich wandte sich an Clara und drückte ihr einen Stapel Teller in die Hand. »Die kannst du im Esszimmer schon auf den Tisch stellen.« Er wartete, bis das Mädchen aus der Küche gegangen war, dann fuhr er fort, und während er sprach, hellte sich sein Gesicht auf: »Aber ich sage dir, Dora, jetzt, wo Stalin nicht mehr da ist, kann es eigentlich nur besser werden. Die meisten Leute hier wollen das nicht wahrhaben, aber er war ein brutaler Machthaber, ein eiskalter Verbrecher, der alle, die ihm in die Quere kamen, umbringen ließ.«

Dora lief ein kalter Schauer über den Rücken.

»Woher weißt du das?«

»Na ja, bei uns in der Jungen Gemeinde gibt es ein paar kluge

Köpfe, die ganz gut Bescheid wissen und kein Blatt vor den Mund nehmen.«

»Erich, das klingt gefährlich. Ich bin mir sicher, dass der politischen Führung so etwas ganz und gar nicht gefällt. Bitte pass auf dich auf.«

»Ich bin vorsichtig, Dora, das verspreche ich dir. Ich weiß, dass die Junge Gemeinde den DDR-Oberen ein Dorn im Auge ist, gerade weil wir da unsere eigenen Gedanken aussprechen können, ganz unabhängig von dem, was uns der Staat vorschreibt. Es ist kein Geheimnis, dass sich immer mal wieder Spitzel der Stasi in unsere Gruppenstunden hineinschmuggeln. Ich bin mir sicher, dass auch Herr Hagemann längst weiß, dass Hetti und ich an den Dienstagen keineswegs zum Kegeln gehen ... Aber ich habe große Hoffnungen, dass es so eine Art politisches Tauwetter geben wird, jetzt, wo in Moskau neue Leute ans Ruder kommen. Und das wird sich auch auf unser Leben auswirken. Es ist ja nicht zu übersehen, dass wir nicht mal genug Obst und Gemüse haben, um die Leute vernünftig zu ernähren. Und alles wird immer teurer. Wie kann es sein, dass eine Tafel Schokolade im Westen 50 Pfennig kostet und bei uns unglaubliche acht Mark? Und das Pfund Kaffee im Konsum 30 Mark, so viel wie eine monatliche Wohnungsmiete! Kein Wunder, dass die Leute in Scharen aus der DDR weglaufen. Da bahnt sich eine Katastrophe an, Dora. Es muss sich etwas Grundlegendes ändern in diesem Staat, und ich bin überzeugt davon, dass das ab heute passieren kann.«

»Und wir werden immer mehr, Dora«, schaltete sich nun auch Hetti ein. Sie lächelte voller Zuversicht. »Die Schar der Kritiker wird lauter. Wir sind auf dem richtigen Weg. Die Zeiten ändern sich.«

»Meint ihr, dass sich das auch irgendwann auf die politischen Gefangenen auswirkt?« Der Optimismus der beiden wirkte ansteckend auf Dora. »Meint ihr, es könnte sein, dass Curt begnadigt wird?«

»Wenn wir nur laut genug sind, kann unsere Regierung das nicht mehr überhören. Dann ist alles möglich.«

• • •

Das Leben in der DDR schien in den nächsten Tagen wie gelähmt durch Stalins Tod. In Zeitung, Radio und Fernsehen gab es kein anderes Thema. Stundenlang flimmerten am 9. März die Bilder der Trauerfeier aus Moskau über die Bildschirme. Wally Schiller war in diesen Tagen Dauergast im Wohnzimmer der Hagemanns, um sich keinen Augenblick der Feierlichkeiten entgehen zu lassen, von denen in der »Aktuellen Kamera« und in ausführlichen Fernseh-Sondersendungen berichtet wurde. Es war zu sehen, wie die Sowjetbürger in kilometerlangen Schlangen vor dem Haus der Gewerkschaften in Moskau anstanden, um von dem aufgebahrten Staatschef Abschied zu nehmen. »Ach, was würde ich dafür geben, dabei zu sein«, jammerte Frau Schiller. »Nur für eine Sekunde noch mal einen Blick auf sein herrliches Antlitz werfen.«

Dass Hunderte Menschen in dem Gedränge vor dem Sarg zu Tode kamen, erfuhr Dora erst viel später von Erich.

Der Kult um den verstorbenen Stalin fand auch in der DDR keine Grenzen. Überall im Land fanden pompöse Trauerfeiern statt, die größte mit der ostdeutschen Politikprominenz und Zigtausenden Teilnehmern an einer provisorisch errichteten Bühne an der Stalinallee. Kilometerlang war die Prozession der schwarz gekleideten Menschen, die am Denkmal des russischen Staatschefs vorbeizog. An der Uni waren alle Hörsäle abgedunkelt und mit Trauerflor geschmückt, jede Vorlesung begann in diesen Tagen mit einer Trauerrede, in der Stalin als dem größten Wissenschaftler und Politiker aller Zeiten gehuldigt wurde. Einzig Professor Paulitzer verwandte zu Beginn seines Anatomiekurses nur wenige Worte in dieser Sache.

»Liebe Studentinnen und Studenten, ich denke, von meinen Kollegen ist bereits alles zum Hinscheiden des sowjetischen Staatsführers gesagt worden. Mir fällt beim besten Willen nichts ein, was den vielen bewegenden Worten noch hinzuzufügen wäre. Ich respektiere die Trauer, die viele von Ihnen empfinden mögen, aber weil das Semester in Kürze endet und wir noch einen recht umfangreichen Stoff vor uns haben, möchte ich die knappe Zeit möglichst effektiv nutzen. Sehen Sie es mir bitte nach, dass ich aus diesem Grund auf eine eigene Ansprache zum Gedenken des Verstorbenen verzichte. So, und damit zu unserem heutigen Objekt …«

»Gott sei Dank!«, flüsterte Dora. »Endlich bleibt uns mal eine dieser öden Reden erspart. Ich weiß schon, weshalb Paulitzer mein Lieblingsprofessor ist.« Sie sah Günther an, der neben ihr ebenfalls erleichtert grinste.

»Ja, der Mann ist klasse. Und er hat doch recht. Was haben wir nicht alles schon für Lobeshymnen auf Stalin gehört, es wird Zeit, dass wir endlich wieder was über Tiermedizin lernen …«

Sie saßen in der obersten Reihe des voll besetzten Tieranatomischen Theaters. Der Professor hatte gerade den versenkbaren Tisch heraufgekurbelt, als weiter unten im Saal eine Hand hochging.

»Herr Professor Paulitzer, ich hätte da mal eine Frage.«

»Natürlich.« Dora seufzte, als sie sah, wer sich da meldete. »Konrad Bergmann, der alte Streber, muss sich mal wieder einmischen.«

Auch der Professor sah auf. »Ja, bitte, Herr Bergmann.«

»Sagen Sie, Herr Professor, habe ich Sie richtig verstanden?

Sie halten es für Zeitverschwendung, eine Trauerrede für den verstorbenen hochverehrten großen Führer und Freund der Jugend, Stalin, zu halten? Dürfen wir daraus schließen, dass Sie seiner Politik und damit auch der Politik der Staatsführung der Deutschen Demokratischen Republik kritisch gegenüberstehen? Was sagt denn die Universitätsleitung dazu?«

Sämtliche Studenten im Saal schienen die Luft anzuhalten. Wie würde der Professor auf diese Provokation reagieren? Dora reckte den Kopf, um besser sehen zu können. Professor Paulitzer blieb nach außen hin ungerührt.

»Lieber Herr Bergmann, ich freue mich über Ihr politisches Engagement, und es bleibt Ihnen unbenommen, meine Worte zu interpretieren. Selbstverständlich bin ich zutiefst betrübt über das Hinscheiden des großen Genossen. Aber denken Sie, ich würde hier vor Ihnen stehen und Sie unterrichten, wenn die Leitung dieser Universität und die Staatsführung der Deutschen Demokratischen Republik an mir und meinen Vorlesungen etwas auszusetzen hätte?«

Dora nickte zufrieden. Das war eine ausgezeichnete Antwort. Der Professor hatte sich nicht in die Defensive drängen lassen. Sie stellte fest, dass sie nicht die Einzige war, die sich über Paulitzers Reaktion freute. Im Saal wurde es nämlich jetzt laut, in der vordersten Reihe begannen ein paar Studenten, mit den Fäusten auf die Holztische zu klopfen und rhythmisch mit den Füßen zu stampfen.

»Pau-lit-zer! Pau-lit-zer!«, feuerten sie den Professor an und immer mehr Studenten stimmten in den lärmenden Chor mit ein. Auch Dora machte mit. Bald schallten die Wände von den Anfeuerungsrufen wider. Dora konnte kaum glauben, was hier geschah. Sie wusste längst, dass der alte Herr der beliebteste Professor an der Uni war, kein anderer gestaltete seine Vorlesungen so spannend und unterhaltsam. Aber dass die Studenten ihre Sympathien für den Mann hier so offen und laut bekundeten, das war äußerst ungewöhnlich.

Nur Konrad Bergmann saß mit verkniffenem Gesicht auf seinem Platz ganz außen in der ersten Reihe. Trotz der Entfernung sah Dora ihm an, wie es in ihm arbeitete.

»So ein blöder Miesepeter, dieser Konrad«, murmelte sie Günther zu, der neben ihr saß, als das Trampeln und Klopfen leiser wurde und der Professor endlich mit seiner Vorlesung beginnen konnte. »Aber zum Glück stehen alle anderen hinter Paulitzer.«

In der kommenden Woche erschien Professor Paulitzer nicht zur Anatomievorlesung. Stattdessen betrat Professor Kuhn den Hörsaal, an seiner Seite ein Mann, den Dora noch nie gesehen hatte.

»Guten Morgen, liebe Studenten und Studentinnen«, sagte Professor Kuhn. »Ich darf Ihnen eine Veränderung im Lehrkörper mitteilen. Professor Paulitzer hat seine Tätigkeit an der Humboldt-Universität mit sofortiger Wirkung beendet. Mit dem heutigen Tag übernimmt Herr Professor Olaf Roderich dessen Lehrtätigkeit. Er ist aus Köln zu uns gekommen, Herr Roderich wurde in der BRD als Kommunist verfolgt und stellt seine Tatkraft ab sofort in den Dienst der Deutschen Demokratischen Republik.«

Im Raum war es so still geworden, dass man eine Stecknadel hätte fallen hören können. »Sachen gibt's«, murmelte Frajo kopfschüttelnd. Günther schwieg, und auch Dora saß wie vom Donner gerührt. Der neue Professor hielt eine kurze Ansprache, in der mehrmals die Begriffe Frieden und Sozialismus auftauchten, aber Dora hörte gar nicht zu. Sie spürte einen bitteren Geschmack im Mund. Paulitzer war weg? So plötzlich? Das durfte doch nicht wahr sein. Was mochte da passiert sein? Ehe Günther sie davon abhalten konnte, fuhr ihr Arm in die Höhe.

»Verzeihung«, rief sie laut durch den Hörsaal, nachdem der neue Professor seine Begrüßungsrede beendet hatte. Alle Köpfe drehten sich nach ihr um. »Können Sie uns sagen, warum Herr Paulitzer die Uni verlassen hat?«

Professor Kuhn sah auf. »Genosse Paulitzer hat mit den Gegnern der Deutschen Demokratischen Republik sympathisiert, verehrtes Fräulein Twardy, und ist deshalb als Professor an einer Universität dieses Staates nicht mehr tragbar. Und jetzt möchte ich den Unterricht nicht länger stören. Bitte beginnen Sie mit Ihrer Vorlesung, Genosse Roderich.«

Professor Kuhn warf Dora noch einen Blick zu, dann marschierte er aus dem Hörsaal. Als die Tür hinter ihm ins Schloss fiel, sank sie förmlich auf ihrem Sitz zusammen.

Niemand im Saal wagte das Thema noch einmal anzusprechen. Die Vorlesung ging weiter, als hätte es den alten Professor nie gegeben. Doch Dora vermisste ihn schon jetzt. Auch den trockensten Stoff hatte er immer mit einer kleinen Anekdote oder einer witzigen Bemerkung bereichern können. Der neue Professor aus Köln war das komplette Gegenteil von Herrn Paulitzer. So verbissen wie kein anderer spulte er seine Vorlesung ab, als müsse er beweisen, dass er trotz seiner Herkunft keineswegs eine rheinische Frohnatur war, die auch mal fünfe grade sein lassen konnte, sondern ein völlig humorloser Mensch und eiserner Kommunist, der zu 150 Prozent hinter dem System DDR stand.

»Paulitzer wurde bestimmt rausgeschmissen, weil er sich geweigert hat, eine Trauerrede auf Stalin zu halten«, zischte Dora nach der Vorlesung Frajo und Günther zu. »Hoffentlich sitzt er nicht im Knast deswegen. Ich wette, da hat dieser grässliche Konrad Bergmann wieder seine Finger im Spiel.«

Günther nickte.

»Ja, das ist offensichtlich. Vor dem Burschen müssen wir uns in Acht nehmen.«

28.

Mit den Semesterferien im April kam endlich der Frühling nach Berlin. In Hagemanns Garten blühten Tulpen und Forsythien und an den Ostbäumen gingen die ersten Knospen auf. An den neu gepflanzten Bäumen entlang der Stalinallee trieben die frischen Blätter. Und vor den Straßencafés saßen die Leute, um sich die ersten warmen Strahlen der Frühlingssonne ins Gesicht scheinen zu lassen. Auch wenn es in der Stadt keine Störche gab, deren Heimkehr den Anbruch der warmen Jahreszeit markierten, wie in jedem Jahr ging Doras Herz auf, als sie feststellte, dass der Winter vorüber war und sie Schal und Mütze endlich im Schrank lassen konnte. Viel Gelegenheit hatte sie allerdings nicht, das herrliche Wetter zu genießen, weil sie das Praktikum in der Tierklinik in Atem hielt. Voller Eifer stürzte sich Dora darauf, endlich wieder mit lebenden Wesen umgehen zu können, nachdem sie sich in den ersten Monaten ihres Studiums vor allem mit Theorie und naturwissenschaftlichen Grundlagen beschäftigt hatte. Zwar war ihre Tätigkeit in der Klinik nicht besonders anspruchsvoll, sie reinigte Käfige, führte Hunde aus, fütterte die Tiere, verabreichte ihnen die vorgeschriebenen Medikamente und kontrollierte Temperatur und Gewicht der Patienten, aber Dora war in ihrem Element. Ja, das war der Beruf, den sie in Zukunft ausüben wollte! Und als sie am Ende der ersten Praktikumswoche einem der Professoren assistieren durfte, während er die schwere Beinverletzung eines Polizeipferdes verarztete, schlug ihr Herz heftig vor Aufregung. Sie fühlte sich wichtig und geschätzt und war glücklich, als sie ein paar Tage später feststellte, dass es dem Schimmel besser ging. Auch sie hatte ihren Teil zur Genesung des Tieres beigetragen, das war wunderbar!

Die langen und ausgefüllten Tage in der Tierklinik ließen Dora beinahe vergessen, dass sie wegen des Praktikums die lang geplante Heimreise zu ihren Eltern aufs Neue verschieben musste.

Trotz der vielen Arbeit ließ sie es sich nicht nehmen, Gisela auch weiterhin jede Woche ein paar Stunden im Büro auszuhelfen. Eines Freitagnachmittags schlenderte Dora auf dem Weg zum *Chez Gigi* noch ein wenig über den Ku'damm. Es war ein Frühlingstag wie im Bilderbuch. Unter der rot-weiß gestreiften Markise beim *Café Kranzler* war kaum mehr ein Tisch frei. Gern hätte sie sich hier einen Platz gesucht und den ersten Eisbecher des Jahres bestellt. Doch dafür reichte die Zeit nicht, wenn sie pünktlich in Giselas Büro sein wollte. Sie war gerade vorbeigegangen, da hörte sie, wie jemand ihren Namen rief.

»Fräulein Twardy, guten Tag!«

Sie blieb stehen und drehte sich um. Von einem der Tischchen im *Café Kranzler* winkte ihr jemand zu. Es war Professor Paulitzer.

In wenigen Schritten stand Dora vor ihm.

»Herr Professor!«, rief sie glücklich. »Ich bin so froh, Sie zu sehen! Ich hatte schon Angst, Sie sitzen im Gefängnis, als es hieß, Sie hätten die Humboldt-Uni verlassen.«

»Es ist lieb von Ihnen, dass Sie sich Sorgen um mich machen. Aber mir geht es gut. Ich bin rechtzeitig abgehauen, als ich spürte, dass die Situation drüben zu brenzlig für mich wurde.«

»Und jetzt leben Sie in Westberlin? Sind Sie an die Freie Universität gewechselt?«

»Nein, Fräulein Twardy, ich bleibe nicht mehr lange in Berlin. Dies sind sozusagen meine letzten Minuten in dieser Stadt, und ich habe sie noch einmal mit allen Sinnen genossen.« Er stand auf und legte ein paar Münzen neben seine geleerte Kaffeetasse. »Eigentlich wollte ich gerade aufbrechen, als ich sah, dass Sie die Straße entlanggingen. So kann ich mich wenigstens kurz noch von Ihnen verabschieden. Auf Wiedersehen, Fräulein Twardy. Ich wünsche Ihnen alles Gute für Ihr weiteres Studium, auf dass Sie bald eine glückliche und erfolgreiche Tierärztin werden.«

»Danke, Herr Professor. Vielen Dank für alles, was Sie für mich getan haben!« Dora war gerührt über seine Freundlichkeit. Doch es blieb keine Zeit für ein längeres Gespräch.

»Bitte entschuldigen Sie, dass ich jetzt aufbrechen muss.« Der Professor griff nach seinem Hut, der neben ihm auf dem zweiten Stuhl lag. Dann reichte er ihr die Hand. Sie war warm und umschloss ihre mit einem leichten Druck. »In zwei Stunden hebt am Flughafen Tempelhof meine Maschine nach München ab. Ich werde in den Westen ausgeflogen. Ich bin als politischer Flüchtling anerkannt, deshalb darf ich nicht mehr mit der Bahn durch die Ostzone fahren. Es steht zu befürchten, dass mich die Leute der Stasi sonst aus dem Zug holen ... Ich habe das große Glück, im Sommersemester an der Uni in München eine neue Lehrtätigkeit antreten zu können, auch wenn ich meine Heimatstadt Berlin und alle meine lieben Studenten von der Humboldt-Universität natürlich sehr vermissen werde.«

»Nach München ... Ach Herr Professor, das liegt ja am Ende der Welt.«

Er lächelte. »Das ist eine Frage der Perspektive. Für mich wird München ab sofort der Nabel der Welt sein.«

»Ja, natürlich. Die Studenten, die Sie künftig unterrichten werden, können sich jedenfalls freuen. Ein bisschen beneide ich sie um ihren neuen Lehrer. Ich wünsche Ihnen von Herzen alles Glück der Welt, Herr Professor.«

»Danke, Fräulein Twardy, das wünsche ich Ihnen auch. Bitte passen Sie immer gut auf sich auf, aber vergessen Sie nie das wahre Ziel des Lebens vor Ihren Augen, wie verschlungen die Wege dorthin auch sein mögen.«

Sie nickte. »Das werde ich beherzigen.«

Da war plötzlich ein Kloß in ihrer Kehle, der ihr jedes weitere Wort unmöglich machte. Warum mussten immer die besten Menschen aus ihrem Leben verschwinden?

Der alte Professor setzte sich seinen Hut auf, tippte zum Abschied mit den Fingern gegen die Krempe und ging langsam Richtung U-Bahn-Aufgang davon.

• • •

Zu dem Kummer über den Abschied von Professor Paulitzer kam für Dora die Enttäuschung darüber, dass sie noch immer nicht wusste, wann sie Curt wiedersehen würde. Wenn sie Herrn Hagemann darauf ansprach, versicherte er ihr stets: »Ich habe mit der Parteiführung über eine Amnestie für den Gefangenen gesprochen. Aber die nächsten Schritte liegen nicht in meiner Hand. Ich kann schließlich nicht hexen.«

Was genau er veranlasst hatte und mit wem er darüber verhandelte, um Curts Freilassung aus dem Gefängnis zu erwirken, sagte er nicht. Manchmal fragte sich Dora, ob sich Herr Hagemann tatsächlich darum bemühte oder ob er sie nur hinhielt. Aber was wäre gewonnen, wenn sie ihre Drohung wahr machte und ihn und seine Freunde wegen ihres Besuches im *Chez Gigi* bei der Parteiführung anschwärzte? Herr Hagemann würde sicher eine Menge Ärger bekommen, und es würde vermutlich das Ende seiner politischen Karriere bedeuten. Aber als geschasster Parteifunktionär konnte er ihr überhaupt nicht mehr helfen. Curt würde keinen Tag früher aus dem Gefängnis entlassen werden, wenn sie Herrn Hagemann verriet, das musste sie sich eingestehen.

Seit drei Monaten hatte sie Curt nun nicht mehr gesehen. Wie enttäuscht er sein musste! Ob er glaubte, dass sie ihn aufgegeben hatte? Dass sie einen anderen Mann kennengelernt hatte? Was würde sie dafür geben, wenn sie ihm wenigstens einen Brief in die Zelle schmuggeln könnte!

Es war ein Lichtblick für Dora, als eines Tages die offizielle Einladung zu Mariannes Hochzeit im Briefkasten lag. Und nicht nur das: Sie sollte außerdem Trauzeugin für ihre Schwester sein. Endlich wieder einmal eine gute Nachricht aus einer Welt, die Dora heiter und sorglos erschien. Damit gab es wieder etwas, auf das sie sich freuen konnte und das ihre trüben Gedanken der letzten Wochen vertrieb. Die Karte, die Marianne geschickt hatte, war aus edlem Büttenpapier mit fein gesetzten Buchstaben darauf. Sie sah sehr schön und vor allem sehr teuer aus. Einzig, dass das Emblem von Herberts Unternehmen mit aufgedruckt war, störte Dora ein wenig. Ihre Schwester heiratete doch einen Mann und keine Möbelfirma! Marianne hatte ein paar Geldscheine mit in den Briefumschlag gelegt. »Für eure Zugfahrt«, schrieb sie auf einem kleinen Zettel dazu. »Seit Weihnachten weiß ich ja, wie knapp du bei Kasse bist, und ich möchte auf keinen Fall, dass dein Einsatz als Trauzeugin scheitert, weil du dir die Fahrkarten nicht leisten kannst …«

Das Fest war für Samstag, den 2. Mai geplant und neben Dora waren auch Clara, Erich und Hetti eingeladen.

»Den Termin haben Marianne und Herbert extra günstig gelegt«, freute sich Dora, als sie ihrem Bruder und ihrer Schwägerin beim Abendessen von der anstehenden Hochzeit berichtete. »Durch den Maifeiertag am Freitag zuvor haben wir ein langes Wochenende. Am Samstag fällt auch Claras Schulunterricht aus, und ich muss erst am Montag wieder in die Uni. Also haben wir ganze drei freie Tage für die lange Reise, das ist wunderbar.«

Herr Hagemann schüttelte entrüstet den Kopf.

»Das ist unmöglich. Ihr könnt doch am ersten Mai nicht wegfahren!«

Hetti seufzte. »So schön es wäre ...«

»Aber warum denn nicht?« Dora war enttäuscht, dass sich die Schwägerin so wenig über die Einladung in den Westen zu freuen schien. Gegen die Feier einer Hochzeit konnte ihr Vater doch nun wirklich keine Einwände haben.

»Das ist der Tag der Arbeit, der größte Feiertag in der DDR«, erklärte Erich. »Es gibt eine große Parade in der Stadt und es ist nun mal Pflicht für alle Bürger, daran teilzunehmen. An diesem Tag können wir wirklich nicht verreisen.«

»Das klingt ja nicht besonders begeistert«, tadelte Herr Hagemann. »Es ist doch weit mehr als eine Verpflichtung, lieber Schwiegersohn, es ist der dringende Herzenswunsch aller Bürger, Teil dieser großen Bewegung zu sein. Am ersten Mai zeigt die Bevölkerung der Deutschen Demokratischen Republik, dass sie loyal zu ihrer Regierung steht. Da möchte niemand fehlen.«

»Es gibt sogar gratis Bockwürste für alle«, rief Clara fröhlich. »Und Papierfähnchen zum Winken. Das hat uns die Lehrerin schon verraten.«

»Wir können ja im nächsten Jahr dabei sein«, versuchte sich Dora in einem Kompromiss. »Versprochen. Aber meine Schwester heiratet schließlich nur einmal im Leben und ich bin ihre

Trauzeugin. Das ist doch wichtiger als eine Maifeier. Und wenn wir erst am Samstag früh losfahren, schaffen wir es nicht, pünktlich zur Trauung in Frankfurt zu sein!«

Frau Hagemann räusperte sich. »Liebe Dora, ich glaube, Sie missverstehen das. Es ist unvorstellbar, dass die Familie des Parteifunktionärs Hagemann nicht vollzählig an der Maidemonstration teilnimmt.«

»Gerade Sie, die Sie sich so viel von der Deutschen Demokratischen Republik erhoffen, sollten bei den Maifeierlichkeiten Ihre Wertschätzung zeigen. Wie ich erfahren habe, laufen auf oberster politischer Ebene gerade Gespräche über eine Amnestie von Strafgefangenen. Ich könnte mir vorstellen, dass es dabei auch um Ihren Freund Curt von Thorau geht. Und für eine positive Entscheidung in dieser Sache wäre es sicherlich hilfreich, wenn man Sie, liebe Dora, in vorderster Front bei der Maiparade sehen würde.«

Es war das erste Mal, dass Herr Hagemann seine Bemühungen um eine Freilassung Curts so offen ansprach, und es verursachte Dora augenblicklich Herzklopfen.

»Tatsächlich?«, rief sie. »Stehen die Aussichten gut für ihn?«

Herr Hagemann zuckte mit den Schultern. »Möglicherweise.«

»Nun gut. Dann werde ich selbstverständlich an den Maifeierlichkeiten teilnehmen. Vielleicht fährt noch am späten Nachmittag ein Zug von Berlin nach Frankfurt.«

Sie kamen überein, beim großen Demonstrationszug und der Militärparade am Freitagvormittag dabei zu sein, damit sie sich anschließend in die Teilnehmerliste eintragen konnten. Das Bürgerfest am Nachmittag würden sie sich allerdings sparen, um rechtzeitig den letzten Zug nach Frankfurt zu erreichen, auch wenn das bedeutete, dass Clara auf ihr Gratis-Bockwürstchen von der Partei verzichten musste. Doch die große Freude auf ein Wiedersehen mit den anderen Twardys ließ sie das leicht verschmerzen.

Blieb noch die Frage, was Dora anziehen sollte. Keines ihrer Kleider eignete sich für ein Hochzeitsfest und gerade bei Mariannes Feier wollte sie so gut wie möglich aussehen.

»Am liebsten würde ich Gisela fragen, ob sie mir das schöne schwarze Seidenkleid ausleiht, das ich im *Chez Gigi* manchmal trage«, erzählte sie Anneliese, als die beiden ein paar Tage darauf mit Clara durch den Treptower Park spazierten.

»Schwarz? Auf keinen Fall«, entschied Anneliese. »Du darfst doch auf einer Hochzeit kein Schwarz tragen.«

»Aber ich habe nichts wirklich Schickes. Meine Klamotten sind gerade gut genug, um damit in die Uni zu gehen.«

»Ich könnte dir etwas schneidern. Wir haben bei Horn gerade ein paar fantastische Schnitte für Frühlingsgarderobe bekommen. Vielleicht könnte ich mir übers Wochenende heimlich einen Schnittbogen ausleihen ...«

»Nicht dass du Ärger bekommst, Anneliese!«

»Nein, ich passe gut auf. Ich habe schon eine Idee, welches Kleid ich nähen werde.«

»Ach, das klingt wundervoll. Aber woher soll ich einen schönen Stoff bekommen?«

»Das lass mal meine Sorge sein! Komm mich doch mal zu Hause besuchen, damit ich Maß nehmen kann.«

Das ließ sich Dora nicht zweimal sagen. Am nächsten Samstag fuhr sie nach Berlin-Friedrichshain. Anneliese wohnte mit ihrer Mutter und einer Tante in einer winzigen Wohnung im Hinterhaus einer heruntergekommenen Mietskaserne, das man von der Straße erst erreichte, nachdem man zwei düstere Innenhöfe durchquert hatte. In einem der zwei Zimmer im dritten Stock betrieben sie ihre Schneiderei, das andere war das gemeinsame

Schlafzimmer der drei Frauen. Ein Badezimmer gab es nicht. Während aus dem Schneiderzimmer das Rattern der Nähmaschinen zu hören war, führte Anneliese ihre Freundin in die Küche, in der es trotz des geöffneten Fensters nach einer Mischung aus kaltem Kohl und Seifenlauge roch. Ein großer Topf voller Kochwäsche blubberte auf dem Herd vor sich hin.

»Sieh mal, was ich im Laden Herrliches erbeutet habe!«

Auf dem blanken Küchentisch lag ein in Seidenpapier eingeschlagener Stoffballen. Anneliese wickelte ihn aus und präsentierte ihn Dora auf zwei Händen. »Na, wie gefällt dir das hier?«

Es waren mehrere Lagen aus dunkelgrünem Satin, der mit hauchdünnen goldenen Streifen durchwirkt war.

Dora hielt den Atem an.

»Anneliese! Der Stoff sieht hinreißend aus! Woher hast du ihn?« Seufzend strich sie mit den Fingerspitzen über den kühlen Satin. »So edel. Oje, den kann ich dir nie im Leben bezahlen ...«

»Das brauchst du auch nicht.« Anneliese kicherte. Die Freude über die gelungene Überraschung war ihr deutlich im Gesicht abzulesen. »Den Stoff habe ich neulich beim Ausmisten im Keller des Modehauses gefunden. Er ist aus der Weihnachtsdekoration des vorigen Jahres. Damit waren die Schaufenster ausstaffiert worden. Nun hat niemand mehr Verwendung dafür, denn er ist an einigen Stellen von der Sonne ausgeblichen und hat ein paar Risse.«

Anneliese rollte den Stoffballen ein wenig ab und zeigte Dora die schadhaften Stellen. »Die Chefin wollte ihn schon wegwerfen, aber ich durfte ihn behalten. Hab keine Sorge, wenn ich dein Kleid erst fertig genäht habe, wird man ihm nicht ansehen, wie ramponiert der Satin teilweise war. Ich bin ganz geschickt im Zuschneiden.« Sie grinste verschmitzt. »Das haben mir meine Mutter und meine Tante beigebracht. Was glaubst du, welche Wunderwerke wir in den ersten Nachkriegsjahren praktisch aus nichts fabriziert haben.«

Dora erinnerte sich an Claras Mantel, den sie vor Weihnachten auf dem Badstraßenmarkt gekauft hatten und dem Anneliese durch die neubezogenen Knöpfe erst den richtigen Schick gegeben hatte.

»O doch, das glaube ich dir sofort«, sagte sie.

»Und jetzt rauf auf den Küchenstuhl, damit ich Maß nehmen kann!« Anneliese hatte den Stoff wieder auf den Tisch gelegt und rollte bereits das Maßband ab. »90:60:90, würde ich schätzen«, erklärte sie augenzwinkernd, noch bevor sie es Dora um die Hüfte legte. »Perfekt proportioniert …«

• • •

Ein paar Tage später brachte Anneliese Dora eine Papiertüte mit dem fertig geschneiderten Kleid in die Villa der Hagemanns. Vor dem Spiegel an Hettis Schrank hielt es sich Dora vor den Körper.

»Es sieht wundervoll aus, Anneliese. Man kann nicht glauben, dass das einmal ein Stoff war, mit dem ein weihnachtliches Schaufenster dekoriert wurde. Du bist eine richtige Künstlerin. Vielen, vielen Dank.«

»Keine Ursache, ich hatte selbst den größten Spaß dabei. Und sieh mal hier!« Anneliese reichte Dora eine zweite Papiertüte. »Es war noch so viel Stoff übrig, dass ich für deine Kleine auch noch ein Kleid genäht habe. Ich habe Maß an der Tochter einer Kollegin genommen, die in Claras Alter ist. Ich hoffe, es passt ihr, notfalls kann ich an den Säumen noch etwas zugeben …«

»Ach Anneliese, ich weiß gar nicht, was ich sagen soll. Du bist ein Riesenschatz! Mit unseren Kleidern werden Clara und ich die Sensation auf der Hochzeit sein!«

Anneliese lachte. »Das will ich meinen. Passt nur auf, dass ihr der Braut nicht die Schau stehlt.«

Doras Festgewand passte perfekt, Claras Kleid war dem Mädchen allerdings tatsächlich etwas zu weit, wie sich bei der Anprobe herausstellte. Aber auch diesmal konnte Anneliese Abhilfe schaffen. Sie nähte noch einen hübschen Bindegürtel aus ein paar Stoffresten, den sich Clara um die Taille schlang, und nun saß das Kleid wie angegossen.

In den nächsten Tagen war Dora voller Vorfreude auf die Reise. Sie gestand sich ein, dass sie es kaum erwarten konnte, ihre Eltern und die Zwillinge wiederzusehen. Seit Ende September waren sie nicht mehr zusammen gewesen, so lange wie seit dem Krieg nicht mehr. Dabei hatte sie doch versprochen, so oft wie möglich zurückzukommen. Endlich würde die ganze Familie wieder einmal vereint sein.

Doch ein paar Tage vor der Abfahrt kam Erich mit bekümmerter Miene in Doras Zimmer.

»Es tut mir leid, ihr müsst ohne mich und Hetti zur Hochzeit fahren.«

Dora stellte das Bügeleisen ab, mit dem sie gerade eine Bluse plätten wollte.

»Aber natürlich müsst ihr mitkommen! Was ist denn passiert? Ist es wegen der Maifeier?«

Er schüttelte den Kopf und setzte sich auf die Bettkante.

»Nein. Es geht nicht, Hetti und ich, wir haben keine Ausreisegenehmigung bekommen.«

»Das darf doch nicht wahr sein. Wieso denn nicht?«

»Ich weiß es nicht, sie haben es nicht begründet. Es gibt nur einen roten Stempel der Bezirksbehörde: Antrag abgelehnt. Ich nehme an, es ist wegen meines Engagements bei der Jungen Gemeinde. Oder sie wollen uns nicht gemeinsam in den Westen lassen, weil sie befürchten, dass wir uns dann alle dorthin absetzen könnten wie Hettis Bruder damals …«

»Aber das ist doch Unsinn. Ich habe hier meinen Studienplatz und du deine Arbeitsstelle. Natürlich komme ich zurück. Weshalb sollten wir im Westen bleiben wollen?«

»Du weißt doch, wie viele Leute in letzter Zeit nach drüben abhauen. Egal, ob sie hier einen Arbeitsplatz haben oder nicht.« Erich zuckte resigniert mit den Schultern. »Es tut mir leid. Ihr müsst ohne uns feiern.«

»Mensch, Erich. Es ist so schade, Marianne und die Eltern werden traurig sein.«

»Ja, ich weiß. Ich bin es auch. Du musst mir nachher alles ganz genau erzählen.«

Mit hängendem Kopf saß Erich auf der Bettkante. Er wirkte so enttäuscht, wie Dora ihn selten erlebt hatte. Sie zog den Stecker des Bügeleisens aus der Wanddose und setzte sich neben ihn. Nachdenklich sah sie ihrem Bruder ins Gesicht.

»Bedrückt dich noch etwas anderes? Du siehst so traurig aus.«

»Ach Dora.« Erich fuhr sich unruhig mit der Hand durch die Haare. »Ich habe gestern erfahren, dass die Universität meine Zulassung zum Aufbaukurs widerrufen hat. Damit habe ich keine Chance auf ein Ingenieurstudium.«

Dora nahm seine Hand. »Aber wieso? Du hattest doch schon eine feste Zusage.«

»Ja. Und jetzt habe ich eine feste Absage. Die Staatsführung geht seit ein paar Wochen ganz offen gegen die Junge Gemeinde vor. Man wirft uns vor, im Auftrag der USA Sabotage im Land zu betreiben.«

»Aber das ist doch Blödsinn!«, entfuhr es Dora.

»Jedenfalls wurde ich als Mitglied der Jungen Gemeinde der

Uni verwiesen. Wer sich weigert auszutreten, verliert seinen Studienplatz, und Schüler dürfen kein Abitur mehr machen. So ist das jetzt. Ich bin bloß froh, dass ich meinen Job auf der Baustelle behalte und nicht noch eine Anklage am Hals habe, die mich als Agent westlicher Geheimdienste vor Gericht bringt.«

»O Gott, bewahre! Und was ist mit Hetti?«

»Für sie hat es in ihrem Beruf wohl keine Konsequenzen. Sie gehen vor allem gegen Schüler und Studenten vor – und solche, die es werden wollen«, setzte er seufzend hinzu. »Mein Traum vom Ingenieurstudium ist jedenfalls ausgeträumt.«

Dora schluckte betroffen.

»Das tut mir so leid für dich. Ich kann es nicht glauben. Und wir hatten nach Stalins Tod noch gedacht, die Lage im Land würde sich nun bessern.«

Erich stieß ein bitteres Lachen aus. »Ja, das hatte ich wirklich erwartet. Du kannst dir vorstellen, dass ich nicht gerade begeistert beim Maiaufmarsch dabei sein werde. Aber wenn ich mich dort nicht sehen lasse, bekomme ich noch mehr Ärger. Im Übrigen hoffen Hetti und ich ja immer noch darauf, eine dieser schicken Wohnungen an der Stalinallee zu bekommen. Also werde ich den Herrschaften so laut zujubeln wie alle anderen.«

Dora legte ihren Arm um seine Schultern und drückte ihn an sich. Sie vermochte ihm kein tröstendes Wort zu sagen.

»Aber ich habe eine Bitte an dich«, fuhr Erich nach einer Weile fort. Er zog einen Brief hervor, den er unter seinem Pullunder verborgen hatte, und reichte ihn Dora. Das Kuvert war unfrankiert. Als sie den Namen auf dem Adressfeld las, blieb ihr für einen Moment die Luft weg. »An Hubert Hagemann«, stand darauf.

»Hetti bittet dich, den Brief an ihren Bruder in Westdeutschland bei der Post aufzugeben. Würdest du ihr den Gefallen tun? Er hat so lange nichts mehr von uns gehört. Hetti wagt nicht, ihm von hier zu schreiben, weil sie befürchtet, dass die DDR-Behörden Briefe an Republikflüchtlinge zurückbehalten oder aufmachen und zensieren.«

Dora dachte an ihren Brief an Curt, der geöffnet zurückgekommen war. Erich hatte vermutlich recht.

»Was für eine Frage!«, sagte sie. »Natürlich kümmere ich mich darum. Sehr gern sogar.«

»Danke. Das wird sie sehr freuen.« Erich zögerte einen Moment, bevor er fortfuhr. »Noch etwas, Dora.«

Sie sah fragend auf.

»Herr Hagemann sollte besser nichts von diesem Brief erfahren. Du weißt ja, wie schlecht er auf seinen Sohn zu sprechen ist.«

Dora nickte. »Ich verstehe. Der arme Hubert, es wird Zeit, dass er wenigstens ein paar liebe Grüße von seiner Schwester bekommt.«

• • •

Am Tag vor Mariannes Hochzeit schob sich ein kilometerlanger Demonstrationszug durch die Stalinallee. Dora stand neben Frau Hagemann im dichten Gedränge der Zuschauer am Straßenrand und beobachtete den Aufmarsch. Schulklassen und Belegschaften von Firmen marschierten geschlossen unter riesigen Porträts des Staatschefs Pieck und des verstorbenen Stalin am jubelnden und winkenden Publikum vorbei. Ein Meer von roten Fahnen wehte, und Dora dachte bitter: Bei dieser Massenanfertigung von Flaggen ist es auch kein Wunder, dass Textilien für die Leute im Osten noch immer knapp sind. Wie viele Blusen und Kleider man aus diesen Stoffen hätte herstellen können!

Nachdem bei der zentralen Kundgebung alle Lieder gesungen und alle politischen Reden gehalten worden waren und die Leute begannen, sich um die Bier- und Wurststände zu scharen, nahm Dora Clara an die Hand und die beiden machten sich davon. Sie holten die gepackte Tasche ab und kamen gerade rechtzeitig zum Bahnhof, um den letzten Zug Richtung Frankfurt zu erwischen.

29.

Trotz der Enttäuschung, dass ihr Bruder nicht dabei war, wurde Mariannes Hochzeit eine wunderschöne Familienfeier. Wie gut tat es Dora, ihre Eltern endlich wieder einmal in die Arme nehmen zu können, nachdem sie einander so viele Monate lang nicht mehr gesehen hatten.

»Lass dich anschauen, Fräulein Studentin!« Josef Twardy betrachtete seine Tochter mit unübersehbarem Stolz. »Kommst du gut voran mit deinem Studium?«

Dora nickte. »Ja, es ist viel zu tun, aber die meisten Fächer machen mir großen Spaß.«

Sie verschwieg die verhassten Marxismus-Leninismus-Kurse, die Entlassung ihres Lieblingsprofessors und ihre Sorgen um Curt. Sie wollte ihren Eltern keinen Kummer machen.

»Und? Haben sie auch noch keine Kommunistin aus dir gemacht?«, fragte ihre Mutter ironisch und ohne zu ahnen, welchen wunden Punkt sie damit ansprach.

Dora zwang sich zu einem Lächeln. »O nein, Mama, ganz sicher nicht.«

Die Zwillinge waren kaum wiederzuerkennen. Klaus und Arno waren in den vergangenen Monaten noch einmal in die Höhe geschossen und trugen zum ersten Mal in ihrem Leben Anzug und Krawatte. Sie bewegten sich so ungewohnt steif darin, als wären sie verkleidet. »Die Klamotten hat uns Herbert gestiftet«, knurrte Arno, als Dora danach fragte. »Er meinte, mit unseren ausgebeulten Hosen und den verwaschenen Hemden würden wir keinen guten Eindruck auf der Feier machen. Aber ich frage mich, wie man sich in so einem engen Kragen amüsieren soll …«

»Ihr seht großartig und sehr erwachsen aus«, versicherte Dora, während sie seinen Krawattenknoten zurechtzupfte. »Und wenn der offizielle Teil der Hochzeitsfeier vorbei ist und ihr euch gut benommen habt, erlaube ich euch, den obersten Knopf am Hemd zu öffnen.«

Sie standen noch draußen vor dem Kirchenportal und wollten gerade hineingehen, als Dora hörte, wie jemand ihren Namen rief. Sie fuhr herum. Im nächsten Augenblick lag Christel in ihren Armen.

»Oh, wie ist das wunderbar, dich zu sehen«, jubelte Dora. »Ich wusste nicht, dass du auch zur Hochzeit kommen würdest.«

»Aber selbstverständlich hat Marianne uns eingeladen!« Christel lachte. »Und sieh mal, wer mich begleitet!«

An ihrer Seite standen Onkel Herrmann und zu Doras großer Freude auch Inge, ihre Lieblingscousine, die sie so viele Jahre nicht mehr gesehen hatte. Was war das für eine Wiedersehensfreude!

»Warst du beim letzten Mal nicht noch ein kleiner Backfisch?« Dora drückte Inge an sich und gab ihr einen Schmatz auf die Wange. »Vierundzwanzig musst du inzwischen sein, wenn ich mich nicht verrechnet habe. Meine Güte, wo ist bloß die Zeit geblieben?«

»Das sagst du jedes Mal, wenn wir uns begegnen!«

Inge lachte. Sie hatte sich in den vergangenen Jahren zu einer attraktiven jungen Frau entwickelt. Ihre ehemals langen Mädchenzöpfe waren einer schicken Kurzhaarfrisur gewichen, und sie trug ein atemberaubendes, rosarotes Cocktailkleid, dessen Rockteil sich über einem üppigen Petticoat bauschte.

»Das ist der neueste Schick aus Amerika«, erklärte sie augenzwinkernd und machte ein paar kleine Schritte, sodass der voluminöse Rock über ihren Knien wippte.

»Du siehst toll aus, meine liebe kleine Cousine!«

Angesichts der edlen Garderobe der anderen Gäste war Dora besonders froh über die festlichen Kleider, die Anneliese für sie und Clara geschneidert hatte. Dass sie aus billigem Dekorationsstoff genäht waren, fiel niemandem auf.

Doch den spektakulärsten Anblick bot natürlich ihre Schwester. Marianne war eine wunderschöne Braut, das erkannte Dora neidlos an. Sie trug ein schneeweißes Spitzenkleid mit winzigen Ärmeln und langen fingerlosen Handschuhen, die ihr fast bis zu den Schultern reichten, dazu einen entzückenden bodenlangen Schleier, der mit einem funkelnden Diadem auf ihren dunklen Haaren festgesteckt war. Nie hatte ihre Schwester hinreißender ausgesehen als in jenem Moment, als sie nach dem Jawort übers ganze Gesicht strahlend am Arm ihres frisch angetrauten Mannes aus der Kirche trat.

Es war eine große Hochzeit, fast hundertfünfzig Leute waren nach der Trauung im Ballsaal eines schicken Frankfurter Hotels zusammengekommen, das nach dem Krieg neu errichtet und erst kürzlich fertiggestellt worden war. Viele der Gäste gehörten der Belegschaft der Möbelfirma Morbach an, wie Dora feststellte. Herbert, gekleidet in einen schwarzen Smoking mit Zylinder, hatte keine Kosten und Mühen gescheut, um seine Hochzeit für alle zu einem unvergesslichen Erlebnis zu machen. Der große Raum war verschwenderisch mit duftenden Rosenranken geschmückt. An den Längswänden erstreckte sich das Buffet, auf dem alle erdenklichen Köstlichkeiten auf Platten, Tellern und Etageren zusammengestellt waren: Honigmelone mit Parmaschinken, Gläser mit Shrimpscocktail, Schweinefiletmedaillons auf Rahmchampignons, Hähnchenschenkel, Kartoffelgratin, verschiedene Gemüsesorten und zum Nachtisch ein exotischer Obstsalat mit Vanillesauce. Dazu flossen Wein und Champagner in Strömen. Dora staunte. Selbst bei der größten Hochzeit, die sie damals in Ostpreußen auf einem der Gutshöfe erlebt hatte, war ihr kein so dermaßen verschwenderischer Luxus vorgekommen.

Nachdem alle Gäste an den langen Tischen Platz genommen hatten, ließ es sich der Bräutigam nicht nehmen, vor dem Essen eine kleine launige Rede darüber zu halten, wie er und Marianne sich kennengelernt hatten. Dora lauschte zunächst interessiert, denn so genau wusste sie das selbst nicht.

»Eine Reifenpanne auf einer staubigen Landstraße«, erzählte Herbert, »irgendwo zwischen Rübenackern, Kartoffelfeldern und einer Herde Schafe, die mich alle blökend anstarrten. Meine lieben Gäste, als ich im vorigen Herbst mit meinem Wagen auf dem Weg zu einem wichtigen Geschäftstermin in Hamburg mit einer Reifenpanne mitten in der Lüneburger Heide liegen blieb, da dachte ich noch, etwas Blöderes könnte mir nun wirklich nicht passieren. Aber dann hat sich herausgestellt, dass diese Gegend durchaus mehr zu bieten hat als ein paar dumme zottelige Schafe. Denn da kam wie aus heiterem Himmel dieses ausgesprochen hübsche Mädchen angeradelt.« Herbert gab Marianne einen Kuss, und ein paar Leute im Saal lachten. »Und diese junge Dame war nicht nur furchtbar hübsch, sondern auch noch so nett, mir den Weg ins nächste Dorf zu zeigen, wo es sogar eine kleine Autowerkstatt gab. Es versteht sich von selbst, dass ich diesen Engel im besten Wirtshaus des Ortes zum Essen eingeladen habe, während sich die Mechaniker um meinen Wagen kümmerten. Und was soll ich sagen? Bei unserem Gespräch wurde mir die junge

Dame so sympathisch, dass ich sie am liebsten gleich in mein Auto gesetzt und mitgenommen hätte, nachdem der Reifen repariert war. Aber ich weiß ja, was sich gehört. Deshalb haben wir uns erst ein paar Briefe hin und her geschrieben, bis ich um ihre Hand angehalten habe.« Erneut gab es Gelächter im Saal. »Und nun seht ihr die wunderbare Marianne hier als strahlende Braut an meiner Seite. Nach dem Krieg als verarmtes Flüchtlingsmädchen aus den deutschen Ostgebieten bei uns im Westen gelandet, Jahre voller Mangel und Entsagung durchlitten, hat ihr Leben nun endlich das Happy End, auf das sie so lange gewartet hat. In Zukunft soll es ihr an nichts mehr fehlen. Die glücklichste Zeit deines Lebens fängt gerade an, Püppi. Ein Hoch auf meine liebe Frau, Marianne Morbach!«

Damit drückte er sie an sich und küsste sie. Marianne lächelte ein wenig verlegen, während die Hochzeitsgäste gut gelaunt applaudierten.

Herberts großspurige Ansprache ließ Dora ein wenig peinlich berührt zurück, und am Gesichtsausdruck Christels neben ihr erkannte sie, dass sie mit ihren Gefühlen nicht die Einzige war.

»Ich befürchte, ich werde mich mit meinem Schwager niemals so richtig anfreunden«, flüsterte Dora.

Christel nickte. »Aber wenn Mariannes Lebensglück darin besteht, sich von einem wohlhabenden Mann verwöhnen zu lassen, ein Leben in Luxus und Bequemlichkeit zu führen, dann hat sie genau die richtige Wahl getroffen.«

In diesem Moment gab Herbert der Musikkapelle, die sich auf der gegenüberliegenden Seite des Saales mit ihren Instrumenten aufgestellt hatte, ein Handzeichen. »Und jetzt bitte das Hochzeitsständchen, das ich für meine Frau ausgesucht habe!«

Während er sich setzte und Mariannes Hand nahm, legte der Mann an der kleinen Hammond-Orgel mit einer gemütlichen Melodie los. Nach ein paar Takten setzte der Sänger mit viel Schmalz in der Stimme ein:

»Ein Häuschen mit Garten nur, klein, aber mein,
was brauch' ich dann mehr, um zufrieden zu sein?
Ein Frauchen, ein liebes, hol ich mir ins Haus.
Ich schmück ihr das Häuschen zum Himmelreich aus ...«

Dora begegnete Inges Blick, die ihr gegenüber am Tisch saß, und bemerkte, wie auch ihre Cousine bei diesem Lied lachend die Augen verdrehte.

Doch später am Abend waren alle spöttischen Gedanken vergessen. Die Musik spielte nach dem Essen etwas flotter auf, und Dora genoss das Fest mit ganzem Herzen. Sie tanzte Foxtrott mit dem Bräutigam, Walzer mit ihrem Vater und einen verrückten Reigen mit ihren Brüdern. Und als einmal gerade kein männlicher Tanzpartner in Sicht war, drehte sie sich sogar mit ihrer Cousine über das Parkett.

»Hast du das schon bemerkt, Dora?« Inge legte lachend den Kopf in den Nacken. »Wir ziehen die Blicke aller Gäste auf uns. Kein Wunder, bei unserer ausnehmend schicken Garderobe.«

Dora berichtete der Cousine, was es mit ihrem und Claras Kleid auf sich hatte, und Inge war begeistert von Annelieses Findigkeit. »Aber so ein freches Petticoat-Kleid würde dir auch fantastisch stehen, Dora.«

»Ich hatte noch keine Gelegenheit, eines anzuprobieren. Woher kennst du dich eigentlich so gut mit der amerikanischen Kleidermode aus?«

Inge drehte sich übermütig einmal um ihre eigene Achse. Dann schlang sie ihre Arme um Doras Schultern und flüsterte ihr ins Ohr: »Sag es bloß nicht meinen Eltern, aber dieses Kleid hat mir Wesley aus Chicago schicken lassen.«

»Wesley? Aus Chicago?«

»Ja. Ich habe nämlich einen Freund, Dora. Seit einer ganzen Weile schon. Er ist ein amerikanischer Soldat. Wir haben uns auf einer Faschingsfeier in München kennengelernt. Ich bin so furchtbar verliebt. Wesley ist der lustigste Boy, den ich kenne. Nicht so betrübt und zweifelnd und vom Schicksal gebeutelt wie so viele unserer deutschen Männer. Mit ihm kann ich endlich wieder richtig lachen.«

Dora drückte ihre Cousine an sich. »Das freut mich so sehr für dich, Inge. Ich wünsche dir von Herzen, dass du glücklich wirst mit deinem Wesley.«

»Das ist nicht so einfach.« Inges Lächeln verschwand. »Die Eltern sind nämlich leider nicht besonders begeistert von unserer Beziehung.«

»Aber warum? Das Fraternisierungsverbot ist doch längst aufgehoben. Soweit ich weiß, dürfen amerikanische Soldaten und deutsche Frauen inzwischen sogar heiraten. In Westberlin sieht man überall alliierte Soldaten und deutsche Fräuleins Arm in Arm die Straßen entlangflanieren oder sich am Wannsee zum Baden treffen.«

Inge zuckte mit den Schultern. »Papa sagt, Wesley fühlt sich sicher nur ein bisschen einsam hier in Deutschland und amüsiert sich mit mir, und wenn er irgendwann wieder zurück nach Amerika abkommandiert wird, dann lässt er mich sitzen.«

»Er wäre schön dumm, wenn er ein so tolles Mädchen wie dich alleinlassen würde.«

Nach diesen Worten strahlte Inge sie an, als habe jemand ein Licht eingeschaltet. »Er ist auch ein prächtiger Kerl. Willst du wissen, wie er aussieht? Ich habe ein Foto von ihm dabei.«

»Aber natürlich. Nur zu gern.«

Sie gingen zurück zum Tisch. Inge kramte in ihrer Handtasche, die an der Lehne ihres Stuhls hing, und zog vorsichtig ein kleines Foto mit weißem Zackenrand heraus. Einen Moment lang betrachtete sie das Porträt mit glücklichem Lächeln, dann reichte sie es Dora. Ein freundlicher junger Mann in hochgeschlossener US-amerikanischer Ausgehuniform sah sie an, das typische Schiffchen der GIs auf dem Kopf. Er war dunkelhäutig.

»Oh«, entfuhr es Dora, und sie hoffte im selben Moment, dass Inge ihr die Überraschung nicht anmerkte. »Er sieht – sehr nett aus«, fügte sie schnell hinzu.

»Jetzt verstehst du, weshalb meine Eltern gegen diese Verbindung sind, nicht wahr?« Inge nahm Dora Wesleys Foto aus der Hand, betrachtete es noch einmal und steckte es dann zurück in die Handtasche und ließ den Doppelknopfverschluss zuschnappen. Ohne Doras Antwort abzuwarten, fügte sie hinzu: »Warum sollten zwei Menschen nicht glücklich miteinander werden, nur weil sie verschiedene Hautfarben haben?«

»Du hast ja recht, Inge. Lass dich von nichts und niemandem davon abhalten, mit dem Mann zusammen zu sein, den du liebst.«

Inge nahm ihre Hand. »Ach Dora. Das hast du schön gesagt. Genauso ist es. Ich hoffe, du und Curt, ihr vergesst das auch nie!«

Am nächsten Tag führte Marianne die Familie durch ihr neues Zuhause. Sie trug ein sonnengelbes ärmelloses Kleid, dazu zierliche Schuhe mit einem hohen, pfennigdünnen Absatz, der bei jedem ihrer Schritte auf dem Parkett klackerte. Marianne und Herbert bewohnten einen schicken Bungalow in einem Vorort von Frankfurt, und Marianne konnte ihren Stolz darüber kaum verbergen: »Wir haben gerade erst alles eingerichtet. Es ist so praktisch, mit einem Möbelfabrikanten verheiratet zu sein. Ihr müsst unbedingt die neuen Clubsessel im Wohnzimmer ausprobieren. Die sind himmlisch bequem.«

Dora strich über den hellblauen Samt der Sitzmöbel und über die kühle Marmorplatte des nierenförmigen Tischchens, um den herum Sessel und Sofa gruppiert waren. Hier war wirklich alles vom Feinsten und mit den modernsten Möbeln ausgestattet. Über dem hüfthohen Bücherschrank mit den dünnen gespreizten Beinen hing ein asiatisch anmutendes Landschaftsgemälde an der Wand. Eine gläserne Schiebetür gab den Blick frei auf die Terrasse und einen kurz geschorenen Rasen, der von Tulpenbeeten eingerahmt wurde.

»Ihr habt es wunderschön«, sagte sie ehrlich, und Arno feixte, so leise, dass nur Dora es hören konnte: »Aschenputtel hat den Märchenprinzen gefunden.«

Dora gab ihm mit den Fingerspitzen einen tadelnden Stups gegen den Hinterkopf.

»Aber das Tollste ist die Küche«, rief Marianne und ging voraus. »Diese zarten Pastelltöne waren der neueste Trend auf der letzten Möbelmesse in Köln. Und seht nur, ich habe einen richtigen Kühlschrank, eine Waschmaschine, die auf Knopfdruck arbeitet, und einen elektrischen Herd. Guckt mal hier, Schalter an und sofort wird die Platte warm. Ist das nicht bequem? Was war das doch immer ein Dreck und ein Aufwand, den alten Holzofen auf dem Stübeckhof anzuheizen.«

»So viel Elektrik in der Küche …« Josef Twardy nickte anerkennend. »Das ist wirklich eine feine Sache.«

»Ich werde die glücklichste Frau der Welt sein. Was sagst du, Mama?«

»Das wünsche ich dir von Herzen, mein liebes Mädchen. Das ist ja ein größerer Luxus, als wir ihn zu Hause in Ostpreußen auf unserem Gutshof hatten.«

»Ja, Mama. Das ist die schöne neue Zeit.« Marianne gab ihrer Mutter einen überschwänglichen Kuss auf die Wange. Dann zog sie rasch Klaus' Hand vom Herdschalter, nachdem er die Platte spaßeshalber ein paarmal an- und ausgestellt hatte. »Finger weg, das ist kein Spielzeug. Jetzt zeige ich euch unser Schlafzimmer!«

Später standen die beiden Schwestern in der Küche zusammen, um den Nachmittagskaffee vorzubereiten. Während Dora das Geschirr aus dem Schrank holte und auf einem Tablett zusammenstellte, schnitt Marianne einen Blechkuchen in Portionsstücke.

»Sag mal, Marianne«, setzte Dora an. »Ihr habt doch so viel Platz in eurem Haus. Wollt ihr nicht die Eltern und die Zwillinge zu euch holen? Sie hätten es hier so viel komfortabler als auf dem Stübeckhof, und ich bin mir sicher, dass sie gern in eurer Nähe wären. Da sind doch diese zwei freien Zimmer im hinteren Teil. Die brauchst du doch nicht beide für die Hauswirtschaft, oder?«

»Aber wie stellst du dir das vor, Dora? Das sind doch die Kinderzimmer.«

»Oh.« Doras Blick rutschte auf Mariannes Bauch. »Gibt es da etwa schon ...?«

»Aber nein.« Marianne errötete. »Noch bin ich nicht schwanger. Wo denkst du hin? Wir sind doch erst gerade verheiratet.« Sie legte das Messer zur Seite und schichtete die Kuchenstücke mithilfe eines Tortenhebers auf eine Porzellanplatte mit goldenem Lilienmuster. »Aber es ist doch der natürlichste Lauf der Dinge, dass wir bald eine Familie sein werden. Herbert wünscht sich so sehr einen Stammhalter, der einmal seine Firma übernehmen wird. Ich habe mir im Katalog schon Möbel für das Kinderzimmer ausgesucht.«

»Das ist toll, Marianne. Aber bis dahin ist doch noch ein bisschen Zeit. Und das zweite Zimmer bleibt doch immer noch frei, wenn ihr ein Baby habt. Was wollt ihr denn mit all dem Platz in eurem Haus? Es wäre mir so viel wohler, wenn ich wüsste, dass die Eltern bei dir wären. Damit die Familie nicht so auseinandergerissen ist.«

»Na, das sagt gerade die Richtige!«, entgegnete Marianne unerwartet patzig. »Wer von uns beiden ist denn zuerst weggegangen? Weil sie unbedingt ihren Sturkopf durchsetzen musste. Denkst du etwa, du bist mit deinem Studium was Besseres als ich?«

»Aber nein«, rief Dora bestürzt. »Was sagst du denn da? Natürlich bin ich stolz, dass ich die Zulassung geschafft habe, und es macht mir Spaß zu studieren, aber das muss doch auch sein, damit ich in ein paar Jahren eine Praxis führen kann. Und wenn es so weit ist, dann können die Eltern selbstverständlich bei mir wohnen. Aber bis dahin? Wie sollten Mama, Papa und die Zwillinge denn bei mir in Berlin leben? Clara und ich wohnen doch selbst nur als Gäste bei den Hagemanns. Bitte, Marianne. Denk an die Familie! Es ist nur für ein paar Jahre.«

»Weißt du was, Dora? Ich will genauso frei sein wie du. Ich habe ein Recht darauf, mein eigenes Leben zu führen. Und das heißt: Eine eigene Familie und Kinder haben und dafür brauche ich die beiden Zimmer da oben. Basta.«

So schnippisch hatte Marianne schon lange nicht mehr mit Dora gesprochen. Früher, als junge Mädchen auf dem elterlichen Gutshof, waren sie öfter aneinandergeraten. Aber in der schweren Zeit des Krieges und in den Nachkriegsjahren hatte sich das Verhältnis der beiden Schwestern verbessert. Angst und Not hatten sie zusammengeschweißt. Doch am Tag nach Mariannes Hochzeit schien das wieder vergessen zu sein. Dora war richtig erschrocken über die harten Worte ihrer Schwester. Hatte Marianne recht? Nahm sie selbst sich Freiheiten heraus, die sie ihr nicht zugestand?

Herbert kam in die Küche und öffnete den Kühlschrank, um

eine Flasche Sekt herauszunehmen. Dann drehte er sich zu Dora um.

»Entschuldigt, dass ich mich in eure schwesterliche Diskussion einmische«, sagte er. »Marianne hat recht. Mein Haus eignet sich nicht zur Dauerbeherbergung für die ganze Verwandtschaft, so gern ich eure Familie mag. Wir haben unsere eigenen Pläne, und es ist ja nicht so, dass eure Eltern obdachlos sind. Es ist ein bescheidenes Leben, das sie da auf dem Stübeckhof führen, aber daran haben sich die beiden doch sicher gewöhnt. Und außerdem können sie uns jederzeit gern besuchen kommen. Gerade wenn wir dann Kinder haben, sind sie uns sicher ab und zu sehr willkommen. Aber für länger? Nein, Dora, das kommt nicht infrage. Dazu sind unsere Welten doch zu verschieden. Bei den vielen Cocktailpartys und dienstlichen Empfängen, die ich in diesem Hause zu geben beabsichtige, würden sich deine Eltern doch nur fehl am Platz fühlen.«

Es brauchte ein paar Sekunden, bis Dora seine Worte verdaut hatte. Dann antwortete sie kühl: »Das denke ich auch.«

Als sie wenig später ihre Sachen für die Rückfahrt zusammenpackte, entdeckte sie den Brief an Hubert in ihrer Tasche. Sie erschrak, weil sie in all dem Trubel beinahe vergessen hätte, ihr Versprechen einzulösen. Kurz vor der Abfahrt nach Berlin zog sie aus dem Briefmarkenautomaten bei der Post am Bahnhof eine Marke und warf den Brief in den Kasten. Als sie das dumpfe Geräusch des plumpsenden Briefs hörte, war sie froh, wenigstens etwas zum Zusammenhalt der Geschwister Hagemann beitragen zu können.

30.

Dora erschien Berlin lauter und schmutziger denn je, als sie am Sonntagabend am Bahnhof Friedrichstraße mit Clara aus dem Zug stieg. Die Fahrt hatte länger gedauert als geplant, wegen der umständlichen Kontrollen an der Grenze. Glücklicherweise hatte es an ihrem Gepäck nichts zu beanstanden gegeben. Clara war erschöpft von der anstrengenden Reise und dem wenigen Schlaf, den sie am Wochenende bekommen hatte, und maulte.

»Können wir nicht wieder mit dem Taxi fahren?«, jammerte sie. »Ich habe gar keine Lust mehr, mit der S-Bahn zu fahren und nachher noch so weit zu laufen.«

»Wir wollen nicht wieder so viel Geld ausgeben«, erklärte Dora und nahm Clara an die Hand. »Das sparen wir lieber für was Schönes, für ein Eis oder fürs Kino. Die Bahn kommt ja gleich und wir brauchen auch nicht mehr umzusteigen.«

»Aber ich bin so müde. Ich mag keinen Schritt mehr gehen ...«

Am nächsten Tag war das Mädchen kaum aus dem Bett zu bekommen, und machte sich nur lustlos auf den Weg in die Schule. Auch Doras eigene Laune sank, als sie am Montag nach der letzten Vorlesung an der Uni noch rasch etwas fürs Abendessen einkaufen gehen wollte, wie sie es Frau Hagemann am Morgen versprochen hatte. Selbst in den Regalen der staatlichen HO-Geschäfte herrschte inzwischen gähnende Leere, obwohl man dort zu etwas erhöhten Preisen oft noch vieles erstehen konnte, was in den Konsum-Läden auf Lebensmittelmarken längst nicht mehr zu haben war. Am Schaufenster hing ein Plakat: Ein halbes Pfund Butter pro Haushalt gab es dort heute, es kostete fünf Mark. Das war absurd teuer, und doch reichte die Schlange vor dem Laden bis zur nächsten Straßenecke. Drei Lebensmittelgeschäfte klapperte Dora ab, doch nirgendwo war am frühen Abend noch eine Tüte frische Milch zu bekommen. Immerhin fand sie in einer Gemüsekiste noch einen halb vertrockneten Kohlkopf und ein paar verschrumpelte Kartoffeln. Was für ein Gegensatz zu dem prächtigen Buffet auf Mariannes Hochzeit, dachte Dora auf dem Heimweg verbittert, während sie die magere Ausbeute in ihrem Einkaufsbeutel betrachtete. Hatte Marianne vielleicht doch das bessere Los gezogen? Dora dachte dabei nicht nur an die reichhaltigen Speisen, die in Frankfurt aufgetischt worden waren, sie sah auch den schicken Bungalow mit der praktischen pastellfarbenen Küche vor sich und dann Marianne in ihrem modischen gelben Kleid, und dachte daran, wie sie von ihren Zukunftsplänen gesprochen hatte, den vielen Partys und Reisen, die sie mit Herbert unternehmen wollte. Wie beneidenswert erschien Dora das Leben ihrer jüngeren Schwester auf einmal. Hatte sie einen Fehler gemacht? Hätte sie es wie Marianne machen und im anderen Teil Deutschlands bleiben sollen? Doch im nächsten Moment schüttelte Dora den Kopf. Nein, für sie war es keine Option, im Westen zu leben. Nicht nur, weil sie dann ihr Studium hätte aufgeben müssen. Wenn sie Ostberlin verließ, würde sie Curt womöglich nie wiedersehen.

Frau Hagemann hatte aus ihren anscheinend nie versiegenden geheimen Quellen noch ein paar Brühwürste besorgt und brachte so am Abend doch noch eine sättigende Mahlzeit für die Familie auf den Tisch.

»Und in ein paar Wochen haben wir selbst gezogenes Gemüse dazu«, erklärte sie während des Abendessens. Ihre Stimme klang betont munter. »Ganz frisch und voller Vitamine. Was meint ihr, wie gut es uns dann erst schmecken wird.«

Sie lächelte in die Runde. Herr Hagemann brummelte etwas Unverständliches. Durch das Esszimmerfenster sah Dora hinaus in den Garten. Von den bunten Blumenrabatten, die bei ihrem ersten Besuch im vorigen Mai noch verschwenderisch geblüht hatten, war nicht mehr viel übrig geblieben. Frau Hagemann hatte vor einiger Zeit den hinteren Teil des Gartens umgegraben. Mit Erichs und Hettis Unterstützung hatte sie die halb verblühten Tulpen und Narzissen herausgerupft und die Blumenzwiebeln aus dem Boden geholt. Stattdessen hatte sie vor dem Zaun ein Dutzend Tomatensetzlinge eingepflanzt, die sie von einer Nachbarin erhalten hatte, dazu in langen Reihen Radieschen, Möhren, Bohnen und Spinat ausgesät und sogar ein paar Kartoffeln in die Erde gesetzt. Herr Hagemann war wenig begeistert gewesen, als er eines Abends von einer Dienstreise nach Hause kam und feststellen musste, dass sich sein hübscher Ziergarten in einen Gemüseacker verwandelt hatte. Frau Hagemann hatte sich schulterzuckend die schmutzigen Gummihandschuhe ausgezogen. »Na und? Wir leben doch in einem Arbeiter- und Bauernstaat«, hatte sie so resolut geantwortet, wie Dora es der zurückhaltenden Frau gar nicht zugetraut hätte. »Tulpen sehen ja ganz hübsch aus, lieber Heinz, aber leider kann man sie nicht essen.«

Noch aber gab es in der Gemüseplantage nur ein paar Keimlinge zu sehen.

»Zu Hause auf dem Stübeckhof haben wir nicht jeden Tag Kohlsuppe essen müssen.« Clara rührte lustlos in ihrem Teller herum. »Ich mag Kohl nämlich gar nicht so gerne. Können wir morgen nicht einmal Makkaroni mit Tomatensauce kochen? Das ist mein Lieblingsessen.«

»Wir müssen sehen, was im Laden angeboten wird«, erklärte Dora, um die Hagemanns nicht in Verlegenheit zu bringen. »Es ist noch keine Zeit für frische Tomaten.«

»Na und?« Clara gab sich mit der Antwort nicht zufrieden. »Man kann doch Tomaten in der Dose kaufen. In Wielenstedt stand immer ein ganzer Stapel davon im Laden. Sogar mitten im Winter. Das weiß ich genau, weil ich im Winter Geburtstag habe und mir an dem Tag immer Makkaroni mit Tomatensauce zum Essen gewünscht habe. Und zum Nachtisch Schokoladenpudding. Vielleicht schickt uns Tante Marianne ja was von der Hochzeit? Da war noch so viel übrig.«

Einen Augenblick lang herrschte peinliches Schweigen am Tisch. Schließlich hob Herr Hagemann den Kopf.

»Agnes!« Er sah seine Frau an. »Sieh bitte zu, dass du morgen Makkaroni mit Tomatensauce auf den Tisch bringst. Und Schokoladenpudding. Sonst denkt das Kind noch, bei uns in der DDR gäbe es nicht genug zu essen.«

»Aber wie soll ich denn …?«

»Dir wird schon etwas einfallen!«, unterbrach sie Herr Hagemann unwirsch.

Klirrend ließ Erich seinen Löffel in den leeren Teller fallen. »Clara hat doch recht!«, rief er aufgebracht. »Die Lebensmittelversorgung bei uns ist eine Katastrophe. Vor ein paar Monaten dachte ich noch, schlechter kann es nicht werden. Aber es wurde noch schlechter. Mittlerweile gibt es wirklich fast nichts mehr zu kaufen. Darüber kann man doch nicht hinwegsehen. Wenn ihr nicht eure guten Beziehungen über die Partei hättet, wer weiß, was wir dann heute auf den Tellern hätten. Der normale Werktätige weiß überhaupt nicht mehr, wie er seine Familie ernähren soll.«

»Mein lieber Schwiegersohn, wir hatten im vorigen Jahr eine miserable Ernte«, erklärte Herr Hagemann mit zornig gefurchter Stirn. »So etwas kann passieren. Die Partei arbeitet selbstverständlich daran, dass sich die Lage wieder bessert.«

»Die Partei, die Partei ... Das höre ich ständig. Aber was tut die Partei denn? Es geht ja nicht nur um Obst und Gemüse. Auch Fleisch, Wurst, Butter, Eier, Marmelade – das alles ist fast unbezahlbar geworden, sofern es überhaupt in den Läden angeboten wird. Und dann wurden noch die Vergünstigungen für die Arbeiterfahrkarten gestrichen. Wovon sollen die Leute ihren Lebensunterhalt bezahlen? Ich habe wirklich meine Zweifel, ob die Staatsführung der DDR auf dem richtigen Weg ist.«

Dora hielt die Luft an. So deutlich war Erich in seiner Kritik an den Zuständen im Land den Hagemanns gegenüber noch nie geworden. Sein Schwiegervater bemühte sich sichtlich, nicht laut zu werden, doch sein Gesicht war zornesrot, als er antwortete.

»Es ist Geduld gefragt, Erich. Beim Aufbau eines neuen Staates kämpfen wir auch mit Kinderkrankheiten. Das lässt sich nicht vermeiden. Aber im Großen und Ganzen geht es bergauf. Du wirst sehen, in ein paar Jahren, da wird unsere Deutsche Demokratische Republik so glänzend dastehen, dass uns die ganze Welt um unseren Wohlstand beneidet.«

»Ach, lieber Schwiegervater, das sind doch hohle Worte. Davon sprichst du schon so lange.« Erich klang resigniert. »Es gibt doch einen Grund, weshalb die Leute noch immer in Scharen die DDR verlassen. Alles wird teurer hier, aber keiner verdient mehr Geld. Ganz im Gegenteil. Die Norm, die uns Arbeitern auferlegt wird, steigt weiter und weiter. Täglich müssen wir länger arbeiten, ohne dass wir auch nur einen Pfennig mehr Lohn erhalten.

Die vom Politbüro wissen doch gar nicht, wovon sie reden. Die sollen mal ein paar Tage auf dem Bau schuften, dann sehen sie, was für eine Knochenarbeit das ist. Ständig neuer Druck, das machen die Leute auf die Dauer nicht mit. Bei uns auf der Baustelle geht schon das Gerücht um, dass bald gestreikt werden soll.«

»Das ist eine bodenlose Unverschämtheit. Mit solchen Provokationen spielt ihr den Feinden der DDR in die Hände. Die da drüben im Westen warten doch nur darauf! Ich hoffe sehr, dass du dich an diesen volksschädigenden Umtrieben nicht beteiligst, Erich.« Herrn Hagemanns Stimme wurde scharf. »Im Arbeiter- und Bauernstaat DDR herrschen die Arbeiter selbst, die haben hier keinen Grund zum Streiken.«

»Ich befürchte, das sehen ein paar Kollegen von der Baustelle Stalinallee anders ...«

»Ihr solltet es nicht zum Äußersten kommen lassen. Ich warne dich. Das nimmt kein gutes Ende.«

»Vielleicht doch, Papa«, mischte sich jetzt Hetti ein. »Vielleicht ließe sich ein besseres Leben für alle erreichen, wenn man ein bisschen Druck auf die Parteiführung macht. Wenn man sie dazu bringt, sich weniger um den Aufbau des Sozialismus und mehr um die Versorgung der Leute zu kümmern. Und wenn man ihnen mehr Freiheiten ließe! Dann würden auch nicht mehr so viele Menschen unserem Land den Rücken kehren.«

»Jetzt fängst du auch noch mit diesem Unsinn an, Hetti!« Herr Hagemann schüttelte den Kopf. »Die Partei kümmert sich selbstverständlich um alles. Wenn ihr zwei eure kruden Thesen auch in der Öffentlichkeit verbreitet, dann wundert es mich nicht, dass euch noch immer keine Wohnung in der Stalinallee zugewiesen wurde. Dann könnt ihr darauf warten, bis ihr schwarz werdet!«

Das saß. Erich und Hetti schwiegen. Vor ein paar Tagen hatte es die zweite Runde der Wohnungsvergabe gegeben und die beiden waren schon wieder nicht unter den glücklichen Neumietern gewesen. Dora sah, wie ihr Bruder ärgerlich die Lippen aufeinanderpresste. Sie wusste, wie enttäuscht er darüber war, auch dieses Mal leer ausgegangen zu sein. Doch noch immer hatte er den Traum nicht aufgegeben, in eine dieser komfortablen Wohnungen an dem Prachtboulevard zu ziehen, das wusste sie. Nur deshalb nahm er die harte Arbeit und die mickrige Bezahlung an der Baustelle auf sich. Nur deshalb hatte er nicht lautstark protestiert, als man ihm das Ingenieurstudium verwehrte. Und nun waren seine Hoffnungen womöglich umsonst? Hetti legte ihre Hand liebevoll auf seine und drückte sie.

»Wir kriegen das schon hin«, flüsterte sie, als könnte sie Erichs Gedanken lesen. »Spätestens in einem Jahr beziehen wir eines dieser fantastischen Apartments an der Stalinallee. Ganz bestimmt.«

Erich lächelte müde. Frau Hagemann sah ihrem Mann besorgt in sein noch immer zornig gerötetes Gesicht. »Bitte beruhige dich, Heinz. Denk an dein Herz. Der Doktor hat gesagt, du sollst dich nicht aufregen.«

»Ich rege mich nicht auf«, knurrte er. »Ich ärgere mich nur über die Dummheit dieser jungen Leute.«

In diesem Moment klingelte es an der Haustür.

»Erwarten wir heute noch Besuch?«, erkundigte sich Frau Hagemann und sah sich überrascht in der Tischrunde um. »Es ist doch schon so spät.«

»Ich wüsste nicht.«

Herr Hagemann legte die Serviette zur Seite und stand auf, um zur Haustür zu gehen, während seine Frau hektisch das Geschirr vom Tisch räumte. Kurz darauf waren Stimmen im Flur zu hören. Dora lauschte. Ein Mann sprach da draußen. Das war doch … nein, das konnte unmöglich … Sie unterdrückte einen Schrei.

»Guten Abend«, sagte Curt, als er hinter Herrn Hagemann ins Zimmer trat. »Verzeihen Sie bitte die späte Störung.«

Dora sprang so schnell auf, dass der Stuhl, auf dem sie gesessen hatte, hinter ihr polternd zu Boden fiel. Doch nach zwei Schritten hielt sie inne und sah ihn an. Sie vermochte ihn nicht zu umarmen, zu unwirklich war sein plötzliches Erscheinen hier. Wie ein Geist stand Curt mitten im Esszimmer der Hagemanns, wo das Gespräch verstummt war angesichts des unerwarteten Besuchs. Frau Hagemann lehnte wie angewurzelt mit der leeren Suppenschüssel in der Hand am Rahmen der Küchentür.

Im Licht des gleißenden Kronleuchters wirkte Curt elender denn je, bis auf die Knochen abgemagert, mit eingefallenen Wangen und tiefen Schatten unter den Augen. Statt der Häftlingskleidung trug er einen alten Straßenanzug, vermutlich den, den er bei seiner Festnahme vor fast acht Jahren angehabt hatte. Inzwischen schlotterte der Stoff um seinen ausgezehrten Körper. Und doch breitete sich ein Lächeln in seinem Gesicht aus, als er Dora erblickte.

»Curt …« Mehr brachte sie nicht über die Lippen.

»Ich bin froh, dich hier zu finden, Dora. Ich hatte das unwahrscheinliche Glück, begnadigt zu werden, weil irgendjemand herausgefunden hat, dass ich mich in den letzten Kriegsjahren im Widerstand gegen die Nazis engagiert habe. Es ist wie ein Wunder. Stell dir vor, ich bin frei. Man hat mich tatsächlich aus der Haft entlassen. Für immer. Ich habe sofort Christel angerufen, und sie hat mir gesagt, wo ich dich finden würde.«

Dora wechselte einen sekundenschnellen Blick mit Herrn Hagemann und blinzelte ihm dankbar zu. Er hatte seinen Teil der Vereinbarung eingelöst. Damit konnte er sicher sein, dass niemand in der Parteiführung von seinem Ausflug zum *Chez Gigi* erfahren würde.

Endlich überbrückte Curt mit zwei Schritten den verbleibenden Abstand zwischen ihnen und nahm Dora in die Arme. Sie schloss die Augen.

»Es ist geschafft«, murmelte sie. »Es ist wirklich geschafft. Jetzt lasse ich dich nie mehr los.«

Irgendwann würde sie ihm erzählen, wie es zu seiner Freilassung gekommen war. Morgen oder an irgendeinem anderen Tag ihres Lebens. Sie hatten ja Zeit. Im Moment war sie viel zu überwältigt, um auch nur ein weiteres Wort über die Lippen zu bringen. Sie presste sich an ihn, lehnte ihren Kopf an seine Brust und verbarg ihr Gesicht im Stoff seiner Jacke, die alt und muffig roch, weil sie vermutlich viele Jahre lang zusammen mit seinen anderen Kleidern in der Aufbewahrungskammer des Gefängnisses gelegen hatte. Zärtlich strich sie mit den Händen über seinen Rücken, um sich zu vergewissern, dass dies kein Traum war, dass er tatsächlich frei und bei ihr war. Durch den Stoff spürte sie jeden einzelnen seiner Wirbel unter ihren Fingerkuppen, so dünn war er geworden. Vor allem aber spürte sie seine Umarmung, fest und liebevoller denn je. Wie viele Jahre hatte sie sich nach diesem Moment gesehnt. Hatte geträumt, gebangt, gehofft, und jetzt war er da. Wäre das ein Film, ging es Dora durch den Kopf, dann würden jetzt die Geigen jauchzen. Sie krallte die Hände in den Stoff seiner Jacke. Nie mehr loslassen! Nie mehr auch nur einen Schritt von ihm weggehen!

Stumm und reglos standen sie eine Weile da, bis Claras flüsternde Stimme Dora aus ihren Gedanken riss.

»Sag mal, Erich, weißt du, wer da zu Besuch gekommen ist?«

Erst jetzt lösten sich Curt und Dora aus ihrer Umarmung. Mit einem warmen und doch auch fragenden Blick betrachtete Curt das Mädchen.

»Clärchen?«, fragte er zögernd. »Clara?«

Ihre Augen weiteten sich, verwundert darüber, dass der fremde Mann ihren Namen kannte. Sie nickte schüchtern.

Nun lächelte Curt und ging einen Schritt auf sie zu.

»Du kannst dich nicht mehr an mich erinnern, Clara, dazu warst du viel zu klein beim letzten Mal, aber du kennst mich. Ich – bin dein Vater.«

Falls Curt erwartet hatte, dass seine Tochter nun freudestrahlend aufspringen und ihm jubelnd um den Hals fallen würde, sah er sich getäuscht. Verblüfft, geradezu misstrauisch betrachtete sie ihn.

»Curt von Thorau?«, brachte sie schließlich heraus. In ihrem Mund klang sein Name wie eine fremde Vokabel. Unsicher wanderten ihre Blicke zwischen ihm und Dora hin und her.

Dora nickte. »Ja, Clara. Dein Vater ist endlich frei. Freust du dich?«

Clara war ehrlich genug, nur verlegen mit den Schultern zu zucken. Wie sollte sie sich auch freuen, diesem fremden Mann zu begegnen, den sie zum letzten Mal gesehen hatte, als sie nicht einmal ein halbes Jahr alt gewesen war. Sie kannte ihn nicht, sie hatte ihn ihr Leben lang nicht vermisst.

Auch Curt blieb zurückhaltend. Ihm schien es ähnlich zu gehen. Fast neun Jahre lang war seine Tochter nur eine Erinnerung gewesen, das Bild eines Babys auf Wilmas Arm. Nun saß ein Mädchen vor ihm, dessen Locken und kleine Stupsnase ihn an seine verstorbene Frau erinnern mussten. Aber was Clara erlebt hatte in all der Zeit, was sie gedacht, wovon sie geträumt hatte, wie sie zu dieser kleinen Person geworden war, die ihn nun neugierig beobachtete, all das wusste er nicht.

»Ich bin so glücklich, Clara, dass ich endlich wieder bei dir sein kann. Es war schrecklich für mich, so viele Jahre von dir getrennt zu sein. Ich denke, wir haben uns ganz viel zu erzählen.«

Das Mädchen rührte sich nicht von der Stelle.

»Willst du deinen Vater denn gar nicht begrüßen?«, fragte Dora.

»Doch«, sagte Clara. Sie rutschte vom Stuhl und trat auf Curt zu. Brav reichte sie ihm die rechte Hand und knickste, so wohlerzogen und doch so distanziert, wie sie jeden Besucher begrüßte, den die Hagemanns in ihr Haus luden. »Guten Abend, mein Vater.«

Dora lächelte gerührt, und doch lag eine so tiefe Traurigkeit in diesem kleinen Moment, dass ihr die Tränen kamen.

Curt ließ sich kein Bedauern über Claras Zurückhaltung anmerken. Er ging in die Knie, um seiner Tochter besser in die Augen sehen zu können, und legte ihr eine Hand auf die Schulter. »Guten Abend, Clara. Das fühlt sich seltsam an, nicht wahr? Mir geht es genauso. Aber jetzt haben wir alle Zeit der Welt, um uns endlich richtig kennenzulernen. Möchtest du das?«

Clara lächelte scheu. »Ja. Dora hat mir schon von dir erzählt.«

»Wenn das mal kein Tag zum Feiern ist«, dröhnte unvermittelt Herrn Hagemanns Bassstimme durch den Raum. »Herzlich willkommen in der Freiheit, verehrter Herr von Thorau. Wieder hat die Deutsche Demokratische Republik dafür gesorgt, dass eine im Krieg versprengte Familie zusammengefunden hat. Und das in unseren vier Wänden! Bitte, Agnes, hol die Gläser aus dem Schrank, wir köpfen die letzte Flasche Sekt, die noch im Keller liegt.«

Curt stand auf und drückte Claras Hand.

Teil 2

31.

Träge zog das dunkle Wasser der Havel am flachen Wiesenufer vorbei, wandte sich in einer Kehre und verschwand dann im dichten Schilf. Halb versunken und kaum mehr als solcher zu erkennen, lag ein alter Holzkahn am Ufer. Auf der gegenüberliegenden Seite des Flüsschens waren zwischen den Trauerweiden, deren herabhängende Äste beinahe das Wasser berührten, die Backsteinhäuser einer fernen Ortschaft zu erkennen. Ein paar Meisen und Buchfinken flöteten im dichten Brombeergestrüpp neben der Wiese um die Wette. Das Geräusch vermischte sich mit Froschquaken und dem Zirpen der Grillen im Gras. Die Melodie des Sommers, dachte Dora und rekelte sich zufrieden auf der rot karierten Decke, gesättigt von den Picknickbroten und ein wenig schläfrig von dem Wein, den Curt irgendwo aufgetrieben hatte. Wann war sie zuletzt so glücklich gewesen? Sie konnte sich kaum mehr daran erinnern. Nicht ein einziger kleiner sorgenvoller Gedanke trübte heute ihre Laune.

Es war der Samstag nach Curts Entlassung aus dem Gefängnis. Heute Vormittag, gleich nach Claras letzter Schulstunde, waren sie mit dem Zug raus aus der Stadt gefahren, Dora, Clara und Curt. Ihr erster gemeinsamer Ausflug. Frische Luft schnappen. Die Maisonne genießen. Zeit füreinander haben. Ihre Zukunft träumen. Mehr hatten sie nicht vor an diesen beiden Tagen und es verlangte Dora nach nichts anderem.

In einem hübschen havelländischen Gasthof mit dem Namen *Lindengarten* hatten sie am Mittag ein Fremdenzimmer bezogen, ihre Taschen abgestellt, und dann waren sie gleich mit den Fahrrädern losgefahren, die ihnen die Wirtin ausgeliehen hatte. Stundenlang waren sie über Wald- und Wiesenwege an der Havel entlanggeradelt und hatten die herrliche Landschaft bestaunt, mit all den Seen und Kanälen, den Holzbrücken und Fachwerkhäusern, den schattigen Alleen und den frühlingsgrünen Weiden, auf denen Kühe und Pferde grasten. Endlich mal wieder raus aus Berlin, fernab von Autolärm und dem hektischen Treiben der großen Stadt die Natur genießen. Den Geruch von Kiefernbäumen in der Nase, das knirschende Geräusch der Räder auf dem sandigen Weg, den Fahrtwind in den Haaren spüren, mehr brauchte es nicht für einen perfekten Tag. Und dieser Tag heute war einfach nur perfekt. Dora rollte sich zur Seite, um Curt und Clara zu beobachten, die ein paar Schritte vor ihr am Wasser saßen und ihre nackten Beine in den Fluss baumeln ließen. Schuhe und Strümpfe lagen im Gras. Sie hörte, wie die beiden miteinander redeten. Clara erzählte gerade von ihren Gruppenstunden bei den Pionieren und dass für die Sommerferien ein dreiwöchiges Ferienlager an der Ostsee geplant war, auf das sie sich freute.

»O ja, die Ostsee ist wunderschön«, antwortete Curt. »Ich habe die Sommerferien auch meist an der Ostsee verbracht, damals in Ostpreußen, als ich ein Kind war …«

Er gab sich Mühe, Clara seine Verbitterung über die verlorenen Jahre nicht spüren zu lassen, und war freundlich und geduldig. Ganz allmählich hatten sich Vater und Tochter angenähert. Inzwischen hatte Clara ihre anfängliche Scheu abgelegt. Fast jeden Tag hatten sie sich gesehen seit Curts überraschendem Besuch bei den Hagemanns am Anfang der Woche, waren miteinander im Bürgerpark an der Panke spazieren gegangen oder hatten sich zum Eisessen getroffen, wenn Dora am Nachmittag aus der Uni und Clara aus dem Hort kam. Ihre Gespräche hatten sich bislang vor allem um die Organisation des Alltags gedreht. Es war, als wagten sie es noch nicht, ihre gemeinsame Zukunft zu planen. Dora hatte von den letzten Monaten des Krieges auf dem Gutshof erzählt, von ihrer Flucht aus Ostpreußen und von ihrem Neuanfang auf dem Stübeckhof und Clara von dem ungewohnten neuen Leben in der großen Stadt. Curt blieb meist schweigsam. »Wenn man siebeneinhalb Jahre in einem kleinen, fensterlosen Raum verbringt, hat man nicht besonders viel zu berichten«, sagte er. Vielleicht wollte er einfach nicht mehr an all das Schlimme denken, das man ihm im Gefängnis angetan hatte. Dora insistierte nicht. Es würde eine Zeit kommen, in der er erzählen würde, da war sie sich sicher.

Noch immer erschien es Dora jedes Mal wie ein Wunder, Curt zu sehen, zu umarmen und küssen zu können, wie ein gewöhnliches Liebespaar es tat. Zu dritt waren sie die kleine Familie, von der Dora immer geträumt hatte. Und doch blieben ihnen jeden Tag nur einige wenige, kostbare Stunden miteinander. Curt hatte sich fürs Erste ein Zimmer in einer Pension in der Nähe des Alexanderplatzes genommen. Tagsüber klapperte er die Zeitungsredaktionen und Verlagshäuser der Stadt ab in der Hoffnung, beruflich da anzuknüpfen, wo er gestanden hatte, bevor er inhaftiert worden war. Es war nicht einfach, nach der langen Zeit wieder Fuß zu fassen. Doch Dora war sich sicher, dass ein so guter Fotograf wie Curt bald wieder eine Stelle finden würde. Und dann? Würden sie heiraten? Sich zusammen eine hübsche Wohnung suchen? Wie würde es sich anfühlen, nach der Uni nicht mehr zu den Hagemanns zurückzukehren, sondern in ein eigenes

Zuhause? Es wäre schön, eine Wohnung im selben Viertel zu finden, damit Clara nicht schon wieder die Schule wechseln musste, überlegte Dora. Hoffentlich würden sie sich das leisten können, denn es war nicht zu übersehen, dass Niederschönhausen eine sehr teure Wohngegend war, in der viele der ganz wichtigen Männer der Partei lebten, wie Hetti ihr anvertraut hatte. Sogar Staatspräsident Pieck, wobei sie den dort noch nie zu Gesicht bekommen hatte.

Dora lächelte in Gedanken an ihre Zukunft. Das Leben war herrlich! An diesem Wochenende hatten sie endlich richtig Zeit miteinander, um zu planen, zu träumen und das Zusammensein zu genießen.

Curt war aufgestanden. Er kam heran und setzte sich zu Dora auf die Picknickdecke, während Clara jetzt bäuchlings am Ufer lag und kleine Stöckchen ins Wasser warf, um ihnen zuzusehen, wie sie davonschwammen. Wie bestellt glitt ein Schwan vorbei, blütenweiß schimmerte sein Gefieder im Sonnenlicht.

»Wie fühlst du dich?«, fragte Dora und nahm Curts Hand, froh über diesen kostbaren Moment der Zweisamkeit.

Curt beugte sich zu ihr hinunter und küsste ihren Scheitel. »Wie neugeboren. Ich hatte vergessen, wie schön die Welt ist. Wie gut die Wiese riecht. Wie sich Sonne auf der Haut anfühlt. Wie blau der Himmel an einem Nachmittag im Mai sein kann. Und beinahe auch, wie wunderbar es ist, die beiden Frauen, die ich auf dieser Welt am meisten liebe, endlich wieder bei mir zu haben.«

Dora zog ihn zu sich herab, sodass sie beide Arm in Arm auf der Decke lagen. Sie blinzelte zu den kleinen Wölkchen am Himmel hinauf, wo hoch oben und kaum mehr als ein Punkt zu erkennen ein Flugzeug surrte.

»Ich bin wunschlos glücklich«, sagte sie. »Jetzt in diesem Moment. Am liebsten würde ich dieses Gefühl festhalten, für immer konservieren, wie die in Formaldehyd eingelegten Exponate, die wir jede Woche im Präpariersaal des Instituts zu sehen bekommen.«

Curt stieß ein leises Lachen aus. »Du bist ja richtig romantisch, liebste Dora. Aber ich verstehe, was du meinst. Mir geht es genauso.«

Es war das erste Mal, dass er frei und unbeschwert lachte, seit sie sich wiedergefunden hatten. Wenigstens für einen Moment lag in seiner Stimme nichts mehr von der Verbitterung, die sie bei ihren Besuchen im Gefängnis verspürt hatte, und es zog Dora vor Glück das Herz zusammen. Die Jahre in Haft hatten ihn nicht gebrochen. Curts Seele würde gesunden. Bald würde er wieder dieser lebensfrohe Mann sein, in den sie sich damals verliebt hatte, mit dem sie Nächte durchtanzt hatte und der ihr diesen verrückten Heiratsantrag mitten auf dem Königsberger Steindamm gemacht hatte. Wenn er sie das nächste Mal danach fragte, würde sie ganz sicher nicht mehr Nein sagen. Sie schmiegte sich näher an ihn. Noch einmal küssten sie sich, und klammheimlich wünschte sich Dora, dass sie Clara an diesem Wochenende zu Hause bei den Hagemanns gelassen hätte. Dass sie jetzt allein wäre mit Curt. Nur sie zwei auf dieser abgeschiedenen Wiese am Havelufer an einem warmen Sommernachmittag im Mai …

»Ich kann dir nicht genug danken dafür, dass du Clara aufgenommen hast und dass du auf mich gewartet hast in all den Jahren.« Curts Stimme war wieder ernst geworden. »Damit durfte ich wirklich nicht rechnen, nachdem ich mich nie bei dir gemeldet habe. Ich dachte, dass du mich vergessen würdest. Dass du einen anderen Mann kennenlernen würdest, in den du dich verlieben und den du heiraten würdest. Ich war so wütend und verzweifelt, du glaubst nicht, wie hilflos ich mich gefühlt habe in diesen kalten Gefängnismauern, wenn ich mir vorgestellt habe, dass du vielleicht gerade einen anderen Mann umarmst. Das war das Schlimmste, dass ich dir nicht erzählen konnte, was passiert war. Du musst dir furchtbare Sorgen gemacht haben. Oder böse auf mich geworden sein, weil du dachtest, ich wollte von dir und Clara nichts mehr wissen. Aber glaub mir, ich habe mich an jedem einzelnen Tag gefragt, wie es euch beiden geht.«

»Ich glaube, ich habe es gespürt, Curt. Ich habe nie die Hoffnung aufgegeben, dass wir einander wiederfinden, obwohl ich tatsächlich keine Erklärung dafür hatte, weshalb du so spurlos verschwunden warst. Bis ich von deiner früheren Zimmerwirtin erfuhr, dass man dich festgenommen hat.«

»Deine Besuche im Gefängnis waren das Schönste, das mir in der ganzen Zeit passiert ist. Wieso bist du irgendwann nicht mehr wiedergekommen?«

»Das ... das ging nicht mehr.«

Curt sah ihr forschend ins Gesicht. »Die Leute von der Stasi waren nicht zufrieden mit dem, was du geliefert hast, habe ich recht? Mit dem Hinweis auf den verlassenen Keller haben sie sich nicht lange abspeisen lassen, das kann ich mir denken. Haben Sie dich etwa unter Druck gesetzt? Ich muss das wissen. Was haben sie von dir gewollt?«

Sie beschloss, offen mit Curt zu reden. Sie wollte keine Geheimnisse vor ihm haben.

»Der Mann von der Staatssicherheit hat mich gezwungen, eine Vereinbarung zu unterschreiben. Sonst hätte ich nicht weiter studieren und dich nicht wiedersehen dürfen. Er wollte, dass ich herausfinde, wer bei uns an der Uni systemkritische Flugblätter aushängt. Ich sollte den jungen Mann melden. Aber ich konnte es nicht, Curt. Ich hab es nicht übers Herz gebracht, den Kommilitonen an die Stasi auszuliefern. Ich bin doch keine Verräterin.

Und damit war es vorbei mit meinen Besuchen im Gefängnis. Immerhin durfte ich meinen Studienplatz behalten.«

»O Gott, Dora. Wie konntest du dich darauf einlassen? Das sind dieselben Leute, die dafür gesorgt haben, dass ich festgenommen wurde. Mir wird ganz schlecht, wenn ich mir vorstelle, dass du mit ihnen kooperiert hast.«

»Was hätte ich denn tun sollen? Ich versichere dir, dass niemand durch mich zu Schaden gekommen ist.«

»Das glaube ich dir, Dora. Niemals würdest du einen unschuldigen Menschen ans Messer liefern.«

Dora senkte den Kopf. Noch im Nachhinein verspürte sie eine große Erleichterung darüber, wie die Dinge gelaufen waren. Wie hätte sie Curt je wieder in die Augen sehen können, wenn sie Frajo verraten hätte?

»Ich frage mich nur, wie es dazu kam, dass ich dann so plötzlich freigelassen wurde?« Curt rollte sich zur Seite und stützte sich auf seinen Ellenbogen. »Die Herren im Ministerium für Staatssicherheit haben ja wohl kaum plötzlich ihr gutes Herz entdeckt. Woher wussten die Leute von meiner Verbindung zu den Widerstandskämpfern um Stauffenberg? Hattest du da etwa auch deine Finger im Spiel?«

Dora nickte. »Es war eigentlich ein Zufall. Erinnerst du dich an die Fotos, die du nach dem Krieg in der Matratze versteckt hattest?«

Er hob erstaunt die Augenbrauen. »Natürlich. Diese Bilder waren mir geradezu heilig. Es war auch ein Foto von dir darunter, eines von denen, die ich damals in den Dünen an der Ostsee aufgenommen habe. Sag bloß, die gibt es noch?«

»Ja. Deine Zimmerwirtin hat die Fotos in der Matratze gefunden. Sie hat sie mir gegeben, als ich in der Laurinstraße war und mich nach dir erkundigt habe. Es war auch dieses Foto dabei, das dich zusammen mit Graf Stauffenberg und den anderen zeigt. Damit konnte ich belegen, dass sich deine Gesinnung zum Ende des Krieges hin gewandelt hatte. Herr Hagemann hat das Bild an die zuständigen Stellen weitergeleitet.« Sie verschwieg die peinliche Situation, in der sie ihn erwischt, und wie sie Druck auf ihn ausgeübt hatte. Das tat jetzt nichts mehr zur Sache. »Ich nehme an, das Foto klemmt jetzt in einem Aktenordner im Ministerium für Staatssicherheit – oder wer immer für die Freilassung von Gefangenen zuständig ist.«

»Ach Dora. Das … das ist nicht zu fassen. Ich danke dir von Herzen. Dir und diesem Herrn Hagemann. Wie kann ich euch je vergelten, was ihr für mich getan habt? Ich stehe so tief in deiner Schuld.«

»Ich hab es auch für mich getan. Für mich und für Clara. Damit wir zusammen sein können.«

Er schlang nun wieder seine Arme um sie und presste sie so fest an sich, dass ihr beinahe die Luft wegblieb.

»Das wollen wir. Wir drei. Für immer, ja? Bitte versprich mir, Dora, dass du dich nie wieder von den Stasi-Leuten zu irgendetwas zwingen lässt.«

»Natürlich nicht, warum sollte ich? Du bist doch frei. Noch einmal lasse ich dich nicht gehen.«

Sie küssten einander und es war wie ein Schwur. In diesem Moment war sich Dora sicher, dass nichts und niemand sie und Curt je auseinanderbringen konnte. Ein Gefühl von Glück und Dankbarkeit durchströmte ihr Herz wie eine warme Welle.

Als der Spätnachmittag allmählich hinter den Weiden am Flussufer verdämmerte und die Schatten der Brombeerbüsche länger wurden, richtete Curt sich auf.

»Lass uns zurück zum Gasthof fahren, bevor der Abend kommt und es kalt wird.«

Sie standen auf, räumten die leere Weinflasche, die Gläser und das zerknitterte Butterbrotpapier mit den Eierschalen darin in den Picknickkorb und rollten die Decke zusammen, während sich Clara Strümpfe und Schuhe anzog. Dann beluden sie die Fahrräder und schoben sie über die Wiese zurück zum Weg, der sie nun vom Flussufer wegführte. Sie radelten über einen sandigen Pfad, der auf beiden Seiten gesäumt war von Weiden, Wiesen und noch grünen Getreidefeldern, an deren Rändern Mohn blühte. Die Sonne stand tief über dem dunklen Streifen Wald am Horizont und tauchte die Landschaft in ein mildes Licht.

Sie waren noch nicht weit gekommen, als Curt sein Rad stoppte. Auch Dora und Clara hielten an.

»Was ist los?«, fragte Dora. Dann entdeckte sie, was Curts Aufmerksamkeit erregt hatte. Zwischen den schwarz-weiß gefleckten Kühen auf einer Weide stolzierte ein Storchenpaar herum.

Curt betrachtete die majestätischen Vögel mit beinahe wehmütigem Blick. Mit einer Hand schirmte er seine Augen gegen die flachen Sonnenstrahlen ab. »Was für ein schöner Anblick! Seit ich von Ostpreußen weggegangen bin, habe ich keine Störche mehr gesehen. Ich glaube, es ist ein gutes Omen, dass uns heute welche begegnet sind.«

Dora nickte ergriffen. Die ganze Umgebung erinnerte sie in diesem Moment an Ostpreußen.

»Ich wünschte, ich hätte einen Fotoapparat bei mir«, sagte Curt und ließ seine Blicke umherschweifen. »Ich fühle mich wie amputiert ohne meine Kamera. Was für ein großartiges Panorama ist das hier. Dieses Licht! Und ich kann nicht fotografieren. Ich habe seit so vielen Jahren keine Fotos mehr gemacht. Du glaubst nicht, wie sehr ich das vermisse. Früher wäre es unvorstellbar gewesen, einen Ausflug zu machen ohne meine Kamera.«

»Ich weiß, Curt«, entgegnete Dora. »In ein paar Wochen wirst du bestimmt wieder als Fotograf arbeiten. Immerhin hast du schon Kontakt zu ein paar Redaktionen aufgenommen.«

»Erst wenn ich wieder eine Kamera besitze und fotografieren kann, werde ich mich ganz und gar als freier Mann fühlen.«

»Und dann machst du Fotos von mir und von Dora, von den Störchen und von der ganzen Welt!« Claras übermütiges Lachen riss die beiden aus ihrer melancholischen Stimmung.

Curt strich dem Mädchen liebevoll über den Kopf, während er mit der anderen Hand den Lenker seines Fahrrades hielt. »Das machen wir, mein Mädchen, versprochen!«

Sehr viel später lehnte Dora vor dem weit geöffneten Fenster in ihrem Zimmer im ersten Stock des Gasthofs an Curts Schulter und sie blickten hinaus in den Abend. Das schwache Licht der Mondsichel beleuchtete die Lindenbäume vor dem Haus, in deren Blättern es hin und wieder leise raschelte. Clara lag bereits tief schlafend hinter ihnen auf dem Sofa, das die Wirtin ihr als Bettstelle hergerichtet hatte, während sie mit den Rädern unterwegs gewesen waren.

Die Frau hatte keine Fragen gestellt, als Dora und Curt nach einem Zimmer für die Nacht gefragt hatten. Kein schiefer Blick auf die nicht vorhandenen Eheringe, keine Frage danach, ob sie verheiratet waren. »Ich wünsche der Familie ein angenehmes Wochenende im schönen Havelland.« Viel mehr hatte sie nicht gesagt, nachdem sie die Personalien aufgenommen hatte und ihnen den Zimmerschlüssel aushändigte. Dora war froh, dass ihnen jede Peinlichkeit erspart geblieben war. Und jetzt? Ihr Herz klopfte. Es war, als zögerten beide den entscheidenden Moment hinaus. Den Moment, der sie endgültig zu einem Liebespaar machte.

Beim Gedanken daran, was heute für sie noch folgen mochte, strich Dora zärtlich mit den Fingerspitzen über Curts Handrücken. Er zog sie enger an seinen Brustkorb und küsste ihr Haar. Dora schloss die Augen und spürte die Wärme seines Körpers und den ruhigen Schlag seines Herzens.

Während sie einander küssten, lauschte Dora auf die nächtlichen Geräusche des Wirtsgartens. Noch immer zirpten die Grillen und in der Ferne begann ein Käuzchen zu rufen.

»Komm, lass uns schlafen gehen«, flüsterte Curt endlich.

Sie ließen das Fenster offen. Curt nahm sie in die Arme und hob sie hoch, trug sie durchs Zimmer. Sanft legte er Dora aufs Bett. Dabei gab das hölzerne Gestell ein leichtes Quietschen von sich, und Dora bemerkte im Halbdunkel des Raumes seinen fragenden Blick.

»Clara hat einen festen Schlaf«, flüsterte sie lächelnd. »Deine Tochter wird nicht einmal wach, wenn der Wecker neben ihrem Kopfkissen scheppert.«

»Dann ist es ja gut. Ich wünsche uns beiden, dass Clara schöne Träume hat bis morgen früh.«

Curt beugte sich über sie und bedeckte Doras Gesicht und ihren Hals mit Küssen, während seine Hände über ihren Körper wanderten.

»Ich liebe dich, Dora Twardy.«

Statt einer Antwort öffnete sie die Knöpfe seines Hemdes und zog ihn näher zu sich.

Curt war ein zärtlicher und aufmerksamer Liebhaber, er ließ sich Zeit, liebkoste sie sanft und behutsam, immer darauf bedacht, sie glücklich zu machen, und Dora genoss jede seiner Berührungen. Es war wie ein unbeschwertes Spiel, die Erfüllung einer jahrelangen Sehnsucht. Wie hatten sie es nur so lange ohne einander aushalten können?

• • •

Nach dem Frühstück saßen sie noch lange auf der Veranda vor dem Gasthof *Lindengarten* zusammen. Es war schon später Vormittag, aber sie hatten keine Eile, nach Berlin zurückzufahren. Clara hatte eine Katze entdeckt, die sich vor dem Haus in der Sonne rekelte, und war aufgestanden, um das graugetigerte Tier mit einem Stückchen Wurst vom Frühstückstisch zu füttern, während Dora und Curt die letzten Schlucke Kaffee tranken.

Obwohl sie in dieser Liebesnacht kaum zum Schlafen gekommen war, fühlte sich Dora ausgesprochen munter. Sie betrachtete Curt, der seiner Tochter zufrieden lächelnd zusah, wie sie die Katze streichelte. Auch ihm war anzusehen, wie gut es ihm ging. Die Tage in Freiheit und die vielen Stunden an der frischen Luft hatten die dunklen Ringe unter seinen Augen verschwinden lassen. Sein zuletzt so bleiches und eingefallenes Gesicht war wieder etwas farbiger und voller geworden. Nur das alte, schäbige Hemd hing formlos an seinem abgemagerten Körper und erinnerte Dora daran, was für ein kräftiger, athletischer Mann er einmal gewesen war.

Als spürte Curt ihre Blicke, wandte er sich Dora zu.

»Und?«, fragte er neckend. »Bestehe ich die optische Prüfung?« Er zwinkerte ihr zu. »Wenn man bedenkt, wie viel Wert ich früher auf eine gute Garderobe gelegt habe, muss mein jämmerlicher Anblick eine Enttäuschung für dich sein. Ich befürchte, das Hemd ist noch Kriegsware und entspricht nicht mehr ganz der neuesten Mode. Es tut mir furchtbar leid. Aber ich verspreche dir, sobald mein Leben wieder in geordneten Bahnen verläuft, besorge ich mir sofort etwas Vernünftiges zum Anziehen, damit du dich mit mir auf der Straße nicht zu schämen brauchst.« Er nahm ihre Hand und küsste sie. »Erst danach werde ich dich fragen, ob du mal wieder mit mir tanzen gehen möchtest. Zu deiner Freundin vielleicht – wie hieß das Lokal im Westsektor, von dem du mir erzählt hast? *Chez Gigi*? – Und vielleicht frage ich dich dann auch, ob du dir vorstellen könntest, mit diesem Kerl den Rest deines Lebens zu verbringen.«

Sein Grinsen, dieses Blitzen in seinen Augen war ihr so vertraut. Etwas Raubtierhaftes lag darin, etwas Freches und doch so Liebevolles, das Dora schon bei ihrer allerersten Begegnung damals in Königsberg in seinen Bann gezogen hatte. Auch jetzt lief ihr beim Blick in seine Augen ein wonniger Schauer über den Rücken. Sie hatte von Anfang an gewusst, dass sie füreinander geschaffen waren, sie und Curt. Wieso nur hatte sich ihr Herz so lange dagegen gewehrt?

»Du kannst dir sicher sein, dass ich dir die Frage diesmal mit Ja beantworten werde«, antwortete sie lächelnd und küsste ihn.

Die Wirtin kam, um den Tisch abzudecken, und die beiden fuhren auseinander.

»Haben die Herrschaften noch Wünsche?«, erkundigte sie sich.

»Nein, vielen Dank«, sagte Dora. »Ich glaube, wir sind wunschlos glücklich. Es ist so wunderschön hier. Bitte geben Sie uns noch ein paar Minuten, dann räumen wir das Zimmer.«

»Aber natürlich, das hat keine Eile. Lassen Sie sich nur Zeit.«

Die Frau nickte verständnisvoll, und nachdem sie das Geschirr auf ihr Tablett gestapelt hatte, verschwand sie im Haus.

Dora seufzte behaglich und legte den Kopf in den Nacken, damit ihr die Sonne ins Gesicht schien. »Ein paar Tage nichts tun, das ist so herrlich. Ich kann mir gar nicht vorstellen, morgen wieder zur Uni zu fahren.«

Sie drehte den Kopf zu ihm. Curt sah sie an. Sein Blick war ernst geworden.

»Ich weiß nicht, ob ich im Osten glücklich werden kann, Dora«, sagte er unvermittelt. »Vielleicht sollten wir besser in den Westen gehen, wir drei. Du und ich und Clara.«

Sie richtete sich auf. »Wie meinst du das? Nach Westberlin? Sollen wir lieber in Charlottenburg wohnen als in Niederschönhausen? Oder vielleicht sogar in Dahlem oder Zehlendorf, wo es die schicken alten Villen gibt?«

»Nein, Dora, ich rede von Westdeutschland. Von der Bundesrepublik. So schön es ist hier und heute, ich möchte auf Dauer nicht in der DDR bleiben, nicht einmal in Westberlin. Ich würde mich eingesperrt fühlen, ganz verloren auf dieser kleinen Insel im Meer des Sozialismus.«

»Aber warum, Curt? Ich dachte, du würdest am liebsten wieder bei deiner alten Zeitung anfangen und fotografieren, wie damals.«

»Ja, natürlich brenne ich darauf, wieder als Fotograf arbeiten zu können. Aber irgendwo, wo ich frei und sicher leben kann. Und das ist im anderen Teil Deutschlands. Bitte versteh mich, Dora.«

Sie verstand ihn nicht, sie begriff nur, dass er fortwollte. Erschrocken fasste sie nach seinem Arm.

»Aber wir haben hier doch alles, was wir wollen. Als wir gestern die Störche gesehen haben, da habe ich mich auf einmal ein bisschen wie zu Hause gefühlt. Ach Curt, was soll denn passieren? Man hat dich freigelassen. Es ist vorbei. Es liegt nichts mehr gegen dich vor. Ab jetzt können wir beide hier ganz sorglos leben.«

»Nicht bei den Leuten, die mir die besten Jahre meines Lebens gestohlen haben.« Seine Stimme klang rau. »Ich traue keinem von denen über den Weg.«

Dora schluckte. Das große Glücksgefühl, das sie gerade noch verzaubert hatte, war wie erloschen. »Ich weiß, du hast grässliche Erfahrungen gemacht. Das alles hätte niemals passieren dürfen. Aber es ist nicht alles schlecht in diesem Staat. Mir hat er Glück gebracht. Ich darf hier studieren. Man zahlt mir ein Stipendium. Hier kann ich meinen Traum verwirklichen und Tierärztin werden. Ich möchte in Berlin bleiben, Curt. Ich habe so sehr darum gekämpft, diesen Studienplatz zu erhalten. Die Humboldt-Uni war die Einzige, die mir eine Chance gegeben hat. Und denk an Clara! Sie hat sich gerade so gut eingelebt in der Stadt, in unserem Viertel. Sie hat Freundinnen in der Schule. Sie hat Spaß bei den Pionieren. Wir dürfen sie da nicht wieder rausreißen.«

»Diese Pioniere ...« Curt stöhnte leise. »Und ich dachte, diese markigen Lieder und diese Fahnenappelle hätten wir 1945 hinter uns gelassen ...«

Dora ging nicht darauf ein. Sie legte ihre Hand auf seinen Arm.

»Bitte, lass uns bleiben. Wenigstens bis ich mein Studium abgeschlossen habe.«

Er nickte nachdenklich. »Na gut. Vielleicht hast du recht, Dora. Vielleicht sehe ich alles zu schwarz. Das Wichtigste ist, dass wir endlich zusammen sind. Egal wo.«

32.

Dora war noch tagelang ganz beseelt von dem herrlichen Wochenende im Havelland. Selbst den interessantesten tiermedizinischen Vorlesungen vermochte sie kaum mehr konzentriert zu folgen. Ständig schweiften ihre Gedanken ab, wanderten zurück und hinauf in das Zimmer im ersten Stock des Gasthofs *Lindengarten*, durch dessen offenes Fenster ein Käuzchen rief. Günther, der im Anatomiekurs neben ihr saß und kurz einen Bleistift von ihr borgen wollte, musste drei Mal nachfragen, bevor sie registrierte, dass er sie ansprach.

»Hey, Dora, was ist los? Hast du Fieber?«

»Ja. Womöglich. Jedenfalls so was Ähnliches.«

Sie kicherte wie ein verliebter Teenager.

Frajo betrachtete sie mit fragend hochgezogener Augenbraue. »Ist was passiert, was wir wissen müssten? Sollen wir den Notarzt rufen?« Doch er grinste wissend, und Dora zwinkerte ihm zu.

»Nein, danke. Ich befürchte, gegen diesen Zustand ist kein Kraut gewachsen.«

»Schade, schade, und ich hatte mir Hoffnung gemacht, das mit uns beiden könnte noch eine ganz große Liebesgeschichte werden ...«

Jetzt lachten sie beide. Es war herrlich, darüber zu scherzen, auch wenn sich ein paar Studenten in der Reihe vor ihnen ärgerlich umdrehten, weil sie sich durch das Getuschel der beiden während der Vorlesung gestört fühlten.

Eigentlich hätte Dora bis zum Ende der Woche eine schriftliche Hausarbeit im Pflichtfach Gesellschaftswissenschaften abgeben müssen. Aber wie sollte sie sich mit dem öden Thema »Die Wirtschaftstheorie von Karl Marx und ihre Anwendbarkeit in der Praxis« beschäftigen, wenn sie jede Sekunde mit Curt genießen wollte! Immerhin hatte sie bei der Institutsassistentin Frau Bernisch erreicht, dass sie den Abgabetermin um eine Woche verschieben durfte.

Günther redete Dora ins Gewissen: »Schieb das besser nicht auf die lange Bank. Sonst geht es dir am Ende wie Anneliese und du fliegst von der Uni!«

Er hatte recht. Sie durfte nicht aus lauter Verliebtheit ihren Studienplatz riskieren. Schweren Herzens erklärte sie Curt bei ihrem abendlichen Spaziergang, dass sie sich in den nächsten Tagen nicht treffen konnten, weil sie die Hausarbeit schreiben musste.

»Das ist natürlich furchtbar schade«, sagte Curt. »Aber ich weiß mich zu beschäftigen.« Ein verschmitztes Lächeln breitete sich in seinem Gesicht aus. »Stell dir vor, ich kann bei der *Berliner Morgenpost* einsteigen. Seit dem vorigen Herbst wird die Zeitung im amerikanischen Sektor wieder gedruckt, sie wird jeden Tag dicker und die Redaktion braucht dringend einen weiteren Fotografen. Ich habe heute vorgesprochen. Der Chefredakteur kannte meine Bilder noch aus der Nachkriegszeit und gibt mir eine Chance. Es ist ein Anfang, und immerhin kann ich im Westsektor arbeiten.«

»Das sind großartige Nachrichten.« Dora schlang ihre Arme um ihn und küsste ihn glücklich.

»Ja, ich bin wirklich erleichtert. Morgen fahre ich noch mal rüber und bespreche mit den Kollegen, wie ich an eine neue Fotokamera komme. Der Chefredakteur war sich heute sicher, dass es da einen Weg geben wird.«

»Na also. Ich habe es doch gewusst. Ach, wie ich mich freue. Jetzt, wo ich weiß, dass du endlich wieder fotografieren kannst, fällt es mir leichter, ein paar Tage auf dich zu verzichten.«

»Ja, Liebes, wir sehen uns am Wochenende. Ich hoffe, dass ich bis dahin die neue Kamera habe, damit ich auch dich und Clara fotografieren kann.«

In den kommenden Tagen saß Dora bis zum Einbruch der Dunkelheit in der Universitätsbibliothek und wälzte Stapel von Büchern. Doch sosehr sie sich auch konzentrierte, sie brachte kaum einen vernünftigen Satz aufs Papier. Es machte ihr kein Vergnügen. Das Thema erschien ihr so fremd, als wären die Texte in Chinesisch verfasst. Sie beschloss, Herrn Hagemann um die Hilfe zu bitten, die er ihr zu Beginn des Studiums zugesagt hatte. Nachdem er sich sicher sein konnte, dass er wegen seines peinlichen Besuchs im *Chez Gigi* keine Konsequenzen befürchten musste, war er in letzter Zeit wieder ausgesprochen freundlich zu Dora. Er sagte sofort zu, als sie ihn fragte, ob er sie bei ihrer Hausarbeit unterstützen könne.

»Dann wollen wir doch mal sehen, was ich Schlaues für Sie habe.«

Sie saßen in seinem Arbeitszimmer zusammen. Herr Hagemann hatte gerade das dicke, in Leder gebundene Exemplar von Marx' Standardwerk *Das Kapital* aus dem Bücherschrank genommen und blätterte darin, als das Telefon auf seinem Schreibtisch klingelte. Er nahm ab und meldete sich. Nach den ersten Worten des Anrufers stutzte er. Dann reichte er den Hörer an Dora weiter. Sein Gesichtsausdruck war unergründlich.

»Das Gespräch ist für Sie«, sagte er, die Hand auf der Sprechmuschel. »Es ist Herr Jatzke.«

Verblüfft nahm Dora den Telefonhörer entgegen. Was konnte der Mann von der Staatssicherheit jetzt noch von ihr wollen? Sie hatte seit Monaten keinen Kontakt mehr zu ihm gehabt. Und er hatte sie noch nie angerufen. Aber um was immer es auch gehen mochte, Curt war frei. Es gab nichts mehr, wovor sie Angst haben musste.

»Ja, bitte. Hier Dora Twardy.«

»Jatzke am Apparat. Schön, dass ich Sie gleich am Telefon habe. Ich hoffe, es geht Ihnen gut.« Seine Stimme hatte einen Unterton, der Dora nicht gefiel.

»Ja, danke.«

»Tja. Ich habe leider keine guten Nachrichten für Sie. Unser gemeinsamer Freund, Herr von Thorau, hat eine unverzeihliche Dummheit begangen.«

Dora wurde es kalt. »Wie meinen Sie das?«, flüsterte sie erschrocken.

»Er hat gegen die Einfuhrbestimmungen der Deutschen Demokratischen Republik verstoßen.«

»Er hat was? Ich begreife nicht ...«

Herr Jatzke stieß ein abschätziges Lachen aus. »Na, dann will ich es Ihnen mal in einfachen Worten beibringen: Herr von Thorau wurde des Schmuggels von technischen Gerätschaften überführt. Man hat ihn heute Nachmittag bei einer Personenkontrolle an der Sektorengrenze aufgegriffen, nachdem er sich in Westberlin einen Fotoapparat besorgt hat und unerlaubt in die DDR transportieren wollte. Er hat damit eindeutig gegen seine Bewährungsauflagen verstoßen.«

»Aber er ist Fotograf!«, rief Dora. »Er wird in ein paar Tagen eine neue Stelle antreten. Und natürlich braucht er einen Fotoapparat, um arbeiten zu können. Seine alten Geräte wurden ihm damals bei seiner Festnahme abgenommen. Wie soll er denn in seinem Beruf weitermachen, wenn er keinen Fotoapparat besitzt?«

»Das mag schon sein. Aber das gibt ihm kein Recht, die Einfuhrbestimmungen unseres Staates zu ignorieren. Er hätte sich die Gerätschaften auch hier im Osten kaufen können.«

»Vermutlich hat er hier nichts Vernünftiges gefunden. Das ist doch auch kein Wunder! Sehen Sie sich doch die Geschäfte hier an und diese ganze verdammte Mangelwirtschaft im Land«, stieß Dora wütend hervor.

»Sparen Sie sich Ihr hetzerisches Geschwätz, Fräulein Twardy, bevor ich dafür sorge, dass Sie die Konsequenzen für Ihre Worte tragen müssen. Es ist doch ganz einfach: Der Import solcher Geräte in die Deutsche Demokratische Republik ist verboten und folglich Schmuggel. Darauf steht Gefängnisstrafe. Ich bedauere, Ihnen mitteilen zu müssen, dass Herr von Thorau damit gegen seine Bewährungsauflagen verstoßen und sein Recht in Freiheit zu leben verwirkt hat. Diesmal wird es ihm auch nicht helfen, dass er damals ein Sympathisant der Widerstandskämpfer um Graf Stauffenberg war, sosehr sich Genosse Hagemann auch kürzlich noch für ihn eingesetzt hat.«

Dora schnappte nach Luft, aber sie brachte kein Wort heraus.

»Und da Sie es bisher sträflich vernachlässigt haben, Ihrer Vereinbarung zur Mitarbeit beim Ministerium für Staatssicherheit nachzukommen, kann ich Ihnen auch keine Hoffnung machen, den Strafgefangenen besuchen zu dürfen.« Seine Stimme wurde beißend. »Ich informiere Sie über diesen Sachverhalt übrigens aus reiner Freundlichkeit, verehrtes Fräulein. Von Gesetz wegen bin ich keineswegs dazu verpflichtet. Aber wie Sie wissen, bin ich ein guter Mensch. Ich möchte nicht, dass Sie sich Sorgen machen, nur, weil Sie für eine lange Zeit nichts mehr von Herrn von Thorau hören werden. Einen schönen Abend noch.«

Es klickte in der Leitung. Dora hatte das Gefühl, als zöge ihr jemand den Boden unter den Füßen weg. Einen Augenblick lang starrte sie den Telefonhörer in der Hand an, als wüsste sie auf einmal nicht mehr, was sie damit anfangen sollte. Dann schmetterte sie ihn mit Wucht auf die Gabel. Sie spürte eine heiße, brodelnde Wut in sich aufkochen. Wut auf Herrn Jatzke, der ihr die Nachricht von Curts erneuter Festnahme mit diesem falschen, hämischen Lächeln in der Stimme überbracht hatte. Wut auf diesen Staat mit seinen menschenverachtenden Gesetzen, der den Mann, den sie liebte, wieder grundlos einsperrte. Und dann auch Wut auf sich selbst, weil sie so duldsam gewesen war und bis zuletzt immer noch versucht hatte, dem Leben in der DDR etwas Positives abzugewinnen.

Nein. Damit war es jetzt vorbei. Noch einmal würde sie sich nicht unterkriegen lassen. Sie wusste nicht, wie sie es anstellen sollte, aber sie würde um Curt kämpfen. Dieser Mann, den sie mehr liebte als alles andere auf der Welt, würde nicht noch einmal sieben Jahre in diesem furchtbaren Gefängnis sitzen.

»Alles in Ordnung, Dora?«, fragte Herr Hagemann stirnrunzelnd.

»Nein, nichts ist in Ordnung.«

Dora stürmte aus dem Zimmer und warf die Tür hinter sich mit solcher Gewalt ins Schloss, dass die Fensterscheiben klirrten.

Die folgenden Tage erlebte Dora wie in einem Albtraum. Wie ein Roboter erledigte sie ihre Hausarbeit für das Marxismus-Leninismus-Seminar. Tatsächlich schaffte sie es mit Herrn Hagemanns Hilfe noch, das Schriftstück rechtzeitig abzugeben, wenngleich sie sich kaum mehr daran erinnern konnte, was sie auf den fünf Seiten eigentlich geschrieben hatte. Aber das war ihr gleichgültig. Herr Hagemann, der sich den Text am Ende noch einmal durchgelesen hatte, versicherte ihr, dass sie damit zumindest nicht durchfallen würde. Das genügte Dora. Ihre Gedanken drehten sich nur um Curt.

»Wann wird endlich die neue Zeit anbrechen, von der du nach Stalins Tod gesprochen hast, Erich?«, fragte Dora am Abend nach ihrer Abgabe. Sie saß mit Hetti und Erich auf der Terrasse hinter dem Haus. Die beiden Hagemanns waren zu einem Dia-Abend bei Wally Schiller und ihrem Mann eingeladen, die ihnen Bilder von ihrem Urlaub am Plattensee zeigen wollten, und Clara schlief schon. Es war ein lauer Abend Ende Mai. Auch nachdem die Sonne hinter den Apfelbäumen verschwunden war, blieb es warm. Die Luft war schwer vom Duft des Flieders, der von dem Nachbargrundstück herüberwehte, und auf dem Dachfirst sang eine Amsel. Es hätte alles so schön sein können in diesem Sommer, ging es Dora durch den Kopf. Wenn sie daran dachte, dass Curt die aufblühende Schönheit der Natur auch in diesem Jahr wieder versperrt war, trieb es ihr Tränen der Wut in die Augen. Wie glücklich war sie vor ein paar Tagen noch gewesen, ihn endlich wieder bei sich zu haben. Auch Clara hatte Vertrauen zu ihm gefasst. Doch noch ehe sie Pläne für ihre gemeinsame Zukunft hatten machen können, war diese wieder in unerreichbare Ferne gerückt. Sie ballte zornig die Fäuste.

Hetti nahm eine Streichholzschachtel vom Tisch und zündete den Docht der Kerze an, die vor ihnen auf dem Tisch stand. Das Licht flackerte im leichten Abendwind. In der Buchsbaumhecke zirpten die Grillen.

»Nichts ist besser geworden in den vergangenen Wochen«, fuhr Dora fort, den Blick auf die kleine Flamme gerichtet. »Ganz im Gegenteil. Alles wird immer nur noch schlimmer. Ich habe so lange gehofft und an das Gute geglaubt. Ich war so glücklich, endlich wieder mit Curt zusammen sein zu können. Und jetzt?«

»Ich kann mir nicht vorstellen, dass sie ihn dieses Mal wieder so lange wegsperren«, sagte Hetti. »Curt hat eine Kamera von einem Teil der Stadt in den anderen gebracht. Ja, das ist nach den Gesetzen der DDR verboten. Aber es ist doch kein schlimmes politisches Verbrechen, für das man lebenslang in den Knast wandert. Ich wette, sie wollen ihm nur einen Schreck einjagen und ihn gefügig machen.«

»Ich hasse die Menschen, die ihm das antun«, rief Dora aufbrausend. »Jeder einzelne Tag, den er in der Zelle verbringt, ist zu viel. So darf man mit einem Menschen nicht umgehen. Ich hasse diesen Herrn Jatzke und die gesamte Staatsführung! Ich hasse diese ganze verdammte DDR!«

»Psst! Nicht so laut«, flüsterte Hetti erschrocken. »Denk an die Nachbarn! Wenn jemand dein Schimpfen hört ...«

»Dann weiß derjenige, dass ich eine Stinkwut im Bauch habe«, vollendete Dora ihren Satz, doch sie senkte die Stimme. »Ihr wisst, dass ich recht habe.«

»Die Baustelle auf der Stalinallee ist ein guter Seismograf für die Stimmung unter den Leuten«, schaltete sich Erich leise in das Gespräch ein. »Und glaubt mir, da brodelt es ganz gehörig. Die da oben in der Regierung sind schon ziemlich nervös. Sobald einer von uns Arbeitern was sagt, wird er sofort mundtot gemacht. Auch wenn es gar keine richtige Kritik ist. Gestern habe ich an der Baustelle einen Zettel aufgehängt. ›Bedenke stets, für wen du schuften sollst!‹, stand darauf. Mehr nicht. Fünf Minuten später kam eine Polizeistreife und hat das Blatt heruntergerissen. Wenn mich meine Kumpels an die Polizisten verpfiffen hätten, dann hätten die mich garantiert mitgenommen, so erbost, wie sie waren. Da braut sich was zusammen.«

»Aber Erich!«, stieß Hetti erschrocken aus. »Sei bitte vorsichtig!«

Er trommelte unruhig mit den Fingerspitzen auf die Tischplatte. »Man darf doch nicht zugucken, wie in diesem Land alles vor die Hunde geht. Nicht schon wieder! Ich will, dass sich etwas ändert in der DDR. Und ich glaube, dass wir eine Chance dazu haben, wenn wir nur tapfer weiterkämpfen und zusammenhalten. Wir sind auf dem richtigen Weg, Hetti. Wir dürfen jetzt bloß nicht aufgeben. Je mehr wir sind, desto stärker sind wir auch.«

Dora ließ die Worte ihres Bruders eine Weile auf sich wirken. Bisher hatte sie seine politischen Aktivitäten mit einer Mischung aus Besorgnis und Respekt betrachtet, als ein waghalsiges Unternehmen, das sie bewunderte, für das sie selbst allerdings niemals genug Mut gehabt hätte. Doch wie sollte sich je etwas in diesem Land zum Besseren wenden, wenn alle Menschen so dachten wie sie? Wenn die Leute alles Unrecht schweigend erduldeten, die Hände in den Schoß legten und ängstlich darauf hofften, dass es einige wenige tapfere Zeitgenossen schon schaffen würden, die Wende zu bewirken. Nein, so ging das nicht weiter! Entschlossen richtete Dora sich auf.

»Du hast so recht, Erich. Ich bin dabei. Ich will auch etwas tun. Ich will nicht länger untätig herumsitzen und darauf warten, dass irgendwann ein neuer Geist in der DDR weht, der dafür sorgt, dass es uns besser geht, dass wir uns wirklich frei fühlen können und dass Männer wie Curt aus der Haft entlassen werden. Ich will mithelfen. Und zwar jetzt. Das bin ich ihm schuldig. Das bin ich mir und Clara schuldig. Sag mir, was kann ich machen?«

Erich betrachtete seine Schwester verblüfft. In seinen Augen las sie Erstaunen und Anerkennung. Er überlegte einen Moment. Dann sagte er: »Ich bin stolz auf dich, Dora. Wir brauchen jeden Einzelnen.«

»Das ist wahnsinnig!«, murmelte Hetti. »Aber wenn Dora sich traut, traue ich mich auch.«

»Sehr gut.« Er gab seiner Frau einen Kuss. »Danke, Hetti. Danke, euch beiden. Ich wusste immer, dass ich mich auf euch verlassen kann. Das Wichtigste ist, den Menschen die Augen zu öffnen. Und ihnen zu zeigen, dass sie mit ihren Zweifeln und ihrer Kritik am System nicht allein sind.«

Dora nickte grimmig. »Soll ich Flugblätter aushängen?«

»Ja, zum Beispiel. Aber du brauchst keine verbotenen Parolen zu verbreiten. Niemand will, dass du am Ende da landest, wo Curt jetzt ist. Es gibt auch andere Möglichkeiten, den Leuten die Augen zu öffnen. Ich hätte da schon eine Idee.«

33.

Am nächsten Morgen stand Dora nach langer Zeit wieder extra früh auf und betrat das Hauptgebäude der Veterinärmedizinischen Fakultät, kurz nachdem der Hausmeister das Portal aufgeschlossen hatte. Obwohl Erich ihr versichert hatte, dass sie nichts Verbotenes tun würde, zitterten ihr die Knie. Zu ihrer Erleichterung begegnete sie im Foyer niemandem. Sie zog das Flugblatt, das Erich noch am Abend auf seiner Schreibmaschine getippt hatte, aus ihrer Tasche. Dazu vier Reißzwecken. Damit heftete sie den Zettel ans Schwarze Brett, genau zwischen die Liste mit den Sprechstunden der Professoren und die Ankündigung eines praktischen Seminars zur Mikroskopie. Sie hatte gerade den Verschluss ihrer Mappe wieder zuschnappen lassen, als sie hinter sich ein Geräusch hörte, und fuhr erschrocken herum.

»Das ist doch nicht zu glauben«, schnaubte Konrad Bergmann und zog die Tür der Herrentoilette hinter sich zu. »Da erwische ich doch tatsächlich das Fräulein Twardy in flagranti beim Aushängen von verbotener Propaganda. Das hätte ich nun wirklich nicht von Ihnen erwartet.«

Dora presste für einen Moment die Lippen aufeinander. Ihr Herz galoppierte. Dann zischte sie:

»Ist das etwa Ihr Stasi-Horchposten, da im Toilettenraum?«

Er schob sie zur Seite, ohne zu antworten.

»Keine Sorge«, sagte Dora und versuchte, ihre Stimme selbstbewusster klingen zu lassen, als sie sich fühlte. »Ich wüsste nicht, was es an meinem Flugblatt zu kritisieren gibt.«

Tatsächlich stellte sie fest, dass Konrad vor Verlegenheit rot wurde, während er las, welche Botschaft Dora ans Schwarze Brett geheftet hatte:

Verfassung der Deutschen Demokratischen Republik
Artikel 3: Alle Staatsgewalt geht vom Volke aus.
Artikel 9: Alle Bürger haben das Recht, innerhalb der Schranken der für alle geltenden Gesetze ihre Meinung frei und öffentlich zu äußern und sich zu diesem Zweck friedlich und unbewaffnet zu versammeln ... Niemand darf benachteiligt werden, wenn er von diesem Recht Gebrauch macht.

Ärgerlich fuhr Konrad herum. »Was soll das?«

Dora zuckte mit den Schultern. »Es ist doch wohl nicht verboten, die Leute daran zu erinnern, was in der Verfassung der DDR geschrieben steht – oder?«

Grinsend sah sie dem Kommilitonen nach, wie er unverrichteter Dinge den Gang entlang in Richtung Hörsäle stapfte. Erich hatte recht gehabt. Dieser Aushang konnte ihr keine Scherereien machen. Und doch sprach er eine Wahrheit aus, die Leuten wie Konrad Bergmann Bauchschmerzen bereiten musste.

Kurz darauf ging die Eingangspforte auf, und Frajo kam herein. Er zog überrascht eine Augenbraue hoch, als er Dora am Schwarzen Brett sah. Dann zwinkerte er vergnügt.

»So früh in der Uni? Hast du etwa wieder einen Verräter zur Strecke gebracht?«

»Nein«, antwortete sie so leise, dass es die anderen Studenten, die nun zur Tür hereinströmten, nicht hören konnten. »Diesmal habe ich selbst etwas ausgehängt.«

»Was? Du? Lass sehen.« Er las das Flugblatt, dann pfiff er anerkennend durch die Zähne. »Ein schlauer Schachzug von dir. Guck mal einer an. Wenn so etwas in der Verfassung steht, wird die Universitätsleitung diesen Zettel ja wohl nicht runterreißen lassen.«

Am Nachmittag war das Flugblatt trotzdem verschwunden.

• • •

Und doch sollte Erich mit seiner Bewertung der Lage recht haben. Nicht nur an der Uni, im ganzen Land waren die kritischen Stimmen inzwischen so laut und so zahlreich geworden, dass sie nicht mehr zu überhören und zu unterdrücken waren. Zutiefst verblüfft saß Dora am Abend des 11. Juni mit den Hagemanns vor dem Fernseher, um wie so oft die »Aktuelle Kamera« zu sehen. Nach der vertrauten Fanfare, mit der die Nachrichtensendung begann, verlas ein Sprecher mit ungerührter Miene einen langen Text:

»Der Ministerrat der Deutschen Demokratischen Republik hat in seiner heutigen Sitzung eine Anzahl von Maßnahmen beschlossen, durch welche die auf den verschiedensten Gebieten begangenen Fehler der Regierung und der staatlichen Verwaltungsorgane korrigiert werden …«

Was war das denn? Die DDR-Regierung gestand öffentlich ein, dass sie etwas falsch gemacht hatte und gelobte Besserung? Es war unglaublich! Noch während der Sprecher weiterredete und die Beschlüsse im Detail erklärte, sprang Erich von seinem Sessel auf und riss Hetti mit sich.

»Ich hab es gewusst! Ich hab es gewusst! Sie knicken ein. Sie reagieren auf unsere Kritik! Wir haben es geschafft! Jetzt wird endlich alles besser!«

Übermütig tanzte er mit Hetti durch das Wohnzimmer. Die

beiden jauchzten und lachten so laut, dass Dora Mühe hatte, den weiteren Worten des Sprechers zu folgen. Aber sie begriff doch, dass an diesem Tag so etwas wie ein neues Zeitalter in der DDR anbrach. Die Regierung versprach, dass es keine Beschränkungen bei der Ausgabe von Lebensmittelkarten mehr geben sollte, die Preise sollten gesenkt werden, zwangsweise enteignete Privatbetriebe und Bauernhöfe sollten zurückgegeben werden, die Arbeiter sollten wieder ihre verbilligten Fahrkarten bekommen und Leute, die von ihrer Flucht in den Westen zurück in die DDR kamen, würden die vollen Bürgerrechte zurückbekommen. Außerdem sollten Reisen von DDR-Bürgern in die Bundesrepublik erleichtert werden. Es klang großartig. Fast alle Forderungen der Kritiker wurden erfüllt. Und doch war Dora nicht nach Tanzen zumute. Von einer Abschaffung der strengen Schmuggelgesetze war nirgendwo die Rede. Wenn sich mit diesem Tag auch vieles zum Besseren wendete: Die neuen Regelungen brachten Curt nicht die Freiheit zurück.

Herr Hagemann blickte mit versteinerter Miene auf den Bildschirm, als könne er nicht glauben, was der Mann im Fernseher gerade verlesen hatte. Seine Frau schüttelte ungläubig den Kopf. »Ich begreife es nicht, Heinz. War denn nun alles falsch, was die Regierung in den vergangenen Jahren gemacht hat? Was unsere Parteimitglieder vor Ort vertreten und umgesetzt haben?«

»Nein«, antwortete er, ohne aufzusehen. »Es gibt nur ein paar kleine Korrekturen, das hast du doch gehört.«

»Allzu straff gespannt, zerbricht der Bogen!«, rief Erich. »Dieses Sprichwort trifft auch auf die DDR zu. Man darf es den Leuten nicht zu schwer machen, sonst gehen sie daran kaputt. Mit dem neuen Kurs steht die Bevölkerung wieder hinter ihrer Regierung. So kann es endlich aufwärtsgehen.«

»Jetzt freu dich doch, Papa!«, forderte Hetti Herrn Hagemann auf. »Jetzt haben die Leute endlich keinen Grund mehr, in den Westen zu gehen. Das war doch immer deine größte Sorge. Mit den neuen Beschlüssen wird es auch wirtschaftlich ganz fix aufwärtsgehen bei uns. Es ist für alle das Beste.«

»Wir werden sehen, was daraus wird. Es gibt da nämlich noch ein anderes Sprichwort, liebe Hetti: Wer den kleinen Finger gibt, dem nimmt man die ganze Hand. Hoffentlich endet das alles nicht im Chaos.«

Noch bevor der Wetterbericht kam, stand Herr Hagemann auf und schaltete den Fernsehapparat aus.

• • •

Nach der Ankündigung der Regierung schien das ganze Land auf einmal vor Optimismus zu vibrieren. Am nächsten Tag hing ein neues Flugblatt am Schwarzen Brett der Uni. Dora musste lächeln, als sie den Text las. Inzwischen kannte sie Frajo gut genug, um zu wissen, dass dieser freche Spruch von ihm stammte: »Es stinkt an allen Enden, die SED geht ein. Es wird sich alles wenden, bald werden frei wir sein.«

Eine schwatzende, kichernde Traube von Studenten und Studentinnen stand davor. Dora war verblüfft. Noch vor ein paar Tagen wäre es undenkbar gewesen, sich so unverblümt über einen dermaßen respektlosen Witz zu amüsieren.

»Was meint ihr«, fragte Frajo. »Wie lange wird der Zettel wohl hängen bleiben? Fünf Minuten oder fünf Stunden?«

Dora zuckte mit den Schultern. Günther und Frajo schlossen eine Wette ab. »Höchstens eine halbe Stunde!«, schätzte Günther. Doch er verlor. Denn erstaunlicherweise hing das Blatt noch am Schwarzen Brett, als sie am späten Nachmittag die Uni verließen.

Es schien sich wirklich etwas zu ändern. F wie Freiheit – diese Parole hatte sich am Ende durchgesetzt.

Doch zu Hause fand Dora ihren Bruder mit hängenden Mundwinkeln über die Zeitung gebeugt im Wohnzimmer vor. Keine Spur mehr von der übermütigen Freude, mit der er gestern Abend noch umhergetanzt war.

»Hey, was ist passiert?«, fragte sie erschrocken.

Erich sah auf. »Stell dir vor, Dora. Sie haben die Normenerhöhung für die Arbeiter nicht zurückgenommen. Ich habe mir das ganze Kommuniqué des Politbüros jetzt noch mal in Ruhe durchgelesen. Vieles darin ist ja gut gemeint, aber dass wir weiterhin zum selben Lohn zehn Prozent mehr arbeiten müssen, darüber bin ich mehr als enttäuscht. Allen benachteiligten Gesellschaftsgruppen hat die Regierung Zugeständnisse gemacht. Nur wir Arbeiter bleiben außen vor. Ausgerechnet die Arbeiter werden im Arbeiter- und Bauernstaat DDR benachteiligt. Das darf doch nicht wahr sein, oder? Wer hält denn diesen Laden hier am Laufen?«

Nachdenklich faltete er die Zeitung zusammen und legte sie vor sich auf den Tisch. »Das können wir nicht hinnehmen. Das kann kein einziger Arbeiter in der DDR hinnehmen. Ich habe mich gestern geirrt. Unsere Oppositionsarbeit ist noch lange nicht zu Ende. Vielleicht fängt sie gerade erst an.«

»Wie meinst du das, Erich?«

»Wir müssen auf die Straße gehen. Wir müssen demonstrieren, wir müssen streiken. In den vergangenen Monaten hat es immer mal wieder kleine Proteste auf den Baustellen und in den Fabriken gegeben. Aber das haben die da oben gar nicht richtig wahrgenommen. Auf der Baustelle des großen Krankenhauses im Bezirk Friedrichshain wollen die Arbeiter morgen in ihren Baubuden sitzen bleiben und erst dann wieder an die Arbeit gehen, wenn die Normenerhöhungen zurückgenommen werden. Das ist ein Anfang. Aber was wir wirklich brauchen, Dora, das ist eine richtig große Sache. Einen landesweiten Streik, bei dem alle Bevölkerungsschichten mitmachen. Einen lauten Protest, den die Staatsführung nicht mehr ignorieren kann. Nicht nur hier in Berlin, sondern überall in der DDR. Wir müssen zusammenhalten. Die Preissenkungen sind gut und schön, aber sie reichen nicht. Wir müssen in diesem Land noch viel mehr umkrempeln.«

»Und wie soll das funktionieren?«

Erich zuckte mit den Schultern. »Das weiß ich noch nicht so genau. Aber ich bin mir sicher, dass ich nicht der Einzige bin, der sich darüber Gedanken macht. Das gibt einen Streik, den die Genossen da oben noch nie erlebt haben.«

34.

»Zweck der intravenösen Verabreichung von flüssigen Substanzen ist es, einen möglichst schnellen Wirkungseintritt zu erzielen ...«

Doras Füllfederhalter kratzte über das Papier. Professor Roderich aus Köln sprach ohne Punkt und Komma, sie kam kaum hinterher, die wichtigsten Punkte seiner Vorlesung in ihr Notizheft zu schreiben, zumal das Papier so schlecht und faserig war, dass sich die spitze Metallfeder immer wieder darin verhakte und die Tinte zerlief. Da sie im Geschäft keine blaue Tinte mehr bekommen hatte, schrieb sie seit ein paar Tagen mit lila Tinte. Aber sie war froh, dass sie überhaupt noch etwas zum Schreiben ergattert hatte. Ein Student in der Reihe vor ihr machte seine Notizen in Ermangelung eines Schreibblocks auf den Rückseiten eines unbenutzten Abreißkalenders. Auch wenn die DDR-Regierung Besserung gelobte, noch immer war es schwierig, sich mit den nötigsten Dingen des Alltags zu versorgen. Innerhalb weniger Tage ließ sich die Produktion ja nicht umstellen.

Heute war es unerträglich heiß und stickig im Hörsaal, immer wieder rutschten Doras verschwitzte Finger vom Stift. Sie versuchte sich zu konzentrieren. Es war der 16. Juni. In ein paar Wochen standen die Abschlussprüfungen des zweiten Semesters an, und sie wollte diesmal mindestens so gut abschneiden wie beim vorigen Mal.

Günther stand auf und öffnete ein Fenster. Mit einem frischen Windhauch strömten die Geräusche der Straße in den Hörsaal, das Dröhnen der Automotoren, das Quietschen einer Straßenbahn, die um die Ecke bog. Doch da war noch etwas anderes. Dora sah auf und ließ den Stift sinken. Auch der Professor schien eine Sekunde lang innezuhalten. Aus der Ferne klangen Sprechchöre heran. War das möglich? Sie lauschte. Ja, da waren Stimmen, die Stimmen vieler Menschen, die etwas skandierten. Was sie riefen, konnte Dora nicht verstehen, dazu waren sie zu weit weg, aber sie ahnte sofort, was los war: Die Bauarbeiter gingen auf die Straße! Erich hatte recht gehabt. Der Streik, von dem er zuletzt immer öfter gesprochen hatte, begann.

Ganz allmählich wurden die Sprechchöre lauter. Das waren nicht nur Hunderte, da draußen mussten Tausende Menschen unterwegs sein! Ihre Rufe hallten von den Hauswänden wider. Allmählich kam der Demonstrationszug näher. Und dann verstand Dora endlich, was die Leute riefen: »Nieder mit den Normen!« und »Spitzbart, Bauch und Brille sind nicht des Volkes Wille!«

Natürlich wusste sie sofort, worauf die Demonstranten anspielten. Mit ›Spitzbart‹ war Walter Ulbricht gemeint, der Chef des SED-Zentralkomitees und starker Mann im Staat.

Überall im Hörsaal wurde plötzlich getuschelt und gemurmelt, bis der Professor seinen Vortrag unterbrach und mit barscher Stimme anordnete: »Machen Sie das Fenster wieder zu!«

Es war natürlich Konrad Bergmann, der dieser Aufforderung Folge leistete.

Nun waren die Sprechchöre von draußen nur noch gedämpft zu hören, aber das änderte nichts an der Tatsache, dass da viele Menschen demonstrierten. Es tat sich etwas. Ob Erich dabei war, als einer unter den Tausenden, die so mutig waren, durch die Straßen zu marschieren?

»Sind das da draußen die streikenden Bauarbeiter von der Stalinallee?«, erkundigte sich eine Studentin in der ersten Reihe schüchtern.

»Im Arbeiter- und Bauernstaat der Deutschen Demokratischen Republik gibt es keinen Anlass zu streiken«, erklärte Professor Roderich würdevoll.

»Aber die Leute da draußen ...?«

Der Professor ging auf ihre Frage nicht mehr ein und setzte seinen Vortrag über den Einsatz von Arzneimitteln in der Tiermedizin fort. Doch im Hörsaal kehrte keine Ruhe ein. Wie bei der Flüsterpost wurde ein Satz von Reihe zu Reihe weitergegeben: »Solidarität mit den Bauarbeitern der Stalinallee!«

Frajo tippte Doras Oberarm an. »Gehst du nachher auch mit auf die Demonstration?«, raunte er. »Wir müssen an diesem geschichtsträchtigen Tag doch dabei sein, was meinst du?«

»Aber natürlich! Ehrensache!«

Es war verboten mitzumachen, und vermutlich würde es ihnen eine Menge Ärger einbringen, aber es war unmöglich, tatenlos in der Uni zu sitzen, während draußen die Welt auf den Kopf gestellt wurde. Dora kam sich schon seit Tagen wie ein Dampfkessel vor, der ständig unter Druck steht und zu platzen droht. Zusammen mit all den anderen Menschen durch die Straßen zu marschieren und ihre Wut auf die Regierung hinauszuschreien, war jetzt genau das Richtige, bevor sie an ihren Gefühlen erstickte.

»Prima!« Frajo hob den Daumen. »Sogar unser braver Günther geht heute mit.«

»Willkommen im Team«, sagte Dora. »Höchste Zeit, dass wir diesem Staat zeigen, was wir von ihm halten ...«

Die drei beschlossen, die letzten beiden Vorlesungsstunden des Tages ausfallen zu lassen. Wie sich bald herausstellte, waren sie nicht die Einzigen. Ein Strom von Studenten ergoss sich in den Fluren des Universitätsgebäudes Richtung Ausgang. Alle schnatterten aufgeregt. Draußen waren noch mehr Leute unterwegs. Auch Medizinstudenten aus den Hörsälen der nahen Charité waren dabei. Alle strömten Richtung Friedrichstraße. »Solidarität mit den Bauarbeitern der Stalinallee!«, schrie Frajo und reckte die Faust.

Dora schien es auf einmal, als wäre sie in einer anderen Welt gelandet. An der Friedrichstraße war kaum mehr ein Durchkommen. Dicht an dicht marschierten die Menschen hier nicht mehr nur auf dem Bürgersteig, sondern auch auf der Fahrbahn. Manche Leute hielten Transparente hoch. »Wir Bauarbeiter fordern die Senkung der Normen«, las Dora. Weiter vorn war ein Auto in der Masse der Leute stecken geblieben und kam nicht mehr weiter. Im Vorbeigehen klopften die Demonstranten gegen die Scheiben und auf die Motorhaube.

»Der kommt heute nicht mehr weg, der muss da wohl übernachten.« Günther grinste. Der Strom der Leute schwoll an, pausenlos brausten Sprechchöre durch die Menge: »Nieder mit der SED! Nieder mit der Volksarmee!« Und dann wieder der Spruch mit dem Spitzbart.

Dora dachte an Curt, der jetzt irgendwo in dieser Stadt im Gefängnis saß, eingesperrt hinter dicken Mauern. Ob er von seiner Zelle aus den Lärm der Demonstranten hören konnte? Sie hoffte es so sehr. Sie wollte laut sein, sie wollte ihm zurufen, dass sie für ihn da war. Dass sie alles tat, um diesem Regime, das ihm schon wieder die Freiheit nahm, ein Ende zu bereiten. Von einer jähen Wut gepackt, schrie sie lauthals mit: »Spitzbart, Bauch und Brille sind nicht des Volkes Wille!«

Sie hatte keine Angst mehr. Hier waren so viele Leute auf der Straße, da waren Polizei und Staatssicherheit machtlos. In dieser Masse konnte niemand festgenommen und ins Gefängnis gesteckt werden. Gemeinsam sind wir stark, hieß es doch immer. Ja, dies war eine gigantische Gemeinschaft, stark, mutig, unbesiegbar. Und Dora war mittendrin.

»Von Ulbricht, Pieck und Grotewohl haben wir die Schnauze voll!«

Es war unglaublich. Als hätte jemand einen Schalter umgelegt. Vor ein paar Tagen hatte man noch die Exmatrikulation riskiert, wenn man ein kritisches Flugblatt ans Schwarze Brett der Uni gepinnt hatte, und heute konnten die Menschen auf einmal laut und fröhlich ihre Meinung über die Männer der Staatsführung herausbrüllen.

Noch immer strömten aus allen Seitenstraßen Leute herbei und reihten sich in den Demonstrationszug ein. Es waren nicht nur Bauarbeiter in ihren Blaumännern und Studenten, wie Dora feststellte, es waren auch Büroleute dabei, Verkäuferinnen, Schaffnerinnen, Hausfrauen, alte Leute, ein paar Schulkinder. Alle riefen dasselbe, lachten, unterhielten sich. Wildfremde Leute hakten einander unter und marschierten in langen Reihen über die Straße. Es war eine Stimmung wie auf einem Volksfest.

An der nächsten Straßenkreuzung standen zwei Polizisten. Hilflos beobachteten sie den Zug der Menschen.

»Kommt mit!«, rief ihnen eine stämmige Frau mit roten Wangen zu. »Polizisten reiht euch ein, wir wollen freie Menschen sein!«

Alle um sie herum lachten. Aber die beiden Beamten rührten sich nicht vom Fleck.

Dora sah sich um. Wohin sie auch blickte, überall wimmelte es von Menschen.

»Wohin gehen wir eigentlich?«, fragte sie Frajo. Der zuckte nur mit den Schultern. »Egal. Hauptsache, wir gehen alle zusammen.«

Einer der beiden Bauarbeiter, die in staubiger Montur und dicken Schuhen neben ihr hermarschierten, die abgewetzten Ledertaschen mit dem Frühstücksbrot unter den Arm geklemmt, erklärte es ihr:

»Ich glaube zum Haus der Ministerien. Wir wollen den Herren da mal was husten.«

Schon von Weitem erkannte Dora die massige Gebäudefront an der Wilhelmstraße, Ecke Leipziger Straße, den Sitz der DDR-Regierung. Wie eine gewaltige Trutzburg lag das Haus der Ministerien da mit seinen mehrstöckigen Haupt- und Seitenflügeln. Auf der Fahrbahn davor und auf dem Trümmergrundstück auf der gegenüberliegenden Straßenseite drängten sich schon die Menschen. Tausendfach erscholl der Ruf: »Nieder mit den Normen! Nieder mit den Normen!«

Dora, Frajo und Günther schrien mit. Niemand, der hier stand, konnte sich dieser gewaltigen Welle von Euphorie entziehen. Im Gebäude blickten einige Leute aus dem Fenster. Die Schreie der Demonstranten wurden lauter.

Plötzlich tat sich vor dem Gebäude etwas. Dora stellte sich auf die Zehenspitzen, doch da waren zu viele Leute vor ihr, sie konnte nichts erkennen.

»Da kommt einer«, kommentierte ein hagerer Zweimetermann neben ihr. »Die bringen einen Tisch raus.«

Dora sah jetzt, dass ein Mann auf den Tisch kletterte. Die Menge pfiff und johlte.

»Ist das nicht der Selbmann? Na, klar, Fritz Selbmann, unser Industrieminister. Bin gespannt, was der uns erzählen will.«

Dora war froh, dass der Mann neben ihr die Vorgänge vor dem

Gebäude so laut kommentierte. So bekam sie auch etwas davon mit.

Der Minister begann zu sprechen. »Genossen ...«, setzte er an, wurde aber gleich von Buhrufen unterbrochen. Noch ein Versuch, etwas lauter diesmal: »Kollegen ...«

Erneut wurde er unterbrochen: »Wir sind nicht deine Kollegen!«, brüllte es ihm aus der Menge entgegen.

»Ich bin doch auch Arbeiter!«, versuchte sich der Minister zu verteidigen.

Der Mann neben Dora ballte die Faust und schrie: »Das hast du aber vergessen!«

Lautes Gelächter der Umstehenden, dann rief einer: »Du bist kein Arbeiter, Selbmann, du bist ein Arbeiterverräter!«

Von dem Trümmergrundstück auf der anderen Straßenseite her flog plötzlich ein Stein heran und krachte gegen die Gebäudewand. Dann noch einer.

Der Minister hob die Arme. »Arbeiter, seht euch meine Hände an ...«

»Mensch, deine Hände sind aber ziemlich fett!« Erneutes Johlen und Pfeifen. »Verschwinde! Abtreten! Wir wollen Grotewohl und Ulbricht sehen!«

Die Menge rührte sich nicht von der Stelle. »Nieder mit den Normen!«, schrien die Leute wieder. »Nieder mit den Normen!«

Noch einmal ruderte der Minister mit den Händen und versuchte, sich Gehör zu verschaffen: »Aber der Ministerrat hat die Normenerhöhung ja längst zurückgenommen!«

Doch für Zugeständnisse war es zu spät. Die Menschenmenge war nicht mehr zu beruhigen. Die Leute grölten und brüllten immer lauter. Ein Bauarbeiter sprang zu Selbmann auf den Tisch. »Es geht gar nicht mehr nur um die Normenerhöhungen, Mann.

Die Regierung hat Mist gemacht. Die Regierung muss zurücktreten! Sofort. Weg mit der Regierung! Wir fordern freie Wahlen.«

»Jawohl«, scholl es aus der Menge. »Wir fordern freie Wahlen.«

Ein weiterer Arbeiter stieg auf den Tisch und schob den Minister zur Seite. »Wenn Ulbricht und Grotewohl nicht in einer halben Stunde rausgekommen sind und unsere Forderungen annehmen, treten wir ab morgen in einen Generalstreik.«

Die Menge schrie und klatschte begeistert. »Jawohl, Generalstreik! Wir streiken! Sagt das in den Betrieben weiter!«

Die Leute warteten nicht mehr darauf, ob sich einer der Spitzenfunktionäre vor dem Haus der Ministerien zeigte. Die ersten Demonstranten marschierten weiter, nach und nach folgten ihnen immer mehr, bis die ganze Menschenmenge wieder in Bewegung war. Dora, Frajo und Günther wurden mitgespült wie in einer gewaltigen Lawine. Einige Menschen begannen, alte Arbeiterlieder zu singen, andere erfanden immer neue Parolen: »Wir wollen Freiheit, Recht und Brot, sonst schlagen wir die Bonzen tot!« oder »Nieder mit der deutsch-sowjetischen Freundschaft!« Die Leute wurden immer mutiger. Da traute sich auch Dora was und rief: »Es hat keinen Zweck, die Regierung muss weg!«

Ein Schauer lief ihr über den Rücken, als sie hörte, wie die Leute ihre Forderung übernahmen: »Es hat keinen Zweck, die Regierung muss weg!«, schrie es um sie herum. Dora war glücklich. Jetzt war sie sicher: Diese Massenbewegung konnte keine Polizei mehr stoppen. In diesem Augenblick brach ein neues Zeitalter an und sie war Teil dieser historischen Wende. Nie hätte sie gedacht, dass man sich in einer so gewaltigen Menschenmenge so geborgen fühlen konnte!

Am Alexanderplatz flackerte plötzlich Blaulicht auf. Ein Polizeiwagen näherte sich. Auf seinem Dach war eine Lautsprecheranlage angebracht.

»Genossen! Arbeiter! Im Namen der Regierung wird bekannt gegeben: Die Erhöhung der Arbeitsnorm ist zurückgenommen. Ich wiederhole: Die Erhöhung der Arbeitsnorm ist zurückgenommen. Gehen Sie in Ihre Betriebe zurück und nehmen Sie Ihre Arbeit wieder auf oder gehen Sie nach Hause! Die Arbeitsnorm ist zurückgenommen worden …«

Unermüdlich wiederholte der Sprecher seine Worte, blechern schepperten sie aus den Lautsprechern, doch bei den Demonstranten machte das keinen Eindruck. Längst ging es der Menge gar nicht mehr nur um die belastende Arbeitsnorm.

Unverändert schrien die Leute: »Wir wollen freie Wahlen! Wir wollen freie Wahlen!« und »Morgen Generalstreik!«

Nach wenigen Sekunden war der Polizeiwagen von einer lärmenden Menschentraube eingekesselt und stoppte. In den ohrenbetäubenden Buhrufen der vielen Leute war von der Lautsprecherdurchsage bald nichts mehr zu hören. Ein paar Männer begannen, den Wagen zu schubsen und zu schaukeln, sodass die beiden Männer darin durchgeschüttelt wurden. Plötzlich klirrte es. Jemand hatte eine der Autoscheiben eingeschlagen. Dora konnte nicht genau erkennen, was nun passierte. Ein Tumult entstand. Die Polizisten kletterten aus dem Auto – oder hatte sie jemand herausgezogen? Jedenfalls wurden sie weggeschubst und der Wagen umgehend von Demonstranten gekapert. Unter ihnen war Frajo. Zusammen mit zwei oder drei anderen Leuten stieg er ein und ließ ohne Unterlass die Hupe tröten. Begeisterter Applaus der Umstehenden war die Folge. Einer der Männer im Inneren des Autos griff nach dem Mikrofon, und dann dröhnte es aus den Lautsprechern: »Morgen Generalstreik! Treffpunkt Strausberger Platz um 7 Uhr! Morgen Generalstreik!«

Die Leute traten zur Seite, damit sich der Polizeiwagen wieder in Bewegung setzen konnte. Dora sah noch, wie Frajo aus dem Fenster winkte. Lachend und jubelnd folgte die Menschenmenge dem Fahrzeug durch die Straßen. Dora lief hinterher und sie schrie mit allen anderen: »Morgen Generalstreik! Morgen Generalstreik!«

Als Dora am späten Nachmittag zur Villa der Hagemanns zurückkehrte, tat ihr der Hals weh und sie war heiser vom vielen Schreien, aber sie war noch ganz beseelt von den Ereignissen des Tages. Diese einzigartige Verbundenheit, die sie mit all den Menschen auf der Straße empfunden hatte, würde sie ihr Lebtag nicht vergessen. Sie hatte eine echte und herzliche Verbrüderung mit allen anderen verspürt. Und morgen – so dachte sie glücklich – morgen vollenden wir, was wir heute begonnen haben. Die Regierung wird einsehen, dass sie Unrecht getan hat. Man wird Curt aus dem Gefängnis entlassen, und wir werden ohne Angst in einem freien, gerechten und geeinten Deutschland leben können.

Im Wohnzimmer lief der Radioapparat. Doch das Programm war kaum zu verstehen, denn Herr Hagemann und Erich lieferten sich gerade ein wütendes Wortgefecht.

»Diese Demonstranten sind doch keine Arbeiter!«, schimpfte Hettis Vater, während er im Raum auf und ab ging und erregt gestikulierte. »Das sind doch wurzellose Elemente, vom Westen gesteuert. Ein Lumpenproletariat ist das, ein Haufen Halbstarker, aufgehetzt von den RIAS-Leuten.«

»Du irrst dich, lieber Schwiegervater!« Erich hielt dagegen. »Es sind nicht nur Arbeiter, es sind auch Angestellte aus Büros, Geschäften und Fabriken dabei.« Er lehnte am Fensterbrett und unterstrich jedes seiner Worte mit einer energischen Handbewegung.

»Und Studenten!«, fügte Dora hinzu, nachdem sie den Streit der beiden eine Weile von der Tür aus beobachtet hatte.

»Genau!« Erich nickte seiner Schwester zu. »Es ist nicht mehr nur ein Arbeiteraufstand, es ist ein Volksaufstand. Alle sind dabei. Leute aus allen Gesellschaftsschichten. Die Menschen sind lange genug unzufrieden gewesen mit der Regierung. Jahrelang haben sie sich nicht getraut, den Mund aufzumachen, aus Angst vor Strafe. Aber jetzt haben sie gesehen, wie viele wir sind. Und da haben die Leute endlich den Mut gefunden, sich zusammenzutun und gegen all die Ungerechtigkeiten in diesem Staat zu protestieren.«

»Das ist Blödsinn. Ihr macht alles kaputt mit diesem unverantwortlichen Generalstreik. Ja, vielleicht wurden Fehler gemacht in diesem Staat, aber die hat die Regierung doch gerade korrigiert! Ab sofort gibt es wieder Lebensmittelkarten für alle, die Preise für Zucker wurden wieder gesenkt – und deine geliebte Junge Gemeinde kann auch wieder frei praktizieren. Und heute wurde sogar die Normenerhöhung für die Bauarbeiter zurückgenommen. Also – was gibt es da noch zu demonstrieren?«

»Nach diesem Hü und Hott traut euch keiner mehr«, erklärte Erich kopfschüttelnd. »Wer verspricht uns, dass die Regierung ihren Kurs nicht in der nächsten Woche wieder ändert? Nein, es muss grundlegend anders werden. Wir brauchen Neuwahlen, eine fair gewählte Regierung.«

»Ihr werdet schon sehen, was ihr davon habt«, knurrte Herr Hagemann. Er war vor Erich stehen geblieben und hob mahnend den Zeigefinger. »Das Ganze wird im Chaos enden.«

»Da kann ich mir nicht vorstellen«, sagte Dora. »Dazu sind die Leute viel zu entschlossen und viel zu selbstbewusst. Diese Bewegung kann niemand mehr stoppen.«

35.

»Generalstreik – wir fordern freie Wahlen sofort!«

Das Banner über dem Haupteingang der Veterinärmedizinischen Fakultät war nicht zu übersehen, als Dora am nächsten Morgen zur Uni kam. Vor dem Gebäude standen die Studenten in einer vielhundertköpfigen Menschentraube. Die Türen waren geschlossen.

»Die Vorlesungen fallen heute aus«, erklärte Günther. Er und Frajo erwarteten Dora bereits neben dem Professor-Gerlach-Denkmal. »Generalstreik ist Generalstreik.«

»Und was sagen Professor Kuhn und Konrad, der Streber, dazu?«, fragte Dora.

Frajo zuckte mit den Schultern. »Vermutlich bereiten sie gerade die Exmatrikulation von 95 Prozent der Studierenden und des Lehrkörpers vor ...« Das Grinsen in seinem Gesicht reichte beinahe von einem Ohr zum anderen. »Aber das ist mir gerade piepegal. Beim RIAS sagen sie, dass heute früh um sieben schon mehr als zehntausend Arbeiter auf dem Strausberger Platz zusammengekommen sind. Die machen Ernst. Auf der Baustelle an der Stalinallee geht heute nichts mehr. Das wird eine ganz große Sache.«

Günther nickte. »Heute passiert richtig was.«

»Wird ja auch höchste Zeit«, sagte Dora.

»Kuckuck!« Jemand legte von hinten die Hände über Doras Augen, um sich in der nächsten Sekunde zu erkennen zu geben. Es war Anneliese: »Wusste ich doch, dass ich meine Freunde hier finde. Im Zentrum des studentischen Aufstands.« Sie kicherte glücklich.

»Hey, was tust du denn hier an der Uni? Musst du denn heute nicht arbeiten?« Dora freute sich über das unerwartete Wiedersehen und umarmte Anneliese.

»Nein, mein Chef hat mir freigegeben. Er sagte, ich wolle doch sicher dabei sein, wenn die DDR umgekrempelt wird, und hat mich gehen lassen. Den heutigen Tag kann ich irgendwann nachholen, hat er gesagt. Beim großen Streiktag dabei zu sein, wäre heute wichtiger. Das sei sozusagen meine Pflicht als Staatsbürgerin. Ist das nicht großartig?«

»Das ist sensationell. Du hast einen tollen Chef.« Günther strahlte geradezu, als er Anneliese ansah. »Du hast uns nämlich mächtig gefehlt hier in letzter Zeit.«

»Ich gebe zu, ich hatte auch ein bisschen Sehnsucht nach euch.« Lachend fiel sie Günther um den Hals.

»Je mehr wir sind, desto besser«, erklärte Frajo und klopfte Anneliese anerkennend auf die Schulter. »Alle Berliner müssen heute zusammenhalten, ganz gleich ob aus West oder Ost. – Kommt, es geht los!«

Die Menschenmenge hatte sich schon wieder in Bewegung gesetzt. Die vier hakten einander unter und schlossen sich dem Zug an. Es fühlte sich großartig an, Seite an Seite mit den besten Freunden dabei zu sein. Dora sah sich um. Heute waren die Straßen noch um einiges voller als am Tag zuvor. Aus allen Richtungen drängten die Leute in Richtung Friedrichstraße. Ganze Betriebsgruppen mit Transparenten waren dabei: »Wir sind keine Sklaven!« – »Wir fordern freie Wahlen!« Ihr fiel auf, dass die Stimmung unter den Leuten heute anders war als gestern, beinahe andächtig. Es gab kaum mehr diese lauten, vergnügten Gesänge. Die Menschen marschierten zumeist still und ernst über den Asphalt. Manchmal war minutenlang nur Gemurmel und das Stampfen und Schlurfen der Schuhe zu hören. Vielleicht waren die Leute auch einfach nur müde von dem stundenlangen Demonstrationszug gestern, überlegte Dora. Oder es lag am Wetter. Der Himmel war grau von Wolken. Am Morgen hatte es geregnet, auf den Straßen und Gehwegen standen Pfützen.

»Selbst die Sonne streikt«, stellte Anneliese fest.

Aber dann schrie doch irgendwo weiter vorn im Zug jemand eine der Kampfparolen des Vortags, und zu Tausenden wiederholten die Menschen den Ruf: »Von Ulbricht, Pieck und Grotewohl haben wir die Schnauze voll! Freie Wahlen sofort!«

Immer enger wurde es auf den Straßen. Die ganze Stadt schien auf den Beinen zu sein. Und wer nicht mitging, zeigte sich solidarisch. Die Menschen öffneten die Fenster ihrer Wohnungen und Büros und winkten den Demonstranten von oben zu.

Das alles wirkte auf Dora unwirklich und überwältigend zugleich. Mehr noch als gestern machte sie sich Gedanken darüber, was hier gerade passierte. Nach der langen Zeit der Unterdrückung, gegen die sich kein Einzelner hatte wehren können, sammelten sich plötzlich die Menschen und taten etwas, das ihnen nicht die Staatsmacht befohlen hatte, sondern etwas, das aus ihrem tiefsten Bedürfnis heraus entstanden war. Vielleicht dachten die anderen Leute genauso, überlegte Dora, vielleicht wurde ihnen erst heute so richtig bewusst, was sie gerade ins Rollen gebracht hatten. Eine richtige Revolution! Wie damals in Frankreich. Aber ohne Waffengewalt.

Je näher der Zug dem Haus der Ministerien kam, desto mehr Bewegung war auf den Straßen und desto lauter wurde es. Die

Leute skandierten jetzt wieder ihre Forderungen. An der Wilhelmstraße war wütendes Geschrei zu hören, aber auch triumphierendes Johlen, dazwischen immer wieder das Klirren von Glas. Dora reckte sich, um über die Köpfe der vielen Leute hinwegsehen zu können. Am Regierungssitz waren etliche Fensterscheiben eingeworfen worden. Noch immer schleuderten aufgebrachte Demonstranten vom Trümmergrundstück gegenüber Steine auf das Haus. Dann flog eine Schreibmaschine aus einem Fenster im zweiten Stock und zerschellte krachend auf der Straße. Begeisterter Jubel brandete unter den Leuten vor dem Haus auf. Aktenordner, Bücher, Papierstapel, Telefone folgten und landeten zerfetzt und zersplittert vor dem Gebäude. »Mein Gott«, schrie Anneliese. »Die Leute haben das Haus der Ministerien gestürmt!«

Aus einem der Fenster schlug schwarzer Qualm. Von irgendwoher war das Lärmen von Polizeisirenen zu hören. Das hier hatte nichts mehr von der fröhlichen Volksfeststimmung, die Dora gestern noch gespürt hatte. Hier entlud sich blinde Wut auf Partei und Regierung, die sich jahrelang angestaut hatte.

»Lass uns lieber weitergehen«, drängte sie. »Das ist mir hier zu brenzlig.« Da wurden sie von der Menschenmasse auch schon weggeschoben, um kurz darauf ein Polizeiauto zu passieren, das auf dem Dach lag. Ein Volkspolizist mit blutender Nase lehnte daneben. Niemand beachtete ihn. Denn alle Blicke waren auf den Laden gerichtet, den der Polizist vermutlich hatte beschützen wollen. Doch das war vergeblich gewesen: Demonstranten hatten die beiden Schaufenster eingeschlagen und das Lebensmittelgeschäft gestürmt. Die Leute schleppten heraus, was sie in den Regalen zu greifen bekamen: Brote, Mehltüten, Marmeladengläser, eingemachte Gurken ...

Die Stimmung wurde gereizter. An der nächsten Straßenecke brannte ein Zeitungskiosk.

»Da verkaufen sie doch sowieso nur blöde Parteipropaganda«, meinte Günther schulterzuckend. »Wer will das denn noch lesen?«

»Ihr Bonzen verzieht euch!«, brüllte Frajo. »Es lebe die Junirevolution von 1953!«

Damit hatten die vier eine neue Parole.

»Es lebe die deutsche Junirevolution!«, jauchzte auch Anneliese, und dann schallte dieser Ruf vielstimmig um sie herum.

»Wunderbar!« Frajo grinste zufrieden. »Ich nehme an, bei der Französischen Revolution haben sich die Leute nicht besser gefühlt.«

Ein kräftiger Platzregen machte ihrer revolutionären Laune vorübergehend ein Ende. Von einem Augenblick zum anderen goss es wie aus Kübeln. Fluchend und quiekend versuchten die Leute, irgendwo einen Unterstand zu finden.

»Kommt!«, rief Frajo und zog Dora mit sich. Sie fanden einen trockenen Unterschlupf in einer breiten Toreinfahrt, wo sich die Menschen unter dem Dach drängelten wie Sardinen in einer Dose. Ihre sperrige Büchertasche drückte Dora gegen die Rippen. Sie sah sich nach Anneliese und Günther um, aber im Durcheinander der vielen Menschen konnte sie die beiden nicht mehr entdecken. Sie griff nach Frajos Ärmel, um ihn nicht auch noch zu verlieren. Als der Regen ein paar Minuten später nachließ, marschierten sie weiter. Frajo nahm ihre Hand, und Dora ließ es geschehen. Von den beiden anderen war auch auf der Straße nichts mehr zu sehen, sosehr sie sich auch nach Günther und Anneliese umschauten. Transparente und aufgespannte Schirme versperrten ihnen die Sicht.

»Wahrscheinlich wollen die beiden Turteltäubchen lieber für sich sein«, sagte Frajo schulterzuckend.

»Turteltäubchen?« Dora wäre beinahe gestolpert, so überrascht war sie über seine Bemerkung.

»Na, hast du nicht bemerkt, wie verknallt die beiden sich vorhin angesehen haben?«

»Du meinst, Günther und Anneliese ...?«

Dora war zutiefst verblüfft. Natürlich war ihr nicht entgangen, wie gut sich die beiden im Laufe der vergangenen Monate angefreundet hatten, aber dass sie auf dem besten Wege waren, ein Liebespaar zu werden, das war ihr gar nicht aufgefallen. So sehr war sie immer mit ihren eigenen Gedanken beschäftigt gewesen.

Frajo warf ihr grinsend einen Seitenblick zu. »Ich meine es nicht nur, ich weiß es! Schließlich kenne ich Günther seit unserem ersten Schuljahr. Da entgeht mir bei ihm keine Gefühlsregung.«

»Oh.« Dora lächelte. »Na, dann sollten wir nicht länger nach den beiden suchen, wenn sie sich diesen denkwürdigen Tag ausgesucht haben, um einander ein bisschen näher zu kommen.«

»Es könnte schlechtere Tage geben!«, rief Frajo gut gelaunt und drückte Doras Hand.

Im Zickzackkurs ging es durch die Straßen. Als sie den Boulevard Unter den Linden erreichten, roch es immer stärker nach verbranntem Gummi. Auf der anderen Straßenseite entdeckte Dora einen Polizeiwagen, der in Flammen stand. »Wir brauchen keine SED! Wir brauchen keine Volkspolizei!«, skandierte die Menge im Vorbeigehen.

»Polizisten, reiht euch ein, wir wollen freie Menschen sein«, rief Frajo den beiden Polizisten zu, die danebenstanden, und winkte. Dora sah, wie einem von ihnen, einem kleinen stämmigen Mann mit Schnauzbart, Tränen durchs Gesicht liefen.

Schließlich ließ er sein Gewehr fallen und schloss sich dem Demonstrationszug an.

Die Menschen, die das beobachtet hatten, begrüßten den Polizisten mit Jubel und Applaus in ihren Reihen.

Sekunden später krachte ein Schuss durch die Luft, dann noch einer. Dora und ein paar andere Leute schrien erschrocken auf. Frajo legte seinen Arm um ihre Schulter und zog sie mit sich in den nächsten Hauseingang, wo sich so viele Leute zusammendrängten, dass Dora kaum Luft bekam. Sie presste sich an Frajo und schloss die Augen. Noch zwei Mal knallte es.

»Meinst du, die schießen wirklich auf die Demonstranten?«

Noch bevor Frajo ihr antworten konnte, kam die Entwarnung.

»Keine Sorge, Leute«, rief ihnen jemand von der Straße her zu. »Das sind keine Schüsse, da sind bloß die Reifen des brennenden Autos geplatzt.«

Zögernd traten Dora und Frajo wieder hinaus auf die Fahrbahn, wo der Strom der Menschen immer weiter anschwoll. Das gab Dora Sicherheit und sie und Frajo marschierten weiter. Irgendjemand in der Menge stimmte ein Arbeiterlied an: »Alle Räder stehen still, wenn dein starker Arm es will …«

Anschwellendes Motorengeräusch übertönte den Gesang. Dora drehte sich um. Im Schritttempo näherte sich von hinten eine Kolonne von Militärfahrzeugen. Langsam bahnten sie sich einen Weg durch die Menge, begleitet von wütenden Pfiffen der Demonstranten.

»Iwan, geh nach Hause!«, rief eine Frau. »Wir brauchen euch nicht!«

Dora schluckte. »Sind das etwa Russen?«

»Sieht so aus. Aber die tun uns nichts.« Frajo machte eine wegwerfende Handbewegung. »Das ist eine reine Drohkulisse. Was können die paar Soldaten gegen eine solche Masse von Menschen schon ausrichten? Im Übrigen sind es doch unsere Brüder, nicht wahr?« Er zwinkerte ihr zu. »Und siehst du? Die sind ganz friedlich.«

Tatsächlich rollten die Wagen, Geländefahrzeuge mit geschlossenem Verdeck, vorsichtig an den Demonstranten vorbei. Mit ruhigem Blick und scheinbar teilnahmslos betrachteten die Soldaten das Geschehen auf der Straße. Doch Dora war der Anblick der uniformierten Männer mit dem roten Stern an der Kappe nicht geheuer. Sie war erleichtert, als sich die Autos entfernten. Vor dem Pariser Platz, nicht weit von der Ruine des ehemaligen Hotels *Adlon* und vom Brandenburger Tor entfernt, hielten die Fahrzeuge an.

Auch der Demonstrationszug erreichte bald das Berliner Wahrzeichen. Hier, wo der sowjetische Sektor endete, verspürte Dora in der Menschenmenge wieder so etwas wie Volksfeststimmung. Niemand beachtete die Soldaten. In einem wahren Siegestaumel schwenkten die Leute Deutschlandfahnen und riefen: »Freiheit! Freiheit!« Einige nahmen sich an die Hände und tanzten. Andere weinten vor Freude und Ergriffenheit. Es war ein überwältigender Anblick. Dora wusste gar nicht, wohin sie zuerst gucken sollte.

»Mädchen, ich glaube, wir haben es geschafft!« Ein fremder Mann in staubiger Stahlarbeiterkluft trat lachend auf sie zu, die blaue Schutzbrille hoch über die Stirn geschoben. Er nahm Dora kurz in den Arm und drückte ihr übermütig ein Küsschen auf die Wange. Frajo klopfte er mit der Hand auf den Rücken. »Danke, dass ihr dabei seid! Danke, dass ihr mithelft, die SED-Herrschaft zu beseitigen und ein einiges Deutschland zu schaffen! Und jetzt wird gefeiert.«

Fröhlich zog er weiter, um alle Frauen, denen er begegnete, kurz an sich zu drücken und zu küssen.

»Ein verrückter Kerl!« Dora sah ihm kopfschüttelnd nach und rückte die Tasche wieder über die Schulter, die ihr bei der Umarmung des Mannes hinuntergerutscht war. »Aber man kann's ihm nicht verdenken. Was für ein Tag!«

Auf der gegenüberliegenden Seite des Tores, getrennt durch ein brachliegendes Trümmerfeld, standen im Westsektor Grüppchen von Schaulustigen zusammen und beobachteten die Vorgänge jenseits der Grenze, als würde ihnen eine Theateraufführung geboten. Journalisten mit Fotokameras und Mikrofonen waren auch dabei, und an der Seite standen britische Soldaten, ihre Maschinengewehre schussbereit. Alle Leute blickten hinauf auf die Plattform des Brandenburger Tores. Vier oder fünf junge Männer standen dort oben. Offenbar hatten sie einen offenen Zugang zum Treppenhaus im Inneren des Bauwerks gefunden, durch den es ihnen gelungen war, das Monument zu erklimmen. Statt der von Luftangriffen schwer beschädigten Quadriga, die da bis zum Ende des Kriegs gestanden hatte, wehte hoch oben an einem Mast die rote Fahne. Unter begeisterten Anfeuerungsrufen der Umstehenden zog der eine von ihnen das Seil mit der Fahne herunter, schnitt die verhasste Flagge ab und warf sie auf die Straße. Augenblicklich brandete unten Jubel und Applaus auf, Männer schwenkten ihre Hüte. »Wir grüßen das freie Berlin!«, rief jemand vom britischen Sektor herüber. Ein paar Demonstranten stürzten sich auf das rote Tuch, zerrissen es, trampelten darauf herum, schließlich zündete einer die Fetzen an. Andere hoben den jungen Mann, der die Fahne abgeschnitten hatte, auf ihre Schultern, kaum dass er wieder heruntergekommen war, und trugen ihn unter Begeisterungsstürmen und mit wehenden schwarz-rot-goldenen Fahnen durch die Menge.

Dora sah sich zu den russischen Militärfahrzeugen um, doch die standen weiter unbewegt in etwa fünfzig Metern Entfernung.

»Selbst die russischen Soldaten lassen die Demonstranten gewähren«, stellte sie erleichtert fest. »Die rote Fahne ist weg. Das ist ein Moment für die Geschichtsbücher.«

Frajo nickte. »Unbedingt. Diesen Triumph kann uns niemand mehr nehmen. Der 17. Juni 1953 ist ein Datum, an das sich die Deutschen noch in vielen Generationen erinnern werden. Und wir haben an diesem Tag dazugehört!«

Übermütig nahm er Dora in die Arme und küsste sie rechts und links auf die Wange. »Was der verrückte Bauarbeiter kann, das kann ich auch.«

Dora ließ es sich grinsend gefallen.

Inmitten des Schreiens, Pfeifens und Johlens um sie herum hörte sie, wie jemand ihren Namen rief.

»Dora! Dora!«

Es war Erich, der sich aus der Menge der Feiernden löste und auf sie zukam. Er trug die Berliner Bärenflagge um seine Schultern wie ein Cape. Erleichtert umarmte er sie.

»Schön, dass du auch dabei bist. Na, was sagst du, Schwesterchen! Ist das ein Festtag heute?«

Dora lächelte. »Ja. Sieht aus, als wäre die Welt nicht mehr dieselbe. Ich kann gar nicht aufhören zu staunen, wie schnell das auf einmal ging. Es ist toll, dich hier zu treffen. Aber sag mal, wie siehst du aus? Wo hast du dich denn herumgetrieben?«

Erichs Arbeitsanzug war dreckig und roch durchdringend nach Qualm. Der rechte Ärmel war halb abgerissen. Ein paar Knöpfe fehlten.

»Ach, nicht der Rede wert.« Erich machte eine abwertende Handbewegung. »Wir mussten am Alexanderplatz ein paar Volkspolizisten vermöbeln, die partout etwas gegen unsere brennenden Barrikaden hatten.«

»Mensch, Erich …« Erst jetzt sah Dora die blutverkrustete

Schramme über seinem linken Auge. »Was machst du für Sachen? Du bist ja verletzt!«

Er wehrte ab. »Andere hat es schlimmer erwischt. Ganz ohne Kratzer ist so ein Umsturz nicht zu schaffen. Aber das ist es wert. – Oh, sieh mal!«

Als Dora wieder zum Brandenburger Tor hinaufblickte, hatte dort jemand die schwarz-rot-goldene Deutschlandfahne gehisst. Ein paar Leute sangen die westdeutsche Nationalhymne: »Einigkeit und Recht und Freiheit …«

Ein Pfiff ertönte aus der Menge, und Erich rief: »Ich muss wieder los zu meinen Leuten von der Baustelle. Da an der Sektorengrenze ist jemand vom RIAS, der mit uns über die Demonstration reden will. Wenn wir Glück haben, Schwesterchen, kannst du mich heute Abend im Radio hören. Bis später!«

Mit flatternder Bärenflagge tauchte er im Trubel der Menschenmenge unter. Dora sah ihm kopfschüttelnd nach.

»Und jetzt?«, fragte sie Frajo.

Von einer geordneten Demonstration war inzwischen nichts mehr zu erkennen. Die großen Protestzüge hatten sich aufgelöst, die Leute standen lachend und redend zusammen oder zogen in einzelnen Gruppen durch die Straßen.

»Komm, hier haben wir alles gesehen, lass uns zum Potsdamer Platz gehen«, schlug Frajo vor. Er hörte sich so unternehmungslustig an, als wüsste er gar nicht wohin mit der neu gewonnenen Freiheit. »Ich will wissen, ob auf dem Lügenbalken schon über unsere Revolution berichtet wird.«

»Auf dem – was?«

Frajo erklärte es Dora, während sie dem Brandenburger Tor den Rücken kehrten und in einem Strom von Menschen mitliefen. Wie selbstverständlich hatten sie einander wieder an die Hand genommen, um sich nicht zu verlieren.

»An der Sektorengrenze haben die Presseverlage des Westens eine riesengroße Leuchtschriftanlage aufgebaut. Da laufen die neuesten Nachrichten der Westberliner Zeitungen durch. Die Leute drüben haben sie absichtlich so aufgestellt, damit die Menschen in Ostberlin den Text lesen können. Und da steht ziemlich viel Kritisches über die DDR in den Meldungen. Du kannst dir vorstellen, wie sich die DDR-Parteibonzen darüber ärgern. Deshalb nennen die das Gerüst auch den Lügenbalken. Anfangs haben sie noch versucht, die Buchstaben zu verdecken, indem sie im Ostsektor auch so ein Mammutgerüst mit eigener Werbung davorgestellt haben. Der Krieg der Leuchtschrifttafeln sozusagen. Aber es hat nicht viel genützt. Die Westberliner haben ihr Gerüst einfach ein paar Meter höher gebaut. Inzwischen ist die Konstruktion im Osten wieder abgebaut worden, aber die im Westen flimmert immer noch.«

»Das ist das Absurdeste, was ich seit Langem gehört habe«, sagte Dora. »Aber wenn es bald wieder ein einziges, freies Berlin gibt, kann die andere Anlage ja auch demontiert werden.«

Sie erreichten den Potsdamer Platz, jene riesige Brachfläche mit ihren Kriegsruinen und Trümmergrundstücken, an der der russische, britische und amerikanische Sektor zusammentrafen und wo sich nach dem Krieg, wie Frajo weiter berichtete, ein reger Schwarzmarkt entwickelt hatte.

»Ich kenne keinen Ostberliner, der hier nicht eingekauft hat. In den kleinen Grenzläden konntest du in den ersten Jahren nach dem Zusammenbruch Sachen bekommen, die sonst nirgendwo zu finden waren: amerikanische Rasierklingen zum Beispiel und für die Damen Petticoats und Plisseeröcke. In den Tageskinos gleich hinter der Sektorengrenze werden immer noch Filme gezeigt, die in der DDR auf dem Index stehen. Hier habe ich *Ein Amerikaner in Paris* gesehen und *Wem die Stunde schlägt*. Und vor jeder Vorstellung gibt's die ›Wochenschau‹, damit die Kinobesucher aus dem Osten mitbekommen, was in der Welt gerade wirklich los ist – sehr zum Missfallen unserer Regierung natürlich. Aber sie müssten schon eine Mauer bauen, um uns den Spaß zu verderben. Na, vermutlich ist der ganze Ärger bald sowieso vorbei …«

Er reckte die Hände mit gespreizten Daumen in die Luft.

Schon von Weitem sah Dora die gigantische Metallkonstruktion, von der Frajo gesprochen hatte. Turmhoch ragte sie an der Westgrenze des Potsdamer Platzes auf, gekrönt von einer riesigen Leuchtschrift: »Die freie Berliner Presse meldet«. Darunter war ein Schriftfeld aus Tausenden Glühbirnen angebracht, auf dem die neuesten Nachrichten der Westberliner Zeitungen durchliefen.

Frajo jubelte. »Jawohl! Sieh mal, was da steht: ›Ostberliner demonstrieren für freie Wahlen.‹ Ich fass es nicht! Die Zeitungen im Westen melden es. Bestimmt nicht nur in Berlin, sondern auch im Rest Deutschlands. Vielleicht sogar die in Amerika. Ja! Wir haben es geschafft. Jetzt ist der Aufstand wirklich nicht mehr zu übersehen. Jetzt weiß die ganze Welt, was hier passiert.«

Er fasste Doras Schultern mit beiden Händen und schüttelte sie voller Übermut, sodass ihr die Büchertasche wieder von den Schultern rutschte. Dann bahnten sie sich einen Weg durch die Menge. Der Potsdamer Platz war schwarz von Menschen. Es mussten Tausende sein, sie waren zu Fuß gekommen oder hatten ihre Mopeds oder Fahrräder dabei. Auch hier schwenkten ein paar Leute Deutschlandfahnen. Einige Journalisten waren dabei, die das Geschehen fotografierten. Ob sie von Westberliner oder Ostberliner Zeitungen kamen, konnte Dora nicht erkennen.

Doch von der fröhlichen Feierlaune, die sie gerade noch am Brandenburger Tor erlebt hatte, war hier nicht viel zu spüren. Auf dem weitläufigen Platz sah es aus wie auf einem Schlachtfeld. Beißender Brandgeruch lag in der Luft. Direkt neben dem S-Bahn-Aufgang stand ein Zeitungskiosk in Flammen und verbreitete schwarze Rauchschwaden, die Doras Augen tränen ließen. Eine Grenzbaracke ein paar Meter dahinter qualmte nur noch. Auf dem Boden lagen heruntergerissene umgestürzte Fahnenmasten und Grenzschilder. »Hier beginnt der Demokratische Sektor«, stand auf einem zerbeulten, zertretenen Blech. Ein paar Jungen sprangen noch immer darauf herum und schienen dabei ihren ganzen Zorn auf die verhasste Regierung zu entladen. Propagandaplakate, Ulbricht- und Stalinbilder waren zu Scheiterhaufen zusammengeworfen und ebenfalls angezündet worden. Überall lagen Orden und Parteiabzeichen im Dreck. Ein paar der Protestierenden hatten das Columbushaus gestürmt, das berühmte Hochhaus auf der östlichen Seite des Platzes, das nach dem Krieg nur teilweise wieder instandgesetzt worden war und in dem sich zuletzt ein großer Laden der staatlichen Handelsorganisation und eine Polizeistation befanden. Unter dem Gejohle der unten stehenden Demonstranten warfen die Männer kiloweise Papier, Aktenordner, Stühle und was sie sonst noch greifen konnten aus den Fenstern. Auf der Straße versuchte eine Gruppe von Volkspolizisten einzuschreiten, wurde aber von der Menschenmenge daran gehindert, das Haus zu betreten, obwohl sie ihre Schlagstöcke einsetzten. Aus der ersten Etage hängte jemand ein weißes Tuch heraus. Die Polizisten im Inneren des Gebäudes schienen sich ergeben zu haben, Dora sah, wie sie ihre eigenen Uniformen auf die Straße warfen.

»Die wollen desertieren«, kommentierte Frajo das Geschehen. »In Zivilkleidung können sie besser in der Masse der Leute untertauchen.«

Dora betrachtete das alles kopfschüttelnd. Vorhin hatten die

Menschen noch gelacht und gesungen. Aber das Vorgehen der Leute am Columbushaus hatte nichts mehr mit Spaß und Lebensfreude zu tun. Hier wütete nur noch blinder Hass.

»Komm, lass uns weitergehen.« Dora musste schreien, um sich zu verständigen bei all dem Lärmen, Scheppern, Grölen und Pfeifen, das auf dem Potsdamer Platz herrschte.

»Nicht so schnell, warte!«

Frajo riss die Arme hoch und begann unvermittelt die französische Nationalhymne zu singen: *»Allons enfants de la Patrie, Le jour de gloire est arrivé ...«*

Dieses Lied kannte sie. Die Leute, die um sie herumstanden, starrten ihn erst verblüfft an. Dann lachten sie und einige sangen schließlich mit. Dora beobachtete Frajo kopfschüttelnd, es gelang ihm doch immer wieder, sie zu beeindrucken. Sie wusste zwar, dass die Marseillaise ihren Ursprung in der Französischen Revolution hatte, aber nie im Leben hätte sie Melodie und Text auswendig gekonnt!

»Ich bin eben ein echter Revolutionär.« Frajo grinste, als er die letzte Strophe hinter sich gebracht hatte und ihm Doras staunender Blick begegnete. »Und ich bin glücklich, liebste Dora. Für diesen Tag heute habe ich so lange gekämpft. Dafür bin ich zwei Semester lang in aller Herrgottsfrühe aufgestanden und habe heimlich meine Flugblätter ans Schwarze Brett der Uni gehängt.«

»Das hast du großartig gemacht, Frajo.«

Dora umarmte ihn in ehrlicher Freundschaft. Wie hatte sie damals auch nur eine Sekunde lang darüber nachdenken können, diesen Mann an die Stasi zu verraten? Wo er es doch war, der mit seinem unermüdlichen Protest dazu beitrug, die lang ersehnte Zeitenwende einzuläuten und Curt aus dem Gefängnis zu bekommen.

»Ach du, meine liebe Mitstreiterin ...« Frajos Stimme war direkt an ihrem Ohr. Sie klang unerwartet ernst. »Ich habe das ernst gemeint kürzlich, als ich sagte, was wir für ein wunderbares Paar abgeben könnten. Ich finde, wir zwei ...«

Er brach mitten im Satz ab. Zuerst war Dora erleichtert, dass er dieses heikle Thema nicht weiter vertiefte, und löste sich aus seinen Armen. Doch dann sah sie auf und bemerkte den bestürzten Ausdruck in seinen Augen, während er auf die andere Seite des Platzes blickte. Das Johlen am Columbushaus war verstummt. Wie erstarrt waren die Leute stehen geblieben. Ein befremdliches Geräusch lag in der Luft. Ein Dröhnen und Scheppern, dessen Ursache Dora nicht gleich erkennen konnte.

»Was ist denn jetzt ...?«, setzte sie an, und dann sah sie, was los war. An der Leipziger Straße tauchte ein Panzer auf, wie aus dem Nichts rollte er von Osten her auf den Potsdamer Platz zu. Gemächlich bahnte er sich seinen Weg durch die Menge der Menschen, die entsetzt aufschreiend zur Seite sprangen. Dahinter, leicht versetzt, rollte ein zweiter Panzer heran und dann noch einer.

»Verdammt!«, stieß Frajo wütend aus. »Wo kommen die denn auf einmal her?«

Niemand antwortete. Die Augen aller Umstehenden waren auf die Panzer gerichtet, die nun langsam, aber unaufhaltsam über den Platz donnerten, die Mündungsrohre gefechtsbereit auf die Demonstranten gerichtet, wie eine Drohung. Das war etwas anderes als die Geländewagen, die auf der Straße Unter den Linden neben den Demonstranten hergefahren waren. Der Anblick der Panzer und das Geräusch der rasselnden Ketten auf dem Pflaster ließen Doras Atem stocken. Vorhin hatte sie sich diese Gedanken nicht zugestanden, aber jetzt war die Erinnerung an den Krieg wieder da, an 1945, die verzweifelte Flucht vor den russischen Truppen, die Angriffe der Tiefflieger, das Krachen der

Bomben auf dem Eis, die Schreie der Menschen, ihre Todesangst. Damals hatte sie das erste Mal in ihrem Leben Panzer gesehen. Und nun erneut ... Sie spürte, wie sie zu zittern begann. Schweiß brach ihr aus allen Poren. Nie wieder, hatte sie damals gehofft. Und jetzt? Begann jetzt etwa wieder Krieg? Mit einem Schlag waren der Übermut und die Siegesgewissheit, mit der sie vorhin noch gesungen und herumgetanzt hatten, vorbei. Stattdessen spürte Dora nackte Panik in sich aufsteigen. Wie hatten sie nur denken können, dass die DDR-Führung den Protest der Leute widerstandslos hinnehmen würde? Dass die russischen Soldaten dem Treiben der Demonstranten tatenlos zusehen würden? Wohin führte das hier?

Aus der offenen Luke des ersten Panzers ragte ein sowjetischer Soldat auf, die Tellermütze mit dem roten Stern tief ins Gesicht gezogen. Reglos musterte er die Demonstranten. Neben ihm lehnte ein weiterer Russe, das Maschinengewehr lässig über der Schulter. Nichts geschah.

Doras Herzklopfen ließ etwas nach. Die Soldaten sahen eigentlich ganz friedlich aus, jedenfalls nicht so, als wollten sie sofort schießen. Solange die Luke oben offen war, konnte nicht viel passieren. Einige Demonstranten waren stehen geblieben und betrachteten den Aufmarsch eher neugierig als ängstlich, einer schob sein Moped neben den Panzern her, als wären es die gewöhnlichsten Fahrzeuge der Welt.

»Schöne Grüße nach Moskau, aber wir kommen hier allein ganz gut klar!«, rief er den Soldaten zu.

»Gehen nach Hause!«, erwiderte der Mann in der Luke in brüchigem Deutsch. Das donnernde Motorengeräusch des Panzers verschluckte seine Worte beinahe. »Befehl ist: gehen sofort nach Hause!«

Der junge Mann mit dem Moped lachte furchtlos: »Geh doch

selbst nach Hause, Iwan!« Und dann noch einmal auf Russisch: *»Idi domoy!«*

Immer mehr Demonstranten begannen den russischen Soldaten etwas zuzurufen: »Iwan, raus! Geht nach Hause! *Domoy, domoy!«*

Auch Frajo schien keine Angst vor den Panzern zu haben.

»Die schießen keine Zivilisten über den Haufen, Dora. Das können die nicht machen. Wir sind ja nicht im Krieg.«

Er winkte den Männern auf dem Panzer zu. Doch sie verzogen keine Miene. Der erste Panzer war jetzt so nahe gekommen, dass Dora dem Blick des russischen Soldaten begegnete. Er musterte sie ohne jedes Blinzeln, und ihr lief ein kalter Schauer über den Rücken.

»Bist du dir sicher, Frajo? Die sind bis an die Zähne bewaffnet. Und wir? Wir haben nichts bis auf ein paar Regenschirme.«

Er legte ihr beruhigend eine Hand auf die Schulter. »Wir sind zu viele und viel stärker, als die da denken. Die wollen uns bloß drohen. Ich lasse doch nicht zu, dass uns die Russen unsere schöne Revolution kaputt machen. Die sollen gefälligst wieder dahin verschwinden, wo sie hergekommen sind.«

Frajo ließ sie los. Er hob einen Stein vom Boden auf und trat unerschrocken auf den ersten Panzer zu. »Lasst uns in Ruhe, Russkis, haut ab nach Moskau!« Er holte weit aus und schleuderte den Stein. Scheppernd schlug er auf dem Metall des Panzers ein, während der unaufhaltsam näher rollte.

»Hör auf!«, schrie Dora. »Komm da weg! Bist du wahnsinnig geworden? Was tust du da?«

Doch er bückte sich bereits, um den nächsten Stein vom Pflaster zu holen. Ein paar andere junge Männer folgten Frajos Beispiel und begannen nun ebenfalls, Steine, Holzklötze, Flaschen, Parteiabzeichen und was sonst noch auf dem Boden lag, aufzusammeln und die Panzer damit zu bewerfen. Es wurden immer mehr, und die Leute wurden immer mutiger. Die Geschosse prasselten nur so auf die stählernen olivgrünen Kolosse. Dora konnte es nicht glauben, aber die Soldaten ließen sie gewähren. Eine Frau wagte sich nahe an den Panzer heran und schlug mit einem zusammengerollten Regenschirm auf ihn ein, bis der Schirm zerbrach. Einer der Demonstranten kletterte sogar auf einen der Panzer und setzte sich rittlings auf das Kanonenrohr. Ein anderer versuchte, die Antenne auf dem Fahrzeug abzubrechen. Immer mehr Leute strömten heran, sie schienen alle Furcht verloren zu haben, nachdem sie bemerkt hatten, dass die russischen Soldaten nicht reagierten. Jetzt waren auch wieder die Parolen zu hören: »Nieder mit der SED! Wir fordern freie Wahlen!«

Atemlos beobachtete Dora das alles. Sie konnte kaum glauben, was sie sah. Waren die russischen Soldaten tatsächlich auf ihrer Seite? Konnte man ihnen vertrauen? In diesem Moment scherte einer der Panzer aus der Kolonne aus. Erschrocken sprangen die Leute auseinander. Der Mann mit dem Moped ließ sein Rad fallen und machte nur noch, dass er wegkam. Es knirschte, knackte und krachte, als der Panzer über das Moped rollte und es plattwalzte. Dann schlug der Tank einen Haken und drehte dröhnend wieder ab, eine dicke schwarze Abgaswolke hinterlassend.

»Verdammte Schweinebande!«, brüllte Frajo und hob die zu Fäusten geballten Hände. »Was hat euch denn das Moped getan?«

Verzerrt schallte es in diesem Augenblick vom amerikanischen Sektor aus einem Megafon herüber, erst in deutscher, dann in russischer Sprache: »Schießt nicht auf deutsche Arbeiter! Schießt nicht auf eure Brüder!«

Wer von da drüben herüberrief, konnte Dora nicht erkennen. Aber die Unterstützung aus dem Westen machte ihr Mut. Sie durften nicht aufgeben. Sie waren in der Mehrheit und sie kämpften nur um das, was ohnehin in der Verfassung der DDR stand: Alle Staatsgewalt geht vom Volke aus. So hatte sie es doch neulich selbst auf das Flugblatt geschrieben. Und das Volk wollte eine Veränderung. Das war hier und heute nicht zu übersehen. Den Willen dieser vielen Zigtausenden Menschen konnten weder die DDR-Regierung noch die Machthaber in Moskau ignorieren, egal, wie viele Mopeds der Panzer plattwalzte. Sie mussten das heute zu Ende bringen. Wenn die Leute, die hier auf dem Platz standen, jetzt nach Hause gingen, wäre der ganze Aufstand vergeblich gewesen. Es gab kein Zurück mehr.

Dora legte ihre schwere Büchertasche ab, hob einen Pflasterstein auf und schleuderte ihn mit aller Kraft gegen einen Panzer. Er verfehlte sein Ziel und kollerte knapp daneben über den Boden. Sie nahm noch einen Stein auf. Diesmal traf sie. Das metallische Geräusch erfüllte sie mit unerwarteter Genugtuung. Ja, mit ihren bloßen Händen würden sie die russischen Panzer vertreiben. Dies war der Moment, in dem deutsche Geschichte geschrieben wurde. Die Menschen auf diesem Platz kämpften für die Freiheit, für die Freiheit aller in diesem Land. Auch für Curts Freiheit. Und sie, Dora Twardy, leistete ihren Teil dazu. Jeder Stein, den sie aufhob und gegen den Panzer schleuderte, brachte sie ihrem Ziel ein bisschen näher.

Doch dieser euphorische Gedanke verflüchtigte sich im nächsten Augenblick.

Der Panzer vor ihr nahm Fahrt auf. Der Offizier verschwand in seiner Luke und schlug über sich den Deckel zu. Dora hatte sich gerade gebückt, um einen weiteren Stein aufzuheben, da knatterte plötzlich und unerwartet eine Maschinengewehrsalve über den Platz. Die Leute schrien auf, stoben auseinander und flohen seitwärts in die Trümmergrundstücke und Grünanlagen des Platzes. Doch die Schüsse gingen über die Köpfe der Menschen hinweg.

»Sie feuern nur in die Luft«, schrie Frajo atemlos. »Die wollen uns nur einschüchtern. Aber wir werden nicht zurückweichen.«

Erneut schleuderte er einen Stein.

In diesem Augenblick ging eine weitere Geschosssalve nieder, und dann noch eine. Plötzlich brach Panik unter den Demonstranten aus. Gellende Schreie hallten über den Platz.

»Die schießen scharf! Bringt euch bloß in Sicherheit!« Menschen stürzten schreiend und getroffen zu Boden. Andere schleppten sich verwundet aus der Schusslinie.

»Los! Hinter die Bude.«

Frajo riss Dora am Arm mit sich. Geduckt rannten sie los, um sich hinter dem ausgebrannten Zeitungskiosk in Sicherheit zu bringen, während Schüsse über sie hinwegpeitschten. Und durch das Geräusch der niederprasselnden Geschosse war von Westen her wieder diese Stimme per Megafon zu hören: »Lasst das Schießen sein! Ihr werdet eines Tages dafür zur Verantwortung gezogen.« Und dann noch einmal: »Lasst das Schießen sein! Treibt es nicht auf die Spitze!«

Im Laufen hob Frajo eine verbogene Metallstange auf und schleuderte sie gegen den nächsten Panzer.

»Diese verfluchten -« Er stöhnte auf und begann zu taumeln. Nach ein paar Schritten sackte er zusammen.

»Frajo!«, schrie Dora. Sie konnte ihn gerade noch auffangen. Sie packte ihn unter den Armen und zog ihn mit letzter Kraft hinter das, was von dem Zeitungshäuschen übrig geblieben war. Zwei Meter hinter den verrußten und glühend heißen Mauern legte sie ihn vorsichtig auf den Boden. Frajos Hose war am linken Oberschenkel zerfetzt und blutverschmiert. »Es lebe die Revolution«, stammelte er mit schmerzverzerrtem Gesicht. Mühsam hob er den rechten Arm und formte ein V aus zwei Fingern.

»Frajo!«, schrie sie noch einmal. »Haben sie dich getroffen?«

Die Antwort erübrigte sich angesichts des vielen Blutes, das seine Hose durchtränkte. Frajo stöhnte.

»Diese verdammten Schweine. Hat es ihn erwischt?«

Zwei andere junge Männer, die gerade noch mit ihnen Steine gegen die Panzer geschleudert hatten, waren ebenfalls hinter die Ruine des Kiosks gekrochen, um hier Deckung zu finden.

»Ja, und zwar ziemlich schlimm.« Vorsichtig riss Dora Frajos Hosenbein auf und starrte auf die klaffende Schusswunde, aus der das helle Blut pulste. Einen Augenblick lang, dachte sie, ihr Magen würde sich umdrehen. Dann rief sie: »Ich muss die Blutung stoppen. Schnell. Ich brauche einen Gürtel.«

Einer der Männer zog sich den Lederriemen aus dem Hosenbund. »Hier, nimm den.«

Dora versuchte, sich in Erinnerung zu rufen, was sie vor ein paar Monaten während ihres Praktikums in der Tierklinik gelernt hatte: »Vor dem Anlegen eines Verbandes hat zuerst eine Wundreinigung zu erfolgen, die Wunde muss mit einem sterilen Vlies abgedeckt werden …« Sie meinte die Stimme des Mediziners noch zu hören, als er damals die Beinverletzung des Polizeipferdes versorgt hatte. Aber heute ging es um einen Menschen, und sie hatte nichts, um die Wunde professionell zu behandeln. Sie hatte nur einen speckigen Gürtel, und sie durfte keine Zeit verlieren. Behutsam hob sie Frajos Bein etwas an. Er stöhnte vor Schmerzen. Etwas oberhalb der Wunde schlang sie den Riemen um seinen Oberschenkel und zog ihn zu.

»Frajo«, flüsterte sie. »Mein lieber Frajo. Sei tapfer. Wir schaffen das!«

Nach einer Weile schien das Pulsieren des Blutes etwas nachzulassen. Sie spürte die Tränen kaum, die über ihre Wangen liefen. Sie sah nur ihre blutigen Hände und Frajo, der jetzt reglos in einer Blutlache auf dem Straßenpflaster lag, die Augen geschlossen. Wie war das möglich? Noch vor ein paar Sekunden hatte er fröhlich die Revolution gefeiert und war selbst gegen die russischen Panzer zuversichtlich aufgetrumpft! Und jetzt lag dieser lebensfrohe Mensch mit dem unerschütterlichen Optimismus leichenblass vor ihr. Frajo musste ins Krankenhaus. Und zwar sofort. Aber wie sollte sie in diesem Chaos hier Hilfe für ihn holen?

So plötzlich wie es begonnen hatte, hatte das Schießen aufgehört. Nur die Motoren der stillstehenden Panzer wummerten über den Platz und übertönten beinah das Geschrei der Verletzten und die Hilferufe der Leute. Von fern her klang die Sirene eines Polizeifahrzeugs oder eines Krankenwagens herüber.

Dora fasste Frajos Kopf mit beiden Händen und küsste seine Stirn. Sie war kühl, aber schweißnass. »Bleib wach, Frajo! Halt durch! Ich finde jemanden, der dich ins Krankenhaus bringt.«

Als sie seinen Kopf losließ, kippte er zur Seite. Zutiefst erschrocken stieß sie einen würgenden Laut aus.

»Hoffentlich ist es nicht schon zu spät für deinen Freund«, murmelte der Mann, der ihr den Gürtel gegeben hatte, während er Frajos Puls am Handgelenk überprüfte. »Ich spüre da nicht mehr viel.«

»Nein!« Dora schrie auf. »Er muss leben. Er darf nicht sterben. Wir schaffen das!«

Sie richtete sich entschlossen auf. Mit angehaltenem Atem lugte sie hinter dem verkohlten Häuschen hervor. Auf dem Platz bot sich ihr ein Bild des Grauens. Mehrere Menschen lagen reglos am Boden, die Kleidung rot verfärbt von Blut. Andere hielten einander weinend in den Armen. Weiter vorn zogen drei Männer einen leblosen Körper aus der Schusslinie. Er hinterließ eine Blutspur auf dem Pflaster. Neben dem S-Bahn-Aufgang kniete eine junge Frau und wickelte sich schluchzend ihr Kopftuch um eine blutende Wunde am Arm.

Mit dröhnenden Motoren und geöffneten Luken standen die Panzer nun an den Seiten des Platzes, die russischen Soldaten blickten heraus. Sie hielten ihre Gewehre mit den aufgepflanzten Bajonetten schussbereit in den Händen. Die Mündung der Panzerkanonen war auf den Westsektor gerichtet, als rechneten die Russen mit einem militärischen Gegenangriff von dort. Hinter den Panzern hatte sich eine Kompanie Soldaten aufgebaut, auch Volkspolizisten waren zu sehen. Wer geschossen hatte und von wo, vermochte Dora nicht zu sagen. Sie hatte Angst. Was würde geschehen, wenn sie die Deckung verließ?

»Bleib hier«, sagte einer der beiden Männer neben ihr. »Das hat keinen Sinn, da jetzt rauszugehen. Sonst kriegst du auch noch eine Kugel ab, wenn die gleich weiterballern.«

Dora antwortete nicht. Ihr Herz raste. Von der Leipziger Straße bog jetzt ein Mannschaftswagen der Volkspolizei auf den Platz. Dora beobachtete, wie er langsam und in einem großen Bogen über die Freifläche rollte. Die Stimme, die aus dem Lautsprecher des Fahrzeugs kam, war nicht zu überhören: »Ab sofort gilt ein Ausnahmezustand in der Stadt! Menschenansammlungen ab drei Personen sind verboten. Zuwiderhandlungen werden nach Kriegsrecht bestraft, jede Massenansammlung wird mit Waffengewalt unterbunden. Verlassen Sie diesen Platz sofort! Gehen Sie nach Hause! Ich wiederhole: Ab sofort gilt ein Ausnahmezustand in der Stadt ...«

Der Wagen kam näher. Einen Augenblick zögerte Dora. Sie warf einen letzten Blick auf Frajo, der unverändert neben ihr lag. Sie vermochte kaum mehr eine Bewegung seines Brustkorbs auszumachen. War da noch ein schwacher Atem? Noch immer sickerte Blut aufs Straßenpflaster. Es war ihr nicht gelungen, die schwere Wunde komplett abzubinden. Aber vielleicht gab es noch Hoffnung. Vielleicht konnte man ihn im Krankenhaus wiederbeleben. Sie durfte nichts unversucht lassen. Dora nahm allen Mut zusammen. Sie verließ den Schutz des ausgebrannten Häuschens, sprintete auf den Polizeiwagen zu und stellte sich ihm mit ausgebreiteten Armen in den Weg.

»Wir brauchen Hilfe!«, schrie sie. »Wir brauchen Sanitäter. Schnell! Die Russen haben scharf geschossen. Hier liegen Leute im Sterben!«

Sie machte eine Geste, die den ganzen Platz umfasste.

Einer der Polizisten kurbelte das Fenster herunter, während der Wagen langsam weiter auf sie zurollte.

»Haben Sie nicht gehört, junge Frau, Menschenansammlungen sind ab sofort verboten. Gehen Sie nach Hause! Aus dem Weg!«

Dora rührte sich nicht von der Stelle. Eine Armlänge vor ihr blieb der Wagen stehen.

»Nein, das geht nicht«, rief sie. »Mein Kommilitone, da drüben hinter dem Kiosk, der muss sofort ins Krankenhaus. Er ist angeschossen worden, er ist lebensgefährlich verletzt. Er verliert Blut. Er stirbt. Bitte, rufen Sie sofort einen Krankenwagen. Sehen Sie denn nicht, was hier los ist?«

Statt einer Antwort stieg einer der Polizisten aus dem Wagen, packte Doras Arm und riss ihn grob nach hinten.

»Sie sind festgenommen, junges Fräulein, wegen Widerstands gegen die Staatsgewalt und wegen der Beteiligung an einem faschistischen Putschversuch. Kommen Sie mit!«

»Nein!«, schrie Dora noch einmal und versuchte vergeblich, sich aus dem Klammergriff des Polizisten zu befreien. »Sie müssen dem Mann da drüben helfen. Ich weiß nicht, wie lange er noch lebt. Aber er stirbt ganz sicher, wenn er nicht sofort ins Krankenhaus gebracht wird. Und die vielen anderen auf dem Platz auch. Die Frau am S-Bahn-Aufgang, sehen Sie doch! Sie ist auch verletzt. Und der Mann da hinten. Sie müssen was tun! Sofort! Sie müssen Sanitäter rufen!«

Ihre Stimme wurde schrill vor Verzweiflung, während von der Leipziger Straße her jetzt immer mehr Mannschaftswagen der Polizei mit grellem Sirenengetöse heranrasten.

»Wer sich freiwillig an einer von westlichen Provokateuren angezettelten Konterrevolution beteiligt, muss mit den Konsequenzen leben«, erklärte der Polizist, der Doras Arme wie ein Schraubstock festhielt. »Und Sie kommen jetzt mit! Auf Hetze gegen die Deutsche Demokratische Republik steht Zuchthaus.«

Dora war für einen Augenblick wie gelähmt vor Angst und rührte sich nicht von der Stelle. Sie sah den kargen Gefängnisraum vor sich, in dem sie Curt begegnet war, und merkte, wie ihre Knie zu zittern begannen.

Auf der anderen Seite des Wagens öffnete sich eine Tür, und ein zweiter Polizist stieg aus. Für einen Moment klangen die Fetzen eines Funkspruchs aus dem Wagen: »Drei Null Acht an Zentrale, Verletzte auf dem Potsdamer Platz, wir brauchen Krankenwagen ...«

Noch bevor der zweite Polizist zu Dora herangekommen war, krachte plötzlich von irgendwoher ein Stein auf die Windschutzscheibe des Polizeiwagens und das Glas zerbarst in tausend Teile. Dora schrie auf, während der Mann neben dem Fahrzeug erschrocken in Deckung ging. Auch der Polizist an Doras Seite fuhr zusammen. Für einen winzigen Moment lockerte er den Griff. Ohne nachzudenken nutzte sie den Augenblick. Sie rutschte aus ihrer Jacke, ließ sie in den Händen des Polizisten zurück und rannte.

»Halt! Stehenbleiben!«

Ein Schuss krachte durch die Luft. Dora reagierte nicht. Hinter sich nahm sie erneut das Geräusch von Steinen wahr, die auf das Polizeifahrzeug geworfen wurden. Dann den lauten Fluch eines Polizisten. Ob er getroffen worden war? Das interessierte Dora nicht. Sie betete nur darum, dass die angeforderten Sanitäter tatsächlich bald kamen und Frajo ins Krankenhaus brachten. Sie blickte nicht mehr nach rechts oder links, sah nicht mehr nach den Leuten, die angsterfüllt um Hilfe riefen, sah nicht mehr nach den Panzern, die jetzt wieder mit rasselnden Ketten über den Platz rollten. Mit ohrenbetäubendem Rattern feuerten Gewehre erneut Salve um Salve ab, begleitet vom Kreischen und Schreien der in Todesangst flüchtenden Menschen. Wie ein Kugelhagel schlugen die Geschosse um sie herum auf das Pflaster. Dora zog so gut es ging den Kopf ein und rannte. Sie rannte, wie sie nie zuvor gerannt war, Richtung Westen. So schnell sie konnte, lief sie über das weite Ruinenfeld, den Blick fest auf die amerikanischen Soldaten gerichtet, die auf der anderen Seite des Potsdamer Platzes standen, umringt von Journalisten und Sanitätern. Nur weg aus der Todeszone, weg von den Panzern, den russischen Soldaten, den Volkspolizisten, weg aus Ostberlin.

Sie war nicht die Einzige, die versuchte zu entkommen. Vor ihr und neben ihr liefen andere Leute Richtung Westsektor, ein Mann mit einer Aktentasche in der Hand schrie kurz auf und brach zusammen. Dora sah nicht hin. War er gestolpert oder konnten die russischen Waffen so weit schießen? Wie zur Antwort spürte sie einen brennenden Schmerz im Unterschenkel, der sie kurz torkeln ließ. Aber sie lief taumelnd weiter. Nicht stürzen, nicht schlappmachen. Nur noch ein paar Meter bis zur rettenden Sektorengrenze. Wo hörte der Osten auf, wo begann der Westen? Da war der weiße Strich, der die Grenze markierte. War sie schon in Sicherheit? Plötzlich waren Soldaten neben ihr, sie sah die amerikanische Flagge an den Ärmeln ihrer Uniform. Einer fing sie auf, als Doras Knie versagten. Im nächsten Augenblick wurde es schwarz vor ihren Augen.

36.

Als Dora wieder zu sich kam, lag sie auf einer Wolldecke auf dem Straßenpflaster. Langsam öffnete sie die Augen und blickte in das Gesicht eines amerikanischen Soldaten, der sich über sie beugte. Für einen Moment war sie verwirrt.

»*Are you okay?* Alles in Ordnung?«, erkundigte er sich besorgt. »*You were injured.* Ein Sanitäter hat die Wunde an Ihrem Bein versorgt. *Luckily*, die Kugel hat Sie nur gestreift.«

»Danke.« Dora richtete sich vorsichtig auf. Um ihren pochenden Unterschenkel war ein Verband angelegt.

»Hier sind Sie in Sicherheit«, sagte der Soldat. Er kam Dora merkwürdig bekannt vor. Doch, ja, diese Zahnlücke kannte sie. Es war Mike, der US-Soldat, dem sie ab und zu am Tresen im *Chez Gigi* begegnet war.

»Wie lange war ich ohnmächtig?«, fragte sie schwach.

»*Not very long. Just a couple of minutes.* Die Erschöpfung, der Schreck ... Kein Wunder.«

Dora sah sich um. Sie hatte es offensichtlich in den Westen geschafft, aber um sie herum herrschte noch immer das reinste Tohuwabohu. Sie fragte sich, wie sie inmitten dieses Lärms hatte besinnungslos werden können. Pausenlos fuhren hier, direkt hinter der Sektorengrenze, Krankenwagen mit jaulenden Sirenen heran und wieder fort. Sanitäter verarzteten die Verletzten, die es vom Potsdamer Platz in den Westen geschafft hatten, oder verfrachteten sie auf Tragen, auf denen sie im Eiltempo in die nächste Klinik transportiert wurden. Die Luft war erfüllt von den grauen Rauch- und Dieselschwaden, die von Osten herüberwehten, vom an- und abschwellenden Gellen der Martinshörner und von den knappen Kommandos der Notärzte.

»*How do you feel?* Sollen wir Sie ins Krankenhaus bringen?«, erkundigte sich Mike. Er setzte sich neben sie auf den Bordstein.

Dora schüttelte den Kopf. »Es geht schon. Ich schätze, es gibt Menschen, die erheblich schwerer verletzt sind als ich.«

Sie sah Frajos regloses Gesicht wieder vor sich und hob den Kopf, um hinüber auf die andere Seite des Potsdamer Platzes zu blicken. Das Columbushaus stand jetzt in Flammen, helles Feuer loderte aus den Fenstern der ehemaligen Polizeiwache. Im dichten Qualm zwischen der Hochhausruine, dem S-Bahn-Aufgang und dem ausgebrannten Zeitungshäuschen waren noch immer viele Leute zu sehen. Auch die Panzer standen noch dort, ein riesiges Polizeifahrzeug näherte sich, es sah aus wie ein Wasserwerfer. Die Menschenmenge geriet in Bewegung. Polizisten und Soldaten schirmten die Sektorengrenze ab. Der Fluchtweg schien versperrt. Ob Frajo noch dort lag, wo sie ihn zurückgelassen hatte, fragte sich Dora voller Bitterkeit. Noch einmal sah sie sein regloses Gesicht vor sich. Das letzte Mal, als sie sich so hilflos gefühlt hatte, war Claras Mutter vor ihren Augen gestorben in der Bombennacht von Königsberg. Sie fühlte sich zurückversetzt in die Zeit. Hoffentlich hatte jemand Frajo ins Krankenhaus gebracht, und hoffentlich konnten die Ärzte ihn retten! Es quälte sie, dass sie ihn zurückgelassen hatte. Aber was hätte sie tun sollen? Wäre sie nicht fortgelaufen, dann hätten die Polizisten sie abgeführt und sie wäre für lange Zeit hinter Gittern gelandet. So oder so hätte sie ihm nicht helfen können.

Dora spürte, wie sich ihre Augen mit Tränen füllten. Frajo, der lustige, immer zuversichtliche Frajo, der bis zuletzt an den Umsturz geglaubt hatte! Es war undenkbar, dass er gestorben sein könnte. Nein, er musste leben! Sie drückte sich die Fäuste gegen die Augen. Warum nur waren sie nicht weggegangen, als sie die Ausschreitungen am Columbushaus gesehen hatten? Und was mochte andernorts passiert sein? Wie ging es Erich, Günther und Anneliese? Ob auch am Brandenburger Tor Panzer aufgezogen waren?

Hilflos sanken ihre Hände in den Schoß. Sie ließ die Tränen über die Wangen laufen. Wie konnte ein Tag, der so fröhlich begonnen hatte, in einer solchen Tragödie enden?

Mike reichte ihr ein frisches Taschentuch.

»*I'm so sorry!* Es tut mir leid, dass Sie das erleben mussten. *Can I help you with anything?* Soll ich Sie irgendwohin fahren?«

Zum ersten Mal sah Dora ihm richtig ins Gesicht. Mike sah besorgt aus, wenngleich er versuchte, aufmunternd zu lächeln. Er konnte ja nicht wissen, dass sie sich gerade furchtbare Sorgen um einen Freund machte. Dora nickte.

Humpelnd betrat sie eine halbe Stunde später an Mikes Seite das *Chez Gigi*. Gisela saß an ihrem Schreibtisch im Büro, als die beiden hereinkamen. Vor ihr lag ein aufgeschlagener Aktenordner, doch sie arbeitete nicht. Ihre ganze Aufmerksamkeit war dem Radioapparat gewidmet, der auf dem Aktenschrank an der Wand stand und aus dem die aufgeregte Stimme eines RIAS-Reporters berichtete, was sich gerade im Ostteil der Stadt zutrug:

»Das war mehr als ein Protest, es war der Aufstand der Gequälten. Unerbittlich gingen die sogenannten Volkspolizisten gegen die Demonstranten vor. Doch sie konnten wenig erreichen. Und dann kamen die Panzer und die Russen spielten ihre Macht aus. Auf dem Potsdamer Platz kam es zu schweren Zusammenstößen zwischen Demonstranten und rotem Militär. Mit bloßen Händen, Steinen und Knüppeln ging man gegen die T 34 vor. Ganze acht Jahre nach dem Kriegsende herrschen in Ostberlin Krieg und Kriegsrecht …«

»Mein Gott, Dora! Mike! Was ist passiert?« Gisela sah auf, als sie die beiden bemerkte. »Sag bloß, Dora, du bist auch in diese Unruhen geraten?«

Dora nickte. »Nur ein Streifschuss. Es geht schon. Ich bin vom Potsdamer Platz rübergekommen. Mike war an der Sektorengrenze im Einsatz und hat mich hergefahren.«

Gisela schaltete das Radio aus. Sie stand auf und nahm Dora in die Arme. »Was für eine schlimme Sache. Gestern haben wir alle noch geglaubt, dass sich nun alles zum Besseren wendet. Und jetzt? Im Rundfunk erzählen die Leute furchtbare Sachen. Stimmt es, dass drüben russische Panzer aufgefahren sind?«

»Ja. Erst war alles friedlich und dann begannen sie auf einmal zu schießen.« Unter Tränen berichtete Dora von den Ereignissen am Potsdamer Platz. »Ich weiß nicht, ob Frajo noch lebt«, schloss sie und begann erneut zu schluchzen. Sie fühlte sich leer, ausgebrannt und unendlich traurig.

Gisela strich ihr tröstend über die Haare. Sie seufzte tief. »Dann ist es also wahr. Sie walzen den Aufstand nieder ohne Rücksicht auf Verluste. Entsetzlich. Ich hätte das nie für möglich gehalten. Mein Gott, aber wie gut, dass du jetzt in Sicherheit bist, Dora.«

Mike war im Türrahmen stehen geblieben. »Es ist eine Katastrophe«, erklärte er düster. »*A disaster*. Die *GDR* hat die Sowjets gerufen, damit sie mit Panzern anrollen und auf ihre eigenen Leute schießen. *Their own people!* Ich weiß nicht, wie viele Tote und Verletzte es gibt.«

»Kommt«, sagte Gisela und schlug den Ordner zu. »Lasst uns rauf in meine Wohnung gehen. Du kommst auch mit, Mike. Danke, dass du Dora zu mir gebracht hast.«

Wenig später saßen sie in Giselas Küche zusammen, einem hellen Raum unter dem Dach, durch dessen Fenster das Licht des Nachmittags auf eine kleine Essecke fiel. Ein Strauß hellrosa Pfingstrosen stand in einem Porzellankrug auf dem Tisch. Wie gemütlich und friedlich es hier aussah! Die brutalen Ereignisse am Potsdamer Platz schienen so weit weg.

Gisela nahm drei Gläser aus dem Regal und eine Flasche Selterswasser aus dem Eisschrank und goss ihnen etwas zu trinken ein. Dora bemerkte, wie durstig sie nach dem langen Tag war. Mit zitternden Händen führte sie das Glas zum Mund und leerte es in wenigen Zügen. Gisela nahm Doras Hand und umschloss sie mit beiden Händen.

»Was wirst du nun tun?«

»Darüber habe ich noch nicht nachgedacht. Im Moment bin ich bloß froh, irgendwo zu sein, wo nicht geschossen wird.«

»Ja, das glaube ich dir.« Gisela seufzte. »Kriegsrecht, Ausnahmezustand, Versammlungsverbot. Und ab heute Abend neun Uhr gilt eine Ausgangssperre, haben sie vorhin gesagt. Damit werden die da drüben bald alles im Griff haben.«

»Eine Ausgangssperre?«, rief Dora erschrocken. »Das heißt, man darf dann nicht mehr auf den Straßen unterwegs sein? Oh, mein Gott. Was mache ich hier! Ich muss zurück. Wie viel Uhr ist es? Ich muss bis um neun bei den Hagemanns sein, sonst werde ich am Ende wieder festgenommen.«

»Zurück?« Gisela schrie dieses Wort beinahe und krallte ihre Finger so fest um Doras Hand, dass ihre Knöchel weiß hervortraten. »Dora, das geht nicht. Du wirst doch nicht mehr zurückgehen!«

»Natürlich, was soll ich tun, Gisela? Ich muss zurück. Ich lebe dort. In Ostberlin ist alles, was ich habe: mein Kind, mein Bruder und der Mann, den ich liebe. Dort habe ich meinen Studienplatz, die einzige Chance, Tierärztin zu werden ... Das da drüben – das ist jetzt mein Zuhause.«

Ungläubig schüttelte Gisela den Kopf. »Das ist doch kein Zuhause. Das ist ein Gefängnis, bewacht von russischen Panzern. Bleib hier, Dora. Bleib in Westberlin. Du kannst bei mir wohnen, bis du etwas Eigenes gefunden hast. Mein Sofa ist bequem genug zum Schlafen, und ich habe sogar ein eigenes Badezimmer.«

Jetzt schaltete sich auch Mike ein, der das Gespräch der Freundinnen zuletzt schweigend beobachtet hatte.

»Sie sollten froh sein, Dora, dass Sie es in den Westen geschafft haben. *You are lucky*. Ich bin mir sicher, dass Sie viele Leute auf der anderen Seite darum beneiden. Inzwischen lassen die da drüben niemanden mehr durch. *The border is closed*.«

Dora schüttelte entschlossen den Kopf.

»Das mag sein. Aber ich habe keine Wahl, Mike. Clara ist nicht bei mir. Ich gehöre dahin, wo mein Kind lebt. Ich kann hier nicht bleiben. Ich werde zurück nach Ostberlin gehen, sobald sich die Lage ein wenig beruhigt hat und das Schießen aufhört.«

»Dora.« Mikes Stimme klang eindringlich. »*I'm very worried*. Ich glaube, für Sie wird sich die Lage niemals beruhigen.«

Sie sah ihn fragend an: »Wie meinen Sie das?«

»*Well*, Sie haben uns erzählt, dass Sie Ihre Tasche und Ihre Jacke auf dem Potsdamer Platz zurückgelassen haben. Vermutlich ist ein Ausweis darin, *am I right*?«

Dora nickte, ohne zu begreifen, worauf Mike hinauswollte.

»*I'm afraid the cops are looking for you*, Dora. Ich schätze, *you are on the* ... Fahndungsliste«, fuhr er fort. »*Because of the uprising*. Die GDR hat die Grenzen dichtgemacht und kontrolliert jeden auf der

Straße. Es sind schon viele Demonstranten festgenommen worden, *thousands, or even more*. Wenn Sie in den Osten gehen, wird man Sie verhaften, Dora, und vor Gericht bringen. Oder gleich ins Gefängnis. Da sind Sie jetzt eine – wie sagt man? – Staatsfeindin. *You can't go back!*«

Ein erstickter Schrei entwich ihrer Kehle. »Was? Aber ich muss zu Clara! Ich kann doch mein Kind nicht zurücklassen!«

Dora rang nach Luft, als hätte ihr jemand einen Gurt um die Brust gelegt und fest zugeschnürt. Mikes Worte hatten sie so schockiert, dass sie nicht einmal weinen konnte. Hätte sie doch nur ihre Büchertasche nicht abgestellt! Wäre sie doch nur nicht in den Westen gerannt! Alles wäre besser gewesen, als jetzt von Clara getrennt zu sein.

»Nein«, sagte sie tonlos, immer wieder nur: »Nein. Nein.«

Mike stand auf und begann, in der Küche auf und ab zu gehen, die Hände in den Taschen seiner Uniformhose vergraben. Mit einem Ruck blieb er plötzlich stehen.

»Ich könnte das machen. *I could do that.* Ich könnte rüberfahren und das Mädchen holen. Alliierte Soldaten dürfen ohne besondere Kontrollen über die Grenze. *My boss doesn't like it*, wenn die US-Army in den Osten fährt, *especially not today*, aber ich mach es einfach. Die Russen können mich nicht festnehmen.«

»Das ... das würden Sie für mich tun?«, stammelte Dora.

Mike nickte. »*I'll try it.* Zumindest kann ich es probieren. Aber dann muss Ihr Mädchen auch noch einverstanden sein, mit mir zu kommen.«

Dora nickte mit Tränen der Dankbarkeit in den Augen. »Das wird Clara tun, wenn ich es ihr sage.« Sie blickte auf die Küchenuhr an der Wand. Es war kurz vor vier am Nachmittag. »Noch ist Clara im Hort. Es wird das Beste sein, dort anzurufen und die Erzieherin darauf vorzubereiten, dass Sie kommen, um Clara abzuholen. Fräulein Rieger ist eine sehr nette Person. Sie wird Verständnis dafür haben, dass meine Tochter bei mir sein muss. Und dann kann ich sicher auch kurz mit Clara reden.«

Gisela zuckte bedauernd die Schultern. »Ach Dora, das geht nicht. Die Telefonverbindung zwischen den Sektoren ist doch gekappt. Man kann schon lange nicht mehr vom Westen Berlins aus in den Osten telefonieren.«

Dora biss sich enttäuscht auf die Unterlippe. Doch ihr fiel etwas anderes ein: »Dann werde ich Mike einen Brief an Clara und Fräulein Rieger mitgeben und ihr darin alles erklären. Ja, so muss es gehen. Ich danke Ihnen, Mike. Ich danke Ihnen von ganzem Herzen.«

Er betrachtete sie ernst. »Hoffentlich werden uns die da drüben keinen Strich durch die Rechnung machen. Aber ich verspreche, *I'll do my best.*« Sein Blick wurde warm. »Ich mach es gern, Dora, wenn Sie dann wieder lächeln.«

»Danke, Mike. Vielen Dank.«

»Und jetzt sollten wir besser keine Zeit verlieren, bevor die Ausgangssperre beginnt und in Ostberlin die Gehwege hochgeklappt werden«, mahnte Gisela. Sie zog die Schublade auf, die sich unter der Tischplatte befand. »Hier hast du Stift und Papier, Dora. Schreib Clara, was sie wissen muss!«

Schließlich waren es zwei Briefe, die Dora Mike mitgab. Den einen, in dem sie Clara und ihrer Erzieherin kurz schilderte, was sich zugetragen hatte und dass es seine Richtigkeit hatte, in das Auto des amerikanischen Besatzungssoldaten zu steigen. Den zweiten Brief schrieb sie an Erich und die Hagemanns, damit sie sich keine Sorgen machten und wussten, weshalb sie und Clara vorerst nicht in die Villa zurückkehren würden. Mike versprach, beide Briefe auszuhändigen.

»Nun können wir nur noch hoffen«, murmelte Dora, nachdem er die Wohnung verlassen hatte.

»Er wird es bestimmt schaffen«, versicherte Gisela. »Mach dir keine Sorgen!«

Doch das war leichter gesagt als getan. Dora hatte Bauchschmerzen vor Aufregung. Nie zuvor hatten sich Stunden und Minuten in ihrem Empfinden so sehr gedehnt wie an diesem Abend. Unfähig, etwas anderes zu tun, als auf die Uhr zu schauen, wartete Dora auf Mikes Rückkehr. Es konnte doch so viel passieren! Was, wenn ihm die russischen Panzer die Durchfahrt verwehrten? Wenn Fräulein Rieger oder die Hagemanns es nicht zuließen, dass Clara in das Auto des fremden Soldaten stieg? Wenn womöglich auf den Straßen wieder Gefechte ausbrachen und Mikes Wagen in die Schusslinie geriet? Mit Clara darin? Je länger sie darüber nachdachte, desto übler wurde es Dora.

Es war schon fast acht, als es endlich an der Tür klingelte. Mit einem Schrei sprang sie vom Stuhl. Gisela riss die Wohnungstür auf und die beiden lauschten atemlos den Schritten im Treppenhaus, die sich von unten näherten. Ja, tatsächlich, da war neben schweren Männerschuhen auch das Trippeln eines Kindes auf den hölzernen Stufen zu hören. Ein paar Sekunden später ging Dora auf die Knie und schlang erleichtert ihre Arme um Clara. »Gott sei Dank. Wie bin ich froh, dass du hier bist, mein Schatz.«

»Dora, was ist los? Wieso musste ich plötzlich mit dem fremden Mann verreisen? Und die ganze Stadt ist voller Polizisten und Soldaten …«

»Ich weiß, mein Liebling, aber Hauptsache, wir sind zusammen. Es ist alles in Ordnung. Hier kann uns nichts passieren.«

»Es hat alles geklappt«, sagte Mike und wischte sich mit dem Handrücken über die Stirn. »*Everything worked out*. Es war nicht ganz einfach, aber alles ist gut gegangen.«

Dora erhob sich und umarmte auch ihn. Gisela schob sie alle in Richtung Küche und schloss die Wohnungstür.

»Ach Mike, wie kann ich Ihnen das jemals vergelten?«

»*No problem*. Ich hab es gern getan, Dora. *Honestly*. Aber hier, *look at this*! Ich habe etwas mitgebracht. Eine Sonderausgabe vom *Kurier* – hier im Westen liegt er überall aus.«

Er legte die Zeitung auf den Küchentisch. Sie hatte nur wenige Seiten. Das Titelblatt bestand praktisch nur aus einer Überschrift und einem Foto, beides im Riesenformat.

»Ein Volk steht auf!«, stand da in dicken roten Buchstaben, und unter dem Bild in etwas kleinerer Schrift: »Eine mutige Frau kämpft für ihre Freiheit.« Dora erstarrte. Auf dem Foto war sie selbst zu sehen, genau in dem Moment, in dem sie einen Stein gegen den russischen Panzer schleuderte. Sie hatte gar nicht bemerkt, dass sie dabei fotografiert worden war. Der Journalist musste vom Westen her auf den Potsdamer Platz gekommen sein, kurz bevor dort geschossen wurde. Ihr Gesicht war auf dem Bild klar und deutlich zu erkennen, an ihrer Seite bückte sich Frajo gerade nach einem weiteren Stein. Wenn es noch eines Beweises für ihre aktive Beteiligung am Aufstand bedurft hatte, hier war er. Und sie konnte sich sicher sein, dass dieses Bild auch den Männern von der Staatssicherheit nicht entgehen würde.

»It's *awful*«, sagte Mike, »aber ich befürchte, Sie werden mit diesem Bild auf den Fahndungsplakaten der *GDR* landen.«

Dora nickte stumm. Mit weichen Knien sank sie auf einen Stuhl. Sie konnte ihre Blicke nicht von Frajos Gestalt abwenden und wieder brannten Tränen in ihren Augen. Sie betete, dass es ihm besser ging.

In dieser Nacht, die sie mit der schlafenden Clara im Arm auf dem Sofa in Giselas Wohnzimmer verbrachte, fand sie keine Ruhe.

Rastlos lauschte sie dem Ticken der Wanduhr, während die Erinnerungen an die Ereignisse des Tages noch immer durch ihren Kopf wirbelten. Immer wieder sah sie Frajo vor sich, meinte das Rasseln der Panzer und das peitschende Geräusch der Schüsse zu hören. Wie hatte es so weit kommen können?

Am frühen Morgen klingelte es an der Haustür. Kurz darauf kam Gisela ins Zimmer.

»Hier ist ein Telegramm für dich.«

Was hatte das zu bedeuten? Vorsichtig, um Clara nicht zu wecken, stand Dora auf. Sie nahm Gisela das Telegramm ab, riss den orangefarbenen Umschlag auf und zog den Zettel heraus. Ihre Augen flogen über die wenigen Worte, die darauf gedruckt waren:

> hagemann mit schlaganfall im krankenhaus –
> stop – muss familie beistehen –
> stop – erich.

»Und?«, erkundigte sich Gisela, als Dora schwieg.

»Es ist von meinem Bruder«, flüsterte sie, ohne die Blicke von den dünnen Schreibmaschinenbuchstaben abzuwenden. »Er ist Gott sei Dank gesund, so wie es aussieht. Aber seinem Schwiegervater haben die Ereignisse mehr zugesetzt, als er verkraften konnte.«

Sie reichte Gisela das Telegramm.

»Oje, der arme Mann«, murmelte sie, nachdem sie es gelesen hatte. »Die arme Familie. Hoffentlich kommt er bald wieder auf die Beine.«

Dora nickte. »Ich glaube, er hatte schon länger Herzprobleme. Der große Streik heute und die Panzer, das ganze Chaos – vermutlich war das zu viel für ihn.« Sie seufzte leise. »Aber das ist nicht alles, Gisela. Wie es aussieht, wird Erich im Osten bleiben.

Dabei wäre mir ein großer Trost gewesen, wenn er und Hetti in den Westen kommen würden, nach allem, was gestern passiert ist.«

»Es ist ja noch nicht aller Tage Abend. Vielleicht versucht dein Bruder rüberzukommen, wenn es seinem Schwiegervater besser geht und sich die größte Aufregung in ein paar Wochen gelegt hat. Sie können den Ostsektor ja nicht für immer abriegeln.«

37.

Dora schrieb einen langen Brief an ihre Eltern. Gewiss hatten auch sie von dem Aufstand in der DDR erfahren und sollten sich keine Sorgen machen.

> Clara und mir geht es gut. Auch Erich und Hetti sind wohlauf. Wenngleich wir zwei sehr dramatische Tage hinter uns haben. Ich war bei den Protesten dabei, zu Tausenden sind wir durch die Straßen gezogen, zuerst voller Hoffnung und Euphorie, dass sich im Land bald alles zum Besseren wenden werde. Doch umso schrecklicher war es, als plötzlich und unerwartet die russischen Panzer heranrollten und die Soldaten rücksichtslos auf die Leute schossen. Es war furchtbar, wie im Krieg! Für einen Moment fühlte ich mich in die schlimmsten Zeiten unserer Flucht zurückversetzt. Ich hatte Glück und konnte in den Westteil der Stadt fliehen. Clara ist bei mir. Wir wohnen hier bei einer lieben Freundin. Allerdings können wir im Moment nicht in den Osten zurück, weil ich dort wegen meiner Beteiligung am Protest gesucht werde. Wie es mit meinem Studium weitergeht, steht in den Sternen …

Nachdem sie den Brief zur Post gebracht hatte, ging Dora am Nachmittag mit schwerem Herzen zur Uhlandstraße. Sie musste unbedingt erfahren, wie es Günther und Anneliese ergangen war.

Zwar wusste sie nicht, ob der Betrieb an der Humboldt-Universität nach den gestrigen Ereignissen wieder so weiterlief wie zuvor, aber wenn er heute in der Uni gewesen war, musste Günther um diese Zeit wieder zu Hause sein. Ob er etwas von Frajo wusste?

Sie war erleichtert, als nach ihrem Klingeln der Summer ging, und sie drückte die Haustür auf. Mit raschen Schritten eilte sie hinauf. Ihre Schritte hallten von den flaschengrün gekachelten Wänden des Treppenhauses wider. Günther erwartete sie an der geöffneten Wohnungstür.

»Dora!«, rief er. »Du bist das. Ich bin so froh, dass du kommst. Weißt du, wo Frajo ist? Er ist heute Nacht nicht nach Hause gekommen. Er treibt sich ja öfter mal herum, aber so lange ist er noch nie weggeblieben, ohne Bescheid zu sagen. Und an der Uni habe ich euch heute beide vermisst. Was ist denn los?«

»Du – du weißt noch nichts?«

»Nein, was denn. Sag schon! Was ist passiert? Haben sie Frajo bei der Demonstration eingebuchtet? Das sähe ihm ähnlich. Er will immer das letzte Wort haben. Ich weiß, dass er es notfalls auch mit der Volkspolizei aufnehmen würde. Hoffentlich hat er sich nicht zu viel Ärger eingehandelt. Komm rein!«

Dora folgte ihm mit bebenden Knien ins Wohnzimmer, wo zu ihrer Überraschung Anneliese auf dem Sofa saß, die Beine angewinkelt, die Arme um die Knie geschlungen. Sie sah auf, als Dora hereinkam, und lächelte.

»Na, endlich! Das wurde aber auch Zeit, dass du dich blicken lässt. Günther und ich hatten keine ruhige Minute mehr, seit wir gehört haben, was gestern da drüben noch los war. Zum Glück sind wir rechtzeitig rausgekommen. Mein Gott, war das ein Chaos. Wo wart ihr denn auf einmal geblieben, nachdem dieser Platzregen runterkam?«

Während Günther sich neben Anneliese niederließ, blieb

Dora stehen und lehnte sich mit dem Rücken an die Fensterbank. Einen Moment lang ließ sie ihre Blicke durch das Zimmer wandern, das sie zum letzten Mal in dem wunderbaren Durcheinander der Silvesterfeier gesehen hatte. Sie sah Frajo vor sich, wie er beschwipst und ausgelassen auf dem kleinen Wohnzimmertisch herumgestikulierte und die verbliebenen Gäste dazu aufrief, mit ins *Chez Gigi* zu gehen. Heute erinnerte nichts mehr an diesen verrückten Abend. Sessel, Sofa, Tisch und Stehlampe standen da, wo sie hingehörten, und alles war sauber und aufgeräumt. Nur der hölzerne Wäscheständer vor dem Wohnzimmerschrank, an dem ein paar weiße Hemden hingen, passte nicht ganz in die Ordnung. Günther und Anneliese sahen Dora erwartungsvoll an. »Also, was war bei euch gestern los?«

»Wir waren auf dem Potsdamer Platz, als die Panzer kamen.« Dora rang nach Worten. »Erst haben wir noch Steine dagegen geworfen und alles sah eigentlich ganz harmlos aus. Aber dann – dann haben sie auf einmal angefangen zu schießen. Die Russen oder die Volkspolizisten? Ich weiß nicht. Jedenfalls ... Frajo wurde getroffen. Wir haben uns noch hinter eine Bude geschleppt, und ich habe sein verletztes Bein abgebunden. Aber er hat viel Blut verloren ...«

Günther wurde blass, als sie stockte. »Und wo ist er jetzt?«

»Das weiß ich nicht«, sagte Dora leise. »Das Letzte, was ich gehört habe, war, dass die Polizei Krankenwagen zum Potsdamer Platz gerufen hat. Wir können nur hoffen, dass er rechtzeitig ins Krankenhaus gebracht wurde. Als ich versucht habe, Hilfe zu holen, wollten die Polizisten mich festnehmen. Ich konnte mich losmachen und bin in den Westen gerannt. Ich ... ich musste ihn zurücklassen. Es tut mir so leid, dass ich ihm nicht beistehen konnte. Ich hoffe so sehr ...« Sie sprach nicht weiter.

»Du meinst …« Günther schluckte. »Du meinst, er könnte – sterben?«

Dora zuckte hilflos mit den Schultern. Günther presste die Faust vor die Zähne, als müsse er mit aller Kraft verhindern zu schluchzen.

»Der schafft das!«, stieß Anneliese hervor, während sich ihre Augen mit Tränen füllten. »Frajo ist ein harter Hund. Der kommt durch.«

Günther ließ die Faust sinken und saß wie versteinert da. Anneliese schlang ihre Arme um ihn, legte ihren Kopf an seine Schultern und strich ihm übers Haar. Vertraut und voller Zärtlichkeit schmiegten sie sich aneinander, und Dora erkannte, dass Frajo recht gehabt hatte mit seiner Beobachtung. Anneliese und Günther verband sehr viel mehr als nur Freundschaft. Die beiden zu sehen, wie sie ihren Kummer und ihre Sorgen um Frajo miteinander teilten, hatte trotz allen Schmerzes über die furchtbaren Ereignisse der vergangenen Tage etwas Tröstendes für Dora.

»Kommt, ihr zwei!« Anneliese richtete sich schließlich mit einem Ruck auf. »Jetzt fahren wir rüber zur Charité und erkundigen uns nach Frajo. Bestimmt sitzt er schon mit einem dicken Verband am Bein im Bett und fragt sich, warum wir ihn nicht besuchen.«

»Es tut mir leid, aber ich kann nicht mitkommen in den Ostsektor.« Dora erklärte den beiden, was passiert war. Günther und Anneliese sahen sie erschrocken an.

»Dann kannst du nicht mehr weiterstudieren?« Günthers Stimme klang dumpf. »Das darf doch nicht wahr sein. Wie viele Zukunftsträume will dieses verfluchte Regime denn noch kaputt machen!«

»Dann bleibe ich auch hier«, sagte Anneliese entschlossen. »Ich zieh zu dir, Günther. Meine Mutter und meine Tante werden das verstehen. Und ich wette, Frajo hat auch nichts dagegen, wenn er zurückkommt.«

»Ach Anneliese. Du darfst doch nicht einfach bei mir einziehen. Wir sind doch nicht verheiratet.«

»Dann heiraten wir eben. Meinetwegen gleich morgen. Ich habe keine Lust mehr, in der DDR zu leben.«

Der Anflug eines Lächelns huschte über Günthers kummervolles Gesicht. »Du bist verrückt, Anneliese. Du kannst mir doch nicht einfach einen Heiratsantrag machen.«

»Und wie ich das kann«, erklärte Anneliese resolut. »Das hast du doch gerade gemerkt. Und? Wirst du ihn annehmen?«

Er küsste sie sanft. »Ja, natürlich werde ich. Was denkst denn du?«

Dora wandte den Blick ab. Sie fühlte sich fehl am Platz. Der liebevolle Umgang der beiden erinnerte sie daran, dass sie viel mehr verloren hatte als nur ihren Studienplatz. In diesem Augenblick sehnte sie sich so sehr nach Curt, dass ihr jede einzelne Nervenfaser wehtat.

»So, genug gekuschelt.« Anneliese stand auf und zog Günther mit sich. »Los, jetzt suchen wir Frajo.«

• • •

Seit sie das Frühstück beendet hatten, spazierte Dora in Giselas Küche hin und her, und das, obwohl ihr Bein noch immer etwas von dem Streifschuss schmerzte. Aber Dora konnte einfach nicht stillhalten. Dazu gingen ihr viel zu viele Gedanken durch den Kopf, und sie hatte das Gefühl, platzen zu müssen, wenn sie auch nur daran dachte sich hinzusetzen.

Es war Samstagvormittag, drei Tage nach der blutigen Niederschlagung des Aufstandes im Osten der Stadt.

Gisela saß noch mit einer Tasse Kaffee am Küchentisch, auf dem die Reste des Frühstücks standen. Sie war ungeschminkt, die roten Locken standen unfrisiert um ihren Kopf und sie hatte dunkle Ringe unter den Augen. Bis tief in der Nacht hatte sie unten im *Chez Gigi* an der Bar gestanden und die Getränkewünsche ihrer Gäste erfüllt. An den Freitagabenden war immer besonders viel los in ihrem Lokal. Dora wusste, dass ihre Freundin heute normalerweise bis zum Mittag im Bett gelegen hätte, um auszuschlafen, aber um ihr und Clara eine Freude zu machen, hatte sie sich den Wecker gestellt und den beiden ein großes Frühstück zubereitet. Clara lag bäuchlings auf dem Holzfußboden und war damit beschäftigt, auf der Kinderseite der Zeitung ein Bilderrätsel zu lösen. Der Rest der Zeitung lag daneben, deutlich sichtbar prangte die Schlagzeile in dicken roten Buchstaben auf dem Titelblatt:

> Trauer um die Opfer des 17. Juni. Allein in Westberliner Krankenhäusern 8 Tote und über 65 teils schwer Verletzte gezählt. Nächste Woche Staatsbegräbnis mit Bundeskanzler Adenauer.

Dora wurde schlecht, als sie die dazugehörigen Zeitungsfotos sah, Bilder von Panzern, die durch eine Menschenmenge rollten, Demonstranten, die die Fäuste ballten und Steine dagegen warfen. Erst jetzt wurde ihr wirklich klar, wie viel Glück sie gehabt hatte, da rauszukommen. Niemand hier vermochte zu sagen, wie viele Menschen in Ostberlin getötet worden waren und in den vielen anderen Städten der DDR, in denen sich die Leute ebenfalls gegen die Regierung aufgelehnt hatten. Das Einzige, was man von drüben hörte, war, dass Tausende Menschen festgenommen worden waren, denen nun lange Gefängnisstrafen drohten, wenn nicht Schlimmeres. Einige der Rädelsführer waren gleich am nächsten Tag durch ein sowjetisches Militärtribunal zum Tode verurteilt und standrechtlich erschossen worden, hatte der RIAS berichtet. Und von Frajo fehlte noch immer jede Spur. Günther und Anneliese hatten sich in der Charité vergeblich nach ihm erkundigt.

Dora öffnete das Fenster. Sie brauchte Luft. Tief einatmend stützte sie die Hände auf dem Fensterbrett ab und starrte hinaus. Gott sei Dank war Erich nichts passiert. Aber wie sollte es jetzt weitergehen mit ihr und Clara, jetzt, da sie wieder einmal vor den Scherben ihres Lebens stand? Wieder hatte sie von einem Moment auf den anderen alles zurücklassen müssen und stand vor dem Nichts. Wieder sah sie mit leeren Händen einer ungewissen Zukunft entgegen. War nicht wieder alles so wie damals 1945? Diesmal war es nicht ihre geliebte Heimat, die sie verloren hatte, aber es war die Hoffnung auf einen Neuanfang gewesen, der Glaube an ein besseres Leben, den die Panzer am Potsdamer Platz zermalmt hatten.

Sie blinzelte in die Sonne. Der Regen der vergangenen Tage hatte sich verzogen. Es war Sommer geworden. Ein paar Meter über ihr tschilpten die Spatzen auf dem Dach, und hoch oben am blauen Himmel über Berlin pfiffen die Schwalben. Unten von der Straße dröhnte der Verkehrslärm herauf, Automotoren brummten, Mopeds knatterten und gelegentlich ratterte eine Straßenbahn über die Schienen. Von irgendwoher klangen Fetzen einer Leierkastenmelodie herüber: »Rosamunde, schenk mir dein Herz und sag Ja ...« Dora erschien der Trubel in der Stadt so unwirklich. Wieso war die Welt nicht stehen geblieben? Wie konnte es sein, dass das Leben hier so munter weiterging wie immer, nach allem, was ein paar Kilometer weiter östlich passiert war?

Gisela trat neben sie und legte einen Arm um ihre Schultern.

Schweigend standen die beiden eine Weile nebeneinander und blickten auf die Dächer der Stadt. Schließlich sagte Dora:

»Die russischen Panzer zu sehen, die Schüsse zu hören, die Schreie der Verletzten, Frajo, der in meinen Armen zusammenbrach ... Das war grauenhaft. Das war wie im Krieg.«

»Es tut mir so unendlich leid, dass du da hineingeraten bist.«

»Niemand hat mich gezwungen, an der Demonstration teilzunehmen, Gisela. Aber ich war so wütend auf diese Leute, die mir Curt genommen haben. Ich wollte unbedingt dabei sein, wenn dieses Regime gestürzt wird. Und als wir da so zu Tausenden Arm in Arm durch die Straßen marschierten, da waren wir alle so sicher, dass wir es schaffen würden. Und jetzt? Ich weiß einfach nicht, wie es mit Clara und mir weitergehen soll. Vor ein paar Wochen war ich noch so glücklich, dass ich mit Curt zusammen sein und dass ich studieren konnte. Und auf einmal ist beides verloren.«

»Du bist so stark, Dora. Bitte lass den Kopf nicht hängen. Du hast doch schon ganz andere Katastrophen überstanden.« Gisela nahm die Pappschachtel mit ihrem alten Mensch-ärgere-dich-nicht-Spiel von der Anrichte, das da noch stand, nachdem sie es tags zuvor mit Clara gespielt hatten. »Wenn ich es mir recht überlege, ist es im Leben nicht viel anders als bei so einem Würfelspiel.« Sie schüttelte die Schachtel, sodass der Inhalt rappelte. »Mal geht es vor, mal geht es zurück. Aber das Spiel ist erst aus, wenn du das Ziel erreicht hast, egal, wie lange es dauert.«

»Aber was ist, wenn einer kommt und das ganze Brett mit allen Spielfiguren auf den Boden schleudert? So komme ich mir im Moment nämlich vor.«

»Dann fangen wir von vorne an«, erklärte Gisela, öffnete die Schachtel und nahm die Würfel in die Hand.

Giselas zupackende Art spendete Dora Trost. Die Freundin hatte angeboten, dass sie und Clara so lange sie wollten bei ihr wohnen bleiben durften. Um sich ein wenig Geld zu verdienen, sollte Dora öfter im *Chez Gigi* aushelfen, wenngleich sie wusste, dass Giselas Angebot aus reiner Gefälligkeit kam. Für eine weitere gut bezahlte Angestellte gab es weder genug zu tun, noch reichte das Budget ihres Geschäftes dazu. Clara hatte nichts dagegen, tagsüber mit ins Lokal zu kommen, sie war schon neugierig darauf, den Tänzerinnen bei den Proben zuzusehen. Eigentlich hätte Dora das Mädchen in Westberlin in einer neuen Schule anmelden müssen. Aber da in zwei Wochen ohnehin die Sommerferien begannen, beschloss sie, darauf zu verzichten. Wie sie wusste, passierte in den letzten Tagen vor den Zeugnissen ohnehin nicht mehr viel. Sie würde sich rechtzeitig vor dem neuen Schuljahr darum kümmern.

Von Hetti kam ein paar Tage später ein großes Paket für sie an. Sie hatte Doras und Claras Kleider, Schuhe und Zahnbürsten fein säuberlich zusammengepackt und auch das eingerahmte Foto mitgeschickt, das Josef Twardy Dora zum Abschied geschenkt hatte. Nachdenklich betrachtete sie ihr eigenes, glücklich lächelndes Gesicht unter dem Glas. »Mögen all Deine Träume Wirklichkeit werden«, hatte ihr Vater dazu geschrieben. Im Moment war sie von der Erfüllung ihrer Träume weiter entfernt denn je. Trotzdem stellte sie das Bild auf den kleinen Tisch neben dem Sofa.

Hetti hatte auch Claras Kasperlepuppen, die Zigarrenschachtel mit ihren Glanzbildern, das Brettspiel und alle Veterinärmedizinischen Fachbücher mitgeschickt, die sie im Zimmer der beiden gefunden hatte. Viele waren es nicht, denn die meisten Unterlagen für die Uni hatten sich in der Tasche befunden, die Dora bei ihrer überstürzten Flucht vor den sowjetischen Panzern auf dem Potsdamer Platz zurückgelassen hatte. Sie nahm das Wörterbuch der Veterinärmedizin in die Hände und blätterte gedankenverloren darin. Mit wie viel Stolz und Freude hatte sie sich diesen dicken Wälzer zu Beginn ihres ersten Semesters gekauft, in der glücklichen Erwartung, dass dieses Standardwerk sie durch die Jahre ihres Studiums begleiten würde. Und jetzt? Was sollte sie nun damit anfangen?

Notfalls können wir das Papier zum Anfeuern des Ofens benutzen, dachte sie bitter und legte das Lexikon zur Seite. Dann faltete sie das Brieflein auseinander, das auf den Kleidern im Karton gelegen hatte. Es war von Hetti.

> Ich bin froh, dass es Euch gut geht. Wenngleich es mir leidtut, dass auch Ihr nun nicht mehr bei uns seid. Das Haus ist so leer auf einmal. Ein Tag nur und plötzlich ist alles anders. Mein Vater liegt noch immer im Krankenhaus. Die Ärzte befürchten, dass er auf immer ein Pflegefall bleiben könnte. Es ist zum Heulen. Ich wünsche Euch alles Glück der Welt!
>
> P.S. Herzliche Grüße auch von Erich.

Dass ihr Bruder nicht selbst ein paar Zeilen an sie geschrieben hatte, wunderte Dora. Aber vermutlich ging es in der Niederschönhausener Villa nach dem Schlaganfall von Herrn Hagemann gerade drunter und drüber.

• • •

»Drei Sekt, drei Coca-Cola und ein Schälchen Salzgebäck«, gab Egon, der Oberkellner im *Chez Gigi*, die Bestellung seiner Tischgäste an Dora weiter. Neun Tage waren vergangen seit den Unruhen in Ostberlin, und an diesem Abend stand Dora hinter der

Theke und half Gisela dabei, Getränke in Gläser zu füllen. Solange sie dazu nur Flaschen öffnen musste, war das kein Problem. Inzwischen kannte sie den Unterschied zwischen Scotch und Bourbon und war in der Lage, den Korken aus einer Sektflasche zu ziehen, ohne dabei eine Schaumfontäne auszulösen. Das Mixen von komplizierten Drinks, in denen die unterschiedlichsten alkoholischen Getränke in genau austarierten Mengen zusammengegossen, gerührt oder geschüttelt und zudem noch mit bunten Papierschirmchen, Strohhalmen und Orangen- oder Ananasscheiben dekoriert wurden, überließ sie allerdings weiterhin Gisela. Dora hatte gern zugesagt, als Gisela sie darum gebeten hatte, ihr an diesem Abend an der Bar auszuhelfen, nachdem einer der Kellner sich am Nachmittag kurzfristig krankgemeldet hatte. »Nur zwei Stunden, solange der Ansturm am größten ist.«

Clara machte es nichts aus, eine Weile allein in der Wohnung zu bleiben, da sie ohnehin das große Puzzle fertig legen wollte, das Gisela ihr vor ein paar Tagen geschenkt hatte. Und Dora musste sich eingestehen, dass sie die laute Musik und den Trubel um sich herum mochte, weil er sie von ihren schweren Gedanken ablenkte, die an ihr nagten, sobald sie allein mit sich war. Manchmal sah sie Curts Gesicht vor sich und fragte sich, was sie tun konnte, um ihn wiederzusehen. Er befand sich nur wenige Kilometer von ihr entfernt, und doch war er so unerreichbar weit weg, als säße er auf dem Mond.

Es war Freitagabend kurz nach neun, und wie immer um diese Zeit strömten die Leute ins Lokal. An der Bar war kaum mehr ein Stehplatz frei, auf der Tanzfläche drehten sich die Paare im Rhythmus des Swing und auf den Tischen blinkten die roten Lämpchen der Flirt-Telefone. An einem der Tische hatte sie Mike entdeckt. Er saß dort mit einigen anderen US-Soldaten, und Dora wäre gern zu ihm hingegangen, um ihm gute Unterhaltung und viel Spaß zu wünschen, aber sie war an der Theke so beschäftigt, dass sie ihm nur schnell zuwinken konnte.

»Bitte schön!« Dora stellte eine Schale mit gerösteten Erdnüssen zu den sechs Gläsern und schob Egon das Tablett mit der gewünschten Bestellung zu. Sie wollte sich gerade dem nächsten Kellner zuwenden, der schon darauf wartete, die Wünsche seiner Tischgäste weiterzugeben, da fiel ihr Blick auf einen Besucher am Ende des Tresens, der gerade erst hereingekommen war. Sie musste zweimal hinsehen, bis sie ihren Augen traute. Tatsächlich. Es war Erich. Doch der Freudenschrei erstickte in ihrer Kehle. Er war nicht allein gekommen. An Erichs Seite stand Herr Jatzke. Dora schluckte. Was hatte ihr Bruder mit diesem Mann aus dem Ministerium für Staatssicherheit zu tun? Und was taten die beiden Männer hier in Giselas Lokal? Das war gewiss kein Zufall.

Nach einem entschuldigenden Blick auf den wartenden Kellner trat sie auf die beiden zu.

»Erich, Herr Jatzke! Was für eine Überraschung!« Sie nahm Erichs Hand. »Ich bin so glücklich, dich hier zu sehen.«

»Guten Abend, Dora. Ja, es ist schön, dass es dir gut geht.«

Erichs Stimme klang merkwürdig. Er sprach mit ihr wie mit einer entfernten Bekannten. Ob das an seiner Begleitung lag? Dora betrachtete ihren Bruder prüfend. In Erichs Augen lag eine so tiefe Erschöpfung, wie sie es nie an ihm gesehen hatte, nicht in der traurigsten Zeit des Krieges, nicht in bittersten Tagen der Nachkriegszeit.

»Alles in Ordnung mit dir?«, fragte sie leise.

Er nickte nur. Aber Dora wusste, dass er nicht die Wahrheit sagte. Misstrauisch sah sie zu Herrn Jatzke hinüber und begegnete seinem dunklen Blick.

»Was kann ich Ihnen zu trinken bringen?«, fragte sie wie mechanisch.

»Nichts, danke«, kam seine Antwort. »Wir sind nicht hier, um uns zu amüsieren, Fräulein Twardy. Wir müssen mit Ihnen sprechen.«

»Wir?«, fragte Dora irritiert, und ihre Blicke wanderten zwischen Erich und dem Mann vom Ministerium hin und her.

Herr Jatzke nickte. »Ihr Bruder hat Ihnen etwas zu sagen.« An Erich gewandt fügte er hinzu: »Fünf Minuten. Ich warte draußen im Wagen auf Sie.«

Mit diesen Worten drehte er sich um und ging aus dem Lokal.

»Erich!«, flüsterte Dora erschrocken. »Was ist los? Was hast du mit diesem grässlichen Menschen zu tun?«

»Nichts ist mehr wie früher, Dora. Du musst das verstehen.« Einen Augenblick zögerte er, als suchte er nach den richtigen Worten, während die Kapelle im Saal einen flotten Boogie-Woogie anstimmte. Auf der Tanzfläche brandete übermütiges Gelächter auf. Es war so laut, dass Dora nur mit Mühe verstehen konnte, was Erich ihr sagte. Die Stimmung im Lokal passte so gar nicht zu seiner ernsten Miene.

»Man hat mich befördert. Sozusagen. Ich bin seit gestern beim Ministerium für Staatssicherheit der DDR angestellt.«

»Was? Aber Erich! Wie kann das sein? Wie kannst du mit einer Regierung zusammenarbeiten, gegen die du vor ein paar Tagen noch auf die Straße gegangen bist?«

»Ich hatte keine andere Wahl. Die Staatssicherheit hat mir das Messer auf die Brust gesetzt. Wenn ich mich geweigert hätte, dann wäre ich wegen der Beteiligung am Aufstand womöglich für den Rest meines Lebens ins Gefängnis gekommen.«

»Mein Gott. Die Staatssicherheit also …« Sie sah die Erklärung vor sich, die sie im *Café Margot* vor ein paar Monaten noch selbst unterschrieben hatte. Es schien ihr eine andere Zeitrechnung gewesen zu sein. »Und jetzt? Was wirst du tun?«

Dora ahnte die Antwort, noch bevor Erich sie aussprach: »Sie nennen es Aufklärung. Die Regierung will ab sofort auf dem Laufenden sein, was die Stimmung in der Bevölkerung angeht. Ich soll mich unter den Leuten auf der Baustelle umhören und melden, sobald wieder irgendwelche staatsfeindlichen Aktionen geplant werden.«

»Also deine Kollegen ausspionieren und verpfeifen?«

Er antwortete nicht.

»Aber du bist einer von den Guten. Du bist kein Spitzel.« Dora griff nach seinem Arm und schüttelte ihn. »Warum bleibst du nicht hier? Hier bist du sicher. Niemand kann dich zwingen, in die DDR zurückzugehen.«

»Nein, Dora, das geht nicht. Ich kann doch Hetti nicht zurücklassen. Sie ist meine Frau, ich liebe sie. Und dann .... Sie ist schwanger, weißt du.« Für einen Moment lag ein bitteres Lächeln in seinem Gesicht. »Wir bekommen Anfang des Jahres endlich ein Kind.«

»Ach Erich ...« Doras Stimme versagte. Sie brachte es nicht über die Lippen, den beiden zu gratulieren, sosehr sie sich auch über die unerwartete Nachricht freute. Dazu war das, was Erich ihr gerade erzählt hatte, zu bedrückend.

»Wir wissen es selbst erst seit ein paar Tagen. Wir werden eine Familie sein, Dora. Ich habe doch Verantwortung für die beiden. Und für meine Schwiegereltern. Hettis Vater ist nach dem Schlaganfall gelähmt und wird nie mehr richtig sprechen können. Hetti und ihre Mutter müssen sich um ihn kümmern. Sie können nicht weg aus Ostberlin, und sie brauchen mich. Ich gehöre zu ihnen.«

Dora nickte mit einem trockenen Gefühl im Hals. Sie dachte an Curt und Clara, die einander kaum kannten.

»Dann war also alles vergeblich«, stellte sie fest. »Deine Flugblätter, die Demonstrationen, die Steine gegen die Panzer ...«

Erich zuckte müde mit den Schultern. »Es ist aus mit der kurzen Freiheit. Jetzt müssen wir uns mit den Gegebenheiten abfinden und das Beste daraus machen. Sei froh, dass du es geschafft hast rauszukommen. Und dass du Clara zu dir holen konntest. Immerhin hat Jatzke mir erlaubt, dass ich kurz herkommen und mich noch von dir verabschieden kann. Mir ist es nämlich in Zukunft verboten, in den Westen zu reisen. Sie haben mir den Ausweis abgenommen. Ich weiß nicht, wann wir uns wiedersehen werden, Dora. Pass immer gut auf dich auf!«

Dora kam hinter dem Tresen hervor und umarmte Erich so fest, dass ihr die Arme schmerzten.

»Und ich war gerade noch so erleichtert, als ich dich sah, weil ich dachte, du hättest dich nun auch in den Westen abgesetzt. Erich, mein Brüderchen, ich bin stolz auf dich, weil du immer so mutig warst. Du bist es immer noch. Es wäre übermenschlich, etwas anderes von dir zu verlangen. Ich wünsche euch alles Glück der Welt, dir und Hetti und dem Kind. Du musst mir ganz oft schreiben!«

Er nickte und sie sah, dass auch er mit den Tränen kämpfte. »Ich glaube ganz fest daran, dass es irgendwann wieder ein einziges, friedliches Deutschland geben wird und spätestens dann werden wir alle wieder zusammenkommen.«

Doras Herz wurde schwer bei seinen Worten. »Hoffentlich dauert es nicht so lange bis dahin! Auf Dauer kann sich kein Regime gegen den Willen seiner Bürger an der Macht halten.«

»Leb wohl, Dora.«

Mit einem Ruck wandte er sich ab. Stumm sah Dora ihm nach, wie er zur Tür ging und das Lokal verließ, ohne sich noch einmal umzudrehen. Sie musste sich am Tresen abstützen, weil sie spürte, wie sich ihre Knie in Pudding zu verwandeln schienen. Wann würde sie ihren Bruder wiedersehen?

Der ungeduldige Blick des Kellners traf sie, und Dora ging zurück an ihren Platz hinter dem Tresen. Fahrig erledigte sie ihre Arbeit, entkorkte Weinflaschen und stellte die passenden Gläser bereit. Bisweilen goss sie etwas daneben und einmal fiel ihr sogar ein Glas aus der Hand und zerschellte auf dem Boden.

»*Are you okay?*«

Ohne dass sie ihn bemerkt hatte, war Mike zu ihr getreten. »*You look pale.* Sie sehen so blass aus, Dora.«

»Nein, nein, es geht schon.«

Die Sache mit Erich war zu kompliziert, um ihm alles zu erklären.

»Sie sollten mal an die frische Luft gehen.«

Dora richtete sich auf und strich sich eine Strähne aus der Stirn. Sie versuchte zu lächeln. »Dazu habe ich keine Zeit, Mike. Ich habe Gisela versprochen, an der Bar auszuhelfen, bis der erste Schwung der Gäste bedient ist. Die Leute warten auf ihre Getränke.«

»Das meine ich nicht. Ich meine am Wochenende, *on a Sunday afternoon.* Wir könnten einen Spaziergang im Grunewald machen oder am Wannsee. Und dann irgendwo einen Kaffee trinken und Kuchen essen. *Or ice cream, if you prefer.* Vielleicht möchten Sie Ihr kleines Mädchen mitnehmen? Ich glaube, Sie brauchen ein bisschen ... *enjoyment*, ein bisschen Unterhaltung, und ich würde mich freuen, wenn ich Sie dabei begleiten dürfte.«

Dora starrte auf seine Zahnlücke. »Sie meinen, Sie und ich ...?«

»*Yes.* Sie und ich, wir könnten einen kleinen Ausflug zusammen machen. Ich denke, es wird Ihnen guttun, sich einfach nur die Sonne auf den Kopf scheinen zu lassen und sich zu amüsieren. *You should have some fun.* Sie sollten mal wieder auf andere Gedanken kommen. Ich sehe Ihnen doch an, dass Sie sich Sorgen machen. *I miss your smile.*«

Dora ließ den Korkenzieher sinken, mit dem sie gerade eine Weinflasche hatte öffnen wollen. Es schien plötzlich so verlockend: ein Sonntag am See, ein paar Stunden lang einfach nur Spaß haben, an nichts anderes zu denken, als dass sie jung war und lebte und dass die Sonne schien. War das so abwegig? Weder an Erichs noch an Curts Situation würde sich etwas ändern, wenn sie an ihrem freien Tag traurig und verbittert zu Hause blieb. Und Clara würde es lieben, einen Ausflug zu machen. Es konnte nichts Verkehrtes daran sein. Der abermalige Verlust ihres Zuhauses, ihrer neuen Familie und ihrer gerade gewonnenen Freundinnen schmerzte sie sehr. Seit Tagen aß sie wenig und lustlos und war kaum mehr vor die Tür gekommen.

»Ja, warum nicht«, hörte sie sich antworten.

»Dann haben wir ein *Date. Fine.* Ich hole Sie ab. Sagen wir um drei?«

Dora nickte. Auch wenn es nur ein paar flüchtige Stunden am Sonntagnachmittag waren, die keines ihrer Probleme lösen würden: Trotz allen Kummers hielt das Leben noch immer ein paar unerwartete Glücksmomente bereit.

38.

Mike erwartete sie zwei Tage später vor dem Haus in einem großen babyblauen Straßenkreuzer, der vor Chrom nur so blitzte. Dora versank im weißen Lederpolster des Beifahrersitzes. Die Rückbank war so breit, dass Clara beinahe ausgestreckt darauf hätte liegen können. Begleitet von der Jazzmusik des amerikanischen Soldatensenders AFN, die aus den Lautsprecherboxen dröhnte, kurvten sie durch Berlin. Der Fahrtwind zog durch die heruntergekurbelten Fenster und zerzauste Doras Haar, aber es störte sie nicht. Sie drehte sich zu Clara um und sah, wie sie lächelte. Das Mädchen freute sich über den unerwarteten Ausflug. Wie sehr hatte sie sich nach den Wirren und Ängsten der letzten Zeit ein paar schöne Stunden verdient.

Der Wannsee sah aus wie auf der Postkarte, die Dora damals am Tag ihrer Aufnahmeprüfung an Clara geschickt hatte. Das blaue Wasser war weiß gesprenkelt von Segelbooten, Möwen flogen kreischend einem Ausflugsdampfer hinterher, der, mit flatternden bunten Wimpeln geschmückt, seine Bahn zog, und im Strandbad lärmten die Badegäste. Dora liebte den Geruch nach Schlamm, Schilf und Entengrütze, das flirrende Licht über dem See. Wolken spiegelten sich auf der Wasseroberfläche.

Es war Mikes Idee gewesen, sich ein Tretboot auszuleihen und gemütlich am Ufer entlangzuschippern. Ein Sommertag wie im

Bilderbuch, dachte Dora, während sie das Gesicht in die Sonne hielt und ihre rechte Hand durch das kühle Wasser gleiten ließ. Mit der anderen Hand hielt sie das Steuerrad, während Mike die Pedale trat. Clara saß auf der Bank hinter ihnen und trällerte fröhlich und gedankenverloren das Lied der Pioniere vor sich hin. Ihre hellen Locken verschwanden beinahe unter Mikes großer Baseballkappe, die er ihr auf den Kopf gesetzt hatte, damit sie keinen Sonnenstich bekam.

»Es tut so gut, wieder einmal aus der Stadt herauszukommen«, gestand Dora ihm. »Sie hatten recht. Ich habe gar nicht mehr daran gedacht, wie sehr mir die Natur gefehlt hat inmitten der vielen Mauern und des Straßenlärms. Es ist, als könnte ich hier freier atmen. Ich bin ja auf dem Land aufgewachsen und das Großstadtleben eigentlich gar nicht gewohnt.«

»Gisela sagt, Sie kommen auch aus *East Prussia*?«

Dora nickte, erleichtert, über etwas anderes zu reden als die schlimmen Ereignisse der letzten Woche.

»Ja, aus Ostpreußen, ich kenne Giselas Heimatstadt Königsberg gut. Ich musste gerade daran denken, wie ich da vor vielen Jahren einmal mit einem Ruderboot über den Schlossteich gefahren bin …« Sie schluckte in der Erinnerung an einen längst vergangenen, wunderbaren Sommer.

Mike hörte zu, dann erzählte er von sich, wie er das Kriegsende in Westdeutschland erlebt hatte, wie er im Frühjahr 1945 durch die zerbombte Stadt Kaiserslautern gefahren war und vom Panzer aus Kaugummi und Schokolade an die Kinder am Straßenrand verteilt hatte, wie er vor drei Jahren dann nach Berlin versetzt wurde, um die Freiheit im Westteil der Stadt gegen die Russen zu verteidigen, wie er das nannte. Eigentlich kam er aus Colorado, einem Ort nahe der Rocky Mountains im Westen der USA.

»Und hast du auch ein Kind?«, platzte Clara heraus.

»*No.*« Mike grinste. »Ich bin nicht verheiratet. Aber meine *Mom* lebt da noch und fragt sich, wann ich wieder nach Hause komme.«

»Und wann fährst du nach Hause?«, erkundigte sich Clara unverblümt.

»*I don't know yet.* Ich weiß es noch nicht. Das wird sicher noch eine Weile dauern.«

Bei diesen Worten sah er Dora an. Seine Zahnlücke blitzte auf und eine unerwartete Wärme lag in seinem Blick.

Dora lächelte verlegen zurück, dann wandte sie sich ab und beobachtete einen Schwan, der neben dem Boot übers Wasser zog. Es wäre so einfach. Es wäre so einfach, sich jetzt an Mikes Schulter zu lehnen und einen Schlussstrich unter ihr bisheriges Leben zu ziehen. Er war ein guter Kerl, Clara mochte ihn. Und er war hier, saß leibhaftig neben ihr. Sie könnte jetzt seine Hand nehmen oder ihn küssen. Sie könnte jeden Sonntag mit seinem schicken Cadillac heraus an den Wannsee fahren oder sonst wohin, sie könnten spazieren gehen oder schwimmen oder ins Kino ... Mike war wirklich da, und nicht nur jemand, von dem sie träumte. Sie könnte all ihre unerfüllten Sehnsüchte vergessen und einfach nur die Frau an seiner Seite sein. Aber das war es nicht, was sie wollte. Nein, so leicht würde sie nicht vergessen können.

»Da ist ein Café am Ufer!« Claras Aufschrei riss Dora aus ihren Gedanken. »Da gibt es Eis. Mit kleinen Schirmchen drauf. Ich sehe es genau. Und ein paar Tische sind noch frei. Oh, bitte, können wir da ein Eis essen gehen?«

»*Aye aye, Ma'am!*« Mikes rechte Hand schnellte mit ausgestreckten Fingern gegen seine Schläfe. »Befehl wird umgehend ausgeführt. Nehmen Kurs auf Eiscafé.«

Clara machte ihm die militärische Geste nach und quiekte dabei vor Vergnügen. Dora gab ihr einen Kuss. Es gab nichts Schöneres, als Clara lachen zu sehen.

Später aßen sie auf den Wannseeterrassen Schokoladeneis und Pfirsichkuchen mit Sahne, bestaunten den Panoramablick über den See bis zum Ufer der Pfaueninsel, und als der blaue Cadillac am Abend vor dem *Chez Gigi* anhielt, konnte Dora sich nicht mehr erinnern, wann sie zum letzten Mal einen so schönen Tag erlebt hatte.

»Soll ich dir helfen, die Kleine hochzutragen?«

Mike sagte das mit einem Blick auf die Rückbank, wo Clara lag und schlief. Die Baseballkappe war ihr vom Kopf gerutscht. Beim Sundowner, wie Mike das letzte Glas Limonade vorhin am See genannt hatte, waren sie zum Du übergegangen.

»Nein, danke. Das ist nett von dir, aber dazu ist sie zu groß. Ich wecke sie besser auf. Es ist ja auch schon so spät geworden, du müsstest sicher längst zurück in der Kaserne sein, oder?«

»Ist okay, wenn ich heute Ärger mit meinem Boss bekomme.«

»Vielen Dank für alles, das war ein sehr schöner Ausflug.«

Sanft schüttelte Dora Claras Schulter, bis sich das Mädchen schläfrig aufrichtete. »Aufwachen, Liebes! Wir sind zurück.«

»Dora, wann sehe ich dich wieder?«, fragte Mike. »*When will I see you again?*«

»Ich weiß es nicht.«

»Ist es in Ordnung, wenn ich nächsten Freitag wieder ins Lokal komme? *Will you be there?*«

Dora nickte. »Ich denke schon.«

Mike war ebenfalls ausgestiegen und um den Wagen herumgekommen, um sie zu verabschieden. Sie reichte ihm etwas steif die Hand.

»Gute Nacht, Mike, dann bis Freitag. Ich freue mich.«

»Ich auch. *Good night*! Schlaft gut, ihr zwei. Es war schön mit euch.« Er wuschelte mit der Hand durch Claras Locken. Sie gähnte ungeniert.

Der Hinweis auf Claras Größe war nicht der eigentliche Grund gewesen, weshalb Dora es abgelehnt hatte, dass Mike ihr das Mädchen in die Wohnung trug. Sie hatte verhindern wollen, dass er mit hineinkam. Es wäre ihr zu vertraulich erschienen, diesen Abend mit Mike in Giselas Küche oder in ihrem Wohnzimmer zu beschließen. Am Ende wären sie sich dabei nähergekommen, als ihr lieb war. Auch wenn sie keinen Alkohol getrunken hatte, sie fühlte sich trotzdem wie beschwipst.

Clara hakte sich bei Dora unter und sie stiegen langsam die Treppen hinauf. Sie hatten gerade den dritten Treppenabsatz erreicht, als dort eine Wohnungstür einen Spalt weit aufging und eine alte Frau in den Flur herausblickte.

»Guten Abend!«, murmelte Clara schlaftrunken.

Die Frau sah das Mädchen gar nicht an.

»Also ist es wahr, dass Sie jetzt da oben wohnen?«, herrschte sie Dora grußlos an.

»Ja, zumindest vorübergehend.« Dora bemühte sich freundlich zu bleiben. »Mein Name ist Dora Twardy und das ist Clara. Auf eine gute Nachbarschaft!«

Die Frau ging auf Doras höflichen Tonfall nicht ein.

»Sie leben da bei dieser rothaarigen Dirne? Ich sage Ihnen, diese Person ist kein Umgang für kleine Mädchen. Verdorben bis ins Mark ist sie.«

»Aber keineswegs!«, erwiderte Dora erschrocken. »Gisela ist ein herzensguter Mensch. Ich habe ihr so viel zu verdanken, und wir sind sehr glücklich, dass sie uns ein Dach über dem Kopf bietet.«

»Da sollten Sie sich aber ganz schnell ein anderes Zimmer

suchen. Waren Sie schon einmal in dem Lokal, das dieses Frauenzimmer da unten betreibt? Es ist eine Schande! Jawohl, eine Schande für das ganze Haus. Was man so hört: Da rekeln sich nackte Frauen zu unanständiger Musik und jeder Mann kann sich eine per Telefon zu sich bestellen. Widerwärtig! Ich frage mich, weshalb die Polizei dieses Etablissement noch nicht geschlossen hat.«

»Aber – Frau Fiebelkorn«, rief Dora nach einem raschen Blick auf das Klingelschild neben der Tür. »Sie irren sich. Das *Chez Gigi* ist ein Tanzlokal, das ist alles. Die Frauen, die dort gelegentlich vortanzen, sind durchaus bekleidet, zumindest mit dem Notwendigsten. Und was die Telefone anbetrifft, da geht es nur darum, mit anderen Gästen zu plaudern. Es ist lustig und eigentlich ganz harmlos.«

»Harmlos!« Die alte Frau schnaubte. »Verboten gehört das. Und Sie sollten sich dringend von dieser unzüchtigen Person fernhalten, Sie und vor allem das kleine Mädchen. So etwas ist kein Umgang für anständige Leute.«

Ohne ein weiteres Wort schlug sie die Tür vor den beiden zu.

»Die ist aber gar nicht nett«, stellte Clara fest, während sie die letzten Treppenstufen erklomm. »Bestimmt kennt sie Gisela überhaupt nicht.«

Dora seufzte, als Gisela die beiden an ihrer Wohnungstür willkommen hieß. »Ich glaube, wir haben gerade eine spezielle ›Freundin‹ von dir kennengelernt. Frau Fiebelkorn im dritten Stock …«

»Kommt rein! Oje, die alte Kriegswitwe. Sie hasst mich. Hat sie wieder behauptet, dass mein Lokal der Vorhof zur Hölle ist?« Gisela lachte. »Man darf die Frau nicht zu ernst nehmen. Im Grunde kann sie einem leidtun. Sie meckert nur, weil sie sonst nichts und niemanden hat. Lasst euch von der alten Schachtel bloß nicht die gute Laune verderben. Gut seht ihr übrigens aus. Kann es sein, dass ihr einen wunderbaren Tag hattet?«

Dora vergaß die unerfreuliche Begegnung mit Frau Fiebelkorn bald wieder. Sie hatte genug andere Sorgen. Sie musste ihr neues Leben organisieren, sie brauchte einen Job und langfristig ein eigenes Dach über dem Kopf. Sie hatte keine Zeit, sich über griesgrämige Nachbarinnen zu ärgern.

• • •

Am nächsten Tag erfuhr Dora schwarz auf weiß, dass die Humboldt-Universität sie exmatrikuliert und auch ihr Stipendium gestrichen hatte.

»Aufgrund Ihrer Beteiligung an einem vom Westen gesteuerten, faschistischen Putschversuch erlischt die Zulassung zum Studium in der Deutschen Demokratischen Republik ebenso wie die finanzielle staatliche Unterstützung«, hieß es in dem kurzen Schreiben, das Erich an sie weitergesandt hatte, nachdem die Universitätsleitung es an ihre alte Adresse bei den Hagemanns geschickt hatte.

Dora biss sich auf die Lippen. Sie hatte nicht damit gerechnet, dass die Humboldt-Universität so schnell auf die Ereignisse vom 17. Juni reagierte. Normalerweise wäre in diesen Tagen der Scheck mit dem Geldbetrag für den nächsten Monat gekommen. Der Blick in ihre Börse zeigte Dora, dass ihre finanzielle Lage mehr als angespannt war. Wovon sollte sie leben, wenn die Zahlungen des Stipendiums ausblieben?

Gern hätte sie Clara einen Badeanzug gekauft, damit sie am Wochenende ins Strandbad am Wannsee fahren und sich für ein paar Stunden von der Gluthitze in den Mauern der Stadt erholen konnten. Mike hatte das vorgeschlagen. Aber für einen solchen

Luxus reichte ihr Geld nicht. Es war bitter für Dora zu sehen, wie enttäuscht das Mädchen darüber war und gleichzeitig so bemüht, sich ihren Kummer nicht anmerken zu lassen. »Dann fahren wir eben im nächsten Sommer zum Baden«, sagte Clara und schluckte tapfer ihre Tränen hinunter.

Dora musste sich etwas einfallen lassen. Das bisschen Geld, das sie im *Chez Gigi* verdiente, reichte nicht aus für ein Leben in Berlin. Und sie kannte die finanziellen Verhältnisse ihrer Freundin durch die Arbeit im Büro des *Chez Gigi* gut genug, um zu wissen, dass Gisela es sich auf Dauer nicht leisten konnte, auch noch für sie und Clara zu sorgen. Außerdem kam es für Dora nicht infrage, sich von ihr durchfüttern zu lassen.

Eine Rückkehr nach Wielenstedt war auch keine Option, denn von ihren Eltern hatte Dora erfahren, dass sie den Stübeckhof Ende des Sommers verlassen mussten. Auch dort hatte sich inzwischen einiges geändert. Kurz nach Mariannes Hochzeit waren die Zwillinge ihrer eigenen Wege gegangen. Nur schweren Herzens hatten sich die Brüder nach ihrem Schulabschluss voneinander getrennt: Während Klaus in die Fußstapfen seines Vaters trat und in der Nähe von Osnabrück eine Ausbildung zum Landwirt begann, hatte sich der abenteuerlustige Arno dafür entschieden, zur See zu fahren. Nachdem Marianne und die beiden Jungen ausgezogen waren, hatte das zuständige Amt befunden, dass die bisherige Wohnung zu groß für die Eltern war. Dort sollte nun eine Familie mit vier Kindern einziehen, während den Twardys eine der sogenannten Nissenhütten am Ortsrand von Wielenstedt zugewiesen worden war. Dora kannte diese kleinen Notbehausungen aus Blech, von denen Dutzende auf einem Brachfeld am Rande der Landstraße aufgereiht waren wie überdimensionale, halbiert liegende Konservendosen. Bis zu zehn Personen teilten sich eine solche Baracke, die nur mit dem Allernötigsten ausgestattet war, zwei Familien, getrennt durch eine dünne Bretterwand oder einen Vorhang. An Privatsphäre war nicht zu denken, Stimmen, Husten, Schnarchen, jedes Geräusch erlebte die andere Seite jeweils hautnah mit. Durch die nicht gedämmten Wände verwandelten sich die Wellblechhütten im Sommer in einen Glutofen, im Winter würde der Frost eindringen. Dora vermochte sich nicht vorzustellen, dass ihre Eltern, die die meiste Zeit ihres Lebens in einem großen, komfortabel eingerichteten Gutshaus verbracht hatten, in Zukunft so armselig leben würden. Allein der Gedanke daran trieb ihr Tränen des Bedauerns in die Augen. Und für sie und Clara war dort ganz sicher kein Platz mehr.

Auch von Christel und Onkel Herrmann war keine Hilfe zu erwarten, wie Dora erfuhr, als sie allen Mut zusammennahm und vom Telefon in Giselas Büro aus bei ihnen anrief.

»Es tut mir so leid, was dir zugestoßen ist und dass ich mein Versprechen nicht einhalten kann.« Christel schluchzte beinahe ins Telefon. »Du kannst dir nicht vorstellen, was bei uns gerade los ist. Herrmanns Galerie wurde geschlossen. Ein Kunde hat behauptet, in unserem Laden würden Kunstgegenstände angeboten, die seiner jüdischen Großmutter in der Nazizeit gestohlen worden sind. Herrmann ist sich sicher, dass er sich nichts hat zuschulden kommen lassen, aber solange die Vorwürfe nicht geklärt sind, müssen die Geschäfte ruhen. Das Ganze kommt jetzt vor Gericht, und wir dürfen vorerst kein einziges noch so kleines Bild mehr verkaufen. Es ist ein Drama, Dora! Du und Clara, ihr habt bei uns immer ein Dach über dem Kopf, wenn ihr das möchtet, aber mehr kann ich im Moment leider nicht tun ...«

Es schien Dora, als hätte sich die ganze Welt gegen sie verschworen. Und doch kam ihr bei Christels Worten eine Idee. Sie schöpfte etwas Hoffnung, zumindest was die Zukunft ihrer Eltern anging. Sie erzählte der Freundin, dass die beiden ihre Wohnung auf dem Stübeckhof verloren hatten.

»Christel«, fügte sie eindringlich hinzu. »Ich weiß, wie schwer es meinem Vater fällt, seinen großen Bruder um Hilfe zu bitten. Deshalb tu ich es für ihn. Wäre es für dich und Herrmann möglich, dass ihr die beiden in eurer Wohnung aufnehmt? Die Vorstellung, dass meine Eltern demnächst in dieser grässlichen Blechhütte leben müssen, ist mir unerträglich. Bitte! Du kennst doch unser Familienmotto: Die Twardys halten zusammen. Deshalb habe ich Onkel Herrmann damals nach dem Tod seiner ersten Frau geholfen und deshalb ...«

Christel fiel ihr augenblicklich ins Wort: »Aber selbstverständlich können deine Eltern zu uns kommen, Dora. Was für eine Frage! Die Wohnung ist groß genug, zumal die großen Jungs inzwischen aus dem Haus sind. Warum hat dein Vater uns nicht schon längst darum gebeten?«

»Du weißt doch, dass er seinen Stolz hat ...«

»So ein Unsinn. Ich werde deinen Eltern noch heute einen Brief schreiben und ihnen sagen, dass sie bei uns jederzeit willkommen sind. Das ist das Mindeste, was wir tun können.«

»Oh, danke, Christel. Das ist wunderbar. Du glaubst nicht, was für ein dicker Stein mir gerade vom Herzen fällt. Und ich wünsche euch so sehr, dass sich diese unerfreuliche Angelegenheit mit den Bildern bald zu euren Gunsten aufklärt.«

Christel seufzte ins Telefon. »Vielen Dank, du Liebe. Mir scheint, wir alle können in diesen Zeiten gute Wünsche gebrauchen.«

• • •

Dora brauchte einen Job, egal was, egal wo, und zwar schnell.

Eine Aushilfstätigkeit als Serviererin in einem Café oder als Schreibkraft in einem Büro war zwar nicht die Erfüllung ihrer Sehnsüchte, aber sie musste der Realität ins Auge sehen. Es war nicht mehr die Zeit für Träume. Sie musste Geld verdienen.

»Warum arbeitest du nicht bei uns im Modehaus Horn?«, fragte Anneliese, als sie darüber sprachen. Es war ein sonniger Nachmittag und die beiden Freundinnen schlenderten mit Clara durch den Zoo. Schon seit Tagen hatte das Mädchen Dora in den Ohren gelegen, weil sie endlich auch einmal das berühmte Nilpferd Knautschke sehen wollte, von dem Gisela ihr schon so viel erzählt hatte. Der gemütliche Dickhäuter war eines der wenigen Tiere im Zoo, die die Bombennächte des Krieges überlebt hatten und der Star im Tierpark. Die Berliner liebten dieses Nilpferd so sehr, dass sie sogar während der Berlin-Blockade, als die Amerikaner die hungernde Bevölkerung über eine Luftbrücke mit dem Nötigsten versorgten, ihre wenigen Lebensmittel mit Knautschke teilten, damit das Tier nicht verendete.

Nun standen sie vor dem Gehege und betrachteten den grauen Koloss, der sich geräuschvoll über eine Ladung Kohlköpfe hermachte, die ein Tierpfleger in seinen Trog gekippt hatte.

»Es sieht so drollig aus!«, rief Clara. »Ich würde zu gern wissen, wie es sich anfühlt, diese dicke Schnauze zu streicheln.«

Das berühmte Nilpferd schien Dora wie ein Symbol für den Überlebenswillen, für die Kraft und die Ausdauer, auch in schwierigen Zeiten durchzuhalten. Sie wollte es auch schaffen! Wenngleich es ihr nicht leichtfiel, denn die Folgen des gescheiterten Aufstands lagen ihr noch immer schwer auf der Seele. Günther und Anneliese hatten bis heute nicht herausgefunden, was mit dem verletzten Frajo geschehen war.

»Das ist eine gute Idee, Anneliese«, nahm Dora den Vorschlag ihrer Freundin auf. »Aber was wäre das für eine Stelle? Ich habe mich zwar immer für Mode interessiert, aber als Schneiderin oder Verkäuferin habe ich gar keine Erfahrung.«

»Das macht nichts«, antwortete Anneliese. »Mein Chef sucht jemanden, der vormittags an der Kasse mithilft. Das ist nicht schwer, du würdest dich schnell einarbeiten. Zumal du dich mit Finanzen doch ganz gut auskennst.«

Dora schluckte kurz. Diese Tätigkeit war so weit entfernt von ihren Plänen, Tierärztin zu werden! Aber dennoch war sie Anneliese sehr dankbar für den Tipp. Zuversichtlich, dass sie bald regelmäßig Geld verdienen würde, kaufte Dora am Ausgang des Tierparks für Clara eine Ansichtskarte mit dem Nilpferd Knautschke.

Zwei Tage später stand Dora zum ersten Mal in einem hübschen lavendelfarbenen Kostüm hinter der Theke des feinen Modehauses am Kurfürstendamm. Am Revers ihrer Jacke steckte ein Namensschildchen, das sie als Mitarbeiterin der Firma Horn auswies. Gleich am Montag hatte sich der Personalchef Zeit genommen und Dora zu einem Vorstellungsgespräch empfangen. Er hatte sich schnell davon überzeugen lassen, dass sie eine freundliche, kluge und ehrliche Frau war, der man den Umgang mit dem Geld der Kunden anvertrauen konnte. Er bot ihr eine Halbtagsstelle für den Vormittag an, was Dora gern annahm, um Clara nicht allzu lang mit Gisela allein lassen zu müssen. Weil eine Mitarbeiterin verreist und eine andere krank war, sollte Dora gleich am nächsten Tag anfangen.

»Bei uns tragen alle Damen im Verkauf Modelle aus der aktuellen Kollektion des Hauses«, hatte er ihr zum Abschluss erklärt. »Sie bekommen es zu einem günstigen Preis, und die Buchhaltung wird es Ihnen mit den ersten Wochenlöhnen verrechnen.«

Dora freute sich zwar über das schicke Kostüm, das ihr ausgezeichnet zu Gesicht stand, aber lieber hätte sie eines ihrer eigenen Kleider im Laden getragen und dafür den gesamten Lohn behalten. Doch da sie keine Wahl hatte und natürlich verstand, wie wichtig es gerade in diesem Geschäft war, gut und modisch gekleidet zu sein, akzeptierte sie die Vorschrift des Kaufhauses.

Tatsächlich war es ein Leichtes gewesen, sich mit dem Mechanismus der Registrierkasse vertraut zu machen, und die Arbeit war kurzweiliger, als Dora es erwartet hatte. Sie kümmerte sich nicht nur um die Bezahlung, sie legte auch die Einkäufe zusammen und packte sie vorsichtig in Papiertüten, die mit dem typischen Schriftzug »Modehaus Horn« bedruckt waren. Dabei genoss sie es, feine Seide, kostbare Spitze oder zarten, samtigen Stoff unter ihren Fingerspitzen zu spüren, und freute sich auf den Tag, an dem sie selbst einmal wieder nach Herzenslust Kleider anprobieren und einkaufen würde. Die Kundinnen, die mit den frisch erworbenen Röcken, Blusen, Strümpfen oder Büstenhaltern zu ihr an die Kasse kamen, hatten zumeist allerbeste Laune und freuten sich, wenn Dora ihren guten Geschmack und die Auswahl ihrer neuen Garderobe lobte. Eine ältere Dame, die mit zwei weißen, kläffenden Pudeln in den Laden gekommen war, legte Dora sogar ein großzügiges Trinkgeld auf den Tresen, bevor sie das Kaufhaus, bepackt mit fünf großen Tüten, wieder verließ.

»Heute gibt es Eis für alle«, erklärte Dora freudestrahlend, als sie nach ihrem ersten Arbeitstag zu Clara und Gisela nach Hause kam, die in der Küche beim Mittagessen zusammensaßen. »Ich habe von einer reizenden Dame ein paar Mark extra bekommen und das Geld hauen wir gleich auf den Kopf!«

39.

Obwohl es anstrengend war, stundenlang auf den Beinen zu stehen und mit so vielen fremden Menschen zu tun zu haben, war Dora jedes Mal zufrieden, wenn sie das Modehaus Horn verließ. Sie hatte das gute Gefühl, dass ihr Leben allmählich wieder in geordnete Bahnen kam. Am Ende der Woche würde sie ihre erste Lohntüte bekommen, und dann konnte sie endlich ein paar Mark zu Giselas Haushaltskasse beisteuern.

Am ersten Mittwoch im Juli stieg Dora besonders vergnügt die Treppen zu Giselas Wohnung hinauf. Am Vormittag war der Chef unerwartet an der Kasse aufgetaucht und hatte ihr zu verstehen gegeben, dass man im Modehaus Horn sehr zufrieden sei mit ihrer Arbeit.

»Ihr glaubt nicht, ihr zwei, was heute Tolles passiert ist!«, rief sie munter durch die Wohnung, während sie sich in der Diele die Schuhe von den Füßen streifte. »Wenn ich so weitermache, werde ich bestimmt bald zur Oberkassiererin befördert.«

Zu ihrem Erstaunen erhielt sie keine Antwort. Sie betrat die Küche, wo Gisela und Clara um diese Zeit normalerweise zusammensaßen, und erschrak.

Clara saß am Küchentisch, vor sich die Knautschke-Postkarte aus dem Zoo und einen Malblock, auf dem sie versuchte, das Nilpferd abzuzeichnen. Gisela war nicht da. Stattdessen lehnte eine fremde Frau an der Fensterbank und beäugte Dora misstrauisch. Die kleine korpulente Dame mochte Ende fünfzig sein, sie trug ein zerknittertes Sommerleinenkostüm zu praktischen dunklen Schnürschuhen und auf der Nase eine Brille mit einer in Schmetterlingsform geschwungenen Fassung. Sie sah ernst aus, als habe sie schon sehr lange nicht mehr gelacht, ihr kleiner gerader Mund mit den schmalen Lippen lag wie ein Minuszeichen in ihrem Gesicht.

»Guten Tag«, sagte Dora, irritiert über den unerwarteten Besuch. »Wer, bitte schön ...?«

Bevor die Frau etwas sagen konnte, rief Clara: »Es tut mir leid, Dora, ich habe die Tür aufgemacht. Ich weiß, dass ich eigentlich keine fremden Leute in die Wohnung lassen soll, aber es hat zweimal geklingelt und da dachte ich, das bist du.«

»Du weißt doch, dass Gisela mir einen Schlüssel gegeben hat, Clara. Wo ist sie eigentlich?«

Das Mädchen sah zerknirscht aus und senkte den Kopf. »Ich weiß nicht, vielleicht schläft sie noch. Oder sie ist weggegangen. Und ich dachte, vielleicht hast du deinen Schlüssel vergessen. Die Frau hat zweimal geklingelt, so wie du es immer machst. Sie ist gerade erst gekommen.«

»Ist schon gut, Schatz.« Dora strich Clara tröstend über den Kopf. »Jetzt bin ich ja da. Und Gisela liegt ganz sicher noch im Bett. Ich habe gehört, dass sie erst heute früh nach Hause gekommen ist. Da war es schon hell draußen.«

Sie wandte sich der Frau zu. »Und wer bitte schön sind Sie? Was tun Sie hier?«

Die Frau hielt Dora einen Ausweis vor die Nase.

»Guten Tag. Mein Name ist Schulze, Helga Schulze vom Jugendamt Berlin. Ich hätte da ein paar Fragen an Dora Twardy. Sind Sie das?«

Dora nickte. Jugendamt. Das verhieß nichts Gutes. Sie verspürte ein unangenehmes Kribbeln im Bauch.

»Bitte nehmen Sie doch Platz. Worum geht es denn?«

Frau Schulze ließ sich ächzend auf einem Stuhl am Küchentisch nieder.

»Man sagte mir, dass Sie und dieses kleine Mädchen kürzlich hier eingezogen sind. Da gibt es einiges zu klären.«

»Aber natürlich. Darf ich Ihnen einen Kaffee anbieten?« Dora hatte das dringende Gefühl, dass es sehr wichtig war, vor dieser Frau einen guten Eindruck zu machen. Was hatte dieser Besuch zu bedeuten? Ob Frau Fiebelkorn, die unsympathische Nachbarin, dahintersteckte?

»Nein, danke.« Frau Schulze schüttelte den Kopf.

Sie klang sehr ernst. Nervös setzte sich Dora zu ihr an den Tisch.

Frau Schulze nahm ihre sperrige eckige Handtasche auf den Schoß, klappte sie auf, steckte den Ausweis hinein und zog stattdessen einen Bleistift und ein kleines Notizbuch heraus.

»Also, Frau Twardy – oder Fräulein Twardy, im Auftrag des Jugendamtes Berlin muss ich Ihnen einige Fragen bezüglich dieses Mädchens stellen. Eine besorgte Nachbarin hat sich bei uns gemeldet.«

Dora nickte angespannt. Also doch. Frau Fiebelkorn.

»Ich nehme an, Sie sind die Mutter dieses Kindes?«, fragte Frau Schulze.

»Ja. Das heißt, nicht die leibliche Mutter. Ich habe das Mädchen im Krieg angenommen, als ihre echte Mutter starb. Da war sie ein Baby. Ihre Mutter bat mich darum, Clara anzunehmen, und das habe ich sehr gern getan. Seitdem lebt sie bei mir, im Grunde ist sie meine Tochter.«

»Also sind Sie die Adoptivmutter?«

»Nun ja. So gut wie. Wissen Sie, ich habe das behördlich noch nicht geregelt …«

»Sie haben auch nicht die amtliche Pflegschaft für das Kind beantragt?«

»Nein.«

»Weshalb nicht?«

Dora bemerkte, wie die Frau sich nach jeder Frage eine kurze Notiz machte, konnte es von ihrem Platz aus aber nicht lesen. Was mochte es mit diesem Verhör auf sich haben?

»Sie wissen doch selbst, wie es im Krieg war und in den ersten Jahren danach, Frau Schulze. Da war man froh, wenn man überlebt hatte. Wenn die Familie halbwegs zusammengefunden hatte. Nachdem wir aus Ostpreußen vertrieben wurden und im Westen angekommen waren, habe ich Clara für die Lebensmittelmarken auf meine Karte eintragen lassen, damit ich erst einmal etwas zu essen für sie bekam. Es war doch überall so ein Durcheinander damals. Da hat keiner nach der Geburtsurkunde gefragt. So vieles war wichtiger. Ich habe gar nicht daran gedacht, eine Adoption in die Wege zu leiten. Warum auch? Clara gehörte zu mir, das war überhaupt gar keine Frage.«

Clara hatte den Kopf gehoben und beobachtete die Unterhaltung der beiden Frauen schweigend, aber mit großen Augen.

»Mit Verlaub, junge Frau, der Krieg ist seit acht Jahren vorbei. Da hätten Sie doch reichlich Zeit gehabt, die Verhältnisse ordnungsgemäß zu regeln.«

»Vielleicht, ja, aber es hat sich niemand daran gestört.«

Frau Schulze zog eine Augenbraue hoch und schrieb etwas in ihr Büchlein.

»Sind Sie verheiratet?«

»Nein.«

»Und was ist mit dem Vater des Mädchens?«, fragte sie ohne aufzusehen. »Wissen Sie seinen Namen? Geburtstag? Adresse?«

»Curt von Thorau. Geboren am 5. November 1911 in Königsberg.«

»Und wo lebt Herr von Thorau jetzt?«

Dora schluckte. »Nun, er lebt … in Ostberlin.«

Mehr, fand Dora, sollte die Frau vom Jugendamt besser nicht erfahren. Für den Moment schien ihr die Auskunft auch zu genügen.

»Und wie ist das Verhältnis des Kindes zu seinem Vater? Sag mir mal, kennst du ihn gut?« Die letzte Frage richtete Frau Schulze direkt an Clara.

Das Mädchen zuckte mit den Schultern, antwortete aber bereitwillig. »Ich habe ihn noch nicht so oft gesehen. Wir haben uns erst vor ein paar Wochen kennengelernt. Aber ich glaube, ich mag ihn gern. Wir haben einen schönen Wochenendausflug gemacht. Das war kurz nachdem er aus dem Gefängnis gekommen ist. Da saß er nämlich ganz lange eingesperrt. Und jetzt ist er wieder weg. Er musste zurück ins Gefängnis. Das ist schade, weil ich meinen Vater eigentlich sehr nett finde.«

Dora hielt die Luft an, als Clara so unbekümmert plapperte.

»Ins Gefängnis?« Frau Schulze verzog angewidert das Gesicht. »Der Vater dieses Kindes ist also ein Straftäter?«

»Nein, keineswegs!«, erklärte Dora schnell. »Er eckt nur gelegentlich mit dem DDR-Regime an. Er wurde inhaftiert, nachdem er sich im Westteil der Stadt einen Fotoapparat gekauft hatte. Den braucht er für seine Arbeit als Fotograf. Er wusste vermutlich nicht, dass so etwas im Osten verboten ist und als Schmuggel hart bestraft wird. Glauben Sie mir, Frau Schulze: Es ist wirklich absurd. Curt hat sich nichts zuschulden kommen lassen. Er wollte lediglich wieder in seinem Beruf einsteigen und hat in der DDR kein geeignetes Gerät gefunden. Was hätte er denn sonst tun sollen?«

Frau Schulze ging darauf nicht ein. »Ich notiere: Das Kind hat im Moment keinen Kontakt zu seinem leiblichen Vater, weil er für einen nicht absehbaren Zeitraum in Haft sitzt?«

Dora nickte stumm und knabberte unruhig an der Innenseite ihrer Unterlippe.

Die Frau wandte sich erneut an das Mädchen: »Wie alt bist du denn, kleine Clara?«

»Neun«, antwortete sie brav.

»Soso. Und da darfst du schon ganz allein zu Hause bleiben? Ohne dass jemand auf dich aufpasst?«

Dora erschrak und spürte, wie ihr eine heiße Röte ins Gesicht stieg. »Sie ist nicht allein. Wir leben hier mit einer Freundin zusammen. Sie hat heute Nacht lange gearbeitet und schläft noch.«

Frau Schulze sah demonstrativ auf ihre Armbanduhr. »Um halb zwei am Mittag?«

Dora zuckte mit den Schultern. Vermutlich wäre es keine gute Idee zu erwähnen, dass Gisela ein Nachtlokal betrieb. Doch sie musste feststellen, dass die Frau vom Jugendamt auch darüber längst Bescheid wusste.

»Soweit ich weiß, gehört dieser Dame diese Spelunke unten im Haus?«

»Es ist keine Spelunke, es ist ein angesehenes Tanzlokal«, protestierte Dora.

»Nun, darüber gehen die Meinungen auseinander«, sagte Frau Schulze schmallippig. »Fest steht: Bei meinem Hausbesuch finde ich das minderjährige Kind allein und ohne Betreuung eines Erwachsenen vor.«

Während sie sprach, notierte sie sich etwas in ihrem Büchlein.

»Es ist nur ausnahmsweise!«, rief Dora schnell. »Und Gisela schläft doch nur. Wenn etwas wäre, könnte Clara sie jederzeit aufwecken.«

Clara lächelte Frau Schulze sichtbar stolz an. »Aber ich kann schon sehr gut allein sein. Gisela findet das auch. Sie sagt, ich bin sehr vernünftig für mein Alter. Manchmal darf ich ihr unten im *Chez Gigi* helfen, wenn Dora arbeiten muss. Das macht Spaß. Da gibt es sogar einen Springbrunnen mittendrin und auf jedem Tisch steht ein Telefon. Ich darf ganz oft zugucken, wenn die Tänzerinnen üben. Das ist ziemlich lustig. Und neulich war ich sogar bei der Generalprobe dabei. Da hatten die nur Unterwäsche an, mit ganz vielen Federn dran. Vielleicht darf ich auch mal mittanzen, wenn ich älter bin.«

»Na, das ist ja allerhand«, murmelte Frau Schulze. Sie war so konsterniert, dass sie es sogar versäumte, etwas in ihr Notizbuch zu schreiben.

Dora hielt für einen Moment den Atem an. Sie vermochte nicht zu beurteilen, was in den Augen der Frau vom Jugendamt schlimmer war: dass sie Clara ohne Aufsicht vorgefunden hatte oder dass das Mädchen bereitwillig erzählte, in Giselas Etablissement ein und aus zu gehen.

Frau Schulze nahm sich die Brille ab und rieb sich nachdenklich mit Daumen und Zeigefinger über die Nasenwurzel. Eine Weile beobachtete sie Clara, die sich jetzt wieder auf ihr Nilpferdbild konzentrierte. Dann schob sie ihre Brille zurück auf die Nase.

»Nun, dass Sie Ihre Aufsichtspflicht sträflich vernachlässigen, ist das eine, Fräulein Twardy. Aber weshalb ist die kleine Clara heute eigentlich nicht in der Schule? Um diese Uhrzeit sollte sie eigentlich wie alle anderen Kinder im Unterricht sitzen. Oder gerade erst von der Schule nach Hause kommen. Ist sie krank? Auf mich macht sie eigentlich einen ganz gesunden Eindruck.«

»Nun …« Dora begann zu schwitzen. »Wir haben bis vor Kurzem in Ostberlin gelebt. Clara ist dort drüben zur Schule gegangen. Sehr gern übrigens. Aber dann, am 17. Juni, nach dem Aufstand, Sie wissen schon, nachdem die russischen Panzer über den Potsdamer Platz gerollt sind und die Leute umgewalzt haben, da sind wir hier in den Westen gekommen.«

»Weil da drüben nämlich die Komonisten sind«, meldete sich Clara zu Wort, ein wenig altklug, als müsse sie der Frau vom Jugendamt beweisen, wie gescheit sie war. »Von denen haben wir jetzt genug, weil die fast wieder Krieg gemacht haben.«

»Wie gesagt, es ging alles so schnell«, erklärte Dora. »Und jetzt können wir nicht mehr zurück.«

»Das begreife ich durchaus. Aber das beantwortet nicht meine Frage, weshalb die kleine Clara heute nicht in der Schule ist.«

»Weil doch sowieso bald Sommerferien sind«, rief Clara fröhlich, als könne sie nicht begreifen, wie jemand so einfältig sein kann. »Da lernt man ja doch nichts mehr in der Schule. Da malen wir immer nur oder lesen Geschichten oder üben Lieder für das Sommerfest. Das kenne ich schon. Es ist gar nicht schlimm, wenn man da nicht hingeht. Im Herbst, wenn die Ferien zu Ende sind, dann will ich aber auf jeden Fall wieder in die Schule.«

Frau Schulze schnappte empört nach Luft.

»Fräulein Twardy, das ist unverantwortlich. Ein Kind gehört in den Unterricht, ganz gleich, ob es Lust darauf hat oder nicht. Sie müssen dafür sorgen! Es gibt schließlich eine Schulpflicht in Deutschland, und die gilt auch für die kleine Clara. Die Sommerferien beginnen bei uns in Berlin erst morgen, am Freitag, den 3. Juli, und keinen Tag früher.«

»Ja, Sie haben recht«, murmelte Dora. »Ich werde mich noch heute darum kümmern.«

»Die Erziehung eines Kindes, eines Mädchens zumal, ist eine

verantwortungsvolle Aufgabe. Mir scheint, Sie verletzen die Verpflichtungen, die damit einhergehen.«

»Aber nein«, rief Dora erschrocken. »Wie können Sie das denken?«

In diesem Moment ging die Tür auf, und wie aufs Kommando erschien Gisela in der Küche. Sie sah furchtbar aus. Dora wäre am liebsten im Erdboden versunken.

Gisela mochte nur ein paar Stunden geschlafen haben, ihre Haut war aschfahl und sie bekam ihre kleinen, müden, rotgeränderten Augen im hellen Licht kaum auf. Bevor sie zu Bett gegangen war, hatte sie sich nicht abgeschminkt, denn die dicke Wimperntusche war verlaufen und klebte in schwarzen Flecken in ihrem Gesicht. Über der Oberlippe waren noch Reste von verschmiertem Lippenstift zu erkennen. Die roten Haare, die dringend wieder einmal nachgefärbt werden mussten, standen unfrisiert und struppig von ihrem Kopf ab. Sie war barfuß und trug nur ein kurzes, ärmelloses Hemd, das kaum ihr knappes Unterhöschen bedeckte. Frau Schulze gab einen entrüsteten Laut von sich. Doch Gisela schien ihren derangierten Zustand gar nicht wahrzunehmen. »Oh, wir haben einen Gast. Guten Morgen, alle miteinander.« Sie versuchte sich in einem Lächeln, dem Dora ansah, wie sehr es sie quälte.

»Hallo, Gisela. Darf ich vorstellen: Das ist Frau Schulze vom Jugendamt Berlin ...«

Sie betonte die letzten beiden Worte besonders, damit Gisela begriff, wie wichtig es war, vor dieser Besucherin einen anständigen Eindruck zu machen. Doch Gisela ließ keinen besonderen Respekt vor der fremden Frau erkennen.

»Na, so was. Was verschafft uns die Ehre? Verzeihung, dass ich heute noch nicht ganz frisch bin, Gnädigste. Bin ziemlich spät ins Bett gekommen.«

Sie schlich durch die Küche. Im Vorbeigehen warf sie einen Blick auf den Malblock und strich Clara übers Haar. »Ein tolles Pferd hast du da gemalt, mein Schatz.«

»Aber Gisela, du hast ja gar nicht richtig hingeguckt«, rief Clara kichernd. »Das sieht doch jeder, dass das ein Nilpferd ist. Ein Pferd hat doch nicht so eine dicke Schnauze und nicht so einen runden Bauch. Und ich finde, du musst dich erst mal richtig anziehen. Wo wir doch Besuch haben.«

Frau Schulze presste die dünnen Lippen aufeinander. Dann stieß sie hervor: »Ich denke, ich habe genug gesehen.«

Sie packte Stift und Notizheft zurück in ihre Tasche und klappte sie energisch zu. Mit einem Ruck stand sie auf.

»Tut mir leid, Fräulein Twardy, aber ich sehe sowohl das geistige als auch seelische Wohl dieses kleinen Mädchens unter Ihrer Obhut erheblich gefährdet. Sie entziehen Clara nicht nur der Schule, sondern setzen sie auch noch einem gesellschaftlichen Umgang aus, den ich als zuständige Gutachterin des Jugendamtes nicht tolerieren kann. Es ist höchste Zeit, dass die Kleine zu Fleiß, Ordnung und Sittsamkeit erzogen wird. Im Interesse des Kindes muss ich Konsequenzen ziehen. Ich werde vor Gericht beantragen, das Mädchen unter die Obhut des Jugendamtes zu stellen. Es ist Gefahr in Verzug. Hier droht dem Kind die Verwahrlosung. Sie hören von mir.«

»Das ist jetzt nicht Ihr Ernst!« Mit einem Scheppern zerschellte die Kaffeetasse, die Gisela gerade aus dem Schrank genommen hatte, auf dem Linoleumboden. »Sind Sie verrückt? Sie können uns doch nicht einfach das Kind wegnehmen.«

»Aber selbstverständlich kann ich das. Ich verbitte mir diese Wortwahl. Es ist nur zu Claras Besten.«

Im ersten Moment war Dora wie eingefroren auf ihrem Stuhl sitzen geblieben, unfähig, auch nur einen Laut herauszubringen.

Es ist nicht wahr, dachte sie. Das hier ist ein schlechter Film, ein schlechter Traum, aus dem ich gleich erwachen werde. Claras Blick begegnete ihr, mit schreckgeweiteten Augen saß sie vor ihrem Bild und starrte Dora ungläubig an.

Da kam Bewegung in Dora. Entrüstet sprang sie vom Stuhl.

»Clara wird selbstverständlich bei mir bleiben. Ich lasse nicht zu, dass sich irgendein Gericht oder eine Behörde in unser Leben einmischt. Clara geht es gut. Sie wird liebevoll betreut. Die fehlenden Schultage wird sie verschmerzen, und was meine Freundin Gisela angeht: Sie ist der herzlichste und hilfsbereiteste Mensch, der mir je begegnet ist.«

»Nun, Fräulein Twardy, manchmal lässt die äußere Erscheinung eines Menschen nicht nur optisch tief blicken.« Voller Verachtung betrachtete Frau Schulze Giselas knappes Hemdchen. »Wenn ich das Kind in diesem liederlichen Haushalt beließe, würde ich mich strafbar machen. Ich kann doch nicht hinnehmen, dass die Schutzbefohlene womöglich in einen kriminellen Lebenswandel abgleitet, so wie ihr Vater. Nein, ich habe meine Verantwortung. Ich werde umgehend Kontakt mit dem Kinderheim der Barmherzigen Schwestern aufnehmen.«

Dora schnappte nach Luft. Doch noch ehe sie oder Gisela etwas erwidern konnten, stapfte die Frau aus der Küche. Kurz darauf fiel die Wohnungstür ins Schloss.

Dora schlang ihre Arme um Clara, die vor Schreck zu weinen begonnen hatte. »Keine Angst, mein Schatz, dir wird nichts geschehen. Niemand wird dich mir wegnehmen, darauf kannst du dich verlassen.«

»Diese Hexe«, schimpfte Gisela und holte Besen und Kehrblech aus dem Küchenschrank, um mit wütenden Bewegungen die Scherben zusammenzufegen. »Clara ins Kinderheim? Nur über meine Leiche.«

40.

Die Drohung des Jugendamtes hing wie ein Damoklesschwert über Doras Leben. Sie schärfte Clara ein, nie mehr die Tür zu öffnen, wer auch immer klingeln mochte. Gisela schwor, das Mädchen nicht eine Sekunde aus den Augen zu lassen, solange Dora fort war, und die beiden vereinbarten, dass Clara sicherheitshalber nie mehr einen Fuß ins *Chez Gigi* setzen würde. Dennoch bedrückte Dora den ganzen Tag lang die Sorge, wie es mit ihr und Clara weitergehen sollte, während sie beim Modehaus Horn an der Kasse stand. Sie versuchte, sich nichts anmerken zu lassen, und lächelte weiterhin jede Kundin freundlich an, doch mit ihren Gedanken war sie ganz woanders. Sobald sie nach Hause kam, galt ihr erster Blick der Post, die Gisela jeden Vormittag aus dem Briefkasten holte und auf den Küchentisch legte. Jedes Mal atmete sie erleichtert auf, wenn sie feststellte, dass kein Gerichtsbescheid und kein Schreiben des Jugendamtes dabei war. Einmal lag eine Ansichtskarte aus München auf dem Stapel, die auf fünf kleinen Fotos das Rathaus, die Frauenkirche, das Deutsche Museum, das Hofbräuhaus und in der Mitte einen gefüllten, schäumenden Bierkrug zeigte. Auf der Rückseite erkannte Dora die Handschrift ihrer Mutter.

Liebe Dora, liebe Clara!
Vor einer Woche sind wir bei Herrmann und Christel eingezogen. Obgleich Dein Vater zunächst gezögert hat, das Angebot seines Bruders anzunehmen, sind wir jetzt doch sehr glücklich und dankbar. Wir haben Wielenstedt ohne Kummer hinter uns gelassen und denken, dass wir uns in München wohlfühlen werden. Wann kommt Ihr uns denn einmal besuchen? Wir haben furchtbare Sehnsucht nach Euch. Und die Wohnung ist groß genug für alle.
Herzliche Grüße von Deinen Eltern.

Dora war froh, dass es den beiden bei Herrmann und Christel in München gut ging. Wie gerne hätte sie ihre Mutter und ihren Vater bei einem Kurzurlaub in Bayern endlich wieder einmal an sich gedrückt. Aber daran war nicht zu denken, solange sie im Modehaus Horn Geld verdienen musste.

Die ersten Juliwochen gingen dahin, und eine drückende Hitze lag über der Stadt. Die Mauern schienen zu glühen unter der sengenden Sommersonne, und Dora freute sich, wenn Mike an den Sonntagen kam, um sie und Clara zu einem Ausflug in den Grunewald oder an den Wannsee mitzunehmen. Einmal leisteten sie sich eine kleine Runde auf einem der Ausflugsdampfer, und Dora genoss den kühlenden Fahrtwind im Gesicht, während Clara glücklich ein Eis schleckte, das Mike ihr spendiert hatte. Nachdenklich betrachtete Dora, wie das Mädchen jauchzend ein paar Krümel der Eiswaffel in die Luft warf, um die Möwen zu füttern, die das Schiff kreischend umflogen. Dieser Anblick erinnerte sie an ihre erste und letzte Urlaubsreise im Sommer 1940, als sie mit Onkel Herrmann und seinen Kindern über das Haff der Ostsee zur Kurischen Nehrung gefahren war. Auch damals hatte sie an der Reling eines Dampfers gestanden und den Möwen zugesehen und sich gefragt, was die Zukunft wohl bringen mochte. In jenem Sommer war sie Curt begegnet. Dreizehn Jahre waren vergangen seitdem, und noch immer konnten sie nicht zusammen sein. Hatten sie eigentlich je eine Chance gehabt?

An einem Montag ging Dora nach der Arbeit Richtung Potsdamer Platz. Gisela war mit Clara noch einmal in den Zoo gegangen, und die beiden würden erst später am Nachmittag zurückkommen. Der Gedanke, allein in der Wohnung zu sitzen, schien ihr heute unerträglich. Auch wenn Curt für Dora unerreichbar war, sie hatte das Bedürfnis, ihm so nah wie möglich zu sein. Sie wollte wenigstens zu ihm in den Ostteil der Stadt hinüberblicken. Vor dem Torso des alten *Hotels Esplanade* in der Bellevuestraße blieb sie stehen. Das einstmals so vornehme Hotel lag seit dem Krieg in Trümmern, und hier im Niemandsland der Sektorengrenze dachte niemand daran, es wieder aufzubauen. Dora ließ ihre Blicke umherwandern. Nach ein paar heißen Sommertagen war es heute regnerisch, der Himmel wolkenverhangen, genauso trüb wie am Tag des Aufstandes. Amerikanische Soldaten auf der einen und DDR-Grenzer auf der anderen Seite patrouillierten in gebührendem Abstand zueinander auf der Freifläche. Die während der Demonstrationen zerstörten Grenzhäuschen waren neu errichtet worden. Panzer waren keine mehr zu sehen. Auch der Unrat, all die zerbeulten Grenzschilder, die zertretenen Plakate und die verkohlten Holzlatten, die damals den Boden bedeckt hatten, waren inzwischen weggeräumt worden. Die ausgebrannte Ruine des Columbushauses stand wie ein schwarzes, bedrohliches Mahnmal auf der anderen Seite der Einöde, und Dora erkannte nahe dem S-Bahn-Aufgang noch die Reste des Kiosks, hinter dem sie und Frajo Schutz gesucht hatten. Diesseits des Platzes ragte die gigantische Metallkonstruktion der Leuchtschriftanlage in den grauen Himmel. Doch was die Westberliner

Zeitungsverlage den Menschen im Osten heute verkündeten, konnte Dora nicht erkennen, da die Schrift auf die andere Seite gerichtet war. Dora seufzte. Nur ein paar Meter waren es bis in den Ostsektor – und doch schien ihr jener Teil der Stadt unerreichbar weit weg. Irgendwo hinter den Häusern und Mauern da drüben war Curt – und vermutlich auch Frajo, und sie hatte keine Chance, die beiden auch nur zu besuchen, ihnen gar einen Brief zu schreiben.

Dora wollte gerade gehen, da erkannte sie zwei Mechaniker, die sich auf dem Querbalken der Leuchtschriftanlage zu schaffen machten. Offenbar gab es da oben etwas zu reparieren. Mit angehaltenem Atem beobachtete sie die Männer, die in schwindelerregender Höhe auf dem Gerüst herumturnten. Nach einer Weile kletterten sie wieder herunter, gesichert an Seilen, und traten zu einem Lieferwagen, der vor der Konstruktion parkte. Dora ging auf die Männer zu.

»Ist da oben was kaputt?«, erkundigte sie sich, während die beiden ihre Sicherungsseile und die Arbeitsgeräte im Wagen verstauten.

Der eine wischte sich mit dem Handrücken über die verschwitzte Stirn. »Da mussten nur ein paar Glühbirnen ausgetauscht werden. Die im Osten sabotieren die Anlage dauernd und beschießen sie mit Steinen. Aber jetzt ist die Leuchtschrift wieder gut zu lesen. Für die nächsten paar Tage …«

»Und welche Botschaft gibt es für die Menschen in Ostberlin heute?«

»Na, heute erfahren die Leute von der neuen Gedenkstätte.«

»Was für eine Gedenkstätte?«

»Haben Sie das noch nicht gehört? Der Bürgermeister hat gestern ein Mahnmal für die Widerstandskämpfer vom Juli 1944 eingeweiht, heute ist doch der Jahrestag.«

»Ein Denkmal für Stauffenberg und seine Leute?« Dora schluckte tief bewegt. »Das ist eine wunderbare Geste. Kann man das besuchen? Wo ist die Gedenkstätte denn?«

»Gar nicht weit von hier. In der Bendlerstraße. Im Innenhof des Gebäudes, in dem die Männer damals hingerichtet wurden.«

Der Mann beschrieb Dora den Weg, dann stieg er zu seinem Kollegen in den Wagen und sie fuhren davon. Dora lief sofort los. Tatsächlich war es nur ein kurzer Fußweg zur Bendlerstraße. Schon nach wenigen Minuten stand Dora vor der breiten Toreinfahrt eines mehrstöckigen Gebäudes. Ein Stahlgitter versperrte den Durchgang, doch eine Seitentür ließ sich öffnen und Dora trat ein. Im Karree des Innenhofes stand zwischen hohen Mauern eine Bronzefigur, sie stellte einen nackten jungen Mann mit gebundenen Händen dar. Der Platz um die Statue war über und über mit frischen Kränzen und Blumen bedeckt. Dora trat näher, um die Inschrift zu lesen, die auf dem Sockel der Figur angebracht war:

»Hier im ehemaligen Oberkommando des Heeres organisierten Deutsche den Versuch, am 20. Juli 1944 die nationalsozialistische Unrechtsherrschaft zu stürzen. Dafür opferten sie ihr Leben.«

Dora musste schlucken. Was für ein furchtbares Los diese mutigen Männer ereilt hatte! Und wie anders wäre der Lauf der Welt gewesen, wenn sie ihr Ziel erreicht und Hitler getötet hätten. Sie schluckte. Ihre Gedanken wanderten wieder zu Curt. Wenn er damals nicht das große Glück gehabt hätte, rechtzeitig unterzutauchen, wäre auch er unter den Toten, derer man hier gedachte. Erschrocken über diesen Gedanken, sank sie auf die Knie und spürte, wie ihr Tränen in die Augen traten.

In diesem Moment hörte sie ein leises Geräusch und drehte sich um. Ein Mann stand neben ihr, eine schwere lederne Umhängetasche über der Schulter und in der Hand ein verkabeltes Mikrofon. Er war nicht viel älter als Dora, ein großer, etwas fülliger Herr mit stumpfem aschblondem Haar und einem ausgebeulten grauen Anzug.

»Verzeihung«, sagte er. »Ich wollte Sie nicht in Ihrer Andacht stören.«

»Schon gut.« Dora stand auf und klopfe sich den Schmutz von den Knien. Verstohlen wischte sie sich mit den Fingerspitzen über die Augen. »Ich war nur gerade so überwältigt von der Erinnerung, von der Tapferkeit dieser Männer und von ihrem schrecklichen Schicksal.«

»Ja. Es ist das Mindeste, was man für sie tun kann, ihnen ein Ehrenmal zu errichten.«

»Da haben Sie recht.« Und nach kurzem Zögern fügte sie hinzu: »Es ist so bitter. Ich kenne jemanden, der sich damals am Widerstand beteiligt hat.«

»Tatsächlich? Mein herzliches Beileid ...«

»Nein, nein. Er war keiner von den Anführern. Er hat überlebt.«

»Was sagen Sie da?« Bei Doras Worten schien ein Zucken durch den Körper des Mannes zu gehen. »Sie kennen einen Überlebenden? Das ist ja ...« Er stoppte seinen Eifer und fuhr sich verlegen mit einer Hand durch die Haare. »Entschuldigen Sie, dass ich mich noch gar nicht vorgestellt habe. Mein Name ist Franz Holberger, ich bin Reporter beim RIAS. Ich arbeite gerade an einer Reportage über die Männer des 20. Juli. Beziehungsweise darüber, wie viel die Ereignisse von damals den Menschen heutzutage noch bedeuten. Als ich sah, dass Sie hier an der Gedenkstätte knieten, da dachte ich, dass ich gerne mit Ihnen darüber sprechen würde. Sie sehen so aus, als hätten Sie etwas zu erzählen. Aber wenn Sie tatsächlich sogar jemanden kennen, der damals mit Stauffenberg und den anderen zusammengearbeitet hat, dann würde ich natürlich sehr gerne auch mit diesem Mann reden. Falls Sie nichts dagegen haben. Wäre es vielleicht möglich, dass ich …?«

»Nein, tut mir leid«, unterbrach Dora ihn. »Dieser Mann ist nicht zu sprechen. Er sitzt in Ostberlin im Gefängnis.«

»O verdammt, im Gefängnis? Das ist ja nicht zu glauben. Warum sperren die in der DDR einen Mann ein, der gegen Hitler im Widerstand war?«

Dora zuckte traurig mit den Schultern. »Das frage ich mich auch. Vielleicht sollten Sie besser eine Radioreportage darüber machen, wie die DDR mit den Widerstandskämpfern umgeht«, stieß sie bitter hervor. »Dass es dort schwerer wiegt, einen Fotoapparat vom Westsektor in den Osten zu bringen, als sein Leben aufs Spiel zu setzen, um Hitler aus dem Weg zu räumen.«

Sie merkte, wie ihre Stimme zitterte. Schweigend betrachtete sie die vielen Blumenkränze, die vor der Statue auf dem Boden lagen. »In ehrendem Gedenken«, stand auf einer der Schleifen. Und auf einer anderen: »Wir verneigen uns voller Respekt und Hochachtung.« Dora kam eine Idee. Was wäre, wenn sie mit dem Journalisten sprechen, ihm alles erzählen würde? Curts Geschichte musste bekannt werden. Ganz Berlin, ganz Deutschland sollte erfahren, wie man in der DDR mit ihm umging. Dieser RIAS-Reporter bot ihr vielleicht eine Chance dazu. Sie war auf einmal wie elektrisiert. »Hören Sie, Herr Holberger, warum machen Sie nicht ein Interview mit mir darüber? Ich habe selbst eine Weile da drüben gelebt, bis ich am 17. Juni fliehen musste. Und jetzt kann ich Curt nicht einmal mehr im Gefängnis besuchen. Ich hätte Ihnen eine Menge zu berichten. Ich habe Informationen aus erster Hand für Sie. Ich werde Ihnen alles sagen, was ich von Curt weiß. Es ist doch verrückt: Hier im Westen werden die Männer des Widerstands mit einer bronzenen Statue, mit Blumenkränzen und einer Ansprache des Bürgermeisters geehrt, während man sie dort im Osten ins Gefängnis sperrt. Davon müssen doch alle Leute erfahren, finden Sie nicht? Was halten Sie davon?«

Ihre Euphorie war ansteckend. »Eine sehr gute Idee«, sagte der Radioreporter nach kurzem Überlegen. »Das klingt nach einer wirklich vielversprechenden Story. Ja, ich will alles darüber wissen. Haben Sie einen Augenblick Zeit für ein Gespräch?«

»So lange Sie wollen.«

»Dann legen wir am besten gleich los. Meine Reportage beim RIAS soll noch heute Abend ins Programm.«

Der Mann klappte seine Schultertasche auf, und Dora sah, dass sich ein Aufnahmegerät darin verbarg. Er drückte und drehte ein paar Knöpfe, dann sagte er »Test, Test, Test, eins, zwei, drei …«, während er eine Anzeige auf dem Apparat kontrollierte. Im nächsten Moment sah er auf und hielt ihr das Mikrofon entgegen. »Bitte erzählen Sie uns Ihre Geschichte und die des Mannes, der sich damals am Widerstand beteiligt hat.«

»Mein Name ist Dora Twardy«, sagte sie und räusperte sich kurz. »Mein – mein Verlobter, Curt von Thorau, hat am 20. Juli 1944 sein Leben riskiert beim Versuch, zusammen mit den Männern um Graf Stauffenberg Hitler aus dem Weg zu schaffen. Während die meisten dieser Kämpfer nach dem gescheiterten Attentat ermordet wurden, hat er wie durch ein Wunder überlebt. Eine fremde Familie hat ihn bis zum Ende des Krieges auf dem Heuboden ihres Bauernhofes versteckt, ungeachtet der Gefahr, in die sich die Leute dadurch selbst begeben hatten. Ich bin mir sicher, dass es ihm eine Ehre gewesen wäre, bei der Einweihung des Gedenkortes an der Bendlerstraße dabei zu sein …«

» … Aber das war ihm nicht möglich«, tönte Doras Stimme am

Abend aus Giselas Küchenradio. Die beiden saßen atemlos zusammen und lauschten nach den Neun-Uhr-Nachrichten im RIAS der Abendreportage, während Clara schon im Bett lag. Für Dora klangen die eigenen Worte im Lautsprecher seltsam fremd, aber sie war überglücklich zu erfahren, dass Herr Holberger sein Versprechen wahr gemacht hatte: Der Bericht über Curt und sein Schicksal wurde gesendet. In diesem Moment saßen Tausende Menschen vor ihren Rundfunkapparaten und hörten, was Dora dem Reporter erzählt hatte:

»Curt von Thorau darf das Mahnmal nicht sehen, vermutlich weiß er nicht einmal, dass es neuerdings einen Gedenkort für diese mutigen Männer gibt. Denn Curt von Thorau sitzt in Ostberlin im Gefängnis. Er wurde verurteilt, weil er es gewagt hat, einen Fotoapparat von einem Teil der Stadt in den anderen zu bringen, in der Hoffnung, seinen Beruf wieder ausüben zu können. Wieso wird einem Mann des 20. Juli in der DDR so wenig Respekt entgegengebracht, wo sich dieser Staat doch den Antifaschismus auf die Fahnen geschrieben hat? Warum wird er dort nicht wie ein Held, sondern wie ein Verbrecher behandelt? …«

Nachdem der Bericht zehn Minuten später zu Ende war und wieder Musik aus dem Radio dudelte, saßen Dora und Gisela noch eine Weile andächtig schweigend zusammen. Schließlich sagte Gisela: »Ich bin schwer beeindruckt. Respekt! Das war eine tolle Botschaft. Du klangst sehr überzeugend und sehr engagiert. Ich bin so stolz auf dich.«

»Danke, Gisela. Hoffentlich haben heute Abend viele Leute zugehört. Es tut so gut, gerade am 20. Juli etwas für Curt zu tun. Auch wenn es nur im Geiste ist, denn ich bezweifle, dass sich die DDR-Oberen von meinen Worten tatsächlich beeindrucken lassen. Aber immerhin …« Doras Augen leuchteten auf. »Weißt du, was dieser Journalist mir versprochen hat?«

Als Gisela fragend den Kopf schüttelte, fuhr sie fort: »Die wichtigste Botschaft aus meinem Interview erscheint auch auf der Leuchttafel am Potsdamer Platz. Herr Holberger hat gesagt, davon müssen alle erfahren. Stell dir vor, jetzt können sogar die Leute im Ostteil der Stadt lesen, was man dort mit Nazi-Widerständlern wie Curt macht. Ist das nicht großartig?«

Gisela nahm sie in die Arme. »Das ist fantastisch, Dora. Du hast alles getan, was du für ihn tun konntest. Und jetzt warten wir ab. Vielleicht haben die Herren da drüben ja doch irgendwann ein Einsehen.«

41.

Am Abend darauf kam Mike zu Besuch. Unangemeldet wie meistens hatte er an Giselas Wohnungstür geklopft und gefragt, ob Dora Lust hätte, mit ihm ins Kino zu gehen. Gisela hatte das *Chez Gigi* für die alljährliche dreiwöchige Sommerpause zugesperrt. Sie, Dora und Clara standen nach dem Abendessen gerade beim Abwasch zusammen.

»Kann ich auch mit?«, fragte Clara, noch bevor Dora etwas gesagt hatte. »Bitte, bitte!« Sie warf das Geschirrhandtuch zur Seite, mit dem sie gerade einen Teller abgetrocknet hatte, und klatschte bettelnd in die Hände.

»*Not today, honey*. Ich schätze, heute ist es zu spät für dich«, antwortete Mike ungewohnt ernst.

»Na, mach schon!« Gisela zwinkerte Dora zu, als sie noch zögerte, Mikes Einladung anzunehmen. »Ich kümmere mich gern um Clara. Ich habe nämlich größte Lust, mal wieder mit Kasperlepuppen zu spielen. Macht ihr zwei Hübschen euch ruhig ein paar nette Stunden. Du siehst aus, als hättest du dringend mal wieder etwas Unterhaltung nötig, Dora. Raus mit dir!«

Dora umarmte Gisela dankbar und drückte Clara einen Kuss auf die Wange. Rasch zog sie sich ein frisches Kleid an, ließ sich ein wenig kaltes Wasser über das Gesicht laufen und bürstete sich die Haare. Während sie in ihre Schuhe schlüpfte, dachte sie, ja,

Gisela hatte recht. Heute hatte sie sich ein wenig Unterhaltung verdient.

Mike und Dora spazierten zum neu errichteten Gloria-Palast am Kurfürstendamm. Das traditionsreiche Berliner Filmtheater mit der berühmten neubarocken Fassade war nach den Bombenangriffen im Krieg völlig zerstört gewesen und erst Anfang Januar durch einen modernen Neubau ersetzt worden. An diesem Abend lief der Hollywoodstreifen *Vom Winde verweht*, der in diesem Jahr erstmals auch in Deutschland gezeigt wurde und so erfolgreich war wie kaum ein anderer Film hierzulande. Als Mike unterwegs gefragt hatte, ob sie Lust darauf hätte, diesen Film zu sehen, hatte Dora sofort zugesagt. Dabei ging es ihr gar nicht so sehr um den Inhalt dieses berühmten üppigen Südstaatenepos. Der Film hatte die unvorstellbare Länge von fast vier Stunden. Vier Stunden, in denen sie mit dem Schicksal der Leinwandhelden Scarlett O'Hara und Rhett Butler mitfiebern konnte. Vier Stunden, in denen sie ihr eigenes Schicksal endlich einmal komplett ausblenden konnte.

Tatsächlich verfehlte der Film seine Wirkung nicht. Als das Wort ›Ende‹ auf der Leinwand erschien, blieb Dora wie viele andere Leute im Saal noch ein paar Minuten wie betäubt im Kinosessel sitzen, beeindruckt von der mitreißenden Handlung, dem ungewohnten Farbspektakel und der dramatischen Musik. In der ersten Reihe schluchzte eine Frau hemmungslos und wollte sich gar nicht mehr beruhigen. Was für ein Film! Eine Frau zwischen zwei Männern, die inmitten einer Katastrophe ums Überleben kämpft. Dora erschien es, als wäre das auch ein bisschen ihre eigene Geschichte. Für Scarlett O'Hara und Rhett Butler war sie nicht gut ausgegangen – und für sie? Würde es für sie und Curt ein Happy End geben?

Erst als das Licht anging, ließ sich Dora von Mike aus dem Saal führen. Es war nach Mitternacht, als sie das Kino verließen und auf die Straße traten. Trotz der späten Stunde war die Stadt an diesem lauen Sommerabend voller Menschen.

Dora erschien die Gegenwart seltsam fremd, so überwältigt war sie noch immer von den Eindrücken des Films.

Auch Mike war ungewohnt schweigsam. Eine Weile spazierten sie ihren eigenen Gedanken nachhängend und ohne Ziel den Kurfürstendamm entlang. Ein Sichelmond stand am Himmel, doch viele Sterne waren nicht zu sehen über der hell erleuchteten Großstadt, in der die hohen Bogenlampen am Straßenrand, die grellen Autoscheinwerfer, die lichtdurchfluteten Schaufenster und die bunten Neonreklamen an den Hauswänden die Nacht beinahe zum Tag machten.

»*Wait a minute.* Ich muss dir etwas sagen, Dora.« Unvermittelt blieb Mike stehen und sah sie an. »Ich weiß es schon seit einer Weile und ich habe noch versucht, *to do something* …, etwas dagegen zu tun. Aber ohne Erfolg.«

»Was meinst du? Was ist los?«

»*I have to say goodbye.* Ich werde Berlin verlassen. Man hat mich versetzt.«

»Oh Mike, du gehst weg?« Dora war ehrlich bestürzt. Sie musste sich eingestehen, dass sie sich an ihn gewöhnt hatte. An die Sonntagsausflüge gemeinsam mit Clara. An seine Besuche im *Chez Gigi*. In den Wochen nach dem 17. Juni war er ihr ein guter, verlässlicher Freund geworden und sie hatte ihn sehr gern, wenngleich nicht auf die Art, wie er es sich vielleicht erhofft hatte. Sie hatte ihm von ihren Zukunftssorgen erzählt, von der Enttäuschung über das abgebrochene Studium und von Curt. Mike hatte begriffen und war trotzdem an ihrer Seite geblieben. Das rechnete sie ihm hoch an.

»Das ist furchtbar schade, Mike. Ich kann es mir gar nicht vorstellen. Wohin wirst du gehen? Zurück nach Amerika?«

»*No, not the* US. Ich werde nach München gehen. Schon in zwei Wochen.«

Mike legte seine Hände auf Doras Schultern. »Ich werde dich vermissen«, sagte er. »*I'll miss you both.* Dich und dein Mädchen. Das war ein schöner Sommer, auch wenn du es nicht leicht hattest. Wenn ich einen Wunsch frei hätte, würde ich mir wünschen, dass du mitkommst.«

»Aber Mike …«

»*I am sorry.* Ich weiß ja, dass mir dein Herz nicht gehört. Ich möchte nur, dass du weißt, was du mir bedeutest.«

»Danke, ich bin sehr froh, dass ich dich kennengelernt habe. Ehrlich. Ich danke dir für alles, was du für Clara und mich getan hast. Du warst mir wirklich ein großer Trost und ein guter Freund in den vergangenen Wochen. Ich weiß gar nicht, wo ich jetzt ohne dich stünde. Wenn ich einen Wunsch frei hätte, würde ich mir wünschen, dass du hierbleibst.«

Sie lachten beide verlegen.

»Ich denke, es ist besser, dass ich weggehe aus Berlin«, sagte er, während sie weiterschlenderten. »*I better leave.* Gegen den besten Mann der Welt, der fest hinter Mauern sitzt, habe ich keine Chance.«

»Sei mir nicht böse, Mike.«

»*Of course not.* Was kann ich gegen so eine Liebe machen? Nichts, außer zu verschwinden. Wünsch mir Glück in München!«

»Das tu ich, ganz bestimmt. Ich wünsche dir alles Glück der Welt!«

»Danke, ich dir auch, Dora. *Good luck! Hopefully all of your dreams will come true.* Und versprich mir, dass du nie wieder nach Ostberlin gehst, *not a single step.*«

Sie nickte nur.

In diesem Moment passierten sie das *Café Kranzler*. Noch ein paar letzte Gäste saßen auf der Terrasse, die geleerten Gläser vor sich, als ob sie sich noch nicht dazu entschließen konnten, an diesem schönen Abend nach Hause zu gehen. Im Inneren des Lokals war das Licht schon gedämmt, am Tresen stand ein Kellner, müde und gelangweilt, und wartete darauf, draußen endlich die Stühle zusammenstellen zu können. Plötzlich blitzte eine Erkenntnis in Dora auf, so jäh und unvermittelt, dass sie erschrocken zusammenfuhr. Professor Paulitzer war auch in München. Hier am *Café Kranzler* hatte sie ihn vor ein paar Monaten getroffen, kurz nach seinem Ärger an der Uni, und er hatte ihr berichtet, dass er auf dem Weg nach München war. Der Professor, der von Anfang an zu ihr gehalten hatte, der Lehrer, den sie von allen am meisten vermisste, lebte in München. Am Nabel der Welt, hatte er damals gesagt. Ja, der alte Mann hatte recht gehabt!

Auch ihre Eltern lebten neuerdings in München, die Stadt war zum neuen Mittelpunkt der Familie geworden. Und sie selbst? Was tat sie eigentlich noch hier? Worauf wartete sie in Berlin? Darauf, dass ein Wunder geschah? Dass sich die Gefängnistore für Curt aus heiterem Himmel öffneten? Dass ihr die Staatssicherheit der DDR ihre Beteiligung am Volksaufstand verzieh und dass sie zurück in den Osten konnte, um weiterzustudieren? Gelähmt und nutzlos verbrachte sie ihre Tage in dieser Stadt. Niemandem war damit geholfen. Weder Curt noch Clara. Das Einzige, das sie hier erwartete, war ein Bescheid vom Jugendamt, mit dem man ihr womöglich das Sorgerecht für Clara entzog. Diesen Gedanken hatte sie in den vergangenen Tagen verdrängt, aber Frau Schulzes Mahnung klang ihr noch in den Ohren und sie fröstelte, wenn sie sich an den Besuch erinnerte.

Was half es Dora, von einer sorglosen Zukunft zu träumen!

War es nicht Zeit, das Leben wieder selbst in die Hand zu nehmen? Sich einzugestehen, dass die Entscheidung, nach Berlin zu gehen, in eine Sackgasse geführt hatte, und einen anderen Weg anzutreten?

Vielleicht konnte sie in München den Neuanfang schaffen. Professor Paulitzer hielt viel von ihr. Vielleicht konnte er dafür sorgen, dass ihr Studium weiterging. Sie würde wieder einmal aufbrechen müssen, fortgehen ins Unbekannte und Menschen zurücklassen, die sie liebte. Aber das hatte sie schon so oft getan in den vergangenen Jahren, es machte ihr heute keine Angst mehr. Außerdem würde sie nicht allein sein in München. Mike würde dort sein, ihre Eltern, Inge, Christel, Herrmann. Und der gute Professor Paulitzer. Vielleicht war es eine Chance. Sie musste es versuchen. Es war, als hätte ihr das Schicksal das Puzzlestück in die Hände gelegt, das ihr die Lösung für ihre drängendsten Probleme aufzeigte. In München würde Clara sicher sein vor Frau Schulzes Inspektionen und den bösen Anschuldigungen von Frau Fiebelkorn. Ganz gewiss würden sie bei Christel und Herrmann wohnen können, und kein Jugendamt der Welt würde das Mädchen aus dieser harmonischen Familie herausreißen. Und Curt? Es wäre das, was er gewollt hätte. Wenn er freikäme, würde er nicht in Westberlin bleiben wollen, das hatte er bei ihrem Ausflug ins Havelland gesagt. Ja, es war die richtige Entscheidung.

»Mike!« Sie drückte seinen Arm. »Vielleicht hältst du mich für verrückt. Aber ich glaube, dein Wunsch könnte wahr werden. Wir werden uns in München wiedersehen.«

• • •

Der Gedanke, wieder ein neues Kapitel in ihrem Leben aufzuschlagen, versetzte Dora in fiebrige Aufregung.

Gleich am nächsten Tag schrieb sie zwei Briefe. Der eine ging an Christel. »Du und Clara, ihr habt bei uns immer ein Dach über dem Kopf«, hatte sie gesagt. Und jetzt war der Moment gekommen, an dem Dora darauf zurückkam. Ihre Mutter hatte ihr versichert, die Wohnung sei groß genug für alle. Und noch immer galt das Familienmotto: In der Not halten die Twardys zusammen.

Den zweiten Brief schickte Dora an die Tierärztliche Fakultät der Münchener Ludwig-Maximilians-Universität, zu Händen Professor Paulitzer. Darin schilderte sie ihm, was passiert war, und erkundigte sich, ob er es möglich machen konnte, dass sie ihr Studium in München fortsetzte.

Die beiden antworteten prompt.

»Wir freuen uns alle riesig darauf, Dich und Clara bei uns zu haben«, schrieb Christel. »Wir werden ein bisschen zusammenrücken müssen in der Wohnung, aber das ist wirklich kein Problem.«

Die Antwort des alten Professors las Dora gleich mehrmals hintereinander, so sehr berührte sie dieser Brief.

Sehr verehrtes Fräulein Twardy. Ich habe mit Freuden von Ihren Zukunftsplänen gelesen, wenngleich es mich natürlich bedrückt, zu erfahren, welche bitteren Erlebnisse zu dieser Entscheidung geführt haben. Gerne sähe ich Sie hier als meine Studentin. Allerdings liegt die Auswahl der Studierenden nicht allein in meiner Hand. Und an der Universität in München sind die Bewerbungen für das kommende Semester bereits abgeschlossen. Ich werde sehen, was ich für Sie tun kann. Am besten besprechen wir das in einem persönlichen Gespräch am Institut, sobald Sie in München sind.
Mit freundlichen Grüßen,
Ihr Professor Paulitzer.

Dora presste den Brief an sich. Auch wenn das noch keine Zusage war, auch wenn sie nicht die geringste Idee hatte, wie sie sich ein Studium finanzieren sollte, allein die Vorstellung, Professor Paulitzer wiederzusehen, mit ihm zusammenzusitzen und Zukunftspläne zu schmieden, klang einfach wunderbar. In München, da war sich Dora sicher, würde ihr einfallen, wie es weitergehen könnte.

Clara gab ein leises Stöhnen von sich, als Dora ihr am Abend beim Schlafengehen von ihrem Vorhaben erzählte. »Wir müssen schon wieder weg? Aber warum denn? Wir sind doch gerade erst hier eingezogen. Ich habe mich jetzt richtig an alles gewöhnt ...«

Dora strich ihr über die Haare. »Ja, es tut mir leid, dass unser Leben neuerdings so ein Kuddelmuddel ist. Aber in München wird es dir bestimmt auch gefallen. Und da kommt uns ganz sicher keine Frau Schulze vom Jugendamt besuchen.«

Sie berichtete, dass ihre Eltern bereits dort lebten, und die Aussicht, die vertrauten lieben Menschen aus Wielenstedt wiederzusehen, hellte Claras Stimmung auf.

Schwerer fiel es Dora, von Gisela Abschied zu nehmen. Sie waren so gute Freundinnen geworden in den vergangenen Monaten und Dora hatte Sorge, dass Gisela gekränkt sein könnte. Immer wieder legte sie sich aufs Neue die Worte zurecht, und immer wieder erschienen sie ihr falsch und künstlich. Schließlich war es Gisela selbst, die eine Aussprache in die Wege leitete. Es waren drei Tage vergangen, seit Dora den Brief des Professors erhalten hatte, und noch immer hatte sie es nicht übers Herz gebracht, die Freundin einzuweihen.

»Tu mir bitte einen Gefallen, Dora«, sagte Gisela, während sie auf dem Wittenbergplatz an den Marktständen entlanggingen, um ihre Wochenendeinkäufe zu erledigen. Gerade hatte Dora ein Bund Mohrrüben und ein paar Kartoffeln in ihr Einkaufsnetz gelegt und blickte nun überrascht auf. »Was immer du da für schwere Gedanken mit dir herumschleppst, spuck es einfach aus. Ich sehe dir doch an, dass du dir gerade über etwas den Kopf zerbrichst.«

Dora stellte das Netz mit dem Gemüse ab.

»Du hast recht, es ist feige von mir, dass ich nicht längst mit dir darüber gesprochen habe. Stell dir vor, ich habe vielleicht eine Möglichkeit, in München weiterzustudieren. Ein früherer Professor der Humboldt-Universität lehrt dort seit Kurzem, und ich könnte bei der Familie meines Onkels wohnen. Noch ist nichts entschieden, aber ich glaube ganz fest daran. Ich – ich möchte aus Berlin wegziehen. Bitte sei mir nicht böse.«

Gisela sah ehrlich verblüfft aus. »Weshalb sollte ich dir böse sein?«

»Na ja, weil du Clara und mir so selbstlos geholfen hast, ohne dich hätten wir kein Dach über dem Kopf gehabt. Wir haben dir so viel zu verdanken – und jetzt breche ich einfach wieder auf …«

Gisela schüttelte den Kopf. Sie sah nicht im Geringsten beleidigt aus. Ganz im Gegenteil.

»Das sind doch wunderbare Nachrichten, du Liebe. Wie konntest du mir die bloß so lange vorenthalten?«

»Ach, jetzt weiß ich es auch nicht mehr. Du bist eine richtige Freundin. Ich bin so froh, dass du dich mit mir freust!«

»Und wie. Natürlich bin ich auch gleichzeitig traurig, dass du weggehst aus Berlin. Aber es war ja nun wirklich nicht zu erwarten, dass du den Rest deines Lebens mit Clara auf meinem Sofa verbringen würdest. Das Wichtigste ist doch, dass es für euch beide weitergeht. Wir werden uns schreiben und ab und zu telefonieren. Und wenn du Lust auf das wilde Großstadtleben hast, liebe Dora, dann kannst du mich jederzeit besuchen kommen.«

»Ich danke dir. Das werde ich ganz gewiss, Gisela. Auch wenn die Zugfahrt von München nach Berlin natürlich ziemlich lang ist.«

»Moment mal.« Gisela schüttelte den Kopf. »Ihr könnt nicht mit dem Zug fahren.«

»Aber wieso?«, fragte Dora verblüfft. »Wie sollen wir denn sonst nach München kommen?«

»Denk doch mal darüber nach«, rief Gisela aufgebracht. »Mit dem Zug müsst ihr durch das Staatsgebiet der DDR fahren. Was meinst du, was passiert, wenn du an den Grenzen kontrolliert wirst? Hast du denn vergessen, dass du wegen der Beteiligung am Volksaufstand gesucht wirst? Die schnappen dich und machen kurzen Prozess mit dir.«

»Oh, mein Gott. Du hast recht. Daran habe ich im Augenblick tatsächlich gar nicht mehr gedacht.« Sie erinnerte sich daran, dass Professor Paulitzer damals etwas Ähnliches gesagt hatte.

»Tja«, fügte Gisela schulterzuckend hinzu. »Ihr werdet wohl ein Flugzeug nehmen müssen, um nach München zu kommen.«

Die nächsten Tage waren angefüllt mit Vorbereitungen für den Umzug. Dora kündigte ihre Stelle im Modehaus Horn, sehr zum Bedauern ihres Chefs. Auch die Verkäuferinnen im Laden ließen ihre neue Kollegin ungern gehen. Sie legten Geld zusammen und schenkten ihr zum Abschied eine bunte Karte, auf der sie alle unterschrieben hatten, und ein hübsches getupftes Chiffontuch, das Dora schon eine ganze Weile lang in der Auslage bewundert hatte.

Sie schrieb einen langen Brief an Erich und erzählte ihm, dass sie und Clara Berlin verlassen würden, um künftig in München wieder mit den Eltern zusammen zu sein. »Es wäre so schön, wenn Du und Hetti es auch irgendwann schafftet, zu uns in den Westen zu kommen«, schloss sie. Doch dann zerriss sie den Papierbogen und schrieb alles noch einmal – bis auf den letzten Satz. Sie war sich sicher, dass die Stasi die Post an Erich öffnen würde, und wollte ihren Bruder nicht durch eine Aufforderung zur Republikflucht in Schwierigkeiten bringen. Erichs Antwort kam ein paar Tage später. Um nicht die Aufmerksamkeit der Stasi auf sich zu ziehen, war der Brief an Gisela gerichtet und als Absender stand Frau Hagemann darauf.

Ich wünsche Euch Glück in München. Und ich habe noch etwas Wichtiges für Dich herausgefunden, liebe Dora. Dein Freund Frajo hat seine schweren Verletzungen glücklicherweise überlebt, allerdings wird er vorerst nicht zurück in den Westen kommen können. Für seine Beteiligung am Aufstand wurde er mit fünfzehn Monaten Haft bestraft. Das klingt hart, aber verglichen mit den anderen Urteilen, die die Gerichte nach dem 17. Juni gefällt haben, ist er noch glimpflich davongekommen. Im Herbst nächsten Jahres wird er wieder ein freier Mann sein. Ich habe auch versucht, etwas über Curt herauszufinden. Doch ich habe niemanden gefunden, der sich dazu ein Wort entlocken ließ. Sei gewiss, dass ich Euch beiden, Euch dreien die Daumen drücke, in der Hoffnung, dass Ihr von einer gemeinsamen Zukunft irgendwann nicht mehr nur zu träumen braucht. Mach Dir um mich bitte keine Sorgen, liebe Schwester. Es geht mir hier so weit gut. Wir passen auf uns auf.
Alles Liebe,
Dein Bruder Erich.

Dora starrte lange auf seine vertraute Schrift. Fünfzehn Monate Haft für Frajo. Das war bitter, aber immerhin wusste er, wann die Zeit im Gefängnis für ihn vorbei sein würde. Wenn sie das doch von Curt sagen könnte! Und Erich? Wann würde sie ihn wieder in die Arme nehmen können?

Versonnen faltete Dora den Brief zusammen und schob ihn zurück ins Kuvert.

Es wurde Zeit, auch Günther und Anneliese Lebwohl zu sagen. Wie würden sie die Nachricht aufnehmen, dass Frajo in Haft saß? Sie hatten so vieles gemeinsam erlebt, seitdem sie sich am Tag ihres Bewerbungsgespräches kennengelernt hatten. Und auf einmal war nichts mehr wie zuvor. Dora hatte die beiden eine Weile nicht gesehen. Sie hatten tatsächlich geheiratet, wenngleich das nicht ganz so schnell gegangen war, wie Anneliese es am Tag nach dem Aufstand geplant hatte. Erst vor zwei Wochen waren sie zusammen mit Annelieses Mutter zu Günthers Familie nach Erfurt gefahren und hatten sich dort das Jawort gegeben. Anschließend hatten sie als frisch Vermählte ein paar Tage Urlaub im Thüringer Wald gemacht.

Nach ihrer Rückkehr trafen sich die drei zu einem Sonntagsspaziergang durch den Schlosspark Charlottenburg. Anneliese strahlte selig, und die beiden zeigten Dora ihre goldenen Eheringe, die in der Sonne funkelten.

»Ich gratuliere euch von Herzen. Es ist so schön, dass ihr euch gefunden habt, und ich wünsche euch eine wundervolle Zukunft.« Dora umarmte die beiden, dann überreichte sie ihnen eine hübsch verpackte Champagnerflasche, die ihr Gisela zu einem etwas günstigeren Preis überlassen hatte.

»Oh, vielen Dank. Was für eine Kostbarkeit!« Geradezu ehrfürchtig betrachtete Günther das Etikett.

»Ich hoffe, ihr hattet ein großartiges Fest. Wenn ich mit der Volkspolizei nicht auf Kriegsfuß stehen würde, wäre ich ganz sicher nach Erfurt gefahren und hätte mitgefeiert.«

»Ich weiß, Dora.« Günther sah sie zerknirscht an. »Wir hätten viel lieber in Westberlin geheiratet. Aber meine alte Patentante Gertrud wollte bei meiner Hochzeit unbedingt dabei sein und sie ist nicht mehr fit genug für so eine Reise.«

»Ja, es ist furchtbar schade, dass du nicht dabei sein konntest, Dora.« Anneliese seufzte und drehte den Ring an ihrem Finger. »Du und Frajo, ihr habt uns gefehlt. Es war eine schöne Feier, aber mit euch wäre sie noch schöner gewesen.«

Dora nickte. Anneliese plauderte noch ein wenig von dem Hochzeitsfest und von ihren Flitterwochen, und dann erzählte Dora den beiden, was Erich ihr über Frajo berichtet hatte. Augenblicklich fiel ein Schatten über die Gesichter des frischgebackenen Ehepaars.

»Im Gefängnis sitzt er?« Günther fand als Erster die Sprache wieder. »Fünfzehn Monate soll er hinter Gittern sitzen? Für so ein bisschen Demonstrieren? Das ist ja furchtbar. Ich kann mir das gar nicht vorstellen.«

»Meinst du, wir können ihn dort besuchen?«, fragte Anneliese. »Günther und ich sind ja zum Glück nicht mit der Volkspolizei und den russischen Panzern aneinandergeraten. Wir können uns im Osten frei bewegen.«

Dora zuckte mit den Schultern. »Ihr müsst es versuchen. Ich weiß von Curt, wie grausam es ist, allein und verlassen in der DDR im Knast zu sitzen. Es würde Frajo ein wenig trösten, wenn ihr ihn besuchen kommt, da bin ich mir sicher.«

Eine Weile gingen sie schweigend und nur das knirschende Geräusch ihrer Schuhsohlen auf dem Kies war zu hören. Dann berichtete Dora endlich von ihrem Umzug nach München.

»Oh, Dora, wir werden dich ganz schrecklich vermissen«, sagte Anneliese traurig. »Jetzt bleiben von unserem Viererkleeblatt des ersten Semesters nur noch Günther und ich übrig.« Sie hakte sich bei Dora unter. »Aber ich verstehe dich. Vermutlich ist es nur vernünftig, dass du aus Berlin weggehst, so wie sich die Dinge hier entwickelt haben. Und dein größter Traum war es immer, Tierärztin zu werden. Natürlich musst du nach München ziehen, wenn es auch nur die geringste Chance gibt, dass du dein Studium da fortsetzen kannst.«

»Ich wünsche dir sehr, dass es klappt«, fügte Günther hinzu. »Und was ist mit Curt?«

Diese Frage versetzte Dora einen Stich. »Es vergeht kein Tag, an dem ich nicht an ihn denke. Aber ich kann ihm in Berlin genauso wenig helfen wie in München. Was ich tun konnte, habe ich getan.« Sie erzählte den beiden von ihrem Gespräch mit dem RIAS-Reporter und von dem Bericht über Curt, der im Radio gesendet worden war. »Jetzt wissen viele Menschen in Berlin, auch im Osten der Stadt, dass mit ihm ein ehemaliger Widerstandskämpfer im Gefängnis sitzt. Vielleicht bewirkt das ja etwas bei den DDR-Oberen.«

• • •

Gisela spendierte Dora und Clara eine Fahrt mit dem Taxi zum Flughafen nach Tempelhof und stieg selbst mit ein.

»Ich kann euch doch einen so wichtigen Schritt im Leben nicht allein gehen lassen«, sagte sie. Dora war froh, dass Gisela sie an diesem Tag begleitete, denn die Trennung fiel ihr schwerer, als sie sich anmerken ließ. Es war ein bewölkter Morgen im August. Schweigend ließen sie sich durch die Stadt chauffieren. Dora blickte aus dem Seitenfenster des Wagens. Draußen standen Menschen in großen Trauben an den Bushaltestellen, Radfahrer fuhren die Straßen entlang, Lieferanten entluden ihre Ware vor den Geschäften … Für diese Menschen war das heute ein Tag wie jeder andere, aber für sie und Clara fing wieder einmal etwas ganz von vorne an. Leb wohl, Berlin, dachte sie. Mit wie vielen Hoffnungen war sie vor einem Jahr hierhergekommen. Und jetzt war auch das wieder vorbei. Wieder ein Aufbruch, wieder fortgehen von Menschen, die ihr ans Herz gewachsen waren. Wann würde das ein Ende haben? Clara schien es ähnlich zu gehen. Sie saß neben Dora auf der Rückbank und schob ihre kleine verschwitzte Hand in Doras.

Als sie sich dem Flughafen näherten, flog mit ohrenbetäubendem Dröhnen plötzlich ein Flugzeug direkt über ihnen hinweg. Es befand sich kurz vor der Landung. Dora sah die blinkenden Positionslichter in Grün und Rot. Unvorstellbar, dass sie gleich auch im Bauch einer solchen riesigen Maschine sitzen und durch die Luft schweben würden.

Gisela bezahlte den Taxifahrer, der ihnen noch half, das Gepäck in die Eingangshalle des Flughafens zu bringen. Neonleuchten warfen ein kaltes hartes Licht auf die Schalter der Fluggesellschaften und auf die vielen Reisenden, die da anstanden. Die jungen Mädchen hinter den Pulten trugen blaue Uniformen und dazu das passende Käppchen auf dem Kopf. Sie waren alle hübsch geschminkt und lächelten, doch auch ihre Freundlichkeit konnte nicht verbergen, wie müde sie waren. Sicherlich saßen sie schon am Schalter, seit heute früh kurz nach Sonnenaufgang der erste Flieger abgefertigt wurde. Dora hatte nicht erwartet, so viele Menschen hier zu sehen. In den Männern mit ihren dunklen Anzügen, Krawatten und Aktentaschen erkannte sie die typischen Geschäftsreisenden, aber es waren auch Leute zu sehen, die weniger gut gekleidet waren und erschöpft auf ihren Koffern und Bündeln saßen, alte Frauen mit Kopftüchern waren darunter, Männer mit abgewetzten Hüten und weinende Kinder.

»Was machen die alle hier?«, fragte Dora überrascht.

Der Taxifahrer stellte ihren Koffer ab.

»Das sind politische Flüchtlinge aus der Zone«, erklärte er. »Die werden alle in den Westen ausgeflogen. Hier sieht es jeden Tag so aus. Wenn man die alle so sieht, fragt man sich, ob bald noch jemand übrig bleibt, drüben im Osten …«

Dora nickte mit einem beklommenen Gefühl. Auch sie gehörte zu denjenigen, die fortreisen konnten. Erich, Frajo und Curt nicht.

»Achtung, Achtung!«, schnarrte es direkt über ihr aus einem Lautsprecher. »Air France gibt den Abflug ihres DC-4-Flugs 149 nach Paris bekannt. Die Passagiere werden durch Flugsteig drei an Bord gebeten. Bitte Frauen mit Kindern zuerst, wir wünschen einen angenehmen Flug.«

Und dann eine Durchsage auf Englisch: »*Attention, please. Calling for passengers Dalton and Myers. Will you come to the Pan American Airways ticket counter please. Passengers Dalton and Myers please …*«

Alles hier war laut, grell, fremd und aufregend. Dora war froh, dass Gisela noch ein wenig an ihrer Seite blieb.

Schließlich wurde ihre Maschine aufgerufen. Noch einmal umarmten sich die drei.

»Ich kann dir gar nicht genug danken für alles«, sagte Dora. Mehr brachte sie nicht über die Lippen. Dann ging sie mit Clara durch die weit geöffnete Tür hinaus auf das Rollfeld und auf die heruntergelassene Gangway des Flugzeuges zu.

Nachdem Dora anfangs der Bauch vor Aufregung gekribbelt hatte, konnte sie den ruhigen Flug schließlich doch genießen. Clara saß staunend am Fenster, und Dora blickte über ihre Schulter hinweg nach draußen. Wie eine Spielzeuglandschaft lag Berlin unter ihr. Die Maschine flog mit einer leichten Drehung über die Stadt, und Dora betrachtete mit angehaltenem Atem das schier endlose Häusermeer mit dem Netz von Straßen dazwischen, doch es ging zu schnell, als dass sie das Brandenburger Tor, die Trümmer der Gedächtniskirche oder ein anderes markantes Gebäude hätte ausmachen können, dann schwebten sie auch schon wie im Blindflug durch die dichten Wolken. Das Flugzeug stieg höher und ein Raunen ging durch die Maschine, als plötzlich die gleißende Sonne vom makellos blauen Himmel schien. Die Wolken, die unten in Berlin noch grau und undurchdringlich ausgesehen hatten, schimmerten von oben schneeweiß.

»Wie Watte«, jauchzte Clara begeistert. »Das sieht so schön aus. Da möchte ich am liebsten hineinspringen!«

Dora drückte ihre Hand. In diesem Moment war sie glücklich und voller froher Erwartungen an ihre Zukunft in München. Wie trüb und finster einem das Leben auch manchmal vorkommen mochte, über den Wolken scheint immer die Sonne, ging es ihr durch den Kopf.

Teil 3

42.

Die Pan-Am-Maschine aus Berlin-Tempelhof landete pünktlich um 14 Uhr 30 auf dem Münchner Flughafen Riem. Christel erwartete sie gleich hinter der Sperre. Sie winkte lebhaft mit beiden Händen, als Dora und Clara mit ihrem Gepäck auf den Ausgang zusteuerten. Auch Onkel Herrmann war gekommen, um sie abzuholen.

»Ich muss doch dabei sein, wenn ihr zwei euer neues Leben in München anfangt!«, erklärte er, um dann augenzwinkernd hinzuzufügen: »Außerdem hat meine Christel ja leider keinen Führerschein.«

»Du liebe Zeit, nein!« Sie lachte. »Ich habe genug zu tun, da brauche ich mich nicht auch noch damit zu quälen, diese Benzinkutsche durch den Stadtverkehr zu steuern.«

Herrmann nahm Doras Koffer auf und trug ihn zu einem schicken dunkelgrünen Borgward, der vor dem Flughafengebäude parkte. Dora war erleichtert über den freundlichen Empfang, den die beiden ihr und Clara bereiteten. Von den Sorgen über seine Geschäfte ließ sich ihr Onkel nichts anmerken.

»Von deinen Eltern sollen wir euch ganz herzlich grüßen«, sagte er, während er Clara und den beiden Frauen die Autotüren öffnete. »Sie freuen sich sehr auf euch. Aber sie haben nichts dagegen, wenn wir nicht direkt zurück zur Wohnung fahren, sondern den Heimweg mit einer kleinen Stadtrundfahrt verbinden. Damit ihr euer neues Zuhause schon mal ein wenig kennenlernen könnt. Ich habe Zeit, meine Galerie ist ja sowieso gerade zugesperrt. Was haltet ihr davon?«

»O ja, sehr gern. Das wäre toll.«

Wenig später kurvten sie durch München. Der wolkige Himmel hatte ein wenig aufgeklart und die Sonne blitzte immer öfter hervor. Neugierig betrachtete Dora die Welt, die an den Autoscheiben vorbeizog und in der sie künftig leben würde. München war so viel kleiner als Berlin, und wenngleich die meisten Gebäude wiedererrichtet waren, so war es nicht zu übersehen, dass auch diese Stadt im Krieg schwerste Zerstörungen erlitten hatte. Der kleine dreitorige Triumphbogen zum Beispiel, der in Sicht kam, nachdem der Wagen kilometerlang auf der großen, schnurgeraden Leopoldstraße von Schwabing kommend nach Süden gerollt war. Wie ein Mahnmal stand die Ruine des rußigen Bauwerks inmitten der Straße. Auf beiden Seiten rollte der Verkehr in einem Bogen vorbei.

»Was den Berlinern ihr Brandenburger Tor, das ist den Münchnern ihr Siegestor«, erklärte Herrmann und steuerte den Wagen auf der Fahrspur rechts entlang. »In einer etwas kleineren Ausgabe. Allerdings ist noch nicht entschieden, ob das ramponierte Denkmal im nächsten Jahr womöglich abgerissen wird. Aber es gibt auch Pläne, ein Friedensmahnmal daraus zu machen.«

»Das ist eine gute Idee«, fand Dora. »So ähnlich hat man es in Berlin mit dem Turm der Gedächtniskirche gehalten.«

»Ab hier heißt die Straße übrigens Ludwigstraße. Und da siehst du das Hauptgebäude der Universität.«

Christel wies auf ein lang gestrecktes Gebäude im Rundbogenstil, das sich etwas zurückgesetzt hinter dem rechten Straßenrand befand. »Irgendwo da drin wirst du vielleicht erfahren, wie es mit deinem Studium weitergeht.«

Dora nickte und ihr Herz machte einen kleinen Hüpfer. So bald wie möglich würde sie dort vorsprechen.

Wenngleich diese Uni besser aussah als ihr Pendant in Ostberlin Unter den Linden, waren auch hier noch deutliche Kriegsschäden zu erkennen. So war das Hauptportal mit Brettern versperrt. Da gerade Semesterferien waren, wirkte das Gebäude mit den zwei Seitenflügeln aber ohnehin verwaist. Nur auf der Einfassung des hohen runden Brunnens auf dem Vorplatz saßen zwei junge Männer und rauchten. Das sah doch nach einem herrlich gemütlichen Ort aus, um sich zwischen zwei anstrengenden Vorlesungen in der Sonne zu erholen.

»Verglichen mit dem, wie die Stadt unmittelbar nach dem Krieg aussah, ist schon wieder vieles hergerichtet«, sagte Herrmann. »Die Leute haben wirklich unermüdlich gearbeitet und viel Geld hineingesteckt. Aber es braucht seine Zeit.«

Tatsächlich wirkte München hell und freundlich. Dora dachte an die traurigen Straßenzüge und die verwaisten Trümmergrundstücke im Zentrum von Ostberlin. Wie lange würde es wohl dauern, bis auch dort die letzten Kriegsschäden beseitigt wären?

Christel und Herrmann wohnten im vierten Stock eines Mietshauses im Stadtteil Lehel direkt an der Isar. Herrmann parkte seinen Wagen unter den Bäumen am Straßenrand. Ein paar Meter daneben zog unterhalb der Ufermauer der Fluss dahin. Dora bestaunte die vornehme Jugendstil-Fassade der Wohnhäuser auf der anderen Seite, die die Bombennächte ohne nennenswerte Beschädigungen überstanden hatten. Herrmanns Geschäfte mit der Kunst mussten wieder gut laufen, sonst könnte er es sich gewiss nicht leisten, mit seiner Familie in einer so feinen Gegend Münchens zu leben.

Auch wenn ihr die Autofahrt durch die Stadt Freude gemacht hatte, war Dora nun doch froh, endlich angekommen zu sein und vor allem ihre Eltern wiederzusehen. Josef und Vera begrüßten die beiden Neuankömmlinge an der Wohnungstür.

»Jetzt sind wir wieder zusammen«, flüsterte Vera ihrer Tochter ins Ohr, während sie Dora so fest an sich drückte, als wollte sie sie nie mehr loslassen. »Endlich seid ihr raus aus diesem schrecklichen Berlin. Jetzt wird alles wieder gut.«

»Ja, Mama. Das denke ich auch.«

Dora betrachtete ihre Mutter. Sie war noch immer sehr mager, doch ihre Wangen schienen ein wenig mehr Farbe zu haben als bei ihrer letzten Begegnung an Mariannes Hochzeit. Tatsächlich schien sie sehr erleichtert, dass ihr das Leben in einer dieser armseligen Nissenhütten in Wielenstedt erspart geblieben war. Ihr Vater nahm Doras Hände.

»Danke, mein Mädchen, für alles«, sagte er. »Ich hätte nie geglaubt, dass ich einmal die Wohltätigkeit meines Bruders annehmen würde, aber vermutlich ist es besser so.«

»Es ist ja nicht für immer«, versicherte Dora und versuchte, optimistisch zu klingen, obwohl sie nicht die geringste Vorstellung hatte, wie sie in absehbarer Zeit eine eigene große Wohnung für die Familie bezahlen sollte.

Christel führte sie ins Wohnzimmer, durch dessen Fenster man einen herrlichen Blick auf die Isar hatte, das Wasser glitzerte zwischen den Bäumen am Straßenrand. Auf dem Tisch stand schon das Kaffeegeschirr, dazu ein Guglhupf, und es duftete wunderbar nach frischem Kaffee. Doch Dora nahm das alles kaum wahr, weil in diesem Moment Inge ins Zimmer trat, ein Tablett mit Zuckerdose und Milchkännchen in den Händen.

»Da seid ihr ja endlich. Hach, ist das eine Freude, euch zwei wiederzusehen.«

Sie stellte das Tablett auf den Tisch und umarmte ihre Cousine. Inge klang so vergnügt wie immer, doch sie wirkte müde und ihre Augen waren rot gerändert.

»Ist alles in Ordnung bei dir?«, fragte Dora leise. »Sag mal, hast du etwa geweint?«

»Aber nein, mir geht es wunderbar. Ich habe nur gerade einen entsetzlich traurigen Schmöker gelesen.« Sie lachte laut. »Und jetzt setzt euch doch bitte. Ihr seid bestimmt schon halb verhungert.«

Dora sah ihre Cousine noch einmal an und kam zu dem Schluss, dass sie sich getäuscht haben musste.

»Ihr habt ziemlich lange gebraucht für den Weg vom Flughafen«, fuhr Inge munter fort, nachdem sie am Tisch Platz genommen hatten. »Hat Papa es wieder nicht unterlassen können und euch erst durch die ganze Stadt kutschiert, Dora? Das macht er immer, wenn Gäste kommen. Er ist so stolz auf das schöne München, als wäre es seine Heimatstadt.«

»Was soll ich sonst machen?«, gab ihr Vater zurück. »Unser schönes Königsberg gibt es ja leider so nicht mehr.«

»Jetzt bloß nicht sentimental werden!« Christel nahm die Kaffeekanne auf. »Ich freue mich jedenfalls, dass wir alle zusammen sind. Wo bleiben eigentlich Gustav und Evalotte?«

Sie rief die Namen durch die Wohnung, und kurz darauf kamen die beiden ebenfalls an den Kaffeetisch. Als Dora ihren Cousin und ihre Cousine begrüßte, fragte sie sich, wo die Zeit geblieben war. Bei ihrem ersten Besuch in Königsberg hatte Evalotte gerade einmal richtig laufen können. Und bei ihrem letzten Besuch, vier Jahre später, war Gustav ein Baby gewesen, dessen Taufe sie gefeiert hatten. Seine drei älteren Halbbrüder Artur, Ewald und Kunibert waren mittlerweile ihre eigenen Wege gegangen. Nicht ohne Stolz sprach Christel darüber, was aus ihnen geworden war.

»Aus meinen drei prächtigen Jungs«, sagte sie, obwohl nur Kunibert ihr leibliches Kind war. Am weitesten hatte es Artur verschlagen, der im vorigen Jahr nach Australien ausgewandert war, um dort gutes Geld im Bergbau zu verdienen. Ewald bereitete sich darauf vor, einmal die Galerie seines Vaters zu übernehmen und hatte an der Münchner Uni kürzlich ein Studium der Kunstgeschichte aufgenommen, während Kunibert eine Ausbildung bei der Polizei machte.

»Ach, es ist wunderbar, bei euch zu sein.«

Das kam aus Doras tiefstem Herzen. Es tat so gut, bei der Familie des Onkels so herzlich empfangen zu werden. Wie anders fühlte sich das heute an als bei ihrem ersten Besuch im Sommer 1940 in Königsberg. Fremd und unwohl hatte sie sich damals gefühlt. Jetzt erschien es Dora ein bisschen so, als käme sie nach Hause.

• • •

Am nächsten Morgen machten sich Vera und Christel mit Evalotte, Clara und Gustav auf den Weg in den Münchner Tierpark. Es waren noch Sommerferien und das schöne Wetter lud zu einem Ausflug ein. Dora winkte ihnen nach, als die fünf am Ufer der Isar südwärts Richtung Zoo spazierten. So gerne sie mitgegangen wäre und sich in der hübschen Gartenanlage Löwen und Elefanten angesehen hätte, sie wollte keine Zeit verstreichen lassen. Sie musste wissen, wie es mit ihrem Studium weiterging.

Nachdem Onkel Herrmann zu einem Termin bei seinem Anwalt aufgebrochen und Inge wie jeden Morgen ins Büro geradelt war, fuhr Dora mit der Straßenbahn zur Universität. Sie musste sich ein wenig durchfragen, um die Tierärztliche Fakultät zu finden. Sie lag ein paar Straßen abseits des Hauptgebäudes in der

Nähe des Englischen Gartens. Durch ein ockerfarbenes Portal mit zwei geöffneten Holztüren ging es in einen begrünten Hof. Nach einigem Suchen fand sie das Büro von Professor Paulitzer in der obersten Etage eines zweigeschossigen Hauses, das schnell und schmucklos nach dem Krieg wiedererrichtet worden war. Das Fenster seines Arbeitszimmers bot den Ausblick auf eine gewaltige Baustelle. Die hohen Schwenkarme von Kränen drehten sich über einem gerade erst gegossenen Fundament. Ein Bauschild wies darauf hin, dass hier gerade ein neues Gebäude der Fakultät entstand.

Der alte Mann strahlte vor ehrlicher Wiedersehensfreude, als Dora sein Büro betrat. Er legte die Papiere zur Seite, in denen er gerade gelesen hatte, stand von seinem Sessel auf und trat um den schweren Schreibtisch herum, um Doras Hand zu schütteln.

»Herzlich willkommen in München, Fräulein Twardy. Wer hätte gedacht, als wir uns im Frühjahr am *Café Kranzler* trafen, dass Sie mir hierher folgen würden. Bitte nehmen Sie Platz!«

»Vielen Dank, dass Sie sich Zeit für mich nehmen, Herr Professor. Ich bin ganz sicher noch viel glücklicher über das Wiedersehen. Ich möchte mein Studium hier so gerne fortsetzen.«

Er hatte sich inzwischen wieder am Tisch niedergelassen. Nachdenklich sah er sie an und wiegte seinen eisgrauen Kopf langsam hin und her.

»Ich habe eine gute und eine schlechte Nachricht für Sie. Erfreulicherweise konnte ich meine Kollegen davon überzeugen, Ihnen die Fortführung Ihres tiermedizinischen Studiums an unserer Uni grundsätzlich zu erlauben. Sie sind ja nun keine Anfängerin mehr und Ihre Leistungen an der Humboldt-Universität waren wirklich hervorragend. Jedenfalls in den veterinärmedizinischen Fächern. Und für Marxismus-Leninismus interessiert sich hier ja glücklicherweise niemand. Aber …« Der Professor hob mahnend den Finger, während Dora nur mühsam einen Jauchzer unterdrückte. Sie durfte weiterstudieren! »Aber, verehrtes Fräulein Twardy, zaubern kann ich leider auch nicht. Es gibt gewisse Verwaltungsvorschriften, über die sich keiner hinwegsetzen kann. Die Bewerbungsfristen für das kommende Wintersemester sind um diese Zeit längst abgeschlossen. Damit ist es unmöglich, dass Sie bereits im Herbst wieder einsteigen. Ich werde alles tun, damit Sie Ihr Studium im Sommersemester wieder aufnehmen können. Aber bis dahin müssen Sie sich wohl oder übel gedulden.«

Dora versuchte, ihre Enttäuschung darüber zu verbergen. Bis zum Start des Sommersemesters im Mai waren es noch fast neun Monate! Eine unendlich lange Zeit. Sie schluckte. Natürlich war es keine Selbstverständlichkeit, dass ihr die Münchner Professoren überhaupt eine Fortsetzung des Studiums genehmigten, und sie freute sich sehr darüber. Aber wie gerne wäre sie gleich zum Wintersemester wieder zu den Vorlesungen gekommen!

»Ich bin überglücklich, dass ich hier überhaupt eine Perspektive habe«, sagte sie schließlich. »Aber bis Mai …?«

»Ich weiß, dass Ihnen die Zeit bis dahin unendlich lang erscheint«, unterbrach sie der Professor ruhig. »Und auch darüber habe ich mir so meine Gedanken gemacht. Sie sollen die vielen Monate nicht untätig herumsitzen. Selbstverständlich ist es Ihnen gestattet, als Gasthörerin sämtliche Vorlesungen zu besuchen, für die Sie sich interessieren. Ohne freilich darüber Prüfungen abzulegen, denn dazu müssten Sie ja als Studentin eingeschrieben sein. Wie gesagt, ich bin guter Dinge, dass wir das bis zum Frühjahr hinbekommen. Und es kann nicht schaden, wenn Sie sich bis dahin in die wichtigsten Fachgebiete einarbeiten. Das wird Ihnen bei den nächsten Prüfungsterminen sicherlich zugutekommen.«

»Ich danke Ihnen, dass Sie sich so viele Gedanken über meine Zukunft gemacht haben.«

»Warten Sie's nur ab. Ich bin noch nicht fertig. Als angehende Tierärztin sind Sie bei uns verpflichtet, umfassende Praktika abzuleisten. Die kommenden Monate bieten Ihnen eine gute Gelegenheit dazu. Und zufälligerweise habe ich gestern erst von meinem alten Freund Doktor Wagmüller erfahren, dass er eine Assistentin für seine tierärztliche Praxis sucht. Wir kennen uns seit unserer Berliner Studienzeit und haben uns trotz des Krieges nie aus den Augen verloren. Er ist ein guter Mensch, ein wenig eigenbrötlerisch vielleicht, nachdem er nie das Glück hatte, die richtige Frau fürs Leben zu finden, aber man kann mit ihm auskommen. Er sucht für ein paar Stunden in der Woche Unterstützung, denn er ist auch nicht mehr der Jüngste. Selbstverständlich wird er einen kleinen Stundenlohn für die Arbeit zahlen. Langer Rede, kurzer Sinn, Fräulein Twardy. Wäre das etwas für Sie? Wenn Sie möchten, rufe ich Doktor Wagmüller sofort an und sage ihm, dass Sie ihm in Kürze als kluge und fleißige Assistentin zur Seite stehen.«

Augenblicklich waren Doras Bedenken wie weggewischt. Sie zögerte nicht eine Sekunde lang zuzusagen. Geld verdienen als Assistentin eines langjährigen Tierarztes? Besser konnte sie die Zeit bis zur Neuaufnahme ihres Studiums nicht nutzen. Endlich würde sie wieder jeden Tag mit Tieren zu tun haben und dem Beruf nahe sein, von dem sie schon so lange träumte!

Professor Paulitzer schrieb ihr die Adresse seines Kollegen auf einen Zettel.

»Ich freue mich, dass Sie meinem Vorschlag zustimmen. Sie werden es nicht bereuen und einen umfassenden Einblick in den Alltag eines Veterinärmediziners erhalten. Doktor Wagmüller lebt und arbeitet in einem Vorort von München, draußen in Grünwald. Seine Praxis ist aber gut zu erreichen. Es gibt eine regelmäßige Straßenbahnverbindung aus der Stadt dorthin. Ich werde umgehend mit ihm telefonieren.«

Dora musste an sich halten, vor Freude nicht zu singen und zu hüpfen, als sie das Büro des Professors verließ. In allerbester Laune machte sie sich auf den Weg zu ihrer Verabredung mit Inge.

»Wenn du ohnehin in der Gegend bist, können wir ja während meiner Mittagspause einen kleinen Spaziergang durch den Englischen Garten machen«, hatte die Cousine am Abend vorgeschlagen. »Das Büro, in dem ich arbeite, liegt ganz in der Nähe.«

Dora hatte dem nur zu gerne zugestimmt.

Nun schlenderten die beiden durch die weitläufige Parkanlage, der nicht anzusehen war, dass sie vor zweieinhalb Jahrhunderten mitten in der Stadt künstlich angelegt worden war, mit ihren großen Wiesen, Waldstücken, Wasserläufen und einem See, auf dem man sich Ruderboote mieten und um eine kleine Insel herumgondeln konnte. Sie bestiegen einen kleinen Hügel im Südteil des Gartens und setzten sich im Schatten eines kleinen Tempels, den man dort oben im griechischen Stil errichtet hatte, auf die Steinstufen. Von hier aus hatte man einen herrlichen Blick über die Silhouette von München, hinter den Baumwipfeln jenseits der Grünfläche ragten die Türme der Stadt in den blauen Himmel.

Dora hatte Inge in allen Details von ihrem Gespräch mit Professor Paulitzer erzählt, in der Erwartung, dass ihr die Cousine freudig gratulieren würde. Doch Inge war merkwürdig wortkarg.

»Was ist los mit dir?«, fragte Dora leise. »Du bist anders als sonst. Mir ist schon gestern Abend aufgefallen, dass du nicht so richtig fröhlich bist wie sonst immer. Da stimmt doch was nicht.«

Für einen Moment presste Inge die Lippen aufeinander. Dann

brach es aus ihr heraus: »Ich ... ich bin schwanger, Dora. Ich bekomme ein Kind. Von Wesley. Und ich weiß nicht, was ich machen soll. Du bist die Erste, der ich davon erzähle.«

»Oh, Inge ...«

»Ich ... ich bin so verzweifelt. Wenn mein Vater erfährt, dass ich ein Kind bekomme, ohne verheiratet zu sein und dann noch von einem amerikanischen Besatzungssoldaten ...« Sie schluchzte laut. »Ich weiß nicht, was er dann tut. Wahrscheinlich will er mich dann nie wiedersehen. Du musst mir helfen, bitte!«

Dora nickte bestürzt. Sie brauchte ein Weilchen, um die Neuigkeit zu verdauen. Sie wusste sehr wohl, dass Frauen, die sich mit Besatzern eingelassen hatten, meist schief angesehen wurden. Und die Kinder, die aus solchen Beziehungen entstanden, wurden oft als »Bankert« oder »Bastard« beschimpft. Vor allem in den ersten Jahren nach dem Krieg war das so gewesen. Inzwischen waren solche Beziehungen zwar nicht mehr verboten, doch noch immer blickten viele Leute abfällig auf diese Mütter und ihre Kinder herab, wie sie überhaupt Frauen verachteten, die unverheiratet schwanger geworden waren. Doch Dora schob diesen Gedanken fürs Erste von sich. Sie wollte die Cousine nicht noch weiter beunruhigen. Liebevoll legte sie ihren Arm um Inges Schulter und zog sie an sich.

»Niemand wird dich verstoßen. Du bist vierundzwanzig, alt genug, um zu heiraten und ein Kind zu bekommen. Ich wette, dein Vater wird sich nach dem ersten Schreck darüber freuen. Was ist mit Wesley? Was sagt er dazu, dass er Papa wird?«

Inge zögerte mit der Antwort und beobachtete eine junge Frau, die unten vor dem Hügel einen Kinderwagen über den Weg schob. Mit zitternder Stimme antwortete sie schließlich: »Er weiß es noch nicht.«

»Aber Inge! Das ist doch das Wichtigste. Warum hast du es ihm noch nicht gesagt?«

»Weil … weil er nicht mehr hier ist. Er hat mich verlassen. Er ist vor ein paar Wochen zurück nach Amerika gegangen. Das war noch bevor ich wusste, dass ich schwanger bin.« Inge liefen die Tränen über die Wangen. »Papa hatte recht. Wesley hat sich nur einen Spaß mit mir gemacht und jetzt ist er wieder weg.«

Einen Moment verharrte Dora stumm und erschrocken. Sie fühlte, wie sich Wut in ihrem Bauch zusammenballte. Was für ein Mann war das!

»Hat er sich denn gar nicht von dir verabschiedet?«

»Doch.« Inge schniefte und wischte sich mit dem Handrücken über die tropfende Nase. »Er hat gesagt, er müsse für eine Woche rüber, ganz kurzfristig, zur Beerdigung seines Vaters, der wohl schon seit ein paar Jahren sehr krank war. Am Abend vor dem Abflug hat er noch *I love you, Darling*, gesagt und mich geküsst wie immer. Und er hat versprochen, dass er mir sofort einen langen Brief mit der Luftpost schicken werde, wenn er angekommen ist. Jeden Tag, an dem er drüben ist, werde er mir einen Brief schreiben, hat er gesagt, und er werde die ganze Zeit lang an mich denken.« Ein Schluchzer schüttelte sie. »Ich habe ihm das wirklich geglaubt, Dora. Aber er hat mir nie geschrieben. Nicht einmal eine Postkarte von ihm ist angekommen. Und es ist schon bald ein Monat vergangen. Papa hatte recht, Dora. Ich habe ihm gar nichts bedeutet. Wahrscheinlich hat er die Beerdigung bloß erfunden, damit er sich klammheimlich davonmachen kann. Vermutlich hat er in Amerika schon längst einen anderen ›Darling‹.«

Dora spürte Inges tiefen Seufzer an ihrer Brust. Sie wusste, dass es keine Worte gab, die ihre Cousine über diesen Schmerz hinwegtrösten konnten. Dennoch sagte sie:

»Es tut mir von Herzen leid. Aber du bist tapfer, Inge. Du bist nicht die erste Frau in dieser Situation. So viele Frauen haben nach dem Krieg ein Kind allein aufgezogen. Denk an mich und Clara, wir haben es auch geschafft.«

»Aber es ist kein Krieg mehr, Dora. Und ich bin keine trauernde, geachtete Witwe, sondern eine unverheiratete Frau, ein sitzen gelassenes Ami-Liebchen, selbst schuld an meinem Schicksal.« Inges Worte wurden immer wieder von Schluchzern unterbrochen. »Ach Dora. Ich weiß gar nicht, was ich denken soll. Ich habe ihn wirklich geliebt, wir hatten so viel Spaß. Er war immer so witzig, er hat so ein wunderbares Lachen, das hat jeden Kummer vertrieben. Ich war mir so sicher, dass er es ernst mit mir meinte. Und jetzt schäme ich mich nur noch. Nein, ich bin kreuzunglücklich. Nicht nur meinetwegen. Mit seiner dunklen Hautfarbe und den krausen Haaren wird mein Kind immer ausgestoßen sein. Und ich mit ihm, weil es keinen Vater dazu gibt. Ich wünschte so sehr …«

Inge sprach nicht weiter, sondern wimmerte nur noch. Hilflos legte sie den Kopf an die Schulter ihrer Cousine, und Dora merkte, wie der dünne Stoff ihrer Bluse von Inges Tränen nass wurde. Sie ließ sie weinen und streichelte ihr über den Kopf.

»Es gibt keinen Grund, sich dafür zu schämen, wen man liebt. Die Zeiten, in denen sich eine deutsche Frau nur mit einem deutschen Mann einlassen durfte, sind zum Glück vorbei. Es wird einen Weg geben.« Ihre Stimme klang überzeugter, als sie sich fühlte. Wie konnte sie Inge nur helfen? Dora überlegte. »Hast du Wesleys Adresse in Amerika? Kannst du herausfinden, wo er wohnt? Du musst ihm schreiben, Inge. Er muss wissen, dass eure Liebe – oder eure Liebelei – Folgen hatte. Eine Frau ist niemals allein verantwortlich dafür, dass sie ein Kind bekommt.«

Inge zuckte mit den Schultern. »Ich weiß so wenig von ihm.

Was hat mich sein Leben in Amerika interessiert, wo wir uns doch fast jeden Tag in München gesehen haben.«

»Und wie geht es dir sonst?«, fragte sie und reichte ihrer Cousine ein Taschentuch. »Ist dir oft schlecht morgens?«

»Nein, eigentlich nicht. Sonst hätte ich vielleicht früher gemerkt, dass ich schwanger bin. Der Arzt sagt, ich bin in der achten Woche.«

Dora rechnete nach. Dann musste Inges Kind im März auf die Welt kommen. »Ein Geburtstag im Frühling, es könnte ein schlechteres Datum geben«, versuchte sie, ihr Mut zu machen.

»Ich bin so durcheinander«, fuhr Inge fort. »Seit ich beim Arzt war, habe ich nicht mehr richtig geschlafen. Der Doktor hat mir gesagt, ich könnte das Kind auch zur Adoption frei geben. Wenn es so weit ist, sollte ich in ein Mütterheim ziehen, um das Baby dort zu bekommen, sagt er. Dann könnte ich es gleich nach der Geburt weggeben und alles wäre so, als hätte es nie ein Kind gegeben.«

»Ja, das wäre auch eine Möglichkeit, wenn du es partout nicht haben möchtest«, sagte Dora leise und war insgeheim erleichtert, dass Inge nicht über eine Abtreibung nachdachte, was ebenso verboten wie gefährlich war. Oft genug kostete dieser Eingriff junge Frauen das Leben, weil sie aus Angst oder Scham in irgendwelchen Hinterhöfen Hebammen oder Kurpfuscher aufsuchten, die die Operation ohne medizinische Fachkenntnis oder mit unsauberen Instrumenten durchführten. Das durfte Inge auf keinen Fall passieren.

»Hör zu, als Erstes musst du Kontakt zu Wesley aufnehmen und ihm schreiben, dass du ein Kind von ihm erwartest, das ist das Wichtigste. Und du musst mit deinem Vater und mit Christel darüber reden. Es hilft nichts, vor einem schweren Gespräch davonzulaufen. Mag sein, dass die Nachricht deinem Vater nicht gefallen wird. Aber er liebt dich, ich bin mir sicher, dass er trotz allem zu dir halten wird. Und auf Christel kannst du auch zählen, das weiß ich. Schließlich hat sie ihr ältestes Kind jahrelang alleine aufgezogen, nachdem ihr erster Mann gestorben war. Wie auch immer die beiden reagieren: Ich stehe an deiner Seite. Du kannst dich auf mich verlassen. Und was Wesley angeht: Wenn er wirklich nichts von seinem Kind wissen will, dann ist er es nicht wert, dass du ihm auch nur eine Träne nachweinst. Aber du musst wissen, woran du bist, Inge.«

Inge richtete sich auf und wischte sich mit beiden Händen die Tränenspuren aus dem Gesicht.

»Ich war neulich schon beim Hauptquartier der US-Army. Aber da sagten sie mir, es stehe mir nicht zu, Wesleys Heimatadresse zu erfahren. Ich bin weder seine Ehefrau noch sonst eine enge Verwandte von ihm. Deshalb habe ich kein Anrecht darauf.« Sie schluckte. »Er ist einfach abgetaucht, Dora. Es ist so gemein.«

Dora überlegte einen Augenblick. »Ich könnte Mike um Hilfe bitten. Als Angehöriger der US-Army hat er bestimmt Mittel und Möglichkeiten, etwas über Wesley herauszubekommen. Und dann schreibst du ihm einen Brief.«

Inge nickte. »In Ordnung, Dora. Dann mache ich dem verdammten Kerl die Hölle heiß. Captain Wesley Clark wird sich noch wundern. Und weißt du was? Notfalls bekomme ich das Kind auch alleine groß. Nein, ich gebe es nicht in ein Kinderheim. Das arme Kleine soll nicht auch noch darunter leiden, dass es so einen miesen verantwortungslosen Vater hat.« Sie legte die Hände auf ihren Leib und streichelte ihren eigenen Bauch, dem die Schwangerschaft noch nicht im Geringsten anzusehen war.

Dora lächelte. »Ja, Inge. So klingst du schon viel mehr nach der jungen Frau, die ich kenne. Wir beide, wir lassen uns niemals unterkriegen!«

43.

Am folgenden Abend schenkte Inge ihrem Vater endlich reinen Wein ein, und wie sie es vorausgesagt hatte, gab es ein gewaltiges Donnerwetter. Onkel Herrmann machte kein Hehl daraus, wie enttäuscht er war über den Lebenswandel seiner Tochter und wie zornig darüber, dass sich der Vater des Kindes aus dem Staub gemacht hatte. Christel hingegen war die Ruhe selbst und erklärte, jedes Kind in dieser Familie sei willkommen, ganz egal, unter welchen Begleitumständen es auf die Welt komme. Doch Onkel Herrmann ließ sich weder von seiner Frau noch von Dora besänftigen und hörte nicht auf darüber zu schimpfen, dass seine Tochter alle seine Warnungen in den Wind geschlagen hatte. Der Haussegen hing gewaltig schief, und Dora war froh, am Nachmittag die Wohnungstür hinter sich schließen zu können, um nach Grünwald zu fahren. Unterwegs warf sie den Brief an Mike in einen Postkasten.

Doktor Wagmüllers Tierarztpraxis befand sich in einer weißen, würfelförmigen Villa mit rotem Walmdach und grünen Fensterläden. Das Haus, das Anfang des Jahrhunderts gebaut worden sein mochte, lag weit zurückgesetzt an einer wenig befahrenen Straße unweit des Isarhochufers. Der Garten, mehr lang als breit, war ein wenig verwildert und nicht gerade üppig bepflanzt, er bestand aus einer großen Wiese mit ein paar Apfelbäumen rechts und links, an denen rotbackige Früchte hingen. Wenige Äpfel lagen verfault im Gras. Ein paar Schritte weiter standen wie vergessen die Gartenmöbel, einer der Stühle am Tisch war umgefallen. Vor dem kniehohen Holzzaun, der das Grundstück umgab, verblühten Sommerblumen in schmalen, vernachlässigten Blumenbeeten. Ranken von wildem Wein begannen, Zaun und Haus zu überwuchern und gaben dem Ganzen ein verwunschenes Ambiente. Vom Gartentor an der Straße führte ein Plattenweg mitten über den Rasen zum Haus. Obwohl es noch August war, lag Herbstgeruch in der Luft, es duftete süßlich nach Fallobst und welken Rosen. Langsam und die Umgebung mit allen Sinnen in sich aufnehmend, ging Dora zur Eingangstür. Ein Blechschild neben der Klingel zeigte ihr, dass sie hier richtig war: Tierarztpraxis Doktor Wagmüller stand darauf. Gleichermaßen vorfreudig und aufgeregt drückte sie auf den Messingknopf und augenblicklich tönte ein helles Bimmeln durch das leicht geöffnete bodentiefe Sprossenfenster im Erdgeschoss.

»Ich komme!«, brummte eine tiefe Bassstimme von dort. Kurz darauf ging die Haustür auf.

»Guten Tag – Herr Doktor Wagmüller? Mein Name ist Dora Twardy. Professor Paulitzer hat meinen Besuch bereits angekündigt.«

Tierarzt Doktor Wagmüller war ein groß gewachsener alter Herr mit einem glänzenden kahlen Schädel, an dessen Schläfen sich nur wenige weiße Haare verirrt hatten. Was ihm oben auf dem Kopf fehlte, spross umso beachtlicher in der unteren Hälfte. Kinn, Oberlippe und die Seiten der Wangen waren unter einem dichten weißen Rauschebart verborgen, über dem eine bemerkenswert große Nase hervorstach. Seine kleinen grauen Augen blitzten freundlich unter den dichten Brauen. Dora kam nicht umhin, sich den Doktor mit rotem Mantel und roter Mütze vorzustellen, eine Verkleidung, in der er zweifelsohne wie der perfekte Weihnachtsmann aussehen würde, und sie musste ein Grinsen unterdrücken.

»Ah, da sind Sie ja, wie schön. Dann kommen Sie doch mal rein in die gute Stube«, sagte er zur Begrüßung. »Ich habe meine Sprechstunde für heute beendet, da haben wir genug Zeit, uns ein wenig zu beschnuppern. Kollege Paulitzer hat ja in den höchsten Tönen von Ihnen geschwärmt.«

Obwohl der Doktor schon seit vielen Jahren in Bayern lebte, hatte er sich in seiner Stimme den leichten Tonfall seiner Berliner Heimat bewahrt. Dora fühlte sich augenblicklich wohl und folgte ihm ins Innere des Hauses. Der Doktor führte sie sogleich in die Praxis.

Dies, dachte Dora mit klopfendem Herzen, wird vielleicht bald mein täglicher Arbeitsplatz sein.

Ehrfürchtig ließ sie ihre Blicke durch den blitzsauberen Raum wandern, über den metallisch schimmernden Behandlungstisch, den weiß lackierten Schubladenschrank und die hohe Vitrine, in der sich allerlei braune Arzneimittelflaschen befanden, dazu verschiedenste leere Glasgefäße, medizinische Geräte und Instrumente, deren Zweck sich Dora nicht gleich erschloss. Alles war penibel aufgeräumt. Nur auf dem Schreibtisch vor dem Fenster türmten sich Stapel von Fachzeitschriften, Bücher und Patientendossiers.

»Bitte setzen Sie sich doch.«

Der Doktor wies auf den Stuhl an seinem Schreibtisch, und Dora folgte seiner Aufforderung. Er selbst zog sich den Schemel mit Rollen heran, der neben dem Behandlungstisch stand, und ließ sich darauf nieder. Er holte eine Pfeife und ein Päckchen Tabak aus den Taschen seines weißen Kittels und während er sie in aller Ruhe stopfte, sagte er zu ihr: »Na, dann erzählen Sie doch mal was von sich, Fräulein Twardy. Warum will denn so eine flotte junge Dame ausgerechnet bei so einem alten Kauz wie mir was lernen?«

Es fiel Dora nicht schwer, dem alten Mann in groben Zügen ihren Lebenslauf zu schildern. Er unterbrach sie nicht und verfolgte ihren Bericht aufmerksam mit einem gelegentlichen Nicken, während er gemütlich seine Pfeife paffte und sich im Zimmer ein torfiger Geruch verbreitete.

»Das hört sich alles sehr gut an«, sagte er, als sie fertig war. »Wie immer hatte mein Freund Paulitzer das richtige Gespür. Meinetwegen können Sie so bald wie möglich hier anfangen.«

Sie kamen überein, dass Dora von Montag bis Freitag jeweils an den Vormittagen in der Praxis aushelfen sollte. So bliebe ihr noch Zeit, an den Nachmittagen einige Vorlesungen an der Uni zu besuchen, sobald Anfang November das Wintersemester begonnen hatte. »Und wie es dann weitergeht, wenn Sie im nächsten Jahr wieder richtig in Ihr Studium einsteigen, werden wir sehen«, sagte er ruhig.

Was sie bei ihm zu tun habe, werde sie sich leicht aneignen, versicherte Doktor Wagmüller. Vor allem ginge es darum, das Telefon zu bedienen und die Termine der Patienten in den Kalender einzutragen, darüber hinaus werde sie die ärztlichen Befunde dokumentieren, die er ihr diktierte, aber es werde auch ihre Aufgabe sein, ihm bei der Behandlung und kleinen Operationen von Tieren zu assistieren und dafür zu sorgen, dass sämtliche Instrumente und Apparate in der Praxis stets sauber und desinfiziert und ordentlich aufgeräumt seien.

Dora nickte. Es klang nach viel Arbeit und nach einer echten Herausforderung, denn nichts dergleichen hatte sie je getan. Aber sie war sich sicher, dass sie bei Doktor Wagmüller sehr vieles lernen würde, was sie bestens auf ihren späteren Beruf vorbereitete.

»Sehr gerne«, sagte sie deshalb. »Ich kann mir keine schönere und sinnvollere Beschäftigung vorstellen.«

»Gut«, schloss der Tierarzt. »Dann hätten wir das geklärt. Bleibt noch die Frage nach dem Lohn.« Er machte eine kleine Pause, dann fuhr er fort, während weißer Tabakqualm sein Gesicht umnebelte: »Es gibt zwei Möglichkeiten. Entweder bezahle ich Ihnen eine Halbtagsstelle. Oder wir einigen uns auf ein anderes Arrangement.«

»Was meinen Sie damit?«, fragte Dora erstaunt.

Er antwortete mit einem Satz, der wie eine Frage klang:

»Soweit ich weiß, sind Sie erst kürzlich aus Berlin nach München gezogen?«

»Das stimmt. Wir sind erst vorgestern hier angekommen, meine Tochter und ich.«

»Nun, unsere schöne Stadt ist seit dem Krieg zwar schon wieder ein gutes Stück aufgebaut worden. Aber ausreichend Wohnraum für alle gibt es noch lange nicht. Haben Sie bereits eine Unterkunft gefunden?«

»Wir wohnen fürs Erste bei Verwandten ...«

»Ah. Das ist immerhin besser als ein Fremdenzimmer in einer Pension.«

Dora nickte, während sie rätselte, worauf der Doktor hinauswollte.

»Hören Sie, Fräulein Twardy. Ich weiß natürlich nicht, wie groß die Räumlichkeiten sind, in denen Sie zurzeit logieren. Aber hier unter dem Dach gibt es ein hübsches Zimmer, das mit allem ausgestattet ist, was es braucht, um ein bescheidenes Leben zu führen. Zuletzt hat dort ein junger Musikstudent gewohnt, der allerdings im Sommer sein Examen gemacht und vor zwei Wochen seine Arbeitsstelle an der Oper in Hamburg angetreten hat. Seitdem stehen Zimmer und Möbel leer und verlassen. Ich könnte Ihnen anbieten, dort oben einzuziehen. Den Mietzins würden wir mit Ihrer Aushilfstätigkeit in meiner Praxis verrechnen, sodass dann freilich nur noch ein bescheidenes Taschengeld für Sie übrig bliebe. Aber wenigstens hätten Sie und Ihr Kind ein Dach über dem Kopf. Wäre das eine Lösung, die Sie sich vorstellen könnten?«

Dora wäre dem alten Mann am liebsten um den Hals gefallen. Sie konnte Erfahrungen in einer Tierarztpraxis sammeln, hatte ein eigenes Zimmer für sich und Clara und die Aussicht darauf, ihr Studium zumindest im nächsten Jahr fortsetzen zu können. Das war wie der Hauptgewinn in einer Lotterie. Sie brauchte gar nicht nachzudenken und sagte sofort zu.

Endlich wendet sich das Blatt, dachte sie, als sie kurz darauf vor der Dachgaube in ihrem künftigen neuen Zuhause stand und zwischen den seitlich gerafften Gardinen durchs Fenster in den verwilderten Garten hinunterblickte. Doktor Wagmüller, der sie hinaufgeführt hatte, war bereits wieder hinuntergegangen.

»Sie möchten sicherlich einen Moment allein sein«, hatte er gesagt, und Dora hatte dankbar genickt. Sie war ganz überwältigt von den Ereignissen. Wie wunderbar sich in den vergangenen Tagen alles gefügt hatte.

Im selben Augenblick überfiel sie eine tiefe Melancholie. Wenn das doch nicht nur für sie gelten würde!

»Liebster Curt«, dachte sie. »Ich würde dir so gerne von allem erzählen. Ich weiß doch, wie sehr du dich mit mir freuen würdest.« Unvermittelt tauchte sein Raubtierlächeln vor ihr auf. Sie meinte die sanfte Berührung seiner Hände und seiner Lippen zu spüren. Es war so real, dass sie beinahe aufgeschrien hätte.

Plötzlich fröstelte sie. Was bedeutete das alles hier ohne ihn?

Ihr Studium, die Arbeit in der Praxis, dieses Zimmer – alles würde sie dafür hingeben, wenn Curt in Freiheit wäre und sie hier zusammen von vorn anfangen könnten.

• • •

Einen Tag später kehrte Dora mit Clara zurück, und sie räumten ihre wenigen Sachen in den schmalen Schrank an der Wand. Onkel Herrmann hatte sich schließlich wieder beruhigt und sich brummelnd damit abgefunden, dass seine Tochter ein uneheliches Kind von einem Besatzungssoldaten bekommen würde. »Ich hatte mir das eigentlich anders vorgestellt, Opa zu werden«, knurrte er noch. Aber dann versprach er, für Inge da zu sein, und nahm sie in die Arme. Dora war froh, dass in der Familie alles wieder einigermaßen im Lot war, als sie und Clara aufbrachen.

»Schön habt ihr es hier«, sagte Vera Twardy, die die beiden zusammen mit Doras Vater auf der Fahrt nach Grünwald begleitet hatte. »Es ist ein wenig eng, aber ihr habt alles, was ihr braucht. Hier werdet ihr euch sicher wohlfühlen.«

Dora umarmte ihre Eltern. »Und ihr kommt uns so oft wie möglich besuchen. Es ist so wunderbar, dass wir nur eine Straßenbahnfahrt voneinander entfernt leben.«

Kurz darauf begann für Dora und Clara wieder einmal ein neuer Lebensabschnitt. Clara war froh, nach den vielen Wochen, die sie daheim verbracht hatte, endlich wieder zur Schule gehen zu können. Es tat ihr gut, unter ihresgleichen zu sein und neue Freundinnen zu finden. Erst jetzt wurde Dora bewusst, wie oft sich Clara manchmal gelangweilt hatte, seit sie im Juni so unverhofft aus ihrem Alltagsleben herausgerissen worden war. Das Mädchen stürzte sich mit Feuereifer darauf, den Stoff der neuen Schulbücher zu lernen und auch all das nachzuholen, was damals in Ostberlin nicht auf ihrem Stundenplan gestanden hatte. Die Schule in Grünwald war nur einen kleinen Fußmarsch vom Haus Doktor Wagmüllers entfernt, und nachdem Dora sie in den ersten Tagen begleitet hatte, schloss sich Clara bald einigen anderen Kindern an, die in der Nachbarschaft wohnten, und machte sich jeden Morgen allein mit ihnen auf den Weg.

Dora verbrachte die Vormittage in der Tierarztpraxis. Es machte ihr große Freude, dafür zu sorgen, dass Doktor Wagmüller seine Tätigkeit reibungslos erledigen konnte. Zwar war der Alltag nicht immer einfach, die ein oder andere Biss- und Kratzwunde durch die tierischen Patienten ließ sich nicht vermeiden, und Dora litt mit jedem Tierbesitzer mit, wenn es keine Hoffnung mehr für seinen Liebling gab. Es war anstrengend und forderte ihre volle Konzentration, den Tierarzt bei der Behandlung zu unterstützen, einmal bemerkte sie erst im letzten Moment, dass sie ihm aus Versehen beinahe das falsche Medikament für eine Spritze gereicht hätte. Aber all diese Erlebnisse änderten nichts an ihrer Gewissheit, den Beruf ihres Lebens gefunden zu haben. Besonders liebte es Dora, Doktor Wagmüller auf seinen Außenterminen zu begleiten. Ein oder zweimal in der Woche kam es vor, dass sie mit seinem alten, klapprigen Opel Kapitän, den er sich lange vor dem Krieg angeschafft hatte und der die meiste Zeit in einem Verschlag hinter dem Haus vor sich hin rostete, zu einem Notfall auf einen der Bauernhöfe im südlichen Münchener Umland fuhren. Mal war es eine komplizierte Mehrlingsgeburt im Kuhstall, zu der man ihn gerufen hatte, mal ein krankes oder verletztes Pferd, dem geholfen werden musste. Wenngleich die bayerischen Höfe mit den dunklen Holzgiebeln und den rundumlaufenden blumengeschmückten Balkonen ganz anders aussahen als die großen Gutshöfe Ostpreußens, so fühlte sich Dora in diesen Stunden draußen auf dem Land doch wie in ihrem eigentlichen

Element. Zwar kümmerte sie sich gerne um die Katzen, Hunde und Kaninchen, die täglich in die Tierarztpraxis gebracht wurden, ganz besonders aber ging ihr Herz auf, wenn sie mit den großen Tieren, vor allem mit Pferden zu tun hatte. Als sie der Doktor einmal für ihren Sachverstand lobte, nachdem es ihnen gelungen war, ein Pferd mit einer schweren Kolik zu retten, schwoll ihr das Herz vor Stolz.

• • •

Mike gelang es tatsächlich, die Adresse herauszufinden, unter der Wesley in den USA zu erreichen war. Mit Tränen in den Augen nahm Inge den Zettel in Empfang, auf dem er Wesleys Anschrift notiert hatte.

»Na warte, du Schuft, dir werde ich es zeigen«, schimpfte sie mit Blick auf das Blatt, und Dora freute sich, dass ihre Cousine zu ihrer früheren Willensstärke zurückgefunden hatte.

Keine drei Wochen später saßen Dora und Clara am Sonntagnachmittag mit der ganzen Familie in München zusammen, wo Herrmann und Christel zu Kaffee und Kuchen in ihre Wohnung geladen hatten.

»Wir haben Grund zu feiern«, erklärte Herrmann. Er sah so erleichtert aus, wie Dora ihn schon lange nicht mehr gesehen hatte. »Am Freitag haben wir Post von unserem Anwalt bekommen. Was die Kunstgegenstände in meinem Geschäft angeht, die in der Nazizeit einer jüdischen Familie gestohlen worden sein sollen, gibt es gute Nachrichten. Wir haben uns mit den Erben auf einen außergerichtlichen Vergleich geeinigt. Wenn alles gut geht, werden die Bilder demnächst in einem Museum aufgehängt und ich kann meinen Laden wieder aufmachen.«

»Oh, das ist ja großartig«, rief Dora. »Gott sei Dank! Ich freue mich wirklich sehr für euch.«

»Ja«, sagte Hermann, und im selben Moment verfinsterte sich sein Gesicht. »Es wurde dringend mal wieder Zeit für gute Nachrichten in dieser Familie.« Mit gerunzelter Stirn betrachtete er Inge, die am anderen Ende des Tisches saß und gerade ein Stück Apfelkuchen auf ihre Gabel spießte. »Wir mussten ja nun wirklich genug Unerfreuliches erfahren in den letzten Wochen.«

Christel legte lächelnd eine Hand auf seinen Arm. »Nun fang nicht wieder damit an, mein Lieber! Ich wette, du wirst am Ende ganz verrückt sein nach dem Kleinen.«

Während Dora einen Schluck aus ihrer Kaffeetasse nahm, beobachtete sie Inge, die schweigsam ihren Kuchen aß. Auf den ersten Blick wirkte die Cousine ruhig und gefasst, doch ihr rechter Fuß war unentwegt in Bewegung und wippte ohne Unterlass neben dem Stuhlbein. Inge war nervös. Was mochte ihr gerade durch den Kopf gehen?

Dora erfuhr es, als die beiden nach dem Essen das Geschirr in die Küche trugen.

»Dora«, rief Inge, als sie allein waren und stieß so heftig gegen ihren Arm, dass Dora beinahe der Stapel Teller aus den Händen rutschte. »Er hat geschrieben.«

»Wesley? Du hast Post von Wesley? Und das sagst du mir jetzt erst? Was schreibt er?«

Inge lächelte schief. Auf einmal sah sie wieder aus wie ein kleines ängstliches Mädchen. »Ich weiß es nicht. Ich habe den Brief noch nicht aufgemacht.«

»Aber warum denn nicht?«

»Weil ich mich nicht traue. Der Brief ist von seinem großen Bruder, Dan Clark steht auf dem Absender. Wesley hat mir damals von ihm erzählt. Ach Dora, stell dir vor, er hat noch nicht mal den

Mut, mir selbst zu schreiben. Er überlässt das seinem Bruder, so ein Feigling.«

»Wer weiß, was drinsteht. Nun lies den Brief doch erst mal, bevor du urteilst.«

»Kannst du dabei sein?«

Dora nickte. »Komm, wir erledigen schnell den Abwasch, dann gehen wir ein Stückchen an der Isar spazieren und unterwegs liest du mir den Brief vor.«

Wenig später saßen die beiden Cousinen auf einem angeschwemmten Baumstamm am Kiesbett des Flussufers. Inge zog den Brief aus ihrer Jackentasche. Er war noch zugeklebt. Sie zögerte kurz und hielt ihn in den Händen, während sie die weiß-rot-blaue Briefmarke mit dem Aufdruck *US Air Mail* betrachtete. Schließlich steckte sie den kleinen Finger unter die Lasche und riss das Kuvert auf. Sie nahm den Brief heraus und faltete ihn auseinander. Es waren mehrere Bögen Papier.

»*Dear Miss Inge*«, las sie mit zitternder Stimme. »*My brother asked me …*«

Dora unterbrach sie sogleich. »Ist der Brief auf Englisch geschrieben? Das verstehe ich nicht so gut. Kannst du ihn für mich bitte gleich übersetzen?«

»Ich will es versuchen.« Leise und gelegentlich stockend, wenn sie bei einem Wort kurz nachdenken musste, trug Inge vor, was in dem Brief stand:

»Liebes Fräulein Inge, mein Bruder Wesley bat mich darum, Ihnen auf Ihren Brief zu antworten, weil er bedauerlicherweise nicht selbst dazu in der Lage ist, einen Stift in die Hand zu nehmen. Die folgenden Zeilen schreibe ich, so wie er sie mir diktiert. Beste Wünsche, Dan Clark.« Dora hielt den Atem an. Was mochte dahinterstecken? Auch Inge war die Anspannung anzumerken. Als sie weitersprach, war ihre Stimme so leise geworden, dass

Dora sie vor dem Rauschen des Flusses kaum verstehen konnte. »Allerliebste kleine Inge«, las sie. »Heute habe ich Deinen Brief bekommen, Dan hat ihn mir vorgelesen, und ich bin so aufgeregt über die Neuigkeiten. Am liebsten würde ich mich gleich ins nächste Flugzeug setzen und zu Dir zurückkommen. Es tut mir so leid, dass Du so schlecht von mir denken musst. Wie kannst Du nur glauben, ich hätte es nicht ernst gemeint, als ich sagte, wie sehr ich mein kleines deutsches Fräulein liebe?« Bei jedem weiteren Wort, das Inge vortrug, liefen ihr die Tränen schneller über die Wangen. Aber Dora wusste, dass es diesmal keine Tränen der Verzweiflung waren. »Ich hatte gleich nach meiner Ankunft in Chicago einen schlimmen Unfall«, fuhr Inge fort und drehte das Blatt hastig um, um auf der anderen Seite weiterzulesen. »Auf der Fahrt vom Flughafen hat ein Lastwagen meinem Auto die Vorfahrt genommen und ich habe mir dabei fast alle Knochen gebrochen, die ich im Körper habe. Ich lag so lange bewusstlos im Krankenhaus, dass mein Bruder und meine Mutter schon befürchteten, sie müssten mich gleich mit meinem Vater beerdigen. Aber ich habe Glück gehabt. Ich lebe noch! Meine Arme und meine Beine stecken zwar noch immer in Gips, mein Kopf und meine Rippen sind bandagiert, aber immerhin kann ich schon wieder ein bisschen was sehen, ich kann sprechen und denken und fühlen.« Inge faltete rasch den nächsten Papierbogen auseinander. »Ich habe solche Sehnsucht nach Dir. Ich möchte Dich in den Arm nehmen, Dich mit unserem kleinen Würmchen, das da gerade im Entstehen ist. Was für eine wunderbare, aufregende Sache! Der Gedanke, dass du so lange allein mit Deinen Sorgen und Deinem Kummer warst, macht mich ganz verzweifelt. Was für ein Glück, dass Du mich gefunden hast. Ich bin nämlich keineswegs so feige und treulos, wie Du denkst. Ich war einfach zu krank, um Dir zu schreiben. Ich liebe Dich sehr. Du bist und bleibst mein Mädchen. Möchtest Du auch meine Frau werden? Ich weiß nicht, wie das geht, wenn ein Amerikaner ein deutsches Fräulein heiraten möchte, aber das finden wir schon heraus. Wenn ich zurück nach Deutschland komme, bringe ich Dir den schönsten Verlobungsring mit, den Du je gesehen hast. Jetzt kommt gerade die Oberschwester ins Krankenzimmer und schimpft mit mir, weil ich mich nicht anstrengen darf. Deshalb mache ich jetzt Schluss und bitte Dan, diesen Brief per Express zu Dir zu schicken. Und dann schlafe ich wieder ein bisschen, damit ich bald gesund werde und zu Dir zurückkommen und Dein süßes Bäuchlein küssen und viele andere schöne Sachen mit Dir machen kann, von denen ich jetzt lieber nicht rede, mein Bruder ist beim Schreiben schon jetzt ganz verlegen geworden. In Liebe, für immer Dein Wesley.«

Als Inge den Brief zu Ende gelesen hatte, blieben die beiden noch eine Weile stumm und tief bewegt nebeneinander auf dem Baumstamm sitzen. Inge war in Tränen aufgelöst.

»Wie konnte ich nur so schlecht von ihm denken«, schluchzte sie und lachte zugleich. »Ich war so wütend auf ihn und dabei wäre er fast gestorben.«

Dora gab ihr einen Kuss auf die tränennasse Wange.

»Siehst du, alles wird gut.«

Während Inge wieder und wieder Wesleys Brief las, ließ Dora ihre Blicke über die Isar wandern. Das klare Wasser plätscherte am flachen Ufer über die abgeschliffenen Kieselsteine und glitzerte in der Sonne. Auf einer Kiesbank, die sich ein paar Meter weiter im Fluss erhob, rekelten sich einige Sonnenanbeter. Das Leben wirkte so leicht und heiter.

Warum konnte sie das, was sie und Curt trennte, nicht auch einfach durch einen langen Brief aus der Welt räumen?

• • •

Früher als es seinen Ärzten lieb war, kam Wesley Ende September zurück nach Deutschland. Er behauptete, in Gegenwart seiner Braut werde er gewiss schneller gesund als in den USA. Er trug den linken Arm noch in einer Schlinge, als Dora ihn bei der kleinen Verlobungsfeier im Kreis der Familie im traditionsreichen *Café Tambosi* am Münchner Hofgarten sah. Da es ein milder Herbsttag war, saßen sie draußen vor den Arkaden unter den sich lichtenden Lindenbäumen zusammen, während um sie herum das fallende Laub raschelte.

»Darf ich vorstellen?«, fragte Inge. »Wesley Clark, mein künftiger Ehegatte. Dora Twardy, meine allerliebste Cousine.«

Wesley trug Uniform, er war ein kräftiger Mann Mitte zwanzig. Dora erkannte ihn von dem Foto, das Inge ihr bei Mariannes Hochzeitsfeier gezeigt hatte, sofort wieder.

»Danke, dass du Inge überredet hast, mir einen Brief zu schreiben«, sagte er in ausgezeichnetem Deutsch und reichte Dora die Hand. »Vielleicht wäre ich sonst jetzt nicht hier.« Sein offenes Lächeln und sein fester Händedruck machten ihr Wesley sofort sympathisch. Er sah wirklich nicht aus wie ein Mann, der sich seiner Verantwortung entzieht.

»Ich freue mich, dass du bald zur Familie gehörst«, sagte sie. Selbst Onkel Herrmann hatte seine Skepsis gegenüber dem Geliebten seiner Tochter überwunden. Zu wissen, dass die beiden bald heiraten wollten und sein Enkel in geordneten Familienverhältnissen aufwachsen würde, beruhigte ihn sichtbar.

• • •

Dora arbeitete viel, weil es ihr Freude machte und weil sie von

Doktor Wagmüller alles lernen wollte, was für ihre Zukunft als Tierärztin wichtig war. Die freien Wochenenden aber nutzte sie, um ihre Eltern in der Stadt zu besuchen oder mit Clara die Umgebung zu erkunden. Wenn immer sein Dienst es zuließ, war auch Mike dabei. Statt an den Wannsee fuhren sie nun an den Starnberger See oder an den Tegernsee, und Dora, die die Alpen bislang nur von den großen schwarz-weißen Fotokalendern kannte, die damals im Gutshaus im Arbeitszimmer ihres Vaters an der Wand gehangen hatten, war beeindruckt von der herrlichen Berglandschaft. Manchmal unternahmen sie eine kleine Wanderung, um vor einer Almhütte mit einem Glas Bier oder Milch die prächtige Aussicht zu genießen.

»In Colorado könnte es nicht schöner sein«, sagte Mike manchmal.

Er zeigte Dora Fotos von seiner Heimat und las ihr manchmal etwas aus einem Brief seiner Mutter vor. Doch bei aller Vertrautheit und aller Freundschaft, die sie mit Mike verband, achtete sie darauf, dass eine gewisse Grenze nie überschritten wurde. Manchmal nahm er ihre Hand, wenn es auf einem holprigen Bergpfad steil hinaufging, aber nie ließ sie zu, dass er ihr an den Abenden, nachdem er sie und Clara mit seinem Auto am Gartentor vor der hübschen Walmdachvilla in Grünwald abgesetzt hatte, einen Kuss gab.

Wenn das Wetter nicht gut genug für eine Bergtour war, traf sich Dora gelegentlich mit Inge oder Christel zu einem Schaufensterbummel in der Stadt, denn ähnlich wie am Ku'damm in Berlin waren auch in München die Geschäfte wieder mit allen Herrlichkeiten bestückt, die man sich nur wünschen konnte. Vor allem in der breiten Glasfront des Kaufhauses Oberpollinger an der Einkaufsmeile Neuhauser Straße gab es viel Schönes zu entdecken, wenngleich Dora feststellen musste, dass es mit dem Angebot des KaDeWe bei Weitem nicht mithalten konnte.

Jeder Tag im Herbst 1953 war bis zum Rand gefüllt mit aufregenden Erlebnissen und dem Gefühl von Glück und Zuversicht. Und doch warf der Gedanke an Curt unverändert einen Schatten auf Doras Leben. So dankbar sie auch war und sosehr sie sich auch über alles freute, was ihr in diesen Wochen in den Schoß gelegt wurde, solange Curt nicht an ihrer Seite war, konnte ihr Leben nicht perfekt sein. Tagsüber war sie zu beschäftigt, um an ihn zu denken. Aber jeden Abend, wenn sie im Dunkeln im Bett lag und Claras ruhigen Atemzügen auf der anderen Seite des Zimmers lauschte, dann sah sie sein Gesicht vor sich und stellte sich vor, wie er wieder in dieser entsetzlichen Zelle saß, verlassen und allein in diesem für sie unerreichbaren Ostberlin, während sie hier so viel Wunderbares erlebte. Auch an Frajo dachte sie, an Erich und Hetti, an die Hagemanns und alle anderen, die hinter dem Eisernen Vorhang zurückgeblieben waren, während sie hier in Freiheit und Sorglosigkeit leben konnte. So fern erschien ihr die Zeit in Ostberlin. Ein Jahr war vergangen, seit sie dort mit großen Erwartungen ihr erstes Semester gestartet hatte. Wie dramatisch hatte sich ihr Leben seitdem entwickelt, wie viel Schlimmes hatte sie durchgemacht, und nun endlich wandte sich alles wieder zum Guten. Fast alles. Sie schloss die Augen, sah Curt vor sich und hoffte, dass er ihre Gedanken spürte, dass sie ihm Kraft und Hoffnung gaben und Mut, die Zeit durchzustehen, bis sie einander endlich wiederhaben würden. Wie lange es bis dahin auch dauern mochte.

44.

Es klopfte an der Tür, leise, aber beharrlich. Dora schlug die Augen auf. Es war noch dunkel im Zimmer.

»Fräulein Twardy!«

Leise schälte sie sich aus dem Bett und schlüpfte in den Morgenrock, der über der Stuhllehne hin. Mit einer Hand fuhr sie sich rasch durch die Locken, mit der anderen öffnete sie die Wohnungstür. Doktor Wagmüller stand davor, bereits in Mantel, Hut und Stiefel gekleidet.

»Ein Notfall«, sagte er mit gedämpfter Stimme. »Wir haben doch Bereitschaft an diesem Wochenende, und Sie sagten, Sie würden gern mitfahren, wenn ich gerufen werde.«

»Ja, natürlich«, flüsterte sie schläfrig. »Was ist passiert?«

»Es gibt Probleme bei einer Fohlengeburt. Wir müssen uns beeilen.«

Augenblicklich war Dora hellwach. Auch wenn es Sonntag war und noch vor Sonnenaufgang, sie freute sich, dass sie den Tierarzt begleiten konnte – und das ausgerechnet bei einer Fohlengeburt! So etwas hatte sie lange nicht mehr miterlebt.

Hastig kritzelte sie ein paar Zeilen für Clara auf den Notizblock in der Küche, auf den sie normalerweise ihre Einkaufslisten schrieben, und erklärte, wo sie war. Dann zog sie sich hastig an. Für eine Morgenwäsche blieb heute keine Zeit.

Kurz darauf knatterte Doktor Wagmüllers Auto durch den frühen Oktobermorgen. Die Uhr am Armaturenbrett zeigte halb sieben. Zu dieser frühen Stunde war außer ihnen niemand unterwegs. Sie ließen Grünwald rasch hinter sich. Dichter Herbstnebel waberte über den Wiesen, während sie durch das flache Voralpenland sausten. Die gelblichen Lichtkegel der Scheinwerfer durchschnitten das dunstige Dämmerlicht. Trotz der schlechten Sicht fuhr Doktor Wagmüller zügig und erreichte keine halbe Stunde später ein Gehöft, das außerhalb des nächsten Dorfes unweit der Landstraße lag. Ein Hund schlug an, als sie das offene Hoftor durchfuhren. Doktor Wagmüller parkte den Opel inmitten des hellen frisch verputzten Gevierts aus Stallungen, Scheune und Wohnhaus unter einem Ahornbaum, dessen Laub bereits braunrot gefärbt war. Die ersten Strahlen der Morgensonne durchbrachen gerade die Nebelschleier.

»Gib Ruhe, Othello, das ist doch der Herr Doktor«, mahnte eine Frauenstimme, während sie aus dem Auto stiegen, und das Gebell verstummte. Die Bäuerin kam ihnen an der offenen Tür des Pferdestalls entgegen, neben der ein angeketteter Mischlingshund stand und mit dem Schweif wedelte.

»Guten Morgen, Frau Deininger.« Der Tierarzt tippte sich zur Begrüßung an den Hut. »Wie sieht es mit der Stute aus?«

Frau Deininger war eine Frau in den Vierzigern, die ergrauenden Haare hatte sie nachlässig zu einem lockeren Dutt zusammengezwirbelt. Sie trug Gummistiefel zu einem groben Blusenkleid, darüber eine dicke blaue Strickjacke, die falsch zugeknöpft war. Offensichtlich hatte sie es beim Ankleiden eilig gehabt.

»Grüß Gott, Herr Doktor, gut, dass Sie da sind«, begrüßte sie ihn. »Ich mache mir große Sorgen um Semira. Wir haben schon so viele Fohlen auf dem Hof bekommen, aber diesmal benimmt sich die Stute irgendwie anders. Sie hat schon seit Stunden Wehen. So lang hat es noch nie gedauert.«

Dora und der Tierarzt folgten der Frau in den Stall zu einer großen, mit Sägespänen und Stroh ausgepolsterten Pferdebox, in der schwer atmend eine hochträchtige dunkelbraune Stute lag. Trotz aller Anspannung durchfuhr Dora beim Anblick des Tieres ein freudiger Schreck. Auf der linken Hinterhand war ein deutliches Brandzeichen zu erkennen: eine doppelte Elchschaufel, das eindeutige Erkennungsmal eines Trakehners, jener edlen Pferderasse aus Ostpreußen. Auch auf dem Hof ihres Vaters war jedes Pferd mit diesem Zeichen markiert gewesen.

Doch es war nicht der richtige Moment, um darüber zu reden. Erst mussten sie dafür sorgen, dass die Stute und ihr Nachwuchs die schwierige Geburt gut überstanden. Es war bereits deutlich zu erkennen, wie sich die Bauchmuskeln des Tieres bei jeder Wehe rhythmisch zusammenzogen. Vorsichtig tastete Doktor Wagmüller den Leib des Pferdes ab, um die Lage des Fohlens zu überprüfen.

»Es scheint mir alles in Ordnung zu sein«, murmelte er. »Ich kann die Vorderbeine und das Köpfchen fühlen, so wie es sein soll. Es kann nicht mehr lange dauern.«

Die Stute war äußerst unruhig. Dora hatte auf dem elterlichen Gutshof schon so manches Fohlen auf die Welt kommen sehen und wusste, dass die eigentliche Geburt normalerweise nicht länger als eine halbe Stunde dauerte.

Tatsächlich war kurz darauf die Fruchtblase zu sehen und ein paar Minuten später lag ein Fohlen im Stroh.

»Gott sei Dank«, flüsterte die Bäuerin. »Es lebt.«

»Und es sieht gesund aus«, stellte Dora fest, während sie zusah, wie die Pferdemutter ihr Junges beschnupperte. Das Kleine war tiefbraun mit schwarzer Mähne und schwarzem Schweif wie seine Mutter und trug einen sternförmigen weißen Fleck auf der Stirn. Dora war glücklich, nach so vielen Jahren endlich wieder einmal bei der Geburt eines Pferdes dabei sein zu können.

Doch Doktor Wagmüller wiegte skeptisch den Kopf. »Das Tier ist viel zu klein.«

Dora betrachtete die neugeborene Stute. Tatsächlich, sie war winzig und schwach, verglichen mit den anderen neugeborenen Fohlen, die sie vom Hof ihrer Eltern her kannte. Das war ihr in der Aufregung gar nicht aufgefallen. Die Kleine hob kaum den Kopf, geschweige denn, dass sie versuchte, auf ihre vier Beine zu kommen. Auch die Mutterstute verhielt sich ungewöhnlich, sie wirkte noch immer sehr unruhig und dachte nicht daran, aufzustehen, damit das Fohlen trinken konnte.

»Ich habe den Verdacht, dass da noch ein zweites im Anmarsch ist«, sagte Doktor Wagmüller ernst.

»Zwillinge?«, stieß die Bäuerin erschrocken aus. »Das gibt es doch nicht. Das ist lebensgefährlich, nicht wahr? O nein, bitte nicht. Semira darf nicht sterben. Sie ist mein bestes, mein liebstes Tier auf dem Hof.« Die Frau war den Tränen nahe. »Bitte, Doktor, tun Sie was ...«

»Ich bin ja schon dabei. Aber Sie müssen damit rechnen, dass das zweite tot ist. Alles andere wäre ein Wunder. Das wissen wir beide. Ich habe noch nie gehört, dass eine Stute und beide Fohlen bei einer Zwillingsgeburt überlebt haben.«

Während Dora einen Packen Stroh nahm und damit begann, vorsichtig das Fell der kleinen Stute abzureiben, kümmerte sich der Tierarzt um das Muttertier und griff beherzt zu. Es war nicht einfach, doch nach einer Weile zog er ein zweites Fohlen heraus, tiefbraun, ohne jeden weißen Fleck im Fell. Es war kleiner als das erste und wirkte noch schwächer. Aber es atmete.

»Mein Gott«, flüsterte Dora gerührt. Obwohl sie auf dem

Gutshof ihrer Eltern so viele Jahre inmitten von Pferden verbracht hatte, eine Zwillingsgeburt hatte sie noch nie miterlebt. Der Bäuerin liefen Tränen über das Gesicht. »Ein kleiner Hengst«, flüsterte sie andächtig. »Wer hätte das gedacht. Aber, ach herrje, er ist so winzig ...«

Doktor Wagmüller wischte sich die Hände an einem Lumpen ab. Nachdenklich betrachtete er die beiden kleinen Fohlen, die erschöpft und mit noch nassem Fell im Stroh lagen. Dann schüttelte er bedauernd den Kopf. »Es tut mir leid, Frau Deininger. Es sieht nicht gut aus für die beiden. Der Körper einer Stute ist nur für ein Fohlen ausgelegt. Zwillinge erhalten zu wenig Nahrung und Sauerstoff, um vollkommen ausgewachsen auf die Welt zu kommen. Normalerweise stirbt eines von beiden bereits im Mutterleib. Ein Wunder, dass es beide geschafft haben. Aber ...« Er rang bedauernd die Hände. »Die Chancen stehen schlecht, dass sie die nächste Stunde überleben. Vor allem das Hengstfohlen ist viel zu schwach entwickelt. Wie soll es bei seiner Mutter Milch trinken, wenn es nicht einmal auf den Beinen stehen kann? Ich befürchte, Sie müssen mit dem Schlimmsten rechnen.«

»Nein, das darf nicht sein«, sagte Dora leise, aber entschlossen. »Die kleinen Trakehner müssen leben, alle beide!«

Die Bäuerin nickte. Gemeinsam mit Frau Deininger rieb Dora das Fell der Fohlen trocken und redete beruhigend auf die Kleinen ein. Herr Wagmüller öffnete seine Arzttasche, zog zwei Spritzen auf und gab den beiden Jungtieren ein Medikament. »Das wird ihnen das Atmen erleichtern. Ihre Lungen sind vermutlich noch nicht voll ausgereift. Außerdem brauchen wir Decken und am besten eine Wärmelampe. Haben Sie so etwas im Haus, Frau Deininger?«

»Und ein Babyfläschchen«, rief Dora der Bäuerin nach, die bereits zur Stalltür rannte. »Haben Sie auch ein Babyfläschchen? Wir melken die Stute und füttern die Kleinen, wir schaffen das.«

»Ja, ich denke, ich habe noch die alten Fläschchen meiner Kinder in der Küche.«

»Was haben Sie vor, Fräulein Twardy?«, fragte der Tierarzt, als sie allein im Stall waren. »Wissen Sie, worauf Sie sich da einlassen? Die beiden Kleinen müssten Tag und Nacht versorgt und beobachtet werden. Sie müssen stündlich Milch bekommen. Beide Tiere durchzubringen ist ein Ding der Unmöglichkeit. Wir sollten uns auf das stärkere Fohlen konzentrieren und bei dem kleinen Hengst der Natur ihren Lauf lassen. Sonst verlieren wir am Ende beide. Alles andere ist unvernünftig.«

»Mag sein, aber ich will es versuchen.« Doras Stimme klang energisch. »Die Kleinen haben eine Chance, wenn wir uns um sie bemühen. Ich will, dass sie leben. Beide. Sie müssen das verstehen, Doktor Wagmüller. Es sind Trakehner. Wie wir sie zu Hause in Ostpreußen hatten. Das letzte Trakehnerfohlen unseres Hofes starb auf der Flucht unter meinen Händen. Es war einer der traurigsten Momente meines Lebens. Und jetzt habe ich das Gefühl, wenn es die beiden hier schaffen, dann ... dann kann ich etwas gutmachen.«

Einen Moment lang sah er sie zweifelnd an. Dann nickte er. Schweigend griff er ins Stroh und half Dora, die Fohlen abzureiben. Ohne Unterlass rubbelte Dora über das Fell des kleinen Hengstes, um seinen Kreislauf anzuregen. Sie musste dieses hübsche Kerlchen retten. Auch wenn sie die Vergangenheit nicht wieder auferstehen lassen konnte, es sollte leben. Denn wenn sie diesem kleinen Hengst hier in die Augen sah, meinte sie, das Fohlen von damals vor sich zu haben, den kleinen Sultan, dessen junges Leben im Chaos von Krieg und Flucht so traurig geendet war.

Frau Deininger kam zurück. Sie brachte ein paar Pferdedecken mit, die sie sich über den Arm gelegt hatte, und eine große Stehlampe, deren langes Kabel hinter ihr über den Stallboden schleifte. In der anderen Hand trug sie eine Blechschüssel mit zwei Milchflaschen. Rasch legte sie ihre Last ab und kniete sich zu den Tieren ins Stroh. Die Mutterstute, die inzwischen aufgestanden war, betrachtete Dora misstrauisch. Behutsam machte sich Dora daran, sie zu melken. Anfangs wehrte sich die Stute, doch nach einigen Versuchen ließ sie es geschehen. Nur allmählich füllte sich die Schüssel. Als der Strom versiegte, goss Dora die Milch in die beiden Fläschchen, sorgsam bemüht, dass möglichst kein Tropfen der kostbaren Flüssigkeit verloren ging. Eine der Flaschen reichte sie der Bäuerin, die sich um die kleine Stute kümmerte. Sie selbst versuchte, dem Hengstfohlen etwas Milch einzuflößen. Es war mühsam, die kleinen Tiere zum Trinken zu bewegen, aber nach einer Weile gelang es. Doktor Wagmüller hatte inzwischen die Stehlampe angeschlossen und ihr warmer milder Lichtschein beleuchtete die Kinderstube in der Pferdebox.

»Jetzt leben sie schon zwei Stunden«, flüsterte Dora mit einem Seitenblick auf die Armbanduhr, die sich der Arzt nach der Geburtshilfe wieder an sein Handgelenk gebunden hatte. »Das ist mehr, als Sie erwartet hatten.«

»Ja, die beiden sind klein, aber tapfer, wie es aussieht.«

Nachdem sich Doktor Wagmüller davon überzeugt hatte, dass mit der Nachgeburt alles in Ordnung war und sich die Tiere beruhigt hatten, waren die drei etwas auf Abstand gegangen. Sie saßen auf der gegenüberliegenden Seite des Stallganges auf Strohballen, tranken heißen schwarzen Kaffee, den die Bäuerin gekocht und in den Stall gebracht hatte. Eine Weile war es still bis auf das gelegentliche Schnauben oder Rascheln aus einer anderen der Pferdeboxen im Stall.

»Ich danke Ihnen beiden für Ihre Hilfe«, sagte Frau Deininger schließlich. »Wenn Sie nicht hier gewesen wären, hätten es die zwei und vielleicht auch die Stute nicht geschafft.«

»Ich befürchte, die drei sind noch lange nicht über den Berg«, gab Doktor Wagmüller zu bedenken.

»Das weiß ich, und ich werde mich Tag und Nacht um sie kümmern«, versicherte die Bäuerin.

»Ich helfe Ihnen«, rief Dora entschlossen. »Solange das Semester noch nicht angefangen hat, kann ich morgens mit dem Fahrrad zu Ihnen heraus fahren. Borgen Sie mir Ihr Rad, Doktor Wagmüller? Ich habe gesehen, dass eines hinter der Garage steht.«

Der Arzt nickte. »Meinetwegen. Wenn Sie sich um die drei hier kümmern wollen, verzichte ich in der Praxis gerne eine Weile auf Ihre Mithilfe.«

»Das würden Sie tun?« Frau Deininger legte dankbar ihre Hand auf Doras Arm. »Das ist aber ein langer Weg von Grünwald heraus. Da sind Sie für jede Strecke mindestens eine Stunde unterwegs.«

»Das macht nichts. Das ist es mir wert. Ich könnte es nicht ertragen, wenn die kleinen Fohlen sterben.« Dora schluckte. »Pferde sind mir die liebsten Tiere. Ich bin auf einem Trakehnergestüt in Ostpreußen aufgewachsen.«

»Oh, dann sind Sie eine richtige Gutsherrin?« Die Stimme der Bäuerin klang beinahe ehrfürchtig.

»Nein, nein. Ich bin Studentin der Veterinärmedizin und werde hoffentlich bald Tierärztin sein. Vielleicht wäre eine Gutsherrin aus mir geworden, wenn der Krieg nicht gewesen wäre.« Sie konnte einen Seufzer nicht zurückhalten. »Es war schrecklich, damals all unsere geliebten Tiere zurückzulassen.«

»O Gott, ja, das glaube ich. Es tut mir furchtbar leid für Sie.

Ich kann es mir nicht annähernd vorstellen, wie es sich anfühlen würde, all das hier von einem Tag auf den anderen verlassen zu müssen.« Die Bäuerin drehte gedankenverloren die Kaffeetasse in ihren Händen. Dann fuhr sie fort: »Wissen Sie, dass meine Semira von einer ostpreußischen Zucht abstammt? Der Vater unserer Stute gehörte zu der großen Herde, die 1944 kurz vor dem Einmarsch der russischen Truppen aus dem Gestüt Trakehnen in den Westen gebracht wurde. Soweit ich weiß, haben viele der Tiere die Flucht über das Eis der Ostsee nicht überlebt. Aber dieser Hengst schon.«

Dora lächelte gerührt. »Das ist großartig. Dann werden es seine beiden Nachkommen hier auch schaffen. Vielleicht stammen Ihre Tiere ja sogar von derselben Linie ab wie unser Siegfried damals. Mein Vater hatte ihn auch vom Gestüt Trakehnen gekauft. Siegfried war der wertvollste Hengst auf unserem Hof. Der Kleine hier erinnert mich so sehr an ihn.«

Frau Deininger drückte Dora an sich.

»Die beiden kleinen Kerlchen werden durchkommen, dafür werden wir sorgen, wir zwei, gell?«

»O ja. Darauf können Sie sich verlassen!«

Dora hielt ihr Versprechen. In der kommenden Woche radelte sie jeden Morgen, nachdem Clara zur Schule gegangen war, hinaus zum Pferdehof. Sie ließ sich auch vom schlechtesten Wetter nicht davon abhalten. Es kümmerte sie nicht, wenn sie der Herbstregen bis auf die Knochen durchnässte oder ihr der Wind so heftig entgegenblies, dass sie kaum vorankam. Die beiden kleinen Trakehner am Leben zu erhalten, war das Einzige, das zählte. Noch immer waren die Zwillingsfohlen nicht in der Lage, auf den eigenen Beinen zu stehen und bei ihrer Mutter zu trinken. Alle paar Stunden melkte Dora die Mutterstute und fütterte die Kleinen mit der

Flasche. Als Dora mehr als eine Woche nach der Zwillingsgeburt am Morgen in den Stall kam, stieß sie einen leisen, glücklichen Schrei aus. Die beiden Fohlen standen auf ihren eigenen Beinen und tasteten sich langsam vor, um bei ihrer Mutter Milch zu trinken. Frau Deininger lehnte lächelnd am Holzpfosten neben der Pferdebox und reckte den Daumen nach oben.

»Wir haben es geschafft, Fräulein Twardy. Ich glaube, wir haben es wirklich geschafft.«

Dora ließ sich ins Stroh sinken und strich dem kleinen Hengstfohlen sanft über das makellose braune Fell.

»Ja, er ist schon richtig kräftig geworden. Ich werde Doktor Wagmüller sagen, dass er unbedingt herkommen und die beiden mit eigenen Augen ansehen muss.«

»Ich glaube zwar nicht, dass sie jemals so groß und kräftig werden wie normale Trakehner. Vielleicht werden sie nie so belastbar sein, dass man sie reiten kann. Aber sie leben, unsere beiden kleinen Wunder. Und das ist das Wichtigste, gell?«

Dora nickte. Sie vermochte ihre Blicke nicht von den beiden Fohlen abzuwenden.

»Ich habe noch gar nicht gewagt, über einen Namen für die beiden nachzudenken«, fuhr Frau Deininger fort. »Weil ich mir nicht sicher war, ob sie überleben würden. Aber jetzt, finde ich, wird es Zeit, dass wir uns überlegen, wie wir sie nennen sollen.«

»Wir?«, fragte Dora ungläubig.

»Aber natürlich. Ohne Sie und Ihren unermüdlichen Einsatz hätte ich die beiden bestimmt verloren. Möchten Sie dem kleinen Hengst einen Namen geben?«

Dora lächelte gerührt. »Nur zu gern.« Sie überlegte nicht lange. »Wenn ich darf, würde ich ihn Sultan nennen.«

»Das ist ein hübscher Name. Und seine Schwester soll Saphira heißen. Gefällt Ihnen das?«

Dora nickte. Sie beobachtete Sultan und Saphira, die auf ihren dünnen, wackeligen Beinchen standen und durch das Stroh staksten. Ihre Chance zu überleben war so gering gewesen, aber sie hatten es geschafft.

»Man darf die Hoffnung nie verlieren«, sagte Frau Deininger, als hätte sie Doras Gedanken gelesen. »Nur wer nicht aufgibt, kann gewinnen.«

»Sie haben recht«, erwiderte Dora, und plötzlich waren ihre Gedanken bei Curt. »Das will ich nie vergessen.«

45.

Inge und Wesley heirateten am zweiten Oktoberwochenende. Es war nicht ganz einfach gewesen, alle nötigen Papiere für eine deutsch-amerikanische Hochzeit zusammenzubekommen. Auch mehr als acht Jahre nach dem Krieg waren solche Verbindungen ungewöhnlich, doch die beiden ließen sich nicht entmutigen. Es war nur eine kleine Feier im engsten Familienkreis, neben Dora, ihren Eltern und Clara saßen Herrmann, Christel und Inges Geschwister im Trauungssaal des Standesamtes am Englischen Garten. Auch Marianne war gekommen. Das Brautpaar hatte sie und Herbert eingeladen, doch wie Marianne erklärte, war Herbert auf einer wichtigen Messe in Holland unabkömmlich. Von Wesleys Seite war lediglich sein Bruder aus Amerika angereist.

Unter Inges locker fallendem Brautkleid – sie hatte es sich nicht nehmen lassen, in Weiß vor den Standesbeamten zu treten – zeichnete sich bereits deutlich die Rundung ihres Bauches ab. Wesley trug seine Uniform. In den vergangenen Wochen hatte Dora ihn gut kennengelernt und sie begriff, weshalb Inge diesen sympathischen jungen Mann liebte, der das Grauen des Krieges selbst nie miterlebt hatte. Frei von Fragen nach Schuld und Vergeltung blickte er gelassen und voller Zuversicht auf das Leben. Dora war überzeugt, dass die beiden es gut miteinander haben würden.

Schon wenige Stunden nach der Hochzeit brachen die Brautleute zusammen mit Wesleys Bruder auf zum Flughafen. Sie wollten ihre Flitterwochen bei Wesleys Familie in Chicago verbringen.

Dora sah Onkel Herrmann an, wie ungern er seine Tochter verabschiedete.

»Dass ihr mir man bloß wieder zurückkommt in zwei Wochen«, grummelte er. »Wehe, sie behalten dich da, Inge ...«

»Dann kommen wir eigenhändig rübergeflogen und holen dich und Wesley wieder zurück nach Deutschland«, vollendete Christel laut seine Gedanken und umarmte die beiden zum Abschied herzlich.

»Keine Sorge«, versicherte Inge ihnen. »Wir sind bald wieder zurück.«

»Auf jeden Fall«, fügte Wesley hinzu. »Sonst müsste ich ja Angst haben, dass sich meine Frau gleich wieder von mir scheiden lässt, und das will ich nicht riskieren.«

Marianne blieb noch ein paar Tage länger zu Besuch bei Dora. »Allein zu Hause – da fällt mir ja die Decke auf den Kopf«, behauptete sie. »Und außerdem ist das Wetter so schön, da könnten wir doch eine kleine Spritztour machen. Weshalb hat Herbert mir denn sonst ein Auto zum Geburtstag geschenkt?«

In Mariannes Käfer fuhren sie am Sonntag nach der Hochzeit raus zum Tegernsee. Clara saß hinter ihnen auf der Rückbank und blickte gedankenverloren aus dem Fenster. Es war ein sonniger Herbsttag, die roten und goldgelben Blätter der Bäume leuchteten vor dem Tiefblau des Himmels, und oben auf den Bergspitzen lag schon etwas Schnee. Sie parkten den Wagen in der Nähe des *Brauhauses*, das sich in dem stattlichen, schlossartigen Gebäude eines ehemaligen Klosters befand, und bestaunten die malerische Aussicht bei einem Spaziergang entlang des Ufers. Anschließend setzten sie sich an einen Tisch im Biergarten am See. Clara stand etwas abseits am Wasser und fütterte die Enten, die da herumschwammen, mit den Krümeln einer Brezel. Eine Weile sahen die Schwestern dem Mädchen schweigend zu.

»Du siehst glücklich aus«, sagte Marianne schließlich zu Dora. »Ein bisschen müde, aber glücklich. Du weißt schon, diese Falte auf deiner Stirn. Sie ist weg. Man sieht dir an, dass es dir gut geht.«

Dora nickte. »Ja, das tut es wohl, solange ich nicht an Curt denke. Ich habe viel Glück gehabt in der letzten Zeit, was meine Zukunft als Tierärztin angeht. Es ist viel Arbeit in der Praxis, aber sie macht mir jeden Tag Freude.«

»Beneidenswert.«

Marianne stieß einen leisen Seufzer aus.

»Und du? Geht es dir auch gut?«, fragte Dora, nachdem die Bedienung ihnen die bestellten Limonaden gebracht hatte und sie den ersten Durst gelöscht hatten. »Auf Inges Hochzeit hatten wir noch gar keine Gelegenheit, miteinander zu reden.«

»Aber natürlich, es geht mir blendend!« Mariannes Stimme klang merkwürdig aufgekratzt. Sie öffnete ihre Handtasche, holte ein Päckchen Zigaretten und Streichhölzer heraus und begann zu rauchen. »Ich habe einen Mann geheiratet, der mich auf Händen trägt. Er verwöhnt mich mit schönen Kleidern, Schmuck und wunderbaren Reisen. Mein Lebenstraum ist in Erfüllung gegangen, ich lebe bequem und sicher. Was sollte mir fehlen?«

Marianne blies den Rauch durch die gespitzten Lippen. Dora betrachtete das Gesicht ihrer Schwester prüfend. Unverändert hübsch sah sie aus mit den rosig bepuderten Wangen und der hellblauen Farbe auf den Lidern. Äußerlich wirkte sie gelassen. Doch ihre Bewegungen waren fahrig und ihr Lachen hatte etwas

Gekünsteltes an sich. Und nie zuvor hatte sie gesehen, dass Marianne rauchte.

»Bist du dir sicher?«, hakte Dora statt einer Antwort nach.

Marianne wich ihrem Blick aus und senkte die langen, schwarz gefärbten Wimpern. Sie trank ein paar Schlucke, dann stellte sie ihr Glas ab und betrachtete die Zigarette, die sie zwischen ihren Fingern rollte. Sie nahm noch einen Zug, dann drückte sie die Zigarette mit ein paar heftigen Bewegungen im Aschenbecher aus.

»Ach Dora.« Ihre Stimme klang plötzlich verbittert. »In Wahrheit ist es eine Katastrophe.«

»Marianne!« Erschrocken nahm Dora ihre Hand. »Warum denn? Was ist los? Ist Herbert nicht gut zu dir?«

»Doch, doch, er ist ein guter Mann, aber ...« Sie stockte. »Ich weiß nicht, wie ich es sagen soll. Ich ... ich bin unglücklich. Es ist alles so sinnlos.« Resigniert zuckte sie mit den Schultern. »Weißt du, ich langweile mich entsetzlich. Herbert ist von morgens bis abends in der Firma, und ich? Ich verbringe den ganzen Tag damit, darauf zu warten, dass er nach Hause kommt! Was ist das für ein Leben zwischen Herd und Waschmaschine? Neulich habe ich zweimal in der Woche die Fenster geputzt. Anfangs hat es mir noch Spaß gemacht, jeden Tag, nachdem ich das Haus in Ordnung gebracht hatte, durch den Ort zu spazieren und mir ab und zu neue Schuhe oder ein neues Kleid zu kaufen. Aber je mehr Sachen ich habe, desto schneller werde ich ihrer überdrüssig. Du glaubst nicht, wie viele Hüte ich besitze, die ich nur ein einziges Mal getragen habe ...«

»Ja, bist du denn ganz allein? Hast du keine Freundinnen?«

Marianne zuckte mit den Schultern. »Was heißt schon Freundinnen. Natürlich gibt es ab und zu eine kleine Cocktailparty in der Nachbarschaft oder bei einem von Herberts Geschäftsfreunden. Aber die Frauen dort reden auch nur über Haushaltstipps und Kochrezepte oder über ihre Kinder. Wenn wir wenigstens selbst ein Baby hätten, dann hätte ich eine echte Erfüllung, aber das klappt einfach nicht.«

»Ach Marianne, hab Geduld! Ihr seid doch erst seit einem halben Jahr verheiratet.«

»Eben, so lange schon! Ich hatte mich so sehr darauf gefreut. Aber dieses Leben füllt mich nicht aus. Ich fühle mich wie ein Spatz im Vogelbauer. Du glaubst nicht, wie sehr ich dich darum beneide, dass du deinen Job in der Tierarztpraxis hast. Wie sehr hast du dir das immer gewünscht. Du lebst deinen Traum und bist glücklich damit. Und ich? Ich würde so gerne in Herberts Büro mitarbeiten, nur für ein paar Stunden am Tag, dann hätte ich eine Aufgabe, auf die ich mich freuen könnte. Oder in einem Café oder in einer Modeboutique auszuhelfen, das würde mir Spaß machen ...«

»Ja, und warum tust du das dann nicht?«

Tränen rollten über Mariannes Wangen.

»Herbert erlaubt es mir nicht. Er findet, das ist keine angemessene Beschäftigung für eine Industriellengattin. Du kennst doch seine Auffassung, dass der Mann fürs Geldverdienen zuständig ist und die Frau für das schöne Zuhause. Ihm reiche es, wenn ich ab und zu im Kreis einiger gleichgesinnter Damen einen Wohltätigkeitsbasar organisiere, sagt er. Ach Dora, ich bin furchtbar unglücklich.«

Auf einmal saß Marianne wie ein Häufchen Elend neben ihr. Die Tränen hatten ihre Wimperntusche verlaufen lassen und kleine schwarze Rinnsale unter ihren Augen hinterlassen. Marianne sah aus wie ein trauriger Clown. Dora reichte ihr ein Taschentuch.

»Aber, ich begreife nicht, es ist dein Leben, Marianne. Und wenn du unbedingt einen Beruf ausüben möchtest …«

Marianne verzog bekümmert die Lippen. »So einfach ist das nicht, Dora. Ich bin verheiratet. Du weißt doch, dass ich die Zustimmung meines Ehemannes brauche, wenn ich einen Job haben will. Immerhin hat er mir erlaubt, den Führerschein zu machen, nachdem wir uns ganz schrecklich gestritten haben und er mir vorgeworfen hat, wie undankbar ich sei. Dann hat er mir das Auto geschenkt, damit ich ein bisschen durch die Gegend fahren kann, wenn ich sonst nichts zu tun habe, hat er gesagt. Das war sehr reizend von ihm. Ja, er ist in solchen Sachen immer noch sehr großzügig. Er würde mir drei Pelzmäntel für den Winter kaufen, wenn ich ihn darum bäte. Aber das will ich gar nicht. Ich will so viel lieber etwas Vernünftiges tun. So wie du!«

Ratlos drehte Dora ihr Glas in den Händen.

»Und jetzt? Wie geht es weiter bei euch beiden?«

»Wie soll es schon weitergehen? So wie bisher. Was soll ich sonst machen? Scheiden lassen kann ich mich nicht, denn Herbert hat sich ja nichts zuschulden kommen lassen. Und wenn ich es drauf ankommen ließe? Was würden denn die Nachbarn sagen und die Leute aus Herberts Firma? Sie würden mich alle hassen, und dann wäre ich ganz allein, Dora. Also bleibe ich bei ihm.«

»Du bist nicht allein, Marianne. Du hast uns, deine Familie. Du kannst mich so oft du magst besuchen kommen.«

»Danke, Dora.«

Marianne wischte sich mit dem Taschentuch über das Gesicht. Dabei lächelte sie scheu, als wäre es ihr ein wenig peinlich, ihrer Schwester gegenüber dieses Geständnis abgelegt zu haben.

»Du darfst Herbert nichts von diesem Gespräch erzählen. Er wäre ziemlich beleidigt.«

»Natürlich nicht, wo denkst du hin!«

»Und du? Was ist mit dir und Curt?«, fragte Marianne, nachdem sie sich die Nase geputzt hatte.

»Wenn ich das nur wüsste, Marianne. Wenn ich nur wüsste, wann ich ihn wiedersehen kann." Dora ließ den letzten Schluck in ihrem Glas herumschwappen. »Erich hat versucht, über seine Kontakte zum Ministerium für Staatssicherheit etwas herauszufinden. Aber niemand konnte ihm sagen, wie lange Curt dieses Mal im Gefängnis bleiben muss.«

»Und was ist mit diesem Mike? Clara hat mir gestern von ihm erzählt. Sie hat richtig geschwärmt von ihm. Er scheint ja ein ganz patenter Kerl zu sein.«

»Das ist er wirklich, Marianne. Ein feiner Mensch, dem wir viel zu verdanken haben. Ich hab ihn wirklich gern. Und ich weiß, dass er mich sehr gern mag. Aber weißt du, solange Curt auf dieser Welt lebt, ist in meinem Herzen kein Platz für einen anderen Mann.«

• • •

Die letzte Kundin war gegangen. Doktor Wagmüller hatte die korpulente alte Dame und ihren nicht weniger dicken Pudel gerade verabschiedet. »Und denken Sie daran, verehrte Frau Halbrieder, täglich ein kleiner Spaziergang mit Ihrem Waldi, das ist für sein Herz genauso gesund wie für Ihres ...«, rief er noch und schloss die Tür der Praxis hinter ihr. »So, das war's für heute, Fräulein Twardy. Im Wartezimmer sitzt niemand mehr.«

Dora zog sich den weißen Kittel aus und hängte ihn an den Haken. Sie lächelte.

»Die Frau sah sehr erleichtert aus, als Sie ihr sagten, dass der Pudel keineswegs eine komplizierte Herzoperation braucht, wie sie befürchtet hatte, sondern lediglich ein bisschen mehr Bewegung.«

Der Tierarzt nickte, während er sich in dem stählernen Ausgussbecken die Hände wusch.

»Ja, so ist es oft: Kleine Ursache, große Wirkung. – Nanu!«, fügte er mit einem Blick aus dem Fenster hinzu. »Kommt da etwa doch noch eine Patientin? Aber wie ich sehe, hat sie kein Tier dabei. Es sei denn, es passt in ihre Handtasche.«

Dora, die gerade überlegt hatte, ob heute noch genug Zeit wäre, um Frau Deininger und den Zwillingsfohlen einen kurzen Besuch abzustatten, sah erstaunt hinaus. Es war Christel, die über den Plattenweg zur Eingangstür der Praxis rannte. Ohne anzuklopfen stürzte sie ins Behandlungszimmer. Sie war völlig außer Atem. Ihre Haare waren verschwitzt und zerzaust vom Laufen.

»Dora!«, stieß sie keuchend hervor. »Das musst du dir ansehen!«

»Was ist passiert? Bist du extra den langen Weg von München hier rausgefahren? Nun sag schon, was ist los? Muss ich mir Sorgen machen?«

Christel schüttelte den Kopf. Schnaufend ließ sie sich auf dem Hocker nieder, der neben dem Behandlungstisch stand.

»Entschuldigen Sie, Doktor Wagmüller, dass ich hier einfach so hereinplatze. Ich habe weder Hund noch Katze. Aber es ist wirklich dringend. Ich bin den ganzen Weg von der Straßenbahnhaltestelle hergerannt.«

Verblüfft beobachtete Dora, wie Christel ihre Handtasche öffnete und eine Zeitung herausholte. »Hier!«, sagte sie. Ihr Atem ging noch immer keuchend. »Lies das. Ich habe dir den Artikel rot angestrichen.«

Dora faltete das Blatt auseinander. Es war die aktuelle Ausgabe einer Münchner Tageszeitung. Sie fand den Bericht, den

Christel markiert hatte, sofort: »DDR-Häftlinge mit Aufstand erfolgreich«, stand da. Angespannt las Dora weiter:

»Als sie im Juni von dem Volksaufstand hörten, probten die Gefangenen eines Ostberliner Gefängnisses ihre eigene Revolution. Drei Tage lang hielten sie einen kollektiven Hungerstreik durch, obwohl man ihnen das Wasser abgedreht hatte, eine Aktion, die sie seitdem jeden Monat wiederholten. Jetzt hat sich der Erfolg eingestellt. Wie heute bekannt wurde, gab es eine Amnestie in der DDR. Einige der streikenden Männer, die sich keiner schwerwiegenden Straftat schuldig gemacht haben, wurden aus der Haft entlassen und in den Westen überstellt. Über einen der Gefangenen hatte der amerikanische Rundfunksender in Berlin, RIAS, erst vor einiger Zeit einen ausführlichen Bericht ausgestrahlt. Es handelt sich um einen Mann, der an der Seite von Graf Stauffenberg im Widerstand gegen Hitler aktiv gewesen war. Vor allem die Tatsache, dass dieser Mann in Ostberlin im Gefängnis sitzt, während in Westberlin ein Denkmal für die Widerständler errichtet wurde, hatte in der DDR offenbar für Kritik gesorgt ...« Dora stieß einen Schrei aus. »Das muss Curt sein. Das ist er ganz sicher. Oh, Christel, es hat geklappt! Sie haben ihn freigelassen!«

»Ja, Dora. Er ist frei!« Christel hob die Arme und ballte triumphierend die Fäuste. Dora ließ die Zeitung fallen, sie nahmen einander in die Arme und tanzten und hopsten in einem verrückten Reigen durch den Praxisraum, sodass die gläsernen Ampullen im Vitrinenschrank klirrten. Doktor Wagmüller ließ sie kopfschüttelnd und mit einem Schmunzeln im Gesicht gewähren.

»Ich kann es nicht glauben!« Dora lachte und weinte gleichzeitig. »Es ist wie ein Wunder. Oh, es ist großartig. Danke, Christel, dass du gleich zu mir gekommen bist. Das müssen wir feiern.«

Schnaufend hielt Christel inne. Sie lachte. »Ich habe zu Hause den Sekt schon kaltgestellt. Wir lassen die Korken fliegen, sobald

Curt bei uns ist. Ich bin mir sicher, dass er sich in den nächsten Flieger nach München setzen wird, um herzukommen, wenn er erfährt, dass du nicht mehr in Berlin lebst. Du glaubst nicht, wie sehr ich mich darauf freue, meinen lieben Cousin endlich wieder in den Arm nehmen zu können.«

»Was meinst du, wie es mir geht! Ich kann es noch gar nicht richtig glauben. Ach, du Liebe, eine schönere Nachricht kann es nicht geben.«

Nach Christels Besuch war es Dora, als schwebte sie bei jedem Schritt ein paar Zentimeter über dem Boden. Sie brauchte keinen Sekt und keinen Champagner, um sich wie beschwipst zu fühlen. Curt war frei. Bald würden sie endlich für immer zusammen sein, und nichts würde sie mehr trennen können. Wenn er doch nur endlich hier wäre!

46.

Zwei Tage später saßen Dora und Clara im Garten vor Doktor Wagmüllers Haus. Es war ein sonniger und warmer Herbstnachmittag, wie es ihn um diese Jahreszeit in München bisweilen gibt, wenn der Föhnwind von Italien über die Berge bläst. Die Luft war kristallklar und der Garten glühte förmlich unter den roten Ranken des wilden Weines, die sich über den Gartenzaun schlängelten. Im Beet davor blühten die Astern. Obschon sich der Oktober dem Ende zuneigte, standen die Gartenmöbel noch draußen auf der Wiese. Dora und Clara hatten es sich auf den weiß lackierten Eisenstühlen gemütlich gemacht, vor ihnen standen halb geleerte Limonadengläser auf dem Tisch. Das Mädchen löste Rechenaufgaben für die Schule, auf Doras Schoß lag aufgeschlagen *Das große Repertorium der Tierheilkunde*. Vor einer halben Stunde war Doktor Wagmüller zu Frau Deininger gefahren, um nach den beiden Fohlen zu sehen. Zum ersten Mal seit der Zwillingsgeburt hatte Dora ihn dabei nicht begleitet, so gern sie die beiden kleinen Trakehner auch mochte. Sie wollte zu Hause sein, wenn Curt kam.

Es fiel ihr schwer, sich auf das dicke Lehrbuch zu konzentrieren. Immer wieder fiel ihr Blick auf den dünnen Papierbogen, den sie sich als Lesezeichen zwischen die Seiten geklemmt hatte. Es war ein Telegramm von Curt. Der Bote hatte es gebracht, kurz nachdem Christel mit der frohen Botschaft seiner Entlassung in der Praxis aufgetaucht war, und es bestätigte alles, was Dora sich erhofft hatte:

> soeben entlassen – stop – komme nach bayern –
> stop – in liebe curt.

Beinahe zärtlich strich sie mit der Spitze ihres Zeigefingers über die dünnen Druckbuchstaben. Zwei Tage waren bereits vergangen, seit Curt das Telegramm abgeschickt hatte. Zwei lange Tage. Eigentlich müsste er doch jeden Moment vor der Tür stehen.

»Da kommt jemand«, sagte Clara, und augenblicklich begann Doras Herz aufgeregt zu hämmern. Sie sah auf. Der niedrige Gartenzaun gab den Blick frei auf die kleine stille Vorstadtstraße. Tatsächlich hielt gerade ein Wagen am Straßenrand. Es war ein Jeep des amerikanischen Militärs mit zurückgerolltem Verdeck. Dora kannte ihn gut.

»Good afternoon, Ladies!« Mike stieg aus dem Wagen. Er machte sich nicht die Mühe, ein paar Meter weiter zu gehen, um das Gartentor zu benutzen, sondern stützte sich mit der Hand auf dem nächsten Zaunpfahl ab und übersprang die kniehohe Einfassung und das Asternbeet mit einem langen Satz.

»Mike! Was für eine Überraschung!« Dora klappte das dicke Buch zu und legte es vor sich auf den Tisch, während Mike über den Rasen zu ihnen kam. Im ersten Moment war sie enttäuscht, ihn zu sehen, weil sie so sehr gehofft hatte, dass es Curt war, der da zu ihr kam. Doch sie bemühte sich, Mike das nicht spüren zu lassen. »Ich wusste nicht, dass du uns heute besuchen wolltest. Komm, setz dich her, es ist ein so herrlicher Tag heute. Wie im Sommer. Ich glaube, wir haben Föhn. Möchtest du auch ein Glas Limonade oder soll ich dir einen Kaffee machen?«

Mike zog sich einen der Gartenstühle heran, wischte mit der Hand ein paar vertrocknete Blätter vom Sitz und ließ sich nieder.

»*Thank you*, aber leider nein, ich kann nicht lange bleiben.«

Trotz seines schwungvollen Auftretens sah er ernst aus. Dora hatte augenblicklich ein schlechtes Gewissen. Kaum hatte sie von Curts Freilassung erfahren, hatte sie nicht eine Sekunde mehr an Mike gedacht.

»Ich bin froh, dass du uns besuchen kommst«, sagte sie ehrlich. »Wir haben uns viel zu lange nicht mehr gesehen.«

Mike nickte.

»*Listen*, Dora.« Er räusperte sich. »Ich muss mit dir reden. *There is something I have to tell you.* Ich habe gestern erfahren, dass es meiner Mutter nicht gut geht.«

»Oh, Mike. Das tut mir so leid.«

»*She had an accident.* Sie ist die Treppe vor dem Haus hinuntergestürzt und hat sich ... Ich weiß nicht, wie das auf Deutsch heißt.« Er klopfte sich gegen die Hüfte. »Ihre Knochen sind gebrochen.«

Dora nickte mitfühlend. »Oje. Das ist keine gute Diagnose in ihrem Alter.«

Mike nickte. Er schwieg einen Moment und betrachtete Clara, die sich wieder über ihr Rechenheft gebeugt hatte und nachdenklich am Ende ihres Stiftes knabberte. Dann sah er Dora an.

»Ich werde zurück in die USA gehen. *I'm going back to Colorado.* Ich habe gestern den Antrag für meine Versetzung gestellt. Vielleicht fliege ich schon in der kommenden Woche. Ich bin ihr einziges Kind, *you know*, ich muss mich um sie kümmern.«

»Das verstehe ich gut, Mike, deine Mutter wird sich freuen.«

Er nickte. »Obwohl es ein trauriger Gedanke ist, dich vielleicht nie wiederzusehen. Du weißt, wie viel du mir bedeutest. *You mean so much to me.* Du und deine kleine Clara.« Mike hielt inne und sah Dora eindringlich an. Ein gutes, warmes Empfinden durchströmte sie beim Blick in seine Augen. Es war keine Liebe, aber ein Gefühl von Vertrauen, Nähe und echter Freundschaft.

»Ja, es ist schade, dass du weggehst. Ich habe dich von Herzen gern, Mike. Du bist einer der besten Menschen, die mir in meinem Leben begegnet sind, und ich bin dir unendlich dankbar für alles, was du für uns getan hast. Ich weiß nicht, was geworden wäre, wenn du damals am Abend des Aufstandes nicht in den Ostsektor gefahren wärst, um Clara zu holen. Das werden wir dir nie vergessen. Ich wünsche dir, dass du glücklich wirst zu Hause in Colorado. Und dass deine Mutter hoffentlich bald wieder gesund wird.«

»Thank you.« Er versuchte zu lächeln, doch es gelang ihm nicht. »Ich muss gehen. *It's time to say goodbye.*«

Mit diesen Worten stand er auf.

»Du wirst mir immer ein ganz besonderer Freund bleiben. Lass uns den Kontakt nicht verlieren. Schreib mir, sobald du angekommen bist. Und wer weiß, vielleicht kommst du eines Tages zurück nach Deutschland. Ach Mike ...«

Dora schlang ihre Arme um ihn. Es war ganz selbstverständlich. Und als sie seine Nähe spürte, fragte sie sich, weshalb ihr der Abschied von Mike so schwerfiel.

Auch Clara schien die Bedeutung des Augenblicks wahrzunehmen. »Ich will Mike auch auf Wiedersehen sagen.« Sie schob ihr Rechenheft zur Seite, kam zu den beiden anderen und schmiegte sich dazu. Mike lachte leise und drückte beide an sich. »Ihr seid die Besten«, murmelte er. »Was hätten wir für eine feine *family* sein können. Ihr werdet mir schrecklich fehlen. *I will miss you terribly.*«

Schließlich sah er auf und legte seine Hände um Doras Gesicht. »Lass dich noch einmal ansehen, du schönes *German* Fräulein. So will ich dich in Erinnerung behalten.«

»Und ich dich«, sagte Dora. »Diese Zahnlücke werde ich mein Leben lang nicht vergessen.«

»Ich hoffe, den Rest von mir auch nicht, *my dear*.«

»Ganz sicher, das verspreche ich dir.«

Es war leicht, ihn zu küssen. Nur ein kleiner Abschiedskuss für einen guten Freund. Eine einzige zärtliche Berührung, die erste und die letzte, bevor Mike sich für immer aus ihrem Leben verabschieden würde. Seine Lippen auf ihren, seine Hände in ihren Locken, der leichte Sandelholzduft seines Rasierwassers in ihrer Nase. Für einen Moment verschwamm der Rest der Welt vor Doras Augen, als existierte nichts anderes. Sie lehnte ihre Stirn an seine Schulter. Sie hörte das Keckern einer Elster im Baum und ein Motorengeräusch auf der Straße, und doch nahm sie es nicht wahr. Dieser Moment gehörte Mike.

Dora vermochte nicht zu sagen, wie lange sie eng umschlungen im Garten gestanden hatten, bevor sich Mike aus der Umarmung löste.

»Dann fahre ich jetzt besser los«, sagte er. Seine Stimme klang belegt. »*Farewell!* Lebt wohl, ihr zwei wunderbaren *Ladies*.«

»Leb wohl, Mike, du wunderbarer Mann. Und schreib uns bald!«

Dora und Clara sahen ihm nach, wie er über den Rasen ging. Diesmal wählte er das Gartentor, um zur Straße zu gelangen. Er stieg in den Wagen und startete den Motor. Noch einmal hob er die Hand zum Gruß, bevor er davonfuhr.

Und dann standen ihr doch die Tränen in den Augen. Trotz allem würde sie diesen Mann vermissen.

• • •

»Hat sich Curt vielleicht bei dir gemeldet?«

Dora stellte Christel diese Frage zum x-ten Mal. Und sie wusste, wie die Antwort lauten würde, denn wenn es so wäre, hätte ihre Freundin ihr doch längst Bescheid gegeben. Täglich telefonierten sie miteinander und täglich erhielt Dora dieselbe Antwort:

»Nein. Ich weiß auch nicht, was Curt sich dabei denkt, uns so lange hinzuhalten. Er muss doch wissen, dass wir nach seinem Telegramm auf heißen Kohlen sitzen.«

»Vermutlich hat er vor seiner Abreise noch vieles zu erledigen in Berlin«, versuchte sich Dora zu beruhigen. »Was weiß ich, was den Behörden noch so alles einfällt. Oder es gibt Probleme, weil er sich eine neue Fotoausrüstung besorgen muss. Aber er könnte ja wenigstens zwischendurch mal anrufen oder einen Brief schreiben und erklären, was ihn aufhält.«

»Ja, das finde ich auch.«

Mehr als eine Woche war vergangen, seit Dora sein Telegramm erhalten hatte. Mit jedem Tag, an dem sie nichts von Curt hörte, wurde sie unruhiger.

»Vielleicht war seine Freilassung ein Irrtum«, sagte Dora enttäuscht zu Christel. »Vielleicht haben sie ihm das nur angekündigt, um es gleich wieder zurückzunehmen. Als ich ihn damals im Gefängnis besuchte, sprach er davon, dass sich die Aufseher dort manchmal böse Scherze mit den Strafgefangenen erlauben.«

»Aber was ist mit seinem Telegramm?«, gab Christel zu bedenken. »Ich kann mir nicht vorstellen, dass man ihm erlaubt, ein Telegramm zu schreiben, wenn er noch in der Zelle sitzt.«

»Vielleicht war es gefälscht«, sagte Dora düster. »Ich traue diesen Leuten mittlerweile alles zu.«

Nach zwei Wochen war sie sich sicher, dass etwas passiert sein musste. Sie ging zur Polizeistation und bat um Hilfe. Die Beamten waren freundlich und schickten für sie eine Anfrage ab. Das Ergebnis erhielt Dora drei Tage später per Post: Auf keiner Straße in Deutschland war in letzter Zeit ein schwerer Unfall registriert worden, bei dem ein Herr Curt von Thorau zu Schaden gekommen war. Dora war erleichtert über diese Information, und doch telefonierte sie noch mit sämtlichen Krankenhäusern in Berlin und in München. Auch dort gab es keinen Patienten seines Namens.

Dora kam zu dem Schluss, dass Curt unmittelbar vor seiner geplanten Abreise nach München einen großen Auftrag für eine Fotoreportage erhalten haben musste, den er keineswegs ablehnen konnte. Vermutlich kurvte er gerade irgendwo auf der Welt durch die Gegend und machte die herrlichsten Fotos, die er ihr nach seiner Rückkehr begeistert zeigen würde. Und der Brief, den er ihr zwischendurch geschrieben hatte, um zu erklären, weshalb er sich verspätete, war unterwegs verloren gegangen. Eine andere Begründung für sein Fernbleiben gab es einfach nicht.

Unterdessen hatte sie den Rat von Professor Paulitzer angenommen. Als am 3. November das Wintersemester begann, fuhr sie mehrmals in der Woche für ein paar Stunden zur Uni, um wenigstens als Gast einige tiermedizinische Vorlesungen zu besuchen. Besonders denen von Professor Paulitzer lauschte sie so begeistert wie eh und je und erfreute sich mit allen anderen Studenten an seinen kleinen humorvollen Bemerkungen. Ihr fiel auf, dass er nun viel freier sprach als an der Humboldt-Universität. Wie sehr mochte ihn der Druck belastet haben, der in der DDR auf ihn ausgeübt worden war! Anders als in ihrem ersten Semester in Berlin schloss Dora mit den Kommilitonen an der Münchner Uni keine engen Freundschaften. Das lag zum einen daran, dass sie nicht wirklich dazugehörte. In diesem Semester war sie ja noch nicht offiziell eingeschrieben und die Teilnahme an allen praktischen Seminaren und Übungen war ihr versperrt. Zum anderen verbrachte sie die meiste Zeit des Tages in Doktor Wagmüllers Praxis und abends war sie viel zu müde, um noch einmal in die Straßenbahn zu steigen und in die Stadt zu fahren, nach Schwabing etwa, wo sich die anderen Studenten und Studentinnen bis tief in die Nacht in den vielen Kneipen und Tanzklubs trafen, um miteinander Spaß zu haben. Und wenn sie am Wochenende doch etwas Zeit erübrigen konnte, fuhr sie hinaus zum Hof von Frau Deininger, um zu sehen, wie sich die beiden Zwillingsfohlen entwickelten. Noch immer waren Sultan und Saphira kleiner und zierlicher als andere Fohlen in ihrem Alter. Aber die beiden waren putzmunter und gesund und vor allem der kleine Hengst war neugierig und zutraulich und zauberte Dora mit seinen drolligen Gehversuchen auf den langen Beinchen immer wieder ein Lächeln ins Gesicht, auch wenn ihr gar nicht danach zumute war.

Ende November klingelte eines Tages das Telefon in der Praxis. Dora legte das frische Verbandsmaterial zur Seite, das sie gerade in das entsprechende Schubladenfach einsortieren wollte, und nahm den Hörer ab.

»Tierarztpraxis Doktor Wagmüller, Dora Twardy am Apparat.«

Auf der anderen Seite meldete sich Gisela.

»Hallo, du Turteltäubchen«, flötete die Freundin gut gelaunt ins Telefon. »Hier ist Berlin. Ich hoffe, du hast mich noch nicht vergessen?«

»Aber nein, Gisela. Wie könnte ich!«

»Na, du hast dich eine Ewigkeit nicht mehr bei mir gemeldet. Aus den Augen, aus dem Sinn, wie mir scheint, oder?«

»Oh, bitte sei mir nicht böse, es ist hier immer so viel zu tun.

Ich komme einfach nicht dazu, dir endlich mal wieder einen Brief zu schreiben, dabei habe ich dir doch so viel zu erzählen.«

»Das kann ich mir schon denken, mein Herz. Und glaub mir, ich habe vollstes Verständnis dafür, dass du im Moment keinen Sinn fürs Briefeschreiben hast.« Gisela kicherte anzüglich. »Schließlich hast du lange genug auf deinen Liebsten verzichten müssen. Ich nehme an, ihr befindet euch im Flitterwochen-Dauerzustand. Habe ich recht?«

»Flitterwochen? Wovon sprichst du?«, fragte Dora irritiert.

»Also bitte, ich bin doch nicht von gestern. Was machen zwei Menschen, die sich lieben und seit einer Ewigkeit darauf gewartet haben, endlich zusammen sein zu können? Aber jetzt ist es schon über einen Monat her, seit Curt nach München gefahren ist, ich dachte, da hast du zwischendurch vielleicht mal kurz Zeit, um mit deiner guten alten Freundin Gisela zu telefonieren.«

»Gisela! Was weißt du von Curt?« Dora schrie beinahe ins Telefon.

»Na, hör mal. Das wird er dir doch hoffentlich erzählt haben. Oder hat er es etwa für sich behalten, welchen Anteil ich an eurer Wiedervereinigung habe? Nachdem sie ihn nach Westberlin abgeschoben hatten, ist er schnurstracks zu mir ins *Chez Gigi* gekommen, um sich nach dir zu erkundigen. Offenbar hast du ihm so viel von mir berichtet, dass er sich noch daran erinnern konnte. Du glaubst nicht, wie glücklich er war, als ich ihm sagte, dass du inzwischen nach München abgewandert bist. ›Endlich hat sie Vernunft angenommen und der DDR den Rücken gekehrt‹, sagte er. Ich glaube, er ist sofort zum Flughafen gefahren und hat die nächste Maschine nach München genommen. Wieso hat er dir das nicht erzählt?«

Dora ließ sich mit bebenden Knien auf dem Stuhl nieder.

»Gisela«, sagte sie leise. »Was redest du denn da? Ich habe

Curt seit unserer letzten Begegnung im Frühjahr in Berlin nicht mehr gesehen. Er hat mir ein Telegramm geschickt und geschrieben, dass er freigelassen wurde und dass er zu mir kommt. Aber das ist nie geschehen. Ich weiß nicht, wo er ist. Was ... was hat das zu bedeuten?«

Für einen Augenblick war es so still im Hörer, dass Dora schon dachte, die Verbindung nach Berlin sei abgebrochen. Doch dann antwortete Gisela. Ihre Stimme klang erschrocken: »Er ist nicht nach München gekommen? Aber das kann nicht sein. Er hatte es doch so eilig. Er war keine zehn Minuten bei mir. Er sagte, er müsse sofort los. Mein Gott, es wird doch hoffentlich unterwegs nichts passiert sein?«

»Nein. Ich habe mit der Polizei und mit den Krankenhäusern in Berlin und München gesprochen. Niemand dort hat etwas von ihm in Erfahrung gebracht. Ich habe gedacht, dass er kurzfristig einen Auftrag für eine große Fotoreportage bekommen hat und seine Reise sich deswegen verzögert hat.«

»Nichts dergleichen hat er mir erzählt. Der Mann hat sich nicht einmal Zeit für einen Schluck Kaffee genommen. Undenkbar, dass er auf dem Weg zum Flughafen noch einen Abstecher zu einer Zeitungsredaktion gemacht hat.«

»Aber wo ist er?«

»Das kapiere ich nicht, Dora. Das kapiere ich ganz und gar nicht.«

Anfang Dezember kam eine Weihnachtskarte aus Colorado an. Darauf grinste ein dicker rot gewandeter Santa Claus, einen Sack voller Spielzeug auf dem Rücken. »*Christmas Greetings*«, stand darunter. Mike schickte liebe Grüße an Dora und Clara und berichtete, wie sehr er sie vermisste und dass es seiner Mutter glücklicherweise etwas besser gehe. Sosehr sich Dora darüber freute, wie viel lieber wäre es ihr gewesen, endlich etwas von Curt zu hören. Noch immer war es ihr unbegreiflich, was ihn davon abgehalten haben konnte, zu ihr zu kommen.

Doras Wunsch wurde ihr kurz vor Weihnachten erfüllt. Der Postbote brachte ihr ein Päckchen, auf dem kein Absender stand. Die Schrift auf dem Adressfeld kam ihr bekannt vor, doch sie konnte sich nicht erinnern, von woher. Neugierig öffnete sie die Verpackung, eine kleine, in Weihnachtspapier gewickelte Schachtel fiel heraus. Sie wog fast nichts. ›Für Clara‹ stand darauf. Dora betrachtete das Geschenk verwundert. Dann legte sie es zur Seite und nahm den Brief in die Hand, der dabei lag und an sie gerichtet war. Sie brauchte nur eine Zeile zu lesen, um zu wissen, wer ihn geschrieben hatte und ließ sich mit einem Schrei auf den nächsten Stuhl fallen.

Liebe Dora!
Ich habe lange überlegt, ob ich Dir diesen Brief überhaupt schreiben soll. Denn ich möchte mich nicht in ein Leben einmischen, in dem kein Platz mehr für mich ist. Ich kann verstehen, dass Du nicht länger auf mich warten wolltest. Nicht schon wieder. Du hast es schon einmal getan, hast jahrelang die Hoffnung nicht aufgegeben, dass wir zurück zueinander finden werden. Ein zweites Mal kann das niemand von Dir verlangen. Und doch ist mir das Herz gebrochen, als ich sehen musste, dass Du Dich für einen anderen Mann entschieden hast – jetzt, wo ich doch endlich wirklich frei bin. Die DDR-Behörden haben mich sofort nach meiner Haftentlassung im Oktober des Landes verwiesen und nach Westberlin gebracht. Dort habe ich Deine Freundin Gisela in ihrem Lokal aufgesucht. Ich war mir sicher, dass sie eine Idee haben würde, wie ich Kontakt zu Dir aufnehmen konnte. Du kannst Dir vorstellen, wie erleichtert ich war, als ich hörte, dass Du nach den Un-

ruhen vom Juni die DDR verlassen hast. Aber zu erfahren, dass Du mit einem amerikanischen Besatzungssoldaten nach München gezogen bist, hat mich ein wenig beunruhigt, das muss ich zugeben. Auch wenn Gisela mir versichert hat, er sei nicht mehr als ein guter Freund für Dich. Also bin ich mit der nächsten Maschine von Tempelhof nach München geflogen. Ich wollte Dich überraschen, Dora, ich wollte, dass es ein rauschendes Fest des Wiedersehens wird. Aber dann habe ich gesehen, wie Du diesen Mann umarmtest, wie Du ihn küsstest und wie selbstverständlich und liebevoll er Dich und Clara an sich drückte. In diesem Moment war mir klar, dass ich Dich, dass ich Euch beide verloren hatte. Du warst so versunken in Zärtlichkeit, du hattest gar keinen Blick für den Rest der Welt. Sonst hättest du doch das Taxi sehen müssen, das in diesem Moment vor dem Gartenzaun hielt. Ich war so schockiert, Dora. Niemals hätte ich damit gerechnet, dass Du Dich in einen anderen Mann verlieben könntest. Nie habe ich mich mehr fehl am Platz gefühlt als in diesem Augenblick. Und deshalb bin ich gleich wieder weggefahren. Hätte ich aussteigen und Dir Lebwohl sagen sollen? Aber wie hätte ich Euren Moment der Zweisamkeit stören können! Ich wollte nur noch weg und Dich nie wiedersehen. Bitte verzeih, wenn ich Dich enttäusche. Manche Menschen schaffen es, miteinander befreundet zu bleiben, wenn eine Liebe zerbricht. Aber das, liebe Dora, wäre zu viel von mir verlangt. Ich könnte es nicht ertragen, mitzuerleben, wie Du und Clara mit einem anderen Mann glücklich seid. Meine Tochter möge mir diese Entscheidung vergeben. Vielleicht bin ich feige und verantwortungslos, weil ich mich davonschleiche ohne ein Wort des Abschieds. Aber wer bin ich für Clara? Sie kennt mich nur von ein paar Tagen ihres jungen Lebens. Vor allem von einem wunderschönen Wochenende im Havelland, an dem ich so glücklich war. Ich weiß, dass ich Clara nicht viel bedeute. Du bist der wichtigste Mensch der Welt für sie, denn mit Dir ist sie aufgewachsen. Du hast sie zu dem wunderbaren kleinen Mädchen gemacht, das sie geworden ist. Und dafür werde ich Dir für immer dankbar sein.

Ach Dora, wie lange haben wir aufeinander gehofft. So viele Jahre lang haben sich unsere Wege immer wieder gekreuzt, manchmal voller Hoffnung, manchmal voller Enttäuschung. Aber am Ende hat das mit uns beiden einfach nicht sollen sein. Ich muss lernen, es zu akzeptieren. Liebste Dora, ich wünsche Dir und Clara alles Glück der Welt mit Eurer neuen Familie. Ich möchte kein Keil zwischen euch sein. Stattdessen werde ich versuchen, die Vergangenheit zu vergessen. Ich habe für Clara ein Konto eingerichtet, auf das ich Euch regelmäßig Geld überweisen werde. Denn zumindest vor dieser Verantwortung werde ich mich nicht drücken. Mein größtes Glück liegt jetzt darin, dass ich wieder eine Beschäftigung als Fotograf gefunden habe. Ich mache da weiter, wo ich im Krieg aufgehört habe: Ich fliege um die Welt wie ehedem, immer auf der Suche nach den aufregendsten Motiven und den schönsten Bildern. Ich versuche wieder da zu sein, wo Geschichte geschrieben wird, und hoffe, ich werde Trost darin finden. Ich werde viel arbeiten, ich werde nichts anderes tun, als zu arbeiten, vielleicht gelingt es mir ja irgendwann, Dich dabei zu vergessen. Dass ich je wieder eine Frau so lieben werde wie Dich, wage ich nicht zu hoffen. Wenn Dich dieser Brief erreicht, werde ich schon aufgebrochen sein.

Drück mein Mädchen für mich und leb wohl, Dora.

Dein Curt.

Als Dora aufsah, war seine Unterschrift ganz verlaufen von ihren Tränen, die beim Lesen auf die Tinte getropft waren. Sie wischte sich mit dem Handrücken durchs Gesicht. Es war unfassbar, dass Curt gerade in dem Moment aufgetaucht war, als sie sich im Garten von Mike verabschiedet hatte! Wieso hatte sie ihn geküsst! Und wie konnte Curt das, was er gesehen hatte, nur so missverstanden haben! Sie musste das richtigstellen. Sie musste ihm schreiben, dass er sich geirrt hatte. Sie drehte und wendete den Brief, den Umschlag und das Päckchen, doch sosehr sie auch suchte, nirgendwo entdeckte sie einen Hinweis darauf, wo sie Curt finden konnte. Zutiefst verzweifelt presste sie seinen Brief an ihre Brust und ließ den Kopf auf die Knie sinken.

»Curt.« Immer wieder flüsterte sie seinen Namen. »Curt, o Curt, wie kannst du mir das antun!«

Dora hatte das Gefühl, als wäre die Welt von einem Moment auf den anderen in Stücke geflogen. Sie nahm nichts mehr wahr als das Hämmern ihres Herzens. Eine große Leere breitete sich in ihr aus. Wie hatte es so weit kommen können? Sie liebten einander doch.

47.

Den Weihnachtsabend verbrachten sie zusammen mit der ganzen Familie bei Christel und Herrmann. Es tat gut, die Lichter am bunt geschmückten Weihnachtsbaum zu entzünden und gemeinsam die alten Lieder zu singen. In der Wohnung duftete es bis in den letzten Winkel nach Tannengrün, Kerzenwachs und Gebäck. Vera und Christel hatten Tage damit verbracht, die traditionellen ostpreußischen Weihnachtsplätzchen zu backen, Makronen, Aniskekse und natürlich Pfefferkuchen. Und für jeden gab es ein paar hübsche Geschenke.

Andächtig wickelte Clara das Päckchen aus, das Curt ihr geschickt hatte. Ein wunderschönes goldenes Kettchen mit einem herzförmigen Anhänger aus Bernstein lag darin.

Es war Dora schwergefallen, mit Clara über Curts Brief und das fatale Missverständnis zu sprechen. Aber das Mädchen musste schließlich erfahren, was geschehen war. Clara hatte schwer an dieser Nachricht zu schlucken gehabt. »Erst dachte ich, ich hätte zwei Väter – und auf einmal habe ich gar keinen mehr«, lautete ihr trauriger Kommentar.

Nun betrachtete Dora Curts Weihnachtsgeschenk.

»Bernstein gilt als das Gold Ostpreußens«, erklärte sie Clara. »Seit jeher werden die uralten versteinerten Harztropfen am

Strand der Ostsee aufgelesen und zu kostbarem Schmuck verarbeitet.«

Mit diesem Geschenk, davon war Dora überzeugt, wollte Curt seine Tochter daran erinnern, woher sie stammte.

»Auch wenn er nicht bei uns sein kann«, fügte sie hinzu, während sie Clara die Kette um den Hals legte und den kleinen Verschluss zuriegelte. »Er will dich beschützen. Denn man sagt, der Bernstein ist ein Glücksbringer.« Sie bemühte sich, ihre Stimme nicht zittern zu lassen.

Clara lächelte mit wehmütigem Blick und legte die Fingerspitzen auf das Bernsteinherz. »Dann mache ich die Kette besser nie mehr ab.«

Dora drückte sie an sich. »Das ist gut.«

Vor ihren Augen tauchten die grauen Wellen der Ostsee auf, Bernsteinfischer am Strand, die Dünen der Kurischen Nehrung und das Haff – und sie musste sich zusammenreißen, um bei der Erinnerung an den Sommer 1940 und ihren ersten Spaziergang mit Curt nicht erneut in Tränen auszubrechen. Schließlich war doch Weihnachten, ein Tag der Freude.

»Und jetzt musst du deine Geschenke auspacken!«, entschied Clara.

Das Mädchen schenkte Dora einen selbst gebastelten Schlüsselanhänger aus Holzperlen.

»Damit findest du den Schlüssel für Doktor Wagmüllers Praxis immer sofort«, rief sie, und Dora gab ihr dankbar einen Kuss. Von ihren Eltern erhielt sie einen eleganten schwarzen Kugelschreiber.

»Damit kannst du in den Vorlesungen besser mitschreiben«, erklärte ihr Vater. »Das ist ein feines Gerät und viel praktischer als ein Füllfederhalter. Es schreibt sich leicht damit, es kleckst nicht und darin kann keine Tinte eintrocknen.«

»Danke, Papa, war für eine tolle Idee! Der Schreiber sieht sehr schick aus und ich kann ihn wirklich gut gebrauchen.«

Doch so glücklich Dora auch war, den Heiligen Abend mit ihren Eltern und all den anderen lieben Menschen verbringen zu können, und sosehr sie sich auch über die schönen Geschenke freute – es lag ein Makel auf diesem Weihnachtsfest. Denn ihr größter Wunsch blieb unerfüllt, solange Curt nicht bei ihr war.

Auch als sie ein paar Tage später erneut zusammenkamen, um das neue Jahr zu begrüßen, konnte Dora nicht aufhören, an Curt zu denken. Um Mitternacht stand sie inmitten einer johlenden und feiernden Menschenmenge auf einer Isarbrücke und sah den bunten Leuchtraketen nach, die in den schwarzen Himmel stiegen. Während die anderen lachten, einander umarmten und küssten und »Prosit Neujahr« riefen, stand sie ganz stumm da und dachte nur: Wo auf dieser Welt mochte Curt gerade sein? Das Einzige, was sie in dem bitterkalten Schneetreiben dieser Nacht tröstete und wärmte, war der Gedanke, dass er in diesem Augenblick ganz sicher auch an sie dachte und sie genauso vermisste wie sie ihn.

Selbst Doktor Wagmüller fiel auf, wie bedrückt Dora war, als sie Anfang Januar zum ersten Mal wieder miteinander im Behandlungsraum standen. Es war morgens um sieben, eine halbe Stunde bevor sie die ersten Patienten erwarteten. Kurz vor Weihnachten, noch bevor Curts Päckchen angekommen war, hatte er seine Praxis zugesperrt und war über die Feiertage zu seiner einzigen Verwandten, einer älteren Schwester, in den Bayerischen Wald gefahren. Zufrieden und gut genährt vom reichlichen Festtagsbraten kam er drei Wochen später zurück, doch als sie an diesem Morgen die Patientenakten für den Tag durchgingen, sah er nach einer Weile auf und runzelte die Stirn.

»Haben Sie Kummer, Fräulein Twardy? Ich sehe Ihnen doch an, dass etwas nicht stimmt.«

Obwohl Dora versuchte, ihn zu beschwichtigen, ließ er nicht locker und schließlich erzählte sie ihm von Curt.

»Das tut mir sehr leid«, sagte er. »Was für eine tragische Geschichte. Aber wer weiß. Vielleicht wendet sich ja doch noch alles zum Guten. Das Leben hält bisweilen die unglaublichsten Überraschungen bereit, wie wir alle wissen. Und wenn nicht?« Der Doktor legte seine warme schwere Hand auf Doras Arm. »Man kann auch ohne die Liebe glücklich sein. Glauben Sie mir, damit kenne ich mich aus. Mir war es nicht beschieden, die Liebe meines Lebens zu finden. Stattdessen habe ich meine Erfüllung als Tierarzt gefunden, und ich kann nicht behaupten, unglücklich zu sein.«

Dora versuchte zu lächeln, aber es fühlte sich wie eine mühsam gezogene Grimasse in ihrem Gesicht an. Aber ich habe doch die Liebe meines Lebens gefunden, dachte sie. Gerade deshalb tut es ja so weh.

»Ich habe in den vergangenen Wochen ein wenig nachgedacht«, fügte der Doktor hinzu. »Und ich bin zu einem Entschluss gekommen. Vielleicht hilft das ja etwas, Ihre trübe Stimmung aufzuhellen.«

Dora sah ihm zu, wie er in aller Ruhe seine Pfeife und ein Päckchen Tabak aus den Taschen seiner Jacke zog, die Pfeife stopfte und anzündete. Er begann zu rauchen, während er weitersprach. »Sie sehen ja selbst, ich bin nicht mehr der Jüngste, und wie Sie wissen, habe ich keine Kinder. In der letzten Zeit frage ich mich immer öfter, was denn aus meiner Praxis werden soll, wenn ich einmal nicht mehr bin. Natürlich kann ich sie verkaufen, wenn ich endgültig so alt und klapprig bin, dass ich einen Dackel nicht mehr von einem Bernhardiner unterscheiden kann. Aber es wäre mir wirklich wohler, wenn ich mein Lebenswerk jemandem übergeben könnte, den ich gut kenne und dem ich voll und ganz vertraue. Genauer gesagt, *der* ich voll und ganz vertraue«, verbesserte er sich. »Nämlich Ihnen.«

Er ging zum Fenster, schob es auf und frische Winterluft strömte ins Zimmer.

»Mir?«, fragte Dora ungläubig.

»Ja, Dora. Ich beobachte Sie jetzt schon seit ein paar Monaten. Und zwar mit größtem Respekt. Nicht erst, seitdem Sie mitgeholfen haben, den beiden kleinen Trakehnern das Leben zu retten. Sie können was, und Sie werden noch sehr viel mehr können, wenn Sie Ihre Ausbildung beendet haben. Ich bitte Sie, meine Nachfolgerin zu werden. Ich biete Ihnen nichts weniger an, als meine Praxis zu übernehmen, wenn Sie Ihr Studium abgeschlossen haben.«

Dora schnappte nach Luft. Dass Doktor Wagmüller ihr nach ihrem Examen eine Stelle als Tierärztin in seiner Praxis anbieten würde, damit hatte sie insgeheim schon seit Längerem gerechnet. Aber dass er sie als Erbin einsetzen würde, das war mehr, als sie sich je erträumt hatte. »Sie meinen ... Sie meinen, das hier alles soll einmal mir gehören?«

Ihre Blicke huschten durch den Behandlungsraum, den sie mittlerweile schon so gut kannte, und blieben für einen Augenblick an dem großen ledernen Arztkoffer hängen, der auf dem Schubladenschrank neben der Tür stand und mit den eingebrannten Initialen des Doktors gekennzeichnet war. Dann sah sie den alten Mann an. »Und was muss ich dafür tun?«

»Sie müssen Ihr Examen bestehen. Es sind noch ein paar Semester bis dahin, nicht wahr? Drei oder vier Jahre? Ich fühle mich gesund und munter und gedenke, die Praxis bis dahin zu führen. Und danach würde ich mich dann allmählich aufs Altenteil zurückziehen.«

»Herr Wagmüller … Ich bin … Das ist unglaublich. Ich weiß gar nicht …«

Sein Angebot kam so unvermittelt und es war so überwältigend, dass sie eine Weile lang gar nichts mehr denken konnte. Nicht einmal mehr an Curt.

Doktor Wagmüller lächelte zufrieden, als er ihre Verblüffung bemerkte, und sein verwittertes Gesicht legte sich in noch mehr Falten.

»Ich bin beruhigt, dass Sie meinen Vorschlag nicht ablehnen. Denn er bedeutet auch eine große Verantwortung. Und dadurch sind wir aneinandergebunden, was auch immer passieren mag. Aber vergessen Sie nicht: Ohne ein erfolgreiches Examen kann ich Ihnen meine Praxis nicht überschreiben.«

»Ich weiß. Keine Sorge, Doktor Wagmüller, ich glaube, ich habe mich noch nie so sehr darauf gefreut, in den Hörsaal zurückzukehren wie heute.«

»Sehr schön! Aber jetzt haben wir genug geplaudert.« Er schloss das Fenster und legte die Pfeife zur Seite. »Wie ich sehe, kommen unsere ersten Patienten.«

Nur wenige Tage nach seiner Ankündigung machte der alte Doktor Ernst und ließ die Vereinbarung mit Dora von einem Notar besiegeln. Von nun an betrachtete sie die Praxisräume mit anderen Augen, wenn sie morgens hereinkam und abends hinausging. In ein paar Jahren nur würde sie hier als Frau Doktor vet. med. Dora Twardy die Verantwortung übernehmen. Es war ein so großartiges Gefühl. Wenn sie doch nur Curt davon erzählen könnte! Wie sehr würde er sich mit ihr freuen!

Zu wissen, dass ihre Zukunft zumindest in materieller Hinsicht gesichert war, erfüllte Dora mit großer Dankbarkeit. Doktor Wagmüller hatte ihr nach all den langen Jahren der Ängste und

Unsicherheit endlich wieder ein Zuhause gegeben. Auch wenn ihr Zimmer unter dem Dach klein und bescheiden war, hier würde sie niemand mehr vertreiben.

Von Professor Paulitzer erfuhr Dora, dass sie zum Sommersemester tatsächlich ihr Studium an der Münchner Uni aufnehmen konnte. Normalerweise war das nur im Wintersemester möglich, aber es war ihm gelungen, eine Ausnahmeregelung für Dora zu bekommen, und sie war glücklich darüber. Sie zählte die Tage, bis sie endlich wieder als reguläre Studentin im Hörsaal sitzen und ihre Ausbildung zur Tierärztin fortsetzen konnte.

Und doch konnte sie all ihr Glück nicht richtig genießen. Es blieb ein bitterer Stachel. Denn von Curt hörte sie nach wie vor nichts. Sooft sie die Tageszeitung oder eine der Zeitschriften durchblätterte, die im Wartezimmer der Tierarztpraxis auslagen, nie fand sie bei einem der abgebildeten Fotos einen Hinweis auf ihn. Der Gedanke daran, dass er bei seinen vielen Reisen eine andere Frau kennengelernt haben und womöglich heiraten könnte, war ihr unerträglich.

Für ein Wochenende Mitte März meldete Marianne kurzfristig ihren Besuch an.

»Wieso kommst du diesmal nicht mit deinem schicken VW-Käfer?«, erkundigte sich Dora verwundert, nachdem sie ihre Schwester vom Münchner Hauptbahnhof abgeholt hatte. Weil das Wetter so schön war, saßen sie im Café im alten Botanischen Garten zusammen und genossen die erste Limonade des Jahres unter freiem Himmel. Nicht weit von ihnen waren ein paar städtische Gärtner dabei, die kahlen Rosenstöcke in den Blumenbeeten zwischen den Wegen der kleinen Parkanlage zurückzuschneiden. »Ist das Auto in der Werkstatt?«

»Nein, der Käfer ist weg.«

Dora stellte verblüfft ihr Glas ab. »Weg? Was heißt das?«

»Herbert hat ihn mir wieder weggenommen.«

»So? Wie das? Bist du etwa immer zu schnell gefahren und hast Ärger mit der Polizei bekommen?«

Marianne schüttelte den Kopf und rührte mit dem Strohhalm in ihrer Limonade, sodass die Eiswürfel darin leise klirrten. »Ich habe die Scheidung eingereicht.« Es klang so beiläufig, als spräche sie über das Wetter.

»Was? Aber – Marianne!«

»Tja. Du hattest recht damals im *Hotel Zoo*, als wir zum ersten Mal über das Heiraten sprachen.« Sie trank einen Schluck. »Ich habe Herbert nicht geliebt. Ich habe nur das Leben geliebt, das er mir versprochen hatte. Jedenfalls hatte ich das erwartet. Aber auch das hat sich als Irrtum herausgestellt.«

»Bitte sag mir, was passiert ist, Marianne!«

Ihre Schwester zuckte mit den Schultern. Sie sah ernst aus, aber nicht traurig. »Nichts Besonderes, Dora. Ich habe einfach keine Lust mehr, mich länger mit ihm herumzustreiten. Über alles und jedes. Er behauptet, es sei meine Schuld, dass wir kein Kind bekommen, weil ich immer so aufmüpfig sei und so unweiblich.« Sie betonte die beiden Adjektive und verdrehte dabei die Augen. »So ein Blödsinn. Weißt du, Dora, ich glaube, ich bin zu unabhängig für eine Ehe. Ich wäre glücklicher, wenn ich einen Beruf hätte. Du hattest recht damals, als du sagtest, der Krieg habe vieles verändert, auch für uns Frauen, und das lässt sich nicht mehr umkehren. Eine Weile hatte ich gedacht, es würde mich glücklich machen, meinen Frieden hinter dem Herd gefunden zu haben. Aber das war ein Irrtum. Herbert begreift nicht, dass mir etwas fehlt. Er kann nicht fassen, dass sein liebes kleines Püppilein auf einmal kein liebes kleines Püppilein mehr sein will.«

»Es ist unglaublich, wie du dich verändert hast. Und jetzt?

Wenn sich Herbert nichts hat zuschulden kommen lassen, Marianne, dann wirst du schuldhaft geschieden. Willst du mit diesem Makel leben?«

Marianne reckte die Nase in die Höhe. »Wer sagt, dass das ein Makel ist? Ich trau mich, auf eigenen Füßen zu stehen. Wir haben keine Kinder, die unter meiner Entscheidung leiden müssen. Ich werde für mich selbst sorgen können.«

Diese völlige Kehrtwende in Mariannes Lebensauffassung ließ Dora einen Moment lang sprachlos werden.

»Und wie hat Herbert reagiert?«, fragte sie schließlich.

Marianne pustete sich eine Haarsträhne aus der Stirn. »Erst hat er getobt, dann hat er geweint und dann hat er gesagt, ich könne jederzeit zu ihm zurückkommen, wenn ich es mir anders überlege.«

»Das ist doch aber eigentlich ganz nobel – oder?«

Marianne zuckte nur mit den Schultern. Sie schwiegen eine Weile und beobachteten die Gärtner in den Beeten. Auf ihrer Schubkarre häuften sich die abgeschnittenen Zweige der Rosenbäumchen.

»Und jetzt, Marianne? Was wirst du tun?«

»Keine Sorge, Schwesterchen, ich werde weder dir noch unseren Eltern auf der Tasche liegen. Ich habe schon einen Plan. Mehr als das. Es ist beschlossen. Ich werde demnächst als Stewardess arbeiten.«

Dora fuhr herum. Auf dem Gesicht ihrer Schwester lag jetzt ein triumphierendes Grinsen. »Na«, sagte sie. »Das hättest du nicht von mir erwartet, oder?«

»Nie im Leben«, gestand Dora, noch immer verblüfft.

»Ich komme gerade vom Frankfurter Flughafen«, fuhr Marianne fort. Ihre Stimme klang jetzt lebhaft, so als sei sie erleichtert, nach dem traurigen Geständnis ihrer gescheiterten Ehe endlich von ihren aufregenden Zukunftsplänen berichten zu können. »Man hat mich zum Ausbildungslehrgang zugelassen, Dora. Weil ich damals in dem Café in Celle schon berufliche Erfahrungen im Service gemacht habe, benötige ich nur einen sechswöchigen Schnellkurs – und demnächst werde ich über den Wolken schweben. ›Ein Glas Champagner, die Dame? Eine Zigarette, der Herr? Flugkapitän Soundso und seine Mannschaft begrüßen Sie an Bord unseres Clippers ...‹ Ach Dora, das ist so wunderbar! Berlin, Hamburg, Paris, London, ich komme!« Sie stieß einen so übermütigen Jauchzer aus, dass sich die Gärtner verwundert zu ihr umdrehten.

»Ich kann es immer noch nicht fassen.« Dora schüttelte den Kopf. »Ausgerechnet du. Ausgerechnet Stewardess. Wie kannst du dir gerade so einen unruhigen Beruf aussuchen? Keine festen Arbeitszeiten, ständig unterwegs von einer Zeitzone in die andere ... Du hast doch immer gesagt, wie sehr du dich danach sehnst, endlich zu wissen, wohin du gehörst, Ruhe zu finden, endlich irgendwo anzukommen.«

Marianne lachte. »Na, deshalb werde ich doch Stewardess. Da komme ich jeden Tag gleich zweimal irgendwo an.«

Dora betrachtete sie. Sie konnte sich nicht erinnern, wann sie ihre Schwester das letzte Mal so fröhlich, unbeschwert und zukunftsfroh erlebt hatte.

»Ach Marianne!« Dora drückte ihre Hand. »Ich glaube, du hast alles richtig gemacht. Ich wünsche dir von Herzen Glück. Und bitte schicke mir von jeder aufregenden Stadt, in der du landest, eine Postkarte!«

»Ich werde mir Mühe geben«, versicherte Marianne gut gelaunt. »Aber versprechen kann ich es dir nicht. Dazu habe ich bestimmt immer viel zu viel zu tun.«

• • •

An einem sonnigen Montagmorgen Ende März bekam Inge ihr Baby, einen gesunden kleinen Jungen, der aussah wie eine etwas hellhäutigere Miniaturausgabe von Wesley. Der frischgebackene Vater ließ seinen neugeborenen Sohn nicht einen Moment aus den Augen. Er platzte schier vor Glück und Stolz und überhäufte das Baby und Inge abwechselnd mit Küssen und stellte ihr jeden Tag eine frische Rose ans Bett, bis sich Inge lachend beschwerte und sagte, sie könne den Geruch der vielen Blumen nicht mehr ertragen. Die beiden kamen überein, den Kleinen Paul zu nennen, weil dieser Name hübsch und kurz und bündig sei und außerdem sowohl in Deutschland als auch in den USA gängig war.

»Und wenn das nächste ein Mädchen wird, dann nennen wir es Ella«, erklärte Inge. »Wesley hat gesagt, er möchte gerne eine große Familie haben.«

Ein paar Tage später schrieb sich Dora an der Münchener Ludwig-Maximilians-Universität in den Studiengang Tiermedizin ein. Im Mai begannen die Vorlesungen. Endlich! Es war für sie ein Festtag, nach der langen Zwangspause ihr Studium fortsetzen zu können, wenngleich die Arbeitstage länger und anstrengender waren denn je. Jeden Morgen, bevor sie nach München fuhr, kümmerte sie sich darum, dass in Doktor Wagmüllers Praxis alles für die Patienten bereit war. Wichtige Behandlungen, bei denen der Tierarzt ihre Hilfe brauchte, verlegte er möglichst in die frühen Morgenstunden oder auf den Abend, damit Dora ihm dabei assistieren konnte. Dazwischen besuchte sie ihre Vorlesungen und Seminare an der Uni. Spät am Abend, nachdem sie Clara zu Bett gebracht hatte, lernte sie, ebenso wie an den Wochenenden. Sie verschwendete keinen Gedanken daran, dass es einmal eine Zeit gegeben hatte, in der sie Filme im Kino geguckt, Cafés besucht oder Nachmittage dösend am See verbracht hatte. Auch so waren die Tage viel zu kurz, um all das zu erledigen, was getan werden musste. Es zerriss sie fast, denn sie wollte weder Doktor Wagmüller noch Professor Paulitzer enttäuschen und Clara eine gute Mutter sein. Dora bekam tiefe Augenringe, weil sie zu wenig schlief, sie frisierte sich flüchtig und trug schlecht gebügelte Blusen. In der Uni überhörte sie das gelegentliche Getuschel ihrer Kommilitonen, wenn sie manchmal in einer Vorlesung erschrocken auffuhr, nachdem ihr in einem Moment der Unaufmerksamkeit schläfrig der Kopf auf die Brust gesunken war. Viel mehr ärgerte sie sich dann darüber, dass sie womöglich ein paar kostbare Minuten eines wichtigen Vortrags verpasst hatte. Was die anderen Studenten über sie dachten, kümmerte sie nicht. Sie hatte ohnehin keine Zeit für neue Bekanntschaften.

Doras Leben wurde etwas einfacher, als Ende Mai die Eltern zu ihr zogen. Schon eine ganze Weile hatte Dora darüber nachgedacht, dass die beiden nicht für immer bei Herrmann und Christel leben konnten, so schön und groß die Wohnung an der Isar auch war. Doch obgleich in den vergangenen Jahren viele Neubauten in München entstanden waren, noch immer war es nicht einfach, eine Wohnung zu bekommen, die Josef Twardy mit seiner kleinen Rente bezahlen konnte.

»Vielleicht finden wir ein Zimmer oder zwei bei dir draußen in Grünwald«, hatte Doras Mutter gesagt. »Auf Dauer ist mir das Leben in der großen Stadt zu laut und zu anstrengend. Und es wäre doch so schön, wenn wir wieder näher bei dir und bei Clara leben könnten.«

»Das ist eine gute Idee, Mama. Ich werde gleich einen Zettel mit einem Wohnungsgesuch in der Praxis aushängen. Es kommen jeden Tag so viele Leute zu Doktor Wagmüller. Vielleicht hat einer seiner Patienten eine Wohnung zu vermieten.«

Der Tierarzt sah Dora über die Schulter, als sie am nächsten Morgen, kurz bevor die Sprechstunde begann, eine leere Karteikarte aus der Schublade des Schreibtisches nahm und mit extra schönen großen Buchstaben »Kleine Wohnung in Grünwald gesucht« daraufschrieb.

»Möchten Sie ausziehen?«, fragte er verwundert und ließ den Kittel sinken, den er sich gerade überziehen wollte. »Davon haben Sie mir ja gar nichts gesagt!«

»O nein. Ganz sicher nicht. Ich suche etwas für meine Eltern.« In wenigen Worten erzählte sie ihm, was sie plante. »Ich hoffe, Sie haben nichts dagegen, dass ich den Zettel im Wartezimmer an die Tür klebe?«

Statt einer Antwort schlüpfte er in den Kittel und knöpfte ihn bedächtig zu, dann sah er sie an. Dora war enttäuscht, weil sie dachte, er suche nur nach den richtigen Worten, um ihr den Aushang zu verbieten. Doch der Doktor hatte etwas anderes im Sinn.

»Wissen Sie was?«, sagte er. »Ich habe einen besseren Vorschlag. Warum holen Sie Ihre Eltern nicht hierher? In meinem Haus ist Platz für alle. Im Grunde ist mir meine Wohnung sowieso viel zu groß. Ich komme mir ganz verloren vor in den fünf Zimmern, und an den verwilderten Garten will ich gar nicht erst denken. Was halten Sie davon, wenn wir tauschen? Ich nehme die kleine Wohnung unter dem Dach, und Sie ziehen mit Ihrer Familie unten ein. Vielleicht haben Ihre verehrten Eltern ja genug botanisches Geschick, um den Garten wieder in Schuss zu bringen? Das wäre schön. Ich muss zugeben, dass ich ihn in den letzten Jahren arg vernachlässigt habe, und dabei war er früher mal ein richtiges Schmuckstück.«

»Ist das Ihr Ernst?« Dora glaubte sich verhört zu haben. Als der

Doktor nickte, fiel sie ihm vor lauter Freude und Aufregung um den Hals. »Oh, das klingt wunderbar. Ich bin mir sicher, dass die beiden damit sofort einverstanden sind. Und wir werden uns alle miteinander bestimmt gut verstehen im Haus.«

Wie es Dora erwartet hatte, waren ihre Eltern überglücklich über das Angebot des Doktors.

Die nächsten Wochen verbrachte sie mit Clara und ihrem Vater damit, Möbel zu verrücken und Wände zu weißen, bis die alte Wohnung des Doktors in neuem Glanz erstrahlte. Der Einzug der Eltern ging schnell vonstatten. Ihre wenigen Besitztümer passten in ein paar Koffer, die Onkel Herrmann mit seinem Wagen zu der alten Villa chauffierte.

Auch wenn ihr Leben weit von dem Luxus entfernt war, den sie damals in ihrem Gutshof in Ostpreußen gewohnt waren, Doras Eltern waren gerührt und dankbar, dass zumindest dieser Teil der Familie wieder vereint war.

Es war nicht zu übersehen, wie glücklich vor allem Vera Twardy darüber war, mit Clara wieder ein Kind um sich zu haben, um das sie sich kümmern konnte. Das Kind, dessen Aufwachsen sie so viele Jahre lang wie eine Großmutter begleitet hatte. Mit Clara ging sie weit großzügiger um, als sie es mit ihren eigenen Kindern getan hatte. Dora hatte nicht vergessen, wie oft sie als kleines Mädchen mit ihrer strengen Mutter aneinandergeraten war, wenn es darum ging, einen dieser verhassten Teekannenwärmer zu häkeln oder meterlange Damasttischdecken zu besticken. Wie sehr hatte Vera Twardy bei der Erziehung ihrer Töchter auf Disziplin und Ordnung geachtet. Bei Clara war sie liebevoll und geduldig und das Mädchen dankte es ihr mit fröhlicher Herzlichkeit.

Josef Twardy verbrachte den größten Teil des Tages damit, das verwilderte Grundstück, das das Haus von Doktor Wagmüller umgab, wieder in einen ansehnlichen Blumengarten zu verwandeln. Trotz seiner Hüftverletzung ließ er es sich nicht nehmen, Unkraut zu jäten oder die langen Ranken des wilden Weins zu beschneiden. Wenn Dora am späten Nachmittag aus der Stadt zurückkam, sah sie oft, wie er gerade dabei war, mit einem struppigen Besen den Plattenweg zu fegen, der vom Gartentor zur Haustür führte. Es war stets seine letzte Beschäftigung, bevor er draußen Feierabend machte. Wenn es das Wetter erlaubte, saßen er und Doktor Wagmüller an den Abenden auf der Holzbank hinter dem Haus und rauchten zusammen ihre Tabakspfeifen.

Einmal fuhr Josef Twardy mit, als Dora und Doktor Wagmüller den Zwillingsfohlen auf dem Deiningerhof einen Besuch abstatteten. Natürlich hatte Dora ihm längst erzählt, dass dort einige Trakehner lebten, und er wollte sie schon lange mit eigenen Augen sehen. Inzwischen war kaum mehr zu erkennen, dass das Leben der beiden kleinen Pferde vor ein paar Monaten an einem seidenen Faden gehangen hatte. Sie tobten so ausgelassen wie alle anderen jungen Tiere über die Wiese. Es war ein freundlicher Maitag, zwischen den hohen Wolken blitzte immer wieder die Sonne hervor. Neben den Pferdewiesen erstreckten sich Felder, Getreide und Raps, dessen gelbes Blütenmeer im hellen Licht zu gleißen schien. Ganz in der Ferne und leicht verschwommen war hinter einem Streifen Wald die Bergkette der Alpen zu erkennen.

Doras Vater indes schien keinen Blick für die schöne Aussicht zu haben. Er war gleich zum Zaun der Koppel gegangen. Dort stand er und beobachtete das Treiben der Pferde. Dora trat zu ihm und sah ihn an in der Erwartung, Schmerz und Verbitterung in seinem Gesicht zu lesen. Doch sein Blick war gefasst.

»Es tut gut zu sehen, dass die Nachkommen der ostpreußischen Trakehner hier weiterleben«, sagte er ruhig.

Dora hakte sich erleichtert bei ihm unter.

»Ja, Papa. So sehe ich das auch.«

Jemand rief ihren Namen, und Dora drehte sich um.

Frau Deininger kam aus dem Stall gelaufen und winkte.

»Was für eine Freude, dass der Gutsherr persönlich vorbeikommt«, rief sie, als sie herangekommen war. Zur Begrüßung umfasste sie Josef Twardys Rechte mit beiden Händen. »Unsere Trakehner sind der ganze Stolz des Hofes.«

»Vielen Dank. Es macht mich froh zu sehen, dass es den Tieren bei Ihnen gut geht.«

»Das tut es. Wie sieht es aus? Sie haben sicher lange nicht mehr auf einem Pferd gesessen. Wenn Sie möchten, dann lasse ich zwei unserer Reittiere satteln …«

»Nein, danke.« Josef Twardy unterbrach sie mit einer ablehnenden Handbewegung. »Das ist sehr freundlich von Ihnen, aber seit meiner Kriegsverletzung reite ich nicht mehr. Aber vielleicht meine Tochter?«

Noch bevor Dora etwas sagen konnte, hatte Frau Deininger die Antwort in ihren Augen gelesen.

»Wunderbar, Fräulein Twardy. Dann machen wir zwei Frauen einen kleinen Ausritt. Es ist so herrliches Wetter. Ihr Vater und der Doktor haben sicher nichts dagegen. Ich gebe Ihnen unsere Elsa, eine ganz liebe und zuverlässige Fuchsstute. Sie stammt zwar nicht aus Ostpreußen, aber sie ist ein braves Reitpferd. Genau das Richtige, wenn man nach so langer Zeit wieder im Sattel sitzt.« Sie maß Dora mit einem raschen Blick. »Ich habe noch ein zweites Paar Stiefel in der Kammer. Die müssten Ihnen passen. Kommen Sie mit!«

Als Dora wenig später auf dem Pferd saß und neben Frau Deininger und ihrem Schimmelwallach über den Feldweg trabte, die Zügel locker in der Hand und sich eins fühlte mit der vertrauten

Bewegung des Tieres, da verspürte sie die Gewissheit, nach all den Jahren endlich wirklich angekommen zu sein.

Am Abend taten Dora die Beine weh vom Reiten und sie war müde von der ungewohnten Anstrengung. Trotzdem fand sie keine Ruhe. Ich müsste glücklich sein, dachte sie, während Clara ruhig im Bett neben dem ihren schlief und durch das geöffnete Fenster von fern her das Flöten eines Nachtvogels zu hören war. Ich habe fast alles erreicht, was ich mir vor ein paar Jahren noch erträumt habe.

Aber wenn dem so war, weshalb trieb es ihr dann noch immer die Tränen in die Augen, wenn sie an Curt dachte?

48.

»Zwei zu eins für die Mädchen!«

Claras begeistertes Geschrei war durch die weit geöffneten Fenster in der Praxis gut zu hören. Dora, die gerade eine Ampulle aus dem Medikamentenschrank nahm, um die Spritze für eine Staupeimpfung fertig zu machen, sah hinaus in den Garten. Sie seufzte leise. Der schöne große Rasen, den Josef Twardy in den vergangenen Wochen so sorgfältig gepflegt hatte, sah aus wie ein buckliger Acker. Acht Kinder tobten lärmend beim Fußballspiel darauf herum, und Clara schrie am lautesten. In dieser Woche begann in der Schweiz die Fußballweltmeisterschaft und zum ersten Mal nach dem Krieg war auch eine Mannschaft aus Deutschland dabei. Clara hatte sich von der Begeisterung ihrer Schulkameraden anstecken lassen, seit sie zum ersten Mal zur Sportschule Grünwald gepilgert waren, wo sich die Deutsche Elf um ihren Trainer Sepp Herberger gerade im Trainingslager auf das Turnier vorbereitete. Stundenlang hatten die Kinder dort am Zaun gestanden und die Tricks der Sportler bestaunt. In aller Ausführlichkeit hatte Clara anschließend davon berichtet, obwohl sie mit Fußballspielen bis dahin nicht viel im Sinn hatte. Ob es die Aussicht auf die baldigen Sommerferien war oder die Freude, in eine Gemeinschaft aufgenommen worden zu sein, vermochte Dora nicht zu sagen, aber Clara war voller Leidenschaft dabei.

Jeden Nachmittag traf sie sich mit ihren Schulfreunden und Schulfreundinnen, um auf der großen Wiese im Garten von Doktor Wagmüller den Ball durch die Gegend zu treten. Aus jeweils zwei Gartenstühlen hatten sie sich ein Tor gebaut, und es kümmerte die Kinder wenig, dass so mancher Schuss sein Ziel verfehlte und in den umliegenden Blumenrabatten landete.

»So passt doch auf!«, rief Dora ärgerlich durch das geöffnete Fenster des Behandlungsraumes hinaus, als der Ball schon wieder ein paar Margeritenblüten im Beet niedermähte. Aber draußen schien niemand auf sie zu hören.

»Keine Sorge, das wächst bald wieder«, sagte Doktor Wagmüller gutmütig und legte die Patientenakte zur Seite, in der er gerade geblättert hatte. »Lassen wir den Kindern ihren Spaß. Ihr Eifer wird bald wieder nachlassen, da bin ich mir sicher. Deutschland zieht als krasser Außenseiter ins Turnier, schreiben sie in der Zeitung. Sobald unsere Mannschaft rausgeflogen ist, wird den Kindern die Fußballlust vergehen, und dann kann der Rasen wieder wachsen.«

»Ach, Herr Wagmüller. Ich bewundere Ihre Geduld.«

»Das liegt sicher daran, dass ich keine eigenen Kinder habe. Ich freue mich, dass auf einmal so viel Leben um mich herum ist.«

Das Klingeln des Telefons unterbrach ihr Gespräch. Dora reichte dem Tierarzt die frisch aufgezogene Spritze und ging zum Tisch, um den Hörer abzunehmen.

»Dora, du glaubst nicht, was passiert ist!« Es war Marianne.

»Was ist los, Marianne? Du weißt doch, dass du mich in den Praxisstunden nicht einfach anrufen sollst.«

»Jaja, aber es ist wichtig.« Vor vier Wochen hatte Marianne ihre Ausbildung zur Stewardess abgeschlossen und flog seitdem mit der amerikanischen Fluggesellschaft *Pan Am* durch die Welt. Vornehmlich waren es europäische Hauptstädte, aus denen sie ihrer Schwester wie versprochen gelegentlich eine Postkarte schickte und die Dora in der Küche mit einem Streifen Klebefilm an die Tür des Kühlschranks heftete.

»Also, schieß los, Marianne, ich hab nicht viel Zeit. Da sitzen Patienten im Wartezimmer. Was ist so Aufregendes passiert? Bekommst du endlich deinen ersten Langstreckenflug?«

»Nein, das nicht. Stell dir vor, ich habe Curt getroffen.«

Diese Nachricht traf Dora wie ein Blitz. Ihre Knie wurden weich und sie taumelte auf den Schreibtischstuhl. »Was sagst du? Wo denn? Wie denn?«

»Am Frankfurter Flughafen. Erst war ich mir nicht sicher, ich habe ihn ja so viele Jahre lang nicht mehr gesehen und er ist, verzeih, ein wenig älter geworden als damals. Aber es hingen ein paar Fotoapparate vor seiner Brust, und daran habe ich ihn erkannt.«

Ein paar Sekunden lang blieb es still in der Leitung. Dann fragte Dora: »Und? Hast du mit ihm gesprochen? Was hat er gesagt?«

»O nein, tut mir leid. Dazu war keine Möglichkeit. Ich kam mit meinen Kolleginnen gerade aus einer Maschine und er war hinter der Sperre auf dem Weg zum Abflug.«

»Ach ...« Dora schluckte enttäuscht. »Wohin ist er denn geflogen?«

»Ich weiß es nicht genau. Dem Flugsteig nach muss es eine Maschine nach Süden gewesen sein. Zürich, Madrid oder Rom.«

»Hat er dich gesehen?«

»Ja, aber ich weiß nicht, ob er mich erkannt hat. Es war ja nur ein kurzer Moment. Ich wollte dir nur Bescheid geben, Dora, damit du weißt, dass es ihn noch gibt und dass er noch immer als Fotograf arbeitet.«

»Danke, Marianne. Gut, dass du angerufen hast. Aber ich

muss jetzt hier weitermachen, Doktor Wagmüller wartet schon auf mich.«

»Ja, natürlich. Mach's gut!«

Als Marianne aufgelegt hatte, betrachtete Dora den Telefonhörer in ihrer Hand, aus dem nur noch ein leises Tuten kam. Sie konnte sich nicht erklären, weshalb Mariannes Information so einen Sturm in ihrem Herzen auslöste. Die Tatsache, dass ihre Schwester Curt begegnet war, änderte nichts in ihrem Leben. Er blieb so unerreichbar wie eh und je. Und doch schien es ihr, als wäre eine Wunde, die gerade ein wenig zu heilen begonnen hatte, wieder aufgebrochen.

Endlich legte sie den Hörer auf und öffnete die Tür zum Wartezimmer. »Der Nächste bitte zur Staupeimpfung.«

Ach, wenn es gegen ihren Kummer doch auch eine Impfung gäbe!

• • •

Am 4. Juli 1954 feierte Christel ihren 45. Geburtstag. Es war ein Sonntag, und sie hatte für den Nachmittag zu einem Kaffeekränzchen geladen. Josef und Vera Twardy waren schon am Vormittag nach München gefahren, um den Tag in der Stadt zu verbringen. Dora hatte das ganze Wochenende lang über ihren Lehrbüchern verbracht, denn am folgenden Dienstag stand eine wichtige Prüfung an der Uni an. Es war der entscheidende Abschlusstest des Anatomiekurses und die Voraussetzung, um für das nächste Semester zugelassen zu werden. Der Stoff war überwältigend, so viele Begriffe, Muskeln, Knochen und ihre Funktionen galt es auswendig zu lernen, dass Dora bald schier der Kopf qualmte. Aber sie biss sich durch und lernte und lernte, bis Clara zu ihr an den

Tisch kam und sagte: »Jetzt müssen wir aber los, wenn wir noch ein Stück Kuchen abbekommen möchten …«

Erschrocken fuhr Dora auf. Es war schon fast halb fünf. Über der Paukerei hatte sie die Zeit ganz vergessen. Rasch zog sie sich um und bürstete ihre Haare. Sie nahm den Blumenstrauß, den sie am Tag zuvor gekauft hatte, aus der Vase, wickelte ihn in Papier ein und dann eilten sie los. Sie erwischten gerade noch die nächste Straßenbahn nach München. Mit Erstaunen stellte Dora fest, dass sie die einzigen Fahrgäste waren.

»Das ist doch kein Wunder«, erklärte Clara. »Wo Deutschland doch ins Endspiel der Fußballweltmeisterschaft gekommen ist. Das wollen alle miterleben.«

Auch die Stadt war nicht wiederzuerkennen. Natürlich war an den Sonntagnachmittagen immer weniger Betrieb als an einem gewöhnlichen Werktag, wenn die Leute zur Arbeit oder zum Einkaufen unterwegs waren. Aber heute war München wie ausgestorben. Die Straßen und Plätze waren menschenleer. Kaum ein Auto fuhr, selbst an den Haltestellen von Bus und Straßenbahn, wo normalerweise immer jemand wartete, stand heute niemand. Nur vor dem Elektrogeschäft an einer Straßenecke drängelte sich eine Traube von Menschen vor dem Schaufenster, in dem die neuesten Fernseher ausgestellt waren. Ein kollektives Stöhnen ging durch die Menge, gerade in dem Moment, als Dora und Clara vorbeigingen.

»So ein Mist, eins zu null für Ungarn«, schimpfte einer der Männer und ein anderer fügte hinzu: »War ja zu erwarten gewesen. Das sieht schlecht aus für uns.«

»Das Fußballspiel hat schon angefangen«, stellte Clara ungeduldig fest. »Bitte, lass uns auch hingehen und ein bisschen gucken!«

»Dazu haben wir leider keine Zeit. Wir sind sowieso schon viel zu spät dran. Aber Christel hat erzählt, dass sie sich neulich selbst einen Fernseher gekauft haben. Und so wie ich Onkel Herrmann und den kleinen Gustav kenne, lassen sie es sich nicht nehmen, das Spiel zu gucken, ganz gleich, ob Christel heute Geburtstag hat oder nicht.«

Dora und Clara waren die letzten Gäste, die zu Christels Geburtstagsfeier kamen. Die Familie saß bereits zusammen, Onkel Herrmann mit Inge, dem kleinen Paul und Wesley, dazu Evalotte und Gustav sowie Doras Eltern. Doch die Geburtstagstorte stand unbeachtet auf dem gedeckten Tisch, Tassen und Teller waren unberührt, als Dora und Clara das Wohnzimmer betraten. Niemand hatte einen Blick für die hübsche Blumendekoration, mit der Christel ihre festliche Kaffeetafel geschmückt hatte. Alle saßen eng zusammengerückt auf Sofa, Sesseln oder auf dem Teppich, den Blick auf den Fernseher gerichtet. Selbst Inge, die das vergnügt brabbelnde Baby im Arm hielt, drehte nur kurz den Kopf zu einem schnellen Gruß, als die beiden das Wohnzimmer betraten. Clara zögerte keine Sekunde, sie stürmte durchs Zimmer und ließ sich zwischen Evalotte und Gustav auf dem Boden nieder.

»Tut mir leid.« Christel rang lachend die Hände, nachdem sie Dora dankend den Blumenstrauß abgenommen hatte. »Ich befürchte, wir müssen mit Kaffee und Kuchen warten, bis das Fußballspiel zu Ende ist. Mit diesen elf Männern in den kurzen Sporthosen kann ich einfach nicht konkurrieren ...«

Dora sah zum Bildschirm, wo gerade wieder ein Torjubel der ungarischen Fußballspieler zu sehen war. Doch das Fernsehgerät war stumm. Die Stimme des Fußballreporters kam aus dem kleinen Transistorradio, das neben dem Fernseher auf dem Regal stand: »Oh, das war ein schlechter Rückpass von Werner Kohlmeyer. Noch ein Tor für Ungarn. Was wir befürchtet haben, ist eingetreten. Aber niemand hat hier und heute im Wankdorfstadion zu Bern mit einer Überraschung gerechnet, verehrte Hörerinnen und Hörer. Freuen wir uns einfach an der großen Sensation: Deutschland steht im Endspiel einer Fußballweltmeisterschaft …«

»Was ist denn da los?«, fragte Dora und ließ ihre Blicke zwischen den beiden Geräten verwundert hin und her wandern. »Ist euer Fernseher schon kaputt?«

Christel zuckte mit den Schultern. »Irgendwas stimmt nicht. Als wir ihn vorhin einschalteten, gab er auf einmal nur noch ein grässliches Fiepen von sich. Ausgerechnet heute beim Endspiel! Zum Glück funktioniert die Mattscheibe noch. Jetzt haben wir das Bild vom Fernseher und den Ton vom Radio. Aber morgen muss unbedingt ein Techniker vorbeikommen …«

Kopfschüttelnd blickte sie sich im Wohnzimmer um. Mit einer Geste umfasste sie ihre Geburtstagsgesellschaft, die wie versteinert auf den Fernseher starrte. Selbst Doras Eltern, die noch nie in ihrem Leben ein Fußballspiel beobachtet hatten, waren ganz fasziniert von dem, was sie auf dem kleinen Bildschirm miterleben konnten.

Gustav bedachte Dora mit einem raschen Seitenblick. »Es sind noch nicht mal zehn Minuten gespielt und es steht schon zwei zu null für Ungarn«, sagte er düster.

»Die sind ja auch hoch favorisiert«, erklärte Onkel Herrmann. »Was hatte Deutschland denn erwartet nach der 3:8-Schlappe vom ersten Spiel?«

»Wir schaffen das noch«, gab sich Clara zuversichtlich, die Augen unverwandt auf den Fernseher gerichtet.

»Ja, wir haben noch 80 Minuten Zeit.« Evalotte nickte. »Da können wir noch viele Tore schießen!«

»Wenn da wenigstens nicht so ein grässliches Wetter wäre …« Vera Twardy seufzte. »Da gießt es wie aus Kübeln.«

»Oh, das hat durchaus seine Vorteile. Ich habe kürzlich in der Zeitung gelesen, dass die Deutschen besonders gut spielen, wenn es regnet«, wandte Josef Twardy ein.

Dora schmunzelte. »Wenn man euch so hört, könnte man meinen, hier säßen die größten Fußballexperten zusammen.«

»Psst, Dora!«, rief Clara vorwurfsvoll. »Ich kann den Reporter nicht verstehen, wenn ihr redet.«

Dora setzte sich neben sie auf den Teppich und ließ sich von der Hochspannung der anderen anstecken. Sie jauchzte und stöhnte bald genauso laut wie die anderen, sobald sich eine Torchance für die Nationalelf ergab oder eben eine verpasst wurde. Als die Deutschen am Ende der ersten Halbzeit tatsächlich den Ausgleich geschafft hatten, ballten sie glücklich die Fäuste. Inge nutzte die Pause, um den kleinen Paul zu wickeln und ihn in ihrem ehemaligen Zimmer zum Schlafen zu legen. Pünktlich zum Beginn der zweiten Hälfte des Spiels war sie wieder da.

Der Kaffee auf dem Tisch wurde kalt, die Sahne auf der Torte zerfloss. Atemlos verfolgten alle die schwarz-weißen Bilder, die über die Mattscheibe flimmerten, während der Radioreporter die Ereignisse auf dem Spielfeld so enthusiastisch schilderte, dass Dora selbst mit geschlossenen Augen vor sich sah, wie die beiden Mannschaften auf dem zerpflügten Spielfeld um jeden Meter kämpften. Und dann, nur fünf Minuten vor dem Ende, geschah das Unerwartete: Keiner im Raum begriff so ganz, was gerade auf dem Bildschirm zu sehen war, da überschlug sich die Stimme des Reporters vor Aufregung: »Schäfer nach innen geflankt, Kopfball, abgewehrt. Aus dem Hintergrund müsste Rahn schießen. Rahn schießt. Tooor! Tooor! Tooor! Tooor!«

Danach verstummte er für ein paar Sekunden, als könne er selbst nicht fassen, was gerade geschehen war. Umso lauter war das Jubelgeschrei im Wohnzimmer. Alle sprangen von ihren Sitzen und fielen einander in die Arme.

»Drei zu zwei für Deutschland! Wir gewinnen, wir gewinnen!«, schrie Clara.

Dora wagte kaum zu atmen. »Es ist noch nicht zu Ende. Sie müssen noch fünf Minuten durchhalten.«

Keiner setzte sich mehr hin. Wie paralysiert stand die ganze große Familie vor dem Bildschirm, die Fäuste fest um die Daumen gepresst. Die Minuten zogen sich, die Ungarn kämpften, die Deutschen verteidigten, der Reporter flehte und frohlockte und verhaspelte sich – und dann endlich kam der ersehnte Schrei aus dem Radio: »Aus. Aus! Aus! Aus! Das Spiel ist aus! Deutschland ist Weltmeister. Schlägt Ungarn mit drei zu zwo Toren im Finale in Bern.«

Und auf dem Bildschirm fielen die Männer mit den völlig verdreckten weißen Trikots einander in die Arme.

Auch der Jubel im Wohnzimmer kannte jetzt keine Grenzen mehr. Sie waren alle außer sich vor Freude, nahmen sich an die Hände und sangen und hüpften um Sofa und Sessel herum, als hätte gerade jemand das Ende des Krieges verkündet. Onkel Herrmann holte zwei Sektflaschen aus dem Kühlschrank.

»Das ist der größte Tag des deutschen Fußballs«, sagte er gerührt und ließ die Korken fliegen. »Was für ein großes Glück! Endlich können wir uns mal wieder so richtig freuen.«

»Wenn ihr schon keine Lust hattet, meinen Geburtstag zu feiern, dann feiern wir eben die Fußballweltmeisterschaft«, rief Christel und war kein bisschen ärgerlich darüber. Dora half ihr dabei, die Sektgläser aus dem Schrank zu holen, und dann stießen sie auf diesen Festtag an. Doch noch immer mochte keiner den Blick vom Fernseher abwenden. Dort war jetzt zu sehen, wie dem Spielführer der deutschen Mannschaft, Fritz Walter aus Kaiserslautern, im strömenden Regen der Pokal überreicht wurde. Unter den Blitzlichtern der Fotografen streckte er ihn an beiden Händen hoch hinauf in den grauen Himmel über Bern. Die Menschen im Stadion jubelten und applaudierten. Es war ein verrückter Trubel.

»Das ist doch …«, schrie Christel plötzlich und wies so hektisch mit der Hand auf den Fernseher, dass der Sekt aus ihrem Glas schwappte. »Hast du das auch gesehen, Dora? Da! War das nicht Curt, da bei den Fußballern?«

Dora hatte den Fotografen auch gesehen. Er war nur für den Bruchteil einer Sekunde am Rande des Bildschirms aufgetaucht, bevor die Fernsehkamera wieder zurück auf den strahlenden Fritz Walter schwenkte. Aber das war doch unmöglich. Dora konnte es nicht glauben. Sollte das tatsächlich Curt gewesen sein, der da in der Schar der Reporter im Stadion stand?

Noch einmal wanderte das Fernsehbild über die tobende Menge. Etliche Zuschauer hatten ihre Plätze verlassen und liefen jetzt auf den Rasen. Vor den Augen der hilflosen Schweizer Gendarmen nahmen sie die Spieler und den Trainer auf die Schultern, um die siegreiche Mannschaft in einem Triumphzug über das Spielfeld zu tragen. Erneut kam der Mann mit dem Fotoapparat ins Bild. Genau in dem Moment, in dem er auf der Mattscheibe erschien, nahm er seine Kamera vom Gesicht und schien die Fernsehzuschauer direkt anzusehen. Doras Herz setzte mit einem Schlag aus. Es bestand kein Zweifel mehr. Er war es. Curt war da im Stadion. Dora gab ein ächzendes Geräusch von sich und griff nach der Sofalehne. Es kam so völlig unerwartet, ihn auf einmal wiederzusehen – und ihm doch so fern zu sein.

Jetzt wusste sie, wohin er unterwegs gewesen war, als Marianne ihm am Frankfurter Flughafen begegnet war: nach Zürich, in die Schweiz, zur Fußballweltmeisterschaft. Ich werde da sein, wo Geschichte geschrieben wird, hatte Curt ihr geschrieben, und er hatte recht behalten. Die deutsche Fußballnationalmannschaft hatte heute wirklich einen historischen Sieg erreicht, und Curt war mittendrin, um zu fotografieren.

Und sie saß hier in München und konnte ihm nur zusehen. Nein. Sie musste etwas tun.

»Ich fahre nach Bern«, sagte Dora, als sie ihre Sprache wiedergefunden hatte. Sie trank einen letzten Schluck Sekt und stellte das Glas auf dem Tisch ab, wo das Kaffeegeschirr immer noch unberührt stand. »Jetzt gleich. Schnell! Ich muss zu Curt. Ich muss sofort zu ihm ins Stadion. Wer weiß, wann ich ihn je wiedersehe.«

Christel betrachtete sie verblüfft. »Jetzt? Aber, Dora, das ist unmöglich. Weißt du, wie weit das ist? Man fährt bestimmt fünf Stunden von München nach Bern. Bis du da ankommst, ist Curt längst über alle Berge.«

»Vielleicht aber auch nicht. Ich muss es versuchen.« Dora rang rastlos die Hände. »Ich wette, die Leute feiern noch stundenlang im Stadion. Und ansonsten wird mir dort irgendjemand sagen können, in welchem Hotel die Journalisten untergebracht sind. Ich muss es wenigstens probieren. Vielleicht ist es meine einzige Chance, Curt jemals wiederzufinden. Bitte, Onkel Herrmann, du hast doch ein Auto. Kannst du mich nach Bern fahren?«

Alle Augen im Zimmer waren auf Dora gerichtet.

»Mädchen«, sagte Josef Twardy, nachdem er ein paar Sekunden lang genauso perplex geschwiegen hatte wie die anderen. »Bitte überstürze nichts! Das hat doch keinen Sinn.«

»Aber ich kann doch hier nicht einfach herumstehen und die Weltmeisterschaft feiern, während Curt ...«

Sie sprach nicht weiter, weil ihr die Stimme versagte.

»Dora hat recht«, rief Inge. »Du musst ihr helfen, Papa. Wenn ihr euch beeilt, schafft ihr es vielleicht bis Mitternacht. Du hast doch Zeit dafür. Deine Galerie ist montags sowieso geschlossen.«

Onkel Herrmann runzelte unwillig die Stirn.

»Bitte!«, sagte jetzt auch Christel. »Bitte versucht es wenigstens.«

»Nun gut.« Onkel Herrmann räusperte sich. »Ich bin zwar nicht gerade begeistert über diesen überstürzten Ausflug, aber wenn ich euch damit einen Herzenswunsch erfüllen kann, dann fahren wir jetzt in Gottes Namen in die Schweiz.«

»Ich danke dir!« Dora fiel ihm um den Hals und gab ihm einen Kuss auf die kratzige Wange. »Das ist wunderbar. Oh, wir müssen gleich los. Ist das Auto vollgetankt? Wo sind die Schlüssel? Wir dürfen keine Zeit verlieren.«

Noch einmal warf sie einen Blick auf den Bildschirm, aber da war die Reportage aus dem Stadion bereits beendet. Ein Fernsehstudio war zu sehen, in dem sich zwei Herren im Anzug über den Ausgang des Spiels unterhielten.

»Schnell!«, rief sie und umarmte Christel hastig. »Es tut mir leid, dass ich dir deinen Geburtstag jetzt endgültig ruiniere, aber du verstehst mich doch, oder?«

Christel drückte Dora an sich. »Ich glaube, es ist das Verrückteste, was du je getan hast. Aber wenn du mir meinen Cousin zurückbringst, ist es das schönste Geburtstagsgeschenk für mich.«

Clara lehnte mit großen Augen am Wohnzimmertisch. Vera stand neben ihr, strich ihr liebevoll übers Haar und flüsterte ihr etwas ins Ohr. Daraufhin glitt ein Lächeln über Claras Gesicht.

»Los, Dora! Beeilt euch. Ich will meinen Papa wiederhaben!«

Wenige Minuten später saß Dora neben Onkel Herrmann im Auto und er startete den Motor. Doras Knie bebten vor Aufregung und

Vorfreude, als der Wagen losrollte. Bald – bald würde sie hoffentlich Curt wiedersehen.

Sie waren gerade einmal um die nächste Straßenecke gekommen, als ein ohrenbetäubendes Hupkonzert begann. Unvermittelt befanden sie sich inmitten einer Schlange von Autos, die lärmend und trötend in Schrittgeschwindigkeit die Straße entlangfuhren. Durch die offenen Seitenfenster war ein vergnügtes Johlen und Singen zu hören. Hier und da hielten die Mitfahrer ihren Hut oder eine Deutschlandfahne aus dem Fenster und schwenkten sie im Fahrtwind.

»Weltmeister! Hurra, wir sind Weltmeister!«, schrien und jauchzten die Leute und schienen überhaupt kein Interesse daran zu haben, vorwärtszukommen. Es ging darum, miteinander Spaß zu haben und den großartigen Sieg der deutschen Fußballspieler auf der Straße möglichst laut und närrisch zu feiern.

»Das darf doch nicht wahr sein!«, rief Dora entrüstet. »Ich freue mich ja auch über die Weltmeisterschaft, aber warum müssen die Leute deshalb einen solchen Verkehrsstau verursachen? Bei dieser Geschwindigkeit kommen wir bis morgen früh nicht in die Schweiz.«

Herrmann zuckte nur mit den Schultern, während sein Wagen, eingekeilt zwischen den Stoßstange an Stoßstange fahrenden Autos langsam voranrollte. Aus allen Seitenstraßen reihten sich immer mehr Wagen in den Zug ein. Es gab kein Entkommen. Fußgänger auf dem Gehweg lachten und winkten der lärmenden Fahrzeugkolonne zu, und selbst aus den Fenstern der Häuser beugten sich Leute, um dem Autokorso zuzujubeln. Die ganze Stadt schien an diesem Abend zu feiern. Es schien nichts anderes mehr Bedeutung zu haben als der große Fußballerfolg.

Dora biss verärgert die Zähne aufeinander. So hatte sie sich den Weg nach Bern nicht vorgestellt. Da wären sie ja zu Fuß beinahe schneller. Und der Verkehr wurde immer dichter. Bisweilen mussten sie stehen bleiben, weil Leute zwischen den Autos auf der Fahrbahn tanzten. Sie benötigten fast eine halbe Stunde für die zwei Kilometer bis zum Marienplatz, wo eine Straßenbahn inmitten der Autokolonne stand und schrill klingelte, doch an ein Weiterfahren war nicht zu denken.

»Wenn wir hier durch sind, wird es besser«, gab sich Onkel Herrmann zuversichtlich. »Ich glaube, da hinten auf der Kaufinger Straße rollt es wieder.«

Hoffentlich, dachte Dora. Doch in diesem Augenblick gab der Wagen ein seltsam ratterndes Geräusch von sich.

»Verdammt, was ist denn …?«, setzte Onkel Herrmann an. Ein lauter Knall unterbrach ihn, und eine Sekunde später quoll dunkler Rauch unter der Motorhaube hervor.

»Nein!«, schrie Dora. »Bitte keine Autopanne jetzt!«

Der Wagen stoppte, und Herrmann stieg aus. Dora folgte ihm. Sie beobachtete, wie er ein Taschentuch aus der Jacke zog und vorsichtig die Motorhaube öffnete, worauf ihm eine dichte Qualmwolke entgegenkam. Hüstelnd wedelte er sie weg und mit einem ratlosen Ausdruck im Gesicht betrachtete er das Innenleben seines Autos. Dann sah er Dora an und schüttelte stumm den Kopf. Ihr sank das Herz in die Hose.

Das hier sah nach einem größeren Problem aus, das Herrmann nicht allein beheben konnte. In einer Mischung aus Wut und Verzweiflung schlug sie mit der flachen Hand auf das Wagendach.

»Aus. Aus! Aus! Aus! Das Spiel ist aus!«, hallte es in ihren Ohren. Ja, dachte sie verbittert, es ist vorbei. Sie würden heute nicht mehr nach Bern kommen. Die einmalige Chance, Curt zu finden, war vertan. Sie spürte ein Brennen in den Augenwinkeln.

Im selben Moment krachte es erneut. Dora fuhr erschrocken

herum. Diesmal war es nicht das Auto. Mitten auf dem Marienplatz stiegen bunt schillernde Raketen und Feuerwerkskörper in den Münchner Abendhimmel. Die Leute waren aus den Autos gestiegen und lachten und sangen und freuten sich über das Spektakel. Nur Dora stand wie benommen da und fühlte sich fehl am Platz inmitten der jubelnden Menschenmenge.

49.

»Eine Sensation ersten Ranges. Das Wunder von Bern« – so stand es am nächsten Tag in den Zeitungen. Doch Dora konnte sich über den unerwarteten sportlichen Erfolg der deutschen Fußballmannschaft nicht mehr richtig freuen.

Curt gesehen zu haben und ihn doch nicht erreichen zu können ließ ihr keine Ruhe. Die verpatzte Reise in die Schweiz beschäftigte sie so sehr, dass sie kaum mehr an ihre Anatomieprüfung denken konnte.

Während alle anderen Menschen in Deutschland, so schien es ihr, die Fußballweltmeisterschaft feierten, sah sie nur sein Gesicht vor sich. Wie ernst er da mit seiner Fotokamera neben der glücklich lachenden Menschentraube gestanden hatte. Was war ihm in diesem Moment wohl durch den Kopf gegangen? Und wo mochte Curt inzwischen sein?

Dabei hatte Dora eigentlich überhaupt keine Zeit, sich solche Gedanken zu machen. Denn es gab noch so viel zu lernen bis zum Prüfungstermin. In jeder freien Minute vergrub sie sich hinter ihrem Lehrbuch, aber aus jeder Seite schienen Curts Augen sie anzublicken.

»Ach, da wäre ich so gerne dabei!«, seufzte Clara am Dienstagmorgen, als sie und Dora beim Frühstück saßen. Clara verfolgte in Zeitung und Radio jeden Schritt der siegreichen Mannschaft.

Während sie ihren Frühstückskakao trank, lag die Tageszeitung aufgeschlagen vor ihr auf dem Tisch. Clara hatte sich in den Bericht vertieft, in dem die triumphale Rückfahrt der Fußballnationalmannschaft nach Deutschland geschildert wurde. Der Text schilderte ausführlich den begeisterten Empfang, den die Menschen den Sportlern auf deutschem Boden bereiteten, in manchen Dörfern hatten euphorische Fußballanhänger am Tag zuvor sogar die Gleise blockiert, um den Zug zum Stehen zu bringen, damit die Leute ihren Helden von Bern ganz nah sein konnten. Es waren viele Fotos dabei. Auf einem war zu sehen, wie einige der siegreichen Fußballspieler aus einem Zugfenster winkten. Ein anderes zeigte Trainer Sepp Herberger, der zufrieden lächelnd und mit dem Pokal in der Hand im Zugabteil saß.

»Ach, das muss toll sein, den Fritz Walter und den Helmut Rahn und die anderen mal in echt zu sehen. Am liebsten würde ich auch gucken gehen …«

Dora sah von ihrem Anatomiebuch auf, das neben ihrer Kaffeetasse aufgeschlagen auf dem Tisch lag und auf dessen Inhalt sie sich sowieso nicht konzentrieren konnte. »Was meinst du?«

»Na, die Weltmeister fahren gerade in einem Sonderzug durch Deutschland. Gestern waren sie in Lindau, und heute Nachmittag kommen sie nach München. Vom Bahnhof aus fahren sie in einem großen Umzug durch die Stadt. Da können ihnen alle Leute zujubeln. Bitte, bitte, wollen wir da auch hingehen, Dora, und winken?«

»Heute Nachmittag? Nein, tut mir leid, Clara. Das ist unmöglich. Heute muss ich eine furchtbar wichtige Prüfung an der Uni schreiben. Ich habe leider keine Zeit für die Fußballfeier. Aber vielleicht würden meine Eltern mit dir zum Bahnhof gehen, wenn du sie darum bittest.«

»Au ja, ich frage sie gleich.«

Clara ließ augenblicklich die Zeitung los und lief aus dem Zimmer.

• • •

Während sich Doras Eltern mit Clara am Nachmittag auf den Weg zum Empfang der Helden von Bern machte, saß Dora im großen Hörsaal des Tiermedizinischen Instituts und beugte sich mit all den anderen Studenten und Studentinnen über die Prüfungsaufgaben. In der Sekunde, in der die Assistentin die Fragebögen verteilt hatte, hatte Dora den Wirbel um die Weltmeisterschaft und sogar die Gedanken an Curt vergessen. Jetzt galt es, sich zu konzentrieren, um ganz sicher ins nächste Semester vorrücken zu können. Sie hatte sich einen Platz außen in der ersten Reihe gesucht, um möglichst wenig Ablenkung zu haben.

»Beschreiben Sie den Aufbau und die Funktion der Wirbelsäule! Welche Aufgaben haben die roten Blutkörperchen? Wie nennt man die Vormägen der Wiederkäuer und welche Tiere gehören dazu? …« Dora las und schrieb dann die Lösungen schnell und ohne aufzusehen. Fragen, auf die sie nicht sofort die Antwort wusste, übersprang sie, um erst einmal so viele Prüfungsaufgaben wie möglich zu erledigen. Mindestens die Hälfte musste richtig sein, um zu bestehen. Am Schluss, wenn sie noch etwas Zeit hatte, würde sie zurückblättern und sich um die Fragen kümmern, die sie im ersten Durchgang ausgelassen hatte, weil sie hier etwas länger nachdenken musste.

Es herrschte eine konzentrierte Stille im Hörsaal, untermalt von dem leisen Kratzen der Füllfederhalter. Nur gelegentlich war ein Ächzen oder Seufzen zu hören, wenn jemand beim Blick auf das Aufgabenblatt eine Frage entdeckte, auf die er keine Antwort wusste. Und ab und zu raschelte es, wenn einer der beiden Aufseher, die vorn neben dem Pult saßen, in seiner Zeitung blätterte. Eigentlich sollten die beiden Studenten aus einem der höheren Semester genau beobachten, dass keiner im Saal bei der Prüfung mogelte und womöglich einen Spickzettel aus dem Ärmel holte. Doch der eine Aufpasser, ein junger Mann mit rotblonden Haaren, schien es mit seiner Aufgabe nicht so genau zu nehmen. Er war ganz vertieft in die Zeitungsberichte über die Fußballweltmeisterschaft, wie Dora erkannte, und ließ seine Blicke nur ab und zu durch die Reihen der Prüflinge wandern. Dora sah auf die Armbanduhr, die sie sich von ihrer Mutter ausgeliehen hatte, nachdem sie ihre eigene damals im Besuchszimmer des Gefängnisses dem russischen Wachmann geschenkt hatte. Es war bald vier Uhr. Die erste der beiden Prüfungsstunden war schon fast herum. Sie musste sich beeilen, denn sie hatte noch eine ganze Reihe von Fragen zu beantworten. Rasch beugte sie sich wieder über ihre Blätter.

Nach einer Weile legte der Aufseher seine Zeitung zur Seite und stand auf, um ein Fenster zu öffnen. Dora nickte ihm erleichtert zu, sie hatte in den letzten Minuten das Gefühl gehabt, als wäre kaum mehr Sauerstoff zum Atmen im Saal. Der Mann durchquerte den Raum und öffnete auch das gegenüberliegende Fenster. Augenblicklich spürte Dora einen angenehmen frischen Luftzug und atmete tief ein. Im nächsten Moment fegte ein Windstoß durch den Hörsaal und ließ die Zeitung aufflattern, die der Aufseher auf seinem Stuhl zurückgelassen hatte. Im Luftstrom wirbelte das Titelblatt herum und landete an Doras Platz. Sie griff danach. Es war eine andere Zeitung als die, die Clara heute beim Frühstück gelesen hatte. Doch auch hier schmückten viele Fotos den Bericht über die »Helden von Bern« und ihre umjubelte Fahrt durch Deutschland. An einer Bildunterschrift blieb sie hängen. Ihr wurde gleichzeitig heiß und kalt.

»Der Fotograf Curt von Thorau gehört zu den Glücklichen, die unsere siegreiche Mannschaft auf ihrem Triumphzug durch Deutschland begleiten«, stand da. Dora stockte der Atem. Curt hatte diese Bilder gemacht? Und er war auf dem Weg nach München? Sie überflog den Zeitungstext. »Heute Nachmittag werden die Münchner ihren Helden von Bern einen grandiosen Empfang am Hauptbahnhof bereiten. Der Sonderzug aus Lindau fährt um 16 Uhr auf Gleis 17 ein.«

Noch einmal sah Dora auf ihre Uhr. 16 Uhr. Das war genau jetzt. Genau in diesem Moment rollte der Zug im Bahnhof ein. Genau jetzt trat Curt auf den Bahnsteig, und sie saß hier in diesem Saal. Sie stieß ein ersticktes Stöhnen aus.

»Verzeihung«, flüsterte der Aufseher und sah Dora augenzwinkernd an. »Dürfte ich bitte meine Zeitung wiederbekommen? Sie sitzen ja vermutlich nicht hier, um Berichte über die Fußballweltmeisterschaft zu lesen, oder?«

Dora fuhr zusammen. Sie hatte in ihrer Erregung gar nicht bemerkt, dass der Mann an ihren Platz gekommen war. Sie nickte geistesabwesend und hob die Hände. Er nahm die Zeitung an sich und setzte sich wieder auf seinen Stuhl. Dora beachtete ihn nicht. Sie starrte auf ihren Stift und die Blätter mit den Prüfungsaufgaben, die vor ihr auf dem Klapptischchen lagen. Etwas mehr als die Hälfte der Fragen hatte sie beantwortet. Wenn alles richtig war, hatte sie die Prüfung bereits bestanden. Und wenn nicht? Darüber wollte sie jetzt nicht nachdenken. Sie hatte keine Zeit zu verlieren. Von hier bis zum Bahnhof brauchte sie zu Fuß eine halbe Stunde. Erwischte sie eine Straßenbahn, ging es schneller. Wenn sie sich beeilte, schaffte sie es vielleicht noch rechtzeitig, bevor sich der Tross mit den Fußballspielern auf den Weg durch die Stadt machte. Sicherlich war viel los am Bahnhof und es würde eine Weile dauern, bis sich der Autokorso formiert hatte. Vielleicht war das ihre letzte Chance, Curt zu finden. Die durfte sie nicht verstreichen lassen. Entschlossen stand Dora auf, steckte den Stift ein und griff nach dem Stapel Blätter. Mit raschen Schritten war sie vorn bei den Aufsehern und reichte dem einen ihre Prüfungsbögen.

»Aber Sie haben noch über eine Stunde Zeit«, sagte der rotblonde Student, leise, aber eindringlich. Er durchblätterte die Papiere kurz. »Und ich sehe, dass Sie noch längst nicht alle Fragen beantwortet haben. Bitte geben Sie nicht auf, junge Frau! Machen Sie eine kurze Pause, atmen Sie ein paar Minuten lang ruhig durch. Es ist ganz normal, dass man zwischendurch einen kleinen Durchhänger hat.«

»Nein, danke, ich habe keinen Durchhänger, ich bin fertig«, entgegnete Dora und stürzte aus dem Hörsaal, ohne sich noch einmal umzudrehen.

Sie rannte durch den Gang des Universitätsgebäudes dem Ausgang zu, und ihre Schritte auf dem Steinboden hallten wie im Stakkato von den Wänden wider. Draußen lief sie ohne anzuhalten bis zum Hauptgebäude der Uni an der Ludwigstraße. Nur schnell zum Bahnhof! Sie hatte Glück. Vom Siegestor her näherte sich eine Tram. Hastig sah sich Dora um und überquerte die Fahrspur, ohne auf das wütende Hupen eines weißen Sportwagens zu achten, dem sie die Vorfahrt genommen hatte. Sie erreichte die Haltestelle Universität, die sich auf einer Verkehrsinsel zwischen den Fahrbahnen befand, im selben Moment, in dem die Straßenbahn anhielt und sich die Türen rappelnd öffneten. Dora sprang hinein und ließ sich schnaufend auf den nächsten freien Platz fallen. Zwei Stationen weiter, am Marienplatz, stieg sie wieder aus. Kaum nahm sie die vielen Menschen wahr, die sich vor dem Rathaus versammelt hatten, Blumensträuße oder Deutschlandfähnchen in den Händen, offenbar in Erwartung der

Fußballhelden. Von hier rannte Dora den letzten Kilometer Richtung Bahnhof, obwohl ihr die Füße vom vielen Laufen brannten. Die Schuhe mit den kleinen Absätzen waren für sportliche Aktivitäten nicht gerade geeignet. Aber jetzt war nicht der Moment, um sich mit solchen Kleinigkeiten abzugeben. Am Karlsplatz, von den Münchnern nach dem ehemaligen Gasthaus eines Wirts namens Eustachius liebevoll »Stachus« genannt, blieb sie stehen und schöpfte Atem. Dieser gewaltige Verkehrsknotenpunkt, wo sich etliche Fahrspuren und Straßenbahngleise kreuzten, war der belebteste Ort der Stadt, wenn nicht sogar Deutschlands. Zwei Polizisten in weißer Uniform standen inmitten des Durcheinanders an Autos, Lastwagen, Bussen, Bahnen, Mopeds, Fahrrädern und Fußgängern auf ihrem hohen Podest und regelten die Verkehrsströme. Ungeduldig trat Dora von einem Fuß auf den anderen, während vor ihr die Motoren brausten. Wann waren denn die Fußgänger endlich an der Reihe? Als Dora und die vielen anderen wartenden Menschen endlich freie Bahn bekamen, rannte sie weiter. Jetzt waren es nur noch ein paar Meter bis zum Bahnhof. Ihr Atem ging keuchend. Im Laufen sah sie noch einmal auf ihre Uhr. Gleich halb fünf. Hoffentlich war sie noch nicht zu spät! Hoffentlich saß Curt tatsächlich mit im Zug und hoffentlich würde sie ihn auch entdecken! In Gedanken sprach sie ein Stoßgebet.

Als sie endlich den Bahnhof erreichte, herrschte dort ein solches Gedränge, wie Dora es noch nie erlebt hatte. Selbst draußen auf dem Vorplatz standen die Menschen dicht an dicht in einer gewaltigen Traube und versuchten, in das Gebäude zu gelangen. Es war kaum ein Durchkommen. Aber die Sehnsucht nach Curt und die Hoffnung, ihn endlich wiederzusehen, gaben Dora den Mut und die Kraft, sich durch das Gewühl zu kämpfen. War der Zug schon da? Waren die Sportler und der ganze Tross womöglich schon weitergefahren? Drinnen in der großen Halle wurden die

Bahnhofsvorsteher des Getümmels längst nicht mehr Herr. Tausende Menschen mochten es sein, die ohne eine Bahnsteigkarte zu ziehen sämtliche Absperrungen durchbrochen hatten und zu Gleis 17 strömten. Dora reckte den Kopf. Dort war kein Zug zu sehen. Bittere Enttäuschung durchströmte sie. Zu spät! Sie hatte alles verpasst! Die Fußballspieler waren bereits über alle Berge – und mit ihnen Curt. Aber weshalb standen die vielen Leute dann noch hier? Mit jeder Minute kamen immer noch mehr Menschen heran und drängten sich auf den Bahnsteig. Dora sprach einen Mann an, der neben ihr stand und eine kleine Deutschlandfahne schwenkte.

»Entschuldigen Sie. Ist der Sonderzug schon da gewesen?«

»Nein«, erhielt sie zur Antwort. »Der Zug hat Verspätung. Ich stehe hier schon seit drei Stunden.«

Dora wollte gerade erleichtert aufatmen, als ein anderer Mann brummte: »Falls der Zug überhaupt hier ankommt. Ich habe gehört, dass er vielleicht gar nicht in München einfährt, sondern nach Frankfurt weitergeleitet wird. Dann stehen wir uns hier umsonst die Beine in den Bauch.«

»Nach Frankfurt?« Dora schluckte enttäuscht. »Das darf doch nicht wahr sein.«

»Ja, aber vielleicht ist das auch nur ein Gerücht.«

Schon war der Mann wieder in der Menschenmenge untergetaucht. Dora schob sich weiter vor und erreichte einen Platz auf dem Bahnsteig, von dem sie einen einigermaßen guten Blick auf die Gleise und die einfahrenden Züge hatte. Auf der anderen Seite, über dem mit Geranien geschmückten Prellbock am Ende des Kopfbahnhofes hing ein Transparent hoch oben vom Dach herab: »München empfängt den Weltmeister«. Nein, es durfte nicht sein, dass der Zug nach Frankfurt umgeleitet wurde. Sie würde die Hoffnung nicht aufgeben. Aufmerksam sah sie sich um, ob sie irgendwo unter den Tausenden Köpfen ihre Eltern und Clara entdeckte, aber sie erkannte niemanden.

Immer wieder hielt sie Ausschau in die Ferne. Jedes Mal, wenn sich im Gleisgewirr am Horizont ein Zug abzeichnete, der sich dem Bahnhof näherte, brandete Jubelgeschrei in der Menge auf. Und doch war es stets vergeblich. Der Nahverkehrszug aus Garmisch-Partenkirchen rollte ein, der Schnellzug nach Hamburg-Altona kam, nicht aber der ersehnte Sonderzug der Weltmeister.

Die Zeit verrann. Es wurde fünf, es wurde halb sechs. Da traten Dora doch die Tränen in die Augen. Jetzt war die Anatomieprüfung zu Ende. In diesen Minuten sammelte die Assistentin im Hörsaal die Fragebögen ein, und Dora hatte nur die Hälfte der Aufgaben bearbeitet. Stattdessen hatte sie sinnlos wartend auf dem Bahnsteig herumgestanden, bedrängt und umhergeschubst in der lärmenden Menschenmenge, und noch immer war der Zug nicht in Sicht. Gewiss hatte der fremde Mann recht gehabt, und der Zug kam heute überhaupt nicht mehr nach München. Da hätte sie genauso gut im Hörsaal sitzen und die Prüfung zu Ende schreiben können. Sie hatte sich doch so gut darauf vorbereitet! Aber nun war es zu spät. Auf einmal fühlte Dora eine tiefe Müdigkeit. Sie mochte sich kaum mehr auf den Beinen halten.

Die Zeiger der großen Bahnhofsuhr standen schon auf nach sechs, als es plötzlich im Lautsprecher über dem Bahnsteig zu knarzen begann.

»Meine Damen und Herren, an Gleis 17 hat Einfahrt der verspätete und sehnsüchtig erwartete Sonderzug der Deutschen Bundesbahn aus Lindau. Begrüßen wir unsere Weltmeister!«

Augenblicklich brach Beifall auf dem Bahnsteig aus. Die Menschen pfiffen, johlten und applaudierten, und Dora war wieder hellwach. Ganz in der Ferne im gleißenden Gewirr der Gleisstränge und Strommasten tauchte die Silhouette einer Lokomotive auf. Im Schneckentempo kam sie näher. Mit jedem Meter, den der Zug auf den Bahnhof zurollte, schwoll der Jubel an. Dann war der dunkelrote Triebwagen zu erkennen, grün bekränzt und mit weißen Blumen geschmückt. ›Fußball-Weltmeister 1954‹ stand in großen weißen Buchstaben auf der Seite des Zuges. Er rollte kaum in Schrittgeschwindigkeit in die Halle ein. An den Waggons waren sämtliche Fenster heruntergelassen. Spieler, Trainer und wer sonst noch mit dem Triumph der Sportler zu tun hatte, lehnten heraus und winkten. Auf dem Bahnhof brach ein Orkan los. Die Menschen jauchzten und kreischten, hielten Transparente in die Luft, Blumensträuße flogen in die geöffneten Zugfenster. Eine Blaskapelle begann zu spielen. Direkt neben Dora ließ jemand Kuhglocken scheppern. Der Lärm war ohrenbetäubend. An der Bahnsteigkante reckten die Leute ihre Hände, um die Hand oder auch nur eine Fingerspitze von Fritz Walter, Toni Turek oder einem der anderen »Helden von Bern« zu erhaschen. Hemdsärmelig standen die Männer in den Fenstern, sie lachten, klatschten und winkten den Menschen am Bahnsteig zu. Auch Trainer Sepp Herberger, im grünen Jackett mit dem Bundesadler darauf, grüßte leutselig vom Zug aus. In seinem sonst so zerknitterten Gesicht hatte sich ein breites Grinsen ausgebreitet.

»Das ist himmlisch!«, schrie ein Mädchen, das neben Dora stand und winkte, während sie übermütig herumhüpfte. »Das ist der schönste Tag meines Lebens!«

Als Einzige inmitten dieses verrückten Freudentaumels vieler tausend Menschen stand Dora ganz still und reckte ihr Kinn so hoch es ging, um in all dem Tohuwabohu den Moment nicht zu verpassen, in dem Curt aus dem Zug stieg. Aber an welcher der vielen Türen würde das sein?

Mit lang anhaltendem Quietschen der Bremsen kam der Zug zum Stehen. Atemlos ließ Dora ihre Blicke über die ganze Länge der vielen Waggons schweifen, wo die Leute jetzt überall die Türen zu stürmen drohten. Ihr wurde bang ums Herz. Wie sollte sie in diesem Chaos Curt finden? Das war praktisch unmöglich. Da könnte sie genauso gut eine Nadel im Heuhaufen suchen. Und selbst wenn sie Curt entdecken würde, womöglich ganz hinten am anderen Ende des Zuges, bevor sie sich durch die Menschenmassen zu ihm hingearbeitet hätte, wäre er längst im Gewühl verschwunden.

In diesem Moment nahm Dora ein Blitzlicht wahr. Sie fuhr herum. Direkt vor ihr am offenen Fenster des Zuges stand Helmut Rahn, der Mann, der am Sonntag das entscheidende Tor geschossen hatte, und lachte ihr zu. Dora kannte sein Gesicht mittlerweile nur zu gut aus der Zeitung. »Hallo München!«, rief er in die Menge, und die Leute kreischten begeistert. Den Mann, der neben ihm am Fenster stand, konnte Dora nicht erkennen, denn vor dem Gesicht hielt er eine Fotokamera mit aufgesetztem Blitz, dessen grelles Licht sie gerade getroffen hatte. Aus dem Zugabteil heraus fotografierte er die jubelnden Menschen auf dem Bahnhof. In dem Moment, in dem Dora – erschreckt durch den Blitz – zu ihm hinsah, senkte er die Kamera. Sie starrten einander ungläubig an. Es war Curt. Dora schnappte nach Luft. Im nächsten Moment war er im Inneren des Zuges verschwunden.

Dora wusste selbst nicht, wie sie es geschafft hatte, sich zur nächsten Zugtür durchzuboxen, die sich gerade zischend öffnete. Ein Schaffner stand dort auf den Stufen und hielt sie zurück.

»Sie dürfen hier nicht einsteigen, junge Dame«, schrie er gegen den tosenden Krach auf dem Bahnsteig an.

»Das will ich auch gar nicht, ich will nur ...«

Sie verstummte, als Curt in der Tür auftauchte, den Schaffner freundlich, aber bestimmt zur Seite schob und aus dem Zug stieg.

»Curt!«, rief sie. »Curt, was hast du nur getan!«

Sie stürzte auf ihn zu und fiel ihm um den Hals, was nicht ganz einfach war, weil seine große Kamera an einem Gurt vor seiner Brust hing.

»Dora!« Selbst in diesen zwei Silben war Curts völlige Verblüffung über die unerwartete Begegnung zu hören. »Was machst du denn hier?«

Als sie spürte, wie er seinen Arm um ihre Schultern legte, hätte sie am liebsten geweint vor Erleichterung.

»Ich habe auf dich gewartet, Curt. Ich wusste, dass du mit im Zug sitzt. Ich musste dich doch unbedingt wiederfinden.«

Sie nahm das lärmende Chaos, das sie umgab, gar nicht mehr wahr. Für einen Augenblick schien es ihr, als stünden sie und Curt allein auf dem Bahnsteig.

»Aber warum, Dora ...?« Curt ließ sie los, als wäre ihm gerade erst wieder eingefallen, dass sie kein Paar mehr waren, und sah sie an. In seinem Blick lag tiefe Bitterkeit. »Hast du denn meinen Brief nicht bekommen? Ich ... ich kann das nicht. Ich ertrage es nicht, dich zu sehen und zu wissen, dass du zu einem anderen ...«

»Aber es gibt keinen anderen! Du hast dich geirrt, Curt.« Sie musste schreien, um sich verständlich zu machen. »Mike ist nur ein guter Freund von uns. Ein sehr guter Freund, das stimmt. Das war unser Abschied, kurz bevor er zurück nach Amerika gegangen ist. Ich habe ihn geküsst, ja, denn er hat so viel Gutes für uns getan. Und es vergeht seitdem kein Tag, an dem ich diesen Kuss nicht bereue. Aber du hast das alles missverstanden! Wie hätte ich mit ihm mitgehen können! Wie könnte ich je einen anderen Mann lieben? Warum hast du denn nicht mit mir geredet? Hast du denn ganz vergessen, wie wichtig du für mich bist?«

In diesem Augenblick trat ein Leuchten in Curts Gesicht. Es war, als würde mit der Erkenntnis seines Irrtums ein grauer Schleier von seinen Augen gezogen. Im nächsten Moment nahm er Dora so fest in seine Arme, dass die Ecken der Kamera schmerzhaft gegen ihre Brust drückten. Aber was machte das schon, da sie endlich wieder zusammen waren. Sie hätte stundenlang so stehen bleiben können. Wenn nicht so ein Geschrei und Gedränge auf dem Bahnsteig gewesen wäre. Doch dann richtete Curt sich auf. In der Menschenmenge war eine Bewegung zum Ausgang hin entstanden.

»Ich befürchte, ich muss los«, sagte er ernst. »Ich darf meine Fußballjungs nicht aus den Augen verlieren. Ich muss arbeiten.«

»Jetzt?«, fragte Dora und schluckte enttäuscht. »Aber musst du denn gleich wieder fort, wo wir uns gerade erst wiedergefunden haben?«

Er sah sie an mit einem Blick, in dem so viel Sehnsucht lag, dass Dora spürte, wie ihr Herz anschwoll. Doch er hob die Schultern und nickte bedauernd. »Ich muss, Dora, es ist mein Beruf. Deshalb bin ich nach München gekommen. Ich gehöre zu den wenigen Fotografen, die eine Akkreditierung für den Empfang der Weltmeister im Rathaus haben. Vor dem Bahnhof stehen die offenen Autos für die Fahrt durch die Stadt bereit. Es hilft nichts, da muss ich dabei sein. Ich muss diesen historischen Tag für die Nachwelt auf Zelluloid bannen.«

Nach einer Sekunde der Ratlosigkeit breitete sich ein warmes Lächeln in Curts Gesicht aus. Er nahm Doras Kopf zärtlich in beide Hände und küsste sie.

»Aber du hast ja so recht. Ich lasse dich nicht allein. Nie mehr. Weißt du was? Du kommst einfach mit!«

Dieser Tag ging wahrhaftig in die Geschichte Münchens ein: Der Tag des Triumphzuges der »Helden von Bern« durch die Stadt. Millionen Menschen säumten an diesem Sommerabend die Straßen, sie lehnten an offenen Fenstern und standen auf allen Dächern, Baugerüsten und Laternenmasten, die sie erklimmen konnten, sogar auf Denkmäler und Straßenbahnschilder hatten sie sich hinaufgeschwungen, nur um einen Blick auf die frischgebackenen Weltmeister zu erhaschen. Dora schien es, als wäre die ganze Stadt, ja das ganze Land zusammengekommen, um die siegreichen Fußballer willkommen zu heißen. Wohin sie auch sah, sah sie ein Meer von Menschen. Die Leute jubelten, sangen, schwangen Fahnen und winkten, während die Männer in offenen, über und über mit Blättern und Blüten geschmückten Mercedes-Limousinen saßen, Blumensträuße in ihren Händen schwenkten und in einem nicht enden wollenden Autokorso vom Bahnhof zum Marienplatz rollten.

In einem der letzten Wagen saß Dora neben Curt, der die begeisterte Menge und die glücklichen Fußballspieler pausenlos fotografierte. Sie konnte kaum begreifen, was gerade geschah. Es war ein Rausch ohnegleichen. Und sie mittendrin im Freudentaumel. Nie in ihrem Leben war sie glücklicher gewesen. Dora winkte den Menschen am Straßenrand zu, als wäre sie die Königin von England. Mochten auch alle anderen die Sensation der Fußballweltmeisterschaft feiern, einen unerwarteten sportlichen Triumph, der neun Jahre nach dem Ende des Kriegs ein ganzes Volk endgültig aus den Entbehrungen und Depressionen der Nachkriegszeit gerissen hatte. Für sie würde der 6. Juli 1954 für immer der Festtag sein, an dem sie und Curt einander endlich wiedergefunden hatten.

• • •

Drei Wochen später trat Dora mit Herzklopfen an das Schwarze Brett des Tiermedizinischen Instituts. Auch an der Münchner Uni wurden die Prüfungsergebnisse in der Eingangshalle ausgehängt, und Dora drängte sich mit vielen anderen Studenten und Studentinnen vor der Anschlagtafel. Der große Raum war erfüllt von Seufzern, Schluchzern und Freudenschreien, je nachdem, wie die jeweiligen Noten ausgefallen waren.

Dora ließ ihre Blicke nervös über die Liste wandern. Und sie? Sie hatte gerade einmal die Hälfte der Fragen beantwortet, bevor sie überstürzt zum Bahnhof aufgebrochen war, um Curt zu finden. Ob das reichte? Endlich fand sie ihren Namen – und stieß einen Jauchzer aus.

»Twardy: 51 von 100 Punkten«, stand da. Ausreichend. Geschafft! Sie hatte es tatsächlich geschafft. Denkbar knapp zwar, nur ein Punkt weniger und es wäre aus gewesen mit ihrem Studium. Noch nie hatte sie in einer Prüfung so schlecht abgeschnitten, und Professor Paulitzer wunderte sich vermutlich sehr darüber. Aber wen kümmerte das heute? Sie war dabei, sie konnte weiterstudieren. Sie hatte alles auf eine Karte gesetzt und gewonnen.

»Ich nehme an, wir können feiern?« Curt, der zusammen mit Clara draußen vor den Eingangsstufen des Institutsgebäudes auf sie gewartet hatte, grinste, als Dora auf ihn zustürzte. »So wie du aussiehst, musst du deine Prüfung bestanden haben.«

»Aber klar, Papa«, rief Clara. »Guck doch, wie sie lacht.«

Dora nickte mit glänzenden Augen und umarmte die beiden.

Curt zog eine Champagnerflasche hervor, die er hinter seinem Rücken versteckt gehalten hatte. »Na dann, herzlichen Glückwunsch!«

»Oh, Curt, ... Champagner ... Sag mal, woher wusstest du, dass ich ...?« Dora stammelte verblüfft.

In Curts Gesicht tauchte das Raubtierlächeln auf, das sie so sehr liebte. »Ich kenne dich doch«, sagte er und strich ihr zärtlich über die Wange. »Ich weiß, dass du alles erreichst, was du dir einmal in den Kopf gesetzt hast, meine liebste Dora.«

Er küsste sie und diesmal wusste sie, dass es für immer war.

Epilog

Liebe Dora,
das sind die allerbesten Nachrichten, die ich seit dem Ende des Krieges gehört habe. Es ist so wunderbar. Was für ein Glück! Ich sitze hier und weine, so sehr freue ich mich für Dich und Curt und Clara. Endlich, endlich habt Ihr Euch gefunden. Ihr habt es so sehr verdient nach all den schweren Jahren. Ich kann es gar nicht abwarten, Dich ganz fest an mich zu drücken. Denn natürlich werden wir zu Eurer Hochzeit kommen, was für eine Frage! Wilhelm hat schon einen Verwalter eingestellt, der sich so lange um unsere Ranch kümmert. Du weißt, wie viel Du ihm bedeutest, wenn er bereit ist, sich für drei Wochen von seinen geliebten Pferden zu trennen. Wir haben die Billetts für unsere Überfahrt nach Deutschland schon gebucht. Ohne uns dürft Ihr auf keinen Fall heiraten! Vielen, vielen Dank, dass ich Eure Trauzeugin sein darf. Ich könnte mir nichts Schöneres vorstellen. Wir sehen uns am 18. September in München.
Bis dahin von Herzen alles Liebe,
Deine Freundin Elli.

Nachwort

In der Geschichte von Dora Twardy und ihrem Kampf um die Verwirklichung ihrer Träume verwebe ich historische Ereignisse mit einer erdachten Handlung. Die Figuren des Romans sind – abgesehen von einigen bekannten Persönlichkeiten der Zeitgeschichte – fiktiv. Und doch könnte es eine junge Frau damals so ähnlich erlebt haben. Bei meiner Schilderung von Doras Alltag, ihren Vorlesungen an der Uni, den Ereignissen rund um den 17. Juni 1953 etc. stütze ich mich auf Augenzeugenberichte, historische Dokumentationen sowie originale Zeitungsartikel und Rundfunkreportagen aus Ost- und Westberlin, um ein möglichst realistisches Bild zu schaffen. Bei manchen Details habe ich mich – wie im ersten Teil der Gutsherrin-Saga – von den Erlebnissen meiner Familie inspirieren lassen, die nach der Vertreibung aus dem damaligen Ostpreußen in Berlin gelandet ist. So hat mein Großvater nach dem Krieg tatsächlich im Büro eines Varietés gearbeitet. Wenn ich die Fakten hier und da ein wenig der Dramaturgie untergeordnet habe, geschah das stets mit dem Ziel, meine Leser*innen gut zu unterhalten und sie mitfühlen zu lassen, wie es gewesen wäre, damals dabei zu sein.

Ich danke meinem unermüdlichen Agenten Joachim Jessen, der mir beim Verfassen dieses Buches wie immer von der ersten Idee an mit Rat und Tat zur Seite gestanden hat – und natürlich meiner wunderbaren Lektorin Tabea Horst, deren Anmerkungen und Anregungen meiner Geschichte jedes Mal den richtigen Schubs verpasst haben und diesen Roman zu dem gemacht haben, was er geworden ist.

Ein junges Mädchen kämpft ums Überleben, um ihren Traum und die Liebe

Köln, 1941. Anna wächst bei ihrer Tante Marie und ihrem Onkel Matthias auf, einem Bäckerehepaar. Das Mädchen liebt die Backstube über alles. Doch mit dem Krieg kommt das Unglück: Matthias wird eingezogen und die Bäckerei bei Luftangriffen zerstört. Während Köln in Trümmern liegt und vom kältesten Winter des Jahrhunderts heimgesucht wird, schließt Anna sich einer Schwarzmarktbande an. Als sie am wenigsten damit rechnet, verliebt sie sich sogar – eine verbotene Liebe mit gefährlichen Folgen. Von Kälte, Hunger und Neidern bedroht, halten Anna und ihre Tante verzweifelt an dem Traum fest, die Bäckerei wiederaufzubauen. Und an der Hoffnung, dass die Männer, die sie lieben, irgendwann zu ihnen zurückkehren.

Lilly Bernstein
Trümmermädchen – Annas Traum vom Glück

Roman
Taschenbuch
Auch als E-Book erhältlich
www.ullstein.de

ullstein

Träume von Glanz und Glück

Als Sarah Rosewell in den Haushalt von Lady Sudbury aufgenommen wird, ändert sich ihr Leben über Nacht: Sie entkommt der Enge und der Gewalt ihres Elternhauses im Armenviertel Soho, und vor ihr liegt plötzlich eine strahlende Zukunft. Sie wird von ihrer Wohltäterin zu einer Expertin für wertvolle Gegenstände ausgebildet und beginnt, für das prestigeträchtige Auktionshaus Varnham's zu arbeiten. Das ist jedoch vielen ein Dorn im Auge, und Sarah muss sich gegen mächtige Gegenspieler behaupten, die nur darauf warten, dass sie einen Fehler macht. Ihre Vergangenheit kann sie nicht abstreifen, und ihre Zukunft will sie nicht aufs Spiel setzen – auch wenn das bedeutet, dass sie den Mann, dem ihr Herz gehört, nie haben kann. Doch dann bricht der Erste Weltkrieg aus, und die Kriegsjahre verändern alles ...

Amelia Martin

Das Auktionshaus

Der Glanz Londons

Roman

Klappenbroschur

Auch als E-Book erhältlich

www.ullstein.de